U1005854

比较大学语文

（第三版）

主　编　张介明　夏慧勤

北京大学出版社
PEKING UNIVERSITY PRESS

图书在版编目(CIP)数据

比较大学语文 / 张介明，夏慧勤主编．—3版．—北京：北京大学出版社，2015.7
ISBN 978-7-301-26073-9

Ⅰ．①比… Ⅱ．①张…②夏… Ⅲ．①比较文学－高等学校－教材 Ⅳ．①I0-03

中国版本图书馆CIP数据核字(2015)第168091号

书　　名	比较大学语文（第三版）
著作责任者	张介明　夏慧勤　主编
责任编辑	朱丽娜
标准书号	ISBN 978-7-301-26073-9
出版发行	北京大学出版社
地　　址	北京市海淀区成府路205号　100871
网　　址	http://www.pup.cn　新浪微博：@北京大学出版社
电子信箱	zbing@pup.pku.edu.cn
电　　话	邮购部62752015　发行部62750672　编辑部62754149
印 刷 者	北京溢漾印刷有限公司
经 销 者	新华书店
	787毫米×1092毫米　16开本　24.75印张　600千字
	2006年7月第1版　2009年7月第2版
	2015年7月第3版　2015年7月第1次印刷
定　　价	59.00元

未经许可，不得以任何方式复制或抄袭本书之部分或全部内容。
版权所有，侵权必究
举报电话：010-62752024　电子信箱：fd@pup.pku.edu.cn
图书如有印装质量问题，请与出版部联系，电话：010-62756370

目　录

第三编　中外文学的相互影响

前言:全球化语境中的大学语文教育

随着2006年明确要求“面向全体大学生”开设大学语文课的《国家“十一五”时期文化发展规划纲要》的颁布和2007年高等学校大学语文教学改革研讨会的召开,大学语文课程越来越受到各类高校和社会各界的重视。然而,大学语文如何摆脱中学语文的惯性,如何不至于沦为“高四”语文,如何重新唤起新一代大学生对语文的兴趣,如何避免教材的雷同化等一系列问题,仍然是我们大学语文教师念兹在兹、萦怀于心的事情。

第一线的教学实践使我们深切地感觉到:太多地沉湎于现成的、僵化的术语、概念、套话的牢笼之中难以自拔是当今中国学生的通病,这是我们的语文教育没有成功地完成培养“审美人”的目标所致,使我们的学生丧失鲜活的文学感觉,不能用审美和文学的眼光去接触、感受世界。其实,二十多年来关于大学语文学科特点的讨论,所经历的工具性、文学性、文化内涵、人文内涵、人文性的定位已经彰显了语文界同仁的良苦用心和认识的日益进步,而我们痛定思痛,越发感到文学除了思想、观念、学问之外,对广大非中文专业的大学生来说,更有意义的应该是文学的美和趣味,和由此生成的文学感觉!

面对着新一代大学生,我们还感到大学语文应该跟上时代步伐,体现时代特征。无论从教育“三个面向”的角度还是从培养有应对激烈竞争能力的教育产品,培养面向世界的公民的角度来考量,全球化语境都是我们理当正视的现实。我们认为,在经济全球化的背景下,强势文化的价值理念会不同程度地渗透到本土文化的机体中,促使本土文化在吸收外来文化因素的同时引起自身的变革与重构,这就是所谓文化霸权的影响;然而强势文化的刺激也会使本土文化焕发新的生命活力,反过来对文化的全球共享作出贡献,这才是文化全球化的完整含义。因此,全球化语境中的文化,既不是抹煞异质文化的个性,也不制造异质文化之间彼此的隔绝,而应当在保持不同文化形态个性的同时,对其他文化采取开放认同的态度,使不同质的文化在对话、交流、认同的过程中,在趋同和个性化的互动过程中既关注和重构人类文化的价值理念,体现对人类自身的终极关怀;又尊重并建构各种文化的个性,从而创造一种普适性与相对性辩证统一、富有生命力而又多元多彩“世界文化(学)”,这正是马克思、歌德等人类的思想先驱所呼唤和期待过的文化。原创性的思想家生产了一个时代,而其他人就不应仅仅消费他们的思想,甚至浅化或消泯他们的思想成果。“三个代表”“与时俱进”“科学发展”和“构建和谐社会”的精神正是体现了对普世价值的执著追求。普世精神不仅仅是西方精神,她是世界多元文化形态中各自优秀部分的萃集,是建立在全人类认同的基础上,是现代人文精神发展的巅峰。全球化时代已经为“西学东渐”走向“东学西渐”提供了基础,东西方文化的平等对话在多元宽松的文化语境中将成为可能。提出文化自觉的费孝通先生就主张传统必须与创造结合:“因为传统失去了创造是要死的,只有不断创造,才能赋予传统以生命。”所以,我们应该把大学语文纳入全球文化的大视野,本民族的优秀文化也只有在全球文化大视野中才能得到充分的展示,并在进一步的面向未来的创造中获得新的发展。主张建立中国和北美跨文化桥梁的美国路易斯安纳州立大学日裔教授Aoki的话对我们不无启发:“我们不必急于过桥,事实上,对于我们,在桥上逗留片刻更是一种诱惑。”

基于这样的反省和思索,我们编纂了这册《比较大学语文》。我们并不讳言这与以下事实的联系:新时期以来比较文学在我国的兴起并在90年代被教育部定为综合性高校中文系的必修课程,其理论探索和教学实践给我们提供了有益的借鉴,如前二编就相当于比较文学中的“并行研究”,第三编相当于“影响研究”。但我们无意于理论的纠缠和体系的照搬,却有心于将比较文学的实用化,借用它的方法来拓宽大学语文的视野,旨在:(1)在比较中确认以中国式的文学认知为标志的民族文化身份;(2)在比较中强化文学阅读。

第(1)的好处不言而喻的。科学需要比较,文学也需要比较。这不仅仅如钱钟书先生所说:“东海西海,心理攸同;南学北学,道术未裂”;更如鲁迅先生在《摩罗诗力说》中深刻指出的那样:“欲扬宗邦之真大,必在审己,亦必知人,比较既周,爰生自觉。”正是在与异质文化的碰撞中,我们才能充分领悟中华文化的特点,才有一种确认自己的民族文化身份的“文化的自觉”。认识到比较之重要方能避免只见树木不见森林的弊病。如果说,大学以前的语文教育已或多或少给我们青年学子提供一条纵向的“文学史”框架,那么,大学期间的语文教育应该、也可能在“横”的层面有所突破,既展现全球化语境中文学的多面、多元的斑驳绚烂,又突现中国文学独特风貌。“在桥上逗留”看看两岸的风光,也许比隔岸相望和只看一面领略得更多些吧!同以大象为描述对象,让我们学生看看:德国人笔下的“大象的思维”,法国人笔下的“大象的情爱”,俄国人笔下的“俄罗斯的大象是世界上最伟大的大象”,和中国人笔下的“大象的伦理道德”!

需要指出的是,我们的现在所展示的彼岸风光其实并非桥那边的原始景象,而是现代汉语的翻译文学,即被精心汰选、提炼过的美景。不独当代作家王小波曾在《我的师承》和《关于文体》中把自己受翻译文学的影响作为一个“秘密”告诉他即将离去的世界,他一直把翻译家所创造的一种纯净、优美、富于韵律的现代汉语当作了自己写作的尺度、楷模与范本,说:假如没有翻译家,“最好的中国文学语言就无处去学”,“我认为最好的文体都是翻译家创造的。”无独有偶,香港著名作家董桥以“进步语文”言及同样问题则可说是旁观者清了,他认为大陆解放以来对马列经典及外国文学作品的翻译“给现代中文带来了不少养分,培养出陌生而又新鲜的中文肌理,……广大群众耳濡目染,自然衍生出一股进步的语文风气。他们的写作思维方式摆脱了传统中文的绳墨,引出了多样而丰富的新词汇,甚至改变了不少中文字的固有意义。这种文字写出来的文章,只要内容扎实,跳出八股框框,泰半都大为可观。”这一切明白地告诉我们,翻译从来就是世界间一种最重要的跨文化、跨语言的实践方式。事实上,五四以来的中国现、当代文学,作为一种与现代民族国家同时出现的民族/国别文学,同样从一开始便必然在全球语境、现代文学与现代汉语的诸多命题间摸索前行。复旦大学陈思和教授就注意到五四欧化白话的出现及其积极影响,他在北大演讲时曾说:“欧化不是一个语言的问题,而是思维的问题,一种非常强烈、新颖的思维方式,是我们原来的思维语言不具备的。欧化思维是建立在欧式语言的基础上,正属于五四新文学带来的东西”。当代后结构主义的“文本间性”理论也同样认为任何文本都是不自足的,都不同程度地以各种能够辨认的形式存在着其他的文本,纯而又纯的民族/国别文学确已很难成立。在趋向全球化的今天,当我们需要一个“横”向的参照时,选用曾经深刻影响过中国语文现代化进程的翻译文学精品势所难免,也是我们想以突破既有框架和引进异质文化来提升大学语文特点所作的自然选择。

至于第(2)，阅读的重要性在语文教育中怎么强调都不过分，类似或不同的文学景象可以强化阅读印象。虽然我们的“提示”和体例的“耳提面命”仍然不免限制学生的阅读的自由、多种理解的可能，但我们在无法完全摆脱既有的文化、文学遗产的同时，尽可能提供较多选择的愿望和用心是明白无误的。中国现代大学和现代美育的奠基人之一蔡元培先生早就指出：“人类能在音乐、雕刻、图画、文学里找见他们遗失了的感情。知道了享受人生的乐趣，同时便知道了人生的可爱，人与人的感情便不期然而然地更加浓厚起来。”所以，我们衷心希望大学生朋友们能通过多阅读文学原著这样的感性材料，以潜移默化的方式来塑造自身，完成世界观和人生观的教育，包括国家公民和社会公德教育，还要触摸探勘人性纵深处最幽暗暧昧的部分，把生命的醉人月晕从文学之井里打捞上来。说到语文对人文品性的养成机制时，白壁德曾说：

> 一个人的眼前应当时常出现某种人性的典范。换句话说，一个人应当具有一种他所尊重的人文标准，从中帮助他区分自己或别人身上，什么是创新的，什么又是畸形和反常的。对于这种经典博雅的人文标准，只有少数人可能会通过哲学的洞见获得；但在大多数情况下，多数人却是通过对优秀文学作品的认识而达到的。这些杰出的作品就象是一条绵绵不断的金链，把更永恒的作品连接为一个完整的传统。用爱默生的话来讲，这些优秀杰出的作品就象是由同一个绅士所写，本质上是那么和谐统一。所以，总而言之，如果想发扬人文主义，最实用的方法就是努力复兴那种今天几乎已经失传的阅读艺术。

“质”以外的“文”更有赖于大量的阅读。“写作”并非是语文教育的逻辑终点，语文教育并不能直接产生写作能力提高的成果，“语感”虽然强调了阅读但也不完全是语文教育目标，因为文学的深层东西并非表面的语感所能涵盖的。从某种意义说，语文教育并无一个能确定的目标，因为它的成效是潜在的，旨在提高学生感受理解文学的能力，对文学的字里行间、人物形象、行文结构中细微变化和潜在含义的敏感。董桥先生说得好：“人心是肉做的，我相信文字也是。”确实，文字也是肉做的！文字有生命！有人就认为，言语活动本质上是人的一种精神建构，每个学生都是一个体，都有个性，但并不能自发地拥有自身的言语，只有通过大量的阅读，使他从鲜活的文学语言的领悟中消解既成话语的桎梏，触发其主体对话语的觉醒和自觉，从这个意义上说，言语是生命，是人生价值的自我实现，是人的确证！罗布-格里耶说：“不是因为了解了这个世界我才写小说，而是因为不了解这个世界我才写小说。”写作是探索，阅读也是探索，探索世界，探索自我。加强文学阅读本质上就是塑造人，使生命个体与自己的本源契合在一起，并形成具体的、历史的自我理解、自我认识与自我超越，进而在技术世界之外发现一个生机盎然的生活世界，领悟自己对这个生活世界的义务与责任。我们还是相信那些老话：就个体来说，腹有诗书气自华；就社会来说，读书的人多了，社会坏不到哪里去。在我们看来，强调文学阅读的大学语文倘在认识和实践中都能实现塑造人的目标，大学语文的特点庶几达到较好地彰显。

最后，人们也许还不太习惯“比较大学语文”的说法，正如当代美国著名的文论史家韦勒克在谈到当初人们不习惯于“比较文学”这一术语，“坚持要把它换成‘文学的比较研究’这种说法”时指出：这“并没有多大用处，因为人人都懂得那个简略说法的意思”。随着时间推移，宽容的现代人也许会像容忍“比较文学”，甚或“比较心理学”“比较法学”“比较语言学”那样，对此见怪不怪吧。

本教材的第一编是旨在比较中凸现作为“文化自觉”重要内容的中国文学的特点，重点是“异”；第二编是中外文学的共通现象，重点是“同”；第三编是中外文学的交互影响，重点是“通”。

本教材是在2006版的《比较大学语文》(立信会计出版社)和2009版的《比较大学语文(新编)》(北京大学出版社)的基础上修订而成，由上海立信会计学院的中文系教师合作编写。参编者为(以姓氏笔划为序)：池大红、孙国亮、张介明、连蜀、杨青泉、姚惠兰、夏慧勤、唐一方、盛明华、梁苑。编写中我们得到比较文学、外国文学和语文界的专家的鼓励和指教，并对相关著述、教材多有借鉴，北京大学出版社的张冰老师为此书的修订付出了心血，在此一并感谢！更祈大学语文界的同行、专家、各地师生对我们的尝试惠予指教，以便进一步补充、改进。

张介明

2014年3月

第一编　在比较中认知中国文学

马克思和恩格斯百年前在《共产党宣言》中曾指出："资产阶级由于开拓了世界市场，使一切国家的生产和消费都成为世界性的了。……过去那种地方的和民族的自给自足和闭关自守状态，被各民族的各方面的互相来往和各方面的互相依赖所代替了。物质的生产是如此，精神的生产也是如此，各民族的精神产品成了公共的财产。民族的片面性和局限性日益成为不可能，于是由许多民族的和地方的文学形成了一种世界的文学。"——马恩所预示的"互相来往""互相依赖"的"世界性"的经济（物质生产和消费）已经成为当今的现实，包括"金融风暴"这样的负面效应在内，"全球化"正以不可阻挡的趋势席卷世界的每一个角落！各个民族如何在滚滚的历史潮流中，使自己的精神产品在与其他民族的对话、交流、认同和融合中，在消除片面性和局限性的同时，继续保持各自的优秀的传统，使之成为马恩所说多元多彩的"世界的文学"，这是摆在世界各民族面前的一个新的课题。

值此历史变迁的重要时期，越发感到费孝通先生呼唤"文化自觉"的意义不凡，文化自觉是建立在民族文化身份认同的基础上的，从牙牙学语、幼儿园直至大学，从家庭到社会，书里书外，汉语、风雅颂、楚辞汉赋、唐诗宋词……我们接触的所有的一切都构成了我们的民族文化身份，我们的血肉之躯是浸泡在这样独特的文化圣水中而获得了精神魂魄。不言而喻，所谓独特是因为它迥然不同于其他民族的文化，但随着各民族的交流频繁化和常态化，不知不觉中我们的文化身份会变得模糊，我们未必清楚中国文学屹立于世界文化之林中的独特之处到底是什么。乐黛云先生曾对费先生的文化自觉作了这样的总结："事实上，费孝通先生给文化自觉提出了一个坐标：纵轴是从传统和创造的结合中去看待未来，结合过去同现在的条件和要求，向未来的文化展开一个新的起点，这是一个时间轴；横轴是在当前的语境下找到民族文化的自我定位，确定其存在的意义和对世界可能作出的贡献，这是一个空间轴。"显然，文化自觉绝不是文化孤立主义、文化相对主义，而是一种开放的、面向未来的、崭新的民族文化意识，它既是在与其他民族文化的对话中确立自身的位置，又是站在世界的人类的立场反观自我，重新认识并努力发扬自身传统的独有价值，以臻："各美其美，美人之美，美美与共，天下大同"（费孝通语）。

正是基于这一点，我们确立了第一编的思路：四组课文分别是诗歌、小说、戏剧和文论，通过比较突现中国文学的独特性。至于比较的好处也不妨作个通俗的比喻：倘若把两者各自放在一个单独的空间里，姚明和潘长江没有什么明显区别，但若放在同一"空间"，他们身材上的差异则云泥立判，比较的优势即在于此。不同民族的文学并列在一起的效果也一样，比较可以使各自的特点相形突出，比较可以帮助我们看清中国文学的一些最基本的特点。

一、长相思[1]

李白

李白(701—762),字太白,号青莲居士。祖籍陇西成纪(今甘肃秦安东),出生于西域的碎叶(今巴尔喀什湖南面的楚河流域)。幼时随父迁居绵州昌隆(今四川江油县)青莲乡。少年即显露才华。从25岁起离川,长期在各地漫游,对社会生活多所体验。其间曾因吴筠等人推荐,于天宝初供奉翰林。但在政治上不受重视。又受权贵谗毁,仅一年余即离开长安,对当时政治腐败获得较深认识。天宝三年,在洛阳与诗人杜甫结交。安史之乱中,曾因永王李璘牵累,流放夜郎。中途遇赦东还,晚年漂泊困苦,卒于当涂。李白的诗歌以豪迈的气魄歌唱自己的进步思想,抨击权贵,蔑视礼教。但也时时流露出怀才不遇、人生如梦的消极情绪。从艺术上说,他的诗歌具有丰富的想象力,运用大胆的夸张和深入浅出的语言,形成豪迈爽朗的风格,是屈原之后古代积极浪漫主义诗歌的杰出代表。

长相思,在长安。
络纬[2]秋啼金井阑[3],微霜[4]凄凄簟色寒[5]。
孤灯不明思欲绝,卷帷[6]望月空长叹。
美人如花隔云端。
上有青冥[7]之长天,下有渌水之波澜。
天长地远魂飞苦,梦魂不到关山难[8]。
长相思,摧[9]心肝。

(《唐诗三百首》卷四,蘅塘退士编,陈婉俊补注,中华书局1981年版)

【注释】

①《长相思》:属乐府《杂曲歌辞》旧题。
② 络纬:昆虫名,也名莎鸡,俗称纺织娘。
③ 金井阑:精美华贵的井栏。
④ 微霜:薄霜。
⑤ 簟(diàn)色寒:谓竹席透着凉意。
⑥ 帷:窗帘。
⑦ 青冥:形容天的高远。渌水:清澈的水。
⑧ 关山难:道路险阻。
⑨ 摧:伤。

十四行诗·第一三〇首

莎士比亚

威廉·莎士比亚(William Shakespeare,1564—1616)是欧洲文艺复兴时期伟大的戏剧家和诗人,出生于英国中部一个市民家庭。他21岁去伦敦谋生,在剧院当过演员,后来写剧本。他的作品深刻反映了英国由封建制度进入资本主义原始积累时期的社会生活,塑造了一系列在世界文学史上具有典型意义的人物形象。他一生共写了37个剧本(包括历史剧、喜剧、悲剧和传奇剧)、154首十四行诗和两首叙事长诗。莎士比亚是语言艺术的大师。他的剧本多是诗体,他的十四行诗构思巧妙、音韵谐和、意境优美,充分表达了他的人文主义世界观。马克思称莎士比亚为“人类最伟大的天才之一”。莎氏的作品几乎有世界每一种文字的译本。1919年后被介绍到中国,现有中文的《莎士比亚全集》。

我情妇的眼睛一点不像太阳;
珊瑚比她的嘴唇还要红得多:
雪若算白,她的胸就暗褐无光,
发若是铁丝,她头上铁丝婆娑。

我见过红白的玫瑰,轻纱一般;
她颊上却找不到这样的玫瑰;
有许多芳香非常逗引人喜欢,
我情妇的呼吸并没有这香味。

我爱听她谈话,可是我很清楚
音乐的悦耳远胜于她的嗓子;
我承认从没有见过女神走路,
我情妇走路时候却脚踏实地:

可是,我敢指天发誓,我的爱侣
胜似任何被捧作天仙的美女。

(选自《莎士比亚全集》第11集,人民文学出版社1984年版)

【提示】

含蓄隽永的汉诗

《长相思》是乐府古题,属乐府“杂曲歌辞”类,内容多写思妇之怨。唐代大诗人李白写有不少乐府诗。本书所选李白的《长相思》,颇能反映李白乐府诗借古题而抒己怀的特色。

诗的上半段中,第一句就交代了他的爱恋对象在长安,在空间上离自己很远。因为距离遥远,所以相思也就分外殷勤。尤其是在秋色渐浓,孤灯难寐的夜晚,举头望月,触目伤情。纺织娘的叫声,与渐渐袭人的寒气,更增思念之人内心的凄楚。那心中朝思暮想的人儿呀,你容颜如花,却远在天边。诗的下半段,情感上与上半段相承,表达的仍然是对他心中爱人的思念。这种思念,由于相聚希望的渺茫而变得更加浓郁:让我魂牵梦萦的人呀,为什么与你相遇,这样难?

这里我们首先将李白的《长相思》,理解为一首爱情诗,这是有理由的,如上所析;但如果仅仅将其解读为爱情诗,却未免有失狭隘。在我国的诗歌美学传统中,说诗常常有一定的政治或道德指向,"发乎情,止乎礼义","乐而不淫,哀而不伤",是《诗经》开创的传统;与屈原《楚辞》所开创的"香草美人"传统,共同奠定了我国的诗学传统。在这种言此意彼的诗学视野中,此处的美人,于李白还另有一番特殊意义。

我们知道,李白是颇有政治抱负的人,"奋其智能,愿为辅弼,使寰区大定,海县清一"。(《代寿山答孟少府移文书》)李白的才情确实也受到过唐玄宗的青睐,得以天宝初年在长安待诏翰林,这似乎离实现他的政治理想很近了,但随着李白这一出仕经历的结束,他不得不离开长安。这首诗就是李白离开长安后所作,可以说,诗中的美人,既可以理解为诗人的爱恋对象,也可以理解为一种政治理想。巧妙地将爱恋对象与自己的政治理想对应,将对爱人的思念之情,叠加到对政治理想的追寻中,意蕴深长,而又韵味隽永,深得诗骚之精髓。

如果说李白的《长相思》,并不是一首纯粹的爱情诗,而是一首追寻其政治理想的抒情诗;那么,本书所选莎士比亚的第130首十四行诗,明确为爱情诗,应当没有疑义。十四行诗,是欧洲一种格律严谨的抒情诗体,又被称为彼得拉克诗体。因为意大利诗人彼得拉克所写的十四行诗数量众多,多写爱情,形式整齐,音韵优美,被视为十四行诗的典范,为人竞相仿效。在英国乃至世界十四行诗的众多创作中,莎士比亚的十四行诗成就最为突出。

这首诗因为是译作,在语言的转换过程中,原诗的韵律无法精准再现,所以,对原诗在英语中为评论者所津津乐道的押韵、格律等形式美,这是翻译永远的遗憾。但诗中有很多美的意象,如太阳、珊瑚、雪、玫瑰、玫瑰的芬芳、音乐、女神的凌波微步,这些美丽的意象一一与其爱侣的眼睛、嘴唇、胸、头发、面颊、呼(气)吸、声音、体态相比,使诗人的爱侣相形见绌。诗的结尾一转:可是,我敢指天发誓,我的爱侣,胜似任何被捧作天仙的美女。是的,除了语言幽默,感情真挚,更重要的,在莎翁笔下这是个血肉丰满的人间女性,而非渺不可及的天仙神女。

莎士比亚的十四行诗,点睛之笔在最后两行诗,常常语出惊人,反转前情。这是莎士比亚的创造性,也形成了他特有的风格,也是他最受称扬之处。这首诗,也同样体现出了莎士比亚十四行诗的这一特色。

爱情,是人类最美妙也最难以言说的情感之一。爱情带给我们的那些在我们祖先的心灵中重复了无数次的欢乐与忧伤,早已作为人类共同精神的遗存,积淀为人类的"集体无意的识",它超越时空,超越国度,超越语言。爱情,很神奇;正因如此,爱人,无论是远在天边还是近在眼前,都是所爱之人眼中的西施,心中的女神,生命中的仙侣。在相类的情感抒发的同时,中西方爱情诗歌表达方式的不同也是明显的:汉诗不拘语法而弹性更多,旁敲侧击,给人含蓄与隽永的回味;西诗则热情奔放、直截了当、一泻千里,各自呈现了不同的风貌。

(梁苑)

思考题

1. 有人说李白的《长相思》是爱情诗,有的说不是,请问你是如何理解此诗的?

2. 李白的《长相思》有托兴意味,请问表现在哪里?

3. 莎士比亚在他的第130首《十四行诗》中对其情妇的缺陷也作了充分的暴露,请问这样写有何用意?

4. 同样表述爱情,中西方诗歌的表达方式有何不同?

二、水　浒　传（节选）

施耐庵

《水浒传》写的是北宋宣和年间（公元1119—1121前后）宋江等聚众起义的故事。事在《宋史》和宋人笔记里有多种记载，说书中也有宋江等人的故事，到宋、元间，话本、杂剧亦经常以此为题材。施耐庵把宋元以来各种“水浒”故事加以汇集，进行选择加工，创作出《水浒传》。作品以梁山泊农民起义为题材，史诗般地叙写了其发生、发展和失败的全过程，反映了市民阶层的人生向往，思想深刻，艺术精湛，是紧接《三国演义》之后出现的我国最早的长篇小说。

话说当时公孙胜正在阁儿里对晁盖说这北京生辰纲是不义之财，取之何碍，只见一个人从外面抢将入来，揪住公孙胜道：“你好大胆！却才商议的事，我都知了也。”那人却是智多星吴学究。晁盖笑道：“教授休慌，且请相见。”两个叙礼罢，吴用道：“江湖上久闻人说入云龙公孙胜一清大名，不期今日此处得会！”晁盖道：“这位秀才先生，便是智多星吴学究。”公孙胜道：“吾闻江湖上多人曾说加亮先生大名，岂知缘法却在保正庄上得会贤契。只是保正疏财仗义，以此天下豪杰，都投门下。”晁盖道：“再有几个相识在里面，一发请进后堂深处相见。”三个人入到里面，就与刘唐、三阮都相见了。正是：

金帛多藏祸有基，英雄聚会本无期。
一时豪侠欺黄屋，七宿光芒动紫薇。

众人道：“今日此一会，应非偶然，须请保正哥哥正面而坐。”晁盖道：“量小子是个穷主人，怎敢占上！”吴用道：“保正哥哥年长，依着小生，且请坐了。”晁盖只得坐了第一位，吴用坐了第二位，公孙胜坐了第三位，刘唐坐了第四位，阮小二坐了第五位，阮小五坐第六位，阮小七坐第七位。却才聚义饮酒，重整杯盘，再备酒肴，众人饮酌。

吴用道：“保正梦见北斗七星坠在屋脊上，今日我等七人聚义举事，岂不应天垂象！此一套富贵，唾手而取。前日所说央刘兄去探听路程从那里来，今日天晚，来早便请登程。”公孙胜道：“这一事不须去了。贫道已打听，知他来的路数了，只是黄泥冈大路上来。”晁盖道：“黄泥冈东十里路，地名安乐村，有一个闲汉，叫做白日鼠白胜，也曾来投奔我，我曾赍助他盘缠。”吴用道：“北斗上白光，莫不是应在这人？自有用他处。”刘唐道：“此处黄泥冈较远，何处可以容身？”吴用道：“只这个白胜家便是我们安身处，亦还要用了白胜。”晁盖道：“吴先生，我等还是软取，却是硬取？”吴用笑道：“我已安排定了圈套，只看他来的光景，力则力取，智则智取。我有一条计策，不知中你们意否？如此，如此如此。”晁盖听了大喜，攧着脚道：“好妙计！不枉了称你做智多星！果然赛过诸葛亮！好计策！”吴用道：“休得再提，常言道：隔墙须有耳，窗外岂无人。只可你知我知。”晁盖便道：“阮家三兄且请回归，至期来小庄聚会；吴先生依旧自去教学；公孙先生并刘唐，只在敝庄权住。”当日饮酒至晚，各自去客房里歇息。

次日五更起来，安排早饭吃了，晁盖取出三十两花银，送与阮家三兄弟道："权表薄意，切勿推却。"三阮那里肯受。吴用道："朋友之意，不可相阻。"三阮方才受了银两。一齐送出庄外来，吴用附耳低言道："这般这般，至期不可有误。"三阮相别了，自回石碣村去。晁盖留住公孙胜、刘唐在庄上，吴学究常来议事。正是：

取非其有官皆盗，损彼盈余盗是公。

计就只须安稳待，笑他宝担去匆匆。

话休絮繁，却说北京大名府梁中书收买了十万贯庆贺生辰礼物完备，选日差人起程，当下一日在后堂坐下，只见蔡夫人问道："相公，生辰纲几时起程？"梁中书道："礼物都已完备，明后日便用起身。只是一件事，在此踌躇未决。"蔡夫人道："有甚事踌躇未决？"梁中书道："上年费了十万贯收买金珠宝贝，送上东京去，只因用人不着，半路被贼人劫将去了，至今无获。今年帐前眼见得又没个了事的[①]人送去，在此踌躇未决。"蔡夫人指着阶下道："你常说这个人十分了得，何不着他，委纸领状，送去走一遭，不致失误。"梁中书看阶下那人时，却是青面兽杨志。梁中书大喜，随即唤杨志上厅说道："我正忘了你，你若与我送得生辰纲去，我自有抬举你处。"杨志叉手向前禀道："恩相差遣，不敢不依！只不知怎地打点？几时起身？"梁中书道："着落大名府差十辆太平车子，帐前拨十个厢禁军监押着车，每辆上各插一把黄旗，上写着：'献贺太师生辰纲'。每辆车子再使个军健跟着，三日内便要起身去。"杨志道："非是小人推托，其实去不得，乞钧旨[②]别差英雄精细的人去。"梁中书道："我有心要抬举你，这献生辰纲的札子内，另修一封书在中间，太师跟前重重保你，受道敕命[③]回来，如何倒生支调[④]，推辞不去？"杨志道："恩相在上，小人也曾听得上年已被贼人劫去了，至今未获。今岁途中盗贼又多，此去东京，又无水路，都是旱路。经过的是紫金山、二龙山、桃花山、伞盖山、黄泥冈、白沙坞、野云渡、赤松林，这几处都是强人出没的去处。更兼单身客人亦不敢独自经过，他知道是金银宝物，如何不来抢劫？枉结果了性命，以此去不得。"梁中书道："恁地时，多着军校防护送去便了。"杨志道："恩相便差五百人去，也不济事。这厮们一声听得强人来时，都是先走了的。"梁中书道："你这般地说时，生辰纲不要送去了？"杨志又禀道："若依小人一件事，便敢送去。"梁中书道："我既委在你身上，如何不依你说？"杨志道："若依小人说时，并不要车子，把礼物都装做十余条担子，只做客人的打扮行货。也点十个壮健的厢禁军，却装做脚夫挑着。只消一个人和小人去，却打扮做客人，悄悄连夜上东京交付，恁地时方好。"梁中书道："你甚说的是。我写书呈重重保你受道诰命[⑤]回来。"杨志道："深谢恩相抬举。"

当日便叫杨志一面打拴担脚，一面选拣军人。次日，叫杨志来厅前伺候，梁中书出厅来问道："杨志，你几时起身？"杨志禀道："告复恩相，只在明早准行，就委领状。"梁中书道："夫人也有一担礼物，另送与府中宝眷，也要你领。怕你不知头路，特地再教奶公谢都管，并两个虞候，和你一同去。"杨志告道："恩相，杨志去不得了。"梁中书说道："礼物都已拴缚完备，如何又去不得？"杨志禀道："此十担礼物都在小人身上，和他众人，都由杨志，要早行，便早行，要晚行，便晚行，要住，便住，要歇，便歇，亦依杨志提调。如今又叫老都管并虞候和小人去，他是夫人行的人，又是太师府门下奶公，倘或路上与小人别拗起来，杨志如何敢和他争执得？若误了大事时，杨志那其间如何分说？"梁中书道："这个也容易，我叫他三个都听你提调便了。"杨志答道："若是如此禀过，小人情愿便委领状。倘有疏失，甘当重罪。"梁中书大喜道："我也不枉了抬举你，真个有见识！"随即唤老谢都管并两个虞候出来，当厅分付道："杨志提辖情愿委了一纸领状，监押生辰纲，十一担金珠宝贝，赴京太师府交割，这干系都在他身上。你三人和他做伴去，一路上早起，晚行，住歇，都要听他言语，不可和他别拗。夫人处分付的勾当，你三人自理会，小心在意，早去早回，休教有失。"老都管一一都应了。当日杨志领了。

次日早起五更，在府里把担仗都摆在厅前，老都管和两个虞候又将一小担财帛，共十一担，拣了十一个壮健的厢禁军，都做脚夫打扮。杨志戴上凉笠儿，穿着青纱衫子，系了缠带行履麻鞋，跨口腰刀，提条朴刀；老都管也打扮做个客人模样；两个虞候假装做跟的伴当。各人都拿了条朴刀，又带几根藤条。梁中书付与了札付书呈，一行人都吃得饱了，在厅上拜辞了梁中书。看那军人担仗起程。杨志和谢都管、两个虞候监押着，一行共是十五人，离了梁府，出得北京城门，取大路投东京进发。

此时正是五月半天气，虽是晴明得好，只是酷热难行。昔日吴七郡王有八句诗道：

玉屏四下朱阑绕，簇簇游鱼戏萍藻。
簟铺八尺白虾须，头枕一枚红玛瑙。
六龙惧热不敢行，海水煎沸蓬莱岛。
公子犹嫌扇力微，行人正在红尘道。

这八句诗单题着炎天暑月，那公子王孙在凉亭上水阁中浸着浮瓜沉李，调冰雪藕避暑，尚兀自嫌热；怎知客人为些微名薄利，又无枷锁拘缚，三伏内，只得在那途路中行。今日杨志这一行人要取六月十五日生辰，只得在路途上行。自离了这北京五七日，端的只是起五更，趁早凉便行，日中热时便歇。

五七日后，人家渐少，行路又稀，一站站都是山路。杨志却要辰牌起身，申时便歇。那十一个厢禁军，担子又重，无有一个稍轻，天气热了行不得，见着林子，便要去歇息，杨志赶着催促要行。如若停住，轻则痛骂，重则藤条便打，逼赶要行。两个虞候虽只背些包裹行李，也气喘了行不上。杨志也嗔道："你两个好不晓事！这干系须是俺的，你们不替洒家打这夫子，却在背后也慢慢地挨，这路上不是耍处！"那虞候道："不是我两个要慢走，其实热了行不动，因此落后。前日只是趁早凉走，如今怎地正热里要行，正是好歹不均匀。"杨志道："你这般说话，却似放屁！前日行的须是好地面，如今正是尴尬去处，若不日里赶过去，谁敢五更半夜走？"两个虞候口里不道，肚中寻思："这厮不直得便骂人。"

杨志提了朴刀，拿着藤条，自去赶那担子。两个虞候坐在柳阴树下，等得老都管来，两个虞候告诉道："杨家那厮，强杀只是我相公门下一个提辖，直这般会做大[⑥]！"老都管道："须是相公当面分付道休要和他别拗，因此我不做声，这两日也看他不得，权且耐他。"两个虞候道："相公也只是人情话儿，都管自做个主便了。"老都管又道："且耐他一耐。"当日行到申牌时分[⑦]，寻得一个客店里歇了。那十个厢禁军雨汗通流，都叹气吹嘘，对老都管说道："我们不幸，做了军健，情知道被差出来，这般火似热的天气，又挑着重担，这两日又不拣早凉行，动不动老大藤条打来，都是一般父母皮肉，我们直恁地苦！"老都管道："你们不要怨怅，巴到东京时，我自赏你。"众军汉道："若是似都管看待我们时，并不敢怨怅。"又过了一夜，次日天色未明，众人起来，都要趁凉起身去。杨志跳起来喝道："那里去！且睡了，却理会。"众军汉道："趁早不走，日里热时走不得，却打我们。"杨志大骂道："你们省得什么？"拿了藤条要打，众军忍气吞声，只得睡了。当日直到辰牌时分，慢慢地打火，吃了饭走，一路上赶打着，不许投凉处歇。那十一个厢禁军口里喃喃讷讷地怨怅，两个虞候在老都管面前絮絮聒聒地搬口，老都管听了,也不着意,心内自恼他。

话休絮繁,似此行了十四五日,那十四个人没一个不怨怅杨志。当日客店里辰牌时分慢慢地打火,吃了早饭行,正是六月初四日时节,天气未及晌午,一轮红日当天,没半点云彩,其日十分大热。古人有八句诗道:

祝融南来鞭火龙,火旗焰焰烧天红。
日轮当午凝不去,万国如在红炉中。
五岳翠干云彩灭,阳侯海底愁波竭。
何当一夕金风起,为我扫除天下热。

当日行的路,都是山僻崎岖小径,南山北岭,却监着那十一个军汉,约行了二十余里路程。那军人们思量要去柳阴树下歇凉,被杨志拿着藤条打将来,喝道:"快走!教你早歇!"众军人看那天时,四下里无半点云彩,其时那热不可当。但见:

热气蒸人,嚣尘扑面。万里乾坤如甑,一轮火伞当天。四野无云,风寂寂树焚溪坼;千山灼焰,必剥剥石裂灰飞。空中鸟雀命将休,倒撷入树林深处;水底鱼龙鳞角脱,直钻入泥土窖中。直教石虎喘无休,便是铁人须汗落。

当时杨志催促一行人在山中僻路里行,看看日色当午,那石头上热了,脚疼走不得。众军汉道:"这般天气热,兀的不晒杀人!"杨志喝着军汉道:"快走,赶过前面冈子去,却再理会。"正行之间,前面迎着那土冈子。众人看这冈子时,但见:

顶上万株绿树,根头一派黄沙。嵯峨浑似老龙形,险峻但闻风雨响。山边茅草,乱丝丝攒遍地刀枪;满地石头,磣可可睡两行虎豹。休道西川蜀道险,须知此是太行山。

当时一行十五人奔上冈子来,歇下担仗,那十四人都去松阴树下睡倒了。杨志说道:"苦也!这里是什么去处,你们却在这里歇凉?起来快走!"众军汉道:"你便剁做我七八段,其实去不得了!"杨志拿起藤条,劈头劈脑打去,打得这个起来,那个睡倒,杨志无可奈何。只见两个虞候和老都管气喘急急,也巴到冈子上松树下坐了喘气。看这杨志打那军健,老都管见了说道:"提辖,端的热了走不得,休见他罪过。"杨志道:"都管,你不知这里正是强人出没的去处,地名叫做黄泥冈。闲常太平时节,白日里兀自[8]出来劫人,休道是这般光景,谁敢在这里停脚!"两个虞候听杨志说了,便道:"我见你说好几遍了,只管把这话来惊吓人!"老都管道:"权且教他们众人歇一歇,略过日中行如何?"杨志道:"你也没分晓了!如何使得?这里下冈子去,兀自有七八里没人家,什么去处,敢在此歇凉!"老都管道:"我自坐一坐了走,你自去赶他众人先走。"杨志拿着藤条喝道:"一个不走的,吃俺二十棍。"众军汉一齐叫将起来,数内一个分说道:"提辖,我们挑着百十斤担子,须不比你空手走的,你端的不把人当人!便是留守相公自来监押时,也容我们说一句,你好不知疼痒,只顾逞辩!"杨志骂道:"这畜生不怄死俺!只是打便了。"拿起藤条,劈脸便打去。老都管喝道:"杨提辖,且住!你听我说:我在东京太师府里做奶公时,门下官军,见了无千无万,都向着我喏喏连声。不是我口浅[9],量你是个遭死的军人,相公可怜抬举你做个提辖,比得芥菜子大小的官职,直得恁地逞能!休说我是相公家都管,便是村庄一个老的,也合依我劝一劝;只顾把他们打,是何看待?"杨志道:"都管,你须是城市里人,生长在相府里,那里知道途路上千难万难。"老都管道:"四川、两广也曾去来,不曾见你这般卖弄。"杨志道:"如今须不比太平时节。"都管道:"你说这话,该剜口割舌,今日天下恁地不太平？”

杨志却待再要回言，只见对面松林里影着一个人，在那里舒头探脑价望，杨志道：“俺说什么？兀的不是歹人来了！”撇下藤条，拿了朴刀，赶入松林里来喝一声道：“你这厮好大胆，怎敢看俺的行货！”正是：说鬼便招鬼，说贼便招贼。却是一家人，对面不能识。杨志赶来看时，只见松林里一字儿摆着七辆江州车儿，七个人脱得赤条条的在那里乘凉，一个鬓边老大一搭朱砂记，拿着一条朴刀，望杨志跟前来，七个人齐叫一声：“呵也！”都跳起来。杨志喝道：“你等是什么人？”那七人道：“你是什么人？”杨志又问道：“你等莫不是歹人？”那七人道：“你颠倒问，我等是小本经纪，那里有钱与你？”杨志道：“你等小本经纪人，偏俺有大本钱！”那七人问道：“你端的是什么人？”杨志道：“你等且说那里来的人？”那七人道：“我等弟兄七人是濠州人，贩枣子上东京去，路途打从这里经过，听得多人说这里黄泥冈上时常有贼打劫客商。我等一面走，一头自说道：我七个只有些枣子，别无甚财赋，只顾过冈子来。上得冈子，当不过这热，权且在这林子里歇一歇，待晚凉了行。只听得有人上冈子来，我们只怕是歹人，因此使这个兄弟出来看一看。”杨志道：“原来如此，也是一般的客人。却才见你们窥望，惟恐是歹人，因此赶来看一看。”那七个人道：“客官请几个枣子了去。”杨志道：“不必。”提了朴刀，再回担边来。

老都管道：“既是有贼，我们去休。”杨志说道：“俺只道是歹人，原来是几个贩枣子的客人。”老都管道：“似你方才说时，他们都是没命的⑩。”杨志道：“不必相闹，只要没事便好。你们且歇了，等凉些走。”众军汉都笑了。杨志也把朴刀插在地上，自去一边树下坐了歇凉。没半碗饭时，只见远远地一个汉子挑着一副担桶，唱上冈子来，唱道：

赤日炎炎似火烧，野田禾稻半枯焦。农夫心内如汤煮，公子王孙把扇摇。

那汉子口里唱着，走上冈子来，松林里头歇下担桶，坐地乘凉。众军看见了，便问那汉子道：“你桶里是什么东西？”那汉子应道：“是白酒。”众军道：“挑往那里去？”那汉子道：“挑出村里卖。”众军道：“多少钱一桶？”那汉子道：“五贯足钱。”众军商量道：“我们又热又渴，何不买些吃，也解暑气。”正在那里凑钱，杨志见了，喝道：“你们又做什么？”众军道：“买碗酒吃。”杨志调过朴刀杆便打，骂道：“你们不得洒家言语，胡乱便要买酒吃，好大胆！”众军道：“没事又来鸟乱！我们自凑钱买酒吃，干你甚事？也来打人！”杨志道：“你这村鸟，理会的什么！到来只顾吃嘴！全不晓得路途上的勾当艰难，多少好汉，被蒙汗药麻翻了！”那挑酒的汉子看着杨志冷笑道：“你这客官好不晓事！早是我不卖与你吃，却说出这般没气力的话来！”

正在松树边闹动争说，只见对面松林里那伙贩枣子的客人都提着朴刀，走出来问道：“你们做什么闹？”那挑酒的汉子道：“我自挑这酒过冈子村里卖，热了，在此歇凉，他众人要问我买些吃，我又不曾卖与他。这个客官道我酒里有什么蒙汗药，你道好笑么？说出这般话来！”那七个客人说道：“我只道有歹人出来，原来是如此，说一声也不打紧。我们正想酒来解渴，既是他们疑心，且卖一桶与我们吃。”那挑酒的道：“不卖！不卖！”这七个客人道：“你这鸟汉子也不晓事，我们须不曾说你。你左右⑪将到村里去卖，一般还你钱，便卖些与我们，打什么不紧？看你不道得舍施了茶汤，便又救了我们热渴。”那挑酒的汉子便道：“卖一桶与你，不争，只是被他们说的不好，又没碗瓢舀吃。”那七人道：“你这汉子忒认真！便说了一声，打什么不紧⑫我们自有椰瓢在这里。”只见两个客人去车子前取出两个椰瓢来，一个捧出一大捧枣子来，七个人立在桶边，开了桶盖，轮替换着舀那酒吃，把枣子过口。无一时，一桶酒都吃尽了。七个客人道:“正不曾问得你多少价钱?”那汉道:“我一了?不说价,五贯足钱一桶,十贯一担。”七个客人道:“五贯便依你五贯,只饶我们一瓢吃。”那汉道:“饶不的,做定的价钱。”一个客人把钱还他,一个客人便去揭开桶盖,兜了一瓢,拿上便吃,那汉去夺时,这客人手拿半瓢酒,望松林里便走,那汉赶将去。只见这边一个客人从松林里走将出来,手里拿一个瓢,便来桶里舀了一瓢酒,那汉看见,抢来劈手夺住,望桶里一倾,便盖了桶盖,将瓢望地下一丢,口里说道:“你这客人好不君子相!戴头识脸的[13],也这般啰唣!”

那对过众军汉见了,心内痒起来,都待要吃,数中一个看着老都管道:“老爷爷与我们说一声,那卖枣子的客人买他一桶吃了,我们胡乱也买他这桶吃,润一润喉也好。其实热渴了,没奈何。这里冈子上又没讨水吃处,老爷方便。”老都管见众军所说,自心里也要吃得些,竟来对杨志说:“那贩枣子客人已买了他一桶酒吃,只有这一桶,胡乱教他们买吃些避暑气,冈子上端的没处讨水吃。”杨志寻思道:“俺在远远处望这厮们都买他的酒吃了,那桶里当面也见吃了半瓢,想是好的。打了他们半日,胡乱容他买碗吃罢。”杨志道:“既然老都管说了,教这厮们买吃了便起身。”众军健听了这话,凑了五贯足钱,来买酒吃。那卖酒的汉子道:“不卖了!不卖了!这酒里有蒙汗药在里头!”众军陪着笑说道:“大哥直得便还言语!”那汉道:“不卖了!休缠!”这贩枣子的客人劝道:“你这个鸟汉子,他也说得差了,你也忒认真!连累我们也吃你说了几声。须不关他众人之事,胡乱卖与他众人吃些。”那汉道:“没事讨别人疑心做什么?”这贩枣子客人把那卖酒的汉子推开一边,只顾将这桶酒提与众军去吃。那军汉开了桶盖,无甚舀吃,陪个小心,问客人借这椰瓢用一用。众客人道:“就送这几个枣子与你们过酒。”众军谢道:“什么道理。”客人道:“休要相谢,都是一般客人,何争在这百十个枣子上。”众军谢了,先兜两瓢,叫老都管吃一瓢,杨提辖吃一瓢,杨志那里肯吃。老都管自先吃了一瓢,两个虞候各吃一瓢。众军汉一发上,那桶酒登时吃尽了。杨志见众人吃了无事,自本不吃,一者天气甚热,二乃口渴难熬,拿起来只吃了一半,枣子分几个吃了。那卖酒的汉子说道:“这桶酒被那客人饶一瓢吃了,少了你些酒,我今饶了你众人半贯钱罢。”众军汉凑出钱来还他。那汉子收了钱,挑了空桶,依然唱着山歌,自下冈子去了。

那七个贩枣子的客人,立在松树傍边,指着这一十五人说道:“倒也!倒也!”只见这十五个人头重脚轻,一个个面面厮觑,都软倒了。那七个客人从松树林里推出这七辆江州车儿,把车子上枣子丢在地上,将这十一担金珠宝贝都装在车子内,遮盖好了,叫声:“聒噪!”一直望黄泥冈下推了去。正是:

诛求膏血庆生辰,不顾民生与死邻。
始信从来招劫盗,亏心必定有缘因。

杨志口里只是叫苦,软了身体,挣扎不起;十五人眼睁睁地看着那七个人都把这宝装了去,只是起不来、挣不动、说不的。我且问你,这七人端的是谁?不是别人原来正是晁盖、吴用、公孙胜、刘唐、三阮这七个。却才那个挑酒的汉子,便是白日鼠白胜。却怎地用药?原来挑上冈子时,两桶都是好酒。七个人先吃了一桶,刘唐揭起桶盖,又兜了半瓢吃,故意要他们看着,只是叫人死心踏地。次后吴用去松林里取出药来,抖在瓢里,只做走来饶他酒吃,把瓢去兜时,药已搅在酒里,假意兜半瓢吃,那白胜劈手夺来,倾在桶里,这个便是计策。那计较都是吴用主张,这个唤做智取生辰纲。

原来杨志吃的酒少,便醒得快,爬将起来,兀自捉脚不住。看那十四个人时,口角流涎,都动不得，正应俗语道："饶你奸似鬼，吃了洗脚水。"杨志愤闷道："不争你把了生辰纲去，教俺如何回去见得梁中书？这纸领状须缴不得！"就扯破了。"如今闪得俺有家难奔，有国难投，待走那里去？不如就这冈子上寻个死处。"撩衣破步，望着黄泥冈下便跳。正是：断送落花三月雨，摧残杨柳九秋霜。

毕竟杨志在黄泥冈上寻死，性命如何，且听下回分解。

（《水浒传》第十六回"智取生辰纲"，上海古籍出版社1997年版）

【注释】

① 了事的：有本事的。

② 钧旨：对上级旨意的恭敬的说法。

③ 敕命：本指皇帝的诏命，这里指太师的命令。

④ 支调：不合主调，就是不同意的意思。

⑤ 诏命：皇帝对下级封赠的命令。

⑥ 做大：摆资格，拿架子。

⑦ 申牌时分：古时用地支计时，从子（午夜十一时至凌晨一时）时开始，将一天分为十二时辰，申牌时分指下午三点到五点。下文辰牌时分，指上午七点到九点。

⑧ 兀自：尚且，还。

⑨ 口浅：说话无遮拦，不讲情面。

⑩ 没命的：不要命的，亡命之徒。

⑪ 左右：反正。

⑫ 一了：向来。

⑬ 戴头识脸的：有脸面的。

鲁滨孙漂流记（节选）

笛　福

笛福（Daniel Defoe，1661？—1731），英国18世纪启蒙文学的重要作家。20多岁时，笛福已是伦敦一个体面的商人，经营过内衣、烟酒业、养殖业，从事过股票投机等等，到过欧洲大陆。1692年经商破产，不得不以其他方式谋生。当过政府情报员，还从事写作，创办杂志，早年以写政论文和讽刺诗著称。笛福反对封建专制，提倡宗教宽容，主张发展资本主义工商业。《鲁滨孙漂流记》是英国文学史上最早的长篇小说，描写主人公航海历险，独自流落荒岛28年，以惊人毅力同自然灾害和疾病作抗争并取得胜利的故事，反映了资本积累时期中产阶级的精神风貌。作品打破了英国基督教传统中反对虚构的观念，将逼真的细节描写天衣无缝地安排在虚幻的情节之中，以假乱真，使其成为英国第一部成功的现实主义小说，作者也因此被认为是"英国小说之父"。

首先，我感到目前居住的地方不太合适。一则因离海太近，地势低湿，不大卫生；二则附近没有淡水。我得找一个比较卫生,比较方便的地方建造自己的住所。

我根据自己的情况,拟定了选择住所的几个条件:第一,必须如我上面所说的,要卫生,要有淡水;第二,要能遮荫;第三,要能避免猛兽或人类的突然袭击;第四,要能看到大海,万一上帝让什么船只经过,我就不至于失去脱险的机会,因为我始终存有一线希望,迟早能摆脱目前的困境。

我按上述条件去寻找一个合适的地点,发现在一个小山坡旁,有一片平地。小山靠平地的一边又陡又直,像一堵墙,不论人或野兽都无法从上面下来袭击我。在山岩上,有一块凹进去的地方,看上去好像是一个山洞的进口,但实际上里面并没有山洞。

在这山岩凹进去的地方,前面是一片平坦的草地,我决定就在此搭个帐篷。这块平地宽不过一百码,长不到二百码。

若把住所搭好,这块平坦的草地犹如一块草皮,从门前起伏连绵向外伸展形成一个缓坡,直至海边的那块低地。这儿正处小山西北偏北处,日间小山正好挡住阳光,当太阳转向西南方向照到这儿时,也就快要落下去了。

搭帐篷前,我先在石壁前面划了一个半圆形,半径约十码,直径有二十码。

沿这个半圆形,我插了两排结实的木桩;木桩打入泥土,仿佛像木橛子,大头朝下,高约五尺半,顶上都削得尖尖的。两排木桩之间的距离不到六英寸。

然后,我用从船上截下来的那些缆索,沿着半圆形,一层一层地堆放在两排木桩之间,一直堆到顶上,再用一些两英尺半高的木桩插进去支撑住缆索,仿佛柱子上的横干。这个篱笆十分结实牢固,不管是人还是野兽,都无法冲进来或攀越篱笆爬进来。这项工程,花了我不少时间和劳力,尤其是我得从树林里砍下粗枝做木桩,再运到草地上,又一一把它们打入泥土,这工作尤其费力费时。

至于住所的进出口,我没有在篱笆上做门,而是用一个短梯从篱笆顶上翻进来,进入里面后再收好梯子。这样,我四面都受保护,完全与外界隔绝,夜里就可高枕无忧了。不过,我后来发现,对我所担心的敌人,根本不必如此戒备森严。

我又花了极大的力气,把前面讲到的我的全部财产,全部粮食、弹药武器和补给品,一一搬到篱笆里面,或者可以说搬到这个堡垒里来。我又给自己搭了一个大帐篷用来防雨,因为这儿一年中有一个时期常下倾盆大雨。我把帐篷做成双层的;也就是说,里面一个小的,外面再罩一个大的,大帐篷上面又盖上一大块油布。那油布当然也是我在船上搜集帆布时一起拿下来的。

现在我不再睡在搬上岸的那张床上了,而是睡在一张吊床上,这吊床原是船上大副所有,质地很好。

我把粮食和一切可能受潮损坏的东西都搬进了帐篷。完成这工作后,就把篱笆的出入口堵起来。此后,我就像上面所说,用一个短梯翻越篱笆进出。

做完这些工作后,我又开始在岩壁上打洞,把挖出来的土石方从帐篷里运到外面,沿篱笆堆成一个平台,约一英尺高。这样,帐篷算是我的住房,房后的山洞就成了我的地窖。

这些工作既费时又费力,但总算一一完成了。现在,我再回头追述一下其他几件使我煞费苦心的事情。在我计划搭帐篷打岩洞的同时,突然乌云密布,暴雨如注,雷电交加。在电光一闪,霹雳突至时,一个思想也像闪电一样掠过我的头脑,使我比对闪电本身更吃惊:"哎哟,我的火药啊!"想到一个霹雳就会把我的火药全部炸毁时,我几乎完全绝望了。因为我不仅要靠火药自卫，还得靠其猎取食物为生。当时，我只想到火药，而没有想到火药一旦爆炸自己也就完了。假如真的火药爆炸，我自己都不知道死在谁的手里呢。

这场暴风雨使我心有余悸。因此，我把所有其他工作，包括搭帐篷、筑篱笆等都先丢在一边。等雨一停，我立刻着手做一些小袋子和匣子，把火药分成许许多多小包。这样，万一发生什么情况，也不致全部炸毁。我把一包包的火药分开贮藏起来，免得一包着火危及另一包。这件工作我足足费了两个星期的时间。火药大约有二百四十磅，我把它们分成一百多包。至于那桶受潮的火药，我倒并不担心会发生什么危险，所以我就把它放到新开的山洞里；我把这山洞戏称为我的厨房，其余的火药我都藏在石头缝里，以免受潮，并在储藏的地方小心地作上记号。

在包装和储藏火药的两星期中，我至少每天带枪出门一次。这样做可以达到三个目的：一来可以散散心；二来可以猎获点什么东西吃；三来也可以了解一下岛上的物产。第一次外出，我便发现岛上有不少山羊，使我十分满意。可我也发现这于我来说并非是件大好事。因为这些山羊胆小而又狡猾，而且跑得飞快，实在很难靠近他们。但我并不灰心，我相信总有办法打到一只的。不久我真的打死了一只。我首先发现了山羊经常出没之地，就采用打埋伏的办法来获取我的猎物。我注意到，如果我在山谷里，哪怕它们在山岩上，它们也准会惊恐地逃窜；但若它们在山谷里吃草，而我站在山岩上，它们就不会注意到我。我想，这是由于小羊眼睛生的部位，使它们只能向下看，而不容易看到上面的东西吧。因此，我就先爬到山上，从上面打下去，往往很容易打中。我第一次开枪，打死了一只正在哺小羊的母羊，使我心里非常难过。母羊倒下后，小羊呆呆地站在它身旁；当我背起母羊往回走时，那小羊也跟着我一直走到围墙外面。于是我放下母羊，抱起小羊，进入木栅，一心想把它驯养大。可是小山羊就是不肯吃东西，没有办法，我只好把它也杀了吃了。这两只一大一小的山羊肉，供我吃了好长一段时间，因为我吃得很省，我要尽量节省粮食，尤其是面包。

住所建造好了，我就想到必须要有一个生火的地方，还得准备些柴来烧。至于我怎样做这件事，怎样扩大石洞，又怎样创造其他一些生活条件，我想以后在适当的时候再详谈。

现在想先略微谈谈自己，谈谈自己对生活的看法。在这些方面，你们可以想象，确实有不少感触可以谈的。

我感到自己前景暗淡。因为，我被凶猛的风暴刮到这荒岛上，远离原定的航线，远离人类正常的贸易航线有数百海里之遥。我想，这完全是出于天意，让我孤苦伶仃，在凄凉中了却余生了。想到这些，我眼泪不禁夺眶而出。有时我不禁犯疑，苍天为什么要这样作践自己所创造的生灵，害得他如此不幸，如此孤立无援，又如此沮丧寂寞呢！在这样的环境中，有什么理由要我们认为生活于我们是一种恩赐呢？

可是，每当我这样想的时候，立刻又有另一种思想出现在我的脑海里，并责怪我不应有上述这些念头。特别有一天，当我正带枪在海边漫步时，我思考着自己目前的处境。这时，理智从另一方面劝慰我："的确，你目前形单影只，孑然一身，这是事实。可是，你不想想，你的那些同伴呢？他们到哪儿去了？你们一同上船时，不是有十一个人吗？那么，其他十个人到哪儿去了呢？为什么他们死了，唯独留下你一个人还活着呢？是在这孤岛上强呢，还是到他们那儿去好呢？"说到去他们那儿时，我用手指了指大海——"他们都已葬身大海了！真是，我怎么不想想祸福相倚和祸不单行的道理呢？"这时，我又想到，我目前所拥有的一切，殷实充裕，足以维持温饱。要是那只大船不从触礁的地方浮起来飘近海岸，并让我有时间从船上把一切有用的东西取下来,那我现在的处境又会怎样呢?要知道,像我现在的这种机遇,真是千载难逢的。假如我现在仍像我初上岸时那样一无所有,既没有任何生活必需品,也没有任何可以制造生活必需品的工具,那我现在的情况又会怎么样呢?“尤其是,”我大声对自己说,“如果我没有枪,没有弹药,没有制造东西的工具,没有衣服穿,没有床睡觉,没有帐篷住,甚至没有任何东西可以遮身,我又该怎么办呢?”可是现在,这些东西我都有,而且相当充足,即使以后弹药用尽了,不用枪我也能活下去。我相信,我这一生决不会受冻挨饿,因为我早就考虑到各种意外,考虑到将来的日子;不但考虑到弹药用尽之后的情况,甚至想到我将来体衰力竭之后的日子。

我得承认,在考虑这些问题时,并未想到火药会被雷电一下子炸毁的危险,因此雷电交加之际,忽然想到这个危险,着实使我惊恐万状。这件事我前面已叙述过了。

现在,我要开始过一种寂寞而又忧郁的生活了;这种生活也许在这世界上是前所未闻的。因此,我决定把我生活的情况从头至尾,按时间顺序一一记录下来。我估计,我是 9 月 30 日踏上这可怕的海岛的;当时刚入秋分,太阳差不多正在我头顶上。所以,据我观察,我在北纬 9 度 22 分的地方。

上岛后约十一二天,我忽然想到,我没有书、笔和墨水,一定会忘记计算日期,甚至连安息日和工作日都会忘记。为了防止发生这种情况,我便用刀子在一根大柱子上用大写字母刻上以下一句句子:“我于 1659 年 9 月 30 日在此上岸。”我把柱子做成一个大十字架,立在我第一次上岸的地方。

在这方柱的四边,我每天用刀刻一个凹口,每七天刻一个长一倍的凹口,每一月刻一个再长一倍的凹口。就这样,我就有了一个日历,可以计算日月了。

另外,我还应该提一下,我从船上搬下来的东西很多,有些东西价值不大,但用处不小,可是前面我忘记交待了。我这里特别要提一下那些纸、笔、墨水,船长、大副、炮手和木匠的一些东西,三四个罗盘啦,一些观察和计算仪器啦,日规仪啦,望远镜啦,地图啦,以及航海书籍之类的东西。当时我不管有用没用,通通收拾起来带上岸。同时,我又找到了三本很好的《圣经》,是随我的英国货一起运来的。我上船时,把这几本书打在我的行李里面。此外,还有几本葡萄牙文的书籍,其中有两三本天主教祈祷书和几本别的书籍。所有这些书本我都小心地保存起来。我也不应忘记告诉读者,船上还有一条狗和两只猫。关于它们奇异的经历,我以后在适当的时候还要谈到。我把两只猫都带上岸;至于那条狗,我第一次上船搬东西时,它就泅水跟我上岸了,后来许多年中,它一直是我忠实的仆人。我什么东西也不缺,不必让它帮我猎取什么动物,也不能做我的同伴帮我干什么事,但求能与它说说话,可就连这一点它都办不到。我前面已提到,我找到了笔、墨水和纸,但我用得非常节省,你们将会看到,只要我有墨水,我可以把一切都如实记载下来,但一旦墨水用完,我就记不成了,因为我想不出有什么方法可以制造墨水。

这使我想到,尽管我已收集了这么多东西,我还缺少很多很多东西,墨水就是其中之一。其他的东西像挖土或搬土用的铲子、鹤嘴斧、铁锹,以及针线等等我都没有。至于内衣内裤之类,虽然缺乏,不久我也便习惯了。

由于缺乏适当的工具,一切工作进行得特别吃力。我花了差不多整整一年的时间,才把我的小木栅或围墙建筑好。就拿砍木桩而言,木桩很重,我只能竭尽全力选用我能搬得动的。我花很长时间在树林里把树砍下来削好,至于搬回住处就更费时间了。有时,我得花两天的时间把一根木桩砍下削好再搬回来，第三天再打入地里。作为打桩的工具，我起初找了一块很重的木头；后来才想到了一根起货用的铁棒；可是，就是用铁棒，打桩的工作还是非常艰苦、非常麻烦的。

其实，我有的是时间，工作麻烦一点又何必介意呢？何况筑完围墙，又有什么其他工作可做呢？至少我一时还没有想到要做其他什么事情，无非是在岛上各处走走，寻找食物而已。这是我每天多多少少都要做的一件事。

我开始认真地考虑自己所处的境遇和环境，并把每天的经历用笔详细地记录下来。我这样做，并不是为了留给后人看，因为我相信，在我之后，不会有多少人上这荒岛来；我这样做，只是为了抒发胸中的心事，每日可以浏览，聊以自慰。现在，我已开始振作起来，不再灰心丧气，因此，我尽量自勉自慰。我把当前的祸福利害一一加以比较，以使自己知足安命。我按照商业簿记的格式，分“借方”和“贷方”，把我的幸运和不幸，好处和坏处公允地排列出来：

祸与害——

我流落荒岛，摆脱困境已属无望。

唯我独存，孤苦伶仃，困苦万状。

我与世隔绝，仿佛是一个隐士，一个流放者。

我没有衣服穿。

我无法抵御人类或野兽的袭击。

我没有人可以交谈，也没有人能解救我。

福与利——

唯我独生，船上同伴皆葬身海底。

在全体船员中，我独免一死；上帝既然以其神力救我一命，也必然会救我脱离目前的困境。

小岛虽荒凉，但我尚有粮食，不至饿死。

我地处热带，即使有衣服也穿不住。

在我所流落的孤岛上，没有我在非洲看到的那些猛兽。假如我在非洲沿岸覆舟，那又会怎样呢？

但上帝神奇地把船送到海岸附近，使我可以从船上取下许多有用的东西，让我终身受用不尽。

总而言之，从上述情况看，我目前的悲惨处境在世界上是绝无仅有的。但是，即使在这样的处境中，也祸福相济，有令人值得庆幸之处。我希望世上的人都能从我不幸的遭遇中取得经验和教训。那就是，在万般不幸之中，可以把祸福利害一一加以比较，找出可以聊以自慰的事情，然后可以归入账目的“贷方金额”这一项。

（《鲁滨孙漂流记》，郭建中译，译林出版社 1995 年版）

【提示】

在群体中刻画个性的小说

《水浒传》是一部描写英雄群体的小说。小说中出现的 108 将，各有性格，各有本领，在“替天行道”的旗帜下，聚义梁山，与封建统治阶级公开对抗。他们聚义梁山前后各自的命运遭际，构成各自栩栩如生的个体形象,同时也构成群星闪耀的英雄群像。

《智取生辰纲》是《水浒传》中脍炙人口的篇章,也是小说中出现的第一次集体行动。这次集体行动是两个团队的较量:以晁盖为首领的聚义七星队对峙以杨志为首领的生辰纲押运队。如果单从力量对比上,杨志团队显然更占优势,一行15人中有11人是精选出来的孔武健壮的厢禁军,首领杨志更是名将之后,武举出身,更兼有一口祖传宝刀:砍铜剁铁,刀口不卷;吹毛得过;杀人不见血。相比之下,晁盖团队一共同7人,人数对比构成2:1。这种格局决定了晁盖团队若想取胜,只能智取而不能强夺。而且,从当时形势来讲,晁盖集团如若强夺,不仅达不到目的,而且有可能面临全员覆没或被官府通缉的危险。智取,成为获得生辰纲的最佳选择。

如果说作为生辰纲押运队首领的杨志,只是一介有勇无谋的武夫,那这两个团队的较量也不会成为《水浒传》中的精彩章节。在接手押运生辰纲的任务时,杨志已经表现出其精明谨慎、虑事周详、防范警惕的才智。这就预示了这场智斗,将是旗鼓相当的对垒。最终杨志失败,除了对手蓄谋已久、技高一筹等一些外在因素外,更主要的是败在了杨志不善为人处事的性格上。作为首领,他对待属下的方式不仅不加体量,而且简单粗暴:"轻则痛骂,重则藤条便打,逼赶要行","动不动老大藤条打来","杨志大骂到……拿了藤条便打,""拿起藤条,劈头盖脑打去",这无疑使杨志和11个军汉的矛盾激化,而那"两个虞候口里不道,肚里寻思:'这厮不直得便骂人'""老都管也心内自恼他",这样一来,押运行程中14个人,"没有一个不怨怅"他。这种内部的矛盾随着气温的酷热难耐,道路的崎岖偏僻,一路行程的负重疲惫不断发酵,导致杨志威信尽失,成为彻头彻尾的孤家寡人,最终酿成在黄泥岗任凭鞭打喊骂,也无法掌控的局面。

再来看晁盖团队,智多星吴用一手策划了智取的方案。在黄泥岗遭遇杨志一行人是既定的安排。伪装成枣贩子的7个晁盖团队成员,与精心安插的看似与双方都不相干的卖酒汉子,麻痹了杨志一路殚精竭虑的防范意识,枣贩子们争吃白酒,与卖酒汉子讨价还价,两个枣贩子饶吃白酒的场景,都是事先精心设计好的情景,这些行动的衔接如此自然,堪称天衣无缝。正是在这种谁也看不出破绽的行动中,蒙汗药被巧妙放到另一桶酒中,从而将杨志及其团队成员软倒在黄泥岗。最终智取了生辰纲。

《鲁滨孙漂流记》是十八世纪英国小说家丹尼尔·笛福的代表作,这部以日记形式写成的小说,被誉为英国文学史上第一部现实主义长篇小说。小说的情节并不复杂,主要讲述的是鲁滨孙孤身一人在一个荒无人烟的孤岛上生活了28年的故事。

故事中的荒岛,作为一个几乎纯粹的自然环境,与其所熟悉的文明社会形成鲜明的对照。远离出生地,远离父母亲人,同时也远离其所熟悉的生活环境——尽管他厌倦他这种环境。活命,成为鲁滨孙面临的逼仄问题。没有助手,甚至没有现成的用品和工具——只有沉船上的材料,还要随时应对岛上的灾害天气,一切都要靠自己动手动脑。这意味着他必须摒弃一些文明社会的生活经验与习惯,去适应和应对他所处的新环境。上岛之初,鲁滨孙选址,建住所,搭帐篷,挖地窖,贮藏火药,凭着顽强的意志活了下来。不仅如此,他还在岛上种葡萄、稻子、大麦,制作桌、椅、筛子、木臼,加工面粉、烘制面包,捕捉野山羊驯养,制作陶器,提高自己的生活质量。长达28年之久的时间,既是他为生存而征服自然改造自然的过程,同时也在其自然环境中留下了文明社会的烙印,比如在十字方柱上每天刻录计时,阅读《圣经》和天主教祈祷书,用有限的笔、纸张、墨水记录在岛上的经历,以商业薄记的格式记录他的福祸利害,解救一名野人并训练他,使他成为自己的仆人。

"不管多么困难,也要有活下去的意志",这是鲁滨孙的名言,也是资本原始积累时期新兴资产阶级勇于冒险,追求个性自由与人生梦想的进取精神的写照。

马克思在《关于费尔巴哈的提纲》中指出:"人的本质,并不是单个人所固有的抽象物。在其现实性上,它是一切社会关系的总和"。同为各自民族的初创时期的长篇小说,《水浒传》与《鲁滨孙漂流记》有着显著的不同,《水浒传》的叙事视角侧重于人与社会的关系,写人作为个体或作为群体在人类社会中的关系。《鲁滨孙漂流记》的叙事视角聚焦在了人与自然的关系上。《水浒传》刻画的是英雄群体,而《鲁滨孙漂流记》则叙述的是个人冒险。《水浒传》那相对独立的章回体的空间格局,也与《鲁滨孙漂流记》以时间为线索的日记体显示了中西小说不同的叙事方式。而侧重于行动来表现内心活动的前者,与直接切入内心的西方近代小说心理描写传统，也反映中西不同的叙事和接受的习惯。这些不同尽管打着各异的文化传统烙印，但不掩其对人类生存状态的关注，对人类命运的探索与思考，这种殊途同归，再一次回应了“文学即人学”这一文学理论命题。

（梁苑）

思考题

1. 分析杨志的性格特征。
2. 鲁滨孙形象体现了哪些资本主义精神？
3. 中西方传统长篇小说各有什么不同的艺术特点？

三、四郎探母

清代京剧作品

京剧《四郎探母》取材于杨家将故事，又名《四盘山》或《北天门》。

北宋时，辽邦设“双龙会”于幽州，邀宋太宗（光义）赴会议和。杨家八虎护驾随往，中伏兵败，四郎（延辉）被擒，改名木易，与铁镜公主成婚。十五年后，适辽邦萧天佐摆天门阵，杨六郎（延昭）御于飞虎峪，佘太君押粮抵营；四郎思母，欲往探，为公主识破，乃以实相告；公主计盗令箭，助其出关，四郎当夜私回宋营，母子兄弟相聚。黎明，四郎返辽，被萧后察知，欲斩，经公主求情，始免。

《四郎探母》的创作年代不可考。据称为道光四年(1824)的庆昇平班戏单中即已著录此剧。此剧本系根据张君秋、王世续、程玉菁、王玉敏、萧盛萱、李世霖老师授课本，由陈国卿、安志强、钮骠、钮隽整理、校注，陈国卿、安志强记谱，张继良录谱。（并参对了萧长华、姜妙香二位先生的该剧演出录音）

剧中主要人物

杨延辉（老生）
铁镜公主（旦）
萧太后（旦）
杨延昭（老生）
杨宗保（小生）
佘太君（老旦）
大国舅（丑）
二国舅（丑）
杨八姐（旦）
杨九妹（旦）

第一场　坐宫

［撤锣，小锣帽子头，杨延辉上。］

杨延辉　（引）金井锁梧桐，（多多）长叹空随（多锣。）一阵风。（归外场座，小锣归位，念诗）沙滩赴会十五年，雁过衡阳各一天。高堂老母难得见，怎不教人泪涟涟。（小锣住头）本官，四郎延辉。（台大）山后磁州人氏。父讳继业，人称金刀令公；我母佘氏太君，所生我弟兄七男。想当年沙滩赴会，只杀得我杨家望风而逃。本官被擒，改名木易，多蒙萧后不斩，反将公主匹配。适才小番报道：萧天佐在九龙飞虎峪，摆下天门大阵。宋王御驾亲征，六弟挂帅，老娘解押粮草来到北番。我有意回宋营见母一面，怎奈关津阻隔，插翅难飞，思想起来，好不伤感……唉！（小锣一击）人也！

（小锣帽子头，唱【西皮慢板】）杨延辉坐宫院自思自叹，想起了当年事好不惨然。我好比笼中鸟有翅难展，我好比虎离山受了孤单。我好比南来雁失群飞散，我好比浅水龙困在沙滩。想当年双龙会一场血战，（离座，走至台口转唱【西皮二六板】）只杀得血成河尸骨堆山。只杀得杨家将东逃西散，只杀得众儿郎滚下马鞍。我被擒改名姓方脱此难，将杨字拆木易匹配良缘。萧天佐摆天门两下里会战，我的娘领人马来到北番。我有心回宋营见母一面，怎奈我身在番远隔天边。思老母不由儿肝肠痛断，想老娘不由儿珠泪不干。（转唱【西反摇板】）眼睁睁（大锣一击）高堂母（空匡）难得（大锣哭头）见，儿的老娘啊！（闪锤，接唱）要相逢除非是梦里团圆。（转身，回外场座）

铁镜公主　（内白）丫头！

二 丫 环　（内白）有。

铁镜公主　（内白）带路哇！

二 丫 环　（内白）是啦！

［小锣抽头，二丫环抱阿哥上，站“一条鞭”，铁镜公主上。］

铁镜公主　（唱【西皮摇板】）芍药开牡丹放花红一片，艳阳天春光好百鸟声喧。我本当与驸马消遣游玩……（亮弦，见杨延辉愁容满面）呀！（小锣凤点头，接唱）怎奈他终日里愁锁眉尖。

［二丫环“挖门”，铁镜公主进门站小边，杨延辉站起，二丫环摆八字椅。］

铁镜公主　驸马，咱家来了。

杨 延 辉　公主来了，请坐。

铁镜公主　坐着坐着。

［小锣一击，杨延辉坐大边，铁镜公主坐小边，二丫环走至杨延辉面前请安。］

二 丫 环　请驸马爷安！

杨 延 辉　罢了。

［扎多台，二丫环起，分侍两边。］

铁镜公主　我说驸马，自从你来到我国一十五载，朝欢暮乐，这几天你愁眉不展的，莫非你有什么心事吗？

杨 延 辉　本官无有心事，公主莫要多疑。

铁镜公主　哼！你说你没有心事，你瞧，你的眼泪呀，还没擦干哪！

杨 延 辉　这个……（背脸拭泪，小锣一击）

铁镜公主　（笑）现擦也来不及了。

杨 延 辉　本官心事倒有，慢说公主，就是大罗神仙[①]也难以猜破。

铁镜公主　嗐，慢说你的心事，就是我母后的国事，咱家不猜便罢……

杨 延 辉　若猜呢？

铁镜公主　猜它个八九。

杨 延 辉　好，今日闲暇无事，就请公主猜上一猜。

铁镜公主　好，那么我就猜猜。（对丫环）丫头！

二 丫 环　有。

铁镜公主　打座向前。

二丫环　是啦!

[小锣导板头,杨延辉与铁镜公主站起,铁镜公主从丫环手中接抱阿哥,二丫环将椅搬至前场,设八字椅。]

铁镜公主　(唱【西皮导板】)夫妻们打座在皇宫院,

[小锣夺头,一丫环从铁镜公主手中接抱阿哥,二丫环介下。杨延辉与铁镜公主:分坐。]铁镜公主:(接唱【西皮慢板】)猜一猜驸马爷腹内机关。(夹白)驸马,我可要猜了。

杨延辉　(夹白)公主请猜。

铁镜公主　(接唱)莫不是我母后将你怠慢?

杨延辉　啊公主,你这头一猜么……

铁镜公主　猜着了。

杨延辉　猜错了。

铁镜公主　哟,怎么会猜错了呢?

杨延辉　想太后乃一国之主。慢说无有怠慢,纵有怠慢,我还敢把她老人家怎么样啊!

铁镜公主　哦,可也是啊,想我母后乃是一国之主,慢说没什么怠慢,就是有些个怠慢,你还能够怎么样呢?

杨延辉　着哇!

铁镜公主　这么一说不是的?

杨延辉　不是的。

铁镜公主　(接唱)莫不是夫妻俩冷落少欢?

杨延辉　公主,你这第二猜么……

铁镜公主　这回猜着了?

杨延辉　又猜错了。

铁镜公主　哟,怎么会又猜错了呢?

杨延辉　想你我夫妻,一十五载,相亲相爱,说什么冷落少欢,不是的。

铁镜公主　哎哟!这么一说,又不是的?啊,又错了?(接唱)莫不是思游玩那秦楼楚馆[②]?

杨延辉　公主,越发的不对了。

铁镜公主　怎么越发的不对了呢?

杨延辉　想这皇宫内院,美景非常。那秦楼楚馆,岂是本官去的所在呀!不是的。

铁镜公主　可也是啊,想这皇宫内院,美景非常,那秦楼楚馆,还能比得了这皇宫内院吗?

杨延辉　不是的。

铁镜公主　不是。(接唱)莫不是抱琵琶你就另想别弹?

杨延辉　哎呀公主呀!(小锣一击)你我夫妻,一十五载,相亲相爱,况且又生下了阿哥,说什么抱琵琶另想别弹,你说此话不知紧要,岂不屈煞本官的了。(微哭,拭泪,小锣一击)

铁镜公主　哎哟,我刚说了一句不要紧的话,你就哭了,这不对我再另猜呀!

杨延辉　唉!不猜也罢。

铁镜公主　嗐!这倒难猜了!(接唱)这不是,那不是,是何意见?(行弦)

杨延辉　公主猜不着,不用猜了。

［杨延辉与铁境公主同站起，分向两边各绕一小圆场，立于椅后，公主观察杨延辉；杨延辉将袍袖搭于椅背前，凝目遥望，失意；（小锣一击）各绕回椅前，杨延辉思念老母，落泪；公主始解。］

铁镜公主　嘿，驸马，你这儿来，咱家这一猜呀，就猜着了。

杨 延 辉　公主请猜。

铁镜公主　（小锣凤点头，接唱【西皮摇板】）莫不是你思骨肉（大锣一击）意马心猿。（大锣一击）对不对呀？

［二丫环分上，将阿哥交与铁镜公主，将椅搬回桌旁，分下。］

杨 延 辉　哦！（闪锤，唱【西皮快板】）好一个贤公主智谋广远，猜透了杨延辉袖内机关。我本当向前去求她方便，（大锣一击，亮弦，欲言又止）不可！（闪锤，接唱【西皮摇板】）必须要紧闭口慢露真言。

［大锣原场，同归座。］

铁镜公主　驸马，咱家猜了半天，倒是猜着了没有哇？

杨 延 辉　心事虽被公主猜破，不能与本官做主，也是枉然！

铁镜公主　你要说出来，大小与你拿个主意。

杨 延 辉　公主啊！（大锣硬三锤，唱【西皮快板】）我在南来你在番，千里的姻缘一线牵。公主对天盟誓愿，本官方肯吐真言。（大锣住头）

铁镜公主　噢！怎么着，说了半天还要盟誓么？

杨 延 辉　正是。

铁镜公主　这倒巧了，番邦的女子呀，就是不会盟誓。

杨 延 辉　怎么？番邦女子连誓都不会盟么？

铁镜公主　可不是吗。

杨 延 辉　来来来，待本官教导与你。

［二人同站起。］

铁镜公主　这倒得学学。

杨 延 辉　跪在尘埃，口称皇天在上，番邦女子在下，驸马爷对我说了真情实话，我若是走漏消息半点，日后，天把我怎样长，地把我怎样短。

铁镜公主　哦！就是这个呀？我会了。跪在这儿，口称皇天在上，番邦女子在下，驸马爷对我说了真情实话，我若走漏了消息半点，到后来是怎么长啊？怎么短呢？

杨 延 辉　嗯！要你衷心对天一表。

铁镜公主　哼！你当我真不会盟誓呢？你抱着阿哥。

［杨延辉接抱阿哥。］

铁镜公主　待咱家盟誓啦！（小锣凤点头，唱【西皮流水板】）铁镜女跪尘埃祝告上天，尊一声过往神细听咱言。我若是走漏他的消息半点，（小锣一击，亮弦）

杨 延 辉　怎么样？

铁镜公主　罢！（小锣凤点头，接唱【西皮摇板】）到后来自悬梁尸不周全。

杨 延 辉　言重了！

［闪锤，铁镜公主站起，杨延辉将阿哥交与铁镜公主。］

杨 延 辉　（唱【西皮快板】）见公主盟罢了宏誓大愿，杨延辉才把心放宽。二次向前重把礼见。

[杨延辉与铁镜公主施礼,闪锤,二人归座。]

杨延辉 (接唱【西皮摇板】)我方好回宋营拜母问安。③(大锣住头)

铁镜公主 驸马,暂咱家也盟了,有什么话您还不说吗?

杨延辉 公主,你道本官当真姓木名易么?

铁镜公主 哟!这满朝文武,谁不知道您是木易驸马呀!

杨延辉 非也!

铁镜公主 啊!(大锣一击)怎么着,来到我国一十五载,连个真名实姓都没有?今儿你说了实话便罢,如若不然,奏知母后,哈哈!(大锣一击)我要你的脑袋!

杨延辉 哎呀!(八大仓,撩袍,抖颤)

铁镜公主 喂呀……(哭)

杨延辉 (撕边,冲头,大锣导板头,唱【西皮导板】)未开言不由人泪流满面,(拭泪)

[阿哥哭,铁镜公主把阿哥尿,大锣一击。]

杨延辉 公主,本官与你讲话,怎么在阿哥身上打搅哇!

铁镜公主 你说你的,还拦得着我儿子撒尿吗?

杨延辉 唉!公主啊!(哭、拭泪)

铁镜公主 说好的罢!

杨延辉 (长锤,接唱【西皮原板】)贤公主细听我表一表家园。我的父老令公官高爵显,我的母佘太君所生我弟兄七男。都只为宋王爷五台山还愿,潘仁美诓圣驾来到北番。你的父设下了双龙会宴,我弟兄八员将赴会在沙滩。

[在唱中,杨延辉与铁镜公主同站起。]杨延辉(转唱【西皮快板】)我大哥替宋王席前遭难,我二哥短剑下命染黄泉④。我三哥被马踏尸骨不见,我五弟在五台学法参禅。我六弟镇三关威名振显,我七弟绑芭蕉乱箭身攒⑤。我本是杨……

[铁镜公主急示杨延辉噤声,大锣一击,行弦,二人出门分至两侧察看,两个小锣一击,二人双进门,站八字。]

铁镜公主 我说你倒是杨什么呀?

杨延辉 (空匡,接唱【哭头】)啊!……(大锣哭头)贤公主我的妻呀!(闪锤,接唱【西皮摇板】)我本是杨四郎名姓改换,将杨字拆木易匹配良缘。(大锣一击)

铁镜公主 呀!(闪锤,走至台侧,唱【西皮流水板】)听他言吓得我浑身是汗,十五载到今日才吐真言。原来是杨家将把名姓改换,他思家乡想骨肉就不能团圆。我这里走向前再把礼见,驸马!(大锣单楗凤点头,走至台中,施礼,接唱【西皮快扳】)尊一声驸马爷细听咱言。早晚间休怪我言语怠慢,不知者不怪罪你的海量放宽。

杨延辉 公主啊!(闪锤,唱【西皮快板】)我和你好夫妻恩德非浅,贤公主又何必过于谦言。杨延辉有一日愁眉得展,誓不忘贤公主恩重如山。

铁镜公主 (接唱)讲什么夫妻情恩德不浅,咱与你隔南北千里姻缘。因何故终日里愁眉不展,有什么心腹事你只管明言。

杨延辉 (接唱)非是我这几日愁眉不展,有一桩心腹事不敢明言。萧天佐摆天门两国交战,我的娘押粮草来到北番。我有心回宋营见母一面,怎奈我身在番难以出关。

铁镜公主 (接唱)你那里休得要巧言改辩,你要见高堂母我不阻拦。

杨延辉　（接唱）公主虽然不阻拦，无有令箭怎过关？
铁镜公主　（接唱）有心赠你金鎞箭[6]，怕你一去就不回还。
杨延辉　（接唱）公主赠我金鎞箭，见母一面即刻还。
铁镜公主　（接唱）宋营离此路途远，一夜之间你怎能回还？
杨延辉　（接唱）宋营虽然路途远，快马加鞭我一夜还。
铁镜公主　（接唱）适才叫咱盟誓愿，你对苍天就表一番。（大锣一击）
杨延辉　哦！（闪锤，唱【西皮快板】）公主叫我盟誓愿，将身跪在地平川。我若探母（空匡）不回转，（大锣一击，亮弦）
铁镜公主　怎么样啊？
杨延辉　罢！（大锣草楗凤点头，接唱【西皮摇板】）黄沙盖脸尸骨不全。
铁镜公主　哎呀言重了！
［铁镜公主示意杨延辉请起，杨延辉起立。］
铁镜公主　（闪锤，唱【西皮快板】）一见附马盟誓愿，咱家才把心放宽。你到后宫把衣换，
［闪锤，二人施礼，铁镜公主出宫，走至大边台口转身，杨延辉出门站小边。］
铁镜公主　（接唱【西皮摇板】）盗来令箭你好出关。（大锣抽头，下）
杨延辉　（走至下场门向远望，扎扎仓）噢！（紧锤，从下场门走向台口，撩袍进门后转身向前，唱【西皮快板】）一见公主盗令箭，不由本官喜心间。站立宫门（空匡）叫小番！（扭丝，至下场门转身向前，接唱【西皮散板】）备爷的千里战马扣连环爷好出关。（大锣一击，大锣原场，下。）

【注释】

① 大罗神仙——“大罗天”为道家诸天之名，省作“大罗”。唐诗有“大罗天上神仙客，濯锦江头花柳春”句。

② 秦楼楚馆——春秋时秦穆公女弄玉善吹箫，穆公为筑重楼以居之，名曰凤楼，后世称秦楼。楚灵王筑章华宫，选美人细腰者居之，人称楚馆。后用“秦楼楚馆”称歌榭妓院场所。

③ 此句另有一种唱词为：“夫妻对坐表家园。”

④ 黄泉——人死后埋葬的地方叫黄泉、泉下或九泉。

⑤ 另种唱法不唱“我五第……”至“……乱箭身攒”三句，而是由“我三哥被马踏尸骨不见”后接唱“有本官和八弟失落北番。我本是杨……”。

⑥ 金鎞箭——鎞同錍，音批。箭镞的一种。《方言》第九：“（箭镞）其广长而薄镰，谓之錍。”（见《辞海》）

（《四郎探母》，《经典京剧剧本全选》，陈予一编，国际文化出版社 1996 年版）

附：京剧表演中常用术语

1. 西皮、二簧（黄）：均为戏曲腔调。京剧的唱腔主要以“西皮”和“二黄”两大声腔组成，所以京剧也称“皮黄”。西皮的板式有：原版、快板、慢板、流水、导板、散板、滚板、摇板、二六、回龙、快三眼等等。西皮慢板曲调迂回婉转，进行速度慢，一板三眼是四拍子（近似 3/4 节拍）。西皮原板节奏适中，善于表现各种复杂的感情，一板一眼是二拍子（近似 2/4 节拍）。西皮导板善于表现激昂奔放的情绪。西皮板式还有二六、流水板、摇板、散板和反西皮等。二簧板曲调深沉，节奏平稳，速度较慢，多在表现悲愤或怀念的感情时使用。二簧慢板迂回婉转，常有大段的拖腔，长于表现比较复杂的思想感情和内心的活动。二簧原板唱腔朴素，一般

没有婉转花腔和太长的拖腔,常用于叙事或抒情。

2. 京剧锣鼓:京剧中的锣鼓有一百多种,如剧中出现的:小锣帽子头、小锣抽头、小锣归位、小锣凤点头、大锣夺头、大锣哭头、大锣抽头、大锣原场、大锣硬三锤、大锣导板头、大锣单楗凤点头、闪锤、纽丝、抽头、急急风、望家乡等都是,只不过敲打的场景、时间、音量、快慢、点数等不一样而已。如“小锣帽子头”常作为配合主角第一次出场的亮相及慢板的入头。“小锣抽头”是摇板、流水、快板的入头,在文静的气氛下,配合上场、下场、走圆场及其他的动作。“大锣收头”收头用于一段唱腔后,表示情节上告一段落。“大锣归位”是引子、诗、大段念白及[点绛唇]、[粉蝶儿]等曲牌的前奏。“导板头”用于西皮、二黄导板过门之前的入头。“纽丝”多用于散板的入头,同时也配合上场、下场及一般的动作。“冲头”以大锣、小锣和铙钹交叉合奏,音量一强一弱,配合上场、下场与一般的动作,以及在念白中加强语气用。

京剧表演中涉及的专业术语有许多,限于篇幅,在此不一一阐述。

玩偶之家(节选)

易卜生

亨利克·易卜生(Henrik Johan Ibsen,1828—1906),是挪威人民引以自豪的戏剧大师、欧洲近代戏剧新纪元的开创者,他在戏剧史上享有同莎士比亚和莫里哀一样不朽的声誉。

易卜生一生共写了二十多部剧作,除早期那些浪漫抒情诗剧外,主要是现实主义的散文剧即话剧。这些散文剧大都以习见而又重大的社会问题为题材,通常被称为“社会问题剧”。易卜生的代表作有四大名剧,即《社会支柱》《玩偶之家》《群鬼》和《人民公敌》,其中《玩偶之家》最负盛名。

剧情简介

剧中女主人公娜拉曾为了给丈夫海尔茂治病,为不想让患重病的父亲担忧,瞒着海尔茂,伪造父亲的签字向别人借钱,无意中触犯了当时的法律。剧本开始时,海尔茂早已病愈,即将担任银行经理,他打算辞退一个名叫柯洛克斯泰的职员,并答应把这个职位让给娜拉的女友林丹太太。但是被辞退的柯洛克斯泰正是娜拉从前的债主,为了保住在银行的职位,他将娜拉假冒签字一事写信告诉海尔茂,以影响海尔茂的升迁要挟他收回辞退决定。娜拉渴望着丈夫能理解她当时的行为。但海尔茂看过信后,勃然大怒,斥责娜拉为“犯罪的人”“下贱女人”,并要剥夺她教育子女的权利。而随柯洛克斯泰不再要挟时,海尔茂又转怒为喜,要求与娜拉复好。但娜拉已幡然醒悟,意识到自己在家中的地位,毅然决定离家出走。

剧中主要人物表

托伐·海尔茂

娜拉——海尔茂的妻

阮克医生

林丹太太

尼尔·柯洛克斯泰

海尔茂夫妇的三个孩子

安娜——孩子们的保姆

爱伦——女佣人

第三幕(节选)

[事情发生在克立斯替阿尼遏[①]海尔茂家里。

一间屋子,布置得很舒服雅致,可是并不奢华。后面右边,一扇门通到门厅。左边一扇门通到海尔茂书房。两扇门中间有一架钢琴。左墙中央有一扇门,靠前一点,有一扇窗。靠窗有一张圆桌,几把扶手椅和一只小沙发。右墙里,靠后,又有一扇门,靠墙往前一点,一只瓷火炉,火炉前面有一对扶手椅和一张摇椅。侧门和火炉中间有一张小桌子。墙上挂着许多版画。一只什锦架上摆着瓷器和小古玩。一只小书橱里放满了精装书籍。地上铺着地毯。炉子里生着火。正是冬天。

楼上有跳舞音乐的声音。林丹太太坐在桌子旁边,用手翻弄一本书。她想看书,可是没心绪。她时时朝着通门厅的门望一眼,仔细听听有没有动静。(这部分是第三幕的背景)]

林丹太太　(整理屋子,把自己的衣帽归置在一块儿)多大的变化!多大的变化!现在我的工作有了目标,我的生活有了意义!我要为一个家庭谋幸福!万一做不成,绝不是我的错。我盼望他们快回来。(细听)喔,他们回来了!让我先穿上衣服。

[她拿起帽子和大衣。外面传来海尔茂和娜拉的说话声音。门上锁一转,娜拉几乎硬被海尔茂拉起来。娜拉穿着意大利服装,外面裹着一块黑的大披肩。海尔茂穿着大礼服,外面罩着一件附带假面具的黑舞衣,敞着没扣好。]

娜　　拉　(在门洞里跟海尔茂挣扎)不,不,不,我不进去!我还要上楼去跳舞。我不愿意这么早回家。

海 尔 茂　亲爱的娜拉,可是——

娜　　拉　亲爱的托伐,我求你,咱们再跳一点钟。

海 尔 茂　一分钟都不行。好娜拉,你知道这是咱们事先说好的。快进来,在这儿你要着凉了。(娜拉尽管挣扎,还是被他轻轻一把拉进来)

林丹太太　你们好!

娜　　拉　克立斯替纳!

海 尔 茂　什么!林丹太太!这么晚你还上这儿来?

林丹太太　是,请你别见怪。我一心想看看娜拉怎么打扮。

娜　　拉　你一直在这儿等我们?

林丹太太　是,我来迟了一步,你们已经上楼了,我不看见你,舍不得回去。

海 尔 茂　(把娜拉的披肩揭下来)你仔细赏鉴吧!她实在值得看。林丹太太,你说她漂亮不漂亮?

林丹太太　真漂亮。

海 尔 茂　她真美极了。谁都这么说。可是这小宝贝脾气真倔强。我不知该把她怎么办。你想,我差不多是硬把她拉回来的。

娜　　拉　喔,托伐,今天你不让我在楼上多待一会儿——哪怕是多待半点钟——将来你一定会后悔。

海 尔 茂　你听她说什么,林丹太太!她跳完了特兰特拉土风舞,大家热烈鼓掌。难怪大家都鼓掌,她实在跳得好,不过就是表情有点儿过火,严格说起来,超过了艺术标准。不过那是小事情,主要的是,她跳得很成功,大家全都称赞她。难道说,大家鼓完掌我还能让她待下去,减少艺术的效果?那可使不得。所以我就一把挽着我的意大利姑娘——我的任性的意大利姑娘一阵风儿似的转了个圈儿,四面道过谢,像小说里描写的,一转眼漂亮的妖精就不见了!林丹太太,下场时候应该讲效果,可惜娜拉不懂这道理。嘿,这屋子真热。(把舞衣脱下来扔在椅子上,打开自己书房的门)什么!里头这么黑?哦,是了。林丹太太,失陪了。(进去点蜡烛)

娜　　拉　(提心吊胆地急忙低声问)事情怎么样?

林丹太太　(低声回答)我跟他谈过了。

娜　　拉　他——

林丹太太　娜拉,你应该把这件事全部告诉你丈夫。

娜　　拉　(平板的声调)我早就知道。

林丹太太　你不用怕柯洛克斯泰。可是你一定得对你丈夫说实话。

娜　　拉　我不说实话怎么样?

林丹太太　那么,那封信会说实话。

娜　　拉　谢谢你,克立斯替纳。现在我知道怎么办了。嘘!

海 尔 茂　(从书房出来)怎么样,林丹太太,你把她仔细赏鉴过没有?

林丹太太　赏鉴过了。现在我要走了。明天见。

……

海 尔 茂　(送她到门口)明天见,明天见,一路平安。我本来该送你回去,可是好在路很近。再见,再见。(林丹太太走出去,海尔茂关上大门回到屋子里)好了,好容易才把她打发走。这个女人真啰嗦!

娜　　拉　你累了吧,托伐?

海 尔 茂　一点儿都不累。

娜　　拉　也不想睡觉?

海 尔 茂　一点儿都不想。精神觉得特别好。你呢?你好像又累又想睡。

娜　　拉　是,我很累。我就要去睡觉。

海 尔 茂　你看!我不让你再跳舞不算错吧?

娜　　拉　喔,你做的事都不错。

……

海 尔 茂　……(对她看了会儿,把身子凑过去)回到自己家里,静悄悄地只有咱们两个人,滋味多么好!喔,迷人的小东西!

娜　　拉　别那么瞧我。

海 尔 茂　难道我不该瞧我的好宝贝——我一个人儿的亲宝贝?

娜　　拉　(走到桌子那边去)今天晚上你别跟我说这些话。

海 尔 茂　(跟过来)你血管里还在跳特兰特拉——所以你今天晚上格外惹人爱。你听,楼上的客要走了。(声音放低些)娜拉,再过一会儿整个这所房子里就静悄悄地没有声音了。

娜　　拉　我想是吧。

海尔茂　是啊，我的娜拉。咱们出去做客的时候我不大跟你说话，我故意避开你，偶然偷看你一眼，你知道为什么？因为我心里好像觉得咱们偷偷地在恋爱，偷偷地订了婚，谁也不知道咱们的关系。

娜　　拉　是，是，是，我知道你的心都在我身上。

海尔茂　到了要回家的时候，我把披肩搭上你的滑溜的肩膀，围着你的娇嫩的脖子，我心里好像觉得你是我的新娘子，咱们刚结婚，我头一次把你带回家——头一次跟你待在一块儿，头一次陪着你这娇滴滴的小宝贝！今天晚上我什么都没想，只是想你一个人。刚才跳舞的时候我看见你那轻巧活泼的身段，我的心跳得按捺不住了，所以那么早我就把你拉下楼。

娜　　拉　走开，托伐！撒手，我不爱听这些话。

海尔茂　什么？你成心逗我吗，娜拉？你不爱听！难道我不是你丈夫？

……

娜　　拉　（海尔茂从衣袋里掏出一串钥匙来，走进门厅）托伐，你出去干什么？

海尔茂　我把信箱倒一倒，里头东西都满了，明天早上报纸装不下了。

娜　　拉　今晚你工作不工作？

海尔茂　你不是知道今晚不工作吗？唔，这是怎么回事？有人弄过锁。

娜　　拉　弄过锁？

海尔茂　一定是。这是怎么回事？我想佣人不会——？这儿有只撅折的头发夹子。娜拉，这是你常用的。

娜　　拉　（急忙接嘴）一定是孩子们——

海尔茂　你得管教他们别这么胡闹。好！好容易开开了。（把信箱里的信件拿出来，朝着厨房喊道）爱伦，爱伦，把门厅的灯吹灭了。（拿着信件回到屋里，关上门）你瞧，攒了这么一大堆。（把整沓信件翻过来）哦，这是什么？

娜　　拉　（在窗口）那封信！喔，托伐，别看！

……

娜　　拉　……托伐，现在你可以看信了。

海尔茂　不，不，今晚我不看信。今晚我要陪着你，我的好宝贝。

……

娜　　拉　（搂着他脖子）托伐！明天见！明天见！

海尔茂　（亲她的前额）明天见，我的小鸟儿。好好儿睡觉，娜拉！我去看信了。

他拿了那些信走进自己的书房，随手关上门。

娜　　拉　（瞪着眼瞎摸，抓起海尔茂的舞衣披在自己身上，急急忙忙，断断续续，哑着嗓子，低声自言自语）从今以后再也见不着他了！永远见不着了，永远见不着了。（把披肩蒙在头上）也见不着孩子们了！永远见不着了！喔，漆黑冰凉的水！没底的海！快点完事多好啊！现在他已经拿着信了，正在看！喔，还没看。再见，托伐！再见，孩子们！

[她正朝着门厅跑出去，海尔茂猛然推开门，手里拿着一封拆开的信，站在门口。]

海尔茂　娜拉!

娜　拉　(叫起来)啊!

海尔茂　这是谁的信?你知道信里说的什么事?

娜　拉　我知道。快让我走!让我出去[②]!

海尔茂　(拉住她)你上哪儿去?

娜　拉　(竭力想脱身)别拉着我,托伐。

海尔茂　(惊慌倒退)真有这件事?他信里的话难道是真的?不会,不会,不会是真的。

娜　拉　全是真的。我只知道爱你,别的什么都不管。

海尔茂　哼,别这么花言巧语的!

娜　拉　(走近他一步)托伐!

海尔茂　你这坏东西——干的好事情!

娜　拉　让我走——你别拦着我!我做的坏事不用你担当!

海尔茂　不用装腔作势给我看。(把出去的门锁上)我要你老老实实把事情招出来,不许走。你知道不知道自己干的什么事?快说!你知道吗?

娜　拉　(眼睛盯着他,态度越来越冷静)嗯,现在我才完全明白了。

海尔茂　(走来走去)嘿!好像做了一场噩梦醒过来!这八年工夫——我最得意、最喜欢的女人——没想到是个伪君子,是个撒谎的人——比这还坏——是个犯罪的人。真是可恶极了!哼!哼!(娜拉不做声,只用眼睛盯着他)其实我早就该知道。我早该料到这一步。你父亲的坏德性——(娜拉正要说话)少说话!你父亲的坏德性你全都沾上了——不信宗教,不讲道德,没有责任心。当初我给他遮盖,如今遭了这么个报应!我帮你父亲都是为了你,没想到现在你这么报答我!

娜　拉　不错,这么报答你。

海尔茂　你把我一生幸福全都葬送了。我的前途也让你断送了。喔,想起来真可怕!现在我让一个坏蛋抓在手心里。他要我怎么样我就得怎么样,他要我干什么我就得干什么。他可以随便摆布我,我不能不依他。我这场大祸都是一个下贱女人惹出来的!

娜　拉　我死了你就没事了。

海尔茂　哼,少说骗人的话。你父亲从前也老有那么一大套。照你说,就是你死了,我有什么好处?一点好处都没有。他还是可以把事情宣布出去,人家甚至还会疑惑我是跟你串通一气的,疑惑是我出主意撺掇你干的。这些事情我都得谢谢你——结婚以来我疼了你这些年,想不到你这么报答我。现在你明白你给我惹的是什么祸吗?

娜　拉　(冷静安详)我明白。

海尔茂　这件事真是想不到,我简直摸不着头脑。可是咱们好歹得商量个办法。把披肩摘下来。摘下来,听见没有!我先得想个办法稳住他,这件事无论如何不能让人家知道。咱们俩,表面上照样过日子——不要改样子,你明白不明白我的话?当然你还得在这儿住下去。可是孩子不能再交在你手里。我不敢再把他们交给你——唉,我对你说这么一句话心里真难受,因为你是我一向最心爱,并且现在还——!可是现在情形已经改变了。从今以后再说不上什么幸福不幸福,只有想法子怎么挽救、怎么遮盖、怎么维持这个残破的局面——(门铃响起来,海尔茂吓了一跳)什么事?三更半夜的!难道事情发作了?难道他——娜拉,你快藏起来,只推托有病。(娜拉站着不动。海尔茂走过去开门)

爱　　伦　(披着衣服在门厅里)太太,您有封信。

海尔茂　给我。(把信抢过来,关上门)果然是他的。你别看。我念给你听。

娜　　拉　快念!

海尔茂　(凑着灯光)我几乎不敢看这封信。说不定咱们俩都会完蛋。也罢,反正总得看。(慌忙拆信,看了几行之后发现信里夹着一张纸,马上快活得叫起来)娜拉!(娜拉莫名其妙地瞧着他)

海尔茂　娜拉!喔,别忙!让我再看一遍!不错,不错!我没事了!娜拉,我没事了!

娜　　拉　我呢?

海尔茂　当然你也没事了,咱们俩都没事了。你看,他把借据还你了。他在信里说,这件事非常抱歉,要请你原谅,他又说他现在交了运——喔,管他还写些什么。娜拉,咱们没事了!现在没人能害你了。喔,娜拉,娜拉——咱们先把这害人的东西消灭了再说。让我再看看——(朝着借据瞟了一眼)喔,我不想再看它,只当是做了一场梦。(把借据和柯洛克斯泰的两封信一齐都撕掉,扔在火炉里,看它们烧)好!烧掉了!他说自从24号起——喔,娜拉,这三天你一定很难过。

娜　　拉　这三天我真不好过。

海尔茂　你心里难过,想不出好办法,只能喔,现在别再想那可怕的事情了。我们只应该高高兴兴多说几遍"现在没事了,现在没事了"!听见没有,娜拉!你好像不明白。我告诉你,现在没事了。你为什么绷着脸不说话?喔,我的可怜的娜拉,我明白了,你以为我还没饶恕你。娜拉,我赌咒,我已经饶恕你了。我知道你干那件事都是因为爱我。

娜　　拉　这倒是实话。

海尔茂　你正像做老婆的应该爱丈夫那样地爱我。只是你没有经验,用错了方法。可是难道因为你自己没主意,我就不爱你吗?我决不会。你只要一心一意依赖我,我会指点你,教导你。正因为你自己没办法,所以我格外爱你,要不然我还算什么男子汉大丈夫?刚才我觉得好像天要塌下来,心里一害怕,就说了几句不好听的话,你千万别放在心上。娜拉,我已经饶恕你了。我赌咒不再埋怨你。

娜　　拉　谢谢你饶恕我。(从右边走出去)

海尔茂　别走!(向门洞里张望)你要干什么?

娜　　拉　(在里屋)我去脱掉跳舞的服装。

海尔茂　(在门洞里)好,去吧。受惊的小鸟儿,别害怕,定定神,把心静下来。你放心,一切事情都有我。我的翅膀宽,可以保护你。(在门口走来走去)喔,娜拉,咱们的家多可爱,多舒服!你在这儿很安全,我可以保护你,像保护一只从鹰爪子底下救出来的小鸽子一样。我不久就能让你那颗扑扑跳的心定下来,娜拉,你放心。到了明天,事情就不一样了,一切都会恢复老样子。我不用再说我已经饶恕你,你心里自然会明白我不是说假话。难道我舍得把你撵出去?别说撵出去,就说是责备,难道我舍得责备你?娜拉,你不懂得男子汉的好心肠。要是男人饶恕了他老婆——真正饶恕了她,从心坎儿里饶恕了她——他心里会有一股没法子形容的好滋味。从此以后他老婆越发是他的私有的财产。做老婆的就像重新投了胎,不但是她丈夫的老婆,并且还是她丈夫的孩子。从今以后,你就是我的孩子,我的吓坏了的可怜的小宝贝。别着急,娜拉,只要你老老实实对待我,你的事情都有我做主,都有我指点。(娜拉换了家常衣服走进来)怎么,你还不睡觉,又换衣服干什么?

娜　　拉　不错,我把衣服换掉了。

海 尔 茂　这么晚还换衣服干什么?

娜　　拉　今晚我不睡觉。

海 尔 茂　可是,娜拉——

娜　　拉　(看自己的表)时间还不算晚。托伐,坐下,咱们有好些话要谈一谈。(她在桌子一头坐下)

海 尔 茂　娜拉,这是什么意思?你的脸色冰冷铁板的

娜　　拉　坐下。一下子说不完。我有好些话跟你谈。

海 尔 茂　(在桌子那一头坐下)娜拉,你把我吓了一大跳。我不了解你。

娜　　拉　这话说得对,你不了解我,我也到今天晚上才了解你。别打岔。听我说下去。托伐,咱们必须把总账算一算。

海 尔 茂　这话怎么讲?

娜　　拉　(顿了一顿)现在咱们面对面坐着,你心里有什么感想?

海 尔 茂　我有什么感想?

娜　　拉　咱们结婚已经八年了。你觉得不觉得,这是头一次咱们夫妻正正经经谈谈话?

海 尔 茂　正正经经!这四个字怎么讲?

娜　　拉　这整整的八年——要是从咱们认识的时候算起,其实还不止八年——咱们从来没有在正经事情上头谈过一句正经话。

海 尔 茂　难道要我经常把你不能帮我解决的事情麻烦你?

娜　　拉　我不是指着你的业务说。我说的是,咱们从来没坐下来正正经经细谈过一件事。

海 尔 茂　我的好娜拉,正经事跟你有什么相干?

娜　　拉　咱们的问题就在这儿!你从来就没了解过我。我受尽了委屈,先在我父亲手里,后来又在你手里。

海 尔 茂　这是什么话!你父亲和我这么爱你,你还说受了我们的委屈!

娜　　拉　(摇头)你们何尝真爱过我,你们爱我只是拿我当消遣。

海 尔 茂　娜拉,这是什么话!

娜　　拉　托伐,这是老实话。我在家跟父亲过日子的时候,他把他的意见告诉我,我就跟着他的意见走。要是我的意见跟他不一样,我也不让他知道,因为他知道了会不高兴。他叫我"泥娃娃孩子",把我当作一件玩意儿,就像我小时候玩儿我的泥娃娃一样。后来我到你家来住着——

海 尔 茂　用这种字眼形容咱们的夫妻生活简直不像话!

娜　　拉　(满不在乎)我是说,我从父亲手里转移到了你手里。跟你在一块儿,事情都归你安排。你爱什么我也爱什么,或者假装爱什么——我不知道是真还是假——也

许有时候真，有时候假。现在我回头想一想，这些年我在这儿简直像个要饭的叫花子，要一口，吃一口。托伐，我靠着给你要把戏过日子。可是你喜欢我这么做。你和我父亲把我害苦了。我现在这么没出息都要怪你们。

海尔茂　娜拉，你真不讲理，真不知好歹！你在这儿过的日子难道不快活？

娜　拉　不快活。过去我以为快活，其实不快活。

海尔茂　什么！不快活！

娜　拉　说不上快活，不过说说笑笑凑个热闹罢了。你一向待我很好。可是咱们的家只是一个玩儿的地方，从来不谈正经事。在这儿我是你的"泥娃娃老婆"，正像我在家里是我父亲的"泥娃娃女儿"一样。我的孩子又是我的泥娃娃。你逗着我玩儿，我觉得有意思，正像我逗孩子们，孩子们也觉得有意思。托伐，这就是咱们的夫妻生活。

海尔茂　你这段话虽然说得太过火，倒也有点道理。可是以后的情形就不一样了。玩儿的时候过去了，现在是受教育的时候了。

娜　拉　谁的教育？我的教育还是孩子们的教育？

海尔茂　两方面的，我的好娜拉。

娜　拉　托伐，你不配教育我怎样做个好老婆。

海尔茂　你怎么说这句话？

娜　拉　我配教育我的孩子吗？

海尔茂　娜拉！

娜　拉　刚才你不是说不敢再把孩子交给我吗？

海尔茂　那是气头上的话，你老提它干什么？

娜　拉　其实你的话没说错。我不配教育孩子。要想教育孩子，先得教育我自己。你没资格帮我的忙。我一定得自己干。所以现在我要离开你。

海尔茂　（跳起来）你说什么？

娜　拉　要想了解我自己和我的环境，我得一个人过日子，所以我不能再跟你待下去。

海尔茂　娜拉！娜拉！

娜　拉　我马上就走。克立斯替纳一定会留我过夜。

海尔茂　你疯了！我不让你走！你不许走！

娜　拉　你不许我走也没用。我只带自己的东西。你的东西我一件都不要，现在不要，以后也不要。

海尔茂　你怎么疯到这步田地！

娜　拉　明天我要回家去——回到从前的老家去。在那儿找点事情做也许不太难。

海尔茂　喔，像你这么没经验——

娜　拉　我会努力去吸取。

海尔茂　丢了你的家，丢了你丈夫，丢了你儿女！不怕人家说什么话！

娜　拉　人家说什么不在我心上。我只知道我应该这么做。

海尔茂　这话真荒唐！你就这么把你最神圣的责任扔下不管了？

娜　拉　你说什么是我最神圣的责任？

海尔茂　那还用我说？你最神圣的责任是你对丈夫和儿女的责任。

娜　拉　我还有别的同样神圣的责任。

海尔茂　没有的事！你说的是什么责任？

娜　拉　我说的是我对自己的责任。

海尔茂　别的不用说，首先你是一个老婆，一个母亲。

娜　拉　这些话现在我都不信了。现在我只信，首先我是一个人，跟你一样的一个人——至少我要学做一个人。托伐，我知道大多数人赞成你的话，并且书本儿里也是这么说。可是从今以后我不能一味相信大多数人说的话，也不能一味相信书本儿里说的话。什么事情我都要用自己脑子想一想，把事情的道理弄明白。

海尔茂　难道你不明白你在自己家庭的地位？难道在这些问题上没有颠扑不破的道理指导你？难道你不信仰宗教？

娜　拉　托伐，不瞒你说，我真不知道宗教是什么。

海尔茂　你这话怎么讲？

娜　拉　除了行坚信礼的时候牧师对我说的那套话，我什么都不知道。牧师告诉过我，宗教是这个，宗教是那个。等我离开这儿一个人过日子的时候我也要把宗教问题仔细想一想。我要仔细想一想牧师告诉我的话究竟对不对，对我合用不合用。

海尔茂　喔，从来没听说过这种话！并且还是从这么个年轻女人嘴里说出来的！要是宗教不能带你走正路，让我唤醒你的良心来帮助你，你大概还有点道德观念吧？要是没有，你就干脆说没有。

娜　拉　托伐，这个问题不容易回答。我实在不明白。这些事情我摸不清，我只知道我的想法跟你的想法完全不一样。我也听说，国家的法律跟我心里想的不一样，可是我不信那些法律是正确的。父亲病得快死了，法律不许女儿给他省烦恼。丈夫病得快死了，法律不许老婆想法子救他的性命！我不信世界上有这种不讲理的法律。

海尔茂　你说这些话像个小孩子。你不了解咱们的社会。

娜　拉　我真不了解。现在我要去学习。我一定要弄清楚，究竟是社会正确，还是我正确。

海尔茂　娜拉，你病了，你在发烧说胡话。我看你像精神错乱了。

娜　拉　我的脑子从来没像今天晚上这么清醒、这么有把握。

海尔茂　你清醒得有把握得要丢掉丈夫和儿女？

娜　拉　一点不错。

海尔茂　这么说，只有一句话讲得通。

娜　拉　什么话？

海尔茂　那就是你不爱我了。

娜　拉　不错，我不爱你了。

海尔茂　娜拉！你忍心说这话！

娜　拉　托伐，我说这话心里也难受，因为你一向待我很不错。可是我不能不说这句话。现在我不爱你了。

海尔茂　(勉强管住自己)这也是你清醒的有把握的话？

娜　拉　一点不错。所以我不能再在这儿待下去。

海尔茂 你能不能说明白我究竟做了什么事使你不爱我？

娜　拉 能。就因为今天晚上奇迹没出现，我才知道你不是我理想中的那等人。

海尔茂 这话我不懂，你再说清楚点。

娜　拉 我耐着性子整整等了八年，我当然知道奇迹不会天天有。后来大祸临头的时候，我曾经满怀信心地跟自己说，“奇迹来了！”柯洛克斯泰把信扔在信箱里以后，我决没想到你会接受他的条件。我满心以为你一定会对他说，“尽管宣布吧”，而且你说了这句话之后，还一定会——

海尔茂 一定会怎么样？叫我自己的老婆出丑丢脸，让人家笑骂？

娜　拉 我满心以为你说了那句话之后，还一定会挺身出来，把全部责任担在自己肩膀上，对大家说，“事情都是我干的。”

海尔茂 娜拉——

娜　拉 你以为我会让你替我担当罪名吗？不，当然不会。可是我的话怎么比得上你的话那么容易叫人家信？这正是我盼望它发生又怕它发生的奇迹。为了不让奇迹发生，我已经准备自杀。

海尔茂 娜拉，我愿意为你日夜工作，我愿意为你受穷受苦。可是男人不能为他爱的女人牺牲自己的名誉。

娜　拉 千千万万的女人都为男人牺牲过名誉。

海尔茂 喔，你心里想的嘴里说的都像个傻孩子。

娜　拉 也许是吧。可是你想的和说的也不像我可以跟着过日子的男人。后来危险过去了——你不是怕我有危险，是怕你自己有危险——不用害怕了，你又装作没事人儿了。你又叫我跟从前一样乖乖地做你的小鸟儿，做你的泥娃娃，说什么以后要格外小心保护我，因为我那么脆弱不中用。（站起来）托伐，就在那当口，我好像忽然从梦里醒过来，我简直跟一个生人同居了八年，给他生了三个孩子。喔，想起来真难受！我恨透了自己没出息！

海尔茂 （伤心）我明白了，我明白了，在咱们中间出现了一道深沟。可是，娜拉，难道咱们不能把它填平吗？

娜　拉 照我现在这样子，我不能跟你做夫妻。

海尔茂 我有勇气重新再做人。

娜　拉 在你的泥娃娃离开你之后——也许有。

海尔茂 要我跟你分手！不，娜拉，不行！这是不能设想的事情。

娜　拉 （走进右边屋子）要是你不能设想，咱们更应该分开。（拿着外套、帽子和旅行小提包又走出来，把东西搁在桌子旁边椅子上）

海尔茂 娜拉，娜拉，现在别走。明天再走。

娜　拉 （穿外套）我不能在生人家里过夜。

海尔茂 难道咱们不能像哥哥妹妹那么过日子？

娜　拉 （戴帽子）你知道那种日子长不了。（围披肩）托伐，再见。我不去看孩子了。我知道现在照管他们的人比我强得多。照我现在这样子，我对他们一点儿用处都没有。

海尔茂 可是，娜拉，将来总有一天——

娜　　拉　那就难说了。我不知道我以后会怎么样。

海 尔 茂　无论怎么样,你还是我的老婆。

娜　　拉　托伐,我告诉你。我听人说,要是一个女人像我这样从她丈夫家里走出去,按法律说,她就解除了丈夫对她的一切义务。不管法律是不是这样,我现在把你对我的义务全部解除。你不受我拘束,我也不受你拘束。双方都有绝对的自由。拿去,这是你的戒指。把我的也还我。

海 尔 茂　连戒指都要还?

娜　　拉　要还。

海 尔 茂　拿去。

娜　　拉　好。现在事情完了。我把钥匙都搁在这儿。家里的事佣人都知道——她们比我更熟悉。明天我动身之后,克立斯替纳会来给我收拾我从家里带来的东西。我会叫她把东西寄给我。

海 尔 茂　完了!完了!娜拉,你永远不会再想我了吧?

娜　　拉　喔,我会时常想到你,想到孩子们,想到这个家。

海 尔 茂　我可以给你写信吗?

娜　　拉　不,千万别写信。

海 尔 茂　可是我总得给你寄点儿——

娜　　拉　什么都不用寄。

海 尔 茂　你手头不方便的时候我得帮点忙。

娜　　拉　不必,我不接受生人的帮助。

海 尔 茂　娜拉,难道我永远只是个生人?

娜　　拉　(拿起手提包)托伐,那就要等奇迹中的奇迹发生了。

海 尔 茂　什么叫奇迹中的奇迹?

娜　　拉　那就是说,咱们俩都得改变到,喔,托伐,我现在不信世界上有奇迹了。

海 尔 茂　可是我信。你说下去!咱们俩都得改变到什么样子——?

娜　　拉　改变到咱们在一块儿过日子真正像夫妻。再见。(她从门厅走出去)

海 尔 茂　(倒在靠门的一张椅子里,双手蒙着脸)娜拉!娜拉!(四面望望,站起身来)屋子空了。她走了。(心里闪出一个新希望)啊!奇迹中的奇迹——

(楼下"砰"的一响,传来关大门的声音)

(《玩偶之家》,选自《外国戏剧名篇选读》,潘家洵译,作家出版社1986年版)

【注释】

① 克拉斯替阿尼遏是挪威首都的旧名,现名叫奥斯陆。

② "让我出去"指娜拉想出去投水自杀。

【提示】

虚拟、清醒的中国戏曲

我国的戏曲源远流长,是世界上三种古老戏剧文化(希腊悲喜剧、印度梵剧、中国戏曲)之一。自宋、元以来,中国戏剧就一直是以歌、舞、白三位为一体,集文学、音乐、舞蹈、美术、武术、杂技以及人物扮演等为一身的综合艺术。现今的京剧和一些地方戏剧仍保留了这一特点，形成了由四功（唱、念、做、打）五法（手、眼、身、法、步）行当、虚拟动作及上下场走圆场等组成了我国戏曲表演艺术的民族风格。而西方戏剧往往表现为各自独立的“只歌不舞”的歌剧，“只舞不歌”的舞剧，“只说不唱”的话剧。

《四郎探母》作为一出京剧，说的是北宋时，杨四郎（延辉）因战败被辽兵擒，被迫与辽铁镜公主成婚。十五年后，适辽萧天佐摆天门阵，其弟杨六郎（延昭）御于飞虎峪，母佘太君押粮抵营；四郎思母，公主计盗令箭，助其出关，助其母子兄弟相聚，后被萧后察觉欲斩，经公主求情，始免的故事。

在《四郎探母》剧中，最主要的艺术特征在于它的“虚拟性”表演。即戏曲演员可以在没有什么布景、道具的情况下，或仅靠几样简单的东西，凭借着演员们描摹客观景物形象的细致娴熟的动作，象征性地变化出种种复杂的场景，而观众通过演员象征性的动作了解剧中角色当时所处的情境。比如，《四郎探母》剧中舞台上的布景和道具大都十分简单，一张桌子，两把椅子，既可作为四郎与铁镜公主的寝宫，又可以是辽萧太后的殿堂，又是宋的营帐；杨延辉策马出关，用的是一根马鞭子。虽无城门，但人站的位置不同，即可知道是门外还是门内，是出城，还是入城；在舞台上绕几圈，则表示由辽的营地到了几十里之外的宋营，这就是中国戏剧艺术的所谓“百年弹指，天涯寸步”，在本质上它与中国书画艺术的写意性是相通的。即使是人物的内心活动，也能通过他（她）虚拟式的演技表现出来。如剧中铁镜公主看到“杨延辉将袍袖搭于椅背前，凝目遥望”神情，接着又绕回椅前，做落泪状，公主随即猜出了他思念家人的心情。

从京剧《四郎探母》可以看出，中国戏曲大都不是靠舞台布景制造环境来吸引观众，而是靠表演来吸引观众，靠虚拟的表演艺术，辅之于大段大段优美动听的诗化唱段，创造舞台的一切。可以用“听戏”来获得效果和不避虚拟性反而使中国的戏曲具有一种“以假为假”的清醒，并不以创造幻觉为能事。为此，创造叙事戏剧和“间离效果”的布莱希特（德）极为赞赏中国的京剧。

《玩偶之家》作为戏剧家易卜生创作的名剧，曾被比做“妇女解放运动的宣言书”。在这个宣言书里，剧中女主人公娜拉发现自己为之做出牺牲的丈夫竟是一个虚伪而卑劣的市侩，娜拉终于觉悟到自己在家庭中的玩偶地位，毅然离开丈夫，从囚笼似的家庭出走。并向丈夫严正地宣称：“首先我是一个人，跟你一样的人——至少我要学做一个人。”以此作为对以男权为中心的社会传统观念的反叛。在世界文学史上，易卜生曾经被称为“一个伟大的问号”。这个“问号”至今仍然发人深省，促使人们思考：在资本主义私有制经济基础被摧毁之后，还应当怎样进一步消除和肃清易卜生在《玩偶之家》等剧中所痛斥的资产阶级的传统道德、市侩意识及其流毒。

同其他西方戏剧一样，此剧十分注重场景效果和布景的真实性。如剧本第一幕中，一开始就对场景作了具体细致的描述：“一间屋子，布置得很舒服雅致，可是并不奢华。后面右边，一扇门通到门厅。左边一扇门通到海尔茂书房。两扇门中间有一架钢琴。左墙中央有一扇门，靠前一点，有一扇窗。靠窗有一张圆桌，几把扶手椅和一只小沙发。右墙里，靠后，又有一扇门，靠墙往前一点，一只瓷火炉，火炉前面有一对扶手椅和一张摇椅。侧门和火炉中间有一张小桌子。墙上挂着许多版画。一只什锦架上摆着瓷器和小古玩。一只小书橱里放满了精装书籍。地上铺着地毯。炉子里生着火。正是冬天。”布景之完备，场面之逼真，如入现实生活之境，而这些在中国的戏曲中是没有的。

《玩偶之家》承继了从古希腊戏剧开始的、在法国古典主义戏剧中达到极致的戏剧结构模式，演员的表演和剧情的发展都与所设的布景严格一致，按照“时间一致，地点一致，情节一致”的“三一律”要求，恪守“真实显现生活”的法则，在实景中忠实地用可见的动作再现生活的实况，通过对话等技巧回避那些无法展现的“前史”、事件和动作。故西方戏剧大都具有高度写实的特点。

总之，正如戏剧大师焦菊隐先生所明确指出的那样，西方戏剧和传入我国的话剧是“从布景里面出表演”，而我们的京剧是“从表演里面出布景”。

（盛明华）

思考题

1. 举例说明作为“综合艺术”的中国戏剧的表现手段。

2. 以《四郎探母》与《玩偶之家》作比,请问中西方戏剧在表演艺术中具体有哪些不同?

3. 中国京剧中有大量的诗词唱段,请问这些诗词唱段在剧中起到了什么样的作用?你是否欣赏?

4. 有人说杨四郎的行为是叛国行为,请问你是如何看待的?

5. 分析娜拉为什么出走?她的出走反映了什么样的社会问题?这些问题今天是否还存在?你是怎样看待这些问题的?

6. 试借鉴中国戏曲虚拟性表演的特点,摹写一段课堂剧脚本并表演之。

四、梅圣俞诗集序[①]

欧阳修

欧阳修(1007—1072),北宋著名文学家、史学家、政治家。字永叔,号醉翁、晚年又号六一居士,庐陵(今江西吉安)人。嘉祐二年(1057),欧阳修奉诏主持礼部贡举,被任命为科举考试的主考官。他借此机会革新文风,提倡平易晓畅的古文,彻底改变了宋初浮艳的文风,确立了散体文的正宗地位。作为北宋前期文坛的领袖,他诗词文兼擅,并开创了我国诗歌理论批评的新体裁——诗话,《六一诗话》是我国最早的诗话。有《欧阳文忠公集》《新五代史》和《新唐书》(与宋祁合撰)。

予闻世谓诗人少达而多穷[②],夫岂然哉!盖世所传诗者[③],多出于古穷人之辞也。凡士之蕴其所有而不得施于世者,多喜自放于山巅水涯之外,见虫鱼草木风云鸟兽之状类,往往探其奇怪;内有忧思感愤之郁积,其兴于怨刺,以道羁臣寡妇之所叹[④],而写人情之难言。盖愈穷则愈工。然则非诗之能穷人,殆穷者而后工也[⑤]。

予友梅圣俞,少以荫补为吏[⑥],累举进士[⑦],辄抑于有司[⑧]。困于州县,凡十余年[⑨]。年今五十,犹从辟书[⑩],为人之佐,郁其所蓄,不得奋见于事业[⑪]。其家宛陵,幼习于诗,自为童子,出语已惊其长老[⑫]。既长,学乎六经仁义之说[⑬]。其为文章,简古纯粹,不求苟说于世[⑭]。世之人,徒知其诗而已[⑮]。然时无贤愚,语诗者必求之圣俞;圣俞亦自以其不得志者,乐于诗而发之。故其生平所作,于诗尤多。世既知之矣,而未有荐于上者。昔王文康公尝见而叹曰:"二百年无此作矣!"[⑯]虽知之深,亦不果荐也。若使其幸得用于朝廷,作为雅颂[⑰],以歌咏大宋之功德,荐之清庙[⑱],而追商、周、鲁颂之作者[⑲],岂不伟欤!奈何使其老不得志,而为穷者之诗,乃徒发于虫鱼物类、羁愁感叹之言?世徒喜其工,不知其穷之久而将老也!可不惜哉!

圣俞诗既多,不自收拾。其妻之兄子谢景初,惧其多而易失也,取其自洛阳至于吴兴已来所作,次为十卷。[⑳]予尝嗜圣俞诗,而患不能尽得之,遽[㉑]喜谢氏之能类次也,辄序而藏之。

其后十五年,圣俞以疾卒于京师,余既哭而铭之,因索于其家,得其遗稿千余篇,并旧所藏,掇[㉒]其尤者六百七十七篇,为一十五卷。呜呼!吾于圣俞诗,论之详矣,故不复云。

庐陵欧阳修序。

(《欧阳文忠公文集》,《四部丛刊》初编本,上海书店 1989 年版)

【注释】

① 梅圣俞:梅尧臣(1002—1060),字圣俞,宣州宣城人(今属安徽)。因宣城古名宛陵,故又称之为梅宛陵。北宋著名诗人,年轻时科举不第,沉沦下僚。中年后赐进士出身,授国子监直讲,晚年官至尚书都官员外郎。这篇序非欧阳修一时所做,其中"其后十五年"起的一小段文字写于梅氏卒后次年(1061),其余部分则写于十五年前的庆历六年(1046)。

② 达:显达。穷:指仕途失意,人生困顿。

③ 盖:发语词,表探究原因之意。

④ 羁臣:因贬谪或其他原因在外地做官的人。

⑤ 殆:恐怕,大概。

⑥ 荫补:封建时代,子孙因先世有功勋有推恩的赐官爵为“荫”,官吏有缺额选人充职为“补”。梅尧臣因其叔父梅询而受荫,得河南主簿。

⑦ 累举:屡次荐考。

⑧ 辄抑于有司:总是被主考官压抑而不得录取。

⑨ 困于州县:被困在州县做小官。

⑩ 年今五十:梅尧臣时年四十五岁,这里举整数而言。辟书:招聘的文书。庆历五年(1045),梅尧臣应王举正的招聘,为许昌忠武军节度签书判官。

⑪ 郁其所蓄:郁积他所蓄存的知识和才能。不得奋见于事业:不能在事业上得到充分的展现。见:音义同“现”。

⑫ 长老:年长的人。

⑬ 六经:儒家的六种经典:《诗》、《书》、《礼》、《乐》、《易》、《春秋》。

⑭ 说:通“悦”。

⑮ 徒:只是,仅仅。

⑯ 王文康公:王曙,字晦叔。宋仁宗时宰相,卒谥“文康”。他曾对梅尧臣说:“子之诗有晋宋遗风,自杜子美(杜甫)殁后二百余年不见此作。”

⑰ 雅颂:原指《诗经》中的两个部分,多歌功颂德之作,这里借指盛世之歌。

⑱ 清庙:宗庙。

⑲ 商、周、鲁颂:指《诗经》“颂”中的《商颂》、《周颂》、《鲁颂》。

⑳ 自洛阳至于吴兴已来所作:指梅尧臣从仁宗天圣九年(1031)在洛阳任河南主簿到庆历二年至四年(1042—1044)在吴兴任湖州监税这十多年间所作诗歌。

㉑ 遽:顿时。

㉒ 掇:选取。

诗　　学

亚里士多德

亚里士多德(Aristotle,公元前384—前322),古希腊思想家,出生于色雷斯的斯塔基拉,父亲是马其顿王的御医。曾经在雅典的柏拉图学园学习,后建立自己的学园,教授哲学。亚里士多德反对刻板的教学方式,经常带着学生在花园林荫大道上一边散步一边讨论问题,因此后人把亚里士多德学派称作“逍遥学派”。亚里士多德一生勤奋治学,研究范围涉及逻辑学、修辞学、物理学、生物学、教育学、心理学、政治学、经济学、美学等,其著作是古代的百科全书,据说有四百到一千部。恩格斯称他是“最博学的人”。

从上述分析中亦可看出,诗人的职责不在于描述已经发生的事,而在于描述可能发生的事,即根据可然或必然的原则可能发生的事。历史学家和诗人的区别不在于是否用格律文写作(希罗多德①的作品可以被改写成格律文,但仍然是一种历史,用不用格律不会改变这一点),而在于前者记述已经发生的事,后者描述可能发生的事。② 所以,诗是一种比历史更富哲学性、更严肃的艺术，因为诗倾向于表现带普遍性的事，而历史却倾向于记载具体事件。所谓"带普遍性的事"，指根据可然或必然的原则某一类人可能会说的话或会做的事——诗要表现的就是这种普遍性，虽然其中的人物都有名字。所谓"具体事件"指阿尔基比阿得斯[③]做过或遭遇过的事。

在喜剧里，这一点已清晰可见：诗人先按可然的原则编制情节，然后任意给人物起些名字，而不再像讽刺诗人那样写具体的个人。在悲剧里，诗人仍在沿用历史人名，理由是：可能发生之事是可信的；我们不相信从未发生过的事是可能的，但已经发生之事则显然是可能的，否则它们就不会发生。然而，即使在悲剧里，有的作品除了使用一两个大家熟悉的人名外，其余的都取自虚构，有的甚至连一个这样的人名都没有，如阿伽松[④]的《安修斯》。该剧的事件和人名都出自虚构，但仍然使人喜爱。因此，没有必要只从那些通常为悲剧提供情节的传统故事中寻找题材。说实在的，这么做还真荒唐，因为即便是有名的事件，熟悉它们的也只是少数人——但尽管如此，它们仍然能给大家带来愉悦。

以上所述表明，用模仿造就了诗人，而诗人的模仿对象用行动的观点来衡量，与其说诗人应是格律文的制作者，倒不如说应是情节的编制者。即使偶然写了过去发生的事，他仍然是位诗人，因为没有理由否认，在过去的往事中，有些事情的发生是符合可然性[和可能发生]的——正因为这样，他才是这些事件的编制者。

在简单情节和行动中，以穿插式的为最次。所谓"穿插式"，指的是那种场与场之间的承继不是按可然或必然的原则连接起来的情节。拙劣的诗人写出此类作品是因为本身的功力问题，优秀的诗人写出此类作品则是为了照顾演员的需要。由于为比赛而写戏，他们把情节拉得很长，使其超出了本身的负荷能力，并且不得不经常打乱事件的排列顺序。

悲剧模仿的不仅是一个完整的行动，而且是能引发恐惧和怜悯的事件。此类事件若是发生得出人意外，但仍能表明因果关系，那就最能[或较好地]取得上述效果。如此发生的事件比自然或[⑤]偶尔发生的事件更能使人惊异，因为即便是出于意外之事，只要看起来是受动机驱使的，亦能激起极强烈的惊异之情，比如阿尔戈斯的弥图斯塑像倒下来砸死了正在观赏它的、导致弥图斯之死的当事人一事，便是一个佐证——此种事情似乎不会无缘无故地发生，所以，此类情节一定是出色的。

【注释】

① 希罗多德(Herodotos，约公元前482—前425)出生在哈利卡耳那索斯(Halicarnassus)的一个贵族之家，一生中阅历广博，著有《历史》(Historiai，即《希波战争史》，共9卷，主要描述希波战争(前499—前479)的起因和过程。希罗多德的工作在一些方面具有开创性的意义，被后人尊为"历史之父"。

② 作者视历史为一本记述已发生之事的"流水账"。历史学家的任务是按年代把一段时间内发生的事情全部记下来，而诗人的任务是模仿完整的行动，在谈及历史时，作者没有用"模仿"一词。其实，希罗多德的《历史》所介绍的并不都是"已发生过的事"，某些描述明显地出自作者的构思和想象。

③ 阿尔基比阿得斯(Alkibiades)是苏格拉底的学生和朋友，雅典政治家，受过欧珀利斯(Eupolis)、斐瑞克拉忒斯(Pherekrates)和阿里斯托芬等喜剧诗人的嘲讽。

④ 阿伽松(Agathon)，雅典悲剧诗人，公元前416年在莱那亚(Lenaia或Dionusia ta epi Lenaioi)戏剧比赛中首次获胜，其时可能还不到30岁。阿伽松的作品仅剩少量片断传世。

⑤ 据说，当事人其时正在市场里，弥图斯(Mitsu)的铜像倒下来砸死了他(《道德论》553D)。弥图斯可能死于公元前374年左右。阿尔戈斯(Argos)在伯罗奔尼撒的东北部。

【提示】

突出主观情感的古代诗学

欧阳修在给梅尧臣诗集作序时提出“诗穷而后工”，恐怕也没有想到这个词能够后出转上，几乎取代了屈原的“发愤以抒情”、司马迁的“发愤著书”、韩愈的“不平则鸣”“欢愉之辞难工，穷苦之言易好”，成为后世文人表达此类情感时最爱使用的语言吧。其中究竟有何缘故呢？

屈原、司马迁、韩愈都为皇家官吏，从他们的经历来看，其发愤、不平更多是针对皇权专制或官场腐败而发，普通布衣士人不在其位，未必能有很深的共鸣。而“穷”之一字却击中了几乎所有封建时代下层士子的心！欧阳修解释“穷”是“士之蕴其所有而不得施于世者”，即怀才不遇的意思。梅尧臣从功名上看，是个最普通不过的文人，“抑于有司”“困于州县”“郁其所蓄，不得奋见于事业”，虽然其诗曾经得到过当朝宰相的赏识，但并未加以提拔，一无所用。“世徒喜其工，不知其穷之久而将老也”，欧阳修对他的人生遭际寄予了深深的同情和叹息。如此心绪，自能引发广大下层士子的心有戚戚。

“士不遇”，遂将满腔才情、抱负、牢骚挥洒到诗歌之中。“以诗为性命”，正是由此生发出去的，中国传统诗学中的另一个论题。所以，“穷者而后工”不再是“穷苦之言易好”这样只注目于表面的语言问题，而是将诗的艺术价值跟诗人的命运和主观精神状态紧紧地联系在了一起；不再是置身事外地冷静判断诗句如何，而是触到了诗歌背后那个真实鲜活、有血有肉的个体生命——人。

直到清末，诗人范罕在与西方的新诗做比较时，借用西方理论用语，才明确指出中国诗乃是一种“主观诗”，所以“必能表示诗人个体，而诗之价值亦因其人”“真诗之节奏及影像，均不属物体，而属于作诗之人”，诗与诗人实是密不可分的。民国诗人林庚白试图重新解释“诗穷而后工”，将“穷”字解作尽的意思：“曰‘穷’，曰‘愁苦’，言其极也。境不极则情不真，纵或能工，抑末矣，非必教人以叹老嗟卑为工，以伤贫怨别为穷也”“盖入世不深，则不足以尽人间之变，而喜怒哀乐之情，动与其境遇相为表里”。这或许并不符合欧阳修的原意，但却进一步扩大了“诗穷而后工”的内涵，即诗人经历愈丰富，愈甘苦备尝，浮沉备历，愈个体刻骨铭心、感悟深切，愈能写出打动人心的好诗。

而亚里士多德的《诗学》则是把艺术与客观现实的关系作为首要问题来解决的，肯定模仿是文学的真正本质。在古希腊，诗是一个广义的概念，它既包括史诗、抒情诗、叙事诗、悲喜剧，也包括音乐、舞蹈等，《诗学》又特别着重于研究处于希腊文学巅峰的悲剧。亚里士多德将悲剧与历史比较，认为历史是个别事物的罗列和堆积，缺乏揭示普遍性和必然关联的能力。而诗(主要是悲剧)基于诗人根据必然律和可然律对日常事件的组合，通过理性的编排，能反映出普遍性，故而诗比历史更具有哲学意味。所谓“带普遍性的事”，即艺术既要以现实生活为蓝本，又要对生活进行加工改造，使其比普通实际生活更为集中、典型。这个论点反驳了他的老师柏拉图对艺术真实性的怀疑和指责，认为艺术的高度真实性正是体现在描述外在现象和反映内在本质的统一，偶然性与必然性的统一。

《诗学》被奉为是西方文学理论史上第一部体系完备的经典之作，可以说，从柏拉图、亚里士多德开始，模仿理论就统治了西方文艺理论两千多年，现实主义、典型人物、典型环境等等都跟它有着密切的关系。并不是说西方文论中全无主观因素，但那差不多是到十九世纪浪漫主义文学兴起以后才开始出现的了，如席勒的《论素朴诗与感伤诗》、艾布拉姆斯的《镜与灯》等，开始将客观再现与主观表现，即现实主义与浪漫主义作为并列的两条线索。而中国古代诗学中亦有“诗史”之说，不忘诗人亦有记录、反映现实的责任，但其反映的形式依然是通过诗人强烈的情感来表达的。所以，以主观诗和客观诗来概括中西古典诗学的一大分别，大致是不错的。由此，也可见出我们中国的古代诗学突出的正是个体生命的主观情感。

(唐一方)

思考题

1. 试比较中西文论的不同处。
2. 在现代社会，“穷而后工”说能否成立？请说明理由。
3. 理论对文学阅读和欣赏有否作用？体现在哪里？
4. 文学作品是否比历史更带普遍性和真理性，请举例说明？

第二编　跨文化的文学现象

中外文学史上众多现象表明，文学的存在从来就不是孤立、隔绝的，反而时不时地会发现不同时代、不同地域、不同文化背景中所产生的文学作品具有某种相似性和共通性，这就是我们所说的“跨文化的文学现象”，即不受文化差异限制的文学共通现象。其实，所谓“不受文化差异限制”只是一种相对的说法，表面上看许多惊人相似的文学现象是在时空完全隔裂的不同的民族中各自产生的，但作为人类特有文化行为，它归根到底负载着、记录着人类进化、发展的一致性。所以，从深层考察，我们不得不说文学的跨文化现象还是有其不同文化交流而致的原因。无论哪个民族文学都背负传统、面对着现实，每一个民族文学都会在传统和现实两方面与他民族文学发生或多或少的联系和交往。有些是明显的，如“浮士德”“唐璜”这样超越国界的文学故事说明了文学的这一特性。有些则显得无迹可循，要我们撩起层层面纱才可一窥真相，就以我们的汉文化为例，作为亚洲三大文化圈之一东亚文化的核心，尽管它影响了周边的日本、朝鲜、越南等民族的文化，但说到其本身的内部成因，就不能不正视历史上的几次民族大融合中周边许多民族的异质文化对它的浸润和融和；而它与印度和阿拉伯文化圈的交互影响，自然应被视为丰富多彩的汉文化得以最终确立的外部原因之一。历史的尘埃湮没了许多东西，使许多联系和交往变得了无痕迹，而文学上的某些看似孤立的相似点或许正是对人类交往史的提醒。

文学的跨文化现象的另一方面原因是由于人类社会历史发展的一致性和规律性。首先，世间万事万物，无论有多大的差别，总有一定程度的相似相近之处，从而在个别性中体现出共同性，这是不同事物被纳入同一范围，成为统一对象的前提。文学也是如此，纵有国家、民族、文化、语言、时代、样式、风格的不同，但它源自人的心灵、以语言为媒介、有一定艺术审美的共同特征则是不变的。其次，社会、经济发展到一定阶段必然会对文化、文学产生影响。由于人类的共同需要和愿望，在类似的自然和社会环境中，就可能产生类似的文学现象。如出现在世界各个角落的“大洪水”或许正警示了我们至今还不甚明了的地球气候的某种突变；而各民族文学源头的原始艺术的发端，皆赖于模仿、游戏、劳动、巫术这些相类似的生存、繁衍、交流活动。17世纪欧洲各国差不多同时出现了一系列讲究形式、追求华丽、诡奇、雕琢、夸张风格的文学流派，大多是与文艺复兴后欧洲各地区的封建割据和专制的社会现实相关。这与中国历史上由于政治的禁锢、文字狱等原因导致诸如明、清时期复古、考据、理义和形式主义文风盛行有着相似的成因和背景。

此外，跨文化的文学的存在还有纯粹源于人类的所谓“集体无意识”——人类集体精神的遗存，即弗洛伊德的学生、瑞士心理学家荣格所说：“人类心理和命运的一些东西，一些在我们祖先历史中重复了无数次的欢乐和忧伤的残留。”

这一编的第一辑着眼于跨文化的文学现象中的“意义”，即作品所表达的内容和含义，也就是通常所说的思想意义。在所列十几组课文中，每一组我们都从自我认知、生命意识、家国情怀、生死爱情、人生百态等几方面归纳了一个大致接近的思想、情感或心理上的含义，每一组的各篇课文尽管有中外之别、时代之差、言人人殊的距离,但都以不同的方式、不同的风貌呈现了大致相同或相似的题旨。在这不同文本的对话中(包括以我们自己的文化、学养来与文本对话),我们是否能获得更多、更深刻的人生启迪呢?!

相对于第一辑,第二辑的"方法"更具有文学的本体特征,即"文学性"这个文学的艺术审美特征的本质属性。也就是说,这辑所归纳的变形、原型、环境、巧合、结局、间接描写等现象是文学特有的内在因素,以区别于文学与社会、政治、宗教和思想等外在因素的千丝万缕的联系。如果说第一辑旨在突出写什么,那么第二辑则旨在突出怎么写。怎么写属于形式范畴的写作技巧或方式方法,各民族在这方面的各自传承和异曲同工,构成了世界文学百花园中妙不可言的胜景。

第一辑　意义

一、女娲造人等传说

《山海经》等

有神十人，名曰女娲之肠，化为神，处栗广之野，横道而处。(《山海经·大荒西经》)

女娲，古神女而帝者，人面蛇身，一日中七十变。(《山海经·大荒西经》郭璞注)

黄帝生阴阳，上骈生耳目，桑林生臂手，此女娲所以七十化也。①(《淮南子·说林》)

俗说天地开辟，未有人民，女娲抟② 黄土作人，剧③ 务，力不暇供，乃引絙于泥中，举以为人。(《太平通览》卷七八引《风俗通义》)

女娲氏开天辟地，一日作鸡，二日作狗，三日作猪，四日作羊，五日作牛，六日作马，七日作人。初七为人日。(董勋《答问礼俗》或《荆楚岁时记》，稍异)

女娲祷祠神，祈而为媒，因置婚姻④。(《绎史》卷三引《风俗通义》)

女娲作笙簧。(《世本·作篇》)

(女娲)乘雷车，服应龙，骖青虬⑤……前白螭，后奔蛇，浮游逍遥，登九天，朝帝于灵门，宓穆⑥ 休于太祖之下。然而不彰其功，不扬其声，隐真人之道，以后天地之固然。(《淮南子·览冥》)

考其功烈⑦，上际九天⑧，下契黄垆⑨。(《淮南子·览冥》)

(《山海经》，上海辞书出版社 2000 年版；《淮南子》，上海古籍出版社 1985 年版)

【注释】

① 黄帝、上骈、桑林：三个神的名字，他们与女娲一起创造了人，这是人类起源神话的另一种记载，由于古书记载简略，没有流传下来。

② 抟(tuán)：把东西捏聚成团。

③ 剧：繁忙、艰巨。

④ 置婚姻：设置婚姻制度。女娲也是婚姻之神。

⑤ 骖(cān)：驾车的马匹。有两旁的称骖，在中间驾车辕的称服。应龙、青虬(qiú)：古代传说中的有角的龙。虬，龙子有角者。有鳞曰蛟龙，有翼曰应龙，有角曰虬龙，无角曰螭龙。(《广雅·释鱼》)

⑥ 蓞(mì)穆：安宁。

⑦ 功烈：功勋业绩。

⑧ 际：达到；连接。九天：天的最高处，形容极高。传说古代天有九重。也作"九重天"、"九霄"。

⑨ 垆(lú)：刚土，黑色坚实的土壤，这里指黄泉下的土。

普罗米修斯

希腊神话

天和地被创造出来，大海起伏波动，鱼儿在海水里嬉游，群鸟在空中飞翔歌唱，地面上挤满各种动物，但还没有那种体内有灵魂并能统治世间的造物。这时，普罗米修斯踏上了大地，他是被宙斯废黜神位的老一代神的后裔，是地母与乌拉诺斯所生的伊阿珀托斯的儿子。他清楚地知道，上天的种子就蛰伏在泥土里，于是他就掘了些泥土，用河水把泥土弄湿，然后按照世界的主宰天神的形象揉捏成一个人体。为了让这泥做的人体获得生命，他从各种动物的心里取来善与恶的特性，再把这善与恶封闭在人的胸中。在天神之中他有一个朋友，这就是智慧女神雅典娜。雅典娜很欣赏这个提坦之子的创造，便把灵魂即神灵的呼吸吹进这仅有半个生命的泥人心里。

这样，就产生了最初的人，不久他们便四处繁衍，充满了大地。但是在很长的时间里他们都不知道如何使用他们高贵的四肢和神赐的精神。他们视而不见，听而不闻，像梦中的人形一样四处奔走，不知道如何利用世间万物。他们不会采石凿石，不会用黏土烧砖，不会把森林里砍伐来的木料做成大梁和椽子，并用这些材料修建房屋。他们像终日忙忙碌碌的蚂蚁一样聚居在地下，生活在不见阳光的地洞里，不能根据可靠的标志分辨冬季、繁花似锦的春天和丰收在望的夏日。他们所做的一切都杂乱无章，毫无计划。

于是普罗米修斯便来照料他们：他教他们观察星辰的升降；他发明了计算的方法，创造了拼音文字；他教他们把牲口套在轭上，使它们承担人的一份劳动；他让马匹养成上套拉车的习惯；他发明了适于海上航行的船和帆。他也关注人类的生活起居：从前，一个人生病，便束手无策，不知道吃什么喝什么有益于健康，不懂得服药减轻自己的痛苦，由于没有医药而凄惨地死去。现在，普罗米修斯告诉他们如何调制药剂来驱除各种各样的疾病。他又教他们预言的本领，给他们解释先兆和梦，说明鸟雀的飞翔和牺牲的陈列；他引导他们勘察地下，发现地下的矿石、铁、银和金，一句话，他把生活需要的一切技能和一切减轻辛苦的工具都向他们作了介绍。

不久前，宙斯夺取了他父亲的神位，罢黜了老一代神明，现在是他和他的儿子们统治着天国。而普罗米修斯则是老一代神明的后裔，因此新的神明注意到这刚刚产生的人类并要求人类敬奉他们，以此换取他们很愿意向人类提供的保护。在希腊的墨科涅，人和神举行了一次聚会，共同确定了人类的权利和义务。普罗米修斯以人类保护人的身份参加了这次会议，他提出，诸神不要因为负有保护的责任而让人类承担过重的义务。

普罗米修斯聪颖过人，决计愚弄一下众神，他以他的造物的名义宰杀了一头大公牛，请天神们选取自己所喜欢的那一部分。他把宰杀后的牛切开分成两堆：堆在牛皮底下的是肉、内脏和很多脂肪，后一堆要大些，但里面却是巧妙地裹在牛板油里的光秃秃的骨头。

众神的君父,全知全能的宙斯一眼就看穿了他的骗局,说道:“伊阿珀托斯的儿子啊,尊贵的王子,我的好友,你分配得多么不公平啊!”普罗米修斯以为他能骗过宙斯,便暗自微笑着说:“尊贵的宙斯,永恒众神中最伟大的神,请选取你中意的一堆吧!”宙斯心中勃然大怒,便故意用双手抓住那块白色的板油,剥开板油后就看见了光秃秃的骨头,但他装出刚刚才发现自己上当受骗的样子,气愤地说:“我看得很清楚,你还没丢掉你骗人的伎俩。”

宙斯决定报复普罗米修斯的欺骗,拒绝给人类为实现文明所急需的最后的赠品:火。但机智的伊阿珀托斯的儿子却想出了办法加以补救:他拿了一个易燃的大茴香枝,到天上去靠近太阳车,然后他把这个木枝往那闪光的火焰里一杵便得到了火种。他带着这火种降到大地上,柴堆燃烧的熊熊火光随即直冲云霄。

当宙斯看见人间竟有照得如此灿烂的火光升起时,他的灵魂深处都感到钻心刺骨的疼痛。既然人类已经用火,他就不能从他们手中把火夺走了,但他立刻想出一个新的灾害来代替禁止人类用火:他要求因技艺高超而闻名遐迩的火神赫淮斯托斯为他造出一个美丽少女的形象。

雅典娜由于嫉妒普罗米修斯,已对他不抱好感,所以她前来帮助宙斯,给这个少女形象披上了闪亮的白色外衣,并让那姑娘两手撑着罩在脸上的面纱,头上戴着饰以鲜花的花冠,束着一个金发带。神的使者赫耳墨斯让这迷人的姑娘获得说话的能力,爱神阿佛洛狄忒则使她具有一切妩媚可爱的姿态。宙斯就这样创造了一个出色的害人精,他给她取名潘多拉,意思就是“获得一切天赐的女子”,因为每一个神都给了她一件使人类遭灾受难的赠品。

随后,宙斯把这个少女带到人与神共同愉快漫步的大地上。人们都对这无与伦比的女子赞不绝口。而她走向普罗米修斯过分天真的兄弟厄庇墨透斯,把宙斯的赠品送给他。

普罗米修斯曾警告过他的兄弟,不要接受奥林帕斯山上的宙斯的赠品,以免人类遭到灾难。但这警告没有起到作用,厄庇墨透斯对这警告连想都没去想,就接纳了美丽的少女潘多拉。这个少女双手捧着赠品——一个有盖的大盒子,来到厄庇墨透斯身边,就立刻揭开了盒盖,盒子里立刻飞出一大群灾害,就如闪电一般迅速扩散到大地上。这些赠品里唯一对人类有益的,即希望,却被潘多拉按照众神之父的旨意,锁在了盒子内。

在此之前,人类的生活从没有遭受灾难的侵扰,没有过繁重的劳动,也没有折磨人的疾病。但从潘多拉打开盒子之后,灾难以各种各样的形式充满大地、天空和海洋;疾病在人群中四处乱窜,日夜不停又悄无声响,各种各样的热病围攻大地;从前缓步潜行在人类中的死神如今也快步如飞地奔跑起来。

此后,宙斯便立刻向普罗米修斯复仇。他把这个罪人交给了赫淮斯托斯和两个仆人——号称强制和暴力的克拉托斯和比亚。他们奉命把普罗米修斯拖到斯库提亚的荒野,用挣不断的铁链把他锁在高居深渊之上令人目眩的高加索山的峭壁上。赫淮斯托斯很不愿意完成父亲所交付的任务,因为他钦佩这个提坦之子,他知道普罗米修斯是他曾祖父乌拉诺斯的子孙,是与他出身相同的神的后裔。为此,他说了几句无限同情的话,不料竟受到粗野的仆从们的谴责,他出于无奈,只好让仆从们完成了这个残酷的任务。

这样,普罗米修斯就令人悲哀地被吊在悬崖绝壁上,直挺挺地悬着,不能睡觉,也从来不能弯一弯疲惫的双膝。“你将白白地发出多少哀怨和悲叹啊,”赫淮斯托斯对他说,“宙斯的意志是不可改变的,不久前才夺得天国统治权的新神都是冷酷的。”

这个囚徒的痛苦也真的将是永久的,或将延续三万年之久。尽管他大声悲叹,他呼唤风、江河、大海的波涛、万物之母大地和洞察一切的太阳为他的苦难作证,但他的意志却始终坚定不移:“一个人只要认识到了必然的不可抗拒的威力,”他说,“他就必定会忍受命中注定的一切。”他曾预言:新的婚姻将使诸神的主宰者堕落和毁灭。但不管宙斯怎样威胁他,他也不肯详细说明这似明犹暗的预言。

宙斯是说一不二的。他派出一只鹰每天啄食这个囚徒的肝脏,而那肝脏被吃去多少就又重新长出多少。在没有一个人出来自愿受死,替他受罪之前,这种痛苦是不会停止的。

这个不幸者得到解救的一天终于来了。普罗米修斯被吊在悬崖上忍受可怕的痛苦数百年之后,赫剌克勒斯为了寻找金苹果正好路过这里,当他正希望向普罗米修斯请教良策时,他又对被囚禁者的命运起了怜悯之心,因为他看见一只凶鹰立在被囚禁者的膝头啄食那不幸者的肝脏。于是他把木棒和狮皮甩在身后,弯弓搭箭,一箭就把那只凶鹰从受苦者的肝脏上射了下去。接着,他解开锁链,把被解放了的普罗米修斯带走了。但为了满足宙斯的条件,他让自愿放弃永生而去受死的马人喀戎做了普罗米修斯的替身。但为了维持宙斯把普罗米修斯永远吊在悬崖上受苦的判决,必须让普罗米修斯永远戴着一个铁环,铁环的另一端拴上一小块高加索山崖的石头。这样,宙斯才能自豪地说,他的敌人还一直被锁在高加索山上。

(《诸神的传说》,〔德〕古斯塔夫·斯威布著,高中甫等译,哈尔滨出版社 2005 年版)

【提示】

自我认知:我从哪里来?

孩子
在土里洗澡
爸爸
在土里流汗
爷爷
在土里葬埋

——臧克家《三代》

人与泥土的深刻渊源,在远古初民神奇的幻想中产生,代代相传。

当我们惊讶于女娲与普罗米修斯都是用泥土创造了人而感到彼此共通与亲切时,不由地会去寻找那些不尽相同的情节,试图从中探索中西方不同文化内涵与民族精神的源头。

最为显著的不同是普罗米修斯用泥土捏出人后比女娲造人多了两个环节:一是摄取动物之善恶两种秉性封闭在人的胸膛中,二是智慧女神雅典娜为人吹入了灵魂和呼吸。这两点既突出了人与动物之间的密切关系以及人所具有的动物属性,同时,又突出了人区别于一般动物的是超越泥土躯体而拥有神圣的灵魂,从此,西方文学和文化在人的本质的探索中,也就始终离不开灵与肉的观念。先后由形体、本性与灵魂三者共同组成的这个希腊“人”不仅与生俱来便蕴涵着肉体中善与恶的对立、肉体与灵魂的区别,还面临着与天神们的严重对立,天神不仅要求人类敬重他,拒绝为人类提供必需的火,还合力打造了潘多拉给人类带来危害,充分反映出西方文化中天人分离甚至对立的特点。而中国女娲造人的神话则呈现出另一种面貌:首先,没有赋灵关目,人完全由泥土构成,无来自泥土之外的动物属性或是天神灵魂,人类的来源是一元性的,这意味着其本质也是一元性的,不存在人自身的矛盾与分离;其次,人与天神之间无对立,根据盘古化物神话:“昔盘古氏之死也,头为四岳,目为日月,脂膏为江海,毛发为草木。”女娲造人所用的泥土、草绳无不取自于盘古所化，女娲所造的中国“人”与神在根本上是同一的。与充满对立冲突的“希腊人”相比，“中华人”是浑融为一的，反映出中华民族“天人合一”的宇宙观和“圆融贵和”的思维特点；而以希腊神话为源头的西方文化则更崇尚精确与分析的思维，在天人对立的自然观中蕴涵强烈的抗争精神。

女娲与普罗米修斯不仅创造了人类，还促进了人类繁衍生息，女娲为男女“置婚姻”，补天排洪；普罗米修斯事先告知自己的儿子丢卡利翁造好一条大船应对洪水的到来，为人类的再生保存了希望。两位人类始祖为人类做出了巨大贡献，但结局却极不相同：如大多数中国古典戏剧那样历经苦难而结局圆满，女娲最后“浮游逍遥，登九天”，其神态是那样自然平和，她“绚烂之极归于平淡”的一生所展现的“功成身退”境界也与后世中国文化中的处世哲学和人生追求相吻合。与女娲的宁静安详相反，普罗米修斯却“被迫锁在悬岩绝壁上”备受折磨，当他以悲壮惨烈的形象定格于众神中，赢得人类的崇敬同时也为西方文学与文化留下了“精神坚不可摧”的典范和为人类为自由而战的永恒主题。宙斯与普罗米修斯的抗争，也是在与他自己不可知的命运抗争，人对自身与命运的认识成为希腊悲剧以至西方文学中的母题。

就文学欣赏而言，普罗米修斯造人神话情节生动，叙述翔实，描写精彩，人物个性鲜明，这得益于荷马等天才诗人的整理和西方优良的叙事传统，能够完整保存并流传篇幅较长的神话故事；而女娲造人等中国神话叙述和记载则零散、简约，这与中国文史不分，孔子“不语怪、力、乱、神”等因素影响有关，无论翔实与简单、系统与片断，神话中积淀的民族心理都比我们揭示的要丰富复杂得多，当我们在泥土中感受中西相通的气息时，对彼此的理解就更近了些，人类追寻自身“从哪里来”之后也许更难的问题是“到哪里去”，无论是女娲还是普罗米修斯，共同留给我们的是面对未来的创造精神和对人类的大爱。

（夏慧勤）

思考题

1. 比较中国与希腊神话中的女神形象，各有哪些特点。
2. 阅读《旧约》关于创世及人类起源的神话，探讨两希文化的异同。
3. 以“认识你自己”为题演讲或作文。

二、沙弥思老虎[①]

袁 枚

袁枚(1716—1798),清代文学家。字子才,号简斋、随园老人,浙江钱塘(今杭州)人。出身寒门,从小苦读经史,以博学多才闻名乡里。乾隆四年(1739)进士,授翰林院庶吉士。曾任江苏溧水、江宁等地知县。乾隆十三年辞官,定居江宁(今江苏南京市),筑室小仓山隋氏废园,改名随园,世称随园先生。晚年自号仓山居士。其诗倡导"性灵"说,主张直抒胸臆,写出个人的"性情遭际"。对当时沈德潜等人的格调说、肌理说和神韵派等诗论多表示不满。部分诗篇对汉儒和程朱理学进行抨击,并宣称"《六经》尽糟粕"(《偶然作》)。所作诗歌,多抒发其闲情逸致。又能文,主张骈文和散文并重。著有《小仓山房集》80卷、《随园诗话》16卷及《补遗》10卷,《子不语》24卷及续编10卷等。

五台山某禅师[②]收一沙弥[③],年甫三岁。五台山最高,师徒在山顶修行,从不一下山。后十余年,神师同弟子下山,沙弥见牛马鸡犬,皆不识也,师因指而告之曰:"此牛也,可以耕田;此马也,可以骑;此鸡、犬也,可以报晓,可以守门。"沙弥唯唯。少顷,一少年女子走过,沙弥惊问:"此又是何物?"师虑其动心,正色告之曰:"此名老虎,人近之者,必遭咬死,尸骨无存。"沙弥唯唯。

晚间上山,师问:"汝今日在山下所见之物,可有心上思想他的否?"曰:"一切物都不想,只想那吃人的老虎,心上总觉舍他不得。"

(《续子不语》卷二,清·袁枚著,朱纯点校,岳麓书社1986年版)

【注解】

① 本文选自袁枚的《续子不语》。其得名源于《论语·述而》"子不语怪力乱神"。是袁枚在从事诗文创作和史学考辨之余,"广采游心骇耳之事,妄言妄听,记而存之"(《子不语·序》)。书成后袁枚见元人说部有一小说名与此完全雷同者,乃改名为《新齐谐》。《新齐谐》之名出自《庄子·逍遥游》"《齐谐》者,志怪者也"。但因"子不语"一名业已流传社会,且影响广泛,故后人仍以此为其书名。

② 禅师:佛教寺庙中僧侣的尊称。

③ 沙弥:即小和尚。

腓力与绿鹅

薄伽丘

乔万尼·薄伽丘(Giovanni Boccacio,1313—1375),意大利文艺复兴时期作家,杰出的人文主义者。生于巴黎。早年在那波利经商,熟悉商人和市井生活,这为他后来的创作打下了基础。薄伽丘是个博学的人文主义者,也是个多产作家,写过传奇、叙事诗、史诗、短篇小说、论文等。《十日谈》是薄伽丘最重要的作品,并为作家赢得了"欧洲短篇小说之父"的不朽声名。作品叙述了10个青年男女为躲避欧洲大瘟疫,在佛罗伦萨乡间一个别墅里住了10天,他们每人每天讲一个故事,讲了10天,共讲了100个故事,故名《十日谈》。通过这些故事,作者揭露天主教会僧侣的伪善、奸诈、堕落和腐败,歌颂真挚的爱情和高尚的情操;否定了中世纪的禁欲主义,倡导人性的解放,体现了作者的人文主义思想。

……

从前,我们城里有个男子,名叫腓力·巴杜奇,他出身微贱,但是手里着实有钱,也很懂得处世立身之道。他有一个妻子,彼此相亲相爱,互相体贴关怀,从无一言半语的龃龉。只是人生难免一死,他那位贤德的太太后来不幸去世,只留给他一个将近两岁的亲生儿子。丧偶的不幸使他哀痛欲绝,逾于常情。他觉得从此失了一个良伴,孤零零地活在世上,再没有什么意思了,就发誓抛弃红尘,去侍奉天主,并且决定带他的幼儿跟他一起修行。他把全部家产都捐给慈善团体,带着儿子径往阿西那奥山,在山头找到一间小茅屋住了下来,靠着别人的施舍,斋戒祈祷过日子。

他眼看儿子一天天长大,就十分留心,绝不跟他提到那世俗之事。也不让他看到这一类的事,唯恐扰乱了他侍奉天主的心思;要谈也只跟他谈那些永生的荣耀,天主和圣徒的光荣;要教也只限于教他背诵些祈祷文。父子二人就这样在山上住了几年,那孩子从没走出茅屋一步。除了他的父亲外,也从没见过别人。

这位好心的人儿偶尔也要下山到佛罗伦萨去,向一班善男信女讨些施舍,然后再回到自己的茅屋来。

光阴如箭,腓力已是个老头儿,那孩子也有18岁了。有一天,腓力正要下山,那孩子问他到哪儿去。腓力告诉了他,那孩子就说:"爸爸,你现在年事已高,耐不得劳,吃不得苦了。何不把我带到佛罗伦萨去,领着我去见见你那班朋友和天主的信徒呢?想我正年青力壮,以后你有什么需要,就可以派我下山去,你自己就可以在这里休养休养,不用再奔波了。"

这位老人家觉得如今儿子已长大成人,又看他平时侍奉天主十分勤谨,认为即使让他到那浮华世界里去走一遭,谅必也不致迷失本性了,所以私下想道:"这孩子也说得有道理。"于是第二次下山的时候,果真把他带了去。

那小伙子看见佛罗伦萨城里全是什么皇宫啊,邸宅啊,教堂啊,而这些都是他生平从未见识过的,所以惊奇得了不得,一路上禁不住向父亲问长问短,腓力一一告诉他——可是哪儿回答得尽这许多,这个问题才回答好,那个问题又跟着来了。父子俩就这样一个尽问,一个尽答,一路行来,可巧遇见一队衣服华丽、年青漂亮的姑娘迎面走来——原来是刚刚参加婚礼回来的女宾。那小伙子一看见她们,立即就问父亲这些是什么东西。

"我的孩子,"腓力回答,"快低下头,眼睛盯着地面,别看它们,它们全都是祸水!"

"可是它们叫什么名堂呢?"那儿子追问道。

那老子不愿意让他的儿子知道她们是女人,生怕会唤起他的邪恶的肉欲,所以只说:"它们叫做'绿鹅'。"

说也奇怪,小伙子生平还没看见过女人,眼前许许多多新鲜事物,象皇宫啊,公牛啊,马儿啊,驴子啊,金钱啊,他全都不曾留意,这会儿却冷不防对他的老子这么说:"啊,亲爸爸,让我带一只绿鹅回去吧。"

"唉,我的孩子,"父亲回答说,"别闹啦,我对你说过,它们全就是祸水。"

"怎么!"那小伙子嚷道,"祸水就是这个样儿的吗?"

"是啊,"那老子回答。

于是那儿子说道:"我不懂你的话,也不知道为什么它们是祸水;我只觉得,我还没看见过这么美丽、这么逗人爱的东西呢。它们比你时常给我看的天使的画像还要好看呢。看在老天的面上,要是你疼我的话,让我们想个法儿,把那边的绿鹅带一头回去吧,我要喂它。"

"不行,"他父亲说,"我可不答应,你不知道怎样喂它们。"

那老头儿这时候才明白,原来自然的力量比他的教诫要强得多了,他深悔自己不该把儿子带到佛罗伦萨来……

(《十日谈》,"第四天故事序",方平等译,上海译文出版社 1984 年版)

【提示】

生命意识:扼杀不了的人性

《沙弥思老虎》中老和尚企图用老虎吓唬小和尚,不让他接触女性,不让他对女性有任何的非分之想,结果也是徒然。同样如此,《腓力与绿鹅》中的父亲生怕女人会唤起儿子的邪恶的肉欲,把年轻漂亮的姑娘说成是"绿鹅",然而,儿子认为这些"绿鹅"比以往看到的天使的画像还要好看,并要求带一头回去。《沙弥思老虎》和《腓力与绿鹅》两故事都告诉我们一个简单的事实,即"性爱"是人的本能,人的天性不可窒灭,也无从回避。歌德说过:"哪个男子不善钟情,哪个少女不善怀春",你再怎么禁也是禁不了的。

俩故事的作者虽不是一个国度,但他们作品的思想和出发点是一致的,即都极力反对封建社会所提倡的禁欲主义。这是因为,很久以来,只要一谈到"性",人们往往将此同淫乱、色情、粗俗、下流、低级趣味联系起来。故在中国的封建社会,一直要求人们"存天理,灭人欲",强调"天理"与"人欲"的对立。也因如此,中国古代诗文小说极少露骨地描写性事,即使有,也是只能在野史笔记中偷偷传阅,生怕以此勾起人的非分之欲望。而袁枚不满程朱理学的说教,勇敢提出自己的"情欲"说,他认为:"老者思安,少者思怀,人之情也……使众人无情欲则人类久绝,而天下不必治;使圣人无情欲,漠漠不相关,而亦不肯治天下。"(《小仓山房文集》卷二十二)"惜玉怜香而心不动者,圣也;惜玉怜香而心动者,人也;不知玉,不知香,禽兽也。"(《续子不语》卷二十一《妓仙》)因此,理学家要"灭人欲",一是违背人性,二是也难以得逞的。

薄伽丘的小说《十日谈》同样也是针对中世纪教会所宣传的禁欲主义给予了全面的否定和揭露,大胆热情地讴歌了男女的情爱和生活的乐趣。他认为,男欢女爱是人的自然本性,基本需求,是不能遏止的。他通过《腓力与绿鹅》中腓力的儿子之口说:"爸爸,让我带一只绿鹅回去吧!"时,所表达的正是对人性复归的呼唤。正如其在小说第四天的序中所说:“谁要是想阻挡人类的天性,那可得好好儿拿点本领出来呢。如果你非要跟它作对不可,不但枉费心机,到头来还要弄得头破血流。”

这两则故事主题是那么惊人的相似,它们告诉人们,无论是古还是今,无论是西方还是东方,在人的自然本能面前,任何的压制和禁锢,空洞的说教和训诫都是徒劳无益的。小沙弥要思“老虎”,小腓力要喂养“绿鹅”,这是谁也改变不了的事实。

(盛明华)

思考题

1. 请查阅资料,了解什么是程朱理学的思想,什么是中世纪的人文主义思想。

2.《沙弥思老虎》中老和尚把女人比作老虎,是无意呢,还是有意所为,为什么?

3. 对当前一些文学作品中有关性爱的赤裸裸的描写,你会怎样看待?请说说你的见解。

4. 现实中,有些年轻人在公开的场合过分亲昵,你认为合适吗?怎么更好些呢?

三、毛大福

蒲松龄

蒲松龄(1640—1715)，字留仙，一字剑臣，别号柳泉先生，淄川(今属山东淄博)人。其高、曾、祖、父为儒生而均不显贵。至其父，家道中落，遂弃儒经商。蒲松龄自幼由父亲教读，功名心切。19岁应童子试，受到当时主持山东学政的著名诗人施闰章的赏识，但此后却屡试不第。31岁时应同乡友人之请做幕僚，次年辞幕回乡。此后主要在“缙绅先生家”设帐教学，直到71岁“撤帐归来”，这40年间，一面教书，一面应考，过着“数卷残书，半窗寒烛，冷落荒斋里”的生活，归来当年援例补为贡生，四年后病逝。一生著作丰富，除《聊斋志异》外，还著有诗、词、文、曲和一些实用性的杂著。《聊斋志异》版本很多，现存作者手稿本仅有上半部，4卷237篇，在作者生前就以抄本流传。

太行毛大福，疡医也①。一日，行术归，道遇一狼，吐裹物，蹲道左。毛拾视，则布裹金饰数事②。方怪异间，狼前欢跃，略曳袍服，即去。毛行，又曳之。察其意不恶，因从之去。未几，至穴，见一狼病卧，视顶上有巨疮，溃腐生蛆。毛悟其意，拨剔净尽，敷药如法，乃行。日既晚，狼遥送之。行三四里，又遇数狼，咆哮相侵，惧甚。前狼急入其群，若相告语，众狼悉散去。毛乃归。

先是，邑有银商宁泰③，被盗杀于途，莫可诘洁。会毛货金饰，为宁氏所认④，执赴公庭。毛诉所从来，官不信，械之⑤。毛冤极不能自伸，惟求宽释，请问诸狼。官遣两役押入山，直抵狼穴。值狼未归，及暮不至，三人遂反。至半途，遇二狼，其一疮痕犹在。毛识之，向揖而祝曰：“前蒙馈赠，今遂以此被屈。君不为我昭雪，回去榜掠死矣！”狼见毛被絷，怒奔隶。隶拔刀相向。狼以喙拄地大嗥；嗥两三声，山中百狼群集，围旋隶⑥。隶大窘。狼竞前啮絷索⑦，隶悟其意，解毛缚，狼乃俱去。归述其状，官异之，未遽释毛。后数日，官出行，一狼衔敝履委道上⑧。官过之，狼又衔履奔前置于道。宫命收履，狼乃去。宫归，阴遣人访履主。或传某村有丛薪者，被二狼迫逐，衔其履而去。拘来认之，果其履也。遂疑杀宁者必薪，鞫之果然。盖薪杀宁⑨，取其巨金，衣底藏饰，未遑收括，被狼衔去也。

昔一稳婆出归⑩，遇一狼阻道，牵衣若欲召之。乃从去，见雌狼方娩不下。妪为用力按捺，产下放归。明日，狼衔鹿肉置其家以报之。可知此事从来多有。

(《全本新注聊斋志异》，人民文学出版社1998年版)

【注释】

① 疡(yáng阳)医：治疗创伤肿毒的外科医生。《周礼·天官·疡医》：“疡医掌肿疡、溃疡、金疡、折疡之祝药劀杀之齐。”

② 金饰：金银饰物。数事：数件。

③ 银商：制造或贩卖金银饰物的商人。

④ 宁氏：据二十四卷抄本，原作“宁”。

⑤ 械：刑具。这里作动词用。

⑥ 围旋：围绕旋转。

⑦ 狼竟前：此据二十四卷抄本，原无“狼”字。

⑧ 敝履：破鞋。

⑨ 盖薪杀宁：此据二十四卷抄本，原本无“宁”字。

⑩ 稳婆：接生婆。

野性的呼唤（节选）

杰克·伦敦

杰克·伦敦(Jack London，1876—1916)，美国作家，生于旧金山一个破产农民的家庭。因家境贫困，自幼从事体力劳动，当过童工，装卸工和水手等，后又在美国各地流浪。靠劳动所得曾进加利福尼亚大学学习，因贫困被迫退学后加入过阿拉斯加等地淘金者的行列。早年坎坷的生活经历为他后来从事创作提供了丰富的源泉，他的创作思想较为复杂，受到过马克思、斯宾塞、尼采等多人影响，在他青年时代的作品中，跳动着向资本主义社会挑战的脉搏，成名后逐渐陷入极端个人主义和空虚中，1916 年 11 月 22 日服用吗啡自杀。他一共写过 19 部长篇小说，150 多篇短篇小说和故事，3 部剧本等。主要作品有：小说集《狼的儿子》，中篇小说《野性的呼唤》，长篇小说《海狼》《铁蹄》和《马丁·伊登》等，其中《马丁·伊登》是他的代表作，带有一定的自传性。

巴克对血的渴望变得比以前更加强烈了。它是一个杀手，专门去捕食，就靠干这种事来谋生，孤单而独立。它觉得，只有靠自己勇猛力气的美德，才能得意扬扬地生存在这个世界上。在一个充满敌意的环境中，只有强者才能活下去。因为所有的这一切，它变得非常骄傲，这种骄傲传遍了它的全身。这种骄傲，在它的所有行动中都显现了出来，很鲜明地在它的每一块肌肉上起着作用，用简单明了的话来说：恰恰就是这种骄傲在驱使着巴克行动。这使得它光荣的皮毛比任何其他东西都更光荣，它的肌肉上、眼眉上飘逸着美丽的棕色色彩，胸脯正下方白色的毛发上散射着一种光亮。它很容易被错认为是一只巨大的狼，但它比它远古血统里最大的狼还要大。它从它的圣·伯纳犬的父辈那里继承了高大的身材和沉重的躯体；又从它的牧羊犬母亲那里，将它这种巨大的身材和沉重的躯体发展到了极点。它的肌肉是结结实实的狼的肌肉，可比任何狼的肌肉还要多、还要长；它的头不管从哪个角度看，都更宽、更阔，比所有巨大笨重的狼头都要大许多。它的狡猾是狼的狡猾，是那种野性的狡猾。它的智慧：那种综合了牧羊犬和圣·伯纳犬的智慧；加上现在这所有的一切：在这野蛮凶残的生存学校里它所经历的一切，以及从中获得的各种经验、知识。这一切，造就了它，使它成为一个可怕的生物。

作为一个直接靠吃肉来生存的动物，它浑身上下充满了力气。况且它现在正处于生命的高潮期,年富力强、精力旺盛,生命的能量随处可见。当桑顿慈爱的大手抚摩它背的时候,能感到随处爆发的活力在皮毛下啪啪作响,能觉出每根毛发都在迸发出被囚禁在体内一触即发的力量。巴克的全身,从大脑到身体,生机勃勃,肌肉里的每根纤维都焕发着生气,都被激活到了剧烈的顶点。全身上下各个部位都配合得那么协调、那么平衡、那么丝丝入扣,那么饱满、那么不能再多一分、那么不能再少一厘,那样地恰到好处。但凡目力所见、听力所及,需要行动时,它都能像闪电那样予以快速地反应。凡是一只声嘶力竭、拼死拼命的狗在跳起来保卫自己,或进攻对手时所能采取的一切,巴克都能以两倍的速度和能力做到。它观查着每一个动作,倾听着每一个声音,用最少的时间做出最正确的判断。而这一点,在别的狗,则仅能做到只是听一听、看一看而已。巴克能在同一个时间里做到:发觉、判断、行动,三位一体。面对一件事,别的狗是先发觉、再判断、后行动。而在它,这三个动作,既是原因、又是结果。它这种对相关动作不需间隔时间的能力是如此的完美,以至于根本就分不清,它的哪个动作在先,哪个动作在后,这三个动作它是同时做出的。它的肌肉是那样地充满硬度,外面来的牙咬起来,就像咬上了钢铁做成的弹簧。生命的溪流流过了巴克的身体,恰似灿烂的潮水,那么狂烈、那么欢快。看来这股潮水,一旦变得销魂忘形,就会从它巴克的体内爆裂开来,迸发成涓涓细流,变化为无数个碎片,慷慨地冲向前去,冲向全世界。

"我从来没见过这么一条狗!"一天约翰·桑顿说。当时他的伙伴们正看着巴克冲出营地。

"上帝就是照着它的模子把它造出来的。"皮特说。

"太棒了！我想我再也找不出什么话来形容它了。"汉斯断言。

他们看着它冲出了营地,但他们没有看见,它在冲进森林的秘密地方之后的那种可怕的变化。

巴克不再往前冲了,它马上变成了一个野蛮的东西。什么柔软的动作、像猫似的行走都丢掉了。快速奔跑的影子,在更加疯狂的影子中出现了、消失了、又出现了、又消失了。它知道如何去获得每一个借口能带来的利益;它把肚子贴在地面像蛇一样地爬行,并像蛇一样地跳跃和进攻;它能不被发现地从窝里弄到一只松鸡;能无声无息地杀死一只睡着了的兔子;它能咬死一只飞过半空的花栗鼠,并且把时间算得恰到好处,若再稍迟一点,那花栗鼠就飞进树丛中去了;在开阔的水池子里,鱼的动作对它来说就太慢了,海狸也没有它快。它把它们抓住吃了,还能小心翼翼地修复好被弄坏了的堤坝。它杀死它们,是为了吃掉它们,是为了填饱肚子;不是为了嬉笑打闹。但它宁愿去吃它亲自杀死的,而不愿去吃那些已经死了的东西。因此,一种潜在的滑稽就贯穿在它的行动中:它喜欢偷偷地接近松鼠。而一旦它抓住了这只松鼠,它又会把它放开,在树尖上用一种使松鼠们感到有种致命恐怖的语调和它们瞎聊,闲扯。

随着秋天的到来,驼鹿(产于北美的一种大鹿——译者)大量地出现了。它们轻轻地移动着脚步,在低凹、严酷的峡谷里迎接着即将到来的冬天。巴克已经拖倒了一头迷路的、就要长大的小驼鹿,但它强烈地希望能得到一个更大一些、更凶一些、更可怕一些的猎物。

一天,它来到了分水岭,走到了小河的尽头,就遇见了这样的一头。一队有大约二十头的驼鹿已经走过了溪流和木材区,为首的是一头巨大的公驼鹿。这头公驼鹿性情狂野,站在地上有 6 英尺高,是一个甚至连巴克都希望的那种凶恶可怕的敌手。巴克走了上去,这头公驼鹿突然抬起了它那巨大的手掌状的鹿角。这鹿角分开有 14 个点,漫开有 7 英尺宽。公驼鹿的小眼睛里燃烧着刻毒的火焰，露出恐怖的凶光。它吼叫着凶狠地看着巴克。公驼鹿的上半身有一处露出了一只羽毛弓箭的末端，这更加衬托了它的凶野。

受一种蛮荒世界的、古老狩猎时代的本能驱使，巴克把这头公驼鹿从鹿群中分了出来。这可不是一件轻松的工作。它在公驼鹿前大声地吼叫、放肆地跳跃。站在那巨大的公驼鹿以及可怕的鹿蹄子前，若稍有不慎，公驼鹿只需轻轻一击，巴克就会命丧黄泉。公驼鹿无法转身，面对巴克獠牙的危险和咄咄逼人的劲头，它变得狂怒了，于是鹿劲大发，它向巴克进攻了。巴克狡猾地躲开了，用一种无能力跑开的假象引诱着公驼鹿。巴克用这种方法，把公驼鹿从鹿群中分离开来。这时有两三头小驼鹿从后面冲了上来，试图将受伤的公驼鹿救回去，好让它再回到鹿群中间。

有一种野狗般的、不知疲倦的、像生命本身一样坚韧不拔的耐心。这种耐心可以保持一个动作，在没完没了的几个小时里一动不动。蜘蛛网里的蜘蛛；盘成圈的蛇；草丛中守候着的豹，它们都具备这种耐心。这种耐心尤其属于有生命的东西，尤其属于当这种生命在猎取它赖以生存的食物的时候。这种耐心巴克也有。它缠在驼鹿群的周围，减慢着进攻的速度，以便激怒那些小驼鹿，骚扰那些小驼鹿来使大驼鹿们担心，挑起它们无助的愤怒而使受伤的公驼鹿更加疯狂。这种状况持续了半天之久。巴克的勇气不断地增加着，从各个方位发起进攻。旋风般的威胁包围着这只驼鹿群，分散了的驼鹿一被巴克咬倒，其余的就又聚集在一起。但是这些驼鹿们的耐心越来越少，动作越来越急躁，失误越来越多。

一天的时间用完了，太阳落在了西北方的河床下。（黑暗返回了，秋天的夜晚只有六个小时）年轻的驼鹿们折回了它们的脚步，越来越勉强地围住了它们的领袖。日益临近的冬天正蹂躏着这些处在低纬度的驼鹿们，看来它们将永远不能摆脱掉这个不知疲倦的家伙了。这家伙一次次地把它们拦住，它唯一要得到的东西就是它们的命，它对命这种东西的兴趣要比其他任何东西大得多。到了战斗的终点，它们只能付出越来越多的死伤数字。

随着夜幕的降临，老公驼鹿站在那里，头更低了。它悲切地看着它的伙伴们——它所了解的这些母驼鹿们、它父亲般地统帅着的这些小驼鹿们、以及它所掌握着的所有这些驼鹿们——它们踉踉跄跄地走在正快速衰弱了的光线里，脚步乏力而急迫。老公驼鹿是不能再跟着它们走下去了。老公驼鹿把鼻子猛地冲向巴克那残忍的獠牙、那不让它走开的恐怖前……300 磅呀，比巴克的体重还多一倍呐！它，这头公驼鹿，曾经活得那么长、曾有那么强的生命力、在它的生命中曾经充满了那么多的战斗和奋争，它都挺过来了。但是此刻，在这最后的关头，在这样的一个动物的牙齿前、这动物的头还没有达到过它那有着巨大关节的膝盖呢，它却面对着死亡！

从那一刻起，不管是天黑还是天亮，巴克就再也不放过它的这个猎物，再也不给它的这个牺牲者以片刻的休息了。它不容许其余的那些驼鹿们去吃嫩条、嫩叶或是什么桦树、柳树的枝枝芽芽；而当这头受伤的老公驼鹿在跨过那些狭长细小的溪流、意欲消除掉它那燃烧着的干渴、要去喝水时，巴克是怎么都不会给它这种机会的。很经常地，那些驼鹿们拼死地跑上了一条长长的逃跑之路，在这种时候巴克不是试图去拦住它们，而是大步地慢跑、轻松地跟在它们的后面，以满意的心情看着这种游戏进行下去。而当驼鹿们停在那里，它还干脆就躺在那里；可一旦它们要力争去吃、去喝时，它就猛烈地向它们进攻。

老公驼鹿那巨大的头在鹿角的下面垂得越来越低了，步履蹒跚的步子迈得越来越虚弱了。它终于只能仅仅是沉溺于长时间地站立在那里，鼻子贴在地面上，沮丧的耳朵耷拉了下来。巴克也终于找到更多的时间为自己了,它有更多的时间去饮水、去休息了。在这种时候,它红色的、懒洋洋的舌头垂了下来,大口大口地喘着气,那双眼睛死死地盯着大公驼鹿。巴克看来终于要下手了,它能感到大地在颤动。

当这些驼鹿们跑进这块土地时,其他种类的生物也在跑进来。森林、溪流和空气看上去早就为各种类别生物的存在而颤动了。这种颤动的信息一直使巴克忍住,它不靠视力、不靠听力,也不靠嗅觉,只靠一些别的难以琢磨的什么感官,就能确确实实地感觉到这种颤动。它听不见什么特别的、也看不见什么异样的,可它能知道,这块土地是有点儿不同东西的。这种不同的、奇怪的东西通过这块土地,已经在进行中、蔓延中,巴克决心在它完成了眼前这件事情后,就着手去好好地调查一翻、研究一翻,看看这到底是什么。

在第 4 天结束的时候,巴克终于最后咬倒了这头巨大的公驼鹿。用了一天一夜的时间,它把它杀死了,吃了它的肉,它睡了下来,转过头来四下里张望着。休息了一会儿后,它的力气又重新恢复了过来,它觉得比以前更强壮了。它把脸转向了营地、转向了约翰·桑顿。它突然开始大步地慢跑了起来,它跑呀、跑呀,跑过了一小时又一小时。在杂乱无章的路上它知道该往哪里去,它有一个明确的方向,它要穿过这陌生的土地,它要跑到那个人的跟前。这方向,那人,都仿佛是一根有很强吸引力的针,刺得它羞愧。

它往前跑着,越来越感到大地有一种新的涌动,在这块森林里分明还有一种更宽广的生命,这种生命不同于巴克在整个夏天能感觉到的所有的生命。这已是一个很明显的事实了。这个事实已经用某种微妙的秘密方式被它感觉到了,不再折磨它了。鸟们在谈论着这个事实,松鼠们在闲聊着这个事实,微风也在耳语着这个事实。有好几次它停了下来,深深地呼吸着清晨的新鲜空气,思考着这个事实,思考着这个使它更快速地跳跃、更快速地向前奔跑的事实。巴克被一种要发生灾难的感觉压迫着,如果这种已经发生了的事情不是灾难的话,但是它却还是觉得有一种压迫感。当它跨过了最后的溪流,跑在通向营地的山谷之中,它向前奔跑着,那种警惕的感觉更大了。

离营地还有 3 英里,巴克看到了一种新鲜的踪迹。这种新鲜的踪迹使它脖子上的毛发起了波浪,竖了起来。它沿着这踪迹径直跑向营地,向着约翰·桑顿跑去。巴克急急忙忙地跑着,飞速地、秘密地、每一根神经都绷紧了、拉直了。它机敏地注意到了还有更多踪迹的细节。这里每一个细节都在讲述着一个故事——一个从头到尾的故事。它在营地里走来走去,鼻子告诉了它,这里的生命信息已经改变了。它默默地在森林里观察着、酝酿着。鸟儿们已经消失了,松鼠们也都藏了起来。只有,只有一个,它看见了——一个浑身滚圆的、灰色的家伙,躺在那里。一根失去了光泽、也是灰色的肢体被砍了下来,斜靠在他的身上。这肢体是这家伙身上的,如同在平整的木头上突出地长出了又一块似的。

巴克在幽暗的阴影里溜了过去,它的鼻子突然撞在了什么东西上。巴克明显地用力拉了它一下、又推了它一下,然后它凭着嗅觉在灌木丛中发现了尼哥。尼哥侧身躺着,显然是曾挣扎着爬向什么地方,而在中途死了。一支羽毛箭穿透了尼哥的身体,箭的两端都露在了体外。

一百码开外,巴克走到了一只约翰·桑顿从道森买来的雪橇狗的跟前。这只狗是在生死搏斗中被用大棒打死的,它就躺在路上。巴克没有停,绕过了它。从营地里传来了很多种微弱的声音,高高低低地好像在唱着圣歌。巴克肚子贴在地面上,爬了过去,它看见了汉斯:脸向下趴着,像一只被羽毛箭射中而亡的箭猪。与此同时巴克向一个方向凝视着,桦木小屋里所看到的东西使它怒发冲冠，毛发直立，难以抑制的一阵狂怒席卷了它的全身。它不知道它是在咆哮，它的咆哮是可怕的、残忍而恐怖的。因为这是它有生以来，最后一次容许它愤怒的情欲狡猾地、有理由地奔涌而出，因为它极为热爱的约翰·桑顿失去了他的脑袋。

正在桦木小屋外面跳舞的印第安人听到了这令人恐怖的咆哮，看到一只他们从没有见到过的、活生生恰似旋风般皮毛的动物向他们扑来，要毁灭他们。巴克扑在了最主要的人（这些印第安人的首领）的身上，绝妙地撕开了他的喉咙，使他颈部的峡谷喷涌出了鲜红的泉流。它一不做、二不休，把它的牺牲者撕来扯去。接着，它又一跃而起，抓住了第二个人，也撕开了他的喉咙。没有人能抓住它。它冲进了这些人的中间，撕着、扯着、毁灭着。它迅速地运动着，这种运动藐视着一切向它射来的弓箭。实际上，它的动作是难以想象地快，而这些印第安人又是那样地混乱不堪，他们集聚在了一起，乱纷纷成了一锅粥。结果是他们射去了一支又一支的弓箭，但没有一支射中。有一位年轻射手，猛地将一支梭镖投向跃起在空中的巴克。梭镖投射的力气是那样的大，以至于穿过了另一个年轻射手的胸脯，穿透了他背后的肉，扎在了地上，而那位年轻射手却直挺挺地立在了那里。印第安人大惊失色，惊恐万状地逃向森林。一路跑一路惊呼："魔鬼来了！魔鬼来了！"巴克真的是魔鬼的肉体化身了。它四肢疯狂地奔跑着，把那些印第安人像拖那头大公驼鹿似的，从森林中间拖了出来。这是印第安人致命的日子。他们四散逃命，直到一周以后，那些未死者聚集到了一个低谷中，悲伤地数着他们损失的人数。而巴克还不知疲倦地追赶着……最后它回到了那个令它悲哀的营地。它找到了皮特。他被杀死在他的毯子里，满脸露着惊恐的神色。桑顿奋不顾身地搏斗、挣扎的痕迹在地上历历在目。巴克凭着鼻息查找着每一个细节，一直走到深深的池塘旁边。水边，斯给特躺在那里，头和前腿浸泡在水里，它一直战斗到了最后。池塘本身，河水从水闸那里流过来，翻卷着金沙，又渐渐地变清。浑浊的水里藏着很多东西，也藏着约翰·桑顿的头。巴克跟着桑顿头的气味走进了水里，周围再也没有什么其他痕迹了。

一整天，巴克都是在池塘边沉思着，无休止地围着营地转来转去。死亡就是运动的停止，就是活力从活物体内的出走，就是无声无息的躯体，这它知道。它知道约翰·桑顿死了，这给它留下了无限的惆怅，这多少有点像饥饿。但是饥饿能够用食物来填补，可是惆怅却使它疼痛了又疼痛。时不时地，当它停下来凝视那些印第安人的尸体时，它才能暂时忘记这些疼痛。在这种时候，它就陷进了对自己的无限骄傲之中。这种骄傲之大，大过了它以往的任何经历。它杀过人了！这是一种最高贵的游戏了。它在大棒和獠牙这种法律的威胁之下已经杀过人了。它好奇地闻着这些尸体，他们死得太容易了！杀死一条声嘶力竭的狗要比杀死人费事多了，人和狗在被杀死这一点上一点儿都不相配。要不是因为人有弓箭、大棒和梭镖，他们就没有什么了不起。从今往后它巴克再也用不着怕他们这些人了，除非他们手里正好就拿着弓箭、大棒和梭镖。

夜来了，一轮明月高高地挂在树梢上的天空里。月光撒在大地上，沐浴着这魔鬼般的土地。随着夜晚的到来，巴克坐在池塘边，心中涌上了一阵阵的悲哀。巴克在这座森林里如今变得全身充满了活力，涌动着一股股新的、生命的力量，它觉得这都是印第安人给它造就的。它站了起来，倾听着、四下里用鼻子使劲地嗅着、眼睛观察着。从远处飘来了一阵弱弱的、轻微的尖叫声，紧接着又传来了这种尖叫声的大合唱。这种尖叫声的大合唱越来越近、越来越近。这声音使巴克回忆起了另一个世界。它走到了林中开阔地的中央，倾听着。这是一种呼唤，它多次领教过这种呼唤，这种呼唤的声音里充满了太多的诱惑，而这种诱惑此刻也对它产生了比以前更大的强迫力。过去它从没有动过心,但是现在,它准备要服从了。约翰·桑顿死了,最后的纽带断了。人以及人的主张、人的要求,都不再捆绑住巴克、也不能再束缚住巴克了!

在那群大驼鹿的侧面,是一大群狼。就像印第安人狩猎这群驼鹿那样,在吃完了那些活驼鹿们的肉后,这群狼最后终于跨过了溪流和木材林入侵到了巴克的谷地。在月光的清晰照耀下,这些狼们像一条流动着的银色河流。

在开阔地的中央,清清楚楚地站着巴克。它一动不动,像一尊雕像,静候着狼们的到来。狼们很害怕。巴克站在那里,那么镇静、那么庞大。片刻的静止后,最勇敢的一只向它直直冲来。像闪电一样,巴克跳了起来,猛地一口咬住了对方的脖子。然后它又站住了,又是一动不动。被咬破脖子的狼在它身后痛苦地滚动着。又有 3 只过来想试一下,尖利的嗥叫混在一起。但是一只接一只地,它们也退了回去,血柱从喉咙和肩膀上的深深裂口处喷涌而出。

这下够了,整个狼群都向前猛冲了过来,拥挤、堵塞、你碰我、我踏你,狼们掠夺的热情高涨。巴克以其不可思议的快捷,稳稳地挺住了。它以后腿为中心,快速地咬着每一只冲向前来的狼。它一次只咬一下,每一口都咬快、咬深、咬透。不一会儿,它的前后就躺满了受伤动不了的狼。它飞快地旋转着,保护着它的四面八方。为了防止狼们从后面袭击,它被迫后退,先退到了池塘边,又退到了小河湾的河床上,再退到高高的沙砾岸上……它沿着河岸后退着,一直退到了在这里开矿的人挖就的一个角落里。在这个角落里它可以获得三面的保护,而只需面对前方。

这个位置太好了!半个小时后,狼们终于乱纷纷地后退了。在溃逃中,它们发出的所有语言和音调都衰竭而软弱,白色的獠牙在月光下闪着寒冷的光。一些受伤的狼努力地抬起头来,向上支着耳朵;另一些爬在那里看着巴克;还有一些在池塘里吸着水。一只狼,身材硕长、瘦瘠而灰白,好奇而冒险地用一种友好的方式向巴克看着。巴克认出来了,就是那位和它一起奔跑了一天一夜的木头兄弟。木头兄弟悲切地、软软地叫着。巴克也悲叫了一声。它们的鼻子碰在了一起。

然后,一只老狼,满脸憔悴、满身伤疤,慢慢地向它们走来。巴克扭了一下嘴唇,准备咆哮。木头兄弟用鼻子闻了闻它。那只老狼坐了下来,鼻孔指向月亮,爆发出了一声长长的嗥叫。其余的狼都坐了下来,也都嗥叫了起来。现在巴克不会弄错了,它听出了:是那种声音,那种呼唤的声音!它也坐下来嚎叫了起来。嗥叫完了,它走进了它的角落,狼们走了过来,用那种半是友好、半是野蛮的方式闻着它。领头的狼兴奋地尖叫了一声,猛地转身冲向了森林,狼们都跳了起来跟在后面。尖叫声形成了大合唱。巴克也跟在它们的后面,和它那位木头兄弟肩并肩地跑进了大森林。它跑着、跳着、尖声地大叫着。

到这里,巴克的故事可以圆满地结束了。

过了不多年之后,印第安人注意到,森林里狼们的种类中有了一种变化。有人看见:这些狼中有一些的头上和口、鼻四周都有棕褐色的毛发在闪耀,而在胸口下半部则有一条白色的色条。然而更为异常的是:印第安人经常讲起一条鬼狗,它比所有的狼都动人、都狡猾。它经常在最寒冷的冬天从他们的营地里偷东西;掠夺他们的行李,杀死他们的看家狗;对他们最勇敢的猎手都敢于藐视。

不仅如此,还有更邪乎的。当那些印第安猎手们在外跑了一整天、空张着两只手、疲乏无力地走回营地时，他们发现：他们留在营地里的那些部族们的喉咙被残忍地撕开了，雪地上到处都是狼群的痕迹，这些痕迹比他们过去所见到过的狼的痕迹要大得多；每年秋天，当印第安人跟随在那些驼鹿的后面，他们就肯定会走进一条他们从没有进去过的山谷。于是就有谣言传来说，是那些鬼精灵精心地挑选了这些山谷，要用这些山谷给这些跟着驼鹿走的人做一个舒心的寓所，然后再放一把火，好让他们好好地安息。而女人们听到这些话则悲伤极了。

有好几个夏天，都会有一位参观者来到这条山谷、这条印第安人不认识、不知道的山谷。来者是一条巨大的、有一身极为华丽、壮美皮毛的狼，极像，也许一点都不像其他别的狼。它独自跨过了那块微笑着的木材之地，坐在树丛中开阔地的中央。一股黄色的液体从腐烂了的驼鹿皮囊下流了出来，向着远处流去，黄液流过的地方长出了一溜长长的青草，青草也向远处的沃土蔓延过去，在阳光下泛着泥土的黄色。这位参观者在这里沉思一会儿，然后仰天一声长啸。这一声听起来是那么悠长、那么悲伤！……然后它走了……

但它也不总是孤独的。当长长的冬夜到来时，狼们追寻着它们的肉食，就会走进这个低谷，这位参观者能被看见就奔跑在狼群的前面。在苍白的月色下、或是在黎明的晨曦中，这位参观者领着它的部下大步地跳跃着。只要它巨大的喉咙一起声，狼们就唱起了一支属于更年轻世界的歌、那支狼群的歌！

（《野性的呼唤》第七章，石雅芳译，浙江少年儿童出版社 2004 年版）

【提示】

生命意识：反思野性

希腊《伊索寓言》中的狼总是凶残狡诈的，罗马传说中的狼却慈祥善良，喂养过人与战神的儿子；《新约·马太福音》中，上帝把狼当做异教的象征，告诫信徒：“你们要防备假先知，他们到你们这里来，外面披着羊皮，里面却是残暴的狼”；歌德则在《受恩宠的动物》中把狼作为“蒙允许进入天堂”的四种动物之一。在中国文学中，《中山狼传》里的狼虚伪凶恶，《聊斋志异·毛大福》中被救的狼却知恩图报，其他篇幅里的狼又不尽相同，贬斥者如《梦狼》中狼是官府衙役写照，不寓褒贬者如《狼三则》。可见，狼的形象取决于人的选择和创造，是人言志之“寄托”。狼的内涵并非静止或单一，在不同文化背景中随着文学的发展不断丰富。

19 世纪出生于美国贫困家庭的杰克·伦敦，在坎坷生活中饱尝艰辛，培养了坚韧顽强的精神，充满野性和力量的狼就成为他许多作品的主要题材。《野性的呼唤》是这类作品的经典之一，讲述了一个叫“巴克”的犬，有很好的出身——父亲是圣伯纳犬、母亲是苏格兰牧羊犬，“带有十足的王室气派”，原本为米勒法官看家，由于轻信人类而被坏人绑架贩卖后又被三次转手，此间，曾经养尊处优的巴克时刻要面对来自人、同类（狗群）和自然三方面的种种挑战，它很快就学会了在险恶环境以及“大棒和獠牙的法则”下生存所需要的手段，逐步变得狡猾、凶残和出色，最终，在野狼的呼唤中跟随狼群奔入森林……巴克的形象在确定与不确定的双向互换中寄托了作者对生命的认识：一方面，巴克对野性的呼唤经历了从“非常模糊”的不确定到“像人类阅读书籍一样”去追寻的过程，最终确定狼的嗥叫就是它准备服从的呼唤。另一方面，巴克从一个有清晰来历确定身份的犬经过人间历练、冲进森林后就难以十分确定它的身份：不仅在体力上比狼壮美威猛，而且有智慧“使它成为一个可怕的生物”：在印第安人眼里，它是“鬼狗”“魔鬼”；在叙事者看来它是一个“参观者”——“有一身极为华丽、壮美皮毛的狼，极像，也许一点都不像其他别的狼”。就在这两方面确定与不确定的双重走向中，巴克向狼回归又超越了狼，充满了“生命的能量……慷慨地冲向前去，冲向全世界”，寄托了作者对生命的礼赞和对自我超越的崇敬。其他作品如《热爱生命》《狼的儿子》《海狼》等中也都体现出这一主题。

蒲松龄受明末清初主情浪漫思潮的影响，《聊斋志异》中许多形象塑造都突出了“真情”，《毛大福》中的狼性情美好、形象生动，尽管迥异于同一时期纪昀《阅微草堂笔记》中难以驯化、简笔勾画的恶狼形象，但表现方式是相同的，即在善恶观念中写狼，蕴涵作者对现实的道德评价，反映出中国崇尚伦理的文化。对比之下，《野性的呼唤》中巴克的形象则超越道德评价，蕴涵对生命的追求和对强者的赞扬，体现出崇尚生命的原始冲动、追求无拘无束的西方酒神文化，当巴克回归野性时，既是退化也是进化，它——是犬非犬、是狼非狼、超犬超狼，这正是杰克·伦敦深受尼采"超人"哲学和达尔文"物竞天择，适者生存"理论的文学反映。尼采借对希腊文化的研究，把理性与感性分别看做日神精神与酒神精神，日神代表"半死不活的、腐败不堪的、发育不良的"形象，而酒神精神则是征服一切、主宰一切、充满感性的生命。《野性的呼唤》通过巴克的形象展示了尼采所说："看呵，我教示你们超人。"在超越的过程中"冲创意志"既是目的也是手段，而"凡是有生命的地方，就有意志"。因此，尽管巴克杀了人、也杀了狼，但作者并不从道德善恶来评价，而以自身为存在意义，对其自我超越的强者生命充满崇敬。随着文化的融合与时代的发展，人们看狼的角度更加多元，在狼性蕴涵的生命张力与人性不断异化的反思中，狼开始被怀念、被思考，——"如今狼已经越来越少，荒野里尽是人在嗥叫"。

(夏慧勤)

思考题

1. 阅读以下选自纪昀(晓岚)《阅微草堂笔记》的文字，你认为这里的狼形象与两篇课文中的狼形象与什么异同?

沧州一带海滨，煮盐之地，谓之灶炮①。袤②延数百里，并斥卤③不可耕种。荒草粘天，略如塞外，故狼多窟穴于其中，捕之者掘地为阱，深数尺，广三四尺，以板覆其上，中凿圆孔如盂④大，略如枷状，人蹲阱中，携犬子或豚⑤子，击使嗥叫，狼闻声而至，必以足探孔中攫之，人即握其足立起，肩以归。狼隔一板，爪牙无所施其利也。然或遇其群行，则亦能搏噬⑥，故见人则以喙⑦据地嗥，众狼毕集，若号令然。亦颇为行客道途患。有富室偶得二小狼，与家犬杂畜，亦与犬相安，稍长，亦颇驯，竟忘其为狼。一日，主人昼寝厅事，闻群犬呜呜作怒声，惊起周视无一人，再就枕将寐，犬又如前，乃伪睡以俟，则二狼伺其未觉，将啮⑧其喉，犬阻之不使前也。乃杀而取其革。此事从侄虞惇言，狼子野心⑨，信不诬哉。然野心不过遁逸耳，阳为亲昵，而阴怀不测，更不止于野心矣。兽不足道，此人何取而自贻患耶。

(《阅微草堂笔记》卷十四"槐西杂志四"，《阅微草堂笔记》，乐农编著，长江文艺出版社 1983 年版)

【注释】

①灶泡：旧称煮盐谋生的劳动者为灶户，亦泛指盐户。泡，或当地对荒洼之地的称呼。②袤(mào)：南北距离的长度。③斥卤：含有过多盐碱成分的土地。④盂：圆口器皿。⑤豚(tún)：小猪。⑥噬(shì)：咬。⑦喙(huì)：嘴。⑧啮(niè)：咬。⑨狼子野心：见《左传·宣四年》："谚曰：狼子野心。是乃狼也，岂可畜乎?"意思是：狼崽虽小，却具有凶恶的本性。

2. 谈谈《聊斋志异》艺术表现手法上的特点。

3. 结合杰克·伦敦的小说了解尼采的哲学思想。

4. 课外阅读贾平凹的《怀念狼》或姜戎的《狼图腾》。

5. 文学作品中的动物从来就不是单纯的动物世界，试通过写某个(种)动物来反映世态人情。

四、耙耧天歌(节选)

阎连科

阎连科(1958—),中国当代作家,河南省嵩县田湖镇人。1978年入伍,1980年开始发表作品。1985年毕业于河南大学政教系,1991年毕业于解放军艺术学院。曾为第二炮兵部队专职作家。现为中国作家协会会员,河南省作协理事。主要作品有长篇小说《情感狱》《日光流年》《坚硬如水》《受活》等,中篇小说《两程故里》《横活》《乡间故事》《瑶沟人的梦》《寻找土地》等20多部,出版有《阎连科文集》12卷。

阎连科作品题材广阔,既有乡村题材,又有市井风俗题材,还有军旅和文革题材的作品。尤其引人注目的是,他就像西方作家哈代的“威塞克斯”,本内特的“五镇”,福克纳的“约克纳帕塔法”和中国当代作家莫言的“高密东北乡”,史铁生的“地坛”,韩少功的“马桥”一样,营造了“耙耧山区”这样一个完全属于他自己的独特的小说世界,并成为中国文学地形图上最奇异最复杂的景点。

一世界都是秋天的香色。

熟热的季节,说来就来了。山脉上玉蜀黍的甜味,黏稠得推搡不开。房檐上、草尖上,还有做田人的毛发上,无处不挂的秋黄,成滴儿欲坠欲落,闪着玛瑙样的光泽,把一个村落都给照亮了。

一个山脉都给照亮了。

整个世界都给照亮了。

旺收呢。这样的年景,先是浅旱,后是深涝,到了玉蜀黍授粉的关口,该雨是雨,该日是日,结果平地川地,收成一般,山地梁地,却旺收得罕见。玉蜀黍穗人腿似的,秆儿都被压得驼了,一些还骨折,卧伏在了地上撑着生长。那被叫做尤四呆子村的尤家村落,原本都是些坡的地,其旺收的景况是不消说的。白露和秋分之间,便有人开始收获玉蜀黍。尤四婆家的地全在梁上。全在离村最远的梁上。去年调整地块时节,村人各户都嫌那地遥远,村长说尤四婆子,你家三傻四傻肯吃,那地你家种吧,想种几亩都行。尤四婆便领着她的傻妞呆儿种了。种子一道山梁,也许8亩,也许10亩,哪料它今年就旺收得山山海海哩。

尤四婆已经领着她的傻妞呆儿来这收了3天,运了3天,一道梁才收获了三成有一。人是累了,也被旺收弄得烦了。无边无际的玉蜀黍地里,绿秆枯叶棚着,人钻进去同入了海洋。尤四婆把掰到竹篮里的玉蜀黍往田头运着。运着的当儿,她就听到身后三妞儿青灰灰的尖叫:“娘——娘——你管不管你们四傻子,他追着撵着摸我的奶哩,把我的奶咪咪都捏得疼哩。”田头已经码起了一条堤似的玉蜀黍棒子。天高远得很。云淡远得很。玉蜀黍那紫色缨丝脆碎成粉末腾起来,在梁道的目光下荡来荡去。尤四婆循着唤声回过身去,果然见四呆在三妞身后追着,把三妞的前衣襟儿扯开了,她那胀鼓的双奶兔头样白亮亮地欢蹦乱跳,仿佛立刻会跳跃下来。尤四婆愣住了,她看见三妞被四傻抓了奶子,脸上没有羞耻,没有苦相,倒是有一层浅红色的快活年画一样贴着。而在三妞身后呆立着的四傻,一边嘿嘿地笑着,含了口水,又含了两眼对娘惧怕的泪。尤四婆不知道事情的前因后果。她想问个清醒明白,可又觉得这双儿女是一对透呆,不知该从哪儿破题问起。就在这犹豫的当儿,她的眼前一晃,男人尤石头立在了田头上。他说是四呆先动手去扯三妞的扣儿哩,我在边上看得清白呢。尤四婆把目光从男人身上收回来,望着四呆说:"四娃,你过来,娘给你说个事儿。"四呆娃便迟迟疑疑过来了。尤四婆手起手落,一个耳光打在了四呆的脸上。

四傻捂着脸呜呜哦哦地哭将起来。

尤四婆子吼:"不知道三妞是你的亲姐啊!"

四傻朝着玉蜀黍地的深处走去了,就像一条被打了的狗躲到草丛深处呆着一样,盘坐在玉蜀黍的棵秆上,盯着天空哭起来,弄得一面坡地都是四傻青痴痴的哭唤声。

以为一切也就过去了,风息浪止了,该接着紧收旺秋了。尤四婆把地上那篮玉蜀黍穗倒出去,对她的男人说,你走你的吧,忙得昏天黑地,以后你就不要隔三错五地回来了。然后,她旋过身子,看见三妞依然在那儿死死盯着她,像饿了要吃那样满脸可怜相。

她说:"把你兄弟打了,你还想咋样呢?"

三妞说:"娘,我想有个男人哩,想像大姐二姐那样有个男人搂着睡觉哩。"

尤四婆轰隆一下愣住了。

她男人也轰隆一下愣住了。

站在玉蜀黍穗堆旁,看着比她高出一头、宽出半肩,胸脯如山样隆着的痴三妞儿,她猛然灵醒三妞已经28岁了。想到三妞28岁时她把自己吓了一跳。她28岁那年,早已经生完了4个孩娃。就是在她28岁那一年,四呆儿岁半时候,她男人朝着那边走去了,丢掉这活生生的日子不要了。那一天他们抱着四呆去了镇上卫生院,是卫生院的大夫把他们尤家日子中的最后一滴灯光吹熄了。她17岁时是哼着戏文嫁到尤家的,十八岁开怀生育,平均年半给这世上送来一个妞儿,生完第一个妞儿时,她还在月子床上享受着男人的侍奉,哼唱了一个月,可没想到的是,她生的大妞、二妞、三妞竟都是痴呆,都是在长至半岁当儿,目光生硬,眼里白多黑少,到三岁四岁才能开口叫娘,五岁六岁,还抓地上的猪屎马尿,十几岁还尿床尿裤。因为一连三胎傻痴,吓得她和男人不敢生了,连一句戏文也不再哼唱了。然歇了几年身子之后,想要个男娃,怀着撞命的心情,又彼此劳累身骨,再一次却果真生了男娃,且半岁之后,孩娃就能咿呀说话,八九个月,就能满地跑了。以为终归算生了一个精灵,有时也哄着孩娃念唱几句戏台上的话,哪知孩娃岁半时候,淋雨发烧,本是家常病症,可烧了一夜,来日做爹娘的细心一看,孩娃嘴歪眼斜,话又不会说了,饭碗也不会端了,除了呵呵地傻笑和嘿嘿哦哦地呆看,其余一无所知。

全村人都为这一变故惊着。尤四婆和男人尤石头的脸上、身上、屋里、院落,到处都惊硬满了苍白和漆黑。

村人们说快到镇上卫生院瞧瞧吧。

便就去了。

大夫问:"他兄弟几个?"

尤四婆说:"姐弟4个。"

大夫问:"他姐们好吧?"

尤四婆说:"姐们心里……有些不够数哩。"

大夫微微怔着,盯着尤四婆看够了年月,说你家祖上有没有这病?尤四婆说没哩,我爹我娘都是全人。大夫说，你爷你奶呢？尤四婆说，也是全人。大夫说，你祖爷祖奶呢？尤四婆说我没见过他们，可我爹说我祖爷活到82岁还能在村里要狮子跳龙头，我祖奶79岁时还能大大段段地唱戏文。大夫不再对尤四婆询问啥儿，他把目光辗转到尤石头的脸上去。

大夫说，你呢？

尤石头默死着不语。

尤四婆扛了一肩男人，说问你哩。

他才吞吞吐吐说，我爹有过羊角风，我3岁那年爹正在梁上犁地，病一犯扶着犁就栽进沟里死了哩。

尤四婆的目光直硬了。

大夫便出了一口长气儿，释然地说你们回家吧，这病请了华佗也没法救治了，是隔代遗传哩，你们生四个孩娃四个是痴呆，生八个八个是痴呆，生一百有两个五十都是痴呆儿。回去好好思谋思谋你们如何陪着这四个痴呆过一辈子吧。

不消说啥他们便走了。回耙耧山脉深处的尤家村落了。一路上，他都背着四娃儿跟在她身后，刚出镇子时彼此还有一搭儿没一搭儿的说些啥，然到日将西去，日头酷烈时，他们就彼此不言不语了。累了哩。连孩娃都在他肩上流着口水睡了呢。可至村岭下边的十三里河边时，他立下看看那河水，又扭头看看肩上的傻孩娃，没想到那孩娃在梦里似哭似笑地朝他咧咧嘴，然后突然一阵哆嗦，眼就泛白了。这景况正让他吃惊，孩娃的异样却又风吹云散了，对他哭半声笑半声睡着了。

他立在河边无休无止地盯着傻痴孩娃的脸。

走远的媳妇回过身子唤："走啊——快走啊——天要把人热死哩。"

他说："你先抱着孩娃到前边树荫儿里歇一会，我喝口水立马就赶上来。"

她接过孩娃到一棵楝树下边等去了。

她等得月深年久、天昏地暗也没见男人走上来。她沿着河岸边走边唤："妞她爹——娃他爹——你死哪去哩？——你死哪去了娃他爹！"沿河走了数百步，她在一个水潭边上看见了那让她生了四胎痴呆的尤石头，跳河死后漂在潭边如一大段枯腐的树身儿。她迅疾地跑到潭边把他拖上岸，把手放在他的鼻前试了试，愣一会儿，马一样往村落里边奔去报丧了。

男人就死了。被未来的日子吓死了。

男人死了，日子中的光亮便呼地暗下来。农忙时没有了扛锨拿镰的人，农闲时没有了聊天解闷的人。就是冬天水缸冻裂了口，想用铁丝捆上，都要尤四婆子自己动手了。

那年麦天，她把四个傻痴像四只狗样拴在麦地头的树下，在他们面前放了蚂蚱、麻雀和圆石、瓦片供他们要着，自己在田里割麦。从日出割到日正顶上，回到树下歇时，看见四个孩娃把那蚂蚱和麻雀用石头在瓦片上铿铿锵锵砸了，砸得麻雀脑浆迸溅，鲜血淋淋，蚂蚱头像蒜汁样摊在瓦片上。四个孩娃在分吃着麻雀的腿、翅、肚子和头哩，一个个的嘴上、脸上都红红海海一片，弄得一世界都是麻雀青红的生血气息呢。

尤四婆先是惊着，呆呆地立在那儿不动，后来就冷丁儿嚎啕起来，哭得死去活来，面对着埋了男人的那方梁地，边哭边骂道："尤石头，你这该千刀万剐的享福去了，把我和孩娃们留在这个世上受苦受难哟。"

又骂："你这狗人还算男人吗，你坑我害我，还坑害这四个孩娃儿。"

还骂："你以为死了就好啦，死了你能安生享受啦，给你说，孩娃们一日不成家立业，我一日就不让你这狗人安宁哩。”

她说:“姓尤的,你给我滚过来,你躲离开这世界到哪儿去了哩。”

她说:“你出来给我跪下哟姓尤的,跪下看看你的四个孩娃儿。再看看我一晌儿独自割了多大一片麦。”

尤四婆骂着说着时候,声音就由大到小变得嘶哑了,脸色也由青怒转成了灰白色,慢慢的哑无声息,盯着眼前的一片空地不动了。那空地在麦田和梁道的正中间,有草席样一片。生了许多黄色礓石和茅草。茅草从礓石缝中扎出来,把礓石盖在草丛下。她男人尤石头果真就跪在那片空地上,把茅草压倒了一片儿。日光把他的影儿晒得和蝉翼一样薄,且是一种灰白色,在青茅草和黄礓石上晃动着。远处收割的村人,都已回村吃过午饭,磨了镰刀,重又从村里出来,朝自家麦田摇过去。有的正在田里把割过的小麦摊开来,请那日头晒干。她男人跪在那儿,先还抬头看她一眼,最后就深深地把头勾埋下去了。

他说:“我这辈子,最对不起的是你哩。”

他说:“留下你在世上吃不完的苦,受不完的累。”

他说:“你再难也要把孩娃们养大成人哩,他们成家立业了,你就有好日子过了哩。”

说到孩娃,尤四婆回身望了一眼,看见那四个傻痴仍在吃着生雀蚂蚱,慢慢的她脸上那伤鳞鳞的白色淡去了,刚才失了的青色重又走回来。她冷不丁儿从地上抓起镰刀,朝前扑了几步,挥着镰把疯了样朝男人尤石头的身上打起来。头上、脸上、胳膊上,镰把落到哪儿是哪儿。

一个山坡都响满了青白色的抽打声。从这面山坡又响到那面山坡去。日光被她挥着的镰刀割得零零碎碎。细长的凉风也被打得一截一截,变得热烫起来了。

又一年,割完了麦,却是种不上秋。有的人家种上的秋庄稼都已露了苗,可她的麦地却还一块块白在天底下。各家的耕牛都忙得昼夜不消停,尤四婆只好借着月色,用锨在麦茬地里翻挖着。她在田头上铺了一领席,让四个傻娃在那席上睡着觉,自己脱了上衣,从田的这头翻到那头,又从那头翻回来。新翻的土地里有一股清新潮润的泥土味。泥土味是一种深红色。旺茂的麦茬白亮亮在月光里,散发着温热腻人的白色的香,那两种红白味道,如烟如雾样在夜里流淌着,还有她翻地的吱喳声,孩娃们睡着后的鼻息声,都在水样的月色里漫浸浸地流。尤四婆翻地翻到累极时,刚坐在凉爽的新土里歇下来,这当儿就从梁上走来了一个人,是邻村别姓的中年汉,他过来把锨插在田头上,望了赤裸着上身的尤四婆子说:

“还没翻完呀?”

尤四婆忙去地边穿她的布衫子。

男人笑了笑,说:“别穿了,我啥儿没见过?”

尤四婆就又坐到了原地上,脸和奶子都对着那男人。男人说:“要我帮忙翻地吗?”

尤四婆子说:“你翻吧。”

男人说:“啥报偿?”

尤四婆子说:“你要啥报偿?”

男人说:“我把这地翻得比牛犁得还好,坷垃打得和磨面一样碎,可你得就这么赤裸着坐在田头上,让我扭头、抬头都能看见你的上半身。”

尤四婆说:“你翻吧。”

男人说:“地翻完了,我再给你种上秋,没别的啥要求,就是今夜咱俩在这梁上睡一夜。”

尤四婆说："别动嘴，你赶快翻地吧。"

男人就弯腰翻地了。男人翻地果然比女人好许多，快许多。铁锨往地上用力上扎，前后推一下锨把，弯下腰，卖力一翻，一股生土的香味就漫卷在了田地上，这时候男人就抬起头，望一眼裸了半身的尤四婆子，说："你自个不知道你自个的奶子好看吧？"然后又翻地，又抬头，说："我留心看了，几个村的女人就数你的奶子好，奶过四个孩娃，还直挺挺地立着哪。"再翻地，再抬头，说："天凉了你可以把布衫披身上，可扣子不能扣。"尤四婆就把布衫披在身上，又把四个孩娃用单子盖了盖，重又回到原来坐过的席角上，端端的露着胸脯和双奶，端端的对着那男人。男人一边倒退着脚步翻着地，一边不时地抬头望那挺立的奶，为了看得方便，他把地翻到头时，不是转身从那头翻回来，而是从那头走回来，重从这头退着看着翻回去。且每看一眼，都要对尤四婆说一句花好月圆的话。尤四婆不接那男人一句话，就那么裸着身子裸着奶，把胳膊交在一块放在双膝上，或者把胳膊放在两侧旁，任那男人远远近近、细细微微地看。山脉静得如卧下睡了的一片牛。尤四婆的男人尤石头就坐在尤四婆的身后边。

他说："这男人你不知道他是谁？他是对面村里的一头驴。"

尤四婆子不搭不理尤石头。

他说："娃他娘，我没想到你是这样的人，你是这样不要脸面、不知羞耻的死女人。四个孩娃要睁开眼看见你这副模样儿，不张开四个疯口把你吃了那他们就不是我的孩娃儿。"

尤四婆这当儿才扭了一下头，借夜色看了一眼尤石头，"呸！"把一口痰吐到男人的面前去，说："要脸面你去翻地呀，去和那驴一样把地翻一遍。"

尤石头便不再言语了，嗫嚅几句缩在了她身后。她听见他在她身后嗡嗡嘤嘤地哭。尤四婆不再回头和男人说话，也不再瞧自己的男人一眼。她如泥塑木雕一样刻板板地坐在那儿，一直坐到地被那男人翻剩下窄窄的一条，像一根灰色的布带样撑在沟边上。这当儿那个男人也累了。男人想到了别的事。

男人说："咱俩睡一会儿再翻吧。"

尤四婆说："一口气翻完便一个心思睡觉了。"

男人说："地头那一片三角也翻吗？"

尤四婆说："翻了嘛，能种三五十棵庄稼哩。"

最终，沟地的白色麦茬不见了，在月落星稀的夜缝里，土地变成了深红色，细碎绵软如铺了厚厚一层朱红的花。有夜露浸挂在了田头草尖上。大妞在睡梦里爬起来，没有睁眼蹲在四傻的脚边尿下一泡又睡了。四傻的脚淹在白汽腾腾的尿水里，他把脚一缩，翻个身子说："娘——娘——谁把我的脚放在锅里煮了哩。"尤四婆又一次过来给孩娃们盖好单子，说："睡吧你，没人煮你的脚。"

这当儿，那男人踏着他翻过的土地情意得得地过来了。他身躯宽阔，走路有力，每走一步脚都在虚地里陷下极深一个坑。尤四婆望着走近的他，把身子往孩娃们的远处挪了挪，三下五下就把布衫的两袖穿上，将扣子扣上了。

男人把铁锨扔到一边说："你还扣扣干啥呢？"

尤四婆瞟了一眼那男人。

"你打不打算娶我呀？你不打算娶我你就别碰我。"

男人有些怔住了。

"咱可是提前说好的，说好地翻完就在这梁上睡一夜。"

尤四婆说：

“你还说帮我种上秋庄稼，你帮我种了吗？”

男人生气了，男人一把抓起了那张锨。

“我累了一夜，天都快亮了，你要敢不让睡我就一锨劈了你。”

尤石头脸便苍白了，冬一声在那男人面前跪下了。

尤四婆望了望尤石头和那男人举在半空的锨，又望望那男人赤青的脸，从从容容迎着铁锨走几步，蹲在铁锨的下边说：“那你就把我劈了吧，我有四个傻痴娃儿拖累着，我早就不想活了哩。劈了我你也不用去偿命。你把我四个孩娃养大就行了。”

尤四婆说得自自在在，轻轻松松，对男人举起的铁锨不见一点惧怕。亮亮一层薄光清凉凉地落在她脸上。她说：“你劈呀，不怕养活我的四个孩娃你劈呀。”

那男人扭头望了一下身边的苇席，看见那四个傻痴全都醒过来了，揉着眼，盯着他和尤四婆咿咿呀呀，男人终于放下了铁锨，朝尤四婆的胸上不轻不重地踢一脚，说：“妈的，火了我就做歹奸了你。”

尤四婆抹擦掉胸前的土，“奸了我我就吊死在你家门框上，你照样不是抵命，就是得把四个孩娃养大到立业成个家。”

那男人站一会儿，骂骂咧咧走去了。

天色就在那男人的脚步声和尤四婆与她男人尤石头的目光中叽叽汪汪亮起来。

尤四婆就这样把她的土地翻过了，种上了，施了肥，锄了草，收了这季又忙着那一季。季节像黑夜白昼般在她身后催逼着，把她的四个傻痴孩娃催催逼逼地一日一日养大了，她的头发便白了，人也日渐地老了去。

秋罢了。

许多家的冬小麦都完完全全播过了。

尤四婆打算在这几天把三妞嫁到45里外的吴家铺子去。请了人，从尤家村担着房苫草去把三女婿的漏房修缮一新，还住在那儿，把那几亩荒地一锨一锨翻过，将草枝、草根和地里的碎石乱瓦挑捡出来堆在地边。三女婿要的东西也都置办了八八九九，剩下的就是让人家来把秋粮陈麦拉走一半。一来粮食是给三姑女的陪嫁，二来也是三姑女嫁到那边立时的口粮。

这一天，吴家铺子的吴树也就来了，是农历初三，起了一个绝早，天刚放亮便拉着一架板车到尤家敲门。去开门的是三妞。她一见到吴树眼里就砰的放光。几天前，第一次见到吴树是个全人时候，她还躲到屋里不肯出来，却又在屋里独自偷着细笑。那次吴树从她家里走时，她送到岭上回来，又一夜在床边坐着傻笑得银格朗朗，无论如何不肯躺下睡去。待这次再见吴树，她大大方方，那粉红的浅羞雨过天晴一样没了。“娘——他来了。”回身朝着上房叫了一声，竟独自走进灶房，给吴树烧了一碗荷包蛋款款地端了过去。

如一夜梨花盛开呢三妞的病竟和好了一样，除了笑时有些傻相，给吴树做鞋针脚也纳得过大，其余很少有地方离谱。倒是四傻的病越发重了，一当知道三妞有了婆家，过几日就要嫁去，他就日日恹恹地蹴在门口，不肯吃饭，不肯说话，看见三妞就无缘无由嘿嘿嗬嗬地哭，鼻涕翻山越岭地流到脖子，也不伸手擦上一把，仿佛三妞的出嫁，使他丢了啥儿。

然三妞终是要嫁将去了。全人吴树吃完了荷包蛋，擦了嘴，把碗还给三妞时，在三妞隆胀如山的胸上捏了一下，然后三妞就笑着躲到了一边。这情景让四傻看在眼里，他便一脸的青暴,在院里眼鼓鼓地怒着吴树,两手捏成拳头,想要冲上去打架似的。

吴树怯怯地朝后退了半步,说:"我是你姐夫,你三姐是我媳妇哩。"

四傻吼:"你是猪、狗、叫驴哩。"

三妞唤:"娘,你家四傻不让我嫁呢,你管还是不管呀。"

尤四婆正在里屋给吴树收拾做好的几双新鞋,一只只用线穿在一起,然后用包袱裹了。她出来立在屋檐下边,说四傻你过来,娘给你说句悄声话儿,待四傻迟疑着走来,她就噼啪一声给他一个耳光,推着他进了厢厦,把门哗哗啦啦锁了。

立马,从厢厦传来了四傻那嘤嘤呜呜的哭声,他哭着说:"我要娶媳妇。我也要娶媳妇。我要娶一个全人的媳妇哩。"这当儿日头照到了宅院里,四傻的说话声和泪与鼻涕,都被透窗的日光映照出了薄凉的亮色,宛如擦泪湿透的手巾,搭在日光中晾晒一样。

吴树这时就说:"结这门亲戚,真不知是祸是福哩。"

尤四婆道:"你是娶三妞,又不是娶四傻,快往车上装你的粮食吧。"

吴树说:"我想多装点。"

尤四婆说:"只要你拉得动。"

他把板车横在门口,车尾拴了绳子,将车上一条条的麻袋拿下,揭开屋里床头的缸盖,就开始往那麻袋里装麦装谷了。尤四婆撑着袋口,吴树用脸盆从缸里朝外挖着。一屋子都是盆沿擦着粮粒的吱嚓声。陈年的麦香如决口的堤水,浑浑浊浊在屋里流荡。装满了一条麻袋,又装满了一条麻袋。每条麻袋满时,吴树都提着袋口摇摇,那粮粒就落实下去,麻袋便又能装下两盆。盛装第三麻袋时候,三妞忽然从灶房拿了擀杖,吴树往袋里倒着粮食,她用擀杖在袋里搅着桶着,结果别的麻袋装十二三盆就满,这条麻袋装了十五盆才满。

系袋口时候,吴树朝尤四婆笑着看看,说:"三妞一点也不傻哩。"

尤四婆说:"装吧,多装些,只要你对三妞好,别打她骂她就行。"

吴树说:"哪里会,好坏都是我的媳妇,疯子也是一口人呢。"

这时候从门外传来了邻里的唤叫,叫着说尤四婆子,大喜哩,你家二女婿来啦。先还有些不信,后来仔细听了,果然是说二女婿来了。尤四婆无缘无由地忧着,慌慌地出门去看,二女婿真的从村口那儿晃着走近,在日光中如走来了一条百年的树干,粗粗壮壮,脚下被踢起的尘土在地面上哆哆嗦嗦。尤四婆想他几年不来,今儿来一定有些事。待人走近了,尤四婆没有从他脸上看见啥儿大事,且那唯一的一只眼上还闪着一丝喜光。她说:"你来了,二妞哩?"他立在大门外笑笑道:"在家歇着,怕是要开怀呢,爱吃酸辣了。"尤四婆心里一个松活,脸上就有了喜色,"你来有事?"二女婿说:"没有啥事。"

尤四婆说:"有事你就说吧。"

二女婿一屁股蹲在门口石上坐着,"我没啥儿事呢。"

尤四婆说:"回家歇吧,想吃啥我给你烧啥。"

二女婿撩起衣襟擦汗,"早饭在家吃了,二妞给我烙了油馍。"

尤四婆说:"她会烙馍了? 你回去和三女婿相识相识吧。"

二女婿擦汗的手在脸上僵了一下,看看门口的板车,"是来挖粮食的?"

尤四婆说:"让他挖。你家要吗?"

二女婿道:"不要粮食,我想要些别的。"

尤四婆脸上晃过一层薄云,用手把额前的半白头发撩了一下,"说吧,要啥就说。"

二女婿站了起来,默了一阵,吞吞吐吐说,二妞有了身孕,病却犯得勤了,上个月犯了七次,昨儿天犯了两次。一次弯腰去缸里舀水烧饭,扑通一声栽进了缸里。又一次倒在井台边上,差一点落进井里淹死。二女婿说完这些,望着眼前的村落问:咋办呢?可咋样办呢?好不容易怀上了一个孩娃呀。尤四呆子村在坡半之上,如凌乱一片的枯草苫子随意地飘着挂着。下地的村人们,赶了牛羊,扛了锄锨,从村里的几条胡同口放射出去,愈走愈远,身上都闪着灰土的光色,渐渐消融在了山脉的田地之间。二女婿把目光从村落上收回,又委委婉婉说了一句:

"二妞要不能生下这个孩娃,日子我就不想过了。"

尤四婆说:"要咋样你就说嘛。"

二女婿说:"我每夜在梦里跑东奔西,就梦到一个老中医,八十多岁了,再三说熬骨头汤喝,能治二妞的疯病哩。"

尤四婆说:"那就熬呀。"

二女婿说:"不是要一般的畜骨。"

尤四婆问:"啥骨?"

二女婿迟疑一下,说:"是要死人骨哩,越近亲越好。"

尤四婆默了一会不语,看看二女婿的脸色,又看看村落那里,回转身到了家里,从檐下取了一柄镢头,两张铁锨,立在院里对着上房里唤道:"三妞——吴树——我下地办点事儿,你们要多少粮食就自己装着,把那车子装满,来拉一趟不易。"然后就扛着家什出了门去。二女婿还在那儿等着。尤四婆过来把镢头递到他的手里,引领着往梁上去了。

二女婿跟在后边追问:"娘,干啥?"

"挖二妞爹的坟去。"尤四婆没有回头说,"不就是要几根死人骨头,能治好二妞的病,你要啥儿都行。"

二女婿快步跟了上来,脸上的光彩哗哗啦啦往地上掉着,似乎他没想到事情会这样一帆风顺。他说:"真有些对不起爹哩。"尤四婆说:"是他对不起咱们。"二女婿说:"死了也不让他安生。"尤四婆说:"是他不让咱活着安生。"他们走得极快,尤四婆离六十岁也就一步之遥,可她扛着铁锨依然比三十多岁的二女婿脚步快捷。

田里的小麦苗已绿旺旺铺了一层。坟地在几里外的一面阳坡,错落开来的尤家坟上,每个坟头都有一棵柏树,或是一棵松树,树荫厚厚地铺就,把目光挤得或窄或长,或方或圆,没了形状,没了物样。尤石头的坟前是棵普通的山松,长在沟沿一角,因为死得年月久长,松树已经桶样粗细,高高地擎在空中,托举了好几个麻雀窝。到了那儿,二女婿把脱了的衣服挂在松枝上,用镢用锨,挖开了那坟,震落了松树上许多的细碎干叶。圆圆的松子,豆粒似的落下了一地。

坟就掘了。

温热的土气,呈着乳白的颜色,徐徐缓缓朝上升腾。加上那松树浓稠的味,棺材浓稠的腐枯味儿,小麦浓稠的清香,坟地里漫散着一片浓烈的温美的气息。二女婿把坟坑里的土一锨一锨撂出来,尤四婆闲在树下捡着松子,有几只麻雀在树上落着,盯着树下叽喳,后来飞着走了,又叫回十几只都落在这一棵树上,那青白的叫声,便如晴天中的阵雨一样。

二女婿踮脚把头伸在坑沿外边,"它们叫啥?"

尤四婆说:"你挖吧,是报喜哩,二妞的病真要好哩。"

二女婿打开坟堂之门，看见朽腐的棺材，黑漆早已剥落，泡桐木的棺板上，有许许多多虫蛀的洞眼，如蜂窝一样麻麻密密。坟堂其实是一眼窑洞，半人高低，一领半铺席那样的场地。他蹲蹴在坟堂门口，借着落下的日色，看见那灰暗的棺材依然架在几块石上，棺盖上有两只白亮的蛹虫蠕动着。也知道那是一般的地蛹，可它蠕动着的脚步声却像蚊虫飞进了耳里一样振响。棺材头上的"奠"字还依稀可见。"奠"字下的棺木沤出了一个枣儿似的小洞，如眼一样黑幽幽地睁着。有一股白色的气体，从那眼洞里缓缓出来，穿过堂口和二女婿的脖脸，朝着地面升着去了。他就那么呆在坟堂门口，像丢了钥匙进不了家门一样木木地蹲着。尤四婆在地面上朝着他唤："你怕吗？"他说："我怕过啥？"她说："那你开棺呀。"他说："我正准备进哩。"这样勾头挪进两步，手扶在棺材头上，轻轻试着摇了一下，然后事情就哗啦一下发生了。

棺材散架了。腐木板霹雳一声落下来，尘土的白色腐气如刚开的蒸笼样升腾着。

烟尘之后，二女婿就凝在那儿不动了。他看见自个岳丈的尸体一点一星也没了，衣物也都烟消云散，只有布满尘土和蛀洞的脚骨、腿骨、胯骨、脊骨、颈骨和头骨依着次序搁在那。头骨的嘴脸，模糊得如夜里地上落的一张脏纸，然那一双眼洞，却是清晰明亮，如了两眼枯在日光下的老井。他身上寒冷着哆嗦一下，朝后退了半步叫：

"娘——你下来一下。"

尤四婆也就下来了。

二女婿说："你给我岳丈说些啥儿，解释几句。"

尤四婆说："给他姑女治病，没啥儿解释。"说完，她就钻进了坟堂，蹲在棺材板上，把落在腿骨上的那两只蛹虫捡到一边，四下打量一眼，看四处的堂壁上，除了长有潮暖的白毛，壁墙都还完完整整，无一处塌落，便说："这坟地的土质倒好。"又回过头问："拿袋儿没有？"

二女婿就从裤口袋里掏出一块白色的包袱布，铺在了坟堂口的光色里。

尤四婆问："要哪段骨头？"

二女婿说："二妞一犯病，手就哆哆嗦嗦，得把手骨熬了。"

尤四婆把男人尤石头的两个手骨捡来放在了白布上。又问："还要哪儿？"

二女婿说："病犯了她还不会走路。"

尤四婆又把男人的两根腿骨放到了布上。再问："还要哪儿？"

二女婿说："哪儿都行，再捡几根吧。"

尤四婆说："疯病都是因为脑里东西长得不全，脑好了，病也好了，最该熬的是这头骨。"说着她把那头颅骨像捧一只碗样双头捧着，轻轻地放在包袱布上，把布的四角相对系了，让二女婿先爬出墓坑，接了她递的一兜骨头，跟着自己就从潮湿的泥壁上双脚蹬着，拉着他的手，出了大开的墓道。

墓外的日头已经正顶，灿灿烂烂，使数十里外的山脉和树木都青黛黛地醒目着。对面坡地上，有个整地边的村人站在一个高处，朝这边望着唤问，说你在坟地干啥哟尤四婆子——她回话说。那早去享福过太平日子的男人的坟被雨水冲了，她和二女婿来把塌坑填上——那村人便又整他的地边去了，干活的声响，有节奏地从沟对岸响过来，又有节奏地朝梁子那边响过去。

填了坑道，隆起了坟堆，尤四婆就和二女婿扛着家什回家了。人骨包袱挑在二女婿扛的铁锨把上，随着脚步，包袱在那把上一摆一动，骨头相碰相磨的声音，白亮亮和月色下落一样,有股细微的霉腐气味,在他们脚下悄没声息地流着。梁道上有收工回村的人们,赶着牛,赶着羊,在前边走着,也在后边走着。到往村里拐的路口,尤四婆问:“晌午咱吃些啥儿?蒜汁捞面?”二女婿说:“我不去了,让老三在那吃吧,我烦那因为是个全人,就见啥要啥的老三。”尤四婆说:“你回家还有几十里的路哩。”二女婿说:“我担心二妞在家独个儿犯病没人照看。”

尤四婆就从二女婿手里接过镢和铁锨,说:“那你走吧。”

二女婿把一包骨头换手提了,说:“那我走了。”

也就走了,快快捷捷,转眼间,人和包裹都融入了梁道上的光里。尤四婆依然站在路口遥遥地张望,到人影将消失了,便唤:“喂——你可要对二妞好些,体贴一点——”

她就听见从那黄稠的日光中传来了二女婿的话音:“娘——你放心吧,生了孩娃我来接你去住些日子——”

……

要睡时,尤四婆听到屋里有凉荫荫的窸窣之声,像细风那样低语着响。还有迟缓轻放的脚步,从这间屋里走到那间屋里,又从那间屋里走回到正间。这当儿,屋外的黑云又被风吹得薄淡起来,隔着窗子能看见流动的云彩如漫浸在河滩的水,云移的声响呢呢喃喃鸟雀的呼吸一样。从窗外挤进来的夜色,灰蒙蒙地爬在桌子上、床沿上,越过被子又爬在墙壁上。尤四婆躺在床上半睁着眼,过一阵又忽然听到屋里有嘤嘤嗡嗡的哭声,下床一看,是男人尤石头缩在从窗透进的夜光里面,蜷曲着身子,如被日光暴晒后的蚯蚓。她说:“没出息的东西,闺女熬你几根骨头你就屈成这个样子?”

他说:“家里空成这个样儿,你和四傻以后的日子咋样过哩?”

她说:“房子还在就能住,有床有被就能睡,地都还在梁上就别怕饿死人。”又说,“走吧你,以后缺筋少骨、走路不便你就别回来看我了,看我有啥用?能帮我种地吗?能帮我挑水吗?能帮把谁家吃不完的粮食给我偷回一袋吗?”他就把头深深地勾下去,深得头发似乎就搭在脚地了。窗外云彩已经彻底地散开,屋里的月光水汪汪得亮堂。尤石头就那么萎在屋子里,她就又回到床上说不想走就替我把屋里的凌乱收拾收拾吧,显显你的能耐,我明儿还要起早往地里挑送冬粪哩。地里施过冬粪你和我一块去大妞、二妞家里看一看。

尤四婆也就睡去了。

来日她天亮醒来,见屋里的凌乱依旧是东一堆儿西一摊,只男人尤石头在那儿萎坐了一夜的地方有两汪水淋淋的泪池子,她朝那两泪池看了看,说有啥儿用?啥儿不都还是我干嘛。便三下五下扶了倒缸,正了祖先牌位,拿笤帚扫地,盖了地上的两汪泪水,往地里挑粪了。

秋忙彻底过去,霜降后,她给四傻烙了一打儿饼馍放在他的床头,又烧了一锅稀汤放在灶上,腾挪出了两日闲暇,去瞧闺女去了。

二妞家近,她先到了二妞家里。

二妞家住了三间土墙瓦房,院里满院泡桐的秋叶已经落尽。地上垫了河沙,洒了薄水,扫得尘土不染,呈出沙粒的光泽。院墙是夯板新打的土墙,直直立着,在半空闪着红色,沁心润肺的田园气息,从那院落门里涌将出来,使半个村庄都如春天三四月间清新爽目。尤四婆以为她会像早几年前来时一样,人未进村,在五六里外就闻到二闺女熬药的苦气,进了村后,会看见半个村人因为她生了四个傻子、因为她把二妞这个透傻妞儿嫁到了人家村里,都对她翻着白眼，不愿搭理。这次没有。村里人都下地去了，偶见几个闲人，似乎认识，似乎陌生，那些人都知道她是二妞的娘，是尤四婆子，却朝她半笑着点头。尤四婆穿过村街时，踏着暖日在那院落前边站住，摸摸土墙的新滑，看看院墙上苫罩的一行行小圆瓦，轻轻地推门进了院里，又在院里默默站了。脚下的河沙硌着鞋底，使她的脚板有些痒酥酥的舒畅。地上的水汽，有淡淡一股香味。她先往上房窗下瞅了一眼，原先那儿堆得和窗台齐平的药渣没了，现今那里摆了一块棕色的石板桌，石板周围放了几个石凳子。日头斜斜地落在石板上，二妞正在那日光里晒着暖儿纳鞋底。她背对着尤四婆，每纳一针手都要往半空扯一下，跟着脸也往右半侧着扭，再把针往头发中磨一磨。尤四婆在二闺女的身后静立着。她没有想到二闺女的头发会梳得如水样齐齐整整，一根粗壮独辫竟没有一根头发乱将出来。三十年她没有看见二闺女的头发如此整洁过。尤四婆的心里有些悦悦的慌，有些慌悦悦的跳。她看见二闺女侧过来的脸上光泽润红，犹如火柿树雨后的红叶儿。二闺女竟会纳鞋底，竟会做针线。她在出嫁前从来不会纫针，不会钉扣儿。眼下，她不仅会这些，且纳的鞋底儿匀称密集，还在鞋底上纳出了一条条女人发辫似的花纹儿。把目光搁至石桌上的针线筐，见那线筐是水曲柳条编制的，新红的漆味还一群一股地朝外散发着。又把目光搁到二妞齐整洁净的衣裳上，见那衣裳的针脚虽有大有小，却横竖都是一线儿，该弯时弯着，该直时直着，如山脉上一条条遇物赋形的路。这时节尤四婆终于忍不住叫了声二女儿。

二妞旋过了头，拿针的手僵在半空里。

尤四婆说："二妞。"

二妞放下针线旋即立起来，"娘。"

母女俩相隔着怔怔地望。院里迟落的桐叶哗哗响着从她们目光的静寂里跌下来。

尤四婆轻声说："你会做鞋了？"

二妞红着脸，"我想给兄弟四傻做双鞋。"

尤四婆问："你穿的衣裳是你缝的吗？"

二妞低下头看看自己的衣裳说："是哩，娘。"

尤四婆说："那针线筐也是你的吗？"。

二妞说："男人刚买的，过日子离不开线筐呢。"

尤四婆的眼角有了泪。她又默了好一会儿问："你的病，好了吗？"

二妞就哭了，没声音，悄无声息地哭，泪从鼻翼两侧潺潺落到衣服上。然在哭着时，她泪后的脸上却闪着红腾腾的亮，兴奋像雾一样罩在脸颊上。她说娘呀，那中药吃了几大车，堆的药渣和粪堆一模样，可是一点效果都没有。说上个月男人不知从哪提了一兜黑骨头，加上红枣和冰糖，熬好后喝着有些涩嘴又有些甜。第一服我喝了，夜间脑里舞来舞去睡不着，第二服喝完，我觉得走路轻得想要飞起来。那骨头统共分了七次熬，昨儿天才把最后一服喝下去。喝过三服村人见了我就说我病好了一大半，第六服男人就说我没有一星半点痴病了，和好人一模一样了。二妞说着时，脸上的泪不知何时干了去，剩下的只有兴奋厚在脸表上。张嘴说话像开门倒水样，恨不得一张嘴就把要说的倒出来。日头转到了院东侧，她整个脸都沐在光色里，红亮亮和涂了颜色样。她忘了母亲尤四婆走了几十里路该坐下歇歇了，该喝上一口水，吃些东西了，她就那么和母亲距离着，清清亮亮不停歇地说，仿佛一辈子没有机会和尤四婆说上一句话，今儿母女俩终于可以畅说了。她说她自病好后，每天都上百次问她男人那骨头是啥骨，是从哪儿弄来的，让他再去弄点让大姐、三妹和四弟都喝点，可男人却死活不说。二妞说男人去镇上赶集了,伐了几棵树到镇卖了去,准备卖了买些东西回来和她一道回娘家,说她要在回娘家前把四傻这双布鞋赶出来,算做姐的来世上一遭对傻子弟弟的一份心。二妞把话说到这一段落时,还把那鞋又拿起来看了看,说那一只已经纳好了,这一只今儿纳好,连夜把鞋襻儿钉上,就可以让四傻穿上他二姐给他亲手做的千层底儿布鞋了。话到这儿尤四婆的泪就不再是漫漫浸浸,而是汩汩汪汪地朝着外面涌。她突然把站直的身子缩下来,像站久了、站累了要蹲下歇息一阵样,蹲蹴在二妞面前脚地上,猛然地敞开悲声嚎啕大哭着,双手捂着脸,让泪从手缝往外泄,那苍老的哭声便清白嘹亮,在二妞家院里飘扬不止,又越过院落,在村落和耙耧山脉的上空猎猎地响着。转眼之间,一个世界就堆满她亮堂堂的哭声了。

二妞被尤四婆的哭声惊住了。她先是盯着娘和满院的哭,继而忙不迭地走上前,一脸惊慌地拉着尤四婆,唤着说:“娘——娘——咋了呢?到底咋了呢?你不高兴我的病好吗?”她双手摇着尤四婆的胳膊,把尤四婆的身子摇得摆摆动动。邻居们闻声赶来了,过路的人也奇异地拐来了。院子里鸦鸦地站下一大片。问:“咋的哩?”说:“我娘一看我病好了就哭哩,哭得成了泪人呢。”村人们就哄劝着尤四婆,说:“你闺女疯病好了大喜呢,大喜哪能这个样子的哭。”又有人说:“别劝她,让她哭个够。她是看到闺女病好了高兴才哭呢。她掉的泪是喜泪哩。”人们就不再哄劝,以为她会自己歇下哭声,没想到她竟真的哭得无遮无拦,长长远远,和田野上永远望不到尽头的路一样。于是村人就烦了,就有个男人说:“还哭呀?有啥哭,还不抓紧把你家二妞吃的中药多买些,立马把你那三个傻呆的病治好。”

说完那个男人就走了。

尤四婆冷丁儿看着那男人的背影不哭了,她脸上生硬了一层平静,平静的下面又突然泛滥着许多快活和兴奋,望着二妞家邻居和村人,她说:“都走吧,我不哭了呢,我尤家一家都有救了呢。”然后那些村人就陆续走了去。她脸上的兴奋又渐渐淡薄了,被一层坚毅的灰白取代了,仿佛脸上结了白铁皮的壳。她说:“二妞,到娘的跟前来。”然后她拉起二妞的手捏了捏,把她的胳膊伸伸拉拉看,又翻翻她眼皮,将手在她眼前摆几下,见她又大又黑的眼珠在她眼里跟着自己的手叮哩饕啷转,最后,她就问:

“你夜里还怕男人吗?”

二妞红了脸,说:“我病好了哩。”

她说:“去给娘擀两碗鸡蛋白捞面,吃了娘就回家呢。”

二妞说:“娘,你住一夜,明儿我男人就从镇上回来了,他说还要给你扯条头巾哩。”

她说:“我今儿就回家,娘知道咋样治这痴病啦,你给娘擀两碗捞面吃了我就走。”

二妞站在那儿有些惊异地望着她。

她说:“去擀呀,多磕儿个鸡蛋,多放一些生麻油。”

……

半个月后才把尤四婆下葬了。

抬棺材的是她的四孩娃和三个女婿,后边哭着的是她的大妞、二妞和三妞。村人们来帮着发丧时,都发现四傻的痴病全好了,和村人、和耙耧山人一样精灵了,且一直守在尤四婆死尸旁的三个女儿都有身孕了,都和女人们一样成为全人了,长得漂漂亮亮,穿得洁洁净净,哭得悲悲伤伤。她们都为母亲准备了一份厚礼儿,大妞带来的是冬天的三套棉寿衣,二妞拿的是夏天的三套单寿衣,三妞给母亲亲手做了三套春秋衣裳,还亲手学着用纸扎了童男、玉女、金山和银马。灵醒成常人的四孩娃,借钱给娘买板请人做了寸半厚的柏木棺。到下葬那天,尤石头和他的墓邻们都在迎着尤四婆。而他们姐弟四个,则簇拥着黑棺材,哭得死去活来。棺材人墓时,四个人竟都从棺前拉不开,一个一个哭唤着往那棺材盖上撞。

尤石头说:"你们还能哭活她吗?"

可他们依然地哭。

尤四婆说:"这疯病遗传。你们都知道将来咋治你们孩娃的疯病吧?"

他们听了这话,哭声僵住了。

便把尤四婆并在尤石头的右侧安葬了。

(《收获》1999 年第 6 期)

百年孤独(节选)

马尔克斯

加西亚·马尔克斯(G. Garcia Márquez,1927—2014),哥伦比亚作家,是拉美魔幻现实主义文学的最杰出代表。生于哥伦比亚马格达莱纳省阿拉卡塔卡镇。他自小在外祖父家中长大,外祖母博古通今,善讲神话传说及鬼怪故事,这对他日后的文学创作有着重要的影响。他 18 岁入国立波哥大大学攻读法律,哥伦比亚内战使他辍学并进入报界。1961—1967 年侨居墨西哥,从事文学、新闻和电影工作。1971 年获美国哥伦比亚大学名誉文学博士称号,1972 年获拉美文学最高奖——委内瑞拉加列戈斯文学奖,1982 年获诺贝尔文学奖和哥伦比亚语言科学院名誉院士称号。

加西亚·马尔克斯作品的主要特色是幻想与现实的巧妙结合,以此来反映社会现实生活,审视人生和世界。重要作品有长篇小说《百年孤独》(1967)、《家长的没落》(1975)、《霍乱时期的爱情》(1985),中篇小说《枯枝败叶》(1955)、《恶时辰》(1961)、《没有人给他写信的上校》(1961)、《一件事先张扬的凶杀案》(1981)等。

16 世纪,海盗弗兰西斯·德拉克围攻列奥阿察的时候,乌苏娜·伊古阿兰的曾祖母被当当的警钟声和隆隆的炮击声吓坏了,由于神经紧张,竟一屁股坐在生了火的炉子上。因此,曾祖母受了严重的伤,再也无法过夫妻生活。她只能用半个屁股坐着,而且只能坐在软垫子上,步态显然也是不雅观的;所以,她就不愿在旁人面前走路了。她认为自己身上有一股焦糊味儿,也就拒绝跟任何人交往。她经常在院子里过夜,一直呆到天亮,不敢走进卧室去睡觉:因为她老是梦见英国人带着恶狗爬进窗子,用烧红的铁器无耻地刑讯她。她给丈夫生了两个儿子;她的丈夫是亚拉冈的商人,把自己的一半钱财都用来医治妻子,希望尽量减轻她的痛苦。最后,他盘掉自己的店铺,带着一家人远远地离开海滨,到了印第安人的一个村庄,村庄是在山脚下,他在那儿为妻子盖了一座没有窗子的住房,免得她梦中的海盗钻进屋子。

在这荒僻的村子里,早就有个西班牙人的后裔,叫做霍塞·阿卡蒂奥·布恩蒂亚,他是栽种烟草的;乌苏娜的曾祖父和他一起经营这桩有利可图的事业,短时期内两人都建立了很好的家业。多少年过去了,西班牙后裔的曾孙儿和亚拉冈人的曾孙女结了婚。每当大夫的荒唐行为使乌苏娜生气的时候,她就一下子跳过世事纷繁的三百年,咒骂弗兰西斯·德拉克围攻列奥阿察的那个日子。不过,她这么做,只是为了减轻心中的痛苦;实际上,把她跟他终生连接在一起的,是比爱情更牢固的关系:共同的良心谴责。乌苏娜和丈夫是表兄妹,他俩是在古老的村子里一块儿长大的,由于祖祖辈辈的垦殖,这个村庄已经成了全省最好的一个。尽管他俩之间的婚姻是他俩刚刚出世就能预见到的,然而两个年轻人表示结婚愿望的时候,双方的家长都反对。几百年来,两族的人是杂配的,他们生怕这两个健全的后代可能丢脸地生出一只蜥蜴。这样可怕的事已经发生过一次。乌苏娜的婶婶嫁给霍·阿·布恩蒂亚的叔叔,生下了一个儿子:这个儿子一辈子都穿着肥大的灯笼裤,活到42岁还没结婚就流血而死,因为他生下来就长着一条尾巴——尖端有一撮毛的螺旋形软骨。这种名副其实的猪尾巴是他不愿让任何一个女人看见的,最终要了他的命,因为一个熟识的屠夫按照他的要求,用切肉刀把它割掉了。19岁的霍·阿·布恩蒂亚无忧无虑地用一句话结束了争论:"我可不在乎生出猪崽子,只要它们会说话就行。"于是他俩在花炮声中举行了婚礼,铜管乐队,一连闹腾了三个昼夜。在这以后,年轻夫妇本来可以幸福地生活,可是乌苏娜的母亲却对未来的后代做出不大吉利的预言,借以吓唬自己的女儿,甚至怂恿女儿拒绝按照章法跟他结合。她知道大夫是个力大、刚强的人,担心他在她睡着时强迫她,所以,她在上床之前,都穿上母亲拿厚帆布给她缝成的一条衬裤;衬裤是用交叉的皮带系住的,前面用一个大铁扣扣紧。夫妇俩就这样过了若干月。白天,他照料自己的斗鸡,她就和母亲一块儿在刺染上绣花。夜晚,年轻夫妇却陷入了烦恼而激烈的斗争,这种斗争逐渐代替了爱情的安慰。可是,机灵的邻人立即觉得情况不妙,而且村中传说,乌苏娜出嫁一年以后依然是个处女,因为丈夫有点儿毛病。霍·阿·布恩蒂亚是最后听到这个谣言的。

"乌苏娜,你听人家在说什么啦,"他向妻子平静地说。

"让他们去嚼舌头吧,"她回答。"咱们知道那不是真的。"

他们的生活又这样过了半年,直到那个倒霉的星期天,霍·阿·布恩蒂亚的公鸡战胜了普鲁登希奥·阿吉廖尔的公鸡。输了的普鲁登希奥·阿吉廖尔,一见鸡血就气得发疯,故意离开霍·阿·布恩蒂亚远一点儿,想让斗鸡棚里的人都能听到他的话。

"恭喜你呀!"他叫道。"也许你的这只公鸡能够帮你老婆的忙。咱们瞧吧!"

霍·阿·布恩蒂亚不动声色地从地上拎起自己的公鸡。"我马上就来,"他对大家说,然后转向普鲁登希奥,阿吉廖尔:

"你回去拿武器吧,我准备杀死你。"

过了十分钟,他就拿着一枝粗大的标枪回来了,这标枪还是他祖父的。斗鸡棚门口拥聚了几乎半个村子的人,普鲁登希奥·阿吉廖尔正在那儿等候。他还来不及自卫,霍·阿·布恩蒂亚的标枪就击中了他的咽喉,标枪是猛力掷出的,非常准确;由于这种无可指摘的准确,霍塞·奥雷连诺·布恩蒂亚(注:布恩蒂亚的祖父)从前曾消灭了全区所有的豹子。夜晚在斗鸡棚里,亲友们守在死者棺材旁边的时候,霍·阿·布恩蒂亚走进自己的卧室,看见妻子正在穿她的"贞节裤"。他拿标枪对准她,命令道:"脱掉!"乌苏娜并不怀疑丈夫的决心。"出了事,你负责,"她警告说。霍·阿·布恩蒂亚把标枪插入泥地。

"你生下蜥蜴,咱们就抚养蜥蜴,"他说。"可是村里再也不会有人由于你的过错而被杀死了。"

这是一个美妙的六月的夜晚，月光皎洁，凉爽宜人。他俩通宵未睡，在床上折腾，根本没去理会穿过卧室的轻风，风儿带来了普鲁登希奥·阿吉廖尔亲人的哭声。

人们把这桩事情说成是光荣的决斗，可是两夫妇却感到了良心的谴责。有一天夜里，乌苏娜还没睡觉，出去喝水，在院子里的大土罐旁边看见了普鲁登希奥·阿吉廖尔。他脸色死白、十分悲伤，试图用一块麻屑堵住喉部正在流血的伤口。看见死人，乌苏娜感到的不是恐惧，而是怜悯。她回到卧室里，把这件怪事告诉了丈夫，可是丈夫并不重视她的话。"死人是不会走出坟墓的，"他说。"这不过是咱们受到良心的责备。"过了两夜，乌苏娜在浴室里遇见普鲁登希奥·阿吉廖尔——他正在用麻屑擦洗脖子上的凝血。另一个夜晚，她发现他在雨下徘徊。霍·阿·布恩蒂亚讨厌妻子的幻象，就带着标枪到院子里去。死人照旧悲伤地立在那儿。

"滚开！"霍·阿·布恩蒂亚向他吆喝。"你回来多少次，我就要打死你多少次。"

普鲁登希奥没有离开，而霍·阿·布恩蒂亚却不敢拿标枪向他掷去。从那时起，他就无法安稳地睡觉了。他老是痛苦地想起死人穿过雨丝望着他的无限凄凉的眼神，想起死人眼里流露的对活人的深切怀念，想起普鲁登希奥·阿吉廖尔四处张望、寻找水来浸湿一块麻屑的不安神情。"大概，他很痛苦，"霍·阿·布恩蒂亚向妻子说。"看来，他很孤独。"乌苏娜那么怜悯死人，下一次遇见时，她发现他盯着炉灶上的铁锅，以为他在寻找什么，于是就在整个房子里到处都给他摆了一罐罐水。那一夜，霍·阿·布恩蒂亚看见死人在他自己的卧室里洗伤口，于是就屈服了。

"好吧，普鲁登希奥，"他说。"我们尽量离开这个村子远一些，决不再回这儿来了。现在，你就安心走吧。"

就这样，他们打算翻过山岭到海边去。霍·阿·布恩蒂亚的几个朋友，像他一样年轻，也想去冒险，离开自己的家，带着妻室儿女去寻找土地……渺茫的土地。在离开村子之前，霍·阿·布恩蒂亚把标枪埋在院子里，接二连三砍掉了自己所有斗鸡的脑袋，希望以这样的牺牲给普鲁登希奥·阿吉廖尔一些安慰。乌苏娜带走的只是一口放着嫁妆的箱子、一点儿家庭用具、以及藏放父亲遗产——金币——的一只盒子。谁也没有预先想好一定的路线。他们决定朝着与列奥阿察相反的方向前进，以免遇见任何熟人，从而无影无踪地消失。这是一次荒唐可笑的旅行。过了一年零两个月，乌苏娜虽然用猴肉和蛇汤毁坏了自己的肚子，却终于生下了一个儿子，婴儿身体各部完全没有牲畜的症状。因她脚肿，脚上的静脉胀得像囊似的，整整一半的路程，她都不得不躺在两个男人抬着的担架上面。孩子们比父母更容易忍受艰难困苦，他们大部分时间都鲜蹦活跳，尽管样儿可怜——两眼深陷，肚子瘪瘪的。有一天早晨，在几乎两年的流浪以后，他们成了第一批看见山岭西坡的人。从云雾遮蔽的山岭上，他们望见了一片河流纵横的辽阔地带——直伸到天边的巨大沼泽。可是他们始终没有到达海边。在沼泽地里流浪了几个月，路上没有遇见一个人，有一天夜晚，他们就在一条多石的河岸上扎营，这里的河水很像凝固的液体玻璃。多年以后，在第二次国内战争时期，奥雷连诺打算循着这条路线突然占领列奥阿察，可是六天以后他才明白，他的打算纯粹是发疯。然而那天晚上，在河边扎营以后，他父亲的旅伴们虽然很像遇到船舶失事的人，但是旅途上他们的人数增多了，大伙儿都准备活到老（这一点他们做到了）。夜里，霍·阿·布恩蒂亚做了个梦，营地上仿佛矗立起一座热闹的城市，房屋的墙壁都用晶莹夺目的透明材料砌成。他打听这是什么城市，听到的回答是一个陌生的、毫无意义的名字，可是这个名字在梦里却异常响亮动听:马孔多。翌日,他就告诉自己的人,他们绝对找不到海了。他叫大伙儿砍倒树木,在河边最凉爽的地方开辟一块空地,在空地上建起了一座村庄。

……

霍·阿·布恩蒂亚终于达到了自己的目的。他把钟上的发条连接在一个自动芭蕾舞女演员身上,这玩具在本身的音乐伴奏之下不停地舞蹈了三天。这件发明比以往的任何荒唐把戏都叫他激动。他不再吃饭,也不再睡觉。他失去了乌苏娜的照顾和监督,就幻想联翩,永远陷入了如痴似狂的状态,再也不能复原了。他整夜整夜在房间里踱来踱去,喃喃自语,想方设法要把钟摆的原理应用到牛车上,应用到犁铧上,应用到一动就对人有益的一切东西上。失眠症把霍·阿·布恩蒂亚完全搞垮了,有一天早晨,一个头发雪白、步履蹒跚的老头儿走进他的卧室,他也没有认出此人。原来这是普鲁登希奥·阿吉廖尔。最后弄清楚了客人的身份,发现死人也会衰老,霍·阿·布恩蒂亚非常惊讶,而且产生了怀旧之情。"普鲁登希奥,"他叫道,"你怎么从老远的地方跑到这儿来了?"在死人国里呆了多年,普鲁登希奥强烈怀念活人,急切需要有个伙伴,畏惧阴曹地府另一种死亡的迫近,他终于喜欢自己最凶狠的冤家了。他花了许多时间寻找霍·阿·布恩蒂亚,他向列奥阿察来的死人打听过,向乌帕尔山谷和沼泽地来的死人打听过,可是谁也无法帮助他。因为,梅尔加德斯来到阴间,在死亡簿上用小黑点划了"到"之前,其他的死人还不知道马孔多。霍·阿·布恩蒂亚跟普鲁登希奥·阿吉廖尔一直谈到天亮。几小时以后,他由于失眠变得疲惫不堪,走进奥雷连诺的作坊,问道:"今天是星期呀?"奥雷连诺回答他是星期二。"我也那么想,"霍·阿·布恩蒂亚说,"可我突然觉得,今天还是星期一,像昨天一样。你瞧天空,瞧墙壁,瞧秋海棠。今天还是星期一。"奥雷连诺对他的怪里怪气已经习以为常,没有理睬这些话。下一天,星期三,霍·阿·布恩蒂亚又来到作坊。"这简直是一场灾难,"他说。"你瞧瞧空气,听听太阳的声音,一切都跟昨天和前天一模一样。今天还是星期一。"晚上,皮埃特罗·克列斯比遇见他在走廊上流泪:他不太雅观地、抽抽嗒嗒地哭诉普鲁登希奥·阿吉廖尔,哭诉梅尔加德斯,哭诉雷贝卡的双亲,哭诉自己的爸爸妈妈——哭诉他能想起的、还在阴间孤独生活的人。皮埃特罗·克列斯比给了他一只用后腿走钢丝的"自动狗熊",可也未能使他摆脱愁思。于是皮埃特罗·克列斯比就问,霍·阿·布恩蒂亚不久以前向他谈到过的计划——使人飞到空中的钟摆机器搞得如何了?霍·阿·布恩蒂亚回答说,制造这种机器是不可能的,因为钟摆能使任何东西升到空中,它自己却不能上。星期四,霍·阿·布恩蒂亚又来到作坊,他的面孔露出了完全的绝望。"时间机器坏啦,"他几乎号啕地说,"乌苏娜和阿玛兰塔又去得那么远!"奥雷连诺骂他像个小孩儿,他就顺从地一声不响了。在六个小时之内,他仔细地观察了各种东西,打算确定它们的样子跟头一天有没有差别,并且坚持不渝地寻找变化,借以证明时间的推移。整个晚上他都睁着眼睛躺在床上,呼唤普鲁登希奥·阿吉廖尔、梅尔加德斯和一切死人来分担他的忧虑,可是谁也没来。星期五早晨,家里的人还在睡觉,他又开始研究周围各种东西的形状,最后毫不怀疑这一天还是星期一。接着,他抓住一根门闩,使出浑身非凡的力气,凶猛地砸烂了炼金器具、照相机洗印室和金银首饰作坊,同时,他像着了魔似的,快嘴快舌地尖声叫嚷,但是谁也不懂他叫些什么。他还想毁掉整座房子,可是奥雷连诺马上叫了左邻右舍的人来帮忙。按倒霍·阿·布恩蒂亚,需要十个人;捆起他来,需要十四个人,把他拖到院内大栗树下,需要二十个人;他们拿绳子把他捆在树干上。他仍在用古里古怪的话乱骂,嘴里冒出绿色的唾沫。乌苏娜和阿玛兰塔回来的时候,他的手脚仍然是捆着的,浑身被雨水淋得透湿,但已完全平静、无害了。她们跟他讲话，但他不认得她们，他回答的话也叫人莫名其妙。乌苏娜松开了他已经磨出血来的手腕和脚踝，只留下了捆在腰间的绳子。随后，她们用棕榈枝叶给他搭了个棚子，免得他受到日晒雨淋。

（《百年孤独》第二章、第四章，高长荣译，北京十月文艺出版社 1984 年版）

【提示】

生命意识：人间鬼域

“鬼”也是人类的一个经久不衰的意象，世界上几乎每个民族都有自己的鬼故事、鬼文化。当代作家阎连科在这篇《耙耧天歌》（节选）里，讲述了一个全然不同的“鬼故事”：四个被大夫诊断为患先天性遗传痴呆症的儿女，使丈夫尤石头失去了生存的勇气，他把一切撂给妻子投河自杀了。但在妻子尤四婆带着这些“透呆”儿女与命运抗争、在繁重的劳作中苦苦挣扎时，已经做鬼的丈夫则始终陪伴于左右，时刻关注着这个家庭，任凭妻子数落、唠叨、唾骂，他并没有墨子所说的鬼的“赏贤罚暴”的能力，也无民间传说中鬼的“法力”，也不拥有狰狞恐怖的模样，除了时不时地现身在屋前屋后、田头梁上，像常人那样思维，出一些多半被妻子抢白、否定的主意外，他还是像活着的时候那样窝窝囊囊、软弱无能。这个无能的鬼的存在似乎只是为了见证其妻子的坚强，或者只是其在生活和命运的重压下的妻子宣泄痛苦和怨恨的出气筒。匪夷所思的是，正是他那葬身黄土多年的骸骨治愈了他那些痴儿女的病，以致启发了尤四婆为彻底治愈儿女的疯病最终献出了自己的身体、自己的生命。同样，成了鬼以后的尤四婆没有忘记告诫儿女们今后如何治疗下一代出现的这种遗传的疯病。至此，我们不难理解，鬼的世界实际上是人的世界的折射和复制，讲鬼“为的可以了解平常不易知道的人情”（周作人），鬼的概念本来就源于人们的生命意识，人们对生存、死亡等的心理探索和期许。它从来就是人们考虑人的价值和生命意义时的重要参考。于是，在这篇小说怪诞表面下，呈现的是一种极致的母爱，母亲以生命拯救儿女的伟大主题。

无独有偶，在马尔克斯史诗般的小说《百年孤独》中，人与鬼之间是按照印第安神话的概念来界定的：世界分为两半，一半是活人世界，一半是死人世界。所以与人有着同样外形、内心和情感的鬼的形象穿插于小说的始终。在这讲述哥伦比亚农村百年缩影的马孔多起源的节选中，斗鸡输了的阿吉廖尔以布恩蒂亚的妻子由于害怕像他们的上代那样生出带尾巴的孩子而拒绝与他同房来取笑布恩蒂亚，以致遭来了杀身之祸。但此后阿吉廖尔的鬼魂经常出没在布恩蒂亚的家里，布恩蒂亚的妻子乌苏娜几次遇上阿吉廖尔的鬼魂，布恩蒂亚从开始的不信，到后来的驱赶，直到最后为了躲避鬼魂不得不远走高飞，但即使到了遥远的马孔多，时间又过去了很多年，阿吉廖尔由于“强烈怀念活人，急切需要有个伙伴”，又重新找到了布恩蒂亚，两个昔日的小伙伴，后来的生死冤家，作了一次通宵的人鬼对话。这种跨越阴阳两界的描绘，讲述的仍然是人与人之间的事情，这既是魔幻现实主义文学特征，也是这种文学非同寻常的意义所在。

两部小说都描写了人间鬼域，即鬼也似乎生活在与人一样的环境之中。与加西亚·马尔克斯那种丰厚的充满着神话色彩的文化背景相比，阎连科依仗的主要是自己丰富而又奇崛的想象力。如果说前者的魔幻现实主义尚保留了那种亦真亦幻（如布恩蒂亚曾认为“死人是不会走出坟墓的”），那么后者可以说是以幻为真，鬼界与人界是根本无界限的。唯其植根于中国古老的鬼文化而又不拘泥于这一传统，后者才给人有耳目一新的冲击力。而频繁出现的豫西山乡的土话，还有诸如“男人死了，日子中的光亮呼地暗下来”，“天色……叽叽汪汪亮起来了”，“满世界又当的一下跌回到梦里边”这样的化抽象为具象的生动的描写语言使阎连科的小说充满异样的感染力。

（张介明）

思考题

1. 这两篇小说中描述的“鬼”与你过去听到的鬼故事中的“鬼”有什么不同？

2. 诸如人鬼对话、死人骸骨熬汤治疯病这样的事情在现实生活中肯定是不存在的，但小说家为什么要如此写呢?

3. 方言的运用与文学描写的生动性有什么关系?你能总结一下《耙耧天歌》的语言特点吗?

4. 尽可能发挥你的想象力,虚构一段越奇异生动越好的故事。

五、金锁记(节选)

张爱玲

张爱玲(1920—1995),原籍河北丰润,生于上海,原名张煐。童年在北京、天津度过,1929年迁回上海。中学毕业后到香港读书。1942年香港沦陷,未毕业即回上海,开始给报刊写剧评、影评等文章。1943年她的小说处女作《沉香屑》在《紫罗兰》杂志上发表。此后三四年是她创作的丰收期,主要作品都收入她的代表作《传奇》《流言》中。她23岁与胡兰成结婚,抗战胜利后分手。解放后曾以梁京笔名在上海《亦报》上发表小说。1950年参加上海第一届文代会。1952年移居香港。1955年旅居美国,后与作家赖雅结婚,过着"隐居"生活。1995年9月8日,被发现老死于美国洛杉矶寓所。张爱玲的笔宛若金针,都市千般繁华下的满目苍凉,温柔富贵中的凄清哀婉,都在她貌似漫不经心的描龙绣凤中毕现。

众人低声说笑着,榴喜打起帘子,报道:"二奶奶来了。"兰仙、云泽起身让座,那曹七巧且不坐下,一只手撑着门,一只手撑了腰,窄窄的袖口里垂下一条雪青洋绉手帕,身上穿着银红衫子,葱白线镶滚,雪青闪蓝如意小脚裤子,瘦骨脸儿,朱口细牙,三角眼,小山眉,四下里一看,笑道:"人都齐了。今儿想必我又晚了!怎怪我不迟到——摸着黑梳的头!谁教我的窗户冲着后院子呢?单单就派了那么间房给我,横竖我们那位眼看是活不长的,我们净等着做孤儿寡妇了——不欺负我们,欺负谁?"玳珍淡淡的并不接口,兰仙笑道:"二嫂住惯了北京的屋子,怪不得嫌这儿憋闷得慌。"云泽道:"大哥当初找房子的时候,原该找个宽敞些的,不过上海像这样的,只怕也算敞亮的了。"兰仙道:"可不是!家里人实在多,挤是挤了点——"七巧挽起袖口,把手帕子掖在翡翠镯子里,瞟了兰仙一眼,笑道:"三妹妹原来也嫌人太多了。连我们都嫌人多,像你们没满月的自然更嫌人多了!"兰仙听了这话,还没有怎么,玳珍先红了脸,道:"玩是玩,笑是笑,也得有个分寸,三妹妹新来乍到的,你让她想着咱们是什么样的人家?"七巧扯起手绢子的一角遮住了嘴唇道:"知道你们都是清门净户的小姐,你倒跟我换一换试试,只怕你一晚上也过不惯。"玳珍啐道:"不跟你说了,越说你越上头上脸的。"七巧索性上前拉住玳珍的袖子道:"我可以赌得咒——这三年里头我可以赌得咒!你敢赌么?"玳珍也撑不住扑哧一笑,咕哝了一句道:"怎么你孩子也有了两个?"七巧道:"真的,连我也不知道这孩子是怎么生出来的!越想越不明白!"玳珍摇手道:"够了,够了,少说两句罢。就算你拿三妹妹当自己人,没什么避讳,现放着云妹妹在这儿呢,待会儿老太太跟前一告诉,管叫你吃不了兜着走!"

……

玳珍出去了,那姜三爷姜季泽却一路打着呵欠进来了。季泽是个结实小伙子,偏于胖的一方面,脑后拖一根三脱油松大辫,生得天圆地方,鲜红的腮颊,往下坠着一点,有湿眉毛,水汪汪的黑眼睛里永远透着三分不耐烦,穿一件竹根青窄袖长袍,酱紫芝麻地一字襟珠扣小坎肩,问兰仙道:"谁在里头喊喊喳喳跟老太太说话?"兰仙道:"二嫂。"季泽抿着嘴摇摇头。兰仙笑道:“你也怕了她?”季泽一声儿不言语,拖过一把椅子,将椅背抵着桌面,把袍子高高地一撩,骑着椅子坐了下来,下巴搁在椅背上,手里只管把核桃仁一个一个拈来吃。兰仙睨了他一眼道:“人家剥了这一晌午,是专诚孝敬你的么?”正说着,七巧掀着帘子出来了,一眼看见了季泽,身不由主地就走了过来,绕到兰仙椅子背后,两手兜在兰仙脖子上,把脸凑了下去,笑道:“这么一个人才出众的新娘子!三弟你还没谢谢我哪!要不是我催着他们早早替你办了这件事,这一耽搁,等打完了仗,指不定要十年八年呢!可不把你急坏了!”兰仙生平最大的憾事便是出阁的日子正赶着非常时期,潦草成了家,诸事都欠齐全,因此一听见这不入耳的话,她那小长瓜子脸便往下一沉。季泽望了兰仙一眼,微笑道:“二嫂,自古好心没有好报,谁都不承你的情!”七巧道:“不承情也罢!我也惯了。我进了你姜家的门,别的不说,单只守着你二哥这些年,衣不解带地服侍他,也就是个有功无过的人——谁见我的情来?谁有半点好处到我头上?”季泽笑道:“你一开口就是满肚子的牢骚!”七巧长长地吁了一口气,只管拨弄兰仙衣襟上扣着的金三事儿和钥匙。半晌,忽道:“总算你这一个来月没出去胡闹过。真亏了新娘子留住了你。旁人跪下地来求你也留你不住!”季泽笑道:“是吗?嫂子并没有留过我,怎见得留不住?”一面笑,一面向兰仙使了个眼色。七巧笑得直不起腰道:“三妹妹,你也不管管他!这么个猴儿崽子,我眼看他长大的,他倒占起我的便宜来了!”

她嘴里说笑着,心里发烦,一双手也不肯闲着,把兰仙揣着捏着,捶着打着。恨不得把她挤得走了样才好。兰仙纵然有涵养,也忍不住要恼了,一性急,磕核桃使差了劲,把那二寸多长的指甲齐根折断。七巧哟了一声道:“快拿剪刀来修一修。我记得这屋里有一把小剪子的。”便唤:“小双!榴喜!来人哪!”兰仙立起身来道:“二嫂不用费事,我上我屋里铰去。”便抽身出去。七巧就在兰仙的椅子上坐下了,一手托着腮,抬高了眉毛,斜瞅着季泽道:“她跟我生了气么?”季泽笑道:“她干吗生你的气?”七巧道:“我正要问呀——我难道说错了话不成?留你在家倒不好?她倒愿意你上外头逛去?”季泽笑道:“这一家子从大哥大嫂起,齐了心管教我,无非是怕我花了公账上的钱罢了。”七巧道:“阿弥陀佛,我保不定别人不安着这个心,我可不那么想。你就是闹了亏空,押了房子卖了田,我若皱一皱眉头,我也不是你二嫂了。谁叫咱们是骨肉至亲呢?我不过是要你当心你的身子。”季泽嗤地一笑道:“我当心我的身子,要你操心?”七巧颤声道:“一个人,身子第一要紧。你瞧你二哥弄的那样儿,还成个人吗?还能拿他当个人看?”季泽正色道:“二哥比不得我,他一下地就是那样儿,并不是自己作践的。他是个可怜的人,一切全仗二嫂照护他了。”七巧直挺挺地站了起来,两手扶着桌子,垂着眼皮,脸庞的下半部抖得像嘴里含着滚烫的蜡烛油似的,用尖细的声音逼出两句话道:“你去挨着你二哥坐坐!你去挨着你二哥坐坐!”她试着在季泽身边坐下,只搭着他的椅子的一角,她将手贴在他腿上,道:“你碰过他的肉没有?是软的、重的,就像人的脚有时发了麻,摸上去那感觉……”季泽脸上也变了色,然而他仍旧轻佻地笑了一声,俯下腰,伸手去捏她的脚道:“倒要瞧瞧你的脚现在麻不麻!”七巧道:“天哪,你没挨着他的肉,你不知道没病的身子是多好的……多好的……”她顺着椅子溜下去,蹲在地上,脸枕着袖子,听不见她哭,只看见发髻上插的风凉针,针头上的一粒钻石的光,闪闪掣动着。发髻的心子里扎着一小截粉红丝线,反映在金刚钻微红的光焰里。她的背影一挫一挫,俯伏了下去。她不像在哭,简直像在翻肠搅胃地呕吐。

季泽先是愣住了,随后就立起来道:“我走。我走就是了。你不怕人,我还怕人呢。也得给二哥留点面子!”七巧扶着椅子站了起来,呜咽道:“我走。”她扯着衫袖里的手帕子飓了飓脸，突然微微一笑道：“你这样卫护你二哥！”季泽冷笑道：“我不卫护他还有谁卫护他？”七巧向门走去，哼了一声道：“你又是什么好人？趁早不用在我跟前撇清！且不提你在外头怎样荒唐，单只在这屋里……老娘眼睛是揉不下沙子去！别说我是你嫂子了，就是我是你奶妈，只怕你也不在乎。”季泽笑道：“我原是个随随便便的人，哪禁得你挑眼儿？”七巧待要出去，又把背心贴在门上，低声道：“我就不懂，我有什么地方不如人？我有什么地方不好……”季泽笑道：“好嫂子，你有什么不好？”七巧笑了一声道：“难不成我跟了个残废的人，就过上了残废的气，沾都沾不得？”她睁着眼直勾勾朝前望着，耳朵上的实心小金坠子像两只铜钉把她钉在门上——玻璃匣子里蝴蝶的标本，鲜艳而凄怆。

季泽看着她，心里也动了一动。可是那不行，玩尽管玩，他早抱定了宗旨不惹自己家里人，一时的兴致过去了，躲也躲不掉，踢也踢不开，成天在面前，是个累赘。何况七巧的嘴这样敞，脾气这样躁，如何瞒得了人？何况她的人缘这样坏，上上下下谁肯代她包涵一点？她也许是豁出去了，闹穿了也满不在乎。他可是年纪轻轻的，凭什么要冒这个险？他侃侃说道：“二嫂，我虽年纪小，并不是一味胡来的人。”

……

她那间房，一进门便有一堆金漆箱笼迎面拦住，只隔开几步见方的空地。她一掀帘子，只见她嫂子蹲下身去将提篮盒上面的一屉酥盒子卸了下来，检视下面一屉里的菜可曾泼出来。她哥哥曹大年背着手弯着腰看着。七巧止不住一阵心酸，倚着箱笼，把脸偎在那沙蓝棉套子上，纷纷落下泪来。她嫂子慌忙站直了身子，抢步上前，两只手捧住她一只手，连连叫着姑娘。曹大年也不免抬起袖子来擦眼睛。七巧把那只空着的手去解箱套子上的纽扣，解了又扣上，只是开不得口。

她嫂子回过头去睃了她哥哥一眼道：“你也说句话呀！成日价念叨着，见了妹妹的面，又像锯了嘴的葫芦似的！”七巧颤声道：“也不怪他没有话——他哪儿有脸来见我！”又向她哥哥道：“我只道你这一辈子不打算上门了！你害得我好！你扔崩一走，我可走不了。你也不顾我的死活！”曹大年道：“这是什么话？旁人这么说还罢了，你也这么说！你不替我遮盖遮盖，你自己脸上也不见得光鲜。”七巧道：“我不说，我可禁不住人家不说。就为你，我气出了一身病在这里。今日之下，亏你还拿这话来堵我！”她嫂子忙道：“是他的不是，是他的不是！姑娘受了委屈了。姑娘受的委屈也不止这一件，好歹忍着罢，总有个出头之日。”她嫂子那句“姑娘受的委屈也不止这一件”的话却深深打进她心坎儿里去。七巧哀哀哭了起来，急得她嫂子直摇手道：“看吵醒了姑爷。”房那边暗昏昏的紫楠大床上，寂寂吊着珠罗纱帐子。七巧的嫂子又道：“姑父睡着了罢？惊动了他，该生气了。”七巧高声叫道：“他要有点人气，倒又好了？”她嫂子吓得掩住她的嘴道：“姑奶奶别！病人听见了，心里不好受！”七巧道：“他心里不好受，我心里好受吗？”她嫂子道：“姑爷还是那软骨症？”七巧道：“就这一件还不够受了，还禁得起添什么？这儿一家子都忌讳痨病这两个字，其实还不就是骨痨？”她嫂子道：“整天躺着，有时候也坐起来一会儿么？”七巧哧哧地笑了起来道：“坐起来，脊梁骨直溜下去，看上去还没有我那三岁的孩子高哪？”她嫂子一时想不出劝慰的话，三个人都愣住了。七巧猛地顿脚道：“走罢，走罢，你们！你们来一趟，就害得我把前因后果重新在心里过一过。我禁不起这么掀腾！你快给我走！”

曹大年道：“妹妹你听我一句话。别说你现在心里不舒坦。有个娘家走动着，多少好些，就是有了出头之日了，姜家是个大族，长辈动不动就拿大帽子压人，平辈小辈一个个如狼似虎的,哪一个是好惹的?替你打算,也得要个帮手。将来你用得着你哥哥你侄儿的时候多着呢?"七巧啐了一声道:"我靠你帮忙,我也倒了霉了!我早把你看得透里透——斗得过他们,你到我跟前来邀功要钱,斗不过他们,你往那边一倒。本来见了做官的就魂都没有了,头一缩,死活我去。"大年涨红了脸冷笑道:"等钱到了你手里,你再防着你哥分你的,也还不迟。"七巧道:"你既然知道钱还没到我手里,你来缠我做什么?"大年道:"远迢迢赶来看你,倒是我们的不是了!走!我们这就走!凭良心说,我就用你两个钱,也是该的。当初我若贪图财礼,问姜家多要几百两银子,把你卖给他们做姨太太,也就卖了。"七巧道:"奶奶不胜似姨奶奶吗?长线放远鹞,指望大着呢!"大年待要回嘴,他媳妇拦住他道:"你就少说一句罢!以后还有见面的日子呢。将来姑奶奶想到你的时候,才知道她就只这一个亲哥哥了!"大年督促他媳妇整理了提篮盒,拎起就待走。七巧道:"我希罕你?等我有了钱了,我不愁你不来,只愁打发你不开!"嘴里虽然硬着,煞不住那呜咽的声音,一声响似一声,憋了一上午的满腔幽恨,借着这因由尽情发泄了出来。

……

去年她戴了丈夫的孝,今年婆婆又过世了。现在正式挽了叔公九老太爷出来为他们分家。今天是她嫁到姜家之后一切幻想的集中点。这些年了,她戴着黄金的枷锁,可是连金子的边都啃不到,这以后就不同了。

……

七巧带着儿子长白,女儿长安另租了一幢屋子住下了,和姜家各房很少来往。隔了几个月,姜季泽忽然上门来了。老妈子通报上来,七巧怀着鬼胎,想着分家的那一天得罪了他,不知他有什么手段对付。可是兵来将挡,她凭什么要怕他?她家常穿着佛青实地纱袄子,特地系上一条玄色铁线纱裙,走下楼来。季泽却是满面春风地站起来问二嫂好,又问白哥儿可是在书房里,安姐儿的湿气可大好了,七巧心里便疑惑他是来借钱的,加意防备着,坐下笑道:"三弟你近来又发福了。"季泽笑道:"看我像一点儿心事都没有的人。"七巧笑道:"有福之人不在忙吗!你一向就是无牵无挂的。"季泽笑道:"等我把房子卖了,我还要无牵无挂呢!"七巧道:"就是你做了押款的那房子,你还要卖?"季泽道,"当初造它的时候,很费了点心思,有许多装置都是自己心爱的,当然不愿意脱手。后来你是知道的,那边地皮值钱了,前年把它翻造了堂房子,一家一家收租,跟那些住小家的打交道,我实在嫌麻烦,索性打算卖了它,图个清静。"七巧暗地里说道:"口气好大!我是知道你的底细的,你在我跟前充什么阔大爷。"

虽然他不向她哭穷,但凡谈到银钱交易,她总觉得有点危险,便岔了开去道:"三妹妹好么?腰子病近来发过没有?"季泽笑道:"我也有许久没见过她的面了。"七巧道:"这是什么话?你们吵了嘴么?"季泽笑道:"这些时我们倒也没吵过嘴。不得已在一起说两句话,也是难得的,也没那闲情逸致吵嘴。"七巧道:"何至于这样?我就不相信!"季泽两肘撑在藤椅的扶手上,交叉着十指,手搭凉棚,影子落在眼睛上,深深地唉了一声。七巧笑道:"没有别的,要不就是你在外头玩得太厉害了。自己做错了事,还唉声叹气的仿佛谁害了你似的。你们姜家就没有一个好人!"说着,举起白团扇,作势要打。季泽把那交叉着的十指往下移了一移,两只大拇指按在嘴唇上,两只食指缓缓抚摸着鼻梁,露出一双水汪汪的眼睛来。那眼珠却是水仙花缸底的黑石子,上面汪着水,下面冷冷的没有表情。看不出他在想什么。七巧道:"我非打你不可!"季泽的眼睛里突然冒出一点笑泡儿,道:"你打,你打!"七巧待要打,又掣回手去,重新一鼓作气道:"我真打!"抬高了手,一扇子劈下来,又在半空中停住了,吃吃笑将起来。季泽带笑将肩膀耸了一耸，凑了上去道："你倒是打我一下罢！害得我浑身骨头痒痒着，不得劲儿！"七巧把扇子向背后一藏，越发笑得格格的。

季泽把椅子换了个方向，面朝墙坐着，人向椅背上一靠，双手蒙住了眼睛，又是长长地叹了口气。七巧啃着扇子柄，斜瞟着他道："你今儿是怎么了？受了暑吗？"季泽道："你哪里知道？"半晌，他低低的一个字一个字说道："你知道我为什么跟家里的那个不好，为什么我拼命的在外头玩，把产业都败光了？你知道这都是为了谁？"七巧不知不觉有些胆寒，走得远远的，倚在炉台上，脸色慢慢地变了。季泽跟了过来。七巧垂着头，肘弯撑在炉台上，手里擎着团扇，扇子上的杏黄穗子顺着她的额角拖下来。季泽在她对面站住了，小声道："二嫂！……七巧！"

七巧背过脸去淡淡笑道："我要相信你才怪呢！"季泽便也走开了，道："不错。你怎么能够相信我？自从你到我家来，我在家一刻也待不住，只想出去。你没来的时候我并没有那么荒唐过，后来那都是为了躲你。娶了兰仙来，我更玩得凶了，为了躲你之外又要躲她，见了你，说不了两句话我就要发脾气——你哪儿知道我心里的苦楚？你对我好，我心里更难受——我得管着我自己——我不得平白的坑坏了你！家里人多眼杂，让人知道了，我是个男子汉，还不打紧，你可了不得！"七巧的手直打颤，扇柄上的杏黄穗子在她额上苏苏摩擦着。季泽道："你信也罢。不信也罢！信了又怎样？横竖我们半辈子已经过去了，说也是白说。我只求你原谅我这一片心。我为你吃了这些苦，也不算冤枉了。"

七巧低着头，沐浴在光辉里，细细的音乐，细细的喜悦……这些年了，她跟他捉迷藏似的，只是近不得身，原来还有今天！可不是，这半辈子已经完了——花一般的年纪已经过去了。人生就是这样的错综复杂，不讲理。当初她为什么嫁到姜家来？为了钱么？不是的，为了要遇见季泽，为了命中注定她要和季泽相爱。她微微抬起脸来，季泽立在她跟前，两手合在她扇子上，面颊贴在她扇子上。他也老了十年了，然而人究竟还是那个人呵！他难道是哄她么？他想她的钱——她卖掉她的一生换来的几个钱？仅仅这一转念便使她暴怒起来。就算她错怪了他，他为她吃的苦抵得过她为他吃的苦么？好容易她死了心了，他又来撩拨她。她恨他。他还在看着她。他的眼睛——虽然隔了十年，人还是那个人呵！就算他是骗她的，迟一点儿发现不好么？即使明知是骗人的，他太会演戏了，也跟真的差不多罢？

不行！她不能有把柄落在这厮手里。姜家的人是厉害的，她的钱只怕保不住。她得先证明他是真心不是。七巧定了一定神，向门外瞧了一瞧，轻轻惊叫道："有人！"便三脚两步赶出门去，到下房里吩咐潘妈替三爷弄点心去，快些端了来。顺便带把芭蕉扇进来替三爷打扇。七巧回到屋里来，故意皱着眉道："真可恶，老妈子在门口探头探脑的，见了我抹过头去就跑，被我赶上去喝住了。若是关上了门说两句话，指不定造出什么谣言来呢！饶是独门独户住了，还没个清净。"潘妈送了点心与酸梅汤进来，七巧亲自拿筷子替季泽拣掉了蜜层糕上的玫瑰与青梅，道："我记得你是不爱吃红绿丝的。"有人在跟前，季泽不便说什么，只是微笑。七巧似乎没话找话说似的，问道："你卖房子，接洽得怎样了？"季泽一面吃，一面答道："有人出八万五，我还没打定主意呢。"七巧沉吟道："地段倒是好的。"季泽道："谁都不赞成我脱手，说还要涨呢。"七巧又问了些详细情形，便道："可惜我手头没有这一笔现款，不然我倒想买。"季泽道："其实呢，我这房子倒不急，倒是咱们乡下你那些田，早早脱手的好。自从改了民国，接二连三地打仗，何尝有一年闲过？把地面上糟踏得不成样子，中间还被收租的，师爷，地头蛇一层一层勒揩着，莫说这两年不是水就是旱，就遇着了丰年，也没有多少进账轮到我们头上。”七巧寻思着，道：“我也盘算过来，一直挨着没有办。先晓得把它卖了，这会子想买房子，也不至于钱不凑手了。”季泽道：“你那田要卖趁现在就得卖了，听说直鲁又要开仗了。”七巧道：“急切间你叫我卖给谁去？”季泽顿了一顿道：“我去替你打听打听，也成。”七巧耸了耸眉毛笑道：“得了，你那些狐群狗党里头，又有谁是靠得住的？”季泽把咬开的饺子在小碟子里蘸了点醋，闲闲说出两个靠得住的人名，七巧便认真仔细盘问他起来，他果然回答得有条不紊，显然他是筹之已熟的。

七巧虽是笑吟吟的，嘴里发干，上嘴唇黏在牙仁上，放不下来。她端起盖碗来吸了一口茶，舐了舐嘴唇，突然把脸一沉，跳起身来，将手里的扇子向季泽头上滴溜溜掷过去，季泽向左偏了一偏，那团扇敲在他肩膀上，打翻了玻璃杯，酸梅汤淋淋漓漓溅了他一身，七巧骂道：“你要我卖了田去买你的房子？你要我卖田？钱一经你的手，还有得说么？你哄我——你拿那样的话来哄我——你拿我当傻子——”她隔着一张桌子探身过去打他，然而她被潘妈下死劲抱住了。潘妈叫唤起来，祥云等人都奔了来，七手八脚按住了她，七嘴八舌求告着。七巧一头挣扎，一头叱喝着，然而她的一颗心直往下坠——她很明白她这举动太蠢——太蠢——她在这儿丢人出丑。季泽脱下了他那湿濡的白香云纱长衫，潘妈绞了手巾来代他揩擦，他理也不理，把衣服夹在手臂上，竟自扬长出门去了，临行的时候向祥云道：“等白哥儿下了学，叫他替他母亲请个医生来看看。”祥云吓糊涂了，连声答应着，被七巧兜脸给了她一个耳刮子。

季泽走了。丫头老妈子也都给七巧骂跑了。酸梅汤沿着桌子一滴一滴朝下滴，像迟迟的夜漏——一滴，一滴……一更，二更……一年，一百年。真长，这寂寂的一刹那。七巧扶着头站着，倏地掉转身来上楼去，提着裙子，性急慌忙，跌跌绊绊，不住地撞到那阴暗的绿粉墙上，佛青袄子上沾了大块的淡色的灰。她要在楼上的窗户里再看他一眼。无论如何，她从前爱过他。她的爱给了她无穷的痛苦。单只这一点，就使他值得留恋。多少回了，为了要按捺她自己，她迸得全身的筋骨与牙根都酸楚了。今天完全是她的错。他不是个好人，她又不是不知道。她要他，就得装糊涂，就得容忍他的坏。她为什么要戳穿他？人生在世，还不就是那么一回事？归根究底，什么是真的，什么是假的？

……

长安订婚那天，大奶奶玳珍没去，隔了些天来补道喜。七巧悄悄唤了声大嫂，道：“我看咱们还得在外头打听打听哩，这事可冒失不得！前天我耳朵里仿佛刮着一点，说是乡下有太太，外洋还有一个。”玳珍道：“乡下的那个没过门就退了亲。外洋那个也是这样，说是做了几年的朋友了，不知怎么又没成功。”七巧道：“那还有个为什么？男人的心，说声变，就变了。他连三媒六聘的还不认账，何况那不三不四的歪辣货？知道他在外洋还有旁人没有？我就只这一个女儿，可不能糊里糊涂断送了她的终身，我自己是吃过媒人的苦的！”

长安坐在一旁用指甲去掐手掌心，手掌心掐红了，指甲却挣得雪白。七巧一抬眼望见了她，便骂道：“死不要脸的丫头，竖着耳朵听呢！这话是你听得的么？我们做姑娘的时候，一声提起婆婆家，来不迭地躲开了。你姜家枉为世代书香，只怕你还要到你开麻油店的外婆家去学点规矩哩！”长安一头哭一头奔了出去。七巧拍着枕头嗐了一声道：“姑娘急着要嫁，叫我也没法子。腥的臭的往家里拉。名为是她三婶给找的人，其实不过是拿她三婶做个幌子。多半是生米煮成了熟饭了，这才挽了三婶出来做媒。大家齐打伙儿糊弄我一个人……糊弄着也好！说穿了，叫做娘的做哥哥的脸往哪儿去放？”

又一天，长安托词溜了出去，回来的时候，不等七巧查问，待要报告自己的行踪，七巧叱道:“得了,得了,少说两句罢!在我面前糊什么鬼?有朝一日你让我抓着了真凭实据——哼!别以为你大了,订了亲了,我打不得你了!”长安急了道:“我给馨妹妹送鞋样子去,犯全了什么法了,娘不信,娘问三婶去!”七巧道:“你三婶替你寻了汉子来,就是你的重生父母,再养爹娘!也没见你这样的轻骨头!……一转眼就不见你的人了。你家里供养了你这些年,就只差买个小厮来伺候你,哪一处对你不住了,你在家里一刻也坐不稳?”长安红了脸,眼泪直掉下来。七巧缓过一口气来,又道:“当初多少好的都不要,这会子去嫁个不成器的,人家拣剩下来的,岂不是自己打嘴?他若是个人,怎么活到三十来岁,漂洋过海的,跑上十万里地,一房老婆还没弄到手?”

然而长安一味的执迷不悟。因为双方的年纪都不小了,订了婚不上几个月,男方便托了兰仙来议定婚期。七巧指着长安道:“早不嫁,迟不嫁,偏赶着这两年钱不凑手!明年若是田上收成好些,嫁妆也还整齐些。”兰仙道:“如今新式结婚,倒也不讲究这些了。就照新派办法,省着点也好。”七巧道:“什么新派旧派?旧派无非排场大些,新派实惠些,一样还是娘家的晦气!”兰仙道:“二嫂看着办就是了,难道安姐儿还会争多论少不成?”一屋子的人全笑了,长安也不觉微微一笑。七巧破口骂道:“不害臊!你是肚子里有了搁不住的东西是怎么着?火烧眉毛,等不及的要过门!嫁妆也不要了——你情愿,人家倒许不情愿呢?你就拿准了他是图你的人?你好不自量,你有哪一点叫人看得上眼?趁早别自骗自了!姓童的还不是看上了姜家的门第!别瞧你们家轰轰烈烈,公侯将相的,其实全不是那么回事!早就是外强中干,这两年连空架子也撑不起了。人呢,一代坏似一代,眼里哪儿还有天地君亲?少爷们是什么都不懂,小姐们就知道霸钱要男人——猪狗都不如!我娘家当初千不该万不该跟姜家结了亲,坑了我一世,我待要告诉那姓童的趁早别像我似的上了当!”

自从吵闹过这一番,兰仙对于这头亲事便洗手不管了。七巧的病渐渐痊愈,略略下床走动,便逐日骑着门坐着,遥遥的向长安屋里叫喊道:“你要野男人你尽管去找,只别把他带上门来认我做丈母娘,活活的气死了我!我只图个眼不见,心不烦。能够容我多活两年,便是姑娘的恩典了!”颠来倒去几句话,嚷得一条街上都听得见。亲戚丛中自然更将这事沸沸扬扬传了开去。

七巧又把长安唤到跟前,忽然滴下泪来道:“我的儿,你知道外头人把你怎么长怎么短糟踏得一个钱也不值!你娘自从嫁到姜家来,上上下下谁不是势利的,狗眼看人低,明里暗里我不知受了他们多少气。就连你爹,他有什么好处到我身上,我要替他守寡?我千辛万苦守了这二十年,无非是指望你姐儿俩长大成人,替我争回一点面子来,不承望今日之下,只落得这等的收场!”说着,呜咽起来。

长安听了这话,如同轰雷掣顶一般。她娘尽管把她说得不成人,外头人尽管把她说得不成人。她管不了这许多。惟有童世舫——他——他该怎么想?他还要她么?上次见面的时候,他的态度有点改变么?很难说……她太快乐了,小小的不同的地方她不会注意到……被戒烟期间身体上的痛苦与这种种刺激两面夹攻着,长安早就有点受不了,可是硬撑着也就撑了过去,现在她突然觉得浑身的骨骼都脱了节。向他解释么?他不比她的哥哥,他不是她母亲的儿女,他决不能彻底明白她母亲的为人。他果真一辈子见不到她母亲,倒也罢了,可是他迟早要认识七巧。这是天长地久的事,只有千年做贼的,没有千年防贼的——她知道她母亲会放出什么手段来?迟早要出乱子,迟早要决裂。这是她的生命里顶完美的一段,与其让别人给它加上一个不堪的尾巴,不如她自己早早结束了它。一个美丽而苍凉的手势……她知道她会懊悔的,她知道她会懊悔的,然而她抬了抬眉毛,做出不介意的样子,说道:"既然娘不愿意结这头亲,我去回掉他们就是了。"七巧正哭着,忽然住了声,停了一停,又抽搭抽搭哭了起来。

长安定了一定神,就去打了个电话给童世舫,世舫当天没有空,约了明天下午。长安所最怕的就是中间隔的这一晚,一分钟,一刻,一刻,啃进她心里去。次日,在公园里的老地方,世舫微笑着迎上前来,没跟她打招呼——这在他是一种亲昵的表示。他今天仿佛是特别的注意她,并肩走着的时候,屡屡地望着她的脸。太阳煌煌地照着,长安越发觉得眼皮肿得抬不起来了,趁他不在看她的时候把话说了罢。她用哭哑的喉咙轻轻唤了一声"童先生"。世舫没听见。那么,趁他看她的时候把话说了罢。她诧异她脸上还带着点笑,小声道:"童先生,我想——我们的事也许还是——还是再说罢。对不起得很。"她褪下戒指来塞在他手里,冷涩的戒指,冷湿的手。她放快了步子走去,他愣了一会,便追上来,回道:"为什么呢?对于我有不满意的地方么?"长安笔直向前望着,摇了摇头。世舫道:"那么,为什么呢?"长安道:"我母亲……"世舫道:"你母亲并没有看见过我。"长安道:"我告诉过你了,不是因为你。与你完全没有关系。我母亲……"世舫站定了脚。这在中国是很充分的理由了罢?他这么略一踌躇,她已经走远了。

园子在深秋的日头里晒了一上午又一下午,像烂熟的水果一般,往下坠着,坠着,发出香味来。长安悠悠忽忽听见了口琴的声音,迟钝地吹出了"Long,Long Ago"——"告诉我那故事,往日我最心爱的那故事。许久以前,许久以前……"这是现在,一转眼也就变了许久以前了,什么都完了。长安着了魔似的,去找那吹口琴的人——去找她自己。迎着阳光走着,走到树底下,一个穿着黄短裤的男孩骑在树丫枝上颠颠着,吹着口琴,可是他吹的是另一个调子,她从来没听见过的。不大的一棵树,稀稀朗朗的梧桐叶在太阳里摇着像金的铃铛。长安仰面看着,眼前一阵黑,像骤雨似的,泪珠一串串地披了一脸。世舫找到了她,在她身边悄悄站了半晌,方道:"我尊重你的意见。"长安举起了她的皮包来遮住了脸上的阳光。

他们继续来往了一些时。世舫要表示新人物交女朋友的目的不仅限于择偶,因此虽然与长安解除了婚约,依旧常常地邀她出去。至于长安呢,她是抱着什么样的矛盾的希望跟着他出去,她自己也不知道——知道了也不肯承认。订着婚的时候,光明正大的一同出去,尚且要瞒了家里,如今更成了幽期密约了。世舫的态度始终是坦然的。固然,她略略伤害了他的自尊心,同时他对于她多少也有点惋惜,然而"大丈夫何患无妻"?男子对于女子最隆重的赞美是求婚。他割舍了他的自由,送了她这一份厚礼,虽然她是"心领璧还"了,他可是尽了他的心。这是惠而不费的事。

无论两人之间的关系是怎样的微妙而尴尬,他们认真地做起朋友来了。他们甚至谈起话来。长安的没见过世面的话每每使世舫笑起来,说:"你这人真有意思!"长安渐渐地也发现了她自己原来是个"很有意思"的人。这样下去,事情会发展到什么地步,连世舫自己也会惊奇。

然而风声吹到了七巧耳朵里。七巧背着长安吩咐长白下帖子请童世舫吃便饭。世舫猜着姜家是要警告他一声,不准他和他们小姐藕断丝连,可是他同长白在那阴森高敞的餐室里吃了两盅酒,说了一回话,天气,时局,风土人情,并没有一个字沾到长安身上,冷盘撤了下去,长白突然手按着桌子站了起来。世舫回过头去,只见门口背着光立着一个小身材的老太太,脸看不清楚,穿一件青灰团龙宫织缎袍,双手捧着大红热水袋,身旁夹峙着两个高大的女仆。门外日色昏黄,楼梯上铺着湖绿花格子漆布地衣,一级一级上去,通入没有光的所在。世舫直觉地感到那是个疯人——无缘无故的,他只是毛骨悚然。长白介绍道:"这就是家母。"

世舫挪开椅子站起来,鞠了一躬。七巧将手搭在一个佣妇的胳膊上,款款走了进来,客套了几句,坐下来便敬酒让菜。长白道:"妹妹呢?来了客,也不帮着张罗张罗。"七巧道:"她再抽两筒就下来了。"世舫吃了一惊,睁眼望着她。七巧忙解释道:"这孩子就苦在先天不足,下地就得给她喷烟。后来也是为了病,抽上了这东西。小姐家,够多不方便哪!也不是没戒过,身子又娇,又是由着性儿惯了的,说丢,哪儿就丢得掉呀?戒戒抽抽,这也有十年了。"世舫不由得变了色。七巧有一个疯子的审慎与机智。她知道,一不留心,人们就会用嘲笑的、不信任的眼光截断了她的话锋,她已经习惯了那种痛苦。她怕话说多了要被人看穿了。因此及早止住了自己,忙着添酒布菜。隔了些时,再提起长安的时候,她还是轻描淡写的把那几句话重复了一遍。她那平扁而尖利的喉咙四面割着人像剃刀片。

长安悄悄地走下楼来,玄色花绣鞋与白丝袜停留在日色昏黄的楼梯上。停了一会,又上去了。一级一级,走进没有光的所在。

七巧道:"长白你陪童先生多喝两杯,我先上去了。"佣人端上一品锅来,又换上了新烫的竹叶青。一个丫头慌里慌张站在门口将席上伺候的小厮唤了出去,嘀咕了一会,那小厮又进来向长白附耳说了几句,长白仓皇起身,向世舫连连道歉,说:"暂且失陪,我去去就来。"三脚两步也上楼去了,只剩下世舫一人独酌。那小厮也觉过意不去,低低地告诉了他:"我们绢姑娘要生了。"世舫道:"绢姑娘是谁?"小厮道:"是少爷的姨奶奶。"

世舫拿上饭来胡乱吃了两口,不便放下碗来就走,只得坐在花梨炕上等着,酒酣耳热。忽然觉得异常的委顿,便躺了下来。卷着云头的花梨炕,冰凉的黄藤心子,柚子的寒香……姨奶奶添了孩子了。这就是他所怀念着的古中国……他的幽娴贞静的中国闺秀是抽鸦片的!他坐了起来,双手托着头,感到了难堪的落寞。

他取了帽子出门,向那小厮道:"待会儿请你对上头说一声,改天我再面谢罢!"他穿过砖砌的天井,院子正中生着树,一树的枯枝高高印在淡青的天上,像瓷上的冰纹。长安静静的跟在他后面送了出来。她的藏青长袖旗袍上有着浅黄的雏菊。她两手交握着,脸上现出稀有的柔和。世舫回过身来道:"姜小姐……"她隔得远远的站定了。只是垂着头。世舫微微鞠了一躬,转身就走了。长安觉得她是隔了相当的距离看这太阳里的庭院,从高楼上望下来,明晰,亲切,然而没有能力干涉,天井,树,曳着萧条的影子的两个人,没有话——不多的一点回忆,将来是要装在水晶瓶里双手捧着看的——她的最初也是最后的爱。

芝寿直挺挺躺在床上,搁在肋骨上的两只手蜷曲着像宰了的鸡的脚爪。帐子吊起了一半。不分昼夜她不让他们给她放下帐子来。她怕。

外面传进来说绢姑娘生了个小少爷。丫头丢下了热气腾腾的药罐子跑出去凑热闹了,敞着房门,一阵风吹了进来,帐钩豁朗朗乱摇,帐子自动地放了下来,然而芝寿不再抗议了。她的头向右一歪,滚到枕头外面去。她并没有死——又挨了半个月光景才死的。

绢姑娘扶了正,做了芝寿的替身。扶了正不上一年就吞了生鸦片自杀了。长白不敢再娶了,只在妓院里走走。长安更是早就断了结婚的念头。

七巧似睡非睡横在烟铺上。三十年来她戴着黄金的枷。她用那沉重的枷角劈杀了几个人,没死的也送了半条命。她知道她儿子女儿恨毒了她,她婆家的人恨她,她娘家的人恨她。

她摸索着腕上的翠玉镯子,徐徐将那镯子顺着骨瘦如柴的手臂往上推,一直推到腋下。她自己也不能相信她年轻的时候有过滚圆的胳膊。就连出了嫁之后几年,镯子里也只塞得进一条洋绉手帕。十八九岁做姑娘的时候,高高挽起了大镶大滚的蓝夏布衫袖,露出一双雪白的手腕,上街买菜去。喜欢她的有肉店里的朝禄,她哥哥的结拜弟兄丁玉根,张少泉,还有沈裁缝的儿子。喜欢她,也许只是喜欢跟她开开玩笑,然而如果她挑中了他们之中的一个,往后日子久了,生了孩子,男人多少对她有点真心。七巧挪了挪头底下的荷叶边小洋枕,凑上脸去揉擦了一下,那一面的一滴眼泪她就懒怠去揩拭,由它挂在腮上,渐渐自己干了。

七巧过世以后,长安和长白分了家搬出来住。七巧的女儿是不难解决她自己的问题的。谣言说她和一个男子在街上一同走,停在摊子跟前,他为她买了一双吊袜带。也许她用的是她自己的钱,可是无论如何是由男子的袋里掏出来的。……当然这不过是谣言。

三十年前的月亮已沉了下去,三十年前的人也死了,然而三十年前的故事还没完——完不了。

(《张爱玲文集精读本》,中国华侨出版社 2002 年版)

查特莱夫人的情人(节选)

劳伦斯

戴·赫·劳伦斯(David Herbert Lawrence,1885—1930),英国诗人、小说家、散文家。出生于矿工家庭。1906 年进入诺丁汉大学,1908 年离开大学,开始从教。1911 年他的第一部长篇小说《白孔雀》问世。1912 年遇到他"终身一遇"的情人弗里达,从此开始在国内外漂泊十多年,其间完成他的自传性的成名作《儿子与情人》。劳伦斯写过诗,但主要写长篇小说,共有 10 部,著名的还有《虹》(1915)、《恋爱中的女人》(1921)和《查特莱夫人的情人》(1928)。劳伦斯的小说语言优美,气势恢宏,但对现实抱批判否定态度。

我们的时代说到底是一个悲剧性的时代,所以我们才不愿意悲剧性地对待它。大灾大难已经发生,我们身处废墟之中。我们开始建造新的小小生息之地,培育新的小小希望。这是相当艰难的:没有一条通向未来的现成坦途,但我们绕道而行,或爬过障碍。我们总得活下去,不管天塌下了多少。

这多多少少就是康斯坦丝·查特莱所面对的现状。战争使她头顶的一方天塌了下来。她明白,人必须活下去,必须学会适应。

1917 年她嫁给了克利福德·查特莱,那时他回家休一个月的假。他俩共度了一个月的蜜月。然后他返回佛兰德前线,六个月后又被运回英国,从某种程度上说是身体七零八碎。那时,他妻子康斯坦丝 23 岁,他本人 29 岁。

他紧紧抓住生命不放,这确实可称奇迹。他没有死,七零八碎的身体又长到了一起。医生给他整整治疗了两年。后来他被宣告痊愈,可以重返生活了,不过胯以下的身体,却永远瘫痪了。

1920年，克利福德和康斯坦丝回家了，回到拉格比府第，家族的“根基之地”。父亲已经过世，克利福德继承了爵位，成为克利福德男爵，康斯坦丝也成了查特莱夫人。他们靠着有限的收入，在查特莱家族的这个颇为悲凉的家中开始了婚后的家庭生活。克利福德有个姐姐，可已经搬出去了，此外就再没有近亲了。哥哥战死沙场。终生残疾的克利福德知道自己永远不会有子嗣，他回到家，回到烟雾弥漫的英格兰中部，只是为了在自己的有生之年，尽可能使查特莱家族的姓氏保持下去。

他并不真是一蹶不振。他可以摇着轮椅四处走动。他还有一个装有小马达的轮椅，可以慢慢开着在花园里转转，开进那郁郁葱葱的、令人忧郁的猎园，这个猎园是他的骄傲，尽管他装作对它满不在乎。

……

“如果你和别的男人生个儿子，那也挺不错的”，他说。“只要把他在拉格比养大，他就会属于我们，属于这地方。我并不太相信血缘父道。孩子只要是我们养的，就是我们自己的，就会继承我们。你不觉得这值得考虑吗?”

康妮终于抬起头来，望着他。孩子，她的孩子，对他来说只是个工具。工具……传宗接代的工具!

“可是，那个男人怎么办?”她问道。

“这要紧吗? 这类事真的会深刻影响我们吗? ……你在德国也有过情人……现在再有一个又怎么啦? 无所谓嘛。我觉得生活中的这些小小事情，小小关系，并不怎么重要。过去了就过去了，不是和没有过一样吗? 昨天的雪……昨天的雪在哪儿呢? ……生命中能传续下去的东西才是重要的;我自己的生命对我来说重要，我要让它传续下去，发展壮大。可那些偶尔为之的关系有什么要紧的? 特别是偶尔为之的性关系! 如果人们不将其可笑地加以夸大，那它就会像鸟儿的交尾一般，完了就完了。其实也应该这样。这有什么了不起的? 只有终生的伴侣关系才是重要的。日复一日地生活在一起，而不是睡一两个晚上就分手。你我是夫妻，不管发生了什么事都是夫妻。我们彼此间有共同的习惯。我认为，习惯要比偶尔的兴奋重要得多。我们借以生活的，是那种长久、缓慢、持续的东西……而不是偶尔的发泄。生活在一起，一点点，一滴滴，两个人变成了一个整体，相互间发出默契的共鸣。这就是婚姻的真谛，不是因为性，至少不是因为性的简单功能。你我在婚姻中交织为一体。只要我们坚持这样的基本点，那么我们完全可以像去看牙医那样安排借种，因为命运已经在肉体上打败我们了。”

康妮坐在那里听着，有几分惊异，有几分恐惧。她不知道他的话是对还是错。她爱米凯利斯，她对自己这么说。但是她的爱只不过是她与克利福德婚姻中的一段红杏出墙;这婚姻是长久、缓慢的亲密习惯，是在多年的共患难与耐心中形成的。也许人类的灵魂需要红杏出墙，而且不应该拒绝这样的需要。但是红杏出墙的关键在于，你还是要回来的。

“你不在乎我怀的是谁的孩子吗?”她问。

“为什么在乎，康妮，我相信你的高贵天性，相信你的选择。你是不会让不地道的男人上身的。”

她想起了米凯利斯! 他在克利福德眼中绝对是不地道的男人。

“但是地道不地道，男人和女人的看法可能会不一样，”她说。

"不,"他答道,"你关爱我。我相信你不会喜欢一个我反感的男人。你本人的品味也不允许你那么做。"

她沉默了一会儿。这在逻辑上也许无法回答,因为它大错特错。

"我若是有了男人,要我告诉你吗?"她瞟了他一眼,几乎是偷偷的。

"完全不必,我最好不知道……不过你确实同意我的观点吧,随意的性行为根本无法与长期的共同生活相比?你也认为性事应该服从长期生活的需要吧?只是利用它,因为那是我们不得已而为之的?说到底,暂时的兴奋要紧吗?难道生命的全部问题不是日月经年地慢慢建立一种完备的人格吗?不是过一种完整的生活吗?不完整的生活是没有意义的。如果由于没有性,你的生活就不完整,那么出去找外遇好了。如果由于没有性,无法生育,那么就想办法弄一个。不过做这等事的目的只是为了使自己的生活完整,只有完整的生活才能缔造长久的和谐。你我可以共同努力……你说是不是?……只要我们适应这种需要,同时把这种适应编织进我们长久的生活之中。你说对吗?"

这番话把康妮弄得有点不知所措。她知道从理论上讲他是对的。但是当她真的想到她与他的稳定生活,她……不禁犹豫了。她真的命中注定要继续把自己的下半生编织进他的生活之中?除此之外没有别的了吗?

只有这个?她必须满足于与他过一种稳定生活,像一块布,偶尔织出点冒险的花朵。但是她怎么能知道明年自己会如何感受呢?谁能知道?怎么能轻易说"行"?一年又一年?轻轻一张口,一个小小的"行"字。人怎么能让这个蝴蝶般的字给钉死?这个字当然会像蝴蝶般飞走,消逝,被其他零落的蝴蝶般的"行"与"不行"所接续!

"我认为你是对的,克利福德。就我所能判断的,我同意你所说的。只不过生活也许会发生新的变化。"

"但是在生活发生新变化之前,你是同意的吧?"

"同意!我想我同意,真的。"

她看见一条棕色的西班牙猎犬从岔路中跑了出来,朝他俩扬着头,轻声吠叫着。一个端枪的男人跟在狗后面敏捷地朝他俩快步走出,仿佛要打劫;随后他停了下来,敬了个礼,转身向山下走去。原来不过是那个新来的猎场看守人,可他已经着实吓坏了康妮。他的出现太突然,似乎杀气腾腾。她就是这么看他的,从天而降的突然威胁。

这人穿着深绿色的棉绒布裤子,打着绑腿……非常老派。他红红的脸膛,红红的小胡子,目光冷峻。他正快步下山。

"梅勒斯!"克利福德喊道。

这人轻转过头,迅速比划了个行礼的姿势。他是一名士兵!

……

她仍然惊异地望着他,他不自在起来。

"这么说,你不愿意我有孩子了?"她说。

"我可以肯定地说,"他像一只被逼进穷巷的狗,急忙答道,"只要这事不影响你对我的爱情,我是非常愿意的。如果影响,我坚决反对。"

康妮只好不言声了,心中既害怕又轻蔑。这种谈话简直是白痴呓语。他不再知道自己在说什么。

"啊,那绝不会影响我对你的感情,"她说,口气略带嘲讽。

“好！”他说，“这就对了！若是这样的话，我是毫不介意的。我是说，有个孩子在家里跑来跑去，而且知道事业后继有人，这有多好。我的奋斗得有个目标，我得知道那是你生的孩子，对吧，亲爱的？你的孩子就是我的孩子。因为，这件事情上，你才是重要的。你知道这个，对吧，亲爱的？我不介入，我是个无足轻重的人。在生命的事情上，你绝对是首要！你知道这个，对吧？我是说，就我本人来说。我是说，对你来说我绝对什么也不是。我为你活着，为你的前途活着。对我来说，我自己是毫不重要的。”

康妮以越来越深的沮丧和反感听着他的这番话。这是一种毒害人类生存的可怕的半真半假的话。他这么一个如此理智的人竟然对女人说这种话！不过男人是不讲理的。一个稍有荣誉心的男人，怎么可以把可怕的生命重担让一个女人来挑，丢下她全然不管呢？

更有甚者，半小时后，康妮就听见克利福德用热烈、冲动的声音对博尔顿太太说话，暴露出自己对这个女人的一种无激情的热情，仿佛她是他的半个情妇，半个奶妈。博尔顿太太小心地给他穿上晚礼服，因为家里来了些重要的实业界客人。

在这段时间，康妮有时真觉得自己快要死去了。她觉得自己会被这怪诞的谎言，被这出自白痴的令人惊异的残酷，压迫至死。克利福德的奇异的商业才能把她给镇住了，他宣称的对她的个人崇拜，则使她惊恐。他俩之间已经什么都没有了。她现在甚至不碰他，他也不碰她。他甚至也不亲切地拿着她的手了。不，因为他俩已完全脱离了接触，所以他才用他的这番崇拜宣言来折磨她。这是性无能者的残酷。她觉得自己早晚要丧失理智，否则就会死去。

她尽可能地逃到树林里去。一天下午，当她忧郁地坐在约翰井旁，望着冰凉的泉水汩汩冒出的时候，猎场看守人大步向她走来。

“我给您配了把钥匙，男爵夫人！”他说，敬了个礼，把钥匙给她。

“太谢谢你了！”她说，吓了一跳。

“屋里不算太整洁，请别介意，”他说。“我尽力收拾过了。”

“可我没想这么麻烦你！”她说。

“啊，一点都不麻烦。一个星期后，母鸡就孵完小鸡了。不过它们不会怕您。我一早一晚都得来看看它们，但我会尽量少打扰您的。”

“可你不会打扰我，”她辩道。“要是影响你的话，我宁可不去小屋。”

他用他那锐利的蓝眼睛望着她。他似乎和蔼，但却疏远。虽然他的样子看起来瘦弱有病，但他却身心健康。他咳嗽了两声。

“你咳嗽，”她说。

“没事——有点感冒！上回的肺炎落下了咳嗽的毛病，但没关系。”

他与她保持着距离，不愿意进一步接近。

早晨或午后，她常到小屋去，但是他从不在那儿。无疑，他故意躲着她。他想保持自己的一份清静。

他把小屋收拾得很整洁，把那张小桌子和那把椅子摆在壁炉旁边，留下了一堆引火柴和木头，并把工具和捕兽夹放到尽可能远的地方，以消除他自己的痕迹。屋外边，他用树枝和稻草在空地上搭了个矮棚子，是给野鸡遮风挡雨的，棚子里有五个笼子。有一天，她到来时，发现两只棕色的母鸡机警而凶悍地卧在笼子里，正在孵着野鸡蛋。它们出于骄傲，出于雌性热血中深藏的本能，抖松着自己的羽毛。康妮看得心差点碎了。她自己是这样的惨淡孤伶，这样的遭遇闲置，根本不是个女性，只是一个可怜虫罢了。

后来,五个笼子都被母鸡占了,三只棕色的,一只灰色的,还有一只黑色的。五只母鸡都紧伏在蛋上,它们趴窝的样子既温存,又有那种雌性的急切,它们出于雌性的本能,抖开自己的羽毛。当康妮在它们面前蹲下时,它们用明亮的眼睛望着她,愤怒而警告性地发出短促的咯咯尖叫,但这主要是出于雌性动物遭遇侵犯时所引发的愤怒。

康妮在小屋的粮箱里找到了谷子。她用手拿着谷粒喂它们。它们不吃。只有一只母鸡在她手上猛啄了一口。康妮害怕了。但是她绞尽脑汁想喂它们些东西,喂这些既不吃也不喝的抱窝母亲。她端来一小罐水,其中一只喝了一口,她高兴极了。

现在她每天都来看母鸡,它们是世界上唯一能温暖她心房的东西。克利福德的话使她从头凉到脚。博尔顿太太的声音使她发冷,那些来家里做客的实业界人士的声音也一样。米凯利斯偶尔写给她的信同样令她透心凉。她觉得,如果再这样持续下去,她肯定会死去。

然而,现在是春天了,风铃草回到了树林,正在发芽的榛树就像是绿色的水,一片片展开。多么可怕啊,春光大好,一切事情却冷酷无情,冷酷无情。只有这些优雅地展开羽毛伏在蛋上的母鸡,只有它们那正在抱窝的雌性身体,才是温暖的!康妮觉得自己随时会晕倒。

后来,有一天,一个阳光明媚的日子,报春花在榛树下大簇大簇地盛开,小径两旁星星点点散布着紫罗兰,她午后来到鸡舍。在一个鸡笼前面,一只机灵的小鸡正迈着小小的步子,神气活现地走来走去,母鸡惊恐地咯咯叫着。这只纤小的小鸡是棕色的,略微发灰,带着些黑斑,此时此刻,它是天底下最为活泼的小生命。康妮蹲下来,出神地望着它,几乎忘乎所以。生命,生命!纯洁、闪光、无畏的新生命!新生命!这样的纤小,这样的无所畏惧!甚至当它在鸡妈妈的惊叫召唤下,再度匆匆钻进笼子,藏在鸡妈妈的羽毛下面时,它也没有真正害怕,它只把这当作一种游戏,一种生活的游戏。因为不一会儿,一个尖尖的小脑袋就从母鸡那金棕色的羽毛里探了出来,看着大千世界。

康妮被迷住了。与此同时,她以从未有过的强烈程度,体验到自己那种女性遭遇孤独的痛苦。这种痛苦正在变得无法忍受。

她现在只有一个欲望,就是到这块林中空地上来。其他一切都是一种苦痛的梦。但是为了尽自己的主妇之责,她有时整天留在拉格比,招待客人。这种时候,她觉得自己仿佛也在变得空虚无聊,空虚无聊,几近疯狂。

一天傍晚,用过下午茶后,她不管家里有客没客,逃了出来。天色已晚,她飞跑着穿过猎园,好像生怕被人叫回去似的。当她走进树林时,玫瑰色的太阳正在向西沉落,但是她还是在花丛中赶紧行走。头顶的光亮还可以持续好长一段时间。

她满面绯红,精神恍惚地来到林中空地。猎场看守人在这儿,只穿着衬衣,正在关闭鸡笼的门,让小鸡安度夜晚。但是还有三只褐色的小鸡,迈着小小的碎步,在草棚下唧唧喳喳跑来跑去,机灵的小东西不听从鸡妈妈的焦急呼唤。

"我忍不住来看看这些鸡!"她气喘吁吁地说,羞怯地看了一眼猎场看守人,几乎不太留意他的存在。"添新的了吗?"

"眼下三十六只";他说。"还不错!"

看着这些小生命的出世,他也有一种奇异的快乐。

康妮蹲在最后一个笼子前。那三只小鸡已经跑进去了,但是它们那莽撞的小脑袋,仍然探出在鸡妈妈黄色的毛羽外面。过了一会脑袋藏了进去,只有一个小头,还从那硕大的母体处向外窥视。

"我想摸摸它们。"她说着，小心地把手指从笼格之间伸进去。但是鸡妈妈凶狠地朝她的手指啄来，康妮吃了一惊，吓得赶紧把手缩回了。

"它啄我！它恨我！"她惊异地说，"可我不会伤害它们呀！"

站在她旁边的男人笑了起来，然后在她身边蹲下，两膝分开着，非常自信地把手慢慢伸进笼里。老母鸡虽然也啄了他一下，但并不狠。他缓缓地，轻轻地，用他那稳当而温和的手指，在老母鸡的羽毛中探摸着，然后将一只唧唧叫的小鸡轻轻抓在手中，拿了出来。

"喏"他说，把小鸡递给她。她把小东西接在手里。它用两条细得像火柴棍似的腿站在她一手上，它那微小的、飘摇不定但却保持着平衡的生命颤抖着，从它那几乎没有分量的两脚传到康妮手上。但是它大胆地抬起漂亮匀称的小脑袋，机灵地左顾右盼，"唧"地叫了一声。"太可爱了！多勇敢啊！"她轻声说。

猎场看守人蹲在她旁边，也在兴致勃勃地看着她手上的这只无所畏惧的小鸡，忽然，他看见一滴眼泪落在她腕上。

他站了起来，站在一边，然后走到另一个笼子前。因为他突然觉得旧日的火焰正在丹田处腾起，这火焰他曾希望永久地沉熄。他奋力将其扑灭，转过身去，背对着她。但是火焰蔓延着，向下蔓延着，把他的双膝包围住。

他回转身看她。她正跪在地上，缓缓地，盲目地伸着双手，这样小鸡就会跑进笼子，回到母鸡那里。她的神情是那样的缄默绝望，怜爱之情不由得在他心中油然升起。

他自己也不知道怎么搞的，迅速走过去，重新在她身边蹲下，从她手里接过小鸡，因为她害怕那只母鸡，他把它放回笼子。他丹田深处的火焰腾地一下炽烈了。

他担心地看了她一眼。她的脸转向一边，她在哭，为自己整整一生的无限苦楚，盲目地哭泣。他的心突然熔化了，像扔进了一团火，他把手放在她膝上。

"你不应该哭，"他温柔地说。

但是此时她双手掩在脸上，觉得自己的心真的碎了，一切都无关紧要了。

他把手放在她肩上，温柔地，轻轻地，他的手沿着她脊背向下游荡，盲目地轻轻抚慰着，直到摸到她弯曲着的腰际。在那儿，他温柔地，非常温柔地，以一种盲目的本能，抚摸着她凹凸有致的腰侧。

她掏出了自己的小手帕，盲目地擦着眼泪。

"到屋里去吧。"他用一种不带感情色彩的平静声音说。

他温柔地抓住她胳膊，拉她站起，领着她慢慢向小屋走去，直至她进了屋，他才松开手。然后他把桌椅挪到一边，从一个工具柜里取出一条褐色军毯，慢慢地铺在地上。她一动不动地站着，朝他脸上望了一眼。

他面孔苍白，没有表情，就像一个听天由命之人。

"躺在这儿。"他一面温柔地说，一面关上房门，这样一来，小屋里黑了，完全黑了。

她以一种奇异的柔顺，在毯子上躺下了。然后她觉得一只温柔的，不定的，无限渴望的手，触摸着她的身体，探索着她的脸。这只手温柔地，非常温柔地，抚摸着她的脸，无限的抚慰，无限的自信，终于，她的面颊受到了温柔的轻吻。

……

她痛苦地走进自己的寝室，仿佛什么都没发生似的重新住下了。一进拉格比，她分分秒秒都心里憎恨。

直至下楼吃晚饭的时候她们才见到克利福德。他身穿晚礼服,打了一条黑领带:有点保守,但却一副高高在上的绅士派头。在席间,他举止彬彬有礼,说话也很客气,但这一切似乎都带有一丝疯狂的味道。

"仆人们知道了多少?"当女仆出去时,康妮问道。

"关于你的打算吗?一点都不知道。"

"博尔顿太太知道。"

他的脸变了颜色。

"确切地说,博尔顿太太不算仆人,"他说。

"啊,这我无所谓。"

紧张的气氛一直持续到喝完咖啡,希尔达说要回房间去。

她走之后,克利福德和康妮默默地坐着。两人都不愿先开口。康妮很高兴他没说感伤的话,她竭力使他尽可能保持着这种高傲的态度。她只是一声不吭地坐着,低头望着自己的双手。

"我想你不介意收回自己的话吧?"他终于说。

"我无法收回,"她喃喃道。

"可如果你无法收回,谁能收回?"

"恐怕没人能。"

他以一种奇怪的冷冷愤怒,望着她。他习惯了她。她可以说是固定在了他的意志里。她现在怎么竟敢对他失信,破坏他日常生存的根基?她怎么竟敢试图毁掉他的人格!

"是什么使你背叛一切?"他坚持要知道。

"爱情!"她说。老一套是最佳策略。

"对邓肯·福布斯的爱情?但是当初你认识我的时候,你并没认为他值得你爱。你是说现在你爱他胜于生活中的其他一切吗?"

"人是会变的,"她说。

"也许!也许你会出尔反尔。但是你总得让我明白这种变化有多重要。我真难相信你会爱邓肯·福布斯。"

"可为什么要你相信呢?你只须和我离婚,不必相信我的感情。"

"为什么我要和你离婚?"

"因为我不想在这儿生活下去了。而你其实也并不需要我。"

"对不起!我可没有变,对于我来说,既然你是我妻子,我就希望你能高贵而安静地住在我家里。把情感问题放在一边,我可以确切地告诉你,我是把情感问题大大地放在了一边的,我觉得仅仅由于你的出尔反尔,便把拉格比的生活秩序全部破坏,便把这高尚的日常生活打碎,这对我来说比死还难受。"

沉默了一会儿,她说:"我没法子。我必须走。我想我有孩子了。"

他也沉默了一会儿。

"是为了孩子的缘故你才必须走吗?"

她点了点头。

"为什么?难道邓肯·福布斯这么看重他的孩子?"

"当然比你看重,"她说。

“真的吗？我要我妻子，我认为没道理放她走。要是她愿意在我家生孩子，她是受欢迎的，孩子也是受欢迎的，只要尊严和生活的秩序能够得到保持。你想告诉我邓肯·福布斯更能左右你吗？我不相信。”

一阵沉默。

“可你不明白，”康妮说，“我必须离开你，必须和我所爱的人一起生活。”

“是的，我不明白！我不在乎你的爱，不在乎你爱的男人。我不相信这种胡言乱语。”

“可是要知道，我相信。”

“是吗？亲爱的夫人，我向你保证，你这么聪明，才不会相信自己对邓肯·福布斯的爱情呢。真的，即使此时此刻，你其实也还是更在意我。所以我何必要相信这种胡言乱语！”

她觉得他的话是对的。她觉得自己不能再瞒下去了。

“因为我爱的人并不是邓肯，”她抬起头来，望着他说。“我们说邓肯，是为了不伤害你的感情。”

“不伤害我的感情？”

“是的！因为我真心所爱的人，说出来你是会恨我的，他是梅勒斯先生，我们过去的猎场看守人。”

假如他做得到的话，他一定会从椅子里跳出来。他的脸变黄了，他凝视着她，两只眼睛大难临头似的突了出来。

然后他倒在椅子里，喘着气，仰望着天花板。

他终于坐了起来。

“你说的是真的吗？”他问道，样子极为可怕。

“是的，你知道我说的是真的。”

“什么时候开始的？”

“春天。”

他一声不吭，就像是陷阱里的一头野兽。

“那么，在农舍卧室里的人，就是你了？”

这么说他内心深处始终是知晓的。

“是的！”

他依旧在椅子里向前倾着身子，困兽般地凝视着她。

“天哪，真该从地球上把你们灭了！”

“为什么？”她轻声惊呼。

但他似乎没有听见。

“渣滓！自以为是的乡巴佬！卑鄙无耻的野男人！你在这儿的时候，竟一直和他发生着关系，和我的一名仆人发生着关系！天哪，天哪，女人的下贱究竟有没有止境！”

他愤怒极了，这是她所料到的。

“你是说你想要这么一个野男人的孩子吗？”

“是的！我想要。”

“你想要！你是说你决心已定！你下这决心多久了？”

“从六月份起。”

他无言了，他的脸上又呈现出那种孩子般的奇异的茫然表情：

“真怪了,”他终于说,“这样的野种竟也允许生出来。”

“什么野种?”她问道。

他古怪地望着她,没有回答。显然他甚至无法接受这一事实:梅勒斯是存在的,并与他自己的生活有联系。这是一种无法说出口的无能为力的纯粹仇恨。

“你是说你想嫁给他?——使用他的肮脏姓氏?”他终于问道。

“是的,这正是我想要的。”

他又目瞪口呆了。

“是的!”他最后终于说,“这证明我对你的一贯看法是正确的:你不正常,神志不清醒。你是那种半疯的堕落女人,必须追求下贱,不犯骚心里痒痒。”

突然之间,他变得满身正气,把自己看作善的化身,而梅勒斯、康妮之流则成了下贱与邪恶的化身。他似乎笼罩上了一圈圣光,变得模糊了。

“那么,你不认为自己最好还是和我离婚,做个了结吗?”她说。

“不!你可以爱去哪儿去哪儿,但我却不和你离婚。”他白痴般地说。

“为什么不?”

他默不作声,愚蠢而固执地默不作声。

“你甚至想让这孩子成为你的合法子嗣,你的合法继承人吗?”她说。

“我才不关心什么孩子呢。”

“但如果是个男孩,他将成为你的合法儿子,他将继承你的爵位,拥有拉格比。”

“我根本不在乎这个,”他说。

“但是你必须在乎!我将竭力阻止这孩子成为你的合法子嗣。我宁愿他是个私生儿,属于我自己,假如不能属于梅勒斯的话。”

“你随便怎样。”

他毫不动摇。

“你不和我离婚吗?”她说。“你可以拿邓肯做幌子!真正的名字不必提起。邓肯也同意了。”

“我绝不和你离婚。”他说,口气斩钉截铁,没有商量。

“可为什么?因为我想让你离?”

“因为我遵循自己的意愿,我不愿意离婚。”

再谈也没用了。她回到楼上,把结果告诉了希尔达。

“咱们最好明天就走”,希尔达说,“让他自己慢慢恢复理智。”

于是,康妮花了半宿时间收拾自己的私人物品。早上,她让人把箱子送到车站去,没有告诉克利福德。她决定只在午饭前见他一面,和他道个别。

但是她却告诉了博尔顿太太。

“我得和你说再见了,博尔顿太太,你知道为什么。但我相信你不会对旁人说。”

“啊,尽管放心好了,男爵夫人,不过我们大家确实很难过。可我希望您和那位先生幸福美满。”

“那位先生!他就是梅勒斯先生,我爱他。克利福德男爵知道这事。但是别对其他人讲。假如哪天你认为克利福德男爵想通了,告诉我,好吗?我想堂堂正正地嫁给我所爱的人。”

“我相信您会这样，男爵夫人！啊，您就放心好了。我会忠于克利福德男爵，我也忠于您，因为我明白你们双方各有各的道理，都是对的。”

“谢谢你！瞧！我想给你这个，略表谢意——可以吗？”于是康妮再次离开了拉格比，和希尔达前往苏格兰。梅勒斯去了乡下，在一个农场里找了份工作。他们的计划是，无论康妮能否离婚，他都要尽可能地把自己的婚离掉。他先干六个月农活，最终他和康妮会有一个他们自己的小农场，这样他就可以全力以赴地干事了。因为他必须得工作，哪怕是辛苦的体力工作，他得自食其力，即使她出资帮他开个头。

所以他们得等到春天来临，等到孩子出世，等到初夏的再度来到。

……

（《查特莱夫人的情人》第一、五、十、十九章，赵苏苏译，人民文学出版社 2004 年版）

【提示】

生命意识：性的压抑和觉醒

“两情相悦”是美好的爱情和幸福的婚姻的基础。但并非所有的婚姻都是幸福的，当婚姻只是受制于某种外在因素，成为抽象、冷漠的戒律之附庸时，它就违背了人性、人对生命意义的追求，成了一种异化的婚姻，它只会给人们带来痛苦，而对女性来说往往是摧残。张爱玲在《金锁记》中就给我们描述了这样一个在过去岁月中不难看到的不幸女人——七巧。她由长兄包办，攀高枝嫁给了一个大家庭的姜二少爷，当她稀里糊涂生下了一双儿女后，丈夫却患了不治的骨痨，“整天躺着”，“坐起来，脊梁骨直溜下去”，看上去还不及三岁孩子高，用七巧的话说：别的女人“只怕你一晚上也过不惯”。从守活寡到真的成寡妇，七巧的变化，是从过去“戴着黄金的枷锁，可是连黄金的边也啃不到”，到如今总算掌握了吃了亏的分家分得的那份家产。但就是因为对这“卖掉她的一生换来的几个钱”的戒备，断送了她本来以为是“命中注定”要与她的小叔子季泽的爱情，那因“给了她无穷痛苦”而“值得留恋”的爱，那为了“要按捺她自己，迸得她全身的筋骨与牙齿都酸楚”的爱。从此，七巧失去了爱情，却再也摆脱不了“黄金的枷锁”。她的情感因扭曲而发生畸变，她敌视所有人包括她最亲近的儿女的幸福，她扼杀儿女的爱情和婚姻，她用枷锁的“沉重的枷角劈杀了几个人，没死也送了半条命”。《金锁记》形象地告诉人们：当一个人的正常情感由于压抑而走向歧路的时候是多么可怕！即使是女性，也可能泯灭人性而变得凶残！

同样的不幸，在劳伦斯笔下的康妮身上却产生了不同的结果。本来康妮也许比七巧更惨，她新婚以后还来不及有自己的孩子，大战给她送回一个破碎的丈夫，腰部以下永久地瘫痪了。更可悲的是，她那废人丈夫克利福德有着英国贵族特有的自私自利、既傲慢又虚伪，为了使他的产业后继有人，他居然毫无廉耻地要求康妮和别的随便什么男人去为他生个儿子，条件是只要维持他们之间那种所谓的“习惯”的夫妻关系，那种所谓的“长久而和谐的完备生活”。他试图以这种虚伪的语言交往取代情感交往。康妮曾经尝试接受这命定的事实，但丈夫的毫无人性和性无能使她惊恐地意识到“她已与实质的、有生命的世界脱离了关系”，女性的存在意识和反叛意识在康妮身上逐渐萌发。意外地看到丈夫的守猎人梅勒斯在林中沐浴时的裸体，唤醒了她对自身肉体的认同，从此她不可遏止地爱上了这个矿工出身、身心健康、思维活跃、与她丈夫截然不同的“自然人”，并且最终她在伪善的克利福德拒绝离婚、失去曾经有过的地位和金钱的情况下，义无反顾地追随梅勒斯而去。工业文明造成的人类的机体的僵化和无能是违背自然的、暂时的，它终究无法抗衡人类与生俱来的勃勃生机——《查特莱夫人的情人》蕴意是严肃而又深刻的。

两部作品中的两个女主人公不幸婚姻的遭遇惊人地相似，而七巧在痛苦中迷失了自我和人性，康妮于不幸中激发了自己的女性意识，走上追求幸福的康庄大道，这不同文化背景中的女性命运有血有肉地昭示了人类对生命意义的共同追求。在张爱玲细腻的笔触下，我们看到了貌似粗鲁的七巧的内心的细微变化，刻骨铭心的痛苦感受。在劳伦斯举重若轻的叙述中，克利福德与妻子说话的前后不一、出尔反尔的卑鄙龌龊，林中雏鸡触动了内心深处最敏感的隐痛时康妮情不自禁的泪滴和她承认爱梅勒斯时的坦诚都活脱脱地跃然纸上,形成鲜明的对比。

（张介明）

思考题

1. 即便自己并不幸福,做母亲的总希望自己的子女幸福,但七巧为什么与众不同呢?

2. 克利福德对康妮说的那些话是否有道理?康妮有时也似乎已经被他说服,但为什么最终又背叛了他呢?

3. 在男女情感和婚姻中,性爱的作用和地位究竟应该如何理解?

4. 无论是难免令人厌恶的七巧,还是更被人同情的康妮,在作者的笔下都活龙活现,这其中关键的因素是什么?

5. 请你也用一段文字来表现人物“心口不一”的微妙心理。

六、木　兰　诗

北朝民歌

《木兰诗》选自宋朝郭茂倩编的《乐府诗集》。对它产生的时代，众说纷纭。多数研究者认为它是北朝民歌，可能经过唐代文人的修改润饰，但仍保留着特有的民歌风味。

唧唧复唧唧，木兰当户织[①]。不闻机杼声[②]，唯闻女叹息。问女何所思，问女何所忆？女亦无所思，女亦无所忆。昨夜见军帖[③]，可汗大点兵[④]，军书十二卷，卷卷有爷名。阿爷无大儿，木兰无长兄，愿为市鞍马[⑤]，从此替爷征[⑥]。

东市买骏马，西市买鞍鞯[⑦]，南市买辔头[⑧]，北市买长鞭。旦辞爷娘去，暮宿黄河边，不闻爷娘唤女声，但闻黄河流水鸣溅溅[⑨]。旦辞黄河去，暮至黑山头[⑩]，不闻爷娘唤女声，但闻燕山胡骑鸣啾啾[⑪]。

万里赴戎机，关山度若飞[⑫]。朔气传金柝，寒光照铁衣[⑬]。将军百战死，壮士十年归。

归来见天子，天子坐明堂[⑭]。策勋十二转，赏赐百千强[⑮]。可汗问所欲，"木兰不用尚书郎，愿驰千里足，送儿还故乡[⑯]"。

爷娘闻女来，出郭相扶将[⑰]；阿姊闻妹来，当户理红妆；小弟闻姊来，磨刀霍霍向猪羊[⑱]。开我东阁门，坐我西阁床，脱我战时袍，著我旧时裳[⑲]，当窗理云鬓，对镜贴花黄[⑳]。出门看火伴，火伴皆惊忙。"同行十二年，不知木兰是女郎"。

雄兔脚扑朔，雌兔眼迷离[㉑]，双兔傍地走[㉒]，安能辨我是雄雌？

（《乐府诗集》，中华书局 1979 年版）

【注释】

① 唧唧：叹息声。当：对着。

② 机杼：织布机上的梭子。

③ 军帖：征兵的文书、名册。

④ 可汗(kè hán)：古代西北地区少数民族对君主的称呼。大点兵：大规模征兵。

⑤ 市：买。

⑥ 征：出征。

⑦ 鞯(jiān)：马鞍下的垫子。

⑧ 辔子：马笼头。

⑨ 溅溅：急水流动声。

⑩ 黑山：杀虎山，在今内蒙古呼和浩特市东南。

⑪ 燕山：燕然山，即今蒙古人民共和国境内的杭爱山。啾啾：马鸣声。

⑫ 戎机：军机，指战争。关山：行军走过的关塞山岭。度：越过。

⑬ 朔气句:寒风中传来刁斗声。朔气:北方的寒气。金柝:即刁斗,一种铜制的器皿,样子像锅,白天用来做饭,晚间用来报更。寒光:寒冷的月光。铁衣:铁甲战袍。

⑭ 明堂:古代皇帝祭祀、听政、选士的地方。

⑮ 策勋:记功劳。转:将勋位分作若干等级,每升一等叫一转。十二转:形容因功勋卓著,屡次升迁。强:多;余。

⑯ 千里足:指千里马。

⑰ 郭:外城。

⑱ 霍霍:磨刀的声音。

⑲ 著:穿。

⑳ 云鬓:指女子头发乌黑柔美如云。贴花黄:在额间点以黄色,是当时流行的一种妇女装饰。

㉑ 扑朔:跳跃的样子。迷离:眼睛眯缝着,半开半闭的样子。

㉒ 傍:临近。走:跑。

熙　　德(节选)

高乃依

高乃依(Pierre Corneille,1606—1684),出生于法国鲁昂一个司法官的家庭,曾做过律师。当时鲁昂是法国戏剧出版和上演的中心,受环境影响,高乃依开始戏剧创作。后成为法国17世纪古典主义奠基人,并被选入法兰西学院。一生创作了三十多部剧本,大部分是悲剧,其中《熙德》《贺拉斯》《西拿》和《波利厄克特》被称为是高乃依的“四大悲剧”。《熙德》是法国第一部古典主义悲剧,也是高乃依最优秀的作品。

剧中人物

唐菲南——卡斯第开国的国王
唐杰葛——唐罗狄克的父亲
唐高迈斯——高尔玛伯爵,施曼娜的父亲
唐罗狄克——施曼娜的情人
唐桑士——施曼娜的追求者
施曼娜——唐高迈斯的女儿
爱乐维——施曼娜的保姆

第三幕

第一场[在伯爵家里]

[出场人:唐罗狄克、爱乐维。]

爱 乐 维　罗狄克,你干的好事!这儿你还能来吗?可恨的东西!

唐罗狄克　我也无非是顺从我的悲剧命运的支配罢了。

爱 乐 维　你的胆子可真不小，你还这样狂傲自大，竟敢在被你害得凄凉满目的地方出现？怎么？你竟跑到这里来同伯爵的灵魂挑战？不是你把他杀死的吗？

唐罗狄克　他活着我就得蒙羞，我的荣誉要求我的手那样做。

爱 乐 维　但是你怎么到死者家里来躲难呢！谁看见过凶手会到死者家里来隐藏？

唐罗狄克　我到此只是来向我的裁判人自首。你不要用惊疑的态度看我，在杀人之后我是自己求死来了。我的裁判人是我的爱情，我的裁判人是施曼娜。我既然惹得她恨我，我就当死亡，我当做一种无上的幸福到这里来受死，我是来领受她的亲口判决和她亲手施刑。

爱 乐 维　你还是不要让她看见，不要刺激她的怒火吧，她正十分哀痛，你还是躲开吧；你去吧，绝对不可冒犯她的狂怒，她怨恨已极，怒火是不可遏止的。

唐罗狄克　不，不，这可爱的人儿，我已经得罪了她，无论她的愤怒怎样大，我也是咎有应得。我现在只有刺激她的忿怒，使我早一点死，免得受那比死一百回还难过的痛苦。

爱 乐 维　施曼娜哭得泪人儿似的到宫里去了，她回来时，必有许多人陪伴。罗狄克，你快走吧，我求求你：别让我担心。假如有人看见你在这里，什么怪话说不出来？不要再增加她的不幸，不要又叫那些口头刻薄的人说她在家里容留杀父的仇人，她快要回来啦，她回来啦，我看见她了。至少为着她的荣誉，罗狄克，你藏起来吧。

第二场

［出场人：唐桑士、施曼娜、爱乐维。］

唐 桑 士　是的，小姐，必须要流血才能报你的仇。你的愤怒是合理的，你的眼泪是正当的，我并不打算多说空话，来使你息怒，来给你安慰，但是，假如准我替你效劳，那么，请你利用我的宝剑来惩罚那个罪人，利用我的爱情来替死者复仇：有了你的命令，我手臂的力气将不可限量。

施 曼 娜　我太不幸了！

唐 桑 士　请允许我替你效力。

施 曼 娜　这样做我会得罪国王，因为他已经允许依法惩治。

唐 桑 士　你知道法律手续进行是那么缓慢！拖延得日子一久，罪人就逍遥法外了，法律是那样缓慢而又不可靠，不知要使人空流多少眼泪。请你允许一个武士，用武器来替你复仇：用这个方法来惩罚，是又准又迅速！

施 曼 娜　这是最后的办法，假使到了必须这样做的时候，而你对我这不幸遭遇的怜悯心依然存在的话，那就随你的意，来替我报仇雪恨。

唐 桑 士　这是我的满心所指望的唯一幸福：有了这个希望，我就快活地回去了。

第三场

［出场人：施曼娜、爱乐维。］

施 曼 娜　我现在可自由了，可以无拘束地让你看看我剧烈的苦痛的伤痕；我可以使我的叹息出声了；我可以把我的心情，我的悲哀向你倾吐。我的父亲是死了，爱乐维，第一次拿起宝剑，罗狄克就斩断了我父亲的生命。我的眼睛啊，哭吧，哭吧，像流水似的流泪吧！我生命的这一半把那一半埋葬在坟墓里了，在这场大祸之后，它强迫着我报仇，要我牺牲这剩下的一半，给我失去的一半报仇。

爱 乐 维　请你休息休息吧！小姐。

施 曼 娜　这话说得多么不当！出了这么大的祸事，你还向我这苦命的人，提什么休息！我到如今还没法恨他，我的苦痛又焉能平息？我控诉一个罪行，我却爱着犯罪的人！我除了长此苦痛下去之外还能有什么别的希望？

爱 乐 维　他害得你丧失了父亲，你还爱他吗？

施 曼 娜　爱字说得太轻了，爱乐维，我是崇拜上帝似的崇拜他，我的爱情同我的愤恨对立；我仇人的骨子里藏着我的情人，尽管我的愤恨很大，我觉得，在我的心里，罗狄克还在同我父亲搏斗：他攻击他，他追逐他，他让步，他抵抗，时而强，时而弱，时而战胜：但是，在这场愤恨和爱情的严酷斗争里，他撕碎了我的心，但并没有动摇我的意志：尽管爱情对我有很大的威力，但我绝不迟疑，依然按照我的义务行事，在荣誉替我指出的道路上，我是不徘徊的。罗狄克是我所亲爱的，我关心他的吉凶，我的心向着他；但是，不管心里怎么想，我却知道我是什么人，我知道我的父亲已经被杀。

爱 乐 维　你还想继续控诉他吗？

施 曼 娜　啊，这个念头多么残酷！我竟不得不继续控诉，这是多么残酷呀！我要他的头，我又怕得到手；他死我也活不了，而我又要惩罚他！

爱 乐 维　小姐，这样悲惨的计划，赶快放弃了吧！不要用这样严酷的法律来束缚自己吧。

施 曼 娜　什么，我父亲已死，而且差不多死在我的怀里，他的血喊着复仇，我竟装作听不见吗！我的心，受了别种情感的可羞的诱惑，真就以为欠我父亲的只是些无用的眼泪吗？难道我竟能容忍一个迷人的爱情，把我的荣誉毁灭在无耻的沉默中吗！

爱 乐 维　小姐，请你相信我，你对一个可爱的人，对一个这么亲爱的情人的怨恨，即使轻一点，也是可以原谅的；你已经做得够了，你已经见过国王。你不要催促这件事的结果，你不要固执地闹这奇怪的脾气了。

施 曼 娜　这事有关我的荣誉，我必须复仇。不管爱情的希望怎样引诱我们，对于高尚的品质，任何借口全属可耻。

爱 乐 维　不过你爱罗狄克，他也讨你喜欢。

施 曼 娜　这个，我承认。

爱 乐 维　归根结底，你究竟打算怎么办？

施 曼 娜　我要保全我的荣誉，也要解除我的苦恼，控诉他，致他于死地，然后，我也随他同归于尽。

第四场

[出场人：唐罗狄克、施曼娜、爱乐维。]

唐罗狄克　喂，你不用费力再去控诉，你现在就可以把我的性命拿去！

施 曼 娜　爱乐维，我们这是在哪儿呀？我看见的是什么呀？罗狄克竟在我家里，罗狄克竟在我面前！

唐罗狄克　请你一点不要爱惜我的血，请你尽量享受这弄死我以报父仇的快乐。

施 曼 娜　咳！

唐罗狄克　你听我说。

施 曼 娜　我要死了。

唐罗狄克　等一会儿。

施曼娜　你去吧！让我死吧！

唐罗狄克　我只讲几句话：然后，你只需用这把宝剑回答我。

施曼娜　什么？这不是还染着我父亲鲜血的剑吗？

唐罗狄克　我的施曼娜……

施曼娜　快把这可恨的东西拿开，一看见它，我就想起你的罪行，自恨为什么还让你活着。

唐罗狄克　这样，你就更应当注视它，好激起你的愤怒，好加重你的怨恨，好让我早早受惩。

施曼娜　这剑已染了我的血。

唐罗狄克　把它插到我的血里吧，这样就冲洗掉你的血所染上的颜色。

施曼娜　呀，多么残酷啊！就在一天之内，用剑杀了父亲，还想杀女儿，逼着她看宝剑，给我拿开这个东西，我实在受不住了。你要我听你说话，可是又逼得我要死！

唐罗狄克　我就依你，可是我不能丢开这个希望，我还是要你亲手结果我这条悲惨的生命；你不要因为我对你有情，就相信我会卑鄙地对一个正当举动表示后悔，由骤然的狂怒发生的不可补救的结果，使我父亲失掉了荣誉，使我饱受了耻辱。你知道一个嘴巴对一位胸襟高尚的人是多大的打击，这侮辱，我也有份，我找了侮辱我们的人：我见到他，我替我的荣誉和我的父亲报了仇；这件事，如果要我再做一次，我一定还会去做。但是说实话，我对你的爱情并非毫无作用，它和我以及我的父亲斗争了很久；请你判断一下爱情的力量有多大！受了这样的侮辱，我竟还要反复思量是否应该报复。我当时只有一条路可走：不使你痛苦便须忍受侮辱，可是我竟以为我的手臂未免太莽撞，我竟还责备自己过于激烈；如果只想到你的丰姿，而忘记了一个丧失荣誉的人不堪与你匹配，你的美貌无疑地会占上风；我虽然知道你对我的情分，但我也知道，你是爱我正直勇敢，我若卑鄙无耻，你便要憎恶我了。所以要是听从你的爱情，随顺它的命令，那就要使我不配为你所爱，使我辱没了你的选择。我现在要对你明说，虽然我痛苦万状，但是一直到死我也是要说：我的确冒犯了你，但我不能不那样做，因为我必须洗刷我的羞耻，才对得起你的爱情；对名誉对父亲我都已尽了责任，现在该想法叫你满意了。我到这儿来是要把我的血献给你。以前该做的事都已做完，现在该做目前应做的事了。我知道你去世的父亲会让你有勇气惩罚我的罪行；所以我现在把你的罪人送来：这个人以曾经洒了你父亲的血为荣，为了你父亲洒出的血你把他杀了吧！

施曼娜　是的，罗狄克，尽管我是你的仇人，但你这样避开耻辱，我是不能责备你的；并且，无论我的痛苦剧烈到了什么地步，我一点也不埋怨你，我只自己痛哭我的不幸。我知道名誉受了这种侮辱之后，向一个高贵的勇士所要求的是什么。你无非是尽了一个正直的人应尽的义务；可是在你尽义务的时候，我也学会了如何尽我的义务。从你得到的胜利中我学会了本领。你报了你父亲的仇，维护了你的荣誉；我也有同样的义务，叫我伤心的是：我也有光荣要维持，我也有父仇要报复。但是可叹啊！其中又夹着你，这真叫我走投无路。如果是别的灾祸夺去了我的父亲，我的心必能在同你见面的幸福里，找到一个唯一的安慰；当一个这么亲爱的手来擦我眼泪的时候，虽然痛苦我也要感到许多快乐；但是在我失掉父亲之后，还要失掉你；为了我的荣誉，我必须竭力抑制爱情；但这可怕的义务，它的命令就是我的催命符，这义务要我亲手引你到死亡。总之，对我的爱情，你不必有什么幻想,我决不会卑鄙龌龊地放弃对你的惩罚。不管我们的爱情怎样替你打算,我的英勇总得抵得住你的英勇,你杀了我的父亲,显出你配得上我;我也要杀你,好显出我也配得上你。

唐罗狄克　那你就不要再延迟荣誉命令你做的事了;荣誉要我的头,我就把这头送给你;请你把它当做牺牲献给这个伟大的目的吧;这样受死同刚才听你对我的判决是一样的甜蜜。等待法律慢慢地处理,那就会延迟了我的死期和你的光荣。我能死在这样的壮举之下,死也幸福。

施 曼 娜　算了吧!我是你的控诉人,但并不是你的刽子手。你把你的头供献给我,我怎能接受?我应该攻击这颗头,但你应该保护这颗头,我应当从别人手里,绝不是从你手里得到这颗头。我的义务是控诉你,而不是执行惩罚。

唐罗狄克　不管我们的爱情怎样替你打算,你的英勇应该比得上我的英勇;借人家的手臂来替父亲报仇,我的施曼娜,请你相信我,那便是没有我英勇,我的手独自报了这受辱的仇恨,你也要用你的手,独自替你父亲报仇。

施 曼 娜　狠心的人呀!你为什么坚持这一点?你并没有帮手,自己报了仇,你却偏要做我的帮手!我要效仿你的榜样,我还有足够的勇气,绝不能忍受同你均分我复仇的光荣。不管你是出于爱情,或出于绝望,在复仇的事里我的父亲同我的光荣都不允许你插手帮忙。

唐罗狄克　你的荣誉心真严酷呀!不管我怎么做,总也不能得到这个恩惠么?你看在杀父的仇恨上,或者看在我们的友谊上,赶快惩罚我来复仇吧,至少为了怜悯我也赶快惩罚我吧。你的不幸的情人,死在你的手里,比戴着你的怨恨而活着的苦痛要少得多呢。

施 曼 娜　你去吧,我并不恨你。

唐罗狄克　你应该恨我。

施 曼 娜　我办不到。

唐罗狄克　你就这么不怕旁人的责备和造谣吗?如果有人知道我犯了这样的罪,你对我的爱情依然存在,那时侯嫉妒和谗害你的人们,什么话说不出来!你必须使他们无话可说!如今不要再多说多道,杀死我,来保全你的名誉吧。

施 曼 娜　让你活着,我的名誉更显光辉;我要使嫉恨我最深的人们,在他们知道了我虽然崇拜你,而还控诉你的时候,也会把我的荣耀抬得天高而怜悯我的痛苦。走吧,我已痛苦到极点,不要让我再看见你,尽管你不能再为我所有,但我依然爱你。趁着黑夜的阴影,你偷偷地离开这里吧!假如被人看见你从这儿出去,我的名誉就会遭殃。别人唯一可以诽谤我的机会,就是知道我能容忍你在这里见我;不要授人把柄,使他们能攻击我的道德。

唐罗狄克　我还是死吧!

施 曼 娜　你走吧。

唐罗狄克　你究竟决定怎么办?

施 曼 娜　虽然这美好的爱情搅乱了我的愤恨,我还是要尽我的最大力量为父复仇;但是,尽管这桩残酷的义务要求很严,我唯一的希望,却是希望任何事也办不成。

唐罗狄克　爱情真神妙!

施　曼　娜　苦痛也到了极点！
唐罗狄克　我们的父亲，使我们受多少苦，流多少泪！
施　曼　娜　唐罗狄克，谁想得到？
唐罗狄克　施曼娜，谁能知道？
施　曼　娜　谁想得到我们的幸福，眼看着成功了，却那么快消灭了？
唐罗狄克　谁想得到离岸口那么近了，却绝对意外地，突然起了风暴，摧毁了我们的希望？
施　曼　娜　嗐！这痛苦真厉害！
唐罗狄克　懊悔也没有用处！
施　曼　娜　我再说一遍：你走吧！你再说，我也不听了。
唐罗狄克　永别了，我今后也无非是奄奄待毙，专等你控诉胜利，将我置诸死地。
施　曼　娜　我对你起誓，如果我得到结果，你一死，我绝不多活一刻。永别了，出去的时候千万留神别让人看见。
爱　乐　维　小姐，无论上天给我们多少苦痛……
施　曼　娜　别搅我了，让我悲伤吧：我需要深夜和沉静，好痛快哭一场。

（《熙德》五幕剧，齐放译，作家出版社 1956 年版）

【提示】

家国情怀：谁说女子不如男

恩格斯在《家庭，私有制和国家的起源》中说：“母权制被推翻，乃是女性的具有世界历史意义的失败”。尽管如此，古今中外，总有一些优秀的女性，在男权社会的舞台上，以自己的智勇才情或以自己高尚的德性，奏出了“帼国不让须眉”的华采乐章。

《木兰诗》（又称《木兰辞》）与《孔雀东南飞》被誉为“乐府双璧”。因为《木兰诗》，木兰成为中国家喻户晓的人物；《木兰诗》因其琅琅上口，也被选作蒙童诵读的传统篇章。作为一首长篇叙事诗，《木兰诗》的亮点有三，一是替父从军，二是女扮男妆，三是辞官回乡。沈德潜《古诗源》曾用“事奇诗奇”评价《木兰诗》，概括出了其在思想内容与艺术特色两个方面的高度成就。《木兰诗》高超的叙事技巧为我们塑造了一个女英雄形象，同时也为我们留下了无限的想象空间，对后世产生了深远的影响，显示出恒久的艺术魅力。

《木兰诗》自其产生之初，便有点赞。历代诗人与诗篇，或借用其艺术技巧成诗，如杜甫之杜甫《草堂》；或点染木兰事之一二入诗，如白居易《戏题木兰花》；更有借景生情直接题咏，如唐杜牧的《题木兰庙》。宋代乐史《太平寰宇记》载，黄州黄冈县（今湖北黄陂）有木兰山、木兰湖、木兰草原、木兰天池等木兰八景。另据地方志载，在今河南商丘、安徽亳州等地，都曾有奉祀木兰之庙。时至今日，《木兰诗》中的三大亮点，已成为中华文化元素的生长点，获得了更为多样的表现形式，木兰形象也因之而生生不息，活跃在艺术舞台上。如 1956 年的豫剧电影《花木兰》，1998 年台湾赖水清 / 李惠民导演的 48 集电视连续剧《花木兰》，1998 年美国迪斯尼动画片《花木兰》，2009 年赵薇主演的电影《花木兰》，2013 年魏涛导演的 48 集电视连续剧《花木兰传奇》。而 2015 年 3 月 5 日，中国对外文化集团公司出品、香港舞蹈团表演的大型舞剧《花木兰》在纽约林肯中心大卫·寇克剧院上演更是成为当代文化交流一大盛事。该剧是中国对外文化公司的高端文化交流品牌“中华风韵”推出的最新剧目。

《熙德》是高乃依最著名的剧作之一，被认为是法国第一部古典主义戏剧，当时却因为违反“三一律”受到古典主义奉行者的猛烈攻击。《熙德》的亮点亦有三：一、取材于西班牙历史，不再囿于古代希腊题材范围；二、不刻板地套用当时古典主义所主张的“三一律”；三、有情人终成眷属的大团圆结局。

《熙德》最精采的地方，是其所架构的戏剧冲突：男女主人在复仇的荣誉/责任与爱情的剧烈冲突中挣扎。在这一冲突中，男女主人公都表现出为了完成各自的复仇的义务，赢得荣誉而不惜牺牲一切的刚毅；同时也遭受为此而必须杀死所爱之人,牺牲爱情的痛苦折磨。试看本书未节选部分中与男主人公唐罗狄克的在面临荣誉/责任与爱情时激烈的内心冲突相似的施曼娜的内心的激烈斗争:

我是崇拜上帝似的崇拜他,
我的爱情同我的愤恨对立
我仇人的骨子里藏着我的情。
……
可诅咒的虚荣心也厌恶的疯狂,
最明达的人也难免受你们的残酷折磨,
荣誉呀,你一点都不顾我那最亲切的愿望。

男女主人公双方都是对方的爱人与仇人,爱的两相斯守,天长地久,与杀父之仇的有我无你,不共戴天在情感上如此对立,但在剧情发展的需要与指向上却又如此同一,戏剧的张力在这里被发挥到极致!

两部作品中的女性,都是男权社会时期的女性,不同于神话体系中所反映出来的母系社会——女性的黄金时代——中的女性形象所带有的神性的光辉和神秘的色彩,木兰与施曼娜不再被圣化,然而她们身上,却既有女性的风采,亦不失人性的光辉。不同于与她们所处时代的大多数女性——被排除在公众领域,局限在私密的家庭中,木兰与施曼娜都获得了从私人空间走向公众领域的机会。这种机会,不是像现代社会女权主义者通过抗争、诉诸法律等手段获取的。而是缘于一种机缘,也许是一种巧合——因为这毕竟不是大概率的事情。正因如此,她们的性别没有被抹杀,并与此同时获得了包括异性与同性在内的更为广泛群体的接受与认可。或许,豫剧《花木兰》中的那句广为流传的经典唱词,更能表现大家的心声吧:谁说女子不如男!

(梁苑)

思考题

1. 谈谈“木兰从军”故事的影响及意义。
2. 你认为现代社会中女性的责任应该是什么?
3. 什么是古典主义?什么是女权主义?

七、乡　　愁

余光中

余光中(1928—　),祖籍福建永春。母亲原籍江苏武进,故也自称“江南人”。1952年毕业于台湾大学外文系。1959年获美国爱荷华大学艺术硕士学位。1974年至1985年任香港中文大学中文系主任。1985年迄今,在高雄市中山大学外文系任教,并担任文学院长6年。从事诗歌、散文、评论、翻译,自称为自己写作的“四度空间”,涉猎广泛,被誉为“艺术上的多妻主义者”。曾获得南方都市报与新京报联合主办的“华语文学传媒大奖·2003年度散文家”奖。

小时候
乡愁是一枚小小的邮票
我在这头
母亲在那头

长大后
乡愁是一张窄窄的船票
我在这头
新娘在那头

后来啊
乡愁是一方矮矮的坟墓
我在外头
母亲在里头

而现在
乡愁是一湾浅浅的海峡
我在这头
大陆在那头

(《余光中集》,百花文艺出版社2004年版)

无　　题

蒲　宁

蒲宁(Ivan Bunin,1870—1953),出生于俄国沃罗涅什市一个破落的贵族家庭。因家境窘迫,中学期间辍学,后在哥哥的帮助下自学。1901 年,其成名诗集《落叶》出版,并获得俄国科学院普希金文学奖。高尔基多次称他为"伟大的诗人""当代首屈一指的诗人"。其创作成就主要是中短篇小说,以描写农村生活见长。"在蒲宁之前,还没有一个人这样历史地描绘过(俄国的)农村。"(高尔基)1920 年,因敌视红色政权,蒲宁流亡国外。1933 年,以自传体长篇小说《阿尔谢尼耶夫的一生·青春》获得诺贝尔文学奖。

鸟有巢,兽有穴。
年轻的心多么痛苦,
在我向父亲的庭院告别,
离开祖居的时候!

兽有穴,鸟有巢。
心在多么悲伤而激越地跳,
在我背着破旧的背囊,划着十字,
走进租来的别人的屋子时!

(《蒲宁文集》诗歌散文卷,安徽文艺出版社 1998 年版)

【提示】

家国情怀:难遣的乡愁

古往今来,由于战争或其他原因,背井离乡的人比比皆是。于是,乡愁成为文学写作的常见主题。崔灏《黄鹤楼》中"日暮乡关何处是,烟波江上使人愁"的询问;李白《静夜思》里"举头望明月,低头思故乡"的沉思;宋之问《渡汉江》"近乡情更怯,不敢问来人"的胆怯以及《天净沙·秋思》"古道西风瘦马,断肠人在天涯"的悲凉都成了描写乡愁的经典。但中国文学史上,只有一位作家被称为"乡愁诗人",他,就是余光中。诗人享誉最盛、传唱最广的作品就是《乡愁》。这首诗,作者仅用了 20 分钟便写了出来。作者自叙这首诗是"蛮写实的":小时候上寄宿学校,要与妈妈通信;婚后赴美读书,坐轮船返台;后来母亲去世,永失母爱。诗的前三句思念的都是女性,到最后一句"我"想到了大陆这个"大母亲",于是意境和思路便豁然开朗,就有了"乡愁是一湾浅浅的海峡"一句。这首作品不仅出现在 1992 年中央电视台的春节晚会上,而且被许多作曲家谱写成歌曲。对于作品产生的巨大影响,作者也始料未及。其魅力缘何巨大?正如作者所言,他的乡愁是对包括地理、历史和文化在内的整个中国的眷恋。而"如果乡愁只有纯粹的距离而没有沧桑,这种乡愁是单薄的"(余光中)。正如钱钟书所说,东海西海,心理攸同。无独有偶,俄国也有一位善于描写乡愁的作家——蒲宁。其《无题》诗写离别祖国之痛苦以及初到异乡的彷徨。这首作品写于 1922 年,作者流亡到国外后的第三年,是这个"完全脱离自己人民和俄国的不幸的家伙"(高尔基)心情的真实写照。

余光中浸染古代文学甚深,《乡愁》的结构也跟许多古代诗词很相似。如蒋捷的《虞美人·听雨》:“少年听雨歌楼上,红烛昏罗帐。壮年听雨客舟中,江阔云低断雁叫西风。而今听雨僧庐下,鬓已星星也。悲欢离合总无情,一任阶前点滴到天明”,也是采用不同时空的对照手法,来表现人物处境、思想感情的变化。值得称道的是,诗人一挥而就的《乡愁》巧妙地运用了暗喻式的转喻。作者将乡愁喻为“邮票”“船票”“坟墓”“海峡”,是靠乡愁和这完全不同的四项事物之间的相近关系建立起来的。所以它们不是一般的比喻。相形之下,蒲宁《无题》的抒情结构、手法就比较单一。它采用了比兴的手法,直抒胸臆。但旅人的心从离家时的“痛苦”,到想家时的“悲伤而激越地跳”还是于直白之中包含着深沉,表达了那种难以排遣的思恋。对一个去国别乡的人来说,除了思念中的家乡,一无所有,唯有破“背囊”和上帝同行,这是不同文化背景下的另一类乡愁,其中的凄凉同样感人。诗的第二节把鸟兽的前后次序颠倒了一下,与变化和发展中的诗人情感对应。

真情出诗人。总之,两篇诗感情真挚动人,是乡愁题材中的杰作。

(姚惠兰)

思考题

1. 比较两首作品所表达的情感内涵的差异,并说明原因。
2. 余光中作品中的乡愁主题被认为是“文化乡愁”,你的看法如何?
3. 以《无题》为例,谈谈比兴手法的作用。

八、水调歌头[1]

苏 轼

苏轼(1037—1101),字子瞻,后号东坡居士,四川眉山人。他是欧阳修以后的文坛领袖,多才多艺,诗与黄庭坚齐名,并称“苏黄”,词开豪放一派,代表北宋词的最高成就,文列唐宋八大家之一,书法被列为“宋四家”(苏轼、黄庭坚、米芾、蔡襄)之一,画亦名家,著述甚丰。有《东坡全集》一百多卷,留下诗两千多首,词三百多首。

明月几时有?把酒问青天[2]。不知天上宫阙,今夕是何年[3]?我欲乘风归去[4],又恐琼楼玉宇[5],高处不胜寒[6]。起舞弄清影,何似在人间?

转朱阁,低绮户,照无眠[7]。不应有恨,何事长向别时圆![8]人有悲欢离合,月有阴晴圆缺,此事古难全。但愿人长久,千里共婵娟[9]。

(《苏轼词编年校注》,邹同庆、王宗堂著,中华书局2005年版)

【注释】

① 这首词作于熙宁九年(丙辰,1076)中秋夜,当时苏轼正在密州任上。达旦:到天明。子由:苏轼的弟弟苏辙的字。作者与他已分别七年,未曾见面。

② 明月两句:李白《把酒问月》诗:“青天有月来几时?我今停杯一问之。”

③ 天上宫阙:即月中宫阙。阙:古代皇宫大门前两边供了望的楼,泛指帝王的住所。“今夕是何年”:唐人小说《周秦行纪》载诗云:“香风引到大罗天,月地云阶拜洞仙。共道人间惆怅事,不知今夕是何年。”

④ 我欲乘风归去:《列子·黄帝篇》:“列子乘风而归……心凝神释,骨肉都融,不知形之所倚,足之所履……不知风乘我耶,我乘风耶?”此处表现物我两忘的境界。

⑤ 琼楼玉宇:指月中宫殿。

⑥ 不胜(shēng):经受不住。

⑦ 转朱阁三句:指月光转过朱红色的华美楼阁,低射进雕花窗户,照着无眠的人。

⑧ 不应有恨两句:月亮应该没有什么恨事,可为什么总在人们离别时偏偏这样圆呢?

⑨ 婵娟:美丽的月光。

对 月

歌 德

歌德(Johann Wolfgang von Goethe,1749—1832),德国诗人。生于莱茵河畔法兰克福一个富裕市民家庭。1756年入莱比锡大学学法律,但更醉心于艺术和自然科学,1770年转入斯特拉斯堡大学,深受卢梭等人先进思想影响。次年结束学业,回到故乡当律师,但主要精力却在文学创作。从1775年起,他在魏玛公国从政十年,任魏玛公国枢密院顾问,主张改革,但未实现。歌德一生勤勉写作,确立了他作为世界大作家的地位。其作品数量之大达到惊人地步,《歌德全集最后手定本》达40册,他逝世后的补充本《歌德遗著》达20册。写有中篇小说《少年维特之烦恼》,代表作诗剧《浮士德》是现实主义和浪漫主义相结合的著作。

你又把幽辉洒满
林丛与山涧,
终于使我的心灵
也豁然开展。

你铺散目光和易
照我的园地,
像良朋温蔼的眼睛
看我的遭际。

那忧烦快慰的时光
在心头回响,
我落进酸甜苦辣,
寂寞地彷徨。

流吧,宜人的溪水!
我无从快慰:
相嬉相吻已消失,
真情也消退。

我一度曾经得到
那一切美好!
纵然是受尽折磨,
也难于忘掉!

溪水啊,莫要消停,
往山下琤琤,
你响吧,哼着曲调,
随我的歌声,

或是冬天的长夜
你涨势猖獗,
或是当蓓蕾鲜柔,
共春光涌泻。

有福是无怨无仇
向人间袖手,
有知交倚在身旁
并和他享受,

享受这世人不解、
世人所不屑、
能摆脱意乱心烦的
夜间的一切。

(《歌德诗选》,樊修章译,译林出版社2000年版)

【提示】

家国情怀:月的寄托

在中国的人伦中,向来重视友情和手足之情,爱情反而不受重视。所以,关于兄弟友朋的诗歌要远远多于爱情诗。苏轼的《水调歌头》中秋词题序即写明乃中秋醉后抒情之作,兼怀子由。是年,诗人出任密州知州。因上书反对变法失败而自请外任的苏轼,内心是幽怨、彷徨的。“我欲乘风归去,又恐琼楼玉宇,高处不胜寒。”体现了作者在“出世”与“入世”之间的一种矛盾心理。苏轼与其弟苏辙,既是情同手足的兄弟,又是志同道合的朋友。自出川进京,科举高中后,兄弟间聚少离多。难能可贵的是,中秋佳节之际,词人没有拘系于个人家庭的悲欢离合,而是上升到哲理的高度,写出了自然界的规律和人世间的普遍悲哀。结句“但愿人长久,千里共婵娟”表达了作者在自然规律中努力寻求人间美满的一种旷达。综观之,此词主要写作者的人生思考以及对亲情的思念;而歌德的《对月》感叹人生的“酸甜苦辣”与爱情带来的“美好”和“折磨”。爱情在歌德一生中所占的地位远胜于在中国文人心中的重要性。这首诗与其恋人夏绿蒂·封·施太因有关。大约写作于1776年至1778年之间。完成后曾改动过,最后收入文集时是1789年。夏绿蒂·封·施太因是位首席宫廷女官,“她以她那风度上的洒脱和自然而闻名于宫廷”。歌德认识她时,她已经三十二岁,是两个孩子的母亲。在歌德的恋人中,她给予歌德创作想象力的影响是无人匹敌的。歌德曾称她“你是所有女人中唯一能把爱情带进我心中、赐给我以幸福的人”。1786年,追求个性独立、自由的歌德,为了摆脱压迫着他的生活方式和夏绿蒂·封·施太因,秘访意大利。回来后就与她逐渐疏远、断绝关系,有了自己的婚姻生活。诗中希望“有知交倚在身旁”,来享受“无冤无仇”“能摆脱意乱心烦的”一切,实则表达了他希望化爱情为友情,从两人之间纠缠错杂的关系中解脱出来。这正是作者当时心态的真实写照。

异曲同工的是,这两首作品都以月为寄托表达情思。月的意象本是中西文学中都喜用的意象。虽然在中西方文化中,月亮都代表“阴柔”“宁静”“女性”的一面,但在中国文学史上,月亮仍是极富民族特性的一个审美意象。首先,月亮常象征天上仙境。苏轼就想乘风归去,以规避人间的险恶。其次,月的阴晴圆缺被赋予不同的审美意蕴。它与悲欢离合一一对应起来。两首诗都以与月亮的对话转入主题。但不同的是,苏轼词中“转朱阁,低绮户,照无眠”中的月亮是引起作者离愁别恨情绪的诱因,而《对月》中的月光却是抚慰灵魂的知己:“终于使我的心灵也豁然开朗”,“像良朋温蔼的眼睛看我的遭际”。再次,中国的诗词中,月往往代表了一种时空的永恒,而人生却又是短暂的,所以人与月的对照,往往引发诗人的宇宙意识。苏轼在词中就意识到婵娟虽不以人的意志圆缺,但人可以求长久,“千里共婵娟”。而歌德《对月》中的月光却营造出幽静、温柔的意境,与诗人的感情融合在一起,故被称为“最美的月光诗”。月光及月光下的夜一切,只不过是诗人借以摆脱烦忧、心灵趋于宁静的美妙境界。

(姚惠兰)

思考题

1. 两首作品都以月为寄托,但具体的写作手法同中有异,请你谈谈自己的看法。
2. 胡仔《苕溪渔隐丛话》说:“中秋词自东坡《水调歌头》一出,余词尽废”,此词妙在何处?
3. 《对月》被称为“最美的月光诗”,请你分析其艺术特色。
4. 请你也用月亮来抒写一段你想寄托的情感。

九、杜十娘怒沉百宝箱

冯梦龙

冯梦龙(1574—1646),字犹龙,又字耳犹,别号墨憨子、龙子犹,长洲人(今江苏吴县),明朝末年著名的文学家、戏曲家。他文思敏锐,诗文藻丽,尤其是在通俗文学方面作出了重大贡献的作家,其中以编选三言的影响为最大。“三言”(即《警世通言》《醒世恒言》《喻世明言》),是宋元明三代短篇话本和拟话本中最重要的一部总集,被称为我国古代白话短篇小说的宝库。“三言”每集收作品40篇,总数为120篇,其中明代的拟话本约有七八十篇。其内容复杂,但爱情婚姻一类题材在本书中占了较大比重,编著者强调男女之间的真挚感情,主张自主择偶,提倡男女双方互相尊重,对受压迫的妇女寄予极大的同情。

话中单表万历二十年间,日本国关白作乱,侵犯朝鲜。朝鲜国王上表告急,天朝发兵泛海往救。有户部官奏准:目今兵兴之际,粮饷未充,暂开纳粟入监之例①。原来纳粟入监的有几般便宜:好读书,好科举,好中,结末来又有个小小前程结果。以此宦家公子、富室子弟,倒不愿做秀才,都去援例做太学生。自开了这例,两京太学生各添至千人之外。

内中有一人,姓李名甲,字壬先,浙江绍兴府人氏。父亲李布政②,所生三儿,惟甲居长,自幼读书在庠,未得登科,援例入于北雍③。因在京坐监④,与同乡柳遇春监生同游教坊司院内⑤,与一个名姬相遇。那名姬姓杜,名嫩,排行第十,院中都称为杜十娘,生得:

浑身雅艳,遍体娇香,两弯眉画远山青,一对眼明秋水润。

脸如莲萼,分明卓氏文君;唇似樱桃,何减白家樊素⑥。

可怜一片无瑕玉,误落风尘花柳中。

那杜十娘自十三岁破瓜,今一十九岁,七年之内,不知历过了多少公子王孙。一个个情迷意荡,破家荡产而不惜。院中传出四句口号来,道是:

坐中若有杜十娘,斗筲之量饮千觞⑦。

院中若识杜老嫩,千家粉面都如鬼!

却说李公子风流年少,未逢美色,自遇了杜十娘,喜出望外,把花柳情怀一担儿挑在他身上。那公子俊俏的宠儿,温存的性儿,又是散漫的手儿,帮衬的勤儿,与十娘一双两好,情投意合。十娘因见鸨儿贪财无义,久有从良之志,又见李公子忠厚志诚,甚有心向他。奈李公子惧怕老爷,不敢应承。虽则如此,两下情好愈密,朝欢暮乐,终日相守,如夫妇一般。海誓山盟,各无他志。真个:

恩深似海恩无底,义重如山义更高。

再说杜妈妈,女儿被李公子占住,别的富家巨室,闻名上门,求一见而不可得。初时李公子散漫用钱,大差大使,妈妈胁肩谄笑,奉承不暇。日往月来,不觉一年有余,李公子囊箧渐渐空虚,手不应心,妈妈也就怠慢了。老布政在家闻知儿子嫖院,几遍书来唤回家去。他迷恋十娘颜色，终日延挨。后来闻知布政在家发怒，越不敢回。

古人云："以利相交者，利尽而疏。"那杜十娘与李公子，真情相好，见他手头愈短，心头愈热。妈妈几遍教女儿打发李甲出院，见女儿不统口[8]，又几遍将言语触突李公子，要激怒他起身。公子性本温柔，词气愈和。妈妈没奈何，日逐只将十娘叱责道："我们行户人家，吃客穿客，前门送旧，后门迎新，门庭闹如火，钱帛堆成垛。自从那李甲在此混帐一年有余，莫说新客，连旧主顾都断了。分明接了个钟馗老[9]，连小鬼也没得上门，弄得老娘一家人家有气无烟，成什么模样！"

杜十娘被骂，耐性不住，便回答道："那李公子不是空手上门的，也曾费过大钱来。"妈妈道："彼一时，此一时，你只教他今日费些小钱儿，把与老娘，办些柴米，养你两口也好。别人家养的女儿，便是摇钱树，千生万活，偏我家晦气，养了个退财白虎[10]！开了大门七件事，般般都在老身心上。倒替你这小贱人白白养着穷汉，教我衣食从何处来？你对那穷汉说：'有本事出几两银子与我，到得你跟了他去，我别讨个丫头过活却不两便？'"

十娘道："妈妈，这话是真是假？"妈妈晓得李甲囊无一钱，衣衫都典尽了，料他没处设法，便应道："老娘从不说谎，当真哩。"十娘道："娘，你要他许多银子？"妈妈道："若是别人，千把银子也讨了。可怜那穷汉出不起，只要他三百两，我自去讨一个粉头代替。只一件，须是三日内交付与我，左手交银，右手交人。若三日没有银时，老身也不管三七二十一，公子不公子，一顿孤拐，打那光棍出去[11]。那时莫怪老身！"

十娘道："公子虽在客边乏钞，谅三百金还措办得来。只是三日忒近，限他十日便好。"妈妈想道："这穷汉一双赤手，便限他一百日，他哪里来银子？没有银子，便铁皮包脸，料也无颜上门。那时重整家风，媺儿也没得话讲。"答应道："看你面，便宽到十日。第十日没有银子，不干老娘之事。"十娘道："若十日内无银，料他也无颜再见了。只怕有了三百两银子，妈妈又翻悔起来。"妈妈道："老身年五十一岁，又奉十斋[12]，怎敢说谎？不信时与你拍掌为定。若翻悔时，做猪做狗！"

从来海水斗难量，可笑虔婆意不良；

料定穷儒囊底竭，故将财礼难娇娘。

是夜，十娘与公子在枕边议及终身之事。公子道："我非无此心。但教坊落籍，其费甚多，非千金不可。我囊空如洗，如之奈何！"十娘道："妾已与妈妈议定，只要三百金，但须十日内措办。郎君游资虽罄，然都中岂无亲友，可以借贷。倘得如数，妾身遂为君之所有，省受虔婆之气。"公子道："亲友中为我留恋行院，都不相顾。明日只做束装起身，各家告辞，就开口借贷路费，凑聚将来，或可满得此数。"起身梳洗，别了十娘出门。十娘道："用心作速，专听佳音。"公子道："不须分付。"

……

一连奔走六日，并无铢两，一双空手，羞见芳卿，故此这几日不敢进院。今日承命呼唤，忍耻而来。非某不用心，实是世情如此。"十娘道："此言休使虔婆知道。郎君今夜且住，妾别有商议。"

十娘自备酒肴，与公子欢饮。睡至半夜，十娘对公子道："郎君果不能办一钱耶？妾终身之事，当如何也？"公子只是流涕，不能答一语。渐渐五更天晓。十娘道："妾所卧絮褥内，藏有碎银一百五十两，此妾私蓄，郎君可持去。三百金，妾任其半，郎君亦谋其半，庶易为力。限只四日，万勿迟误！"

十娘起身将褥付公子，公子惊喜过望。唤童儿持褥而去。径到柳遇春寓中，又把夜来之情与遇春说了。将褥拆开看时，絮中都裹着零碎银子，取出兑时，果是一百五十两。遇春大惊道："此妇真有心人也。既系真情，不可相负，吾当代为足下谋之。"公子道："倘得玉成，决不有负。"当下柳遇春留李公子在寓，自出头各处去借贷。两日之内，凑足一百五十两，交付公子道："吾代为足下谋债，非为足下，实怜杜十娘之情也。"

李甲拿了三百两银子，喜从天降，笑逐颜开，欣欣然来见十娘，刚是第九日，还不足十日。十娘问道："前日分毫难借，今日如何就有一百五十两？"公子将柳监生事情又述了一遍。十娘以手加额道："使吾二人得遂其愿者，柳君之力也！"两个欢天喜地，又在院中过了一晚。

次日，十娘早起，对李甲道："此银一交，便当随郎君去矣。舟车之类，合当预备。妾昨日于姊妹中借得白银二十两，郎君可收下为行资也。"公子正愁路费无出，但不敢开口，得银甚喜。

说犹未了，鸨儿恰来敲门，叫道："媺儿，今日是第十日了。"公子闻叫，启门相延道："承妈妈厚意，正欲相请。"便将银三百两放在桌上。鸨儿不料公子有银，嘿然变色，似有悔意。十娘道："儿在妈妈家中多年，所致金帛，不下数千金矣。今日从良美事，又妈妈亲口所许，三百金不欠分毫，又不曾过期。倘若妈妈失信不许，郎君持银去，儿即刻自尽。恐那时人财两失，悔之无及也。"

鸨儿无词以对，腹内筹划了半晌，只得取天平兑准了银子，说道："事已如此，料留你不住了，只是你要去时，即今就去。平时穿戴衣饰之类，毫厘休想！"说罢，将公子和十娘推出房门，讨锁来就落了锁。此时九月天气。十娘才下床，尚未梳洗，随身旧衣，就拜了妈妈两拜。李公子也作了一揖。一夫一妇，离了虔婆大门。

……

再说李公子同杜十娘行至潞河，舍陆从舟。却好有瓜州差使船转回之便，讲定船钱，包了舱口。比及下船时，李公子囊中，并无分文余剩。

你道杜十娘把二十两银子与公子，如何就没了？公子在院中嫖得衣衫蓝缕，银子到手，未免在解库中取赎几件穿着，又制办了铺盖，剩来只够轿马之费。

公子正当愁闷，十娘道："郎君勿忧，众姊妹合赠，必有所济。"及取钥开箱。公子在傍，自觉惭愧，也不敢窥觑箱中虚实。只见十娘在箱里取出一个红绢袋来，掷于桌上道："郎君可开看之。"公子提在手中，觉得沉重，启而观之，皆是白银，计数整五十两。十娘仍将箱子下锁，亦不言箱中更有何物。但对公子道："承众姊妹高情，不惟途路不乏，即他日浮寓吴越间，亦可稍佐吾夫妻山水之费矣。"公子且惊且喜道："若不遇恩卿，我李甲流落他乡，死无葬身之地矣！此情此德，白头不敢忘也！"自此每谈及往事，公子必感激流涕，十娘亦曲意抚慰。一路无话。

不一日，行至瓜州，差船停泊岸口。公子另雇了民船，安放行李，约明日侵晨剪江而渡。其时仲冬中旬，月明如水。公子和十娘坐于舟首。公子道："自出都门，困守一舱之中，回顾有人，未得畅语。今日独据一舟，更无避忌。且已离塞北，初近江南，宜开怀畅饮，以舒向来抑郁之气，恩卿以为何如？"十娘道："妾久疏谈笑，亦有此心。郎君言及，足见同志。"

公子乃携酒具于船首，与十娘铺毡并坐，传杯交盏。饮至半酣，公子执卮对十娘道："恩卿妙音，六院推首。某相遇之初，每闻绝调，辄不禁神魂之飞动。心事多违，彼此郁郁，鸾鸣凤奏，久矣不闻。今清江明月，深夜无人，肯为我一歌否？"十娘兴亦勃发，遂开喉顿嗓，取扇按拍，呜呜咽咽，歌出元人施君美《拜月亭》杂剧上《状元执盏与婵娟》一曲，名《小桃红》。真个：

声飞霄汉云皆驻，响入深泉鱼出游。

却说他舟有一少年，姓孙，名富，字善赉，徽州新安人氏，家资巨万，积祖扬州种盐。年方二十，也是南雍中朋友。生性风流，惯向青楼买笑，红粉追欢，若嘲风弄月，倒是个轻薄的头儿。事有偶然，其夜亦泊舟瓜州渡口，独酌无聊，忽听得歌声嘹亮，凤吟鸾吹，不足喻其美。起立船头，伫听半晌，方知声出邻舟。正欲相访，音响倏已寂然。乃遣仆者潜窥踪迹，访于舟人。但晓得是李相公雇的船，并不知歌者来历。孙富想道："此歌者必非良家，怎生得他一见？"辗转寻思，通宵不寐。挨至五更，忽闻江风大作，及晓，彤云密布，狂雪飞。怎见得，有诗为证：

千山云树灭，万径人踪绝。

扁舟蓑笠翁，独钓寒江雪。

因这风雪阻渡，舟不得开。孙富命艄公移船泊于李家舟之傍。孙富貂帽狐裘，推窗假作看雪。恰值十娘梳洗方毕，纤纤玉手揭起舟傍短帘，自泼盂中残水，粉容微露，却被孙富窥见了，果是国色天香；魂摇心荡，迎眸注目，等候再见一面，杳不可得；沉思久之，乃倚窗高吟高学士《梅花诗》二句道[13]：

"雪满山中高士卧，月明林下美人来。"

李甲听得邻舟吟诗，伸头出舱，看是何人。只因这一看，正中了孙富之计。孙富吟诗，正要引李公子出头，他好乘机攀话；当下慌忙举手，就问："老兄尊姓何讳？"李公子叙了姓名乡贯，少不得也问那孙富。孙富也叙过了，又叙了些太学中的闲话，渐渐亲熟。孙富便道："风雪阻舟，乃天遣与尊兄相会，实小弟之幸也。舟次无聊，欲同尊兄上岸就酒肆中一酌，少领清诲，万望不拒。"公子道："萍水相逢，何当厚扰？"孙富道："说哪里话！四海之内，皆兄弟也'。"喝教艄公打跳，童儿张伞，迎接公子过船，就于船头作揖，然后让公子先行，自己随后，各各登跳上涯。

行不数步，就有个酒楼。二人上楼，拣一副洁净坐头，靠窗而坐。酒保列上酒肴。孙富举杯相劝，二人赏雪饮酒。先说些斯文中套话，渐渐引入花柳之事。二人都是过来之人，志同道合，说得入港，一发成相知了。

孙富屏去左右，低低问道："昨夜尊舟清歌者何人也？"李甲正要卖弄在行，遂实说道："此乃北京名姬杜十娘也。"孙富道："既系曲中姊妹，何以归兄？"公子遂将初遇杜十娘，如何相好，后来如何要嫁，如何借银讨他，始末根由，备细述了一遍。孙富道："兄携丽人而归，固是快事，但不知尊府中能相容否？"公子道："贱室不足虑，所虑者老父性严，尚费踌躇耳！"孙富将机就机，便问道："既是尊大人未必相容，兄所携丽人，何处安顿？亦曾通知丽人，共作计较否？"公子攒眉而答道："此事曾与小妾议之。"孙富欣然，便道："尊宠必有妙策。"公子道："他意欲侨居苏杭，流连山水。使小弟先回，求亲友宛转于家君之前，俟家君回嗔作喜，然后图归。高明以为何如？"

孙富沉吟半晌，故作愀然之色道："小弟乍会之间，交浅言深，诚恐见怪。"公子道："正赖高明指教，何必谦逊？"孙富道："尊大人位居方面，必严帷薄之嫌[14]，平时既怪兄游非礼之地，今日岂容兄娶不节之人。况且贤亲贵友，谁不迎合尊大人之意者？兄枉去求他，必然相拒。就有个不识时务的进言于尊大人之前，见尊大人意思不允，他就转口了。兄进不能和睦家庭，退无词以回复尊宠，即使留连山水，亦非长久之计。万一资斧困竭，岂不进退两难！"

公子自知手中只有五十金，此时费去大半，说到资斧困竭，进退两难，不觉点头道是。孙富又道："小弟还有一句心腹之谈，兄肯俯听否？"公子道："承兄过爱，更求尽言。"孙富道："疏不间亲，还是莫说罢。"公子道："但说何妨！"孙富道："自古道：'妇人水性无常'，况烟花之辈，少真多假。他既系六院名妓，相识定满天下，或者南边原有旧约，借兄之力，挈带而来，以为他适之地。"公子道："这个恐未必然。"孙富道："既不然，江南子弟，最工轻薄，兄留丽人独居，难保无逾墙钻穴之事。若挈同归，愈增尊大人之怒。为兄之计，未有善策。况父子天伦，必不可绝。若为妾而触父，因妓而弃家，海内必以兄为浮浪不经之人。异日妻不以为夫，弟不以为兄，同袍不以为友，兄何以立于天地之间？兄今日不可不熟思也！"

公子闻言，茫然自失，移席问计道："据高明之见，何以教我？"孙富道："仆有一计，于兄甚便。只恐兄溺枕席之爱，未必能行，使仆空费词说耳！"公子道："兄诚有良策，使弟再睹家园之乐，乃弟之恩人也，又何惮而不言耶？"孙富道："兄飘零岁余，严亲怀怒，闺阁离心，设身以处兄之地，诚寝食不安之时也。然尊大人所以怒兄者，不过为迷花恋柳，挥金如土，异日必为弃家荡产之人，不堪承继家业耳！兄今日空手而归，正触其怒。兄倘能割衽席之爱，见机而作，仆愿以千金相赠。兄得千金，以报尊大人，只说在京授馆[15]，并不曾浪费分毫，尊大人必然相信。从此家庭和睦，当无间言。须臾之间，转祸为福。兄请三思，仆非贪丽人之色，实为兄效忠于万一也！"

李甲原是没主意的人，本心惧怕老子，被孙富一席话，说透胸中之疑，起身作揖道："闻兄大教，顿开茅塞。但小妾千里相从，义难顿绝，容归与商之。得其心肯，当奉复耳。"孙富道："说话之间，宜放婉曲。彼既忠心为兄，必不忍使兄父子分离，定然玉成兄还乡之事矣。"二人饮了一回酒，风停雪止，天色已晚。孙富教家童算还了酒钱，与公子携手下船。正是：

逢人且说三分话，未可全抛一片心。

却说杜十娘在舟中摆设酒果，欲与公子小酌，竟日未回，挑灯以待，公子下船，十娘起迎，见公子颜色匆匆，似有不乐之意，乃满斟热酒劝之。公子摇首不饮，一言不发，竟自上床睡了。

十娘心中不悦，乃收拾杯盘，为公子解衣就枕，问道："今日有何见闻，而怀抱郁郁如此？"公子叹息而已，终不启口。问了三四次，公子已睡去了。十娘委决不下，坐于床头而不能寐。

到半夜，公子醒来，又叹一口气。十娘道："郎君有何难言之事，频频叹息？"公子拥被而起，欲言不语者几次，扑簌簌掉下泪来。

十娘抱持公子于怀，软言抚慰道："妾与郎君情好，已及二载，千辛万苦，历尽艰难，得有今日。然相从数千里，未曾哀戚；今将渡江，方图百年欢笑，如何反起悲伤？必有其故。夫妇之间，死生相共，有事尽可商量，万勿讳也。"

公子再四被逼不过，只得含泪而言道："仆天涯穷困，蒙恩卿不弃，委曲相从，诚乃莫大之德也；但反复思之，老父位居方面，拘于礼法，况素性方严，恐添嗔怒，必加黜逐，你我流荡，将何底止？夫妇之欢难保，父子之伦又绝。日间蒙新安孙友邀饮，为我筹及此事，寸心如割！"

十娘大惊道："郎君意将如何？"公子道："仆事内之人，当局而迷。孙友为我画一计颇善，但恐恩卿不从耳！"十娘道："孙友者何人？计如果善，何不可从？"公子道："孙友名富，新安盐商，少年风流之士也。夜间闻子清歌，因而问及。仆告以来历，并谈及难归之故。渠意欲以千金聘汝。我得千金，可借口以见吾父母，而恩卿亦得所耳。但情不能舍，是以悲泣。"说罢，泪如雨下。

十娘放开两手,冷笑一声道:"为郎君画此计者,此人乃大英雄也!郎君千金之资既得恢复,而妾归他姓,又不致为行李之累,'发乎情,止乎礼',诚两便之策也。那千金在哪里?"公子收泪道:"未得恩卿之诺,金尚留彼处,未曾过手。"十娘道:"明早快快应承了他,不可错过机会。但千金重事,须得兑足,交付郎君之手,妾始过舟,勿为贾竖子所欺[16]。"

时已四鼓,十娘即起身挑灯梳洗道:"今日之妆,乃迎新送旧,非比寻常。"于是脂粉香泽,用意修饰,花钿绣袄,极其华艳,香风拂拂,光彩照人。

装束方完,天色已晓。孙富差家童到船头候信。十娘微窥公子,欣欣似有喜色,乃催公子快去回话,及早兑足银子。公子亲到孙富船中,回复依允。孙富道:"兑银易事,须得丽人妆台为信。"公子又回复了十娘,十娘即指描金文具道:"可便抬去。"孙富喜甚,即将白银一千两,送到公子船中。

十娘亲自检看,足色足数,分毫无爽,乃手指船舷,以手招孙富。孙富一见,魂不附体。十娘启朱唇,开皓齿道:"方才箱子可暂发来,内有李郎路引一纸,可检还之也。"

孙富视十娘已为"瓮中之鳖",即命家童送那描金文具安放船头之上。十娘取钥开锁,内皆抽替小箱。十娘叫公子抽第一层来看,只见翠羽明珰,瑶簪宝珥,充牣于中[17],约值数百金。十娘遽投之江中。李甲与孙富及两船之人,无不惊诧。又命公子再抽一箱,乃玉箫金管;又抽一箱,尽古玉紫金玩器,约值数千金。十娘尽投之于水。舟中岸上之人,观者如堵,齐声道:"可惜,可惜!"正不知什么缘故。最后又抽一箱,箱中复有一匣。开匣视之,夜明之珠,约有盈把。其他祖母绿[18]、猫儿眼[19],诸般异宝,目所未睹,莫能定其价之多少,众人齐声喝彩,喧声如雷。十娘又欲投之于江。李甲不觉大悔,抱持十娘恸哭,那孙富也来劝解。

十娘推开公子在一边,向孙富骂道:"我与李郎备尝艰苦,不是容易到此;汝以奸淫之意,巧为谗说,一旦破人姻缘,断人恩爱,乃我之仇人;我死而有知,必当诉之神明,尚妄想枕席之欢乎!"又对李甲道:"妾风尘数年,私有所积,本为终身之计。自遇郎君,山盟海誓,白首不渝。前出都之际,假托众姊妹相赠,箱中韫藏百宝,不下万金,将润色郎君之装,归见父母,或怜妾有心,收佐中馈[20],得终委托,生死无憾。谁知郎君相信不深,惑于浮议[21],中道见弃,负妾一片真心。今日当众目之前,开箱出视,使郎君知区区千金,未为难事。妾椟中有玉,恨郎眼内无珠。命之不辰[22],风尘困瘁,甫得脱离,又遭弃捐。今众人各有耳目,共作证明,妾不负郎君,郎君自负妾耳!"

于是众人聚观者,无不流涕,都唾骂李公子负心薄幸。公子又羞又苦,且悔且泣。方欲向十娘谢罪。十娘抱持宝匣向江心一跳。众人急呼捞救,但见云暗江心,波涛滚滚,杳无踪影,可惜一个如花似玉的名姬,一旦葬于江鱼之腹!

三魂渺渺归水府,七魄悠悠入冥途。

当时旁观之人,皆咬牙切齿,争欲拳殴李甲和那孙富。慌得李孙二人,手足无措,急叫开船,分途遁去。李甲在舟中看了千金,转忆十娘,终日愧悔,郁成狂疾,终身不痊。孙富自那日受惊得病,卧床月余,终日见杜十娘在傍诟骂,奄奄而逝,人以为江中之报也。

(《历代小说选》第三册,吴组缃等选注,中国青年出版社 1982 年版)

【注释】

① 纳粟入监:捐纳粟米(或折银)入国子监。明代,由生员纳捐入监的叫纳贡,由普通身份纳捐的叫例

监。授了例监，就取得监生资格，但不一定正式到国子监肄业。具有监生的资格，就可以去考举人。《明史·选举志》："例监始于景泰元年(1450)以边事孔棘，令天下纳粟纳马者入监读书，限千人止。"

② 布政：官名，即布政使。明太祖分全国为十三个承宣布政使司，每司设布政使，为一省的行政长官。后以巡抚主持省政，布政使便成为巡抚属下专理民政与财政的官员。

③ 北雍：北京的国子监，与南京相对而言。

④ 坐监：在国子监读书。

⑤ 教坊司：明代掌管音乐、歌舞的机关。这里指妓院。

⑥ 樊素：唐代诗人白居易的歌女。白居易曾为之诗。孟綮《本事诗》："白尚书姬人樊素善歌，妓人小蛮善舞，尝为诗曰：'樱桃樊素口，杨柳小蛮腰。'"

⑦ 斗筲(shāo)：本为比喻才短量浅，这里指酒量小。

⑧ 统口：开口、启口的意思。又作绽口。

⑨ 钟馗(kuí)：古代传说中的人物。相传唐明皇在病中梦见一大鬼提一小鬼啖之。唐明皇问之，自称名叫钟馗，生前曾应武举未中，死后决心消灭天下妖孽。(见沈括《梦溪笔谈》)

⑩ 白虎：即白虎星，迷信说法认为白虎星专使人招灾破财。(见《协纪辨方》卷三引《人元秘枢经》)

⑪ 孤拐：即脚髁骨。《西游记》第三十二回："编这样大谎，可不误了大事，快伸过孤拐来打五棍记心。"

⑫ 十斋：佛教规定每月有十天斋戒日，届时素食，禁止杀生，称十斋。

⑬ 高学士：明初诗人高启(1336—1374)，字季迪，自号青丘子。

⑭ 必严帷薄之嫌：意谓必定严格注意由于李生娶妓女给他带来的嫌疑。帷薄：喻男女问题。帷：幔，薄：帘，皆为分隔内外的用具。

⑮ 授馆：指在私塾中教书。

⑯ 贾(gǔ)竖子：市侩小人。

⑰ 充牣：充满。

⑱ 祖母绿：一种纯色的绿宝石，一名绿柱玉。

⑲ 猫儿眼：宝石的一种，一名猫睛石。

⑳ 中馈(kuì)：意思是说妇女的职务是在家中料理饮食。馈：进食给长辈。

㉑ 浮议：没有根据的话。

㉒ 不辰：生不逢时的意思。辰：时辰。

舞　姬

森鸥外

森鸥外(1862—1922)，本名森林太郎，号鸥外，别号观潮楼主人，是日本著名小说家、戏剧家、评论家和翻译家。1881年毕业于东京大学医学部，三年后，奉命留德，留德回来之后，森鸥外写了三部短篇小说《舞姬》《泡沫记》《送信人》，文中满载了留学生活的体验，是具有浪漫气息的凄美的爱情小说，开日本浪漫主义文学的先河。森鸥外在日本现代文学史上，被誉为与夏目漱石并驾齐驱的大作家，是明治文学的巨擘，为日本近代文学的建立和发展作出了很大的贡献，初期作品除了小说《舞姬》《泡沫记》《送信人》之外，其余大多为诗作,不论是小说、评论、翻译作品等都受到当时文坛的肯定与欢迎。

煤早就装上了船。在这间中等船舱里,只有电灯空自亮得耀眼,桌子四周一片寂寥。夜夜在此摸骨牌的人,今晚都住到旅馆里去了,船上只留下我一个人。

那是五年前的事了。我夙愿以偿,奉命出国,曾经路过这西贡码头。那时节,耳闻目睹,无不使我感到新奇。每日信笔写下游记文字不下数千言,登在报上,颇得时人赞赏。如今回想起来,通篇都是幼稚的思想和狂妄的言语。不然便把些寻常的草木金石,飞禽走兽,以至风俗人情,当做什么稀罕事儿,一一记了下来,足以贻笑大方。这次为了写日记,启程前也曾买了一个本子,可是,至今未着一字,仍是一本空本子。难道我在德国留学一次,竟变得对一切都无动于衷了么?不,这其中另有缘故。

今日东返归国的我,确非当年西渡留学的我了。学业上固然远未达到令人满意的程度,但我却饱尝了世道艰辛,懂得了人心叵测,甚至连自己这颗心也变得反复无常,难以捉摸。即便把自己这种"昨是而今非"的刹那间感触写了下来,又能拿给谁看呢!难道这就是我写不出日记的缘故吗?不,这其中另有缘故。

哦!轮船从意大利布林的西港启航以来,已经有二十多天了。按理说,途中萍水相逢的旅客,相互可以慰借旅途的寂寞,可是,我却借口些微不适,蛰居在客舱里,甚至和同行的旅伴都很少讲话,整日里为一桩旁人不知的恨事而苦恼。这件恨事最初像一抹乌云掠过我的心头,使我既无心欣赏瑞士的山色,也不去留意意大利的古迹。嗣后竟至悲观厌世起来,感到人生无常,内心的惨痛令我终日回肠九转。现在已变成一片云翳,深深郁结在我的心头。然而,不论是看书还是做事,这惨痛宛如影之随形,响之应声,勾起我无限的旧情,无时不在啃啮我这颗心。啊!此恨绵绵,究竟怎样才能消融?倘若是别种恨事,还可托之诗歌遣散胸中的郁闷。但是,惟有这件恨事却是刻骨铭心,任什么也排遣不了的。今晚四下无人,还要过很久才有侍者来熄灯,趁此时让我暂且将这段恨事记叙下来吧。

我自幼受到严格的家教。虽然早年丧父,学业上却未曾荒疏。无论是在旧藩的学馆,抑或是上东京大学的预科,即便进了法律系之后,我太田丰太郎的大名始终是名列前茅的。与我这个独子相依为命的寡母,大概很可感到安慰了。十九岁上,我获得学士学位,人人都说,这是大学开办以来从未颁过的荣誉。后来,在某部任职,把母亲从乡下接到东京,度过了三年快乐的时光。上司很器重我,派我出国考察业务。我心想,这正是扬名显姓,兴家立业的良机,于是劲头十足,即使抛别年过半百的母亲,也不觉有多大的离情别绪。就这样迢迢万里,背井离乡,来到了德国首都柏林。

我怀着模糊的功名心,和勤勉的苦学精神,忽然置身于欧洲这座新兴的大都会:光怪陆离,令我眼花缭乱;五色缤纷,使我神摇意夺。这条"大道直如发"的 Unter den Linden,假如把街名译作"菩提树下"的话,会使人以为是个幽静的去处,但是,你一旦走到这里,就可以看到两旁石铺的人行道上仕女如云。那时候,威廉一世还时常凭窗眺望街景,挺胸耸肩的军官穿着礼服,佩着彩饰,艳丽的少女照着巴黎的款式,打扮得花枝招展,一切的一切无不令人瞠目结舌。形形色色的马车在柏油路上往来如飞;高耸云霄的楼宇之间的空地上,喷水池溅起的水声宛如晴空里骤雨的淅沥;向远处望去,隔着勃兰登堡门,在绿树掩映下,可以望见凯旋塔上浮在半空的女神像。这许许多多景物,一时间纷至沓来,映入眼帘,使一个新来乍到的人感到应接不暇。但是,我在心里曾暗暗发誓:"纵然身处怎样的花花世界,我的心决不为它所动。"我常拿这一誓言来抵御外界的诱惑。

我拉响门铃，通名求见，出示公函说明来意之后，德国的官员很高兴地接待我，并且谈妥，只要公使馆方面手续办好，不论什么事都可随时关照我。所幸我在国内学过德文和法文，他们初次见到我，没人不问我是在何时何地学的德文。

我得到上级准许，公事之余，可以入当地大学进修政治学，我便办了注册手续。

过了一二个月，公事接洽完毕，考察工作也进展顺利，把一应急件先写成报告寄回国内，非急件写好后也整理成几大卷。可是大学不像我这幼稚的人所想的那样，根本没有专为培养政治家而开设的课程。我踌躇再三，终于先定二三位法学家的课。交过学费，便去听课了。

这样，三年的时光，梦也似地过去了。人的秉性终难压抑，一旦时机成熟，总要露出头来。我一向恪守父亲的遗训，听从母亲的教诲。小时人家夸我是神童，也从不沾沾自喜，依旧好学不倦。即便后来涉足官场，上司称赞我能干，我便更加谨慎从事，从未意识到自己竟成为一个拨一拨动一动的机器人了。如今，在二十五岁上，经过大学里这种自由风气的长久熏陶，心中总难平静，潜藏在内心深处的真我，终于露出头来，好似在反抗往日那个虚伪的旧我。我恍然而悟，自己既不适于当个叱咤风云的政治家，也不宜于做个通晓法典，善于断狱的大法官。

我寻思道：母亲希望我当个活字典，上司则想把我造就成一个活法典。当活字典，还可勉为其难，做活法典，却是无法忍受的，从前，不论多么琐碎的问题，我都郑重其事地加以答复，近来，在寄给上司的函件里，竟高谈阔论什么不可拘泥于法制的细节，一旦领会法律的精神实质，虽万事纷然仍可迎刃而解云云。在大学里，我早把法律课程置诸脑后，兴趣转到文史方面，并渐入佳境。

但是，上司是要把我造成供他颐指气使的工具，怎会喜欢一个具有独立思想、翘然不群的人呢！所以，我当时处境便有些不稳。不过，光凭这一点还不足以动摇我的地位。在柏林的留学生中，有一群颇有势力的人物，我同他们关系素来欠佳。他们对我猜疑，竟至谗言诽谤。然而，这也并非事出无因。

我既不和他们一起喝啤酒，又不跟他们打台球。他们便说我顽固不化，道貌岸然。并且还嘲笑我，嫉妒我。其实，这一切都是由于他们不了解我的缘故。唉，连我自己尚且不了解自己，别人又怎能了解呢！我的心宛如一颗处女的心。又似合欢树上的叶儿，一碰到什么便要退缩躲闪。我自幼便遵从长者的教诲，不论求学还是供职，都非出于自己的本意。即便表面看来好像是靠毅力和苦学，其实那也是自欺欺人，我不过是跟着前人亦步亦趋而已。我之所以能清心寡欲，不受外界诱惑，并非因为有律己的勇气，只因我对外界感到恐惧，自己束缚自己的手脚罢了。在我出国离乡之前，我丝毫不怀疑自己是个有为之士，也深信自己志气刚毅。唉唉，那真是此一时彼一时啊！轮船离开横滨时，一向自命为顶天立地的男子汉，竟然泪如泉涌，浸湿了一方手帕，就连自己都觉得不可思议。然而，这倒正是我的本性呢。这种本性是生来如此的呢，还是因为早年丧父，长于母亲之手所造成的呢？

他们固然可以嘲弄我，至于嫉妒，嫉妒这样一颗脆弱而可怜的心，却是何其愚蠢！

看见浓妆艳抹的女人坐在咖啡馆门口招揽客人，我不敢过去和她们亲近。遇到头戴高礼帽，鼻架夹鼻镜，一口普鲁士贵族口音的"花花公子"，就更不敢同他们交往了。既然缺乏这种勇气，当然也就无法同我那些活跃的同胞往来。由于彼此疏远，他们对我不仅嘲笑、嫉妒,而且还夹杂着猜忌的成分。这正是使我蒙冤受屈,在短暂的时日里,饱尝了人间无限辛酸的因由。

一天傍晚,我在动物园散步,正要回珍宝街的寓所,走过菩提树下大街,来到修道院街的旧教堂前。每当我从灯火辉煌的大街走进这狭窄昏暗的小巷,便望见这座凹形的旧教堂。教堂对面是栋出租的公寓房子。楼上一户人家在栏杆上晾着床单、衬衣什么的,还没有收进去;楼下是家小酒店,门口站着一个留长胡子的犹太教徒。楼房共有两座楼梯,一座直通楼上,另一座则通往地下室的铁匠家里。每当我望着这座三百年前的旧教堂,不知有多少次,都要愣在那里,出神好一会儿。

那晚,我刚要走过那里,看见上了锁的教堂大门上,倚着一个少女,在呜呜咽咽地抽泣。她看上去约莫十六七岁。头巾下面露出金黄色的秀发,衣着也不整洁。听到我的脚步声,她回过头来。我没有一支诗人的妙笔,无法形容她的容貌。她那泪光点点的长睫毛,覆盖着一双清澈如水、含愁似问的碧眼。不知怎的,她只这么一瞥,便穿透我的心底,矜持如我也不能不为所动。

她必定遇到什么意外的不幸,才会无所顾忌地站在这里啼哭。一缕爱怜之情,压倒了我的羞怯的心。我不觉走上前去问道:

"你为什么哭啊?我是个没有负担的外国人,或许能帮你点什么忙。"我简直为自己的大胆惊呆了。

她惊讶地凝目望着我的黄种人面孔,大概是我的真情已经形之于色。

"看来你是个好人,不像他那么坏,也不像我母亲……"

她刚止住的泪水,又顺着那惹人怜爱的面颊流了下来。

"请你救救我吧!免得我沦落到不堪的地步。母亲因为我不肯依她而打我。父亲刚刚过世,明天要下葬,可是家里连一分钱也没有。"

说完便又哽咽啜泣。我的眼睛只是注视着这少女低头啜泣不住颤动的颈项。

"我送你回家吧!你先冷静下来。这儿人来人往,别人会听见你哭的。"

她刚才说话时,不知不觉将头靠到我的肩上,这时,忽然抬起头来,仿佛才看见我,羞涩地躲开我身旁。

她大概怕人看见,走得很快。我跟在她后面,走进了教堂斜对面的大门。登上一座残破的石梯,到四楼有一扇小门,要弯了腰方能进得去。门上的拉手是用锈铁丝绞成的,少女用力拉了一下,里面有个老太婆嗄声问道:"谁呀?"还没等少女说完"爱丽丝回来了"这句话,门就咕冬一下打开了。那老太婆头发已经半白,长相不算凶恶,额上刻下了贫苦辛酸的印记,身上穿了一件旧绒衣,脚上是双脏拖鞋。爱丽丝向我点了点头,径自走进屋里。老太婆好像迫不及待似的使劲关上了门。

我茫然站在门外,无意中借着煤油灯光往门上看了一眼。上面用漆写着"艾伦斯特·魏盖尔特",下面是"裁缝"二字。这大概就是少女亡父的名字了。我听见屋内似有争吵之声,过了一会儿又沉静下来,门又打开了。那个老太婆走了出来,为方才的失礼,向我再三道歉,并把我让进屋里。一进门就是厨房,右面有一扇低矮的窗户,上面挂着洗得雪白的麻布窗帘。左边是一个简陋的砖砌炉灶。正面一间房间门半开着,屋里摆着一张蒙着白布的床。床上躺的想必是那个死者了。老太婆打开炉灶旁边的一扇门,把我让了进去。这是间朝街的顶楼,没有天花板。梁木从屋顶斜着伸向窗子,棚顶糊着纸。在矮得抬不起头的地方放了一张床。屋子中央有张桌子，桌面铺着好看的台布，摆了一二本书和照相本，瓷瓶里插着一束名贵的鲜花，和这间屋子不大相称。少女娇羞地站在桌旁。

她长得十分美丽。乳白色的脸庞在灯光映照下，微微泛红。手脚纤细，身材袅娜，绝不像一个穷苦人家的女儿。老太婆走出屋后，少女这才开口，语调带着土音：

"我把您带到这里来，请您谅解我的苦衷。您一定是个好人，请别见怪。我父亲明天就要安葬，本想去求肖姆贝尔希，您也许不认识他。他是维克多利亚剧院的老板，我在他那里已经工作了两年。本以为能救我们的急，不料他竟乘人之危，对我不怀好意。请您来救救我吧！哪怕我不吃饭，也要从微薄的薪金里省出钱来还您。要不然，我只好照母亲的意思办了。"说话之间，她已是泪眼模糊，浑身发颤。她抬眼看我时，十分媚人，令人对她的要求不忍心加以拒绝。她这眼波，不知是有意做作的呢？抑或是天然的风韵？

我袋里只有两三个马克，这点钱当然无济于事，便摘下怀表放到桌上，说："先用这个救一下急吧。让当铺打发伙计到珍宝街三号，找太田要钱就行。"

少女显得又惊讶又感动的样子。我伸出手来告辞时，她竟吻着我的手，手背上溅满她点点的热泪。

噢，这真叫不是冤家不聚头啊！事后，少女亲自到我寓所来表示谢意。我终日枯坐在窗下读书，右有叔本华的著作，左是席勒的作品，现在又插上一枝名贵的鲜花。从这时起，我同少女的交往日渐频繁，连我的同胞也有所察觉，他们臆断我准是找舞女来寻欢作乐的。其实我们二人之间完全是白璧无瑕。

同胞当中有个好事之徒，我不便说出他的名字，他竟在上司那里谗言诽谤，说我经常出入剧院，结交舞女。上司本来就认为我在学问上已经走入歧途，对我甚为不满，一听说我如此，便通知公使馆将我免官撤职。公使在传达命令时说，如果立即回国尚可发给路费，倘若在此羁留不走，将不予任何资助。我要求宽假一个星期，容我考虑。我这时正心烦意乱，又接到了生平最令我悲痛的两封来信。两封信几乎是同时寄到的。一封是母亲的亲笔信；另一封是一个亲戚写来的，报告我那挚爱恩慈的母亲过世的消息。我不忍在这里复述母亲信中的内容，热泪涔涔，使我无法下笔。

直到现在，我与爱丽丝的交往，比起别人的想象要清白得多。因为家境清寒，她没有受到充分的教育，十五岁时便被招去跟随舞师学艺，从事这个低贱的职业。满师之后，就在维克多利亚剧院演出，现在已是剧院里第二名舞星。然而，正如诗人哈克廉德尔所说，舞蹈演员好比"当代的奴隶"，身世是很凄惨的。为了一点微薄的薪金，白天要练功，晚上要登台。走进化妆室，虽然浓妆艳抹，华饰盛服，一出了剧院，却常是衣食不周，至于那些要赡养父母的，更有说不尽的艰辛。所以，据说她们当中，不少人不得不沦落到兼操贱业的地步。爱丽丝之所以能够幸免，一方面固然由于她为人本分，同时也因为有刚强的父亲多方呵护。她自幼喜欢读书，但所看的书都是从租书铺租来的庸俗小说。我们相识以后，我借书给她看，她渐渐体会到读书的趣味，纠正错误的语音，没有多久，给我的信里，错字也减少了。说起来，我们之间的关系首先是师生间的情谊。当她听说我突然给撤职时，不觉大惊失色。但我没有告诉她，这事与她不无关系。她要我瞒着她母亲，怕她母亲知道我没有官费后，会疏远怠慢我。

唉，有些细节就不必在这里说了。就在这时，我对爱丽丝的感情突然炽烈起来，终于变得难舍难分。尽管有人不理解我，甚至责备我，不该在一生中的紧要关头做下这种事。然而,我同爱丽丝相见之初,对她的爱情就是很深的。现在,她十分同情我的不幸遭遇,又因惜别在即而不胜悲戚地低垂了头。几缕秀发拂在脸颊上,是那么妩媚动人,深深印在我这悲愤欲绝、深受刺激、不大正常的脑海里,使我在迷离恍惚之中走到了这一步,又能奈何!

公使约定的日子快到了,我的命运也即将决定。如果就此回国,不仅学无所成,还背了一个坏名声,此生不复有出头之日。倘若留下,学费又毫无着落。

当时,能够帮助我的,惟有现在与我同行的相泽谦吉。他在东京,当上了天方大臣的秘书官。在政府官报上,他看到我被撤职的消息,便向某报社总编提议,任用我为该社驻柏林通讯记者,负责报道政治和文艺方面的消息。

报社的报酬虽然微不足道,可是我想,只要搬个家,换个便宜的餐馆,总可以维持最低生活。这时,诚心诚意来帮助我的便是爱丽丝。她极力劝说母亲,让我寄居在她们家里。爱丽丝和我也不知从什么时候起,把微乎其微的收入合在一起,在穷愁潦倒之中也度过了些愉快的时日。

每天早晨喝过咖啡,爱丽丝便去排练场,如果不排练就留在家里,我则到基奥尼希街一家门面很窄,进深却很长的休息所,浏览所有的报纸,用铅笔抄下各种资料。在这间借天窗采光的屋子里,有些是没有固定职业的年轻人,也有靠出借小额贷款优游度日的老人,还有一些是从交易所出来偷闲片刻的生意人。我和他们坐在一起,在冰凉的石桌上挥笔疾书,连年轻侍女送来的咖啡放冷了都顾不上喝。墙上并排挂了许多种报纸,全用木头报夹夹了起来。我一再过去调换报纸,局外人不知要怎样猜度我这个日本人呢!靠近一点钟的时候,爱丽丝从剧院排练回来,顺路到这里来找我一同回去。对这个体态轻盈,能作掌上舞的少女,必定会有人看了感到惊讶的。

我的学业是荒废了。靠屋顶下一盏昏暗的灯光,爱丽丝从剧院回来后坐在椅子上做针线活,我在她旁边的桌子上写新闻稿。这和从前拼凑枯燥乏味的法律条文截然不同,现在是就风云变幻的政界动向,以及有关文学美术界新思潮的评论等问题,作综合报道。我与其说是学皮约尔涅,毋宁说是尽可能用海涅的构思方法,写出各种文章来。其中,德皇威廉一世和腓力特烈三世相继崩殂,新皇继位,俾斯麦侯爵进退如何等问题,我尤其作了详尽的报道。所以,这一向忙碌不堪,我自己有限的一些藏书,根本无暇翻阅,更不要说温习功课了。大学学籍虽然还保留着,但因缴不出学费,所以尽管选修一门功课,也难得去听上一回。

学业固然荒废了,却长了另外一种见识。何以见得呢?说来当时欧洲各国在民间学术的普及上,没有哪一个国家赶得上德国。许多有见地的论文,散见于几百种报纸杂志上。我当了通讯记者之后,以我在大学里培养出来的敏锐的眼光,通过这一向大量阅读,抄写摘录,知识面不断拓宽,如今能够触类旁通,综合概括,达到了本国留学生所梦想不到的境界。他们当中有人甚至连德国报上的社论都不常看哩。

明治二十一年的冬天来到了。大街上的人行道,已经用铁锹铲平了雪,铺上沙子。修道院街这一带路面上结了一层薄冰,已经看不出高高低低的了。清早一开门,冻饿而死的麻雀落在地上,看着叫人觉得可怜。屋内尽管生火取暖,可是北欧的寒气依然透过石墙,渗过棉衣,实在令人难以忍受。前二三天的夜里,爱丽丝在舞台上晕倒了,叫别人扶回家来。从那以后,她说不舒服,在家休息,吃了东西便想吐。还是爱丽丝的母亲第一个想到,她是不是怀孕了。唉,正当我前途渺茫,一身无着之际,如果真是这样,叫我怎么办呢?

这天是星期日,我待在家里,心情抑郁寡欢。爱丽丝还不至于要卧床,她坐在小火炉边一把椅子上,一声也不响。这时,外面有人叩门,不大一会儿,爱丽丝的母亲从厨房里进来,交给我一封信。信上的字体很熟悉,一看就知道是相泽的笔迹。贴的是德国邮票,盖着柏林的邮戳。我有些纳闷,拆开一看,里面写道:"事出仓促,未及函告。我随天方大臣已于昨夜抵达柏林。伯爵拟召见你,望速来。此为恢复名誉之良机。匆匆,不赘。"爱丽丝见我看完信,神情茫然,便问:"是家乡来的信么?不会是什么坏消息吧?"她大概以为又是报社关于稿酬的事。"不是,别担心。你知道,那个相泽陪着大臣到柏林来了,叫我去一趟。事情很急,要我马上去。"

即便是母亲打发心爱的独子出门,恐怕也不及爱丽丝这么妥帖周到。她可能考虑到我要谒见大臣,便扶病起来,给我找了一件雪白的衬衫,拿出一向保存得好好的二排对扣的大礼服,连领带也是她亲手给我系的。

"这样一来谁能说你不体面!你照照我的镜子看!怎么这么一副不高兴的样子啊?连我都想跟着你去看看呢。"接着她庄重说道:"不像了,换上这身衣服,简直认不出是我的丰太郎。"她沉吟了一下又说:"倘如你有飞黄腾达的一天,即便我的病不是母亲说的那种,你也不会遗弃我吧?"

"什么?飞黄腾达?"我笑了笑。"几年来我已经绝了涉足官场的念头。我并非想去见大臣。只是想看看阔别几年的朋友罢了。"爱丽丝的母亲叫来一辆最好的马车,车轮轧轧辗过积雪的大街,停在窗下。我戴好手套,披上不十分干净的大衣,拿起帽子,同爱丽丝吻别之后,便走下楼去。她打开结了冰的窗户,任凭北风拂弄她蓬乱的头发,目送我乘上马车离去。

我在皇家饭店门口下了车。向侍者问清相泽秘书官的房间号码,踏上很久没有走过的大理石楼梯。我先走进衣帽间,中间的柱子旁边摆着铺了长毛绒的沙发,正面竖着穿衣镜,我脱下大衣,然后沿着走廊走到相泽的房门口。我不禁有些犹豫:在大学读书时,相泽曾极口称赞我品行方正,今天相见,不知他会用怎样的目光来看我?走进房间一见面,相泽外表虽然比前略胖,更其魁伟,但性情依然豪爽。对我的有失检点似乎并不怎么介意。我们来不及畅叙别情,他便引我去谒见大臣。要我办的事,其实就是翻译一份德文紧急文件。我接过文件,退出大臣房间,相泽也随后出来,邀我一起去吃早饭。

在饭桌上,多半是他问我答。因为他生平一帆风顺,而我却是命运多蹇。

我开诚布公,诉说我所遭遇的不幸。相泽听了不时感到惊讶,不仅没有责备我的意思,反而斥责那班庸俗小人。等我讲完,他正色规劝了我一番。大致意思是:这些事之所以发生,是因为你天性懦弱之故,事到如今,说也无济于事。然而,一个才学兼备的人,岂能为一个少女的爱情,毫无目的地长此以往!目前天方伯爵有意要用你的德语。他知道你当时被革职的原因,已有先入之见,我也不便劝他改变看法。伯爵要是看出我在维护你,不仅于你无益,对我自己也不利。推荐一个人,最好是先露其才。你当以自己的才干取信于伯爵。再者,你同那少女的关系,即使她对你真心实意,彼此情深意浓,这样的爱情也绝非出于慕才,实则上是男女之间的情好而已。你应当痛下决心,同她断绝这层关系。

仿佛是大海上迷失方向的人,望见了远山,相泽给我指明了前进的方向。然而,这远山尚在浓雾之中,究竟何时方能到达?再者,即使到达了,我是否就能心满意足也难意料。眼前生活虽然清苦,却也不无乐趣,爱丽丝的爱情也使我割舍不得。我这颗软弱的心,一时竟拿不定主意,姑且听从朋友的劝告,答应他斩断这段情缘。同我敌对的一切,我为了不失身份,还常常能抵挡一番,然而,对于朋友,我却说不出一个"不"字来。

我告辞出来,寒风扑面。旅馆的餐厅里,关着双层玻璃窗,又生着陶制火炉,一走出来,下午四时的寒气,透过单薄的大衣,袭在身上,实在难以禁受,不但身上起了鸡皮疙瘩,连心里也感到一层寒意。

一夜之间,我便把文件译完。此后,到皇家饭店去的次数也多起来。起初,伯爵只同我谈公事,后来便提到国内最近发生的一些事情,听听我的见解,偶尔也讲些旅途上人家闹的笑话,说罢哈哈大笑。

大约过了一个月,有一天,伯爵突然问我:"我明天要去俄国,你能随我去一趟吗?"因为相泽公务繁忙,已经几天没有见到他。这一问,使我不免感到意外,随即答道:"敢不从命?"说来惭愧,我这回答,并非出于当机立断。凡是我所信赖的人猝然间问我什么事时,我往往不假思索就应承下来,而不去推究该如何回答才算得体。一经允诺,即便发现有为难之处,也只好勉为其难,硬着头皮去履行自己的诺言。

当天我领了旅费和译稿费回家。把译稿费交给爱丽丝,这笔钱足够她们维持到我从俄国回来。爱丽丝告诉我,经过医生检查,她确是怀了孕。因为有贫血,需要休养几个月。可是剧院老板说,她请假太久,已经被开除。其实,她才请了一个月假,对她这样苛刻,自有别的原因。我去旅行的事,爱丽丝并无着恼的表示,因为她对我的情意是深信不疑的。

这次乘火车出门,路途不算远,所以无须太多准备,只借了一套合身的黑礼服,新买一本哥达版的俄国宫廷贵族名录和两三本字典,届时收进一只小皮箱里就行了。近来接二连三的事很多,我走之后,爱丽丝留在家里会更加烦闷,尤其怕她到车站送行时会哭哭啼啼,所以第二天清早便打发她母亲陪她上朋友家去。我收拾好行装,锁上门,把钥匙存在门口鞋铺老板那里便动身走了。

关于这次俄国之行,该说些什么呢?我作为翻译,居然青云直上。随同大臣一行在彼得堡逗留期间,环绕我的,是冰雪世界中的王宫抄袭巴黎的绝顶豪华而呈现的富丽堂皇;是点起无数支黄蜡烛,在烛光灯影中闪闪发光的勋章和肩饰;是在精工雕刻的壁炉里燃着熊熊火焰,使宫女们忘记屋外的寒冷而羽扇轻摇。一行人中,数我法语说得最流利,所以在宾主之间,周旋办事的也大抵是我。

在这期间,我并没有忘掉爱丽丝。不,她天天寄信来,我怎能忘记她呢?我动身那天,她怕独对孤灯,寂寞难挨,所以在朋友那里直谈到夜深人倦,回到家里,倒头便睡了。第二天清早醒来,只剩下孤零零一个人,还疑是身在梦中。起床后那份孤凄的意绪,即便在生活艰难、吃不上饭的日子里也是不曾有过的。这是爱丽丝第一封信的大致内容。

过些日子寄来的另一封信,大概是在极为悲苦的心情中写的。信是用一个"不"字开的头:不,直到现在我才明白,我思念你的心竟是如此之深!你曾说过,家乡早已没有亲人,只要在这里能够找到生活出路,就可以留下来,而我也要用我的爱情把你拴住。倘若这一切仍然留你不住,你一定要回国的话,我和母亲就跟你一起去,这也不难,只是偌大一笔路费到哪儿去筹措呢?所以,我常常想,无论如何,我也要设法在这里活下去,直等到你有出头之日。可是,你这次短期旅行,刚走开二十来天,我这种离愁别绪就已经一天深似一天了。我原以为分离只是一时的痛苦,这想法真是好不糊涂。我的身子越来越不便了,看在这个份上,不管发生什么事,你千万不能抛弃我啊!我和母亲曾经大吵一场。她看我这次打定主意,不同往常,便也软下心来。她说,如果我跟你东去日本,她便住到什切青的乡下,去投靠一位远亲。来信说大臣很器重你,既然如此,我的路费总有办法可想吧。我现在只是心心念念盼着你回到柏林的那一天。

啊！看了这封信，我对自己的处境，才若有所悟。我的心竟这样迟钝麻木，真是羞煞人！无论对自己的进退，抑或是不相干的别人的事，我一向自负很有决断。可是这种决断，只产生于顺境之中，而不存在于逆境之时。我心中洞明事理的这块明镜，一旦照到自己同别人的关系上，便是一片模糊了。

大臣待我很厚。而我目光短浅，只看到自己应尽的职责，至于这一切同我的未来有何关系，天晓得，我可是想都没想过。这一切，现在既已明了，心情哪里还能平静？当初朋友推荐我的时候，要博得大臣信任，如同房上的小鸟一样不可企及，现在似乎已稍有把握。日前相泽在言谈之中，也曾露出一点口风，回国之后彼此倘能继续如此相处云云。难道大臣曾经言已及此，只因碍于公事，哪怕是知交好友，相泽也不便向我明言么？如今细想起来，我曾经轻率地说过，要同爱丽丝斩情绝爱，这话他大概早已报告给大臣了。

唉！初到德国之时，自以为认清了自己，誓不再做拨一拨动一动的机器人。然而，这岂不像一只缚住双脚的小鸟，放出笼子，暂时还能扑打双翅飞翔，便自诩为获得自由一样么？脚下的绳索已经无法解脱，以前握着这绳索的是某部我的上司，如今这条绳索，唉，说来可怜，又握在天方伯爵手中。我同大臣一行回到柏林，正是新年元旦。在车站分手后，我驱车直奔家里。当地至今还有除夕彻夜不眠，而元旦白天睡觉的习惯，所以街上万户寂然。天气劲寒，路旁的积雪化成棱角突兀的冰片，在灿烂的阳光下晶莹发光。马车拐进修道院街，停在家门口。这时听见有开窗的声音，我在车里却望不见。我让车夫提着皮箱，刚要上楼，劈面遇见爱丽丝跑下楼来。她大叫一声，一把搂住我的脖子。车夫看了一愣，大胡子动了动，不知咕哝了句什么。

“这下好了，你可回来了！再不回来，我都要想死了！”

直到此时，我的心一直游移不定，思乡之情和功名之心，时而压过儿女之情占了上风。唯独在这一瞬间，一切踌躇犹豫全都抛诸脑后，我拥抱着爱丽丝，她的头靠在我肩上，喜悦的泪水扑簌簌地落在我的肩头。

“送到几楼？”车夫像打锣似地喊了一声，早已上了楼梯。

爱丽丝的母亲迎了出来，我把车钱交给车夫，爱丽丝便拉着我的手，急忙走进屋里。一眼看去，不觉吃了一惊。桌子上摆了一堆白布和白花边之类的东西。

爱丽丝指着这堆东西笑着说：“你瞧我准备得怎么样？”说着又拿起一块白布来，原来是一副襁褓。“你想想看，我心里该多高兴。生下来的孩子准会像你，有一对黑眼珠。哦，我连梦里都看见你这对黑眼珠。孩子生下来以后，你这好心人，决不至于不叫他姓你的姓吧？”爱丽丝低下了头。“你不要笑我幼稚，等到上教堂去洗礼那天该多高兴啊！”她抬起头望着我，眼睛里噙满了泪水。

这两三天里，我揣想大臣一路上车马劳顿，恐怕还未恢复，也就没有前去拜访，只待在家里。一天傍晚，大臣派人来召请我。到了那里，大臣对我优礼相加，问过旅途辛苦之后，便说道：“你是否愿意随我一起回国？我虽然不知道你学问如何，但仅凭外语一项便足可称职。你在此耽搁日久，也许会有什么牵累，不过我问过相泽，听说倒没有什么，我也就放了心。”大臣的语气神色，简直不容我有辞谢的余地。我进退维谷，也不便说相泽的话不确，而且心中掠过一个念头，机不可失，不然，就会失掉回国的机会，断绝挽回名誉的途径，势必葬身于这座欧洲大城市的茫茫人海之中。啊，我的心竟是这样没有操守！我居然回答说：“悉听阁下吩咐。"

纵然我有铁皮厚脸,回去见到爱丽丝又将如何开口?从旅馆出来,我的心绪纷乱已极。我不辨东西南北,只顾回思凝想。一路走去,不知有多少次遭到马车夫的呵斥,吃惊之下才慌忙躲开。过了好一会儿,猛然一看,已经到了动物园。我倒在路边的长椅上,头靠在椅背上,热得发烫,如同用锤子敲打似的嗡嗡直响。这样像死去一般,不知呆了多久。当我感到严寒彻骨醒过来时,天已入夜。雪花纷飞,帽檐和大衣肩上,已经积起一寸多厚的雪。

大约已经过了十一点了。通往莫哈比特和卡尔街的铁道马车的铁轨已被大雪盖没,勃兰登堡门旁的煤气灯光雾凄迷。我想站起身来,两腿却已冻僵,用手揉搓了一阵,这才勉强能走。

我步履蹒跚,走到修道院街时,似乎已过午夜。这一段路究竟是怎样走过来的,我自己也茫无所知。一月上旬的夜晚,菩提树下大街上的酒家饭店,正是顾客盈门好不热闹的时刻,而我却全然不觉。满脑子就这么一个念头:我是一个不可饶恕的罪人。

在四层的顶楼里,爱丽丝大概还未睡下。一星灯光灿然穿过夜空,在漫天飞舞的鹅毛大雪中乍隐乍现,宛如被逆风吹得忽明忽灭。进了大门,我觉得疲惫不堪,浑身的关节疼痛难忍,爬也似的上了楼。走过厨房,开门进到屋里,在桌旁缝制襁褓的爱丽丝回过头来,"啊哟!"惨叫一声,"你怎么啦?瞧你这一身!"

难怪她要吃惊,我的脸色像死人一样惨白,帽子也不知何时失落了,头发散乱。路上不知跌了多少跤,衣服上沾满泥雪,还撕裂了好几处。

记得当时我想答话,却又语不成声。两腿索索发抖,站立不稳,刚想抓住椅子,便一头栽倒在地上。

等我神态清醒过来,已是几个星期之后的事了。病中我发高烧,说谵语,爱丽丝一直小心服侍在侧。一天,相泽来找我,发现了我向他隐瞒的这些真情。他只告诉大臣说我病了,其他情况全替我掩饰过去了。我第一次认出守在病床旁的爱丽丝时,她已经变得不成样子,我看了简直大吃一惊。这几个星期里,她瘦得形销骨立,眼睛里布满血丝,凹了进去,灰白的脸颊也陷得很深。每日的生计虽有相泽接济得以维持,然而,这个恩人却在精神上把她毁了。

后来听说,爱丽丝见到相泽,得知我对相泽的前约,以及那晚对大臣的许诺,便霍地从椅子上站起,面如土色,叫道:"我的丰太郎,你竟把我欺骗到这种地步!"当场昏了过去。相泽把她母亲喊来,抬她上床。过了片刻,才苏醒过来,两眼直瞪瞪的,连人也不认得了。她喊着我的名字大骂,又揪头发,又咬被子,忽而又像想起什么似的找东西。她把母亲递给她的东西一件件全扔掉,可是递给她桌上的襁褓时,她轻轻摩挲着,捂在脸上,痛哭不已。

后来,爱丽丝虽然没有再闹,精神上却完全垮了,痴呆呆的,如同婴儿。经医生检查,说是由于极度刺激而突然引起的一种妄想症,已无治愈的希望。本想送她进达尔道夫精神病院,她哭着叫着不肯去。嗣后,一直随身带着那副襁褓,不时拿出来看看,看着看着便啜泣起来。爱丽丝不肯离开我的病床,看来这不是有意识的行为。有时忽然像想起什么似的,对我嚷着:"吃药,吃药。"

我的病已经痊愈。不知有多少次,我抱着虽生犹死的爱丽丝,流下无数热泪。我随大臣启程东归之前,经与相泽商妥,给爱丽丝的母亲留下一笔赡养费,足够她们维持起码的生活,并托她在这可怜的疯女临产时好生照料一切。

唉！世上难得有像相泽谦吉这样的良朋益友。可是，我心里对他至今仍留着一点恨恨之意。

（《舞姬》，高慧勤译，解放军文艺出版社 2005 年版）

【提示】

生死爱情：弱女痴情

《舞姬》的主人公是一个留学德国的日本青年官吏，他爱上一个德国穷舞女，但在日本专制官僚制度和封建道德的压力下，最终抛弃怀有身孕的未婚妻，酿成爱情悲剧。

《杜十娘怒沉百宝箱》是明代白话短篇小说集《三言》中《警世通言》中的名篇，也是明代拟话本中思想性和艺术性最高的代表作品之一，是中国文学史上最为杰出的短篇小说之一。这篇小说以极其细腻的笔触塑造了一个执着追求自己心目中美好理想的女性形象，取得了非凡的艺术成就。作品反映杜十娘对真正爱情和人性尊严的渴望，同时也深刻揭露了封建社会中金钱和门第观念的丑恶。这两部爱情悲剧，不仅是人物性格的悲剧，更是一个社会的悲剧，时代的悲剧。

两篇小说的相似点是两位女主人公身份接近：一位是京城名妓；一位也是为生活所迫，15 岁开始就混迹于有不少"兼操贱业"的低贱职业——舞女之中。两个男主人公行为相似：一位始乱终弃者是利欲熏心的公子李甲；一位负心郎表面上看来是由于个性犹豫、被动而为，实际上从未决心抵抗仕途诱惑、想对身怀六甲的情人承担责任的丰太郎。而且两部作品都有一个诱导男主人公背信弃义始作俑者：盐商孙富和天方大臣的秘书官、丰太郎的"良朋益友"相泽谦吉。

从人物性格来讲，杜十娘是个极其自尊的女人，从计谋跳出火坑，到周全设计退路等，丝毫不让李甲看低自己，最后怒沉百宝箱，更是对自身尊严的维护。同时杜十娘又是一个性格极为刚烈的女性。她把爱情看得高于一切，宁为玉碎，不为瓦全。她因情而生，因情而死。当她全身心经营两年的感情被颠覆时，自己的生活寄托不复存在，万念俱灰，惟有死才可以解脱成全她的完美爱情。而《舞姬》中的爱丽丝有与杜十娘一般的痴情，但在软弱而又虚伪的丰太郎的欺骗中只能沦为一个无助的受害者，她的因精神崩溃而致的痴呆与杜十娘以死抗争也不可同日而语。至于丰太郎，小说虽然以大量的笔墨、以自述的方式描述了他内心的矛盾、痛苦和他的自责，但最终选择走求取功名之路使他的爱情承诺显得多么苍白！实在也比李甲好不了多少，这种东方式虚伪的根源是相似的封建专制主义的社会背景。而在封建礼教观念禁锢下女性的命运则更为悲惨。她们作为人的价值得不到承认，等级森严的制度和"纲常伦理"观念又残酷地扼杀她们的天性，封建的婚姻、道德观的牢牢钳制使她们的一切梦想最终都会化为乌有。两部作品中主人公的反抗与强大的封建势力的反差决定了他们的反抗不可避免的悲剧性，他们的命运似乎在冥冥之中早已被注定。

鲁迅曾言：悲剧是将人生有价值的东西毁灭给人看。如果说杜十娘的悲剧价值在于中国女性以激烈的行动体现了对美好爱情的孜孜追求，冲击着传统的价值观念和意识，冲破了旧有的等级、尊卑秩序；那么，《舞姬》悲剧则反映了具有近代意识的日本青年对当时强大的权利机构和封建因袭制度的有限抗争，这种反抗主要是思想意识上的。

（连　蜀）

思考题

1. 杜十娘有心追随李甲，为何到自尽之时才显露自己的万贯私蓄？
2. 应该怎样认识一个未出场的人物——李甲的父亲在小说中的作用？
3. 你如何认识杜十娘抱匣沉江的行为？

十、梁山伯与祝英台(越剧节选)

袁雪芬　范瑞娟　徐进[①]

产生于东晋时代的梁山伯与祝英台的故事,是我国古代四大民间传说之一,唐代张读《宣室志》已有记载。一千多年来,"梁祝"在民间歌谣、说唱和戏曲、小说等各种文艺体裁中不断演化,广泛流传,闻名海内外,影响深远。20世纪初,活跃在浙江农村的"小歌班"已有演唱这一故事的戏文。40年代初,越剧艺术家袁雪芬先后与马樟花、范瑞娟合作,由南薇执笔,将旧本压缩为一本《梁祝哀史》。中华人民共和国成立后,又在《梁祝哀史》基础上,整理、改编成越剧《梁山伯与祝英台》(袁雪芬、范瑞娟口述,徐进等改编),1952年在第一届全国戏曲观摩演出大会上,获剧本奖和演出一等奖。1953年,由袁雪芬、范瑞娟主演,摄制成彩色戏曲艺术影片。作为中国传统文化遗产的精品,在国内外演映,深受欢迎,多次获奖,被誉为"中国的《罗密欧与朱丽叶》",显示了中华民族艺术奇葩的世界魅力。

第四场　十八相送

[途次]

幕后(合唱)三载同窗情如海,山伯难舍祝英台。

　　　　　相依相伴送下山,又向钱塘道上来。(梁山伯、祝英台、四九、银心上)

祝英台(唱)书房门前一枝梅,树上百鸟对打对。

　　　　　喜鹊满树喳喳叫,向你梁兄报喜来。

梁山伯(唱)弟兄两人下山来,门前喜鹊成双对。

　　　　　从来喜鹊报喜信,恭喜贤弟一路平安把家归。

祝英台(白)梁兄请。

梁山伯(白)贤弟请。

祝英台(唱)出了城,过了关,但只见山上樵夫将柴砍。

梁山伯(唱)起早落夜多辛苦,打柴度日也很难。

祝英台(唱)他为何人把柴打?你为哪个送下山?

梁山伯(唱)他为妻子把柴打,我为你贤弟送下山。

祝英台(唱)过了一山又一山。

梁山伯(唱)前面到了凤凰山。

祝英台(唱)凤凰山上百花开。

梁山伯(唱)缺少芍药共牡丹。

祝英台(唱)梁兄若是爱牡丹,与我一同把家还。

　　　　　我家有枝好牡丹,梁兄要摘也不难。

梁山伯(唱)你家牡丹虽然好,可惜是路远迢迢怎来攀!

祝英台(唱)青青荷叶清水塘,鸳鸯成对又成双。

梁兄啊！英台若是女红妆，梁兄愿不愿配鸳鸯？

梁山伯(唱)配鸳鸯，配鸳鸯，可惜你，英台不是女红妆！

银　心(唱)前面到了一条河，

四　九(唱)漂来一对大白鹅，

祝英台(唱)雄的就在前面走，雌的后面叫哥哥。

梁山伯(唱)未曾看见鹅开口，哪有雌鹅叫雄鹅！

祝英台(唱)你不见雌鹅对你微微笑，她笑你梁兄真像呆头鹅！

梁山伯(唱)既然我是呆头鹅，从此莫叫我梁哥。(梁山伯生气，祝英台向之赔罪)

祝英台(白)梁兄……

银　心(唱)眼前一条独木桥。(梁山伯先上了桥)

梁山伯(白)贤弟，你快过来啊！

祝英台(唱)心又慌来胆又小。

梁山伯(唱)愚兄扶你过桥去。(梁山伯扶祝英台过桥，至桥中心)

祝英台(唱)你我好比牛郎织女渡鹊桥。(梁山伯扶祝英台下桥，四九、银心随之过桥)

幕　后(合唱)过了河滩又一庄，庄内黄狗叫汪汪。

祝英台(唱)不咬前面男子汉，偏咬后面女红妆。

梁山伯(唱)贤弟说话太荒唐，此地哪有女红妆？

放大胆量莫惊慌，愚兄打犬你过庄。

祝英台(唱)眼前还有一口井，不知井水多少深？(投石井中)

梁山伯(唱)井水深浅不关情，还是赶路最要紧。(祝英台要梁山伯照影，遂相扶至井前视)

祝英台(唱)你看井底两个影，一男一女笑盈盈。

梁山伯(唱)愚兄明明是男子汉，你不该将我比女人！

幕　后(合唱)过一井来又一堂，前面到了观音堂。

梁山伯(唱)观音堂，观音堂，送子观音坐上方。

祝英台(唱)观音大士媒来做，来来来，我与你双双来拜堂。(拉梁山伯同跪)

梁山伯(唱)贤弟越说越荒唐，两个男子怎拜堂？走吧！

幕　后(合唱)离了古庙往前走。

银　心(唱)但见过来一头牛。

四　九(唱)牧童骑在牛背上。

银　心(唱)唱起山歌解忧愁。

祝英台(唱)只可惜对牛弹琴牛不懂，可叹梁兄笨如牛。

梁山伯(唱)非是愚兄动了怒，谁教你比来比去比着我！

祝英台(唱)请梁兄，莫动火，小弟赔罪来认错。

梁山伯(白)好了，快走吧。

祝英台(唱)多承梁兄情义深，登山涉水送我行。

常言道送君千里终须别，请梁兄就此留步转回程。

梁山伯(唱)与贤弟草桥结拜情义深，让愚兄送你到长亭。(双双又行)

幕　后(合唱)十八里相送到长亭，十八里相送到长亭。(梁山伯、祝英台入亭坐，四九、银心在亭下休息。)

祝英台(唱)你我鸿雁两分开。

梁山伯(唱)问贤弟你还有何言来交代?

祝英台(唱)我临别想问你一句话,问梁兄你家中可有妻房配?

梁山伯(唱)你早知愚兄未婚配,今日相问又何来?

祝英台(唱)若是你梁兄亲未定,小弟给你做大媒。

梁山伯(唱)贤弟替我来做媒,未知千金哪一位?

祝英台(唱)就是我家小九妹,不知梁兄可喜爱?

梁山伯(唱)九妹今年有几岁?

祝英台(唱)她与我同年——乃是双胞胎。

梁山伯(唱)九妹与你可相像?

祝英台(唱)她品貌就像我英台。

梁山伯(唱)未知仁伯肯不肯?

祝英台(唱)家父嘱我选英才。

梁山伯(唱)如此多谢贤弟来玉成。

祝英台(唱)梁兄你花轿早来抬。我约你,七巧之时……

梁山伯(白)噢,七巧之时,

祝英台(唱)……我家来。

幕后女声(合唱)临别依依难分开,心中想说千句话,
　　　　万望你梁兄早点来。

——幕落

第八场　楼台会

[楼台][祝英台在幕后合唱声中上]

幕　后(合唱)久别重逢梁山伯,倒叫我又是欢喜又伤悲。
　　　　喜的是今日与他重相会,悲的是美满姻缘已拆开。

祝英台(唱)但见他喜气冲冲来访九妹,我只得强颜欢笑上楼台。

(梁山伯上)

祝英台(白)梁兄请。

梁山伯(白)贤妹请。

祝英台(白)梁兄请坐。

梁山伯(白)贤妹请坐。

祝英台(白)梁兄,你我长亭分手,别来可好?

梁山伯(白)好! 贤妹家居,想必安适?

祝英台(白)托梁兄之福,也还好……梁兄此来还是路过,还是特到?

梁山伯(白)愚兄乃特地到此,一来与仁伯大人问安,二来想望望你家九妹。

祝英台(白)九妹……

梁山伯(唱)那一日钱塘道上送你归,你说家有小九妹,
　　　　长亭上面做的媒,愚兄是特地登门求亲来。

祝英台(唱)梁兄啊! 你道九妹是哪一个? 就是小妹祝英台。

梁山伯(白)愚兄知道就是——

　　　(唱)贤妹啊！梁山伯与祝英台，前世姻缘配拢来。

祝英台(唱)见他欢笑我心碎，他怎知，爹爹已将我终身配。

梁山伯(唱)久别重逢应欢喜，你因何脸上皱双眉？

祝英台(唱)梁兄啊！我有一件伤心事，要想明说……口难开。

梁山伯(白)你我之间，还有什么话不可讲的？尽说不妨。

祝英台(白)梁兄……自从小妹别你回家，爹爹作主已将小妹终身许配……马家了。

梁山伯(白)马家……马？

祝英台(白)马太守的儿子马文才。

梁山伯(白)(惊愕良久)英台！你、你……好……

　　　(唱)你在长亭自作媒，说道家有小九妹。

　　　　既然九妹就是你，你为何又许马文才？

祝英台(唱)梁兄啊！难道你小妹心意尚不知？

　　　我岂愿嫁与马文才！

梁山伯(唱)贤妹啊！

　　　我与你海誓山盟情义在，我心中只有你祝英台。

　　　你爹爹作主许马家，你就该快把亲事退！

祝英台(唱)我千方百计把亲退，拒绝马家聘和媒。

　　　怎奈是爹爹绝了父女情，他不肯把马家亲事退。

梁山伯(白)啊！

　　　(唱)你爹爹不肯把亲退，我梁家花轿先来抬！

　　　　杭城请来老师母，祝家厅上坐起来。

　　　　聘物就是玉扇坠，紧紧藏在袖管内。

　　　　玉蝴蝶，玉扇坠，难道不能夫妻配？

祝英台(唱)玉蝴蝶，玉扇坠，蝴蝶本应成双对。

　　　岂知你我自作主，无人当它是聘媒。

梁山伯(唱)纵然是无人当它是聘媒，我也要与你生死两相随。

　　　我要写成冤状当官告，头顶状纸进衙内，

　　　就告你父祝员外，

　　　他不该欺贫爱富图赖婚姻犯大罪。

　　　我再告那仗势欺人马文才，他活夺我爱妻该有罪。

　　　这一张状纸进衙内，倘若为官是清正，

　　　只断拢来不断开。

祝英台(唱)梁兄句句痴心话，小妹寸心已粉碎。

　　　你可知堂堂衙门八字开，官官相护你总明白，

　　　那马家有财又有势，你梁家无势又无财，

　　　万一你告到衙门内，梁兄你于事无补要先吃亏。

　　　梁兄啊，梁门唯有你单丁子，白发老母指望谁？

　　　我英台此生已无望，梁兄你另娶淑女……

梁山伯（唱）哪怕是九天仙女我不爱！（梁山伯默然坐下）（银心上，设酒）（银心下）

祝英台（唱）梁兄特地到寒舍，小妹无言可安慰，

亲斟薄酒敬梁兄。

梁山伯（唱）想不到我特来叨扰你酒一杯。

祝英台（白）梁兄。

（唱）记得草桥两结拜，同窗共读有三长载，

情投意合相敬爱，我此心早许你梁山伯。

可记得你看出我有耳环痕，

使英台面红耳赤口难开；

可记得十八里相送长亭路，我是一片真心吐出来；

可记得比作鸳鸯成双对，

可记得牛郎织女把鹊桥会，

可记得井中双双来照影，

可记得观音堂上把堂拜。

我也曾留下聘物玉扇坠，我是拜托师母做大媒；

约好了相会之期七巧日，我也曾临别亲口许九妹；

实指望有情人终能成眷属，

谁知道美满姻缘两拆开。

梁兄啊！我与你梁兄难成对，爹爹允了马家媒；

我与梁兄难成婚，爹爹受了马家聘；

我与梁兄难成偶，爹爹饮过马家酒。

梁兄啊！爹爹之命不能违，马家势大亲难退。

梁山伯（唱）英台说出心头话，我肝肠寸断口无言，

金鸡啼破五更梦，狂风吹折并蒂莲！

我只道两心相照成佳偶，谁又知今生难娶祝英台。

满怀悲愤无处诉啊……无限欢喜变成灰！（梁山伯愤极成疾）

祝英台（白）梁兄你……你……你……

（唱）梁兄啊！你千万珍重莫心灰。

梁兄啊！这种种全是小妹来连累。

梁山伯（白）贤妹，愚兄决不怨你。你可知，我为你一路上奔得汗淋如雨呵！

（唱）贤妹妹，我想你，神思昏沉饮食废。

祝英台（唱）梁哥哥，我想你，三餐茶饭无滋味。

梁山伯（唱）贤妹妹，我想你，提起笔来把字忘记。

祝英台（唱）梁哥哥，我想你，拿起针来把线忘记。

梁山伯（唱）贤妹妹，我想你，衣冠不整无心理。

祝英台（唱）梁哥哥，我想你，懒对菱花不梳洗。

梁山伯（唱）贤妹妹，我想你，荣华富贵不足奇。

梁山伯（唱）贤妹妹，我想你，哪日不想到夜里。

祝英台（唱）梁哥哥，我想你，哪夜不想到鸡啼。

梁山伯（唱）你想我来我想你。
祝英台（唱）今世料难成连理。
梁山伯（唱）辞别贤妹回家行。
祝英台（白）梁兄，你这个样子，我……
梁山伯（唱）我死在你家总不成！
祝英台（白）梁兄执意要归，小妹不敢强留，让我送你一程。梁兄啊……
——幕落

第九场　送　兄

［回廊。祝英台扶梁山伯出］
祝英台（唱）送兄送到藕池东，荷花落瓣满池红，
荷花老来结莲子，梁兄访我一场空。
送兄送到小楼南，你今日回去我心不安，
我和你今世无缘成佳偶，来生和你再团圆。
送兄送到曲栏西，你来时欢喜去悲惨，
今日你我分离后，人虽分离心不离。
送兄送到画堂北，劝兄回家不要哭，
英台不是无情人，一片真心如碧玉。
眼前就是上马台，今日别后何时来？
梁山伯（唱）回家病好来看你，唯恐我短命夭殇不能来。
祝英台（唱）梁兄说此伤心话，我肠欲断来心欲碎。
英台此身难自主，此心长随梁山伯。
你是好好来访我，反而害你扶病归。
梁山伯（唱）要是我有不测长和短，就在那胡桥镇上立坟碑。
祝英台（唱）立坟碑，立坟碑，梁兄你红黑两字刻两块，
黑的刻着梁山伯，红的刻着祝英台，
我和你生前不能夫妻配，
我就是死也要与你同坟台！（梁山伯扶病而去，祝英台怅然良久）

——幕落

（《梁山伯与祝英台》，上海文艺出版社 1979 年版）

【注释】

① 越剧《梁山伯与祝英台》是根据历代文本创作改编而成。故事情节为：浙江上虞祝员外的女儿祝英台，女扮男装去杭州求学。途中邂逅会稽书生梁山伯，在草桥结金兰。从此，两人同窗共读，形影不离。同学三年，梁山伯不知祝英台是女子。祝父思女，催归甚急。英台临行，托师母为媒，决心与梁山伯偕老终身。不料归家后，其父强许婚太守之子马文才；待梁山伯赶到祝家求婚时，美满姻缘，已成泡影。梁山伯悲恸欲绝，归后病亡。英台闻山伯噩耗，誓以身殉。祝英台被迫出嫁时，绕道去梁山伯墓前祭奠，在祝英台哀恸感应下，风雨雷电大作，坟墓爆裂，祝英台纵身跃入。梁山伯与祝英台双双化作蝴蝶，在人间蹁跹飞舞。以上各章节选自袁雪芬、范瑞娟、徐进改编的该剧第四场（十八相送）、第八场（楼台会）、第九场（送兄）。

罗密欧与朱丽叶[①]

莎士比亚

第二幕

第二场 维洛那 凯普莱特家的花园[②]

(罗密欧上。)

罗密欧 没有受过伤的才会讥笑别人身上的创痕。(朱丽叶自上方窗户中出现)轻声！那边窗子里亮起来的是什么光？那就是东方，朱丽叶就是太阳！起来吧，美丽的太阳！赶走那妒忌的月亮，她因为她的女弟子比她美得多，已经气得面色惨白了。既然她这样妒忌着你，你不要忠于她吧；脱下她给你的这一身惨绿色的贞女的道服，它是只配给愚人穿的。那是我的意中人；啊！那是我的爱；唉，但愿她知道我在爱着她！她欲言又止，可是她的眼睛已经道出了她的心事。待我去回答她吧；不，我不要太鲁莽，她不是对我说话。天上两颗最灿烂的星，因为有事他去，请求她的眼睛替代它们在空中闪耀。要是她的眼睛变成了天上的星，天上的星变成了她的眼睛，那便怎样呢？她脸上的光辉会掩盖了星星的明亮，正像灯光在朝阳下黯然失色一样；在天上的她的眼睛，会在太空中大放光明，使鸟儿误认为黑夜已经过去而唱出它们的歌声。瞧！她用纤手托住了脸，那姿态是多么美妙！啊，但愿我是那一只手上的手套，好让我亲一亲她脸上的香泽！

朱丽叶 唉！

罗密欧 她说话了。啊！再说下去吧，光明的天使！因为我在这夜色之中仰视着你，就像一个尘世的凡人，张大了出神的眼睛，瞻望着一个生着翅膀的天使，驾着白云缓缓地驰过了天空一样。

朱丽叶 罗密欧啊，罗密欧！为什么你偏偏是罗密欧呢？否认你的父亲，抛弃你的姓名吧[③]；也许你不愿意这样做，那么只要你宣誓做我的爱人，我也不愿再姓凯普莱特了。

罗密欧 (旁白)我还是继续听下去呢，还是现在就对她说话？

朱丽叶 只有你的名字才是我的仇敌；你即使不姓蒙太古，仍然是这样的一个你。姓不姓蒙太古又有什么关系呢？它又不是手，又不是脚，又不是手臂，又不是脸，又不是身体上任何其他的部分。啊！换一个姓名吧！姓名本来是没有意义的；我们叫做玫瑰的这一种花，要是换了个名字，它的香味还是同样的芬芳；罗密欧要是换了别的名字，他的可爱的完美也决不会有丝毫改变。罗密欧，抛弃了你的名字吧；我愿意把我整个的心灵，赔偿你这一个身外的空名。

罗密欧 那么我就听你的话，你只要叫我做爱，我就重新受洗，重新命名；从今以后，永远不再叫罗密欧了。

朱丽叶 你是什么人，在黑夜里躲躲闪闪地偷听人家的话？

罗密欧 我没法告诉你我叫什么名字。敬爱的神明，我痛恨我自己的名字，因为它是你的仇敌；要是把它写在纸上，我一定把这几个字撕成粉碎。

朱丽叶 我的耳朵里还没有灌进从你嘴里吐出来的一百个字，可是我认识你的声音；你不是罗密欧，蒙太古家里的人吗？

罗密欧 不是，美人，要是你不喜欢这两个名字。

朱丽叶 告诉我，你怎么会到这儿来，为什么到这儿来？花园的墙这么高，是不容易爬上来的；要是我家里的人瞧见你在这儿，他们一定不让你活命。

罗密欧 我借着爱的轻翼飞过园墙，因为砖石的墙垣是不能把爱情阻隔的；爱情的力量所能够做到的事，它都会冒险尝试，所以我不怕你家里人的干涉。

朱丽叶 要是他们瞧见了你，一定会把你杀死的。

罗密欧 唉！你的眼睛比他们二十柄刀剑还厉害；只要你用温柔的眼光看着我，他们就不能伤害我的身体。

朱丽叶 我怎么也不愿让他们瞧见你在这儿。

罗密欧 朦胧的夜色可以替我遮过他们的眼睛。只要你爱我，就让他们瞧见我吧；与其因为得不到你的爱情而在这世上挨命，还不如在仇人的刀剑下丧生。

朱丽叶 谁叫你找到这儿来的？

罗密欧 爱情怂恿我探听出这一个地方；他替我出主意，我借给他眼睛。我不会操舟驾舵，可是倘使你在辽远辽远的海滨，我也会冒着风波寻访你这颗珍宝。

朱丽叶 幸亏黑夜替我罩上了一重面幕，否则为了我刚才被你听去的话，你一定可以看见我脸上羞愧的红晕。我真想遵守礼法，否认已经说过的言语，可是这些虚文俗礼，现在只好一切置之不顾了！你爱我吗？我知道你一定会说“是的”；我也一定会相信你的话；可是也许你起的誓只是一个谎，人家说，对于恋人们的寒盟背信，天神是一笑置之的。温柔的罗密欧啊！你要是真的爱我，就请你诚意告诉我；你要是嫌我太容易降心相从，我也会堆起怒容，装出倔强的神气，拒绝你的好意，好让你向我婉转求情，否则我是无论如何不会拒绝你的。俊秀的蒙太古啊，我真的太痴心了，所以也许你会觉得我的举动有点轻浮；可是相信我，朋友，总有一天你会知道我的忠心远胜过那些善于矜持作态的人。我必须承认，倘不是你乘我不备的时候偷听去了我的真情的表白，我一定会更加矜持一点的；所以原谅我吧，是黑夜泄露了我心底的秘密，不要把我的允诺看做无耻的轻狂。

罗密欧 姑娘，凭着这一轮皎洁的月亮，它的银光涂染着这些果树的梢端，我发誓——

朱丽叶 啊！不要指着月亮起誓，它是变化无常的，每个月都有盈亏圆缺；你要是指着它起誓，也许你的爱情也会像它一样无常。

罗密欧 那么我指着什么起誓呢？

朱丽叶 不用起誓吧；或者要是你愿意的话，就凭着你优美的自身起誓，那是我所崇拜的偶像，我一定会相信你的。

罗密欧 要是我的出自深心的爱情——

朱丽叶 好，别起誓啦。我虽然喜欢你，却不喜欢今天晚上的密约；它太仓促、太轻率、太出人意外了,正像一闪电光,等不及人家开一声口,已经消隐了下去。好人,再会吧!这一朵爱的蓓蕾,靠着夏天的暖风的吹拂,也许会在我们下次相见的时候,开出鲜艳的花来。晚安,晚安!但愿恬静的安息同样降临到你我两人的心头!

罗密欧　啊!你就这样离我而去,不给我一点满足吗?

朱丽叶　你今夜还要什么满足呢?

罗密欧　你还没有把你的爱情的忠实的盟誓跟我交换。

朱丽叶　在你没有要求以前,我已经把我的爱给了你了;可是我倒愿意重新给你。

罗密欧　你要把它收回去吗?为什么呢,爱人?

朱丽叶　为了表示我的慷慨,我要把它重新给你。可是我只愿意要我已有的东西:我的慷慨像海一样浩渺,我的爱情也像海一样深沉;我给你的越多,我自己也越是富有,因为这两者都是没有穷尽的。(乳媪在内呼唤)我听见里面有人在叫;亲爱的,再会吧!——就来了,好奶妈!——亲爱的蒙太古,愿你不要负心。再等一会儿,我就会来的。(自上方下。)

罗密欧　幸福的,幸福的夜啊!我怕我只是在晚上做了一个梦,这样美满的事不会是真实的。

(朱丽叶自上方重上。)

朱丽叶　亲爱的罗密欧,再说三句话,我们真的要再会了。要是你的爱情的确是光明正大,你的目的是在于婚姻,那么明天我会叫一个人到你的地方来,请你叫他带一个信给我,告诉我你愿意在什么地方、什么时候举行婚礼;我就会把我的整个命运交托给你,把你当做我的主人,跟随你到天涯海角。

乳　媪　(在内)小姐!

朱丽叶　就来。——可是你要是没有诚意,那么我请求你——

乳　媪　(在内)小姐!

朱丽叶　等一等,我来了。——停止你的求爱,让我一个人独自伤心吧。明天我就叫人来看你。

罗密欧　凭着我的灵魂——

朱丽叶　一千次的晚安!(自上方下。)

罗密欧　晚上没有你的光,我只有一千次的心伤!恋爱的人去赴他情人的约会,像一个放学归来的儿童;可是当他和情人分别的时候,却像上学去一般满脸懊丧。(退后。)

(朱丽叶自上方重上。)

朱丽叶　嘘!罗密欧!嘘!唉!我希望我会发出呼鹰的声音,招这只鹰儿回来。我不能高声说话,否则我要让我的喊声传进厄科④的洞穴,让她的无形的喉咙因为反复叫喊着我的罗密欧的名字而变成嘶哑。

罗密欧　那是我的灵魂在叫喊着我的名字。恋人的声音在晚间多么清婉,听上去就像最柔和的音乐!

朱丽叶　罗密欧!

罗密欧　我的爱!

朱丽叶　明天我应该在什么时候叫人来看你?

罗密欧　就在九点钟吧。

朱丽叶　我一定不失信；挨到那个时候，该有二十年那么长久！我记不起为什么要叫你回来了。

罗密欧　让我站在这儿，等你记起了告诉我。

朱丽叶　你这样站在我的面前，我一心想着多么爱跟你在一块儿，一定永远记不起来了。

罗密欧　那么我就永远等在这儿，让你永远记不起来，忘记除了这里以外还有什么家。

朱丽叶　天快要亮了；我希望你快去；可是我就好比一个淘气的女孩子，像放松一个囚犯似的让她心爱的鸟儿暂时跳出她的掌心，又用一根丝线把它拉了回来，爱的私心使她不愿意给它自由。

罗密欧　我但愿我是你的鸟儿。

朱丽叶　好人，我也但愿这样；可是我怕你会死在我的过分的爱抚里。晚安！晚安！离别是这样甜蜜的凄清，我真要向你道晚安直到天明！（下。）

罗密欧　但愿睡眠合上你的眼睛！但愿平静安息我的心灵！我如今要去向神父求教，把今宵的艳遇诉他知晓。（下。）

（《罗密欧与朱丽叶》，朱生豪译，人民文学出版社 2001 年版）

【注释】

①《罗密欧与朱丽叶》：英国文艺复兴时期伟大剧作家莎士比亚在 16 世纪末创作的一部悲剧。剧本题材源于意大利古老的民间传说。剧情发生在维洛那城。凯普莱特和蒙太古两大家族互相积怨，有很深的世仇。一次盛宴上，凯普莱特美丽多情的女儿朱丽叶与蒙太古英俊、潇洒的儿子罗密欧一见钟情，两个家族的深仇大限阻挡不了爱情的狂潮，花前月下，他们互诉衷肠、私订终身，并在好心的神父劳伦斯的主持下举行了婚礼。不料，罗密欧在格斗中杀死了凯普莱特的侄子提伯尔特，被逐出维洛那城。朱丽叶父亲逼她嫁给帕里斯伯爵。朱丽叶左右为难。劳伦斯神父让她吞服安眠药，以假死来搪塞帕里斯的求婚。罗密欧不知真相，悲痛欲绝，喝下毒药倒在朱丽叶的身边。朱丽叶苏醒后，毅然用罗密欧的匕首结束了自己生命。一对情人相拥着殉情而死。他们的鲜血终于唤醒了两个互相敌视的家族言归于好。莎士比亚这个动人的爱情悲剧，在西方家喻户晓，被戏剧、影视剧等多种文艺体裁长演不衰。本章节选自该剧第二幕。

② 凯普莱特家的花园：凯普莱特是维洛那城的名门望族的家长，朱丽叶是其女儿。

③ 否认你的父亲，抛弃你的姓名吧：罗密欧的父亲蒙太古，与朱丽叶的父亲凯普莱特门第相当，但结下世仇。

④ 厄科(Echo)：希腊神话中的仙女，因恋爱美少年纳雪瑟斯(Narcissus)不遂而形销体灭，化为山谷中的回声。

【提示】

生死爱情：跨越人生极限的情感

“问世间情为何物，直叫人生死相许”，元好问的这首词道出了多少痴男怨女的心声。而《梁山伯与祝英台》《罗密欧与朱丽叶》则堪称是中外爱情文学中最浪漫旖旎、令人心醉，也最悲痛欲绝、令人心碎的两个故事，至今依然在舞台上传唱不衰。

罗密欧与朱丽叶在舞会上一见倾心，双方迸发出热烈的情感。罗密欧用诗一般的语言热情地赞美朱丽叶，将她比作太阳、光明的天使、耀眼的珍宝，甚至比朝阳、星辰更加闪亮；情窦初开的朱丽叶也念念不忘“俊秀的蒙太古”，为之黯然神伤。甜蜜的表白、盟约、誓言让这个夏夜的风也充满了清甜的沉醉气息。但仅此还不足以令人动容，当罗密欧说“与其因为得不到你的爱情而在这世上挨命，还不如在仇人的刀剑下丧生”，朱丽叶说“总有一天你会知道我的忠心远胜过那些善于矜持作态的人”，我们为这样视爱情重于生命的决心和跨越人生极限的勇气而感动。后来随着故事的发展,他们也终于实践了当初的诺言。

不同于罗密欧与朱丽叶的一见钟情,梁山伯与祝英台的爱情则是在途中邂逅、草桥结拜、三载同窗、十八相送的岁月中渐积渐深的。所以当楼台会时,祝英台回忆的都是两人真心实意的相处细节,可见梁山伯打动她的是憨厚诚挚更甚于才情,而当她劝梁山伯另娶淑女时,山伯愤然道:“哪怕是九天仙女我不爱”,这也说明他爱的并不只是英台的品貌,而是真情难舍。

罗密欧与朱丽叶的悲剧虽然看起来是因为家族世仇造成的,但其实他们原本有机会逃出家族的掌控,追求自己的幸福,牧师也愿意帮助他们,但因为一系列偶然的事件,最终酿成了悲剧。这符合西方从古希腊以来的命运悲剧理论,命中注定的悲剧是人难以逃脱的。而梁山伯与祝英台则是无路可走的一对,《楼台会》中的梁山伯心急乱投医,以为搬来老师母、上告官府会是一条出路,但祝英台深知“官官相护”“爹爹之命不能违,马家势大亲难退”,她是“此身难自主”,殉情是他们唯一的出路,所以梁祝故事完全是由封建婚姻制度、等级制度造成的社会悲剧。

西方文化的源头之一——《圣经》里的《雅歌》篇早就有爱情的誓言:“求你将我放在心上如印记,带在你臂上如戳记,因为爱情如死之坚强……爱情,众水不能息灭,大水也不能淹没,若有人拿家中所有的财宝要换爱情,就全被藐视。”原来爱情与死亡,在西方文化里早已联系在一起了。纵然死亡是人生的极限,坚硬寒冷、令人生畏,但爱情却以不畏死的决心显示出了更强大的力量。

(唐一方)

思考题

1.《梁山伯与祝英台》和《罗密欧与朱丽叶》是中外学者公认的类似的爱情悲歌。你感到它们在文化风格、人物性格特征上有什么异同?

2. 两剧的结尾,“梁祝化蝶”与罗朱之死换来了两个世仇之家的和解,其寓意和手法上各有什么特点?

3. 请结合《梁山伯与祝英台》和《罗密欧与朱丽叶》的演出,体会中西方戏剧艺术的特长与魅力。

十一、长 恨 歌[1]

白居易

白居易(772—846),字乐天,号香山居士,原籍太原,后迁居下邽(今陕西渭南)。贞元十六年中进士,历任左拾遗、东宫赞善大夫、江州司马、杭州刺史、苏州刺史、太傅等职。白居易是一位伟大的现实主义诗人。他的诗歌题材广泛,形式多样,语言平易通俗。他所写的《秦中吟》《新乐府》,敢于针对当权者的弊政,反映人民疾苦,深刻地揭露社会矛盾。他又是中唐新乐府运动的主要倡导人。白居易的叙事诗如《长恨歌》《琵琶行》,描写细腻,生动感人,具有独特的艺术风格,影响极为广泛。在诗歌创作理论上,他提出“文章合为时而著”,“诗歌合为事而作”的主张。现存诗3000多首,有《白氏长庆集》,存诗之多为唐人之冠。

汉皇重色思倾国[2],御宇多年求不得[3]。
杨家有女初长成,养在深闺人未识。
天生丽质难自弃,一朝选在君王侧[4]。
回眸一笑百媚生[5],六宫粉黛无颜色[6]。
春寒赐浴华清池[7],温泉水滑洗凝脂[8]。
侍儿扶起娇无力[9],始是新承恩泽时[10]。
云鬓花颜金步摇[11],芙蓉帐暖度春宵。
春宵苦短日高起,从此君王不早朝。
承欢侍宴无闲暇,春从春游夜专夜[12]。
后宫佳丽三千人,三千宠爱在一身。
金屋妆成娇侍夜[13],玉楼宴罢醉和春。
姊妹弟兄皆列土[14],可怜光彩生门户[15]。
遂令天下父母心,不重生男重生女[16]。
骊宫高处入青云[17],仙乐风飘处处闻。
缓歌谩舞凝丝竹[18],尽日君王看不足。
渔阳鼙鼓动地来[19],惊破霓裳羽衣曲[20]。
九重城阙烟尘生[21],千乘万骑西南行[22]。
翠华摇摇行复止[23],西出都门百余里[24]。
六军不发无奈何[25],宛转蛾眉马前死[26]。
花钿委地无人收[27],翠翘金雀玉搔头[28]。
君王掩面救不得,回看血泪相和流。
黄埃散漫风萧索,云栈萦纡登剑阁[29]。
峨嵋山下少人行[30],旌旗无光日色薄。
蜀江水碧蜀山青,圣主朝朝暮暮情。

行宫见月伤心色[31],夜雨闻铃肠断声。
天旋地转回龙驭[32],到此踌躇不能去。
马嵬坡下泥土中,不见玉颜空死处[33]。
君臣相顾尽沾衣,东望都门信马归[34]。
归来池苑皆依旧,太液芙蓉未央柳[35]。
芙蓉如面柳如眉,对此如何不泪垂。
春风桃李花开日,秋雨梧桐叶落时。
西宫南苑多秋草[36],宫叶满阶红不扫。
梨园弟子白发新[37],椒房阿监青娥老[38]。
夕殿萤飞思悄然[39],孤灯挑尽未成眠[40]。
迟迟钟鼓初长夜[41],耿耿星河欲曙天[42]。
鸳鸯瓦冷霜华重[43],翡翠衾寒谁与共[44]。
悠悠生死别经年,魂魄不曾来入梦。
临邛道士鸿都客[45],能以精诚致魂魄[46]。
为感君王辗转思[47],遂教方士殷勤觅[48]。
排空驭气奔如电,升天入地求之遍。
上穷碧落下黄泉[49],两处茫茫皆不见。
忽闻海上有仙山,山在虚无缥渺间。
楼阁玲珑五云起[50],其中绰约多仙子[51]。
中有一人字太真[52],雪肤花貌参差是[53]。
金阙西厢叩玉扃[54],转教小玉报双成[55]。
闻道汉家天子使,九华帐里梦魂惊[56]。
揽衣推枕起徘徊[57],珠箔银屏迤逦开[58]。
云鬓半偏新睡觉,花冠不整下堂来。
风吹仙袂飘飖举[59],犹似霓裳羽衣舞。
玉容寂寞泪阑干[60],梨花一枝春带雨。
含情凝睇谢君王[61],一别音容两渺茫。
昭阳殿里恩爱绝[62],蓬莱宫中日月长[63]。
回头下望人寰处[64],不见长安见尘雾。
惟将旧物表深情,钿合金钗寄将去[65]。
钗留一股合一扇[66],钗擘黄金合分钿[67]。
但教心似金钿坚,天上人间会相见。
临别殷勤重寄词,词中有誓两心知。
“七月七日长生殿[68],夜半无人私语时。
在天愿作比翼鸟[69],在地愿为连理枝[70]。”
天长地久有时尽,此恨绵绵无绝期[71]。

(《白居易集》,中华书局 1979 年版)

【注释】

① 此诗作于宪宗元和元年(806年)。这年冬天,白居易与陈鸿等谈及当年唐玄宗李隆基和贵妃杨玉环的故事,遂作此诗,陈鸿则写了《长恨歌传》。

② 汉皇:汉武帝,此借指唐玄宗。倾国:指极美的女子。《汉书·外戚传》记李延年对汉武帝称赞其妹之美貌,歌曰:"北方有佳人,绝世而独立。一顾倾人城,再顾倾人国。宁不知倾国与倾城,佳人难再得。"

③ 御宇:指统治天下。

④ 一朝选在君王侧:天宝四载(745),唐玄宗册封杨玉环为贵妃。杨玉环本是寿王李瑁(玄宗之子)的妃子,并非直接从"深闺"选到"君王侧"。白居易这样写可能是为尊者讳,而在艺术效果上则突出了李杨爱情的美好。

⑤ 回眸:回顾,回视。

⑥ 六宫粉黛:指宫中所有的嫔妃。无颜色:相比之下显得不美了。

⑦ 华清池:著名的温泉,在今陕西临潼骊山。

⑧ 凝脂:比喻洁白细嫩的皮肤。《诗经·卫风·硕人》:"肤如凝脂。"

⑨ 侍儿:指婢女。

⑩ 承恩泽:指得到皇帝的宠爱。

⑪ 云鬓:形容浓黑而柔美的鬓发。步摇:钗的一种,上有垂珠,走路时即摇动,故名;天宝年间妇女尤为喜好。

⑫ 夜专夜:每夜都得到专门的宠爱。

⑬ 金屋:典出《汉武故事》,指藏所爱女子的地方,此指杨贵妃的寝宫。娇:阿娇,此指杨贵妃。

⑭ 列土:分封土地,此泛指封赏。

⑮ 可怜:可爱,可羡。

⑯ 不重生男重生女:据《史记·外戚世家》记载,西汉时,因为卫子夫立为皇后,兄弟卫青随之贵震天下,世遂有歌谣云:"生男勿喜,生女无怒,独不见卫子夫霸天下!"《长恨歌传》载,唐玄宗时,有歌谣咏杨贵妃事曰,"生女勿悲酸,生男勿喜欢","男不封侯女作妃,看女却为门上楣"。

⑰ 骊(lí)宫:指骊山上的华清宫。

⑱ 慢舞:节奏舒缓、轻盈的舞蹈。凝:结合。丝竹:管弦乐器。

⑲ 这句指安禄山在范阳起兵反叛。渔阳属范阳节度使管辖,此泛指范阳地区;鼙鼓是军队用的小鼓。

⑳ 霓裳羽衣曲:从西域传入中国的著名舞曲,相传曾经唐玄宗改编润色。

㉑ 九重城阙:指京城长安。古代天子所居有九道门,故云。

㉒ 西南行:向西南方向出逃。

㉓ 翠华:天子仪仗的旗帜,用翠鸟羽毛装饰。

㉔ 西出都门百余里:指马嵬驿,故址在今陕西兴平,距离长安百余里。

㉕ 六军:古代天子有六军,此指护卫皇帝的军队。

㉖ 宛转:缠绵动人的样子。娥眉:美女的代称,此指杨贵妃。

㉗ 花钿:用金片做成的花状首饰。

㉘ 翠翘:首饰名,形如翠鸟尾上的长羽。金雀:钗的一种。玉搔头:玉簪。

㉙ 云栈:高入云霄的栈道。萦纡:盘旋环绕。

㉚ 峨嵋山:此泛指蜀中的山。

㉛ 行宫:皇帝离开京城出行时居住的地方。

㉜ 天旋日转:比喻局势转变。龙驭:皇帝的车驾。

㉝ 空死处:等于说"空见死处","见"字承前省。

㉞ 信马:任随马。

㉟ 太液:汉宫中的池名,借指唐宫里的池苑。未央:汉宫名,借指唐宫。

㊱ 西宫:指太极宫。南苑:指必庆宫。玄宗回宫后住兴庆宫,后被迫迁入太极宫。

㊲ 梨园弟子:指唐玄宗当年在梨园训练过的乐工艺人。

㊳ 椒房:后妃居住的宫室。阿监:宫中女官。青娥:青春的美好容貌。

㊴ 悄然:忧愁的样子。

㊵ 挑尽:挑完油灯中的灯草,表示夜已深。

㊶ 迟迟:渐渐地,慢慢地。钟鼓:指报更的钟鼓声。初长夜:指秋夜,入秋后夜开始变长,故云。

㊷ 耿耿:明亮的样子。

㊸ 鸳鸯瓦:一俯一仰、合扣在一起的瓦。霜华:即霜花。

㊹ 翡翠衾:用翡翠鸟羽毛装饰的被。

㊺ 临邛(qióng):今四川邛崃。鸿都:东汉京城洛阳宫门名,此指长安,鸿都客即指客居长安的人。

㊻ 致:招引,引来。

㊼ 辗转:此指反复、重复的样子,形容次数多。

㊽ 方士:古代专门炼丹求仙的人,此指临邛道士。

㊾ 碧落:天空,天界。黄泉:阴间,地下。

㊿ 五云:五色的彩云。

51 绰约:柔美的样子。

52 太真:唐玄宗选中寿王妃杨玉环后,先使度为女道士,号太真。

53 参差:差不多,大概。

54 金阙:道教谓天上有黄金阙,为仙人或天帝所居。扃(jiōng):门环,门。

55 小玉:据传是吴王夫差小女。双成:传说是西王母的侍女,此均借指杨贵妃在仙山上的侍女。

56 九华帐:传说汉武帝曾在九华殿设帐以待西王母,此指华丽的帐子。

57 揽衣:披衣。

58 珠箔:用珠子串成的门帘。银屏:镶嵌银丝花纹的屏风。逦迤(lǐ yǐ):曲折相连,接连不断。

59 袂(mèi):衣袖。飘飖(yáo):飘荡,飞扬。

60 阑干:纵横的样子。

61 凝睇:等于说凝视,睇是斜着眼看。谢:告诉。

62 昭阳殿:本为汉成帝皇后赵飞燕之妹赵昭仪居住的宫殿,唐诗中屡误作飞燕居处,此亦承其误,借指杨贵妃生前的寝宫。

63 蓬莱宫:泛指仙宫。蓬莱是传说中海上三仙山之一。

64 人寰:人间,人世。

65 钿合:即钿盒,镶金花的盒子。

66 合一扇:盒留一半,即盒盖或盒底。

67 擘(bò):分开。

68 长生殿:唐华清宫中殿名。唐代后妃寝殿习称长生殿,此处当指华清宫内杨贵妃的寝殿。

69 比翼鸟:传说中一种雌雄并在一起才能飞的鸟。

70 连理枝:两树枝条相连。

71 绵绵:连绵不绝的样子。

相思把我一点一滴耗尽

彼特拉克

彼特拉克(Francesco Petrarca,1304—1374),意大利诗人。欧洲文艺复兴运动的先驱。彼特拉克知识广博,思想上最早突破中世纪神学观念的束缚,具有人文主义的观点,曾写诗支持反封建暴政的武装起义。他用拉丁文和意大利文写了许多诗歌、散文、书信。最优秀的是叙事诗《阿非利加》(1338—1342)和抒情诗集《歌集》(1330—1374)。《歌集》收集他逝世前40多年间所写的300多首十四行诗,抒发其对少女劳拉的爱情。诗歌冲破中世纪禁欲主义和神学思想的樊篱,大胆歌颂爱情和幸福,表现了以人和现世为中心的新的人文主义世界观。风格上他承袭了"温柔的新体"诗派传统,但又扬弃其神秘、象征成分,使爱情诗更接近于生活真实,并使十四行诗达到了完美的境界。

相思把我一点一滴地耗尽,
它有力、锋利而又如此强劲,
并以迷人的语言作为衣饰相衬;
或许她点燃了我的情火而又逃遁,
她自己也是这爱情之火的一个部分;
爱神本来就栖息在她的心中,
只是现在仍然还睡意沉沉。
如果她也燃烧起情火,那么,
我疲惫的步伐以及留在山中
和田野里的影子就不会十分孤寂,
我的眼睛也不会如此泪水滚滚。
然而现在她却冷若冰霜,而我的心,
却又一直在燃烧,没有一点安息的意蕴。

使我疲惫不堪的爱神
又使我失去了理智的遵循,
于是我说话中充满了辛辣粗犷之音,
并不是每棵树都会在它的
每一片树叶和每一枝花朵的表面上
都展露出它内在的秘密的精神。
爱神和它的居住之地——
那双美丽的眸子看得见我心中
深藏的感情与意蕴。

当我的痛苦用哭泣或哀怨的形式
宣泄出来的时候,哭泣伤害我心,
而哀怨又使她厌烦不尽,
我不知如何才能使它们获益深深。

啊,甜蜜、高雅的诗歌之君,
在我刚刚受到爱情的袭击时
我没有别的武器可以抵御,
而只有你这一位诗歌之君。
有谁能打开我这珐琅一般的固执之心
让我能宣泄一下自己的感情和幽魂?
我感觉心中一直在萌动着一种
想要描绘她、歌颂她的强烈冲动和意蕴,
但我又怕在我的诗篇中没有能力
把她的形象刻画得生动而又逼真,
这使我心里十分痛苦,情绪沉沉。
啊啊,看来甜蜜的诗歌之君
也不能给我多少协助和帮衬。

刚学说话的幼儿转动着舌头,
发出咿咿呀呀的稚嫩的声音,
他们不会说话,却又受不了
心中的焦躁,胸中的憋闷。

我的欲望促使我用诗说话，
也希望我那冤家在我死前
对它能够有所目睹和耳闻。
如果她只欣赏自己的姣容
而对别人漠然视之，一概不问，
那么，我只好说，你们听着，
绿色的河畔，让我叹息的声音
永远响彻，让她时刻都能听见，
就像你是我的挚友一样永远亲近。

啊，河畔，你知道，那双秀足
从不踏在地上，留下脚印，
而那一天却在你那里留下了印痕；
为此，我那沮丧而又痛苦的身心
都一起回到你那里，向你诉说
隐藏在我心中的情思，意绪殷殷。
如果你在草地上，在花丛中，
还隐藏着她那珍贵的脚印，
那么，我这痛苦的生命
就将在那里凭吊和痛哭，
也许这能给我一些安抚和慰问！

但是，我这无法平静而又迷途的心
又如何能够找到些许的宁静与安稳？

不管在什么地方，每当我的眼睛
看见沉寂而又安谧的静上默默，
它总会想：“那双美丽的眸子也曾
将这个地方仔细地察巡。”
当我采集鲜花和绿草时，
又总觉得那些红花绿草们
也曾生长在那丽人漫步的河滨；
而她也许就曾坐在那些鲜花、
草丛以及绿树组成的幽幽之荫。
我一个地方也不轻易放过，我越是
这样做，越觉得无法将痛苦驱遁，
幸福的灵魂，你是神的创造，
你也应该将幸福布施给他人！

啊，我的诗，你是一匹识途的老马，
你留在这片树林中吧，我想，只有你
才能理解我的真实意图和良苦用心。

(《歌集》第125首，李国庆、王行人译，花城出版社2000年版)

【提示】

生死爱情：嗟叹不足咏歌之

《长恨歌》叙述的基本事实是唐开元、天宝年间唐玄宗李隆基宠幸杨贵妃(杨玉环，719—756)，杨家权倾天下，酿成安史大乱这一历史事件，但千百年来，它已经作为中国人生死爱情故事的典范流传不衰。长诗以喜剧始，以悲剧终。诗人含蓄地批判李隆基荒淫误国和政治的腐败，而对李、杨生死相隔则深表同情。当然随着时代的变迁，后人更看重诗歌所讴歌的他们对爱情之忠诚。帝皇“后宫佳丽三千人”，本来毋庸如此专一；唯其如此，才显得故事中作为一个人物的“汉皇”之可贵。诗歌前后人物命运的大起大落，也使“长恨”的意义也不限于“有情人难成眷属”了。而诗人在基本事实以外的精心运思，则使诗中的爱情更加缠绵悱恻：杨贵妃“宛转蛾眉马前死”后，本来悲剧已经完成，而作者却尽情地铺陈玄宗在蜀道途中、还京路上以及回长安后对杨的苦苦思念，尤其是最后一节“升天入地”神游仙境，超越时空的想象，使诗歌波澜再起，大大强化了悲剧气氛。而诗歌的动人效果则主要得益于对人物内心世界、心理活动和情感的细致描摹。诗人对明皇和杨贵妃更为同情。

而《歌集》，则可以说是彼特拉克持续了一生的爱情史。他大半生对此无法驾驭，时而狂颠的追求，时而痛心疾首，直到暮年面对上帝时，才似乎得到劳拉在天之灵的同情和理解。《歌集》包括366首十四行诗和抒情短诗，《相思把我一点一滴耗尽》是其中的一首。相传，彼特拉克在23岁那年遇到一名骑士的妻子劳拉，一见倾心，使用诗歌抒发他对劳拉真挚的爱慕之情。1348年劳拉染病仙逝，诗人极度哀伤，又在诗中追忆往事，表达伤逝情怀。后来，彼特拉克把这些诗汇集成册，取名《歌集》。歌颂了诗人对劳拉的爱情，而且表达了作者对统治长达几个世纪的中世纪禁欲主义文学勇敢的反叛，对追求世俗生活的幸福观的肯定。在《歌集》其他诗中，彼特拉克尽情地描写劳拉外貌和肉体的美，而在《相思把我一点一滴耗尽》中，我们领略到西式情诗的直抒胸臆，诗人倾诉着自己的满腔爱意，呼唤着本来是"爱情之火的一个部分"的情人那心中沉睡的爱神，爱怜地思念着她"那双美丽的眸子"，河畔、树林、草地、花丛都成了他寻觅情人，寄托情思的对象。

《长恨歌》从杨玉环入宫直至明皇思念贵妃，都写得有声有色，富于情韵，音节流畅，感情深沉，语言珠圆玉润，情节震撼人心，因而千载以下，传诵至今。而《相思把我一点一滴耗尽》始终充满了爱情狂热、亢奋、向往，又无时不在悔恨、怅惘；世俗爱和自我谴责永远交织在一起。这种执着、痴迷、真切的伤感与内心不断的矛盾的爱被后人称为"彼特拉克症"。在都以情意缠绵而感人肺腑之外，自然也呈现了彼此的差异：宗教和神话的传统，使西方人趋向把爱情理想化，也易将爱情的对象神化，爱，是由于"爱神"附身，"幸福的灵魂，你是神的创造"。即便对方已不在人世，但他们相信情人在天国也能结合。而白居易并不能确定马嵬坡以后的事情，"山在虚无缥缈间"，"不见长安见尘雾"这样的诗句说明他也只是敷衍传说，对另一个世界的存在，感情上宁信其有，理智上又疑其无。

（张介明）

思考题

1. 有人说："以否定的态度描写李、杨的爱情故事，几乎是不可能得到成功"，为什么？你能思考一下《长恨歌》流传至今的原因吗？

2. 历史上的真人真事与文学作品中的人物形象是什么关系？应该如何正确区分？

3. 如何理解"长恨歌"的"恨"？"恨"什么？什么东西值得人们长久地"恨"？

4. 根据你的阅读经验，你能谈谈东、西方文学作品中爱情的不同表达吗？

十二、狂人之细布[①]

释慧皎

释慧皎，会稽上虞（今浙江省上虞县西）人，公元6世纪我国南朝梁代著名的佛教史学家。生卒年月及俗家姓氏不详。其时，涅槃学说由于梁武帝的提倡盛行，他著有《涅槃经义疏》等，可惜早已亡佚。他最大贡献是综合了前人有关高僧的传记，创造性地加以分类和编辑，成《高僧传》十四卷，全面记载了从佛教传入中国的汉初到梁代天监十八年间高僧257人，附见者200余人的事迹，取材精审，义例明确，条理清晰，文采斐然，为佛教史籍中的名著，并成为以后诸部续作之典范，是研究同期我国佛教发展史以及历史和文学等方面的极重要的资料。

昔狂人，令绩师[②]绩锦[③]，极令细好。绩师加意[④]，细若微尘，狂人犹恨[⑤]其粗。

绩师大怒，乃指空示[⑥]曰："此是细缕[⑦]。"狂人曰："何以[⑧]不见？"师曰："此缕极细，我工之良匠[⑨]犹且不见，况[⑩]他人耶[⑪]？"

狂人大喜，以付绩师。师亦效焉。皆蒙上赏，而实无物。

（《高僧传》卷二《晋长安鸠摩罗什》，汤用彤、汤一玄，中华书局1992年版）

【注释】

① 狂人之细布：本文节选自（梁）释慧皎《高僧传》卷二《晋长安鸠摩罗什》。鸠摩罗什（343—413）是中国佛学史上著名的译经大师，又是一位经历坎坷的奇僧。出身婆罗门族，在印度世袭高位，少年时代已崭露头角，来到中国后译经，讲经，说法；共译了35部294卷佛教典籍。他不仅第一次有系统地翻译和介绍大乘空宗的理论，而且在翻译文体上也一变过去朴拙的古风，创造出一种具有外来语和华语调和之美的新文体。他主持翻译的经论，特别为中国佛教徒所乐诵，对后来的佛教文学发生了重要影响。

② 绩师：纺织师。

③ 锦：丝绸。

④ 加意：特别用心地织。

⑤ 恨：不满意，嫌。

⑥ 指空示：指着空中让他看。

⑦ 缕：细丝。

⑧ 何以：为什么。

⑨ 我工之良匠：我们纺织工中的第一流师傅。

⑩ 况：何况。

⑪ 耶：呢。

皇帝的新装①

安徒生

安徒生(Hans Christian Andersen,1805—1875),19 世纪丹麦著名的小说家、戏剧家和诗人,世界童话之王。他生于丹麦菲英岛欧登塞城一个贫苦鞋匠家庭,童年丧父,母亲改嫁,从小为贫困折磨,先后在几家店铺当学徒,没有受过正规教育,仅在慈善学校读过书。14 岁时离家,来到哥本哈根,当过芭蕾舞演员、歌手和演员,他发奋自学,之后被皇家剧院的导演送入语法学校读书。1819 年后开始学习写作。写过剧本、游记等。1835 年,他的第一部《讲给孩子们听的故事》出版。从此,他几乎每年都要献给孩子们一本童话。作品大多带有自传的性质。安徒生一生著有 6 部小说,80 多部戏剧,大量游记和诗集。但流传最广的是他创作的 170 多个童话故事。

许多年以前有一位皇帝,他非常喜欢穿好看的新衣服。他为了要穿得漂亮,把所有的钱都花到衣服上去了,他一点也不关心他的军队,也不喜欢去看戏。除非是为了炫耀一下新衣服,他也不喜欢乘着马车逛公园。他每天每个钟头要换一套新衣服。人们提到皇帝时总是说:“皇上在会议室里。”但是人们一提到他时,总是说:“皇上在更衣室里。”

在他住的那个大城市里,生活很轻松,很愉快。每天有许多外国人到来。有一天来了两个骗子。他们说他们是织工。他们说,他们能织出谁也想象不到的最美丽的布。这种布的色彩和图案不仅是非常好看,而且用它缝出来的衣服还有一种奇异的作用,那就是凡是不称职的人或者愚蠢的人,都看不见这衣服。

“那正是我最喜欢的衣服!”皇帝心里想。“我穿了这样的衣服,就可以看出我的王国里哪些人不称职;我就可以辨别出哪些人是聪明人,哪些人是傻子。是的,我要叫他们马上织出这样的布来!”他付了许多现款给这两个骗子,叫他们马上开始工作。

他们摆出两架织机来,装作是在工作的样子,可是他们的织机上什么东西也没有。他们接二连三地请求皇帝发一些最好的生丝和金子给他们。他们把这些东西都装进自己的腰包,却假装在那两架空空的织机上忙碌地工作,一直忙到深夜。

“我很想知道他们织布究竟织得怎样了”,皇帝想。不过,他立刻就想起了愚蠢的人或不称职的人是看不见这布的。他心里的确感到有些不大自在。他相信他自己是用不着害怕的。虽然如此,他还是觉得先派一个人去看看比较妥当。全城的人都听说过这种布料有一种奇异的力量,所以大家都很想趁这机会来测验一下,看看他们的邻人究竟有多笨,有多傻。

“我要派诚实的老部长到织工那儿去看看”,皇帝想。“只有他能看出这布料是个什么样子,因为他这个人很有头脑,而且谁也不像他那样称职。”

因此这位善良的老部长就到那两个骗子的工作地点去。他们正在空空的织机上忙忙碌碌地工作着。

“这是怎么一回事儿?”老部长想,把眼睛睁得有碗口那么大。

“我什么东西也没有看见!”但是他不敢把这句话说出来。

那两个骗子请求他走近一点,同时问他,布的花纹是不是很美丽,色彩是不是很漂亮。他们指着那两架空空的织机。

这位可怜的老大臣的眼睛越睁越大,可是他还是看不见什么东西,因为的确没有什么东西可看。

“我的老天爷!”他想。“难道我是一个愚蠢的人吗?我从来没有怀疑过我自己。我决不能让人知道这件事。难道我不称职吗?——不成;我决不能让人知道我看不见布料。”

“哎,您一点意见也没有吗?”一个正在织布的织工说。

“啊,美极了!真是美妙极了!”老大臣说。他戴着眼镜仔细地看。“多么美的花纹!多么美的色彩!是的,我将要呈报皇上说我对于这布感到非常满意。”

“嗯,我们听到您的话真高兴,”两个织工一起说。他们把这些稀有的色彩和花纹描述了一番,还加上些名词儿。这位老大臣注意地听着,以便回到皇帝那里去时,可以照样背得出来。事实上他也就这样办了。

这两个骗子又要了很多的钱,更多的丝和金子,他们说这是为了织布的需要。他们把这些东西全装进腰包里,连一根线也没有放到织机上去。不过他们还是继续在空空的机架上工作。

过了不久,皇帝派了另一位诚实的官员去看看,布是不是很快就可以织好。他的运气并不比头一位大臣的好:他看了又看,但是那两架空空的织机上什么也没有,他什么东西也看不出来。

“您看这段布美不美?”两个骗子问。他们指着一些美丽的花纹,并且作了一些解释。事实上什么花纹也没有。

“我并不愚蠢!”这位官员想。“这大概是因为我不配担当现在这样好的官职吧?这也真够滑稽,但是我决不能让人看出来!”因此他就把他完全没有看见的布称赞了一番,同时对他们说,他非常喜欢这些美丽的颜色和巧妙的花纹。“是的,那真是太美了”,他回去对皇帝说。

城里所有的人都在谈论这美丽的布料。

当这布还在织的时候,皇帝就很想亲自去看一次。他选了一群特别圈定的随员——其中包括已经去看过的那两位诚实的大臣。这样,他就到那两个狡猾的骗子住的地方去。这两个家伙正以全副精神织布,但是一根线的影子也看不见。“您看这不漂亮吗?”那两位诚实的官员说。“陛下请看,多么美丽的花纹!多么美丽的色彩!”他们指着那架空空的织机,因为他们以为别人一定会看得见布料的。

“这是怎么一回事儿呢?”皇帝心里想。“我什么也没有看见!这真是荒唐!难道我是一个愚蠢的人吗?难道我不配做皇帝吗?这真是我从来没有碰见过的一件最可怕的事情。”

“啊,它真是美极了!”皇帝说。“我表示十二分地满意!”

于是他点头表示满意。他装做很仔细地看着织机的样子,因为他不愿意说出他什么也没有看见。跟他来的全体随员也仔细地看了又看,可是他们也没有看出更多的东西。不过,他们也照着皇帝的话说:“啊,真是美极了!”他们建议皇帝用这种新奇的、美丽的布料做成衣服,穿上这衣服亲自去参加快要举行的游行大典。“真美丽!真精致!真是好极了!”每人都随声附和着。每人都有说不出的快乐。皇帝赐给骗子每人一个爵士的头衔和一枚可以挂在纽扣洞上的勋章;并且还封他们为“御聘织师”。

第二天早晨游行大典就要举行了。在头天晚上，这两个骗子整夜不睡，点起16支蜡烛。你可以看到他们是在赶夜工，要完成皇帝的新衣。他们装作把布料从织机上取下来。他们用两把大剪刀在空中裁了一阵子，同时又用没有穿线的针缝了一通。最后，他们齐声说："请看！新衣服缝好了！"

皇帝带着他的一群最高贵的骑士们亲自到来了。这两个骗子每人举起一只手，好像他们拿着一件什么东西似的。他们说："请看吧，这是裤子，这是袍子！这是外衣！"等等。"这衣服轻柔得像蜘蛛网一样：穿着它的人会觉得好像身上没有什么东西似的——这也正是这衣服的妙处。"

"一点也不错"，所有的骑士们都说。可是他们什么也没有看见，因为实际上什么东西也没有。

"现在请皇上脱下衣服"，两个骗子说，"我们要在这个大镜子面前为陛下换上新衣。"

皇帝把身上的衣服统统都脱光了。这两个骗子装作把他们刚才缝好的新衣服一件一件地交给他。他们在他的腰围那儿弄了一阵子，好像是系上一件什么东西似的：这就是后裾[①]。皇帝在镜子面前转了转身子，扭了扭腰肢。

"上帝，这衣服多么合身啊！式样裁得多么好看啊！"大家都说。"多么美的花纹！多么美的色彩！这真是一套贵重的衣服！"

"大家已经在外面把华盖准备好了，只等陛下一出去，就可撑起来去游行！"典礼官说。

"对，我已经穿好了，"皇帝说，"这衣服合我的身么？"于是他又在镜子面前把身子转动了一下，因为他要叫大家看出他在认真地欣赏他美丽的服装。那些将要托着后裾的内臣们，都把手在地上东摸西摸，好像他们真的在拾其后裾似的。他们开步走，手中托着空气——他们不敢让人瞧出他们实在什么东西也没有看见。

这么着，皇帝就在那个富丽的华盖下游行起来了。站在街上和窗子里的人都说："乖乖，皇上的新装真是漂亮！他上衣下面的后裾是多么美丽！衣服多么合身！"谁也不愿意让人知道自己看不见什么东西，因为这样就会暴露自己不称职，或是太愚蠢。皇帝所有的衣服从来没有得到这样普遍的称赞。

"可是他什么衣服也没有穿呀！"一个小孩子最后叫出声来。

"上帝哟，你听这个天真的声音！"爸爸说。于是大家把这孩子讲的话私自低声地传播开来。

"他并没有穿什么衣服！有一个小孩子说他并没有穿什么衣服呀！"

"他实在是没有穿什么衣服呀！"最后所有的老百姓都说。

皇帝有点儿发抖，因为他似乎觉得老百姓所讲的话是对的。不过他自己心里却这样想："我必须把这游行大典举行完毕。"因此他摆出一副更骄傲的神气，他的内臣们跟在他后面走，手中托着一个并不存在的后裾。[②]

（《安徒生童话故事集》，叶君健译，人民文学出版社2005年版）

【注释】

①《皇帝的新装》：写于1837年。原本是从中世纪西班牙民间故事移植而来。西班牙大作家塞万提斯(1547—1616)也曾在其戏剧中运用过这个素材。故事的结局是那个国王光着身子在朝臣和全城百姓面前走过，大家都噤若寒蝉、不吭一声。安徒生改写时，在结尾处让一个孩子喊出了"他没有穿衣服"这句真话。

这个改动确实是神来之笔,把整个故事升华到了一个新的境界,富有更深刻的哲理含义。本文采用叶君健译本,其最大特点,是他认为安徒生童话是“幻想童话、政治讽刺、诗歌语言三者结合的现代童话,洋溢着一种浪漫主义诗情和博大的人道主义温情”,因而在翻译中对原著的“再解释”很到位,译本得到各方面的很高评价,被丹麦媒体称誉为“在近百种语言的译本中,水平最高”,因为“只有中国的译本把他(安徒生)当作一个伟大作家和诗人来介绍给读者,保持了作者的诗情、幽默感和生动活泼的形象化语言”。为此,丹麦女王隆重地授予叶君健“丹麦国旗勋章”(安徒生因为童话创作成就也获得了“丹麦国旗勋章”),成为全世界唯一一位因为安徒生童话翻译而获此殊荣的翻译家。

② 后裾(Slaebet):拖在礼服后面的很长的一块布,它是封建时代欧洲贵族的一种装束。

【提示】

人生百态:虚伪之顽症

《皇帝的新装》可以说是家喻户晓的安徒生童话,所以当我们看到早在公元3世纪的中国佛教典籍里已记载了相似情节时,委实有些惊讶。这究竟是因为“人类生活环境的限制及其基本情况的相似性必然产生相似的故事”的不谋而合呢?还是有源流可考的传播呢?不妨寻索一下。

《狂人之细布》出自《高僧传·鸠摩罗什传》。鸠摩罗什原本向他的老师槃头达多修习小乘佛教,后来却改奉了大乘佛教。小乘佛教主张“我空法有”,否定个人的主观精神主体,不彻底否定客观世界,带有唯物思想倾向。大乘佛教则主张“人法两空”“性空幻有”,既否定人的主观精神主体,也否定客观事物的存在,所谓“四大皆空”也,认为人眼所见的事物现象都只不过是一种虚幻的假象而已。所以当鸠摩罗什向槃头达多进言“大乘深净,明有法皆空。小乘偏局,多滞名相”时,槃头达多驳斥道:“汝说一切皆空,甚可畏也。安舍有法而爱空乎?”于是举了“狂人之细布”的例子,故事的结局是其他的织师发现狂人好骗,都竞相效仿,也竟然都得了赏赐,但实际织机上是空无一物。槃头达多说:“汝之空法亦由此也”,嘲笑鸠摩罗什一味爱空、求空,恐怕是过于狂妄,会上当受骗,因万物实在,又怎会是空呢?

佛法深奥,我们不多作分解,单考查故事源流。鸠摩罗什出生在龟兹(今新疆),其父乃天竺人(今印度),其母出家后也赴天竺。佛法源自印度,佛经中记载了不少印度故事,后来中国翻译佛经,就把这些故事也带到了中国。已有学者指出,故事中织师这个职业在中国本土是没有的,因为中国只有织妇,男性并不从事纺织工作,而在印度故事中倒是常常出现织师这类人物,还有一篇《上帝的织工》,情节也跟这个故事类似。可见《狂人之细布》实际上并不产生于中国本土,而很可能是一个印度故事。

安徒生在1837年出版的第二本童话集的序言中曾经说过:“《皇帝的新装》原是一个西班牙的故事,我们得有这篇里那些有趣的概念,不得不感谢满诺尔公爵。”满诺尔公爵在14世纪编辑的西班牙故事集《卢卡诺尔伯爵》中记载了国王被三个骗子所骗的故事。但德国学者根据这个故事中出现了一些穆斯林日常生活细节的用词,又指出这个故事已经印上了阿拉伯人的痕迹。再进一步追索到阿拉伯人在中世纪时确实编过一本《四十大臣传》,里面有这个故事情节。那么,西班牙故事集里的记载也并非原创,而是来源于阿拉伯。众所周知,阿拉伯人编的故事集,包括著名的的《一千零一夜》,有不少情节都是来自于印度。于是线索最终又回到了印度。或许我们不妨这样推测,这个故事的原型一方面通过佛经翻译传到了中国,另一方面却通过流动的阿拉伯人传到了西方,最终经过安徒生的改写而重获新生。

《狂人之细布》这个佛经故事的情节最为简单,流入民间以后,已经增加了很多世俗烟火气息,诸如不诚实的人看不见(阿拉伯《四十大臣传》)、私生子看不见(西班牙故事)、对老婆撒过谎的人看不见(美国故事《两个老妇打赌》)等,被骗的对象有皇帝,有富人,也有普通丈夫,揭穿真相的人既有地位低下的黑奴,也有地位崇高的皇后,出丑的地方有在宫廷大臣面前,也有在大街之上。安徒生不仅对故事中的这些元素都有目的地加以了改写,而且植入了新的虚构元素:以“看不见”的概念偷换成“无”的概念,变平铺直叙为惟妙惟肖,增加了大量对皇帝和大臣的心理描写,故意屡次以诚实形容大臣而达到反讽的效果等等。

更大的改变是,他所讽刺的不只是统治阶级,而是包括老百姓在内,都不愿意承认自己是愚蠢的,同时又希冀看到别人的愚蠢,都不敢相信自己的判断,同时又盲目相信别人。所以安徒生笔锋所扫,其实是整个成人社会。他将说出真话的人设定为一个天真无邪的孩子,更是神来之笔,在孩子们水晶般澄澈通透的心灵面前,成人世界的虚伪愚蠢显露无遗,也淋漓尽致地表现了安徒生热爱孩子的那颗伟大的童心。这使得他的童话具有了其他故事版本所无可比拟的深刻哲理性,最终得以超越其他先前的故事而大放光彩。

(唐一方)

思考题

1. 具体分析《狂人之细布》和《皇帝的新装》的主旨,指出其中的象征寓意、细节描写、心理刻画。

2. 在根本不存在的"新装"面前,皇帝、老大臣、"另外一位诚实的官员"为什么不敢说真话?老百姓一开始为什么也不敢说真话?从课文中摘录能说明这个问题的语句。最后归纳他们不敢说真话的原因分别是什么?并指出两文中"骗术"成功的原因何在?

3. 下文是安徒生创作《皇帝的新装》的原型。试作比较,看安徒生对原型主要作了哪些改动?改动后产生了哪些表现效果?在结尾处让一个孩子喊出"他没有穿衣服"这句真话,有何深刻的寓意与哲理?

神奇之布

〔西班牙〕堂·曼纽埃索

从前有三个骗子来到王宫,声称他们能织出一种世上最神奇的布。国王很好奇,就命令三人留在宫内织布。三个骗子需要金、银及丝绸作织布的材料,国王就命人送去。隔了几天,国王急欲知道进度如何,便派大臣前去了解状况。大臣一到,三个骗子拿出布来,跟大臣解释说那匹布有多么柔软光华,简直是天上神物。然而大臣却看不见布。骗子又说那匹布还有一神奇之处,那就是,私生子和犹太人等出身卑劣之人是看不见的。大臣怕人怀疑自己出身不高贵,于是就睁眼说瞎话,回禀国王说布有多么柔软光华,简直是天上神物,并且就快织好了。国王甚是满意。接着几天,国王分别又派了几个人前去,每人说法都跟大臣一样。终于布织好了,国王前去试穿神奇之布做的衣服。国王本人也看不见衣服,但又怕人知道自己出身有问题,宁可相信它是神奇之布。于是硬着头皮,光溜溜地穿上神奇之布作的衣服游街。众人也都看不见衣服,但又怕自己出身有问题,不敢说出真相,只是一味地鼓掌。突然有个照管御骑的黑奴开口说道:"国王没有穿衣服。"众人终于醒悟,知道被骗了。国王命人捉拿三个骗子,然而那三个人早已逃之夭夭了。

4. 联系现实,以"皇帝的新装"读后感为内容写一篇作文。

十三、钱神论（节选）[1]

鲁褒

鲁褒，字元道，南阳（今河南南阳）人，生卒年不详，晋惠帝时期著名的学者和隐士。《晋书·隐逸传》说他“好学多闻，以贫素自立。元康之后，纲纪大坏，褒伤时之贪鄙，乃隐姓名而著《钱神论》以刺之。……褒不仕，莫知其所终”。其作品大多散失，留下的仅一篇《钱神论》，而且还不完整；但在当时广为传颂，对后人以金钱为母题的文学创作有深远的影响。

昔神农氏没，黄帝、尧、舜教民农桑，以币帛为本。上智先觉变通之，乃掘铜山，俯视仰观，铸而为钱。故使内方像地，外圆像天。大矣哉！钱之为体，有乾有坤[2]。内则其方，外则其圆。其积如山，其流如川。动静有时，行藏有节。市井便易，不患耗折。难折像寿，不匮像道。故能长久，为世神宝。亲爱如兄，字曰孔方[3]。失之则贫弱，得之则富强。无翼而飞，无足而走。解严毅之颜[4]，开难发之口。钱多者处前，钱少者居后；处前者为君长，在后者为臣仆。君长者丰衍而有余[5]，臣仆者穷竭而不足。《诗》云：“哿矣富人，哀此茕独。”[6]岂是之谓乎？

钱之为言泉也，无远不往，无幽不至。京邑衣冠，疲劳讲肄[7]，厌闻清淡，对之睡寐，见我家兄，莫不惊视。钱之所佑，吉无不利。何以读书，然后富贵。昔吕公欣悦于空版，汉祖克之于赢二[8]，文君解布裳而被锦绣，相如乘高盖而解犊鼻[9]，官尊名显，皆钱所致。空版至虚，而况有实；赢二虽少，以致亲密。由是论之，可谓神物。无位而尊，无势而热，排朱门[10]，入紫闼[11]。钱之所在，危可使安，死可使活；钱之所去，贵可使贱，生可使杀。是故忿诤辩讼[12]，非钱不胜；孤弱幽滞[13]，非钱不拔；怨仇嫌恨，非钱不解；令问笑谈[14]，非钱不发。

洛中朱衣[15]，当途之士[16]，爱我家兄[17]，皆无已已[18]。执我之手，抱我终始，不计优劣，不论年纪，宾客辐辏[19]，门常如市。谚云：“钱无耳，可暗使。”[20]岂虚也哉？又曰：“有钱可使鬼。”而况于人乎？子夏云：“死生有命，富贵在天。”[21]吾以死生无命[22]，富贵在钱。何以明之？钱能转祸为福，因败为成，危者得安，死者得生。性命长短，相禄贵贱[23]，皆在乎钱，天何与焉。天有所短，钱有所长。四时行焉，百物生焉，钱不如天；达穷开塞[24]，振贫济乏，天不如钱。若臧武仲之智[25]，卞庄子之勇[26]，冉求之艺[27]，文之以礼乐[28]，可以为成人矣[29]。今之成人者何必然？唯孔方而已。

夫钱，穷者能使通达，富者能使温暖，贫者能使勇悍。故曰：君无财，则士不来；君无赏，则士不往。谚曰：“官无中人[30]，不如归田。”虽有中人，而无家兄，何异无足而欲行，无翼而欲翔？使才如颜子[31]，容如子张[32]，空手掉臂[33]，何所希望？不如早归，广修农商[34]，舟车上下[35]，役使孔方。凡百君子，同尘和光[36]，上交下接，名誉益彰。

（《全晋文》，商务印书馆1999年版）

【注释】

①《钱神论》原著在宋代以后已佚失，清严可均编《全上古三代秦汉三国两晋南北朝文》时，从《太平御览》、《艺文类聚》和《晋书》中合抄为一(《全晋文》卷113)，但这些书都是摘载，严可均认为：合抄后"尚非全篇"。《钱神论》属赋体杂文，作者假托两个人物——有财有势的"司空公子"与又穷又老的儒者"綦母先生"，在京城不期而遇，展开了一场关于金钱作用的对话与论辩。本文节选其中四段均是"司空公子"对金钱作用的议论。

② 乾：天。坤：地。古代认为男为乾，女为坤，男主外，女主内，所以这里把钱的外圆内方比做像天像地，有干有坤。

③ 孔方：中国古代铸造的钱币中有方孔。

④ 严毅：严肃刚毅。

⑤ 丰衍：衍，蕃衍。指货币积累多。

⑥ 语出《诗经·小雅·正月》。哿，读为"gě"，又读为"kě"，表示称许之意。茕(qióng)，孤独者。此句意为，闹灾时富人还可以，单弱无助的穷人困户就可哀了。

⑦ 肄(yì)：原意为学习、学业。引申为不学无术。

⑧ 吕公欣阅于空版：汉吕后之父吕公善看相(相面)，沛县县令召本县名流设宴请吕公看相，见者要出一千钱。泗上亭长刘邦手拿木版，上写：送钱一万。吕公见刘邦有"大才"，不仅接受"空版"，而且将女儿许于刘邦。汉祖克之于嬴二：克，通"刻"，铭刻，这里意为铭记。刘邦为泗上亭长时，曾奉差去咸阳，吏皆送三钱，只有萧何送他五钱。刘邦称帝后，为感激萧何多送二钱之情："乃益封何二千户，以帝尝徭咸阳时，何送我，独赢奉钱二也。"(《史记·萧相国世家》)

⑨ 汉武帝时，司马相如早年与卓王孙女卓文君相爱，结为夫妇。卓王孙反对这门亲事，不肯分给财产。司马相如与卓文君就在卓王孙门前开一个小酒馆，相如穿牛鼻裤(穷人穿的)，文君站柜台卖酒。故意丢卓王孙的脸。后由于有人说情，卓王孙分给他们一部分钱，相如、文君阔起来了。犊鼻：牛鼻裤。高盖：有高盖的车(富人所乘)。

⑩ 排：推开。意谓进入。朱门：红漆大门。指王侯贵族的宅第。《晋书·隐逸传》"朱"作"金"。金门，汉宫门名。凡朝廷征召来的人，才能优异者在金门待诏。

⑪ 闼(tà)：帝王宫廷。

⑫ 诤：通"争"。

⑬ 幽滞：困顿，不通达。指官场失意。

⑭ 令：美好。令问：美好的问候。指奉承讨好之类。一说，问通"闻"。令闻，指好名声。译文从前说。

⑮ 洛：指洛阳。西晋京城。朱衣：指穿红色官服的王侯贵官。

⑯ 当途：当道，当权。

⑰ 家兄：指孔方兄。

⑱ 已已：休止。

⑲ 辐辏：车辐凑集于毂上。喻宾客盈门。

⑳ 使：使唤。指授受。

㉑ 子夏：孔子的学生卜商，字子夏。语出《论语·颜渊》篇。

㉒ 以：以为。

㉓ 相：宰相。泛指官位。相禄：指仕途。

㉔ 达：用作使动，使……通达；使……显贵。穷：困君。

㉕ 武仲：姓臧孙，名纥。春秋时鲁国大夫，有智谋。

㉖ 卞庄子：春秋时鲁国卞邑大夫，以勇力驰名。

㉗ 冉求：孔子的弟子。字子有，鲁国人，曾任贵族季孙氏家臣，有才艺。

㉘ 文:掩饰,修饰。

㉙ 成人:完人。

㉚ 中人:朝廷中有权势的近臣。

㉛ 颜子:孔子的弟子颜回,字子渊。鲁国人。孔子曾称他有才德。后世尊其为"复圣"。

㉜ 子张:孔子的弟子颛孙师,字子张。陈国人。貌美。

㉝ 掉:甩,摇。空手掉臂:比喻两手空空。

㉞ 广:多。修:治。引申作经营。

㉟ 上下:往来。

㊱ 同尘和光:通作"和光同尘"。把光明和尘垢同样看待。表示顺应时世,随俗浮沉。语出《老子》第四章:"和其光,同其尘。"

雅典的泰门(节选)[①]

莎士比亚

第四幕

第三场 海滨附近的树林和岩穴

[泰门自穴中上。]

泰门 神圣的化育万物的太阳啊!把地上的瘴雾吸起,让天空中弥漫着毒气吧!同生同长、同居同宿的孪生兄弟,也让他们各人去接受不同的命运,让那贫贱的人被富贵的人所轻蔑吧。重视伦常天性的人,必须遍受各种颠沛困苦的凌虐;灭伦悖义的人,才会安享荣华。让乞儿跃登高位,大臣退居贱职吧;元老必须世世代代受人蔑视,乞儿必须享受世袭的光荣。有了丰美的牧草,牛儿自然肥胖;缺少了饲料它就会瘦瘠下来。谁敢秉着光明磊落的胸襟挺身而起,说"这人是一个谄媚之徒"?要是有一个人是谄媚之徒,那么谁都是谄媚之徒;因为每一个按照财产多寡区分的阶级,都要被次一阶级所奉承;博学的才人必须向多金的愚夫鞠躬致敬。在我们万恶的天性之中,一切都是歪曲偏斜的,一切都是奸邪淫恶。所以,让我永远厌弃人类的社会吧!泰门憎恨形状像人一样的东西,他也憎恨他自己;愿毁灭吞噬整个人类!泥土,给我一些树根充饥吧!(掘地)谁要是希望你给他一些更好的东西,你就用你最猛烈的毒物餍足他的口味吧!咦,这是什么?金子!黄黄的、发光的、宝贵的金子!不,天神们啊,我不是一个游手好闲的信徒;我只要你们给我一些树根!这东西,只这一点点儿,就可以使黑的变成白的,丑的变成美的,错的变成对的,卑贱变成尊贵,老人变成少年,懦夫变成勇士。嘿!你们这些天神们啊,为什么要给我这东西呢?嘿,这东西会把你们的祭司和仆人从你们的身旁拉走,把壮士头颅底下的枕垫抽去;这黄色的奴隶可以使异教联盟,同宗分裂;它可以使受诅咒的人得福,使害着灰白色的癞病的人为众人所敬爱;它可以使窃贼得到高爵显位,和元老们分庭抗礼;它可以使鸡皮黄脸的寡妇重做新娘,即使她的尊容会使身染恶疮的人见了呕吐,有了这东西也会恢复三春的娇艳。来,该死的土块,你这人尽可夫的娼妇,你惯会在乱七八糟的列国之间挑起纷争，我倒要让你去施展一下你的神通——

（《莎士比亚全集》，朱生豪译，外文出版社 1994 年版）

【注释】

①《雅典的泰门》：是莎士比亚后期创作中最后一个悲剧，约撰写于 1607—1608 年。他从 1 世纪希腊历史学家普鲁塔克的《希腊罗马名人传》等文本获取素材，借古喻今，影射当时詹姆斯一世统治下的英国社会，是一则黑色寓言。故事描写一位乐善好施的雅典贵族泰门，家中天天设宴款待宾客，处处济助朋友，万贯家财慷慨耗尽，贫穷潦倒之际，昔日趋之若鹜的朋友忘恩负义，一一鄙夷地远离了他。因好客而倾家荡产的泰门在尝尽世态炎凉之后，愤世嫉俗、含恨而死。莎士比亚透过此剧的演出，对人生的阴暗面做最深层的剖析，它对人类的贪婪和忘恩负义进行了最冷酷无情的揭露和鞭挞，称得上是一部充满悲剧性质的讽刺剧。上文选自《雅典的泰门》第四幕第三场。一贫如洗的泰门因憎恨金钱和人类，远离都市，隐居树林洞穴，甘与野兽为伴。

【提示】

人生百态：对金钱的追逐

阅读一篇文学作品，我们常常会有这样的经历：当我们到读某个地方时，往往不自觉的联想起另外一部作品，正如我们读到《雅典的泰门》第四幕第三场泰门痛斥金钱的罪恶这一章节时，就不由自主的想起我国鲁褒的《钱神论》一样。

《雅典的泰门》是莎士比亚的一部未完的剧作，较之莎士比亚的其他剧作如《哈姆雷特》《罗密欧与朱丽叶》《威尼斯商人》《李尔王》等，它在艺术上并没有那么成功，但这并不妨碍它和这些剧作一样有名。这部剧作最广为传颂的章节是第四幕第三场泰门对金钱的痛斥。这段被称为黄金咒的独白，将金钱的罪恶，金钱对人性的扭曲异化控诉的酣畅淋漓。这段黄金咒是泰门个人身世经历的折射。从中，我们领略到了金钱中的百态人生：泰门本来是一位乐善好施的雅典贵族，济助朋友慷慨解囊，款待宾客一掷千金，然而万贯家私散尽之后，那些曾受到他恩惠的所谓宾客朋友，于他贫困潦倒，衣食拮据之际，纷纷离他而去，竟无一人伸出援助之手，从前的趋奉也变成了现在的鄙弃。泰门历经人情冷暖，饱尝世态炎凉后变得痛恨金钱、痛恨人类，穴居山森与野兽为伍，愤懑已极的他甚至祈愿神灵或制造战争将人类毁灭。

马克思不止一次地提到《雅典的泰门》，在《德意志意识形态》中谈到："金钱是财产的最一般的形式，它与个人的独特性很少有共同点，它甚至还直接与个人的独特性相对立，关于这一点，莎士比亚要比我们那些满口理论的小资产者知道得更清楚"。

较之莎士比亚《雅典的泰门》中对金钱一斥到底的批判，鲁褒的《钱神论》显得含蓄婉转，其对金钱的态度，也显得多元而客观。《晋书·隐逸传》谓："元康之后，纲纪大坏，（鲁）褒伤时之贪鄙，乃隐姓名，而著《钱神论》以刺之。"作为以金钱为对象的伤时刺世的作品，《钱神论》中对金钱的中的人生，揭示得错落有致。

首先，追溯钱币的起源，交待其产生的必然性。"上智先觉变通之……铸而为钱"。钱币的形体，也与天地相通"内方像地，外圆像天"，"钱之为体，有干有坤"，正因钱的产生与铸造合天地之道，所以它的出现就不是流星昙花般地短暂。

其次，写钱币在社会生活中无往不在的渗入，描摹金钱中的人生百态。"钱之所在，危可使安，死可使活；钱之所去，贵可使贱，生可使杀"。这与《雅典的泰门》泰门对金钱的痛斥有异曲同工之妙。其中"有钱可使鬼"，早已流传为"有钱可使鬼推磨"，成为家喻户晓，妇孺皆知的谚语。

最后，写钱币对传统社会价值观念的改变。

《钱神论》的开头（本书未选部分），借司空公子之口，调侃传播传统价值观念的传统经典《诗》《礼》《易》，将其中与钱币有关的句子，断章取义，颠覆了"君子不言利"的传统价值观念：公子曰：《诗》不云乎：'币帛筐篚，以将其厚意！然后忠臣嘉宾，得尽其心。《礼》不云乎：男贽玉帛禽鸟，女贽榛栗枣修。'……这种有意为之的引用,也正揭示了当时移世变的社会风气,表现出金钱已经进入到社会价值层面,对人们传统的价值观念构成了有力的挑战。

司马迁《史记·货殖列传》说,天下熙熙,皆为利来,天下攘攘,皆为利往。金钱的出现对人自身及社会关系的改变,是每一位身处其中的人都能切身感觉感受到的。尽管时代环境不同,文化传统各异,但在《雅典的泰门》与《钱神论》中,我们读到的都是那金钱中熙熙攘攘的趋利人生。而鲁褒以对金钱的嘲讽,针砭世态人情,把两汉赋体发展到一个新的境界;而莎士比亚则以擅长的戏剧独白,在对金钱鞭辟入里的批判中,在饱含激情的控诉中再现了人物的个性。

(梁苑)

思考题

1. 比较《钱神论》和《雅典的泰门》解构金钱的相同之处和不同之处。

2. 就鲁褒戏称金钱为"孔方兄"、莎士比亚怒斥金子为"黄色的奴隶"等内容,具体分析两者意象中反映的文化、风格的差异。

3. 结合现实,谈谈你的金钱观。

十四、画　中　女[1]

杜荀鹤

杜荀鹤(846—907),晚唐著名诗人。字彦之,号九华山人。唐池州石埭(今安徽青阳县南)人。相传为大诗人杜牧出妾的儿子,家世清寒,诗律自成一家。仕途却颇为坎坷,多次考试落榜,以致发出了“头白未登科”的悲叹。891年,杜荀鹤以第八名登第,时年46岁,因为时局动荡,未授任何官职即返归故乡。903年,杜荀鹤受宁国节度使田頵派遣入梁,得到梁主朱全忠赏识,被任命为翰林学士,在任仅五天即病逝。杜荀鹤共留下300多首诗,作品承继了杜甫、白居易的传统,感时伤世,反映民众的疾苦,代表作有《山中寡妇》《乱世逢村叟》《春宫怨》等。诗风平易自然,朴实质明畅,清新秀逸。著有《唐风集》3卷、《松窗杂记》1卷。《旧五代史》有传。

唐进士赵颜,于画工处得一软障[2],图一妇人甚丽,颜谓画工曰:“世无其人也,如可令生,余愿纳为妻。”画工曰:“余神画也,此亦有名,曰真真,呼其名百日,昼夜不歇,即必应之。应则以百家彩灰酒灌之,必活。”颜如其言[3]。乃应曰:“诺[4]。”急以百家彩灰酒灌之,遂活,下步言笑,饮食如常。终岁,生一儿。儿年两岁,友人曰:“此妖也,必与君为患,余有神剑,可斩之。”其夕,遗[5]颜剑。剑才及颜室,真真乃曰:“妾,南岳地仙也[6]。无何[7]为人画妾之形,君又呼妾名,既不夺君愿[8],今疑妾,妾不可住。”言讫[9],携其子却[10]上软障。睹其障,惟添一孩子,皆是画焉。

(《杜荀鹤文集》,上海古籍出版社1980年版)

【注释】

① 画中女:选自杜荀鹤笔记小说《松窗杂记》。
② 软障:布屏风。
③ 如其言:意谓赵颜按画工的话去做(呼其名百日,昼夜不歇)。
④ 诺:(真真)答应的声音。
⑤ 遗:(wèi)给予。
⑥ 南岳地仙:唐代是中国道教的鼎盛时期,道教堪称国教。南岳衡山是道教名山。
⑦ 无何:没有什么原因,无缘无故。
⑧ 既不夺君愿:既:已经。意谓已经让您如愿。
⑨ 讫:终了、完毕。
⑩ 却:退。

皮格马利翁的故事[①]

奥维德

奥维德(Publius Ovidius Naso,公元前43—公元17),是古罗马帝国初期的大诗人,出身于外省山区骑士家庭。被父亲送到罗马学演说修辞,热爱诗歌,主要作品有《爱》《女英雄书信集》《爱的艺术》《爱的医疗》《罗马岁时记》《哀怨集》《黑海书简》等。长篇故事诗集《变形记》是他的代表作,它由250多个西方古代神话、英雄等传说、故事诗组成。主要描写希腊罗马神话中人神变成动植物和石头的故事。诗人通过这些变形故事否定宗教,反映罗马贵族社会的道德风貌。诗人按时间顺序安排故事,采用故事套故事、人物讲故事的方式,使全诗情节成为一个有机联系的整体。这种结构上的独创性对薄伽丘的《十日谈》和乔叟的《坎特伯雷故事集》都有影响。莎士比亚和歌德都在不同程度上受到奥维德作品的熏陶。

假如你问起矿产丰富的阿玛托斯[①],假如你问她[②]是否还以她的普洛普洛提得斯[③]为骄傲,她一定会咒骂她们,同时也咒骂那些头生双角,因而名叫克拉斯泰[④]的人们。在他们的门前,在过去,常设有祭朱庇特的神坛。朱庇特是好客的神,凡是外路人看见神坛上挂满了血,还以为是阿玛托斯的居民宰了乳牛或两岁的绵羊放在那上面祭神呢,哪晓得其中的罪恶勾当。神坛上的血乃是被屠杀的客人的血。好生恶死的维纳斯见了这种渎犯神明的祭法,心中大怒,准备放弃她在塞浦路斯的城池和原野,但是她说道:“这些美好的山河和城市犯了什么过错呢?它们有什么不是呢?我不如把这些不敬神明的人处死或流放,或者给他们一种介乎死亡和流放之间的刑罚。这岂不就等于说把他们的形状改变么?”她正在犹豫把他们变成什么样的形状,忽然看见他们头上的双角,她心想这一对犄角倒可以保留,因此她就只把他们的身体变成凶恶的雄牛。

但是那些不敬神的普洛普洛提得斯竟敢否认爱神维纳斯为神。因此女神大怒,据说从此她们就成为出卖肉体和名誉的始创者了。她们既然丧失了羞耻之心,脸上的血也硬化了,[⑤]因此只需稍变,就成顽石了。

塞浦路斯人皮格马利翁看到这些女子过着无耻的生活,看到女子的生性中竟有这许多缺陷,因而感到厌恶,不要妻室,长期独身而居。但同时他运用绝技,用一块雪白的象牙,刻成一座雕像,姿容绝世,绝非肉体凡胎的女子可以媲美。他一下就爱上了自己的创造物。雕像的面部就像是真正的少女的脸面,你一见就会当做是有生命的,你会觉得如果不是怕羞,她还很想人去抚弄她呢。艺术之高,使人看不出是人工的创造。皮格马利翁赞赏不已,心里充满了对这假人的热爱。他时常举手去抚摸它,看它究竟是血肉作的还是象牙雕的。他简直不承认这是象牙雕的。他吻它,而且觉得对方有反应。他对着它说话,握住它的手臂,只觉自己的手指陷进它的手臂,于是他又怕捏得太重,不要捏出伤痕来吧。他向它说了许多温存话,有时送给它许多姑娘们喜爱的礼物,例如贝壳、光滑的卵石、小鸟、五颜六色的花朵、百合花、彩色球,以及树上滴下的、眼泪似的琥珀。他替它穿起衣服,给它戴上宝石指环,项上挂了一长串项圈,耳朵上戴上珍珠耳环、胸前佩上项链。这些都很美,但是不假装束的雕像本身的美也不亚于这些。他在床上铺好紫红色的褥子,把它睡在上面,称它为同床共枕之人,把一个软绵绵的鸟绒枕放在它头下,好像它有感觉似的。

这一天正是爱神维纳斯的节日,全塞浦路斯岛都集会庆祝。一只只的小母牛,角上挂着金彩,牵到神坛前,雪白的颈上吃了一刀,神坛上是香烟缭绕。皮格马利翁也在神坛上供过祭品,站在地上,结结巴巴地祷告道:"天神啊,如果你们什么都能赏赐,请你们赏给我一房妻室……",他没有敢说"把我的象牙姑娘许配给我",只说道:"把一个像我那象牙姑娘的女子许配给我吧。"金发的维纳斯正好在场,知道祷告人的心意,于是显示了吉兆,祭坛上的火焰连跳三跳,发出三次光芒。他回到家中,就去看雕像,俯在榻边,吻她。她经他一触,好像有了热气。他又吻她一次,并用手抚摩她的胸口。手触到的地方,象牙化软,硬度消失,手指陷了下去,就像黄蜡在太阳光下变软一样,再用手指去捏,很容易变成各种形状,如此经过处理变成有用之物。这位多情人十分惊讶,又高兴又怀疑,生怕自己弄错了,再三地用手去试。不错,果然是真人的躯体!他的手指感到脉搏在跳动。这位帕福斯⑥英雄连连感谢维纳斯,又去吻那嘴唇,这回是真嘴唇了。姑娘觉得有人吻她,脸儿通红,羞怯地抬起眼皮向光亮处张望,一眼看见了天光和自己的情郎。在结婚的时候,维纳斯也光临了,因为这段婚姻原是她促成的。当月亮九度圆缺之后,他们生了一个女儿,名叫帕福斯,这座岛就是从这位女儿而得名的。

(《变形记》,杨周翰译,人民文学出版社 1984 年版)

【注释】

① 阿玛托斯(Amathus):爱神的塞浦路斯岛上的城市。
② 指爱神维纳斯。
③ 普洛普洛提得斯(Proproetides):是阿玛托斯城中的一些女子,她们不承认爱神是神,被罚为娼妓。
④ 克拉斯泰(Cerastae):意云"生角的",是岛上一种居民,因得罪爱神,变为雄牛。
⑤ 意谓不知报答,厚颜无耻。
⑥ 帕福斯(Paphos):塞浦路斯岛上的城名,皮格马利翁的故乡。

【提示】

期待奇迹的变形

罗马诗人奥维德的《变形记》取材于古希腊罗马神话,里面绝大多数故事都是讲述某个人由于某个原因,被诸神中的某一位施以魔法,变成动物、植物、星星、石头、泉水等,还有一例老人变年轻(美狄亚将伊阿宋的老父亲变成年轻男子)和女性变男性(伊菲斯为了跟自己喜欢的女子结合变成男性)的故事。而皮格马利翁的故事是其中唯一一个逆转过来,从没有生命的石像变成有生命的活人的。正是在这一点上,我们将它与唐人笔记中《画中女》的故事联系了起来。

《画中女》中的进士赵颜爱慕女子容貌,遵从画工之言,将女子唤出,"呼名百日,昼夜不歇",还采集了百家彩灰酒,似乎也颇有诚意,真真为之感动,不欲夺其愿,使他失望,所以从画中走出。但跟他做了三年夫妻,儿子都已两岁之后,赵颜竟听信友人的言辞怂恿,带剑回家,欲杀真真。他并非不知真真的来历,三年的夫妻情谊亦没有让他对真真更加信任,于是真真毫不留恋地离他而去。笔记体小说叙事简洁,但赵颜身上体现出的文士的虚伪、男性的自私,跟当时唐传奇中的诸多男性形象如出一辙。如《莺莺传》中的张生始乱终弃,不以为耻,反以浪子回头金不换之辞为自己辩护;《霍小玉传》中的李益违背誓约,另攀高门,令霍小玉悲愤致死,这些故事中更为细致的描写或许可以成为《画中女》故事的注脚。负心汉的角色原型也一直延续到后世,《杜十娘怒沉百宝箱》《白娘子永镇雷峰塔》等话本小说中都让我们看到男性形象的优柔寡断、负心可恨。

而皮格马利翁的故事却结束得幸福美满,皮格马利翁和这个雕像变成的完美女子甜蜜地在一起生儿育女了。诗歌用了很多笔墨和篇幅来铺陈皮格马利翁对这尊象牙雕像的爱,装饰、亲吻、送礼物等,又细致描写了雕像活过来的过程,让读者也仿佛跟着皮格马利翁一起经历了这个激动、幸福得要晕过去的过程,其至诚之爱极富感染力,或许这也是维纳斯愿意达成其愿望的原因吧。

后来美国著名的心理学家罗森塔尔和雅格布森受到这个神话传说的启发,在小学教学中做了一些实验,对一些老师说你们是最优秀的老师,对一批学生说你们是经过智力测试后发现最聪明的孩子,让这批老师教这批学生,结果最后的成绩表现果然大大超出了平均水平,但事实上这些老师和学生都只是随机抽取的。于是他们提出了一个著名的心理学理论,即期望和赞美能产生奇迹,就命名为"皮格马利翁效应",并广泛应用于教育、医学、管理等各个领域中。

文学界也继续在使用这个故事的精髓。英国大文豪萧伯纳就创作了同名社会讽刺剧《皮格马利翁》,描写了一个语音学教授如何训练一名发音乡气、语言低俗的贫苦卖花女脱胎换骨,最终成功被上流社会认可,教授也爱上了卖花女的故事,抨击当时英国腐朽保守的等级意识。萧伯纳将这个麻雀变凤凰的故事命名为《皮格马利翁》,正是使用了其中至诚之爱的期待可以产生惊人变化的内涵。

但值得注意的是,同为变形,两文相似中亦显出了不同:奥维德重在描写变形的过程,杜荀鹤则使变形成了起承转合的机枢。这是颇可玩味的差异。

(唐一方)

思考题

1. 具体分析《皮格马利翁的故事》和《画中女》的主旨,指出各自的寓意。

2. 试比较《皮格马利翁的故事》和《画中女》在运用"变形"("复活")手法时,各有什么相同之处和不同之处,及其思想意识与文化风格的差异。

3. 联系现实,谈谈运用"皮格马利翁效应"(也称"罗森塔尔效应")的意义和功效。

十五、促　　织

蒲松龄

宣德间[1]，宫中尚促织之戏[2]，岁征民间[3]。此物故非西产[4]；有华阴令欲媚上官[5]，以一头进，试使斗而才[6]，因责常供[7]。令以责之里正[8]。市中游侠儿[9]，得佳者笼养之，昂其直[10]，居为奇货[11]。里胥猾黠[12]，假此科敛丁口[13]，每责一头，辄倾数家之产。邑有成名者，操童子业[14]，久不售[15]。为人迂讷，遂为猾胥报充里正役[16]，百计营谋不能脱[17]。不终岁，薄产累尽[18]。会征促织，成不敢敛户口[19]，而又无所赔偿，忧闷欲死。妻曰："死何裨益？不如自行搜觅，冀有万一之得。"成然之。早出暮归，提竹筒铜丝笼，于败堵丛草处，探石发穴[20]，靡计不施，迄无济[21]。即捕得三两头，又劣弱不中于款[22]。宰严限追比[23]，旬余，杖至百，两股间脓血流离[24]，并虫亦不能行捉矣[25]。转侧床头，惟思自尽。

时村中来一驼背巫，能以神卜。成妻具赀诣问[26]。见红女白婆填塞门户[27]。入其舍，则密室垂帘，帘外设香几。问者爇香于鼎[28]，再拜。巫从旁望空代祝，唇吻翕辟，不知何词。各各竦立以听[29]。少间，帘内掷一纸出，即道人意中事，无毫发爽[30]。成妻纳纸钱案上，焚拜如前人。食顷[31]，帘动，片纸抛落。拾视之，非字而画。中绘殿阁，类兰若[32]；后小山下，怪石乱卧，针针丛棘，青麻头伏焉[33]；旁一蟆，若将跳舞。展玩不可晓。然睹促织，隐中胸怀。折藏之，归以示成。成反复自念：得无教我猎虫所耶[34]？细展景状，与村东大佛阁真逼似。乃强起扶杖，执图诣寺后，有古陵蔚起[35]；循陵而走，见蹲石鳞鳞[36]，俨然类画。遂于蒿莱中，侧听徐行，似寻针芥[37]。而心目耳力俱穷，绝无踪响。冥搜未已[38]，一癞头蟆猝然跃去。成益愕，急逐趁之[39]，蟆入草间。蹑迹披求[40]，见有虫伏棘根；遽扑之，入石穴中。掭以尖草[41]，不出；以筒水灌之，始出；状极俊健。逐而得之。审视，巨身修尾，青项金翅。大喜，笼归。举家庆贺，虽连城拱璧不啻也[42]。土于盆而养之[43]，蟹白栗黄[44]，备极护爱，留待限期，以塞官责[45]。

成有子九岁，窥父不在，窃发盆。虫跃掷径出，迅不可捉；及扑入手，已股落腹裂，斯须就毙。儿惧，啼告母。母闻之，面色灰死。大骂曰："业根[46]！死期至矣！而翁归，自与汝覆算耳[47]！"儿涕而出。未几，成归，闻妻言，如被冰雪；怒索儿，儿渺然不知所往。既得其尸于井，因而化怒为悲，抢呼欲绝。夫妻向隅，茅舍无烟；相对默然，不复聊赖。日将暮，取儿藁葬[48]。近抚之，气息惙然[49]，喜置榻上，半夜复甦[50]。夫妻心稍慰。但蟋蟀笼虚，顾之，则气断声吞，亦不复究儿。自昏达曙，目不交睫。

东曦既驾[51]，僵卧长愁。忽闻门外虫鸣，惊起觇视[52]，虫宛然尚在。喜而捕之，一鸣辄跃去，行且速；覆之以掌，虚若无物；手才举，则又超忽而跃；急趁之，折过墙隅，迷其所在。徘徊四顾，见虫伏壁上。审谛之[53]，短小，黑赤色，顿非前物，成以其小，劣之；惟彷徨瞻顾，寻所逐者。壁上小虫，忽跃落襟袖间。视之，形若土狗，梅花翅，方首长胫[54]，意似良。喜而收之。

将献公堂,惴惴恐不当意;思试之斗以觇之。村中少年好事者,驯养一虫,自名"蟹壳青",日与子弟角[55],无不胜。欲居之以为利,而高其直,亦无售者。径造庐访成[56],视成所蓄,掩口胡卢而笑[57]。因出己虫,纳比笼中。成视之,庞然修伟,自增惭怍,不敢与较。少年固强之。顾念蓄劣物,终无所用,不如拼搏一笑[58]。因合纳斗盆。小虫伏不动,蠢若木鸡[59]。少年又大笑。试以猪鬣毛撩拨虫须,仍不动。少年又笑。屡撩之,虫暴怒,直奔,遂相腾击,振奋作声。俄见小虫跃起,张尾伸须,直龁敌领[60]。少年大骇,解令休止。虫翘然矜鸣[61],似报主知。成大喜。方共瞻玩,一鸡瞥来,径进以啄。成骇立愕呼。幸啄不中,虫跃去尺有咫[62]。鸡健进,逐逼之,虫已在爪下矣。成仓促莫知所救,顿足失色。旋见鸡伸颈摆扑;临视,则虫集冠上,力叮不释。成益惊喜,掇置笼中。

翌日进宰。宰见其小,怒诃成。成述其异。宰不信。试与他虫斗,虫尽靡。又试之鸡,果如成言。乃赏成。献诸抚军[63],抚军大悦。以金笼进上,细疏其能[64]。既入宫中,举天下所贡蝴蝶、螳螂、油利挞、青丝额……一切异状,遍试之,无出其右者[65]。每闻琴瑟之声,则应节而舞[66]。益奇之。上大嘉悦[67],诏赐抚臣名马衣缎。抚军不忘所自[68];无何[69],宰以"卓异"闻[70],宰悦,免成役[71],又嘱学使,俾人邑庠[72]。后岁余,成子精神复旧,自言身化促织,轻捷善斗,今始甦耳。抚军亦厚赉成[73]。不数岁,田百顷,楼阁万椽[74],牛羊蹄躈各千计[75];一出门,裘马过世家焉[76]。

异史氏曰:"天子偶用一物,未必不过此已忘;而奉行者即为定例。加以官贪吏虐,民日贴妇卖儿,更无休止。故天子一跬步[77],皆关民命,不可忽也。独是成氏子以蠹贫[78],以促织富,裘马扬扬[79]。当其为里正、受扑责时[80],岂意其至此哉?天将以酬长厚者[81],遂使抚臣、令尹,并受促织恩荫。闻之:一人飞升,仙及鸡犬[82]。信夫!"

(《聊斋志异选》,严薇青、朱其铠选注,齐鲁书社 1984 年版)

【注释】

① 宣德间:宣德年间。宣德,明宣宗朱瞻基的年号(1426—1435)。

② 尚:崇尚。促织:蟋蟀的别名。

③ 征:征收,勒令交纳。

④ 西:西部地区,这里指陕西一带。

⑤ 华阴:县名,在今陕西省。媚:讨好。

⑥ 才:有本领,指蟋蟀善斗。

⑦ 责:责成,要求。常供:经常供献。供,供应。

⑧ 里正:古时有"里正",明代称"里长"。明代役法规定,各地以邻近的一百一十户为一"里",从中推丁多粮多的十户,轮流充当里长,故又称"富户役"。里长负责催粮征税及分派徭役。后来赋役日渐繁苛,富户贿赂官府,避免承当,而使中、下户担任。任里长的中下户,不敢向豪绅富户征派,往往被迫自己赔垫,有的甚至倾家荡产。

⑨ 游侠儿:古时称抑强扶弱,具有侠义精神的人为"游侠"。这里指游手好闲、不务正业的青年。

⑩ 昂其直:抬高它的价格。昂,抬高。

⑪ 居为奇货:囤积起来当做珍贵的财货。居,居积、囤积。

⑫ 里胥(xū):乡里中的公差。胥,官府小吏。猾黠(xiá):狡猾奸诈。

⑬ 假此:借此。科敛丁口:按人口摊派费用。科敛,摊派,征收。丁口,泛指人口:男子称"丁",女子称"口"。

⑭ 操童子业:意思是为了考取秀才从事读书。操,做,从事。童子,指"童生",科举时代凡没有考中秀

才的读书人统称“童生”。

⑮ 不售：志愿未遂，指没有考取秀才。售：达到、实现。

⑯ 充：充当。

⑰ 营谋：设法。脱：摆脱。

⑱ 累：赔累。

⑲ 敛户口：按户口敛钱。

⑳ 发：发掘。

㉑ 迄无济：一直没有成功。迄，始终。济，成功。

㉒ 不中于款：不合规格。中，符合。款，款式，规格。

㉓ 宰：邑宰，即县令。严限追比：严定期限，按期检查追逼。旧时地方官吏规定限期，责令差役或百姓完成任务或交清亏欠，并按期查验完成的情况。逾期不能完成，则施以杖责。查验有一定期限，每过一期，责打一次，叫“追比”。

㉔ 流离：淋漓。

㉕ 并：连。

㉖ 具赀：备办财物。诣问：前去问卜。

㉗ 红女白婆：红妆少女和白发老妇。

㉘ 爇香：烧香。爇，点燃。鼎：三足香炉。

㉙ 竦（sǒng）立：肃然敬立。

㉚ 无毫发爽：没有丝毫差错。爽，差错。

㉛ 食顷：吃一顿饭的工夫。

㉜ 类：像。兰若（rě）：梵文“阿兰若”的音译，即佛寺。

㉝ 青麻头：一种上等品种蟋蟀的名称。下文“蝴蝶”、“螳螂”、“油利挞”、“青丝额”等都是。

㉞ 得无：莫非。猎虫所：捉蟋蟀的地方。

㉟ 古陵蔚起：古墓在茂密的丛草中隆起。蔚，草木茂盛的样子。

㊱ 蹲石鳞鳞：一块块的矮石像鱼鳞一样密集排列。

㊲ 针芥：细针和芥子，喻非常细小的东西。

㊳ 冥搜：到处搜索。

㊴ 逐趁：追赶。

㊵ 蹑（niè）迹披求：拨开丛草，跟踪寻求。蹑，追随。披：分开。

㊶ 掭（tiàn）：轻轻拨动。

㊷ 虽连城拱璧不啻（chì）也：即便是价值连城的宝玉，也比不上它。战国时，赵国得和氏璧，秦国愿以十五城交换，故称“连城璧”。连城，指相连的十五城。拱璧，双手合捧的大玉。不啻：不止。

㊸ 土于盆：把泥土装在盆里，以盛蟋蟀。

㊹ 蟹白栗黄：蟹肉和栗子，喂养蟋蟀的饲料。

㊺ 塞官责：即交官差；搪塞官府的要求。

㊻ 业根：犹言祸根。

㊼ 覆算：算账。

㊽ 藁葬：用草垫裹尸埋葬；草草埋葬。

㊾ 惙（chuò）然：形容呼吸微弱。

㊿ 甦（sū）：苏醒。

(51) 东曦（xī）既驾：东方太阳已经升起。古代神话：太阳之神每天早晨乘坐六龙驾的车子升上天空。见《初学记》引《淮南子·天文训》。曦，太阳光。驾，驾车。

(52) 觇（chān）视：窥看。

㊽ 审谛(dì):仔细察看。

㊾ 胫:腿。

㊿ 角:角斗,指斗蟋蟀。

56 径造庐:直接登门。

57 胡卢而笑:不出声的笑。胡卢,喉间的笑声。

58 拼搏一笑:豁出去换取一笑。

59 蠢若木鸡:形容外形呆蠢无生气。木鸡,木雕的鸡。古时善斗鸡的,要求把鸡训练得不虚骄,不恃气,安闲镇定,"望之似木鸡",才能战胜敌鸡。见《庄子·达生》。

60 龁(hé):咬。领:颈。

61 翘然:两翅振起的样子。矜鸣:骄傲地鸣叫。

62 尺有咫(zhǐ):一尺多。咫,周制八寸为咫。

63 抚军:明清时巡抚的别称。

64 细疏其能:在表章上分条陈述蟋蟀的本领。疏,向皇帝陈述政事的奏章,这里是分条陈述的意思。

65 无出其右者:意思是没有超过它的。右,上,古时以右为上。

65 应节:随着节拍。

67 嘉悦:赞美、喜悦。

68 所自:来源、原因。

69 无何:不久。

70 以"卓异"闻:以"卓异"的考绩评语上报。明清时每三年对官员举行一次考绩,外官的考绩叫"大计",由州、县官上至府、道、司层层考察属员,再汇送督、抚作最后考核,然后报呈吏部。"大计"最好的考语为"卓异",意思是才能卓越优异。闻,上报。

71 免成役:免去成名担任里正的差役。

72 俾:使。

73 赉:赏赐。

74 万椽,万间,这是夸张的说法。椽,承屋瓦的圆木,一般用作房屋间数的代称。

75 牛羊蹄躈(qiào)各千计:意思是牛羊各二百头。躈,尻(kāo)窍,马的肛门;又作"噭",噭,嘴。牛羊均四蹄一躈,所以"千计"则为二百头。

76 裘马过世家:意思是,衣着排场超过世代做官的人家。裘,皮衣。马,指车骑。过,超过。

77 跬步:一抬脚的意思,指一举一动。举一足叫"跬",举两足叫"步"。

78 蠹(dù):蛀虫,这里指里胥。

79 扬扬:得意的样子。

80 扑责:用板子责打。

81 长厚者:忠厚老实的人。

82 一人飞升,仙及鸡犬:传说汉代淮南王刘安好道,后来服了仙药,升天成仙。鸡犬啄舐了他盛仙药的器皿,也都升天而去。见《神仙传》。这里借以讽刺一人受宠,众人得势。

变　形　记(节选)

卡夫卡

弗兰茨·卡夫卡(Franz Kafka,1883—1924),西方现代派文学的奠基人,表现主义文学先驱。生于奥匈帝国统治下布拉格的一个犹太商人家庭,自幼喜爱文学,1901年入布拉格大学学文学,后迫于父亲的压力转修法律获法学博士学位。中学时代对斯宾诺莎、尼采、达尔文等产生极大兴趣;后主要接受了存在主义先驱、丹麦哲学家克尔凯郭尔的思想,并受到中国老庄哲学的影响。大学毕业后,在律师事务所和法院当实习员,1908年成为保险公司小职员,并在杂志上发表首篇短篇小说《一场战斗纪实》,1924年6月3日因肺结核病逝,临终前让挚友布洛德全部烧毁其作品。布洛德出于友谊与崇敬,违背遗愿,整理出版了《卡夫卡全集》共九卷。他的文学成就主要是三部未完成的长篇小说《美国》《判决》《城堡》,和一些中短篇小说,《变形记》是中短篇小说的代表作。卡夫卡将巴尔扎克手杖上的"我能摧毁一切障碍"的格言改成了"一切障碍都能摧毁我"。

过了一会,格里高疲倦地躺在那里,周围是一片寂静,这也许是一个好的征兆。门铃响了,厨娘当然窝在厨房里,所以妹妹必须去开门。父亲回来了。"出了什么事?"这是父亲的第一句话,父亲也许从格蕾特的脸上知道了一切。格蕾特回答的声音很低沉,显然,她的脸扑到父亲的胸口上了。"母亲昏倒了,不过现在已经好些了,格里高很特别。""我早就料到了",父亲说,"我一直给你们讲,但你们母女都不听。"格里高很明白,格蕾特过于简略的汇报捅了乱子。父亲以为格里高使用了暴力,犯了错误。所以格里高想向父亲解释并安慰他,但他现在既没有时间也没有可能作这种解释,所以他逃到房门那儿并且粘在那儿,这样他父亲从前房进来时就会明白,格里高只想回自己的房间去,并无恶意,也不需要撵他出去,只要将门打开,他就会立刻消失。

可父亲没有心情注意这些细节,他进来时立刻叫了一声,那声音听起来,好像他马上要发作了,是喜是怒难以捉摸。格里高将头从门那儿转回来,朝着父亲站了起来,没有向父亲解释他为什么现在站在这儿,格里高没有考虑在别的房间怎样爬行,如今他要慎重对付已经变化的情况,尽管如此,父亲还是原来的父亲吗?平常,格里高早晨出门办事,父亲还是疲倦地裹在床上,晚上他回来时,父亲已穿着睡衣坐在带靠背的沙发上和他打招呼,父亲几乎不能站起来,他把手臂举起来就是表示高兴。格里高、父亲和母亲在一年的某几个星期天或节日里难得三人出去散步,父亲总是走在中间,大家都走得慢,但父亲总是要更慢一些,而且总是将自己裹在一件旧大衣里,支着一根手杖,小心翼翼地前进。如果他要说什么话,他得站着,将他的陪同人员召集起来。眼前的父亲还是这个样吗?他现在站得相当的直,穿着平整的、带金链扣的蓝色制服,像商业学校的侍者穿的衣服一样。衣服的领子高而且硬,上面露出一个有力的尖下巴。浓密的眉毛下一双黑色的眼睛射出神采奕奕的光辉,他的零乱的白发向下梳理,梳得十分精细而且光亮生辉。沙发离他较远,他把帽子扔到沙发上,帽子飞越房间呈抛物线。他的帽子上绣有金线交织的字母，这也是一个银行制作的。这时父亲把长制服的下摆往后一掀，两手插在裤兜里，脸色阴沉，朝格里高走来，他也许甚至不知道要干什么。他终于不同寻常地跷起了双脚，他的靴底很大，这使格里高感到惊奇，但他没有停留，他深知，自从他开始新生活的第一天起，父亲对他总是最为严厉，并且把这看成是理所应当的。父亲一会儿停着，一会儿急步向前，一会儿又不动弹，格里高总是逃着，就这样，父子两个在房间里兜圈子，但没有发生什么严重的事情，也没有因为他的速度很慢而出现追赶的情况，所以格里高暂时就停留在地板上。有时候，他担心由于父亲的狠毒会挡住他逃往墙上、逃往天花板上，格里高心里想，就是这样的情况他也支持不了多久。因为父亲每走一步，他的腿就得运动无数次。像以前一样，格里高对于自己的肺并没有多大的信心，很明显，他的呼吸变得困难起来了。他摇摇晃晃，集中力量准备急步爬行，这时他几乎没有打开眼睛，思绪迟钝，他怎么也没有想到除了急步爬行逃跑外还有什么自救的办法。他几乎忘记了墙壁是广阔的天地，当然，这里的家具都配有许多精细雕刻的尖利的边角——这时飞过来一个什么东西，刚好经过身边，轻轻地滚了几滚，滚到他跟前，那是苹果；紧跟着，第二个苹果向他飞来，格里高由于惊呆了，他站着不动，继续逃跑已经没有用处了。因为父亲已经决定轰击他。父亲从餐具柜上的水果盆子里取满了一袋子苹果，他并不计较准确与否，只是向格里高一个一个地扔苹果，这些红色的小苹果像带了电一样在地上互相滚到一起，又互相撞击开来，一个扔得较轻的苹果擦着了格里高的背，但没有伤着他。紧接着而来的一个则打中了他的背，格里高要继续爬着前进，好像由于地点的更换，这种令人惊奇的、不可置信的痛苦可以消失，然而他脑子完全糊涂了，感到像钉在地板上一样，他躺下了。在躺下以前，他仅仅看了最后一眼，母亲抢在叫喊的妹妹之前出现了。她穿着衬衫，因为她在昏迷中，妹妹给她解开了衣服，以便呼吸畅通一些。母亲朝父亲跪下。母亲的裙子本来是向上卷着的，她跑着的时候一束一束地掉到地上，挡着路，她就这样跌跌撞撞踩着裙子奔向父亲，抱着他，抱得那么紧——但以格里高的视力，看不到这幅情景。她的双手抱着父亲的后脑，求他饶儿子一命。

格里高得这种严重的变形病已经一个多月了——苹果依旧还在地上，因为谁也不敢去取走。苹果搁在那里作为一种虐待的纪念——这似乎使父亲自己想起，尽管格里高目前变成这个可怜讨厌的样子，但还是家庭的一个成员，不可像对待敌人那样对待他。应该对他尽家庭的义务。家里应该吞食这个苦果，应该容忍，除了容忍，不能有别的。

虽然由于格里高受伤，也许永远失去了活动能力，像一个伤残人一样，横穿房间暂时需要好几分钟——往高处爬那是不可想象的，但是按照他的看法，他也得了一种足够的补偿，靠近晚上时，客厅的门被打开了，他已经习惯于进行敏锐的观察，可长达一二个小时。这时他躺在黑暗中，从客厅往外看，看不清楚，他就躺在他的黑暗的房间里观察，而全家则坐在桌子旁边，全都处于灯光之下，他可以看着他们并听他们的谈话，和以前完全不一样，家里人在某种程度上对他是听之任之。

当然，往日的谈笑风生没有了，这使他有点神往地想起了以前出差在外的情况，他住在小旅馆房间里，劳累不堪，一头扑向潮湿的被褥。客厅里现在变得非常安静，晚餐后父亲坐在单人沙发上很快睡着了，母女俩相约保持安静。在灯光下母亲向前弯着腰，继续缝制模特公司的高级内衣；妹妹现在已经有了一个当售货员的工作，晚上正学速记和法文，以便能谋得一个更好的职位。有时候，父亲醒来了，好像他根本不知道他睡着了，他对母亲说："你今天又缝制了多久？"然后他又立刻入睡了。而母亲和妹妹则相视而笑，可她们显得疲倦。

父亲在家里也穿着他那一套侍者制服，不能不说这是一种顽固，他的睡衣挂在衣钩上毫无用处。他穿得整整齐齐，靠在沙发里假寐。好像随时都在准备着对付差使，等待上司的吩咐；这样一来，他的制服也就很快失去了开始时的鲜艳，虽然母亲和妹妹精心洗涤也无济于事。格里高经常整个晚上看着他父亲那件越来越肮脏的衣服，不过那制服上的镀金纽扣由于经常的擦拭倒显得光辉夺目，这位老人就是穿着这种极不舒服的衣服，安详地睡觉。很快就十点钟了，母亲小声地给父亲说着什么，想把他弄醒，说服他到床上去，因为这里睡不好，他明早六点就得上班，睡个好觉对父亲来说是必要的。但父亲很固执，这是他当侍者以来养成的脾气，他坚持还要在桌子旁边睡一会，尽管他入睡是很有规律的，但要他从沙发上移到床上去得费很大的劲。这时母亲和妹妹想小声劝说他挪窝，一刻钟过去了，他还是慢慢地摇着头，闭着眼睛，不起来。母亲拽着他的袖口，在他耳朵上说了些柔声细语。妹妹也离开了作业本帮母亲的忙，但这对父亲来说都不起作用，他在沙发里睡得更熟了。直到母女两个抓住他的腋下，他才睁开眼睛，一会儿看着妹妹，然后说："这是一种生活，是我的晚年的安静。"在两个妇女的扶持下，他很费事地起来了，好像他本身具有重量，他由两个妇女引他到房门，在这里向她们表示：自己走。他就这样自行继续前进，妹妹急忙放下钢笔，母亲也将手中的缝纫机具放下，紧跟着在父亲后面，准备继续帮助他。

在这样一个人人都忙于工作，非常劳累的家庭里，除非绝对必要，谁有时间来关心格里高呢？家庭开支日益紧缩，厨娘已经开销掉了，一个高大的、骨瘦嶙峋的老女佣满头白发，在早晚最忙的时候各来一次。母亲除了缝纫工作外，包揽了其他所有的家务事。甚至连母亲和妹妹以前只在重大活动和节假日才戴的各种各样的首饰也都卖掉了，这是格里高在母女俩平常谈话提到首饰价钱时听到的。不过最大的问题还在于不能搬家，这套房子就目前情况而言是太大了，现在不能搬家是由于没有找到怎样迁居格里高的办法。但格里高看得清楚，这不仅仅牵涉到他，迁居格里高的困难并不能阻拦搬家的事，因为可以为格里高找一个合适的箱子，上面钻几个洞就可以轻而易举地运输了。阻碍家里更换房子的主要原因在于他们的彻底绝望。他们认为在家里的亲戚和熟人圈中还没有一个人像他们那样遭受到如此重大的不幸。基于这种情况，他们也不想搬家。世界对于穷人所要求的，他们都照办了，做到了极限。父亲和银行小职员共进早餐，母亲作出牺牲为外人作内衣，妹妹依照顾客的吩咐在柜台内忙来忙去。

但家庭的力量只能到此为止，格里高只觉得背上的伤口又痛开了。当母女俩送父亲上床后返回时，她们就不干活了，坐到一起，相互对视。现在母亲指着格里高的房间说："格蕾特，把那儿的门关了。"格里高又在黑暗之中，而旁边的母女俩却泪水交流，或者流干了眼泪互相凝视。

格里高白天和晚上都睡不着，有时候他想在下次开门时他要对家中事务像以前一样重新负起责来，他的这种思想，经过一段长时间后，又出现了。老板、公司代表、店员、学徒以及好些反应迟钝的仆役，他还想起了其他公司两三个朋友以及省里一个旅馆的同居女友。他还有一种美好的浮光掠影的回忆：就是那个鞋帽公司的女出纳，他曾经严肃地向她求过婚，但太迟了——所以这一切都和陌生人或者忘记了的人搅到一起了，这些回忆帮不了他，也帮不了他的家，毫无意义，如果自己消失掉了，他才真是高兴。接着，他又没有关心家庭的心情了。他感到愤怒，家里给他的给养太差了。虽然不能想象自己的胃口如何，但他有一个计划，就是怎样进入餐室，即令不饿，无论如何要去那里找点合适的东西吃，不要想象人家可能帮什么大忙。妹妹早上和中午去公司上班之前,总是用脚将一些随便什么样的食物,踢进格里高的房间,不管格里高喜欢不喜欢吃——大多数情况是原封未动——晚上妹妹将扫帚一摇,这些食物全部扫地出门。房间的清扫工作总是在晚上进行,但不再是很快就完了。这里一堆尘土,那里一堆废物,沿着墙壁留下的肮脏的线条。妹妹进到房间时,格里高爬入专门画好了的墙角,为了是通过这个位置使妹妹有内疚的感觉。他也许躺在那里一周之久,妹妹也不会给他打扫,她和他一样也看到了那些脏东西,但她下决心要撵走他。妹妹有一种新的感觉,即打扫格里高的房间,只是她的工作,全家也有这种看法。有一次,母亲对这个房间进行了一次大扫除。她用了好几桶水才扫干净——房间里的潮气影响了格里高的健康,他宽展着自己,痛苦地躺在沙发上一动也不动——这次扫除使母亲自己也受到了惩罚,还没有到晚上,妹妹已经注意到格里高房间的变化,她好像受到严重的伤害,不顾母亲举起手来恳求她不要这样,她还是冲到了客厅,气得发抖地哭了起来。在沙发里的父亲当然大吃一惊,先是一惊,其后也无可奈何地看着,等他们回过神来,母亲右边的父亲就责怪母亲,没有让妹妹自己去打扫房间,左边的人则对妹妹大声叫喊,今后不准妹妹打扫那间房间。父亲由于激动而不知所措。母亲便拖他去卧室。妹妹正抽泣着。格里高在里面则出于愤怒发出丝丝的响声。谁也没想到关门,让他看到了这场家中的风波。

妹妹工作劳累不堪,但还和以前一样侍候格里高,尽管很不耐烦。母亲再没有代妹妹进过格里高的房间,然而他却并未受到忽视。因为老女佣,这个在长期生活中得力于身子骨硬朗的寡妇已经承担了这头痛的工作。她毫无任何好奇心,有时偶尔打开格里高的房门,她一看到格里高就吃惊地将双手交叉搁在小腹上,站着不动。格里高被生人看见也大吃一惊,虽然没有人赶他,自己却开始这里那里胡跑,自此以后她总是在早晨或晚上将门打开一点,看看格里高,她一直这样做,从未耽误。开始她也叫他过来,并且说上一句她认为是表示亲切的话,如:"过来一下,蜣螂!"要么就是:"看看这个老蜣螂!"对于这样一种招呼,格里高总是不予回答,而是不动地停留在原地,好像这房门压根儿没有开过。她没有任意打扰他,而是每天打扫他的房间!有一次大清早,外面下着滂沱大雨,也许这是春天到来的信息,雨打在玻璃窗上,这时这个女佣又开始了她认为亲切的称呼。格里高很愤怒,他慢慢地,步履蹒跚地转向女佣,这是一种攻击的姿态,但女佣并不害怕,仅仅举起了在门旁放着的一把椅子张大嘴巴站在那里,好像她手里的椅子砸在格里高的背上时嘴才闭上去。当格里高又拐弯时,她说:"啊!不再过来了吗?"说着将椅子静静地放回墙角。

格里高现在几乎什么也不吃,只有当他偶尔经过食物旁边时,他才好玩似的尝那么一口,含在嘴里达一小时之久,然后大部分又吐出来。开始他觉得这是他的房间的现状的悲哀,这使他吃不下,但是随着房间发生的变化,他又很快释然了。他们已习惯于将人家不吃的食物搁进来。这类东西多得很。因为家里已将一间房间租给了三个人,这房间的第一批房客。——有一次格里高从门缝中看到,三个都是络腮胡子——他们很讲究整洁。因为他们租了一间房间,不但在他们的房间里,在全家,特别是在灶房里都被他们占满了。他们不能忍受垃圾和废物。此外,他们还带来一些自己的家什,由于这些原因,就出现了许多剩余的东西,既没有人要,又不愿意扔掉。所有这些东西都移到格里高房间里,而且厨房里的炉灰箱,废物箱也搬到这里来了。凡是现在不用的东西,女佣总是很快地一股脑儿挪到格里高的房间里。格里高总是有幸看到这些废物和女佣那只挡着他的手,女佣可能想以后有时间或机会,便将这些东西取走,或者总的一回清理出去。但这些东西从第一次挪进来以后,始终原封未动。开始他被迫地放弃在这些废物之间的空地上爬行，要爬行，没有这些空间是不行的；后来由于消遣的需要他就在这些空地上漫游，之后又劳累不堪并且感到伤心，只好不动弹了。一休息就是几小时。因为房客有时在客厅里用晚餐，所以客厅通向格里高的门往往是关着的。不过格里高也不在乎这张门开或不开。有时候，门是开着的，他也不利用这个机会进行观察，而是躲在最黑暗的角落，家里人对此自然没有注意到。有一次女佣将这张门打开了一点，当房客晚上进入客厅，把灯点着时，门仍是开着的。他们高高地坐在桌子旁边，这在以前是父亲、母亲和妹妹坐的地方。房客们展开餐巾，手上拿着刀叉。门里立刻出现了母亲，她端着一碗肉，紧跟着的是妹妹，她端着一碗土豆，土豆切成片，叠了许多层，叠得很高。这些菜肴热气腾腾，房客们弯着身子察看端到他们跟前的菜，像是看看到底是什么内容。实际上坐在中间的那个房客还用刀子割了一块，似乎向其他两人显示自己是内行。他要确定肉煮烂了没有，是否还要送到厨房里加工，他满意了，母亲和妹妹紧张地对视之后，开始松了一口气，笑了。家里人在厨房里用餐。父亲回来了，他在进入厨房之前，摘下帽子，先到客厅向房客们作了一个优美的弯腰姿势，表示致意，并绕桌一周，房客们全体起立。长满胡子的嘴，喃喃而语。父亲走了，他们都默默地吃着。使格里高惊奇的是在各种吃饭的声音里最突出的是咀嚼声，他们好像在向格里高显示，若要吃饭，就得有牙齿，只有漂亮无牙的下颌什么也吃不成。“我想吃东西，”格里高满怀忧愁地想，“但不想吃这些东西，要像房客们吃的那样。我要死了！”

恰恰在这个晚上。——格里高没有回忆，在整个晚上听到了演奏小提琴的音乐——这音乐来自厨房，房客们吃完了晚饭，那个中等个儿的房客拿出了报纸。他给另外两个房客每人一张，他们正在靠着椅背看报，并且抽着烟。当小提琴开始演奏时，他们的注意力集中了，他们站起来，用脚尖着地走向前房门，他们挤在那里，他们就在那里听厨房里传来的音乐。父亲在叫喊：“拉提琴会不会影响先生们的休息？不拉了吧！”“相反”，那个中等个儿的人说，“可不可以请这位小姐到我们这儿来，在房间里演奏不是更舒适更愉快吗？”

“啊！好的，”父亲叫道，好像他本人就是小提琴的演奏者。房客们退到房间里等候。很快，父亲拿着乐谱架，母亲拿着乐谱，妹妹抱着小提琴，他们一起出来了。妹妹静静作好演奏的一切准备。父母，以前从未将房间出租过，为了表示客气，也不敢坐在沙发上。父亲靠着门，右手插在制服的两个纽扣之间，一个房客递给母亲一把椅子，母亲把椅子搁在房客偶尔搁过的地方，那是在边边上，一个角落里，她坐下来了。

妹妹开始演奏，父亲和母亲从两旁注意她的手的动作，格里高受琴声的吸引，也敢于冒进了，他的头已经出现在客厅里。

最近他很少顾及会不会被别人看见，关于这一点，他已经无所谓了。以前他对此很注意，并且为此而骄傲；其实，现在他更应该躲起来。因为他房间里到处都是尘土，小小的动作也招来满身的脏物。黏液、头发和剩饭盖满了他的背，沾满了他的周身，他以前，白天的时候，好几次在地毯上仰面朝天也很胆怯，如今他满身脏物，还在客厅干净的地板上活动，他也太无所顾忌了。

自然也无人注意他，家里人完全忙于小提琴的事，房客们则相反，他们开始将双手插进裤子口袋，从后面靠近乐谱架，以便能看清乐谱，他们注意到肯定有什么东西干扰了妹妹，他们立刻小声议论，低着头回顾窗口，他们注意到了这一情况，房客们停在窗户那里，果然出现了清楚不过的场面：好像他们是在假设听一场优美的、轻音乐似的小提琴独奏，可是很失望，他们显得听够了的样子，只是出于礼节，在默默地忍受着，他们抽着烟，烟雾从他们鼻孔里冒出来，他们将烟雾朝上空吹去。表现了极其的不耐烦，似乎要求停止演奏。但事实上妹妹演得多出色啊。她的脸向旁边低去，伤心地、考证似的看着乐谱。格里高又向前爬了一段，将头和地板保持一个很近的距离，以便和房客们的眼光相遇。他想，他要是一个甲虫，音乐能如此感动他吗？他好像觉得再往前爬就是朝看见了的、但不认识的食物那儿爬去。他决定向他妹妹那儿爬去，在他妹妹的裙子上拉扯，暗示她应该回到他的房间里去，因为她不值得替他们演奏，这里没有一个人像他一样感谢这种演奏，他不会让她再走出他的房间，只要他活着，他就不会让她再走出他的房间。他的令人可怕的外形第一次发挥了作用，他要出现在他房间的各个门边并且向不满意小提琴演奏的房客们发出怒吼。

妹妹不是被迫地，而是自愿地留在他格里高身边，她会坐在他旁边的沙发上倾听他的意见，他也愿意向她提供自己的看法，他就曾经毫不动摇地要送他妹妹上音乐学院深造。要不是发生这种倒霉的事，他肯定在圣诞节——圣诞节已经过了吗？向大家宣布他的决定，而不考虑任何反对的意见。宣布以后，妹妹一定激动得泪流满面。我要站起来吻她的脖子，她自从到公司工作以来，脖子上既无衣领，也无饰带。

“萨姆莎先生”，中等个儿的房客对父亲喊道，不多说一句话，用食指指向正在慢慢爬行的格里高，小提琴沉默了。中等个儿的房客先是摇着头看着他的朋友们，然后又向格里高看去，父亲觉得目前急需要做的事不是赶走格里高，而是先安抚房客。尽管如此，和讨论小提琴的演奏相比，房客们并不更急于讨论格里高的出现，父亲急匆匆向房客们走去，张开双臂想把房客挤回他们的房间，而同时又以他的头部的动作将房客们的视线引向格里高，这样一来房客们便有点儿生气了。他们事先并不知道有一个像格里高这样的邻居，他们是为此而生气呢，还是因为父亲态度不好而生气呢？弄不明白，他们要求父亲解释，举起手臂，不安地捋捋他们的胡须，慢慢地退向他们的房间，妹妹由于突然中断了小提琴的演奏而神思恍惚，她的那漫不经心悬着的手依然拿着琴和弓，看着乐谱，好像她还在继续演奏，好一会她才回过神来，将乐器放到母亲的双膝之上，跟到隔壁房间去。母亲由于哮喘病，肺的负担太重，仍旧坐在原位上。房客们在父亲的推搡之下很快就靠近隔壁房间了。可就在他们进入房间之前，可以看到这个房间床上的被褥，经过妹妹的熟练操作，扬起来了，很快整理好了，人也溜出来了，又是由于太固执，父亲忘记了对房客们应有的尊重，他继续推搡他们，直到进入房门；中等个儿的房客大发雷霆，跺着脚，以此阻止父亲继续前进。他还说：“我声明”，这时他举起手来看着父亲，也看着母亲和妹妹，“考虑到这个住宅，这个家里存在着这样令人厌恶的情况”，——这时他朝地板上坚定地啐了一口——“从现在起解除租房协议。当然，我住了多少天，我也决不少付一个子儿。但是，我还是考虑是否向您提出一些——请您相信——可以理解的要求。”他沉默着，向前看着，好像他在等待着什么。事实上他的两个朋友也插上一句：“我们从现在起也解除协议。”于是中等个儿的房客拉着门的把手“砰”的一声关上了门。

父亲踉踉跄跄，以双手探索着走向沙发，坐下来。他伸展着身子，好像他要和平常一样坐在沙发上小睡一会儿。但他频频点头和摇晃不定，这就表明他根本没有睡着。在整个时间里格里高安静地躺在原地，房客们就是在这里发现他的。格里高没有实现他的计划，他很失望。他又感到很虚弱，这可能是饥饿引起的，失望和虚弱使他不可能行动，他又担心，下面将要发生一场针对他的风暴，他等待着，有恃无恐。连小提琴演奏出事他也不在乎。母亲发抖的手指将小提琴从膝盖上抖出来了，提琴咔嚓一声掉下来了。

“亲爱的爸爸妈妈”，妹妹说，作为开场白，她用手往桌上一击，“这种情况不能再继续了。如果你们没有看到，我可看到了。在这个怪物面前，我不说出我兄弟的名字。我只说，我们必须试试，要摆脱它。我们把它当人侍候，容忍。我相信，没有人会责备我们”。

“你是绝对正确的”，父亲说。母亲还是呼吸不利索，带着一种张皇失措的眼神开始向她前面支撑的手气闷地咳嗽。

妹妹急匆匆走向母亲，扶着她的额头，父亲由于妹妹的话似乎有了一定的思路。他坐下了，摆弄着桌子上他那顶侍从帽，这顶帽子从房客吃饭时，就搁在桌子的两个茶杯之间。

他间或看着安静的格里高。

妹妹专门对着父亲说：“我们要试试，要摆脱他。”因为母亲正在咳嗽，什么也没有听见。“他会将你们两人折磨死的，我已看到了这一天，这一天要来的。我们大家都这样辛苦工作，可不能在家里忍受着这种没完没了的痛苦，我再不能忍受。”说着，她号啕大哭，以致她的眼泪流到了母亲的脸上，她用手机械地将眼泪从母亲脸上擦掉。“孩子，”父亲同情地说，带着明显理解的表情。“那我们现在怎么办呢？”

妹妹耸耸肩膀，表示没有什么办法。刚才号啕大哭时，她好像很有信心，有办法摆脱格里高，而现在却相反，显得无计可施。

“要是他能懂我们的话就好了，”父亲半提问似的说。妹妹在哭泣中有力地举起手来表示：“那是不可想象的。”“要是他能听懂我们的话，”父亲重复着。他闭着眼睛，虽然内心接受了妹妹的说法，但他还是说：“那我们也许可以和他达成协议，但是这样——”“他必须走人！”妹妹叫喊起来，“这是唯一的办法。父亲，只能寻找摆脱他的办法，长期以来我们一直认为他就是格里高，这种看法就是我们的不幸，但是他怎么可能是格里高呢？他要是格里高，他就会看出人和这样的动物生活在一起是不可能的，他就会自愿地离开。我们虽然没有兄弟，但还可以继续生活下去，我们将怀着敬意想念他。可这个怪物跟踪我们，驱赶房客，很明显，他要霸占全家，让我们到街上去过夜。父亲，你看！”她忽然大叫起来：“他又开始了！”这时她甚至以一种使格里高莫名其妙的吓人动作离开了母亲，从沙发上走开了，好像宁愿让母亲去牺牲，也不愿意坐在格里高的旁边，她急匆匆地走到父亲后面，由于她的表现，父亲也激动起来，也站起来了，将手臂抬起了一半以示保护妹妹。格里高根本没有想去吓唬谁。他只是开始爬回自己的房间，而这些动作又很显眼。因为他很痛苦，拐弯的时候头部必须帮助进行。他好多次将头抬起来，又磕在地板上，他停下来扫视周围，大家似乎都很明白他要爬回自己的房间，那实在是一个可怜的时刻。大家沉默而伤心地看着他。母亲躺在沙发上，由于疲倦，眼睛几乎是闭着的。父亲、妹妹坐在一起，妹妹的手搁在父亲的脖子上。

“现在我也许可以拐弯了，”格里高想，并且重新开始往回拐。这个动作使他气喘吁吁，这里、那里他都得休息一下，况且也没有人催他，一切都由他自己调度。他奇怪，为什么到他房间的距离这么远，他弄不明白，以他这么虚弱的身子，刚才爬了同样的距离，怎么并没有注意到距离的远近。他只想到快点爬行，几乎没有注意到这时家里人既没说话，也没有叫喊，他可以不受干扰地爬行。直到爬到门口，他才回过头来，也没有全回过来，因为他觉得脖子发硬。他还在看着他后面有没有发生什么变化，只有妹妹站起来了。他对母亲看了最后一眼，她几乎已经完全入睡了。

他还没有进入房间，门立刻就关上了，还上了门闩，锁上了。背后这一系列的动作吓了他一跳，吓得他的那些小腿往里紧缩。这样迅速关门的人正是妹妹。这时她笔直地站起来，脚尖点地,往前一跃,格里高根本没有听到她过来的声响,当她将钥匙在锁孔里转动时,她对父母叫喊道:“终于进去了。”

“现在怎么办呢?”格里高问自己,并且环视四周。他立刻发现,他目前根本不能动弹了,他以前觉得用那些细小的腿爬行前进很不自然,如今也不以为怪。此外,他还觉得很舒服,他原来的确全身都很痛,但他现在觉得这疼痛越来越缓解了,终于都消失了。他的背碰到了腐烂的苹果,苹果的霉烂点波及周围。他带着爱心和感动回忆家庭,并坚定地认为他必须从这个家里消失,这种看法的坚定性比起他妹妹来,是有过之而无不及。在这种情况下,他陷入了空洞而安静的沉思。教堂已第三次敲响了晨钟,黎明开始了,他正经历着窗外破晓的时光,他的头无意识地完全地低垂,他已经鼻息奄奄了。

(《卡夫卡短篇小说选》,陆增荣译,湖南文艺出版社 1996 年版)

【提示】

提示异化的变形

1913 年 1 月 16 日,卡夫卡给女友菲利斯的信中提到德国宗教神学家布贝尔懂中国故事,出版了《中国鬼怪和爱情故事》(即《聊斋志异》德译本),并说“这些故事精妙绝伦”。1914 年耶那一家出版社出版了卫礼贤译成德文的《中国民间故事集》(其中 15 个故事选自《聊斋志异》),卡夫卡将这个译本作为礼物送给了妹妹奥特拉。英国德语作家、评论家埃利亚斯·卡奈蒂曾说:“最令人吃惊的确是卡夫卡如此驾轻就熟地掌握的另一种手法:变化成小动物。这种手法通常只有中国人堪与媲美。”就像《庄子》的鲲鹏鱼雁、《聊斋》的鬼怪狐魅一样,卡夫卡也写过一系列与动物相关的小说,如《一条狗的研究》《地洞》《猫与鼠的对话》等,《变形记》是这类小说的名篇,与《促织》相似,是关于人变虫的故事。

明宣宗喜斗蟋蟀,史有其事。《万历野获篇》记载:“我朝宣宗最娴此戏,曾诏苏州知府况钟进千个,一时语云:‘促织瞿瞿叫,宣德皇帝要。’”《明朝小史》有“骏马易虫”传说,讲述一粮长为郡督遣,觅得最良者以所乘骏马易之,妻妾好奇,“窃视之,乃跃去,妻惧,自经死;夫归,伤其妻,且畏法,亦经死”。《促织》的故事背景正是这虫贵人贱的时代,成名经历了无虫“忧闷欲死”——寻虫无获被杖“惟思自尽”——虫失子死、夫妻“抢呼欲绝”——子醒悲虫“气断声吞”的一系列遭遇,精神与肉体时时处于绝境,这样的书生与家庭何止成名一个?一只蟋蟀觅得已如此艰辛,而天子所好又何止蟋蟀一种?“天下所贡蝴蝶、螳螂、油利挞、青丝额……一切异状”,又何尝不是劳民伤财!至此作者正面批判了社会不正之风气。与“骏马易虫”不同,蒲松龄在虫失人死之后,“用传奇法,而以志怪”的艺术手法增添了人变成虫、人因虫贵的内容,以大团圆的结局强烈的对比,蕴涵作者从反面对现实更深刻的批判:成名苦读诗书久“不售”,却因虫“不数岁”便富贵通达,这个读书人是幸运的也是不幸的,表达了作者对封建科举制度的讽刺;正是当皇帝、胥吏、成名各阶层的人得到满足的同时,指向他们的悲哀就更深入,比起单纯描写一家人的悲惨命运更发人深省。变形手法的运用不仅拓展了小说叙事空间,还增强了艺术表现的力度。

与《促织》不同,没有交代任何原因,《变形记》中格里高清晨一觉醒来就已经从人变成了“非人”——大甲虫,他没有惊异和惶恐,只是想了一下“我出了什么事了”后,脑子里就转着工作、攒钱替父母还债……,他变成虫的原因也就不言而喻。卡夫卡在看似平淡的叙述中揭示了现代社会的主要问题——人的异化,如他自己所说:“既然我不能把人提高到上帝的水平,就宁可把自己变成一个无用的虫。”虫形人性是格里高变成的甲虫最大的特点。尽管变形后,生活习惯有点变化,在瞬间有时也会忘记自己是个人,但很快就会恢复人的意识,从发现自己变形到死为止,内心充满了对家人的关心,虫的形体并未改变人的本质。随着时间流逝经过几次家人伤害,他终于知道能为家人做的只是“从家里消失”。在令家人满意的结局中,作者揭示了虫是无用的,即使具有人的本质也不被理解和接受,更进一步否定了格里高作为人时曾经为之奋斗的一切,他是家里的支柱,但没有他,家里人也可以过得很好,因此,无论作为人或是虫,他的存在都是无意义的,如果没有发生变形,他也许永远都不会认识到。从变形为虫到虫的死亡,是人的形体到本质的逐渐毁灭,格里高对这一切都平静地接受，人之为人的一切也就在无所依附、悄无声息中消解殆尽，荒诞而真实。甲虫在格里高家人眼里的无用以及除之而后快的表现，揭示出人对价值的判断仅仅在于其"有用"与否，从而批判了人的冷漠与无知，引发人对自身的哲学思考——有用与无用如何判断，人是否能够认识眼前的世界，生命的价值何在。

（夏慧勤）

思考题

1. 与《促织》一文在创作上体现出"文似看山不喜平"的特点相比，《变形记》的艺术表现是否"平"？为什么？

2. 德国文艺批评家龚特尔·安德尔这样评价卡夫卡："作为犹太人，他在基督徒中不是自己人。作为不入帮会的犹太人，他在犹太人中不是自己人。作为说德语的人，他不完全属于奥地利人。作为劳动保险公司的职员，他不完全属于资产者。作为资产者的儿子，他又不完全属于劳动者，因为他把精力花在家庭方面。而'在自己的家庭里，我比陌生人还要陌生'。"结合时代背景，了解卡夫卡的孤独。

3. 以"荒诞与真实"为题讨论或写作。

十六、孔雀东南飞[①]

汉乐府

汉末建安中[②]，庐江府小吏焦仲卿妻刘氏[③]，为仲卿母所遣，自誓不嫁，其家逼之，乃投水而死。仲卿闻之，亦自缢于庭树。时人伤之，为诗云尔：

孔雀东南飞[④]，五里一徘徊。"十三能织素[⑤]，十四学裁衣，十五弹箜篌[⑥]，十六诵诗书，十七为君妇，心中常苦悲。君既为府吏，守节情不移。鸡鸣入机织，夜夜不得息。三日断五匹[⑦]，大人故嫌迟[⑧]。非为织作迟，君家妇难为。妾不堪驱使[⑨]，徒留无所施[⑩]。便可白公姥[⑪]，及时相遣归[⑫]。"府吏得闻之，堂上启阿母[⑬]："儿已薄禄相[⑭]，幸复得此妇。结发同枕席[⑮]，黄泉共为友[⑯]。共事二三年，始尔未为久[⑰]。女行无偏斜[⑱]，何意致不厚[⑲]？"阿母谓府吏："何乃太区区[⑳]！此妇无礼节，举动自专由[㉑]。吾意久怀忿[㉒]，汝岂得自由。东家有贤女，自名秦罗敷。可怜体无比[㉓]，阿母为汝求。便可速遣之，遣去慎莫留！"府吏长跪告[㉔]："伏惟启阿母[㉕]，今若遣此妇，终老不复娶！"阿母得闻之，槌床便大怒[㉖]："小子无所畏，何敢助妇语！吾已失恩义，会不相从许[㉗]！"府吏默无声，再拜还入户。举言谓新妇[㉘]，哽咽不能语："我自不驱卿[㉙]，逼迫有阿母。卿但暂还家，吾今且报府[㉚]。不久当归还，还必相迎取。以此下心意[㉛]，慎勿违吾语。"新妇谓府吏："勿复重纷纭[㉜]！往昔初阳岁[㉝]，谢家来贵门[㉞]。奉事循公姥[㉟]，进止敢自专[㊱]！昼夜勤作息[㊲]，伶俜萦苦辛[㊳]。谓言无罪过[㊴]，供养卒大恩[㊵]。仍更被驱遣，何言复来还？妾有绣腰襦[㊶]，葳蕤自生光[㊷]。红罗复斗帐[㊸]，四角垂香囊[㊹]。箱帘六七十[㊺]，绿碧青丝绳[㊻]。物物各自异，种种在其中。人贱物亦鄙，不足迎后人[㊼]。留待作遗施[㊽]，于今无会因[㊾]。时时为安慰，久久莫相忘。"鸡鸣外欲曙，新妇起严妆[㊿]。着我绣夹裙[51]，事事四五通[52]。足下蹑丝履[53]，头上玳瑁光[54]。腰若流纨素[55]，耳着明月珰[56]。指如削葱根，口如含朱丹[57]。纤纤作细步[58]，精妙世无双。上堂谢阿母，母听去不止[59]。"昔作女儿时，生小出野里[60]。本自无教训，兼愧贵家子。受母钱帛多[61]，不堪母驱使。今日还家去，念母劳家里。"却与小姑别[62]，泪落连珠子[63]。"新妇初来时，小姑如我长。勤心养公姥，好自相扶将[64]。初七及下九[65]，嬉戏莫相忘。"出门登车去，涕落百余行。府吏马在前，新妇车在后。隐隐何甸甸[66]，俱会大道口。下马入车中，低头共耳语："誓不相隔卿[67]，且暂还家去。吾今且赴府，不久当还归，誓天不相负。"新妇谓府吏："感君区区怀[68]。君既若见录[69]，不久望君来。君当作磐石[70]，妾当作蒲苇[71]。蒲苇纫如丝，磐石无转移。我有亲父兄，性行暴如雷，恐不任我意，逆以煎我怀[72]。"举手长劳劳[73]，二情同依依[74]。入门上家堂，进退无颜仪[75]。阿母大拊掌[76]："不图子自归[77]！十三教汝织，十四能裁衣，十五弹箜篌，十六知礼仪，十七遣汝嫁，谓言无誓违[78]。汝今无罪过，不迎而自归？""兰芝惭阿母[79]，儿实无罪过。"阿母大悲摧[80]。还家十余日，县令遣媒来，云有第三郎，窈窕世无双[81]，年始十八九，便言多令才[82]。阿母谓阿女："汝可去应之。"阿女衔泪答[83]:"兰芝初还时，府吏见丁宁[84]，结誓不别离。今日违情义，恐此事非奇[85]。自可断来信[86]，徐徐更谓之。"阿母白媒人:"贫贱有此女，始适还家门[87]，不堪吏人妇，岂合令郎君？幸可广问讯，不得便相许。"媒人去数日，寻遣丞请还[88]，说"有兰家女，承籍有宦官[89]"。云"有第五郎，娇逸未有婚[90]，遣丞为媒人，主簿通语言[91]"。直说"太守家，有此令郎君。既欲结大义[92]，故遣来贵门"。阿母谢媒人:"女子先有誓，老姥岂敢言[93]?"阿兄得闻之，怅然心中烦，举言谓阿妹:"作计何不量[94]！先嫁得府吏，后嫁得郎君。否泰如天地[95]，足以荣汝身。不嫁义郎体[96]，其往欲何云[97]?"兰芝仰头答:"理实如兄言。谢家事夫婿，中道还兄门。处分适兄意[98]，哪得自任专？虽与府吏要[99]，渠会永无缘[100]。登即相许和[101]，便可作婚姻。"媒人下床去，诺诺复尔尔[102]。还部白府君:"下官奉使命，言谈大有缘。"府君得闻之，心中大欢喜。视历复开书[103]:"便利此月内，六合正相应[104]。良吉三千日[105]，今已二十七，卿可去成婚。"交语速装束[106]，络绎如浮云[107]，青雀白鹄舫[108]，四角龙子幡[109]，婀娜随风转[110]，金车玉作轮。踯躅青骢马[111]，流苏金缕鞍[112]。赍钱三百万[113]，皆用青丝穿，杂彩三百匹[114]，交广市鲑珍[115]。从人四五百，郁郁登郡门[116]。阿母谓阿女:"适得府君书[117]，明日来迎汝。何不作衣裳？莫令事不举[118]!"阿女默无声，手巾掩口啼，泪落便如泻。移我琉璃榻[119]，出置前窗下。左手持刀尺，右手执绫罗。朝成绣夹裙，晚成单罗衫。晻晻日欲暝[120]，愁思出门啼。府吏闻此变，因求假暂归。未至二三里，摧藏马悲哀[121]。新妇识马声，蹑履相逢迎[122]，怅然遥相望，知是故人来。举手拍马鞍，嗟叹使心伤:"自君别我后，人事不可量[123]，果不如先愿，又非君所详[124]。我有亲父母，逼迫兼弟兄，以我应他人，君还何所望!"府吏谓新妇:"贺卿得高迁！磐石方且厚，可以卒千年[125]；蒲苇一时纫，便作旦夕间。卿当日胜贵[126]，吾独向黄泉。"新妇谓府吏:"何意出此言！同是被逼迫，君尔妾亦然[127]。黄泉下相见，勿违今日言!"执手分道去，各各还家门。生人作死别，恨恨那可论！念与世间辞[128]，千万不复全。府吏还家去，上堂拜阿母:"今日大风寒，寒风摧树木，严霜结庭兰[129]。儿今日冥冥[130]，令母在后单。故作不良计[131]，勿复怨鬼神！命如南山石，四体康且直。"阿母得闻之，零泪应声落:"汝是大家子，仕宦于台阁[132]。慎勿为妇死，贵贱情何薄？东家有贤女，窈窕艳城郭。阿母为汝求，便复在旦夕[133]。"府吏再拜还，长叹空房中，作计乃尔立[134]。转头向户里，渐见愁煎迫。其日牛马嘶，新妇入青庐[135]。菴菴黄昏后[136]，寂寂人定初[137]。"我命绝今日，魂去尸长留。"揽裙脱丝履，举身赴清池[138]。府吏闻此事，心知长别离。徘徊庭树下，自挂东南枝。两家求合葬，合葬华山傍[139]。东西植松柏，左右种梧桐。枝枝相覆盖，叶叶相交通[140]。中有双飞鸟，自名为鸳鸯，仰头相向鸣，夜夜达五更。行人驻足听[131]，寡妇起彷徨。多谢后世人[142]，戒之慎勿忘。

（《玉台新咏》，徐陵编，上海古籍出版社 2005 年版）

【注释】

①《孔雀东南飞》:是我国古代最长的一首叙事诗。最早见于南朝徐陵（507—583）编的《玉台新咏》，题目是《古诗为焦仲卿妻作》。后人取该诗首句，改用今名，作者已不可考。当为东汉建安时的作品，经流传增润，最后写定于六朝。后来宋朝郭茂倩收入《乐府诗集·杂曲歌辞》。各本文字稍有出入，最常见的为 353 句，计 1765 字。所以明代王世贞《艺苑卮言》称它为"长诗之圣"，清朝沈德潜也说是"古今第一首长诗"。诗前小序交代了故事发生的时间、地点、人物及成诗经过，内容是建安时庐江小吏焦仲卿与妻刘兰芝。受仲卿母的逼迫，双双自杀殉情，死后化为鸳鸯，比翼于松柏梧桐间。

② 建安:东汉献帝年号，公元 196 年至 219 年。

③ 庐江:汉郡名，在今安徽庐江县西，汉末移治今安徽潜山县。

④ “孔雀”二句:孔雀向东南飞去,因留恋伴侣而徘徊盼顾。这是我国诗歌中传统的“兴”的手法,古乐府诗中,凡言夫妇离别,往往双鸟起兴。

⑤ 素:白色丝绢。

⑥ 箜篌:古乐器名,体曲而长,二十三弦,弹奏时置于怀中,拨弦而奏,又名“空侯”或“坎篌”。

⑦ 匹:同“疋”,汉代布帛幅宽二尺二寸,长四丈为一匹。

⑧ 大人:兰芝称婆母。故:故意。

⑨ 妾:兰芝自称。驱使:使唤。

⑩ 无所施:没有用处。

⑪ 白:禀告。公姥(mǔ):公公与婆婆,此处专指婆婆。

⑫ 及时:趁早。遣归:打发回去。

⑬ 启:禀告。

⑭ 薄禄相:古人迷信地认为一个人富贵与否可以从骨相中显示出来,称为“禄相”。“薄禄相”指不是富贵的命相。

⑮ 结发:即束发。古时男子二十岁束发加冠,女子十五岁束发而笄,表示成年。此处指结婚。

⑯ 黄泉:地下的泉水,此处指阴间。

⑰ 始尔:如此这般才开头。

⑱ 偏斜:指不正当。

⑲ 何意:何曾料到。致:使得。不厚:不厚爱,不喜欢。

⑳ 区区:犹“悫悫”,敦诚固执。

㉑ 自专由:自作主张,不听约束。

㉒ 忿:怒气。

㉓ 可怜:可爱。体:身段。

㉔ 长跪:直腰而跪,以示恭敬。

㉕ 伏惟:表示卑谦的发语词。

㉖ 槌(chuí):敲击。床:一种比板凳稍宽的坐具,尊者坐之。

㉗ 会:将必。从许:依从许可。

㉘ 举言:发言。新妇:媳妇,不一定指新嫁娘。

㉙ 自:本来。卿:对妻子的爱称。

㉚ 报府:回到庐江太守公署。

㉛ 下心意:低声下气,委曲求全。

㉜ 纷纭:繁杂多事貌。

㉝ 初阳岁:阳气初动的季节,指冬至时节。

㉞ 谢:辞别。

㉟ 奉事:侍奉。循:顺着。

㊱ 进止:举止,行动。

㊲ 作息:劳动与休息,此处指操劳。

㊳ 伶俜:联绵词,犹“伶仃”。孤单貌。

㊴ 谓言:自谓,自以为。

㊵ 卒:终,全。大恩:公婆的恩德。

㊶ 绣腰襦:绣花短袄。

㊷ 葳蕤(wēi ruí):草木繁盛貌。此言短袄上花样繁多,金缕富丽。

㊸ 复斗帐:上狭下宽的复帐。古人有帐如倒垂的斗形,上窄下宽,称“斗帐”。

㊹ 香囊:盛有香料的小袋,又称“帏”。

㊺ 箱帘:箱子和镜奁。帘,通“奁”,梳妆匣子。

㊻ 绿碧:绿玉。

㊼ 后人:指府吏将要再娶的妻子。

㊽ 遗(wèi)施:赠送人的东西。

㊾ 于今:从今以后。会因:相会的机会。

㊿ 严妆:郑重梳妆。

51 着:穿。绣夹裙:绣花的夹裙。

52 事事:每件事。通:遍。

53 蹑:踩,此处言穿鞋。

54 玳瑁:海中一种似龟的爬行动物,其背甲花纹有光泽,可作装饰品。

55 若:选择。流纨素:精细的白绢飘带。

56 明月珰:明月宝珠缀饰的耳环。相传古罗马帝国出明月珠。

57 朱丹:红宝石。

58 纤纤:轻巧貌。

59 听去:任其离开。

60 生小:从小。野里:乡野。

61 钱帛:指聘礼。

62 却:退下来。

63 连珠子:串在一起的珍珠。此喻泪珠不断流下。

64 扶将:扶持照顾。一本在“新妇初来时”后有“小姑始扶床,今日被驱遣”二句,但两三年间由扶床即长成,于理不合。

65 初七:指七月初七,古俗:妇女们在这一天供祭织女,悬针乞巧。下九:每月的十九日为“下九”,妇女们这天聚会嬉戏,称为“阳会”。

66 隐隐、甸甸:象声词,车行声。何:语助词。

67 隔:断绝。

68 区区:犹“款款”,忠诚恩爱貌。

69 录:收留。

70 磐石:大石,不易转动,以喻忠诚不易。

71 蒲苇:蒲草和苇草,柔韧不可折断,以喻对丈夫的情爱永不断绝。

72 逆:违拗。煎:逼迫。怀:心意。

73 劳劳:忧伤貌。

74 依依:恋恋不舍貌。

75 颜仪:脸面。

76 拊掌:拍手,表示惊讶的动作。

77 不图:没想到。

78 誓:或是“諐”字之误,“諐”即“愆”字,过失、差错,与“违”同义。

79 惭:愧对。

80 悲摧:悲痛伤心。

81 窈窕:联绵词,犹“婀娜”,体态美好貌。

82 便言:善于辞令。“便”同“辩”。令:美。

83 衔:含。

84 丁宁:与“叮咛”同,嘱咐。

85 奇:佳。“非奇”即“不妙”。

⑯ 来信:来使,指县令派来的媒人。

⑰ 适:出嫁。

⑱ 寻:不久。丞:县丞。请:指县令派遣县丞去向太守汇报请命。

⑲ 承籍:继承先人的名籍。宦官:即官宦人家。

⑳ 娇逸:美貌潇洒。

㉑ 主簿:州府中掌管文书簿籍的官吏。通言语:传达了这些话。

㉒ 结大义:结成婚姻关系。

㉓ 姥:妇。

㉔ 作计:拿主意。不量:不掂量掂量。

㉕ 否(pǐ)泰:《易经》里两个卦名,以示坏运与好运。否指先婚,泰指后嫁。天地:差别如天地。

㉖ 义郎:美郎君。

㉗ 其往:以后。欲何云:想怎么办。

㉘ 处分:处置,决定。适:合、随顺。

㉙ 要(yāo):同"约",誓盟。

⑩⓪ 渠:他。会:相会。

⑩① 登即:当即。许和;应允。

⑩② 尔尔:应答之声,意为"如此这般"。

⑩③ 视历:为选吉日而查看历书。

⑩④ 便利:适宜。六合:月建与日辰相合,子与丑合,寅与亥合,卯与戌合,辰与酉合,巳与申合,午与未合,六合相应则吉。

⑩⑤ 良吉:良辰吉日。

⑩⑥ 交语:相互传话。装束:准备。

⑩⑦ 络绎:连续不断貌,指为筹备婚事而奔走者。

⑩⑧ 青雀:青雀舫,头里画有青雀的彩船。白鹄:白鹄舫,头里画有白天鹅的彩船。

⑩⑨ 龙子幡:绘有似龙形的小彩旗,悬于船舱四角。

⑪⓪ 婀娜:联绵词,犹"旖旎",迎风摇摆貌。

⑪① 踯躅:联绵词,犹"踌躇",徘徊不定貌。

⑪② 流苏:彩线或羽毛做成的下垂的穗子。

⑪③ 赍(jī):持送,交付。

⑪④ 杂彩:各种颜色的缎料。

⑪⑤ 交广:交州、广州,今广东、广西一带。但据《吴志》载:广武五年(公元 226 年),分交州置广州,因此,此句疑后人所添。市:采买。鲑(音 xiè):鱼类菜肴。珍:美味。

⑪⑥ 郁郁:繁盛众多貌。

⑪⑦ 适:刚才。

⑪⑧ 举:成就。

⑪⑨ 琉璃榻:嵌有青金石的坐具。

⑫⓪ 晻晻:昏暗貌。

⑫① 摧藏:悲伤摧挫五藏。"藏"与"脏"同。

⑫② 蹑履:翘足,踮起脚跟。

⑫③ 量:预料。

⑫④ 详:细审而得知。

⑫⑤ 卒:终。

⑫⑥ 日胜贵:一天比一天富贵。

⑫⑦ 尔：如此。然：这样。
⑫⑧ 念：思。辞：诀别。
⑫⑨ 结：冻结。庭兰：庭前的兰草。
⑬⓪ 日冥冥：日暮，喻时日不长。
⑬① 不良计：不好的主意，指寻短见。
⑬② 台阁：尚书台，宫中掌机要文书的官署。
⑬③ 便复：就有回音。
⑬④ 乃尔：这样，如此。立：打定。
⑬⑤ 青庐：段成式《酉阳杂俎》："北朝婚礼，青布幔为屋，在内门外，谓之青庐，于此交拜迎妇。"
⑬⑥ 庵庵：同"暗暗"，暮色苍茫貌。
⑬⑦ 人定：古时称亥时初刻为"人定"，言人们刚安定入睡，约今之二十一点钟。
⑬⑧ 举身：纵身。
⑬⑨ 华山：山名，不可详考。或以为今安徽舒城县之华盖山。
⑭⓪ 交通：交错相连。
⑭① 驻足：停下脚步。
⑭② 多谢：多多致意。

特利斯当与伊瑟

贝迪耶

《特利斯当与伊瑟》是法国中世纪骑士文学中一部不朽的杰作。故事起源于古代凯尔特族的传说，在中世纪被吟唱诗人写成文字时染上骑士文学的色彩，在许多世纪里以多种体裁和方式延传不辍，一直保持着永久的魅力。今通行的是法国学者贝迪耶(Joseph Bedier，1864—1938)用近代法语改写的本子(1900 年)。作品讲述了一个生相爱、死相随的动人故事：勇敢英俊的王子特利斯当和舅父马克国王的妻子金发伊瑟之间"爱而不得其所爱，不惜殉死偿情债"的爱情悲剧。特利斯当是中世纪的传奇人物，为国王去异域求金发公主为王后，返航途中，与金发伊瑟一起误饮了药酒，便突发一种奔腾放肆的激情。作品以骑士的冒险经历开头，主要表现特利斯当对王后那种刻骨铭心的相思和不避风险的追求。骑士这种"风雅之爱"，开创了对女性的诗意的崇拜。

为驰援挚友卡埃敦，特利斯当刚回到布列塔尼[①]，返抵夹隘堡，便去迎战叛将贝大理。不料途中中了贝大理兄弟的埋伏，虽则这兄弟七人全成了他刀下之鬼，可自己也为长矛挑伤，更兼矛尖带毒。

他好不艰难回到夹隘堡，当即延医求治。医生看了不少，但无人能治得。甚至连什么毒都没发现。更不会制膏药，去拔出毒来。捣树根，采草药，熬汤剂，统统试过，全归无效。特利斯当的伤势一天重似一天，毒性已传遍全身。他脸色灰白如死，骨头也逐渐外露。

自感生命正在耗散，心知这回非死不可。此时此际，他很想再见金发伊瑟一面。但如何去得呢?病骨支离,怎经得海上风波?纵然到了康沃尔[②],也难逃仇敌耳目。他暗自伤情,更兼剧毒攻心,只有等死一途。

他私下请来卡埃敦,为有肺腑相告,因为两人是肝胆相照的知己。房里除卡埃敦,别人都遣了开去,连隔壁房间也不准留人。其妻伊瑟[③]觉得事出非常,心里不免狐疑。疑惑惊诧之余,便想听个究竟。她在房外,贴着靠特利斯当床头的墙壁谛听,差一名心腹仆役在旁瞭望,免得给人撞见。

特利斯当强打精神,支着病体,靠在墙上,卡埃敦坐在一旁,两人相对饮泣。想到友爱之情、生死之交就要终结,不禁悲从中来,一人更比一人伤情。特利斯当道:

"朋友,我飘零到贵国,除了你,就无亲无友,惟有你曾给我欢愉与安慰。我将不久于人世,但死前甚盼能与金发伊瑟再见一面。耿耿此心,如何达知?但凡把信送到,她必定会来,因为她对我一直爱笃情深。卡埃敦,以你高贵的心胸,以我们的情分义气,我想拜托尊驾,为我冒险一行。只要你把口信带到,我大恩不忘,存殁俱感。"

卡埃敦见特利斯当欷歔不绝,心里也凄恻万分,轻声答道:

"战友,请别哭。凡你的愿望,我一定照办。以你我情谊,就是赴汤蹈火也在所不辞。更无困厄与烦难,能阻挡得了我。在王后方面,有何奉恳,也望见告,以便准备起来。"

特利斯当答道:

"朋友,我感激不尽!请听我说来。你先收起这枚戒指:这是我与她之间的信物。你到了康沃尔,就扮作客商模样进宫里去。呈展绸缎之际,设法让她看到这枚戒指:她必有办法私下召你去说话。届时,烦请转告:我衷心向她致意,只有她才能给我以安慰;她若不来,我就惟有一死了。请她记起我们昔日的欢情,我们相爱时的种种悲欢离合,记起我们在海上同杯共饮的药酒[④]。唉!想不到我们喝的是致命的醇醪!请她记起我发过的誓:终身只爱她一人;这一誓约,确乎信守不渝!"

玉手伊瑟在隔壁听到这番话,几乎要昏厥过去。

"朋友,请你快去快回!略事耽搁,我们就无缘再见了。现与你约定以四十天为期,务必把金发伊瑟领来。此行请瞒过令妹,或推说是外出寻医。你就乘我的船去,再备一白一黑两张帆。如果携得伊瑟娘娘同来,归航就挂白帆;不然则挂黑帆。朋友,我言尽于此了。愿上帝指引你,平平安安回来!"

说毕,又欷歔长叹,泪如雨下,卡埃敦也止不住涕泗涟涟,便与特利斯当吻别。

一刮顺风,卡埃敦就下令开船。水手们马上起锚,高张云帆,乘着微风,凌千层碧波而去。此行带有众多名贵货物,如各色丝绸,图尔的细瓷,包都的佳酿,西班牙的鹰隼之类;卡埃敦想借此作晋身之阶,得以拜见伊瑟。他们乘风破浪,走了八天八夜,终于驶近康沃尔。

女人的狠毒,原是天底下最可怕的事,各位须防备着点。女人家钟情愈深,怀恨起来也愈刻毒。她爱得骤然,恨得也迅疾;一旦见恨,比爱还要根深蒂固,旷日持久。爱时尚知有所节制,恨起来就一发而不可收拾。玉手伊瑟贴着墙壁,字字句句都听得清清楚楚。她对特利斯当原本情意绵绵,而今终于得知他的爱另有所属……她把听到的话,深藏心底,只等报复的时机一到,不惜向世上最亲的人下毒手!眼下,她佯装什么都不知道。门开了,她走进特利斯当卧房,把怨愤的情绪藏去,照旧伺膳服侍,意甚殷切,完全像个深情的妻子。她温语慰恤,亲他吻他,问卡埃敦是不是不久就能请来医生治好他病。但同时在伺机报复。

卡埃敦日夜不停的航行,终于驶抵天梯堡,抛锚停泊。他架上雄鹰,捧一匹上色绸缎与一只精雕酒杯，作为进献之礼，去晋谒马克王，以期在境内交易，求得王室庇护，免受豪强欺凌。国王当着廷臣，面许所请。

接着，卡埃敦把一枚镂金别针递呈伊瑟：

“王后娘娘，这金子的成色多好，”说着，从手指上退下特利斯当的戒指，放在别针旁边：“请看，这别针的金子，相比之下，更见富丽，而这戒指的金子，原本就很值钱。”

伊瑟看到碧玉戒指，顿时心跳色变，怕下文被人听去，便把卡埃敦引到窗边，装作细看货色，讨个价钱似的。卡埃敦扼要禀报：

“娘娘，特利斯当中了毒剑，生命垂危。他说，只有你能给他安慰。他请你念及你们昔日曾患难与共。这枚戒指，原璧奉还，权请收起。”

伊瑟顿觉身软心疲，答道：

“朋友，我一定跟你去。明天清早，请把船备好，以便随时开航！”

第二天早晨，王后表示想去打猎，传令架鹰牵狗，准备起来。安德亥一直窥伺在旁，寸步不离。一行人到了野外，离海岸不远处，突然飞起一只锦鸡。安德亥马上纵鹰去追；这天天清气朗，鹰隼冲天一飞，就杳不见踪影。

“你瞧，安德亥爵爷，”王后道，“那鹰正栖在港口的船桅上，这是谁的船？”

“禀告娘娘，”安德亥答道，“这是布列塔尼客商的船，昨天就是他进宫呈示金别针的。待我们前去把鹰索回。”

卡埃敦从船上放下跳板，搁到岸边，走过来迎接王后：

“恭候娘娘光临，请上船来，这里还有几件精品请娘娘鉴赏。”

“承情之至，”王后答谢道。

她转身下马，走过跳板，进得船来。安德亥想跟过来，刚踏上跳板，站在船舷旁的卡埃敦，只一桨就把他打落海里。安德亥还想攀船，卡埃敦用桨拍打，把他按在水里，叱道：

“奸贼，死你的去吧！想你一直苛待特利斯当与伊瑟娘娘，现在报应到了！”

这样，怀恨这对情人的元恶大憝，全给上帝收拾了去。葛纳隆，龚铎英，戴诺伦，安德亥，一应四人，俱死于非命。

船上的人，马上拔锚竖桅，挂帆启航。晨风习习，把桅索晃得沙沙价响，把帆篷吹得鼓堂堂的。出了港口，远望碧海，在阳光下白得耀眼，船飞也似的驰去。

夹隘堡里，特利斯当已恹恹欲绝。他日夕悬望，盼着伊瑟到来。对他，已别无慰心之事可言。苟延一息，性命全系于期待之中。他每天派人到海边去看是否有船回来，帆是什么颜色。别无其他愿望，能使他这般牵肠挂肚。后来，索性教人把他抬到盘马崖的巅顶，只要太阳不落山，就一直凝望水天尽头的海面。

列位看官，哪知变生不测，凡有情人听了。都会一掬同情之泪。话说伊瑟正一步近似一步，盘马崖之巅，在远处已开始显露，船也走得更为轻捷欢快。谁知暴风突起，劈头盖脑拍打帆篷，把船吹得团团打转。水手们想抢风行驶，无奈天违人意，反而欲进则退。只见风狂浪高，大雨如注，天上乌云蔽空，海面漆黑一片。桅绳与舷索俱给刮断，水手们只得收帆落篷，听凭风浪颠簸。而且，祸不单行，拖在船艄的小艇忘了吊上船来，给一阵巨浪撞个粉碎。又给波涛席卷而去。

伊瑟抢天呼地道：

“唉，可怜！看来老天不让我活着见到特利斯当，哪怕仅仅见一面也好呀！天意如此，我要淹死在海里了。特利斯当，要是能和你再说次话，我死也无怨了。好友，如果到不了你身边，那是天不见怜，我只能抱恨以终，对我，死亦无所谓：天要我死，顺从而已。但是，好友，你得知我死了，会活不成的，这我知道。以你我缘分，你不能离我而死，我也不能离你而死。我已看到：你我之死，都近在眼前了。然而，好友，于我是宿愿未偿，我愿死在你怀里，与你同棺共穴；无奈万事不由人。我只落得孤单一人，远离着你。葬身在这大海里。你也许不知我死，还活着等待。老天或许会保佑你大难不死，霍然而愈……啊！也许我过世之后，你会爱上别的女人，爱上玉手伊瑟！今后的事，就不得而知了。但是我，好友，要是得知你死了，我会活不成的。望上帝开恩，或者我去把你治好，或者我俩同受折磨而死！”

风浪大作的时候，王后一直这样低徊感叹。但五天一过，风恬浪静。卡埃敦意兴扬扬，在高高的桅杆上，升起白帆一片，以便特利斯当远远就能望见。卡埃敦业已瞥见布列塔尼……唉！暴雨过后，天地像静止一般，大海宽泛泛平展展的，帆篷无风推送，水手只得奋臂划桨，船忽左忽右，忽前忽后，曲曲折折前进。海岸已经在望，但小艇为暴风刮没，航船一时无法靠岸。到第三天夜里，伊瑟做了一梦：梦见衣裾上兜着野猪头，鲜血淋漓，污秽衣袍。她由此推知：人天永隔，此生不会见到一息尚存的好友了。

特利斯当后期身体十分虚弱，不宜再去盘马崖守望。天天日长如岁，他一人关在远离海岸的房里，为着期而不来的伊瑟暗自垂泪。他神情沮丧，时时长吁短叹，转侧难安。这望眼欲穿的期待，就足以致他死命的了。

终于清风徐来，白帆显现。对玉手伊瑟来说，报仇的时机到了。

她走到特利斯当床前，对他说：

“夫君，卡埃敦回来了！海上已经看到他的船正艰难驶来。这绝不会看错，但愿他不虚此行，救得了你性命！”

特利斯当听了浑身一震：

“美妻，你能肯定是他的船么？请告诉我，挂的是什么帆？”

“我看得清清楚楚：帆挂得高高的，全展开在那里，因风儿不大。告诉你吧：那帆是墨黑墨黑的。”

特利斯当转身朝墙，长叹一声：

“唉，此生休矣！”接着念叨了三遍：“伊瑟呀，蜜友！”念到第四遍，就气绝身亡，长辞人世。

宫里的骑士与昔日的伙伴，闻讯失声痛器。他们把他遗体移下床，摊在一块华美的褥毯上，全身蒙上白色殓衾。

海上风起，朝帆篷紧吹，把船推送到岸边。金发伊瑟上得岸来，只听得满街都是哭声，修道院与教堂里钟声四起。她问当地人，这阵阵丧钟，哀哀哭声，是何缘故。

一位耆老答道：

“夫人，我们适逢国殇。那豪爽英武的特利斯当死了！他生平行侠仗义，济困扶危，真是一条好汉。我国还没遭过这等大灾难！”

伊瑟听了，只语不发，顺路朝寨堡走上去，也顾不得稍整仪容。布列塔尼人看到她惊诧不已：他们从无眼福识见如此艳丽女子。她是何许人？她从哪里来？

玉手伊瑟自知大错铸成，张皇莫措，正抚尸大恸。另一个伊瑟走来，对她说：

“夫人，请起身，让我过去。论理，我比你更该哭他一场，这你可以相信。世上从没有人像我这样爱过他。”

她转身朝东，祷告上帝。然后，揭开一角殓衾，沿着亡友身体，并排躺下，吻他嘴唇吻他脸，把他紧紧抱住，身子贴着身子，嘴唇贴着嘴唇，就此一瞑不视。哀毁逾恒，她在亡友身边香消玉殒。

马克王得知这对情人的死讯，马上渡海赶到布列塔尼，亲自督造两具棺柩，玛瑙的一具给伊瑟，玉石的另一具给特利斯当。并用船把他们生死相爱的形骸运回天梯堡，在礼拜堂后殿的左右两侧，造两座坟，把两人分别葬下。但是，当天夜里，特利斯当的坟里，就长出一株枝叶青葱、花香馥郁的常青藤，樊越大堂的屋顶，钻入伊瑟坟里。乡人把藤剪去，转天又长了出来，还是一样青葱，一样馥郁，一样生机勃勃，依然插进金发伊瑟的衾床。如是者剪三次，长三次。临了，他们把这桩奇事禀报马克王，王上当即降下谕旨：此藤灵异，严禁剪伐。

（《特利斯当与伊瑟》第十九章，罗新璋译，人民文学出版社 2003 年版）

【注释】

① 布列塔尼：特利斯当的挚友卡埃敦将军的父亲——霍埃尔大公（国王）的。

② 康沃尔：特利斯当的舅父马克国王和王后金发伊瑟所在的城邦。

③ 其妻伊瑟：指特利斯当的妻子玉手伊瑟，与金发伊瑟同名。特利斯当因与金发伊瑟有私情被马克王逐出，浪迹江湖，周游列国，在布列塔尼城邦协助卡埃敦降服犯上作乱、以武力强娶玉手伊瑟的藩臣厉奥勒伯爵，霍埃尔大公为报答，特将小女玉手伊瑟许配给特利斯当为妻。

④ 在海上同杯共饮的药酒：当初，特利斯当为马克王去异域求金发公主为王后，返航途中，与金发伊瑟一起误饮了药酒，便突发一种奔腾放肆、不由自主、不可摧毁的爱欲激情。药酒既是他们执著迷恋的缘由，又是为他们有悖于封建伦常开脱的口实。是药酒的魔力，使他们如痴如醉、生死相依。他们为这莫名的激情所困扰，虽深以为苦，却又欲罢不能，既是有罪之身，又是无辜之人。药酒之为用，亦能见出凯尔特族信奉巫术的遗风。他们不解人类情感的微妙复杂，不明情侣间暴烈执著的缘由，便把爱情奉为神奇的自然力看待。

【提示】

悲剧的理想结局

《孔雀东南飞》是我国文学史上第一首长篇叙事诗，有“古今第一长诗”之誉。明人王世贞说其“质而不俚，乱而能整，叙事如画，叙情如诉，长篇之圣也！”清人沈德潜在《古诗源》中谈到该诗时也说：“淋淋漓漓，反反覆覆，杂述十数人口中语，而多肖其声音面目，岂非化工之笔？”都高度赞许了这首长诗的叙事艺术，特别是其擅长以语言描写来惟妙惟肖地塑造人物形象和安排叙事时间。故事没有平平道来，而是一开始就从矛盾爆发点切入，再通过人物语言来回溯前情。所以说，《孔雀东南飞》在艺术上标志着中国古代叙事诗的空前成熟。

从内容上来说，《孔雀东南飞》描写的是一场婚姻悲剧。关于这场悲剧的成因，历来众说纷纭，如寡居的焦母对儿子有些畸形的母爱，封建孝道伦理的逼迫，兰芝婚后无所出以致遭婆婆嫌弃可能也是隐晦的原因。兰芝语“同是被逼迫，君尔妾亦然”，点出了仲卿为母所迫，自己为兄所逼的实情，这些都是导致悲剧发生的直接原因。

而《特利斯当与伊瑟》是西方中世纪骑士传奇的经典，属于亚瑟王的系列传奇之一。特利斯当与伊瑟二人身份的显赫程度仅次于圆桌骑士兰斯洛与亚瑟王后桂尼薇，而感情之纯粹、结局之悲怆则有过之而无不及。桂尼薇王后最终感于圆桌骑士团与亚瑟王国因她与兰斯洛的不伦之恋而分裂毁灭，选择与兰斯洛黯然分手，成为一名修女，终身不复见面，以遁入宗教来回避良心的谴责，其爱情之光不免萎弱。而特利斯当与伊瑟的故事则自始至终洋溢着难以抑制的激情。虽然从世俗伦理来说，伊瑟是特利斯当的舅母，但特利斯当与伊瑟有情在先,所以很难定论是谁夺了谁的爱人。特利斯当因幼年受恩于舅舅马克王,在恋爱过程中也备受良心与道义的煎熬,二人亦曾决意分手。但爱之火焰一经点燃,再难熄灭,离开伊瑟之后,他为见爱人一面,不惜扮作香客、疯子、麻风病人,屡次回到爱人身边,品尝这饮鸩止渴的爱情。

这个故事的不伦之处在当时后世固然都不值得称道,但其事有因,其情可悯,其诚更是感人。就好像尾生抱柱的故事一般,"尾生与女子期于梁下",本是难登大雅之堂的幽会行径,但因为"女子不来,水至不去,抱梁柱而死"。世人感其"虽行涉佻挞而爱出至诚",不忍加以指摘,反而赞美尾生是个信守承诺的至诚君子。特利斯当与玉手伊瑟仅有夫妻之名,他托朋友转告金发伊瑟:"请她记起我发过的誓:终身只爱她一人;这一誓约,确乎信守不渝!"而伊瑟来到已逝的特利斯当面前,不多言语,一连串的动作表现了她决心已定,以生命回报特利斯当一生的忠诚之爱。

《孔雀东南飞》中焦仲卿在送别刘兰芝时,屡言"誓不相隔卿""誓天不相负",兰芝也说出了"君当作磐石,妾当作蒲苇。蒲苇韧如丝,磐石无转移"的感人誓约。后来兰芝被逼再嫁,仲卿以磐石蒲苇之誓讥诮之,二人又立下"黄泉下相见"的约定。仲卿尚有老母弱妹,内心不免有些徘徊煎熬,但最终还是信守了与兰芝的约定。

两个故事都以下葬结尾,仲卿兰芝是合葬,坟墓上枝叶相交,鸳鸯鸟儿鸣叫,特利斯当和伊瑟虽分葬在教堂两侧,但特利斯当墓中屡次有青藤长出,钻入伊瑟坟中,就好像他生前恋恋不离伊瑟跟前一样。这种变异的大团圆结局反映人类共通的愿望和理想,两个故事都告诉人们,真爱是意志的决定,无论环境如何变化,都要信守当初的约定。以誓相约,以命守之!

(唐一方)

思考题

1. 焦仲卿和刘兰芝、特利斯当与伊瑟的"以死殉情"有什么社会意义?

2. 具体说明《孔雀东南飞》《特利斯当与伊瑟》浪漫主义的结尾中,象征手法的运用及其寓意、联想。

3. 试分析比较焦仲卿和刘兰芝、特利斯当与伊瑟爱情悲剧的主要原因,并指出此类悲剧在历史和现实中的表现。

4. 谈谈你对爱情和婚姻之间关系的看法。

5. 殉情而死本是封闭的结局,而死者坟墓上长出了生机勃勃的松柏、梧桐和春藤又使结局充满着遐想的开放性,你能谈谈其中的意义吗?

十七、雷　峰　塔(节选)[①]

方成培

方成培，清代戏曲作家。约生于雍正年间(1723—1735)，卒年不详。字仰松，号岫云词逸。徽州(今安徽歙县)人。幼年多病，未能应科举，布衣终生。善词曲，著有《听奕轩小稿》《香研居词麈》《香研居谈咫》《方仰松词槩存》等。戏曲作品有传奇《双泉记》和《雷峰塔》两种，《双泉记》在清代被列为"违碍书籍"，失传。流传至今的《雷峰塔》是方成培的代表作。

《雷峰塔》描写的白蛇故事，是我国四大传统民间故事之一，在长期流传过程中不断完善。中唐时产生的传奇小说《白蛇记》(一名《李黄》，见《太平广记》卷四五八)，是白蛇故事的滥觞，形象是一个化为美女以色相害人的妖精。宋代的话本小说中，白蛇仍妖性未改。明代冯梦龙《警世通言》中《白娘子永镇雷峰塔》是白蛇精演变成美女的一次转折，使白蛇成为一个能引起人们同情的美貌女子。现存的戏曲作品中，第一部描写白蛇传故事的是清代乾隆三年江苏华亭(今上海松江)人黄图珌编撰的《雷峰塔》传奇，借白蛇传故事宣扬佛教因果轮回思想，描写白娘子与许仙的情缘。后陈嘉言父女改编成梨园旧抄本《雷峰塔》，以同情和歌颂的态度来描写白娘子与许仙的情缘，增强了白娘子与许仙之间的爱情描写，尤其突出了白娘子对爱情的忠贞，增加了《端阳》《盗草》《救仙》《水斗》《断桥》等几出重头戏。到乾隆三十六年，又出现了对黄本作根本性改动的方成培改本《雷峰塔》传奇。至今我国戏曲各剧种演出的《白蛇传》，其戏剧结构依据多沿用方成培《雷峰塔》改本。方本在旧抄本的基础上，较为彻底地剔除了传说中白娘子妖孽害人的内容，使白娘子成为一个善良美好的形象，更突出了她对美好爱情的执著追求与不屈抗争，为白蛇故事在戏曲舞台上广泛长久地流行，起到了巨大的推动作用。本文本节选自(清)方成培《雷峰塔》中《水斗》《断桥》《炼塔》三场戏。

第二十五出　水　斗

【黄钟·北醉花阴】[旦上，贴摇船随上][旦]恩爱夫妻难撇掉，因此上慌忙来到。只怕他听萋菲[①]把奴抛，枉耽着一向勤劳。

奴家只为许郎要往金山寺中拈香，不能劝止。虽经嘱咐，莫至讲堂听那法海之言，他虽允从而去，奴家到底不能放心。为此同着青儿，乘风鼓棹而来，接他回去。[贴]娘娘，官人的磨折，不是一次了，为何今番这般着急？[旦]你不知，这金山寺中有个法海禅师，法力无边，不比凡僧。许郎倘被他点悟，我终身就无结局了。[贴]娘娘，倘官人听信法海言语，竟不回来，怎么处？我每想个计策，好歹弄他回来才好。[旦]我早已安排计较，且到彼再处。[贴]待我将船儿掉过去。[旦]咳，许郎！

俺和你非关小，当面的嘱咐伊多遭，我只怕猛回头归佛教。

[贴]娘娘，已到金山了。[旦]把船儿挽住山前，你放喊叫官人出来便了。[贴]是。官人快些出来！娘娘在此迎接你回去，快些出来！[丑上]谁人山门前喊叫？原来是两位娘娘，你呵，是烧香个？[贴]不是。[丑]还愿个？[贴]也不是。[丑]介也差异哉，弗是烧香，又弗是还愿，娘娘家到和尚寺做忙？[贴]啐！我家官人在里面拈香，烦你快唤他出来。[丑]人多得

极,晓得哪个是你官人?[贴]叫许仙。[丑]嗄,有个。我禅师弗肯叫渠下山哉。[旦、贴急介]却是为何?[丑]禅师说:渠有甚妖怪?[旦、贴]呵?[丑]勿是,有甚白蛇青蛇缠扰渠。你官人一心要出家,勿肯归来哉,你每归去罢。[旦]啶,胡说!人家夫妇,怎生擅自拆散?你快去报与法海知道,若不放出官人,叫你每一寺的和尚,[丑]敢是有斤布施?[旦]俱是个死![丑]哎哟,凶得紧!我去报与禅师知道。禅师有请!

【南画眉序】[外引生上][外]忽听语声嘈,想是此妖前来到。

[丑]禅师,山门前有两个堂客,要寻许官人的,口中好生利害。[生]此妖来了,怎么处?[外]不妨,你且躲在里面,待我去会他。[生]是。[下][外]慧澄,取我随身的法宝来![丑应介][持钵盂禅杖随上]

[外]他便有毒龙般伎俩,俺只做蝘蜓[2]相瞧。

[贴]秃驴!快唤俺官人出来![外]唔?[旦]老禅师,快叫我官人出来回去。[外]孽畜呵,孽畜!你爱河里欲浪滔滔,早回头免生悲悼。[旦]你若不放我官人,决不与你干休![外]劝伊休得胡厮闹,现形时被人惊笑。

【北喜迁莺】[旦]您休把虚脾来掉[3],您休把虚脾来掉。[外]你丈夫已皈依三宝了。[旦]口咄咄装什么的幺?[4][转对贴介]怎不心焦!

[贴]老师父,还俺官人罢。[外]此处是庄严佛地,休得在此胡缠。

[旦]哎呀,急得我满胸中气恼,怎把俺恩爱儿夫来闭着!

秃驴,你快还我丈夫便罢![外]不放便怎么?[旦]你若不放我丈夫,教你性命霎时休矣![外]你有甚道术,辄敢大言?

[旦]阿呀,心懊恼,你明欺俺道术细小。您如今自把灾招,您如今自把灾招。

【南画眉序】[外]伊慢肆咆哮,一味逞能施强暴。[贴]老师父,还俺官人罢![外]他被你妖氛缠惹,怎不想开交[5]?叹孽缘数尽难逃,他似梦南柯被咱推觉。[旦]快还俺官人的好。[外]自今休想仙郎面,不回头取祸非小。

[旦]秃驴这等无理,俺来擒你也。[外将拂一指介]啶![丑暗下]护法神何在?[内应介]来也。[旦、贴作圆望,上船,疾摇下][杂扮众神将上]禅师有何法旨?[外]今有妖魔,在此作耗[6],与我速速擒来![众]领法旨。[旦、贴杀上,败下][二神上]启禅师,妖魔遁去也。[内作水声介][龟蟹上,舞下][旦、贴上]秃驴,快快还我官人来![外]孽畜,凭你有甚妖法,何怯于汝?我已将他皈依三宝,再不回来了。[旦]真个?[外]真个。[旦]果然?[外]果然。

【北出队子】[旦]咦,休得把胡言乱碌[7],为了俺意中人将你命轻抛。

[贴]娘娘,还是好好去求他,或者肯放官人,亦未可知。[旦]也说得是嗄。老禅师,你是佛门弟子,岂无菩提之心[8]?

望您个发慈悲方便放渠曹。[拜介]俺这里,俺这里礼拜焚香折柳腰。

[外]我已将你妖变的根由,一一点明。他害怕,不肯与你为夫妇,你只管苦苦缠他怎的?[旦、贴起介][旦]呵唷,我这般哀求,只是不肯放还。你拆散人家夫妻,天理何在?[外]你这妖孽,既知天理,为何在人间害人?[旦]我敬夫如天,何曾害他?你明明煽惑人心,使我夫妻离散。你既不仁,罢罢,我和你誓不两立矣![贴]娘娘,与这秃驴见个高下。

[旦]只看俺女罗刹[9],把您万剐凌迟[10],将皮来剥。

[外]妖孽,你这等猖狂,好生交架俺青龙禅杖者![丢杖介,旦接旋下]

【南滴溜子】[外、众合]一任你,一任你妖氛混绕,俺自有佛力至妙,何必向吾作耗?威风只么休，踊跃何堪诮。宝杖降魔，怎肯轻饶了。

[旦、贴上]秃驴，你将青龙禅杖来降俺，俺岂惧汝！[外]俺佛力无边。

【北刮地风】[旦]呀，您道佛力无边任逍遥，俺也能飞度冲霄。休言大觉无穷妙，只看俺怯身躯也不怕分毫。您是个出家人，为甚么铁心肠生擦擦拆散了俺凤友鸾交？把活泼泼好男儿坚牢闭着。把那佛道儿絮絮叨叨，我不耐吁喳喳这般烦挠。你若放我夫妇团圆，万事全休。[外]我不方便怎么？[旦]咳，秃驴嗄！你若执意如此，管教您一寺尽嚎啕！[外]他如今似梦断方醒，[旦]只怕你要夜迢迢梦断魂消。

【南滴滴金】[外]劝伊行不必心焦躁，似春蚕空吐情丝自缠绕。夫妻恩爱虽非小，你丈夫呵，悟邪魔在山中藏躲着。你便是钟情年少，何须恁殷勤来细讨。掘树寻根，枉想在这遭。

[旦]你不还我丈夫，咦，我恨不得食汝之肉！[外]只管胡缠，护法神与我将风火蒲团祭起空中者！[众]领法旨。[风火神上，战介，败下][旦、贴上]秃驴，你的法宝安在？[贴]老禅师，放还俺官人罢！[外]胡说！[旦]你这无知的秃驴呵！

【北四门子】快送出共衾同枕人来到，快送出共衾同枕人来到。[外]你早早回头，免生后悔。[旦]哎唷唷，我恨恨恨，恨恁个不动摇，怪他个遮遮躲躲装圈套。怎怎怎，怎不容俺共人鲛绡⑪。[外]你何苦执迷，快回峨眉修炼去罢！[旦]您教俺回峨眉别岫飘，把恩爱抛，便作您活弥陀也动不的俺心儿似漆胶。望您个放儿夫相会早。细思量，这牵情心肠怎掉。

【南鲍老催】[外]直恁泪浇，翻波欲海孽浪高，泥犁堪悲苦怎熬？渺茫茫多罪孽难消，缴腾腾烈焰如焚燎。我把他迷途救出缘非眇，庶不负大悲心，如来教。[旦]秃驴，你执意如此，罢，说不得了。水族每！[内应，蟹、虾、龟、蚌上]湖主有何吩咐？[旦]与我把水势大作，漫过金山，救俺官人便了。[众]得令。

【北水仙子】[合]恨恨恨，恨佛力高，怎怎怎，怎教俺负此良宵好？悔悔悔，悔今朝放了他前来到。只只只，只为怀六甲把愿香还祷。他他他，他点破了欲海潮。俺俺俺，俺恨妖僧谗口调刁。这这这，这痴心好意枉徒劳。是是是，是他负心自把恩情剿。苦苦苦，苦的咱两眼泪珠抛。[下]

[丑上]呵呀，禅师不好了！江中水势大作，一直漫上山来了。[外]不妨。此乃妖魔法术，把我这袈裟，罩住山头，水势自然退去矣。[丑应下][外]护法神，速将水族驱除者！[二神将]，领法旨。[追杀蟹虾龟蚌下][外]护法神，与我将此钵盂罩住此妖！[众]领法旨。[旦、贴杀上，贴暗下。杂祭钵，净魁星上，旦遁下，净随下][众]启禅师，才祭起宝钵，忽被文曲星托住，不能罩住此妖。[外]嗄，原来如此。与我收回宝钵者。速退。[众应下][丑上]如今是好了，几乎做子汤团。[外]请许仙出来。[丑]许官人有请。[生上]禅师，可曾收那妖孽？[外]这孽畜，腹中怀孕，不能收取。[生]他如今往那里去了？[外]他此去，必往临安，到你姐丈家中安身。待我送你到彼，了此孽缘。[生]阿呀，禅师，他此去必然怀恨于我，想此番见面，必然害我残生。弟子宁死江心，决不与他相聚的煌！[外]不妨。你与他宿缘未满，决无相害之心。倘有甚言语，总推在老僧身上便了。待他到家分娩之后，可于净慈寺寻我，那时我自有处。[生]多谢禅师。

【双声子】[外]缘未了，缘未了，同六甲文星照。休急暴，休急暴，且速往伴陪告。待分娩满月到，付伊钵将他收罩，罩此妖娆。

【尾声】[生]急急离了金山道，赴临安途路非遥，幸遇禅师将缘孽惊觉。

[外]妖精鬼魅斗神通，(许碏)云水升沉一会中。(李商隐)

[生]他日愿师容一榻,(李洞)满帆还有济川功。(韩宗)

第二十六出 断 桥

【商调·山坡羊】[旦、贴上][旦]顿然间鸳折颈,奴薄命孤鸾照命[12]。好教我心头暗哽,怎知他一旦多薄幸。

[贴]娘娘,吃了苦了。[旦]青儿,不想许郎,听信法海言语,竟不下山。我和他争斗,奈他法力高强,险被擒拿。幸借水遁,来到临安。哎呀,不然险遭一命。[贴]娘娘,仔细想将起来,都是许仙那厮薄幸。若此番见面,断断不可轻恕![旦]便是。[贴]如今我每往那里去藏身才好?[旦]我向闻许郎有一姐姐,嫁与李仁,在此居住。我和你且投奔到彼。[贴]只是从未识面,倘不相留,如何是好?[旦]我每到彼,再作区处。[贴]如此,娘娘请。[旦行作腹痛介]哎哟![贴]娘娘为什么呵?[旦]青儿,我腹中疼痛,寸步难行,怎生挨得到彼。[贴]只怕要分娩了。前面已是断桥亭,待我且扶到亭内,少坐片时,再行便了。[旦]咳,许郎呵,我为你恩情非小,不想你这般薄幸,阿呀,好不凄惨人也![贴]可怜。

[旦]歹心肠铁做成,怎不教人泪雨零。奔投无处形怜影,细想前情气怎平?[合]凄清,竟不念山海盟;伤情,更说甚共和鸣。[同下]

[生随外上][外]许仙,你且闭着眼。

【前腔】一程程钱塘将近,蓦过了千山万岭。锦重重遥望层城,虚飘飘到来俄顷。许仙,来此已是临安了。[生惊介]果然是临安了。奇呵![外]你此去若见此妖,不必害怕。待他分娩之后,你可到净慈寺来,付汝法宝收取便了。[生]是。待弟子相送到彼。[外]不消。你可作速归家,方才之言不可忘了!

记此行漏言祸匪轻。[下][生]前情往事重追省,只怕他怨雨愁云恨未平。萍梗[13],叹阽危命欲倾;伤情,痛遭魔心暗惊。

[旦、贴内]许仙,你好狠心也![生跌介]阿呀,吓吓死我也。你看那边,明明是白氏青儿,哎哟,我今番性命休矣!

【仙吕宫引·五供养】今朝蹭蹬[14]。[旦、贴内]许仙,你好薄情也![生]忽听他怒喊连声,遥看妖孽到,势难撄[15],空叫苍天,更没处将身遮隐。怎支撑?不如拼命向前行。[奔下]

【仙吕过曲·玉交枝】[贴扶旦上][旦]轻分鸾镜,哪知他似狼心性,思量到此真堪恨,全不念伉俪深情。

[贴]娘娘,你看许仙见了我每,略不回头,潜身逃避,咦,好不可恨![旦]不必多言,我和你急急急赶上前去!

恶狠狠裴航翻欲绝云英[16],喘吁吁叹苏卿倒赶不上双渐的影[17]。[闪介][贴]娘娘看仔细。[旦]哎哟,望长堤疾急前征,顾不得绣鞋帮褪。[同下][生上]阿呀!阿呀!

【川拨棹】真不幸,共冤家狭路行。吓得我气绝魂惊,吓得我气绝魂惊。

且住,方才禅师说:此去若遇妖邪,不必害怕。那、那、那、看他紧紧追来,如何是好?也罢,我且上前相见,生死付之天命便了!

我向前时,又不觉心中战兢。[旦、贴上][旦]谢伊家曩日多情,恨奴家平日无情。[见生扯住介]许仙,你还要往哪里去?你好薄幸也![哭介][生]阿呀娘子,为何这般狼狈?[旦、贴]你听信谗言,把夫妇恩情,一旦相抛,累我每受此苦楚,还来问什么?[生]娘子,请息怒。你且坐了,听卑人一言相告。[贴]那,那,他又来了。[生]那日上山之时,本欲就回,不想被法海那厮,将言煽惑。一时误信他言,致累娘子受此苦楚,实非卑人之故煋![哭介][贴]啐,你且收了这假慈悲。走来，听我一言。[生]青姐，有何说话？[贴]我娘娘何等待你？[生]娘子是好的呵。[贴]可又来，也该念夫妻之情，亏你下得这般狠心！[生]阿呀冤哉！[贴]于心何忍呢？[生]青姐，这都是那妖僧不肯放我下山。[贴回头不理介][生]娘子，望恕卑人之罪！[旦]咳，许郎呵！[贴代旦挽发介]

【商调集曲·金落索】[金梧桐][旦]我与你嗈嗈弋雁鸣[18]，永望鸳交颈。不记当时，曾结三生证，如今负此情，[东瓯令]背前盟。[生]卑人怎敢？[旦]贝锦[19]如簧说向卿，因何耳软轻相信？[拭泪起唱介][针线箱]摧挫娇花任雨零，[解三醒]真薄幸。[懒画眉]你清夜扪心也自惊。[生]是卑人不是了。[寄生子][旦]害得我漂泊零丁，几丧残生，怎不教人恨、恨！

[转坐哭介][贴揉旦背介]娘娘，不要气坏了身子。

【前腔】[生]愁烦且暂停，念我诚堪悯。连理交枝，实只愿偕欢庆。风波意外生，望委曲垂情。[旦]你既知夫妇之情，怎么听信秃驴言语？[生]叵耐妖僧忒煞狠，教人怎不心儿惊。听他一划胡言，我合受惩。[旦]阿哟，气死我也。[生]只看平日恩情呵，求容忍。[旦]啐！[贴]这时候赔罪，可不迟了？[生]善言劝解全赖你娉婷，蹙眉山泪雨休零，且暂消停。

[跪介][旦]下次可再敢如此？[生]再不敢了。[旦]起来，起来，起来耶。[生]多谢娘子。[贴气介]咳！[旦]只是如今我每向何处安身便好？[生]不妨，请娘子权且到我姐丈家中住下，再作区处。[旦]此去切不可说起金山之事，倘若泄漏，我与你决不干休！[贴]与你定不干休！[生]谨依尊命。青姐，我和你扶娘娘到前面去。[贴不应介][生]娘子，你看青姐，总是怨着卑人，怎么处？[旦]青儿，青儿！[贴]娘娘。[旦]我想此事，非关许郎之过，都是法海那厮不好，你也不要太执性了。[贴]娘娘，你看官人，总是假慈悲，假小心，可惜辜负娘娘一点真心。[旦]咳。[生]娘子请。[旦]哎哟，只是我腹中十分疼痛，寸步难行。[生]不妨，我和青姐且扶到前面，唤乘小轿而行便了。

【尾声】[旦]此行休似东君[20]泄漏柳条青，[生]还学并蒂芙蓉交映，[合]再话前欢续旧盟。

[旦]还恐添成异日愁，(温庭筠)[贴]朝成恩爱暮仇雠。(翁绶)

[生]当年顾我长青眼[21]，(许浑)纵杀微躯未足酬。(方干)

第二十九出 炼 塔

【正宫引子·破齐阵】[破阵子][旦抱小儿上]桃靥[22]娇贪结子，柳腰困欲三眠。[齐天乐]懒离鸳帏，斜抛凤髻，怯怯的玉肢红软。[破阵子]絮语芳盟天长久，母子夫妻喜笑喧，今朝遂宿缘。

奴家自被法海破我形踪，不放许郎下山，反遣揭谛神拿我，被我借水遁来到临安，谁想许郎亦自还乡，[贴立上介]在路相见，只得投奔他姐丈家中。我那日到此，随即分娩，喜得生下个满抱孩儿，也不枉我与他恩爱一场。[贴]娘娘，今早官人同姑爷、姑奶奶往亲戚人家去，不知何事，此时也该回来了。[旦]正是。青儿，我想自遇许郎之后，不觉一载有余，且喜生下个宁馨孩儿，得传许门后嗣，也不枉我受许多磨折。[贴]是呵。

【正宫过曲·渔灯儿】[旦]俺昔日西泠畔邂逅良缘，风光好压尽桃源。同心赛双头瑞莲，打叠起鸳行留恋。两相投，胶漆更心坚。

【锦渔灯】畅道是月下名题共券，也经他几多折挫颠连[23]。[儿啼介][旦]儿呵，你那知做娘的吃许多苦楚呵？想今朝佳况，虽然有万千，一似那玉梅花，风雪虐，始争妍。[贴]娘娘，将次已牌时分，官人怎么还不见来？[旦]你去取我镜台衣服出来。[贴应下][生上]暗祝妖降归净域,又愁邪胜战心兵。昨日禅师说:今早亲来收取此妖,只得将此事与姐夫、姐姐说明。犹恐害怕,为此同他每往亲戚人家暂避,急急赶回,不免竟入。娘子![旦]官人回来了。怎么不同姑夫、姑母归家,反自先回?[生]卑人因家中乏人,又恐娘子寂寞,故此先回的。[旦]原来如此。[生]孩儿睡熟了?[旦]才睡着,不要惊他。[贴上]妆似临池出[24],人疑月下来。官人回来了?[生]正是。[贴]娘娘,镜台衣服在此。[旦]放下。你抱了小官人进去安睡,到厨房下整治早膳起来。[贴]晓得。[下][生]请娘子整妆,卑人伺候。[旦]有劳。[生]好说。

【正宫集曲·梁州序犯】[梁州序][旦]横波秋静,遥山青展,晓开菱鉴相鲜。[顾生介]水晶帘下,道书在手把闲眠。玉台斜凭,缓把春纤,卸却包头绢。[梳头介]犀梳云半吐,月娟娟,细挽香丝堕马鬟。[贺新郎][生]请娘子画眉。[旦]芙蓉靥,梨花面。画双螺[25]隐露黄金钏,[梁州序]弹粉涴,新妆倩。

[外引二揭谛上][外]菩萨低眉,故自慈悲六道;金刚怒目[26],还须降伏四魔。呔,孽畜!俺来也![旦惊跪介]哎呀,我佛慈悲![外]孽缘已尽,大数难逃。[旦]望饶奴命则个![外将钵合旦,旦逃介,谛挡旦,出珠打介,外接珠合旦下。持钵上,生见蛇,悲介][贴上]房中为何乱喊,待我看来,阿呀![跌介]

【朱奴插芙蓉】[朱奴儿][贴]娘娘呀![指钵哭介]痛谁似你今朝可怜?[抢蛇,外拦介]、[贴]怎生介祸生鸳伴!许仙,你好狠心也!负义忘情心不善,纵然忍把冰弦剪[27],也应怜免,看你孩儿曲全。[玉芙蓉]不由人不含冤,悲愤泪如泉。

【朱奴带锦缠】[朱奴儿][跪上哭拜介]您喜滋滋地将他宗嗣绵,他恶狠狠地把连理枝割断。您前生烧了断头烟,[毒指生介]遭他把您来凌贱。[锦缠道]辜负您修炼千年,辜负您嵩山冒险,辜负您望江楼雅操坚,几时再见亲儿面?罢罢,看俺与你报仇冤!

[扑生,二谛拦介][贴闪下,丑杀上][外]揭谛神,与我降伏妖魔者![二谛擒丑介][丑]禅师饶命![外]念你修炼千年,不忍伤汝。可将他锁在七宝池边,听候佛旨便了。[二谛应介][押丑下][生背介]白氏虽系妖魔,待我恩情不薄。今日之事,目击伤情,太觉负心了些。咳!恩怨相寻,一场𬤊烦[28],我于今省悟了也。[向外介]弟子尘心已断,愿随师父出家。[外]善哉,善哉。汝宿根不昧,回向西方,只要一心不乱,管教立地成功。速把家事处分,到净慈寺来,与汝同登极乐。[生]多谢师父。[下][外]妖孽已除,不免将他压在雷峰塔底便了。[行介]

【小普天乐】叹妖魔,将人缠,致今翰,干天谴。原非我,原非我,破你姻缘,总由他,数定难迁。看啼啼哭哭,慈心岂恝然[29]?只要将来回向,回向忏悔前愆。

来此已是塔边了。雷火二部何在?[内应介]来也。[杂扮雷公、雷母、众火神舞上][众]禅师有何法旨?[外]吾奉佛旨,收取妖蛇,埋于塔底,永远镇压,犹恐他乘机逃遁,速将三昧真火,与我烧炼成功者。[众]领法旨。[接钵,置塔内,绕场介]启禅师,塔已炼过了。[缴钵介][外]速退。[众应下][外]白蛇听者:雷峰塔倒,西湖水干,江潮不起,许汝再世。

【普天带芙蓉】[普天乐]镇妖氛,来塔院。使威神,挥流电,焰腾腾赭色新燔,危岌岌欲倒弥坚。[玉芙蓉]施宏愿,为众生卫扞,向西湖凑成十景[30]夕阳边。

【尾声】似唐虞掌火蛇龙远,虽焰虐仁风却善。若有人识此意呵,俺与汝同升忉利天[31]。

赤旃檀塔六七级[32],(贯休)夕阳明灭乱流中。(韦应物)

还为万神威圣力[33],(许磻)白蛇初断路人通[34]。(胡曾)

(《重订增注中国十大古典悲剧集》,王季思主编,齐鲁书社 1991 年版)

【注释】

① 萋菲:亦作萋斐,花纹错杂的样子。《诗·小雅·巷伯》:"萋兮斐兮,成是贝锦;彼谮人者,亦已太甚。"后以"萋斐"比喻谗言。

② 蝘蜓:亦称"铜石龙子"。生活于庭院内或郊野石缝、草丛间,捕食昆虫。

③ 把虚脾来掉:即掉虚脾。虚假,撒慌。《长生殿·絮阁》:"休得把虚脾来掉,嘴喳喳,弄鬼妆幺。"

④ 口咄咄装什么的幺:咄咄,叹词,表示惊诧。装幺,即装大,装模作样,装腔作势。

⑤ 开交:什么结果。

⑥ 作耗:胡闹,捣乱。

⑦ 譊(náo):争辩声,引申为喧闹嘈杂。

⑧ 菩提之心:菩萨慈悲的心肠。

⑨ 女罗刹:相传原为古代南亚次大陆土著的名称。自雅利安人征服印度后,凡遇恶人恶事,皆以罗刹名之,罗刹遂成恶鬼之名。

⑩ 凌迟:极刑。《宋史·刑法志》云:"凌迟者,先断其支(肢)体,乃抉其吭,当时之极法也。"

⑪ 鲛绡:传说中鲛人织的绡。亦泛指薄纱。

⑫ 孤鸾照命:孤鸾,失偶之鸾,以喻人之失偶。这里是白娘子说自己如同孤鸾一样的命运。

⑬ 萍梗:浮萍泛梗,比喻居住不定。

⑭ 蹭蹬:失势难进的样子。

⑮ 撄(yīng):纠缠。

⑯ 裴航翻欲绝云英:唐裴蒉传奇小说《裴航》,写唐长庆间秀才裴航,于蓝桥驿遇仙女云英结为夫妇。这里反用这个故事。翻,同"反"。

⑰ 小说戏曲中流传的爱情故事。这里反用其事。

⑱ 噰噰弋雁鸣:噰噰,同雍雍。鸟鸣相和。弋雁,被缴射的雁。《诗·郑风·女曰鸡鸣》:"弋凫与雁"意指夫妻和好。

⑲ 陷人的谗言。《诗·小雅·巷伯》:"萋兮斐兮,成是贝锦。"郑玄笺:"喻谗人集作过以成于罪,犹女工集采色以成锦丈。"

⑳ 东君:春神。

㉑ 当年顾我长青跟:青眼,已见前注,这里是许仙对白蛇当年爱恋他的赞许。

㉒ 桃靥(yè):以桃花形容女子面部。

㉓ 颠连:困顿不堪。

㉔ 临池:东汉张芝"临池学书,池水尽墨"。这里指黑色妆束,好像在墨池染过一般。

㉕ 画双螺:指画眉。

㉖ 金刚怒目:金刚,"金刚力士"的略称。即托金刚杵守护佛法的二天神(俗称"哼、哈二将"),怒目作勇猛之状。

㉗ 忍把冰弦剪:忍心割断夫妻感情。冰弦,本为唐开元中白秀贞所献之琵琶。弦被剪喻夫妇情绝。

㉘ 懡㦬:惭愧。

㉙ 恝(jiá)然:恝,不经心。无动于衷。恝然,淡然处之的样子。

㉚ 向西湖凑成十景:西湖十景为:平湖秋月、苏堤春晓、断桥残雪、南屏晚钟、曲院风荷、花港观鱼、柳浪闻莺、三潭印月、两峰插云、雷峰夕照。

㉛ 忉利天:佛家语。佛经说此天为欲界六天之第二天。

㉜ 赤旃檀塔六七级:旃檀即檀香,有赤、白、紫等数种。意为:赤色的檀香木雕的塔有六七级高。这里借指雷峰塔。

㉝ 还为万神威圣力:见许碏《题南岳招仙观壁上》。原指南岳大仙的法力,此处借指法海的法力。

㉞ 白蛇初断路人通:见胡曾《大泽》诗。《史记·高祖本纪》:"高祖被酒,夜经泽中,令一人行前。"行前者还报曰:"有大蛇当径,愿还。"高祖醉,曰:"壮士行,何畏!"乃前拔剑击斩蛇。蛇遂分为两,径开。这里指法海将白蛇收镇雷峰塔下。

拉　米　亚(节选)[①]

济　慈

济慈(John Keats,1795—1821),英国浪漫派著名诗人,生于伦敦。21 岁弃医从文,1817 年出版第一部诗集,其诗作深受华兹华斯和亨特等人的影响,写有长诗《恩底弥翁》《伊萨贝拉》和《圣爱格尼斯之夜》,抒情诗《夜莺》《希腊古瓮颂》《秋颂》等名作。1821 年,因染上肺结核而去世,年仅 25 岁。济慈诗才横溢,与雪莱、拜伦齐名。其诗篇,被认为完美地体现了西方浪漫主义诗歌的特色,并被推崇为欧洲浪漫主义运动的杰出代表,对后来的唯美派、意象派诗歌产生很大影响。

那时的风俗,在晚霞满天的时候
把头戴面纱的新娘从家里带走,
乘一辆华丽的彩车,一路上人们
撒花朵,举火炬,唱婚歌,盛装游行,
以此来开路:但这位无名的美女
没一个朋友。里修斯已经去召集
他所有的亲戚,她被单独留下,
明确地知道自己决不能使他
愚蠢的心放弃发疯的炫耀,
她开始深深地思索,一心想要
使排场适度,以掩饰其中的悲痛。
她这样做了,但她的灵巧的仆从
怎样来,何时来,他们是谁,都可疑。
厅堂周围,从门户出来又进去,
响起拍翅的声音,直到短时内,
炽热的宴会厅射出巨大拱形的光辉。
缭绕的音乐,恐怕是仙居屋顶
唯一的支柱,引起四处的哀吟,
担心整个魔法会可怕地失效。
荫蔽下,摆着尚未品尝过的宴席,
香味扑鼻。拉米亚,身着华衣,
无声地走来走去,她这样走着,
不满足,却露出满足的苍白神色,
嘱咐那些看不见的仆人把壁龛
和墙角的浮雕拾掇得更加美观。
树枝的中间,首先,素净如大理石,
出现了碧玉窗格;然后,过一时
又爆出纤小树木的匍匐的图像,
大大小小交织成纷繁的式样。
认可了这一切,她又任性地消隐,
把房门紧紧关闭,无息无声,
端正地准备好迎接痛饮狂欢,
等待着讨厌的客人来破坏她的孤单。

白天来了。到处是流言飞语。
无知的里修斯!痴汉!为什么瞧不起
暗中赐福的命运,幽居的温馨,
把隐秘的卧室公开给众人的眼睛?

新雕的松木，雕成棕榈和大蕉
长在林间草地上，从两边相接，
中央高凸，向新娘贺喜庆佳节：
两棵棕榈，又两棵大蕉，许多树，
一枝对一枝，把枝干从两边伸出，
伸展向林中小径，这一切下面，
从外墙到内壁，闪动着一串涌流的灯盏。
只有一个人睁眼苛刻地观察，
挂一脸严峻，踱着沉静的步伐；
那正是阿波罗尼：他微露笑容，
好像有棘手的问题，曾经愚弄
他忍耐的头脑，现在已开始缓解，
而且解决了：——可见他预见的正确。

在人声嘈杂的前厅里他遇见
他年轻的门徒。"这不合通常习惯，"
他说道，"让一个不速之客跟你——
里修斯勉强地呆在一起，又以
自发的莅临来干扰这一群美丽
年轻的朋友；但我要坚持干错事，
请你原谅我。"里修斯脸红了，带领
这老人走过内室敞开的"重门"；
说着缓和的话语，彬彬有礼，
把智者的肝火化为甘甜的乳汁。

宴会大厅里是一片富丽堂皇，
到处是灿烂的灯火，扑鼻的芳香：
每扇明亮的窗格前有一只香炉，
香烟缭绕，须添加没药和香木，
香炉由庄严的三脚座高高托起，
细长的座脚成弧形跨站在柔细
羊毛织成的地毯上：五十只炉里
五十道烟的花圈轻轻地飘起，
直上屋顶，当沿着镜中的围墙
升腾时，被两朵香云静静地模仿。
十二张圆桌，四周是绸面的坐椅，
桌高到男人的胸口，桌身挺立，
靠豹形爪子支撑，桌面上放置
沉重的金杯，谷神的号角三次

人群来了；每一个客人都忙乱，
走到大门前，猛然向里面观看，
惊奇地走进来：他们熟识这条街，
从小清楚地记得这里的一切，
没丝毫遗漏，但以前从来没看见
堂皇的门廊，建筑宏丽的庄园；
他们全拥入，惊呆了，好奇，敏感：
由仆人伺候，给人以舒适的快感，
有香油倾注到客人的发上，鬓边，
这也是礼节，客人们身穿白袍
走向筵席，各自按顺序坐到
筵席四周的绸榻上，他们奇怪
这一切炫耀巨富的花费是从哪里冒出来。

轻柔的音乐随轻柔的气氛流荡，
熟练自如的希腊人向众客引吭，
唱加重元音的叠歌，人们先低声
交谈，因为美酒还未曾畅饮；
等到客人们一个个酒酣耳热，
他们就高谈阔论，说话声盖过
强力乐器的奏鸣：——灿烂的织锦，
广厦，令人敬畏的豪华屋顶，
绚丽的色彩，仙露给人的欢乐，
美丽的奴仆，拉米亚本身，都变得
不足为奇，因为醇醪已完成
美妙的业绩，一切灵魂都已经
摆脱人世的束缚；甘美的酒液
使极乐世界不太美，不太圣洁。
酒神的威力很快就达到顶峰，
客人们眼睛更亮，脸色更红：
一只只不同的翠绿芬芳的花冠，
采自山谷，折自林木的枝干，
装在金柳条编成的篮子里带进，
堆到篮子的把手那么高，以适应
客人的心意；舒适地枕着丝绸
枕头的客人可随意拿它戴上额头。

拉米亚戴什么花冠？里修斯戴什么？
什么花冠给阿波罗尼这位长者？

讲到的果实，巨觥盛着的佳酿，
来自暗窖的酒桶，愉快地闪光。
桌子这样子把华宴承载在身上。
每张桌子的中央供奉着一尊神像。

在一间前厅里每位客人都感到
有吸足凉水的海绵压上手脚，
触及冷峻的哲理就烟消云散？
一次，可畏的彩虹在天上升起：
我们知道彩虹的密度和质地；
她列在平凡事物可厌的编目里。
哲学将会剪去天使的羽翼，
会精密准确地征服一切奥秘，
扫荡那精怪出没的天空和地底——
会拆开彩虹，正像它不久前曾经
使身体柔弱的拉米亚化为一道虚影。

欢乐的里修斯坐在她身边首位上，
全不见屋子里还有另外的面庞，
他终于制止爱的走神，举起
满杯，越过大桌子，向对面投去
目光，恳求他满脸皱纹的老师
能够赐给他稍稍一瞥，同时
向老师祝酒。这位秃顶的长者
早已一眨也不眨地把眼睛盯着
那突然惊恐不安的新婚美人，
对着她吹胡子瞪眼，打乱她轻松的骄矜。
这时里修斯热诚地握住她的手，
那只手苍白，在红色长榻上停留：
手上的冷气流贯到他的血脉里；
又突然变热，一种不自然的热气
以种种疼痛直刺入他的心脏。
“拉米亚，你这是怎么啦？为什么惊慌？
你认识那人吗？”可怜的拉米亚无语。
他凝视她的眼，她的眼一点儿也不
领会那温存缠绵爱怜的深情：
他凝视又凝视：他顿时感到眩晕：
贪婪的符咒吸食了那一身娇娆，
那两颗眼珠什么也不再见到。
瓶尔小草的嫩叶和细长的柳条
将挂上她那正在发痛的额角；
为了那年轻人，让我们赶快摘取
密锥花，让他睁着的眼睛沉入
遗忘之乡；对那位聪明的学者，
让针茅和毒草蓟花在他的太阳穴
开战。是不是所有的魔法一旦
没有人不感到恐怖得毛发直竖。
“拉米亚！”他尖声叫道，但除了这尖声
和悲惨的回声，只余下一片寂静。
“去吧，噩梦！”他喊道，再次细看
新娘的面孔，美丽的太阳穴上边
已没有青筋流动；面颊上不再有
嫩蕊的红晕；激情也不再照透
深深隐藏的目光：——全部凋枯！
拉米亚不再美，坐着的是一堆白骨。
“闭下你魔术的眼睛，残忍的老人！
把眼睛移开，歹徒！诸神的形影
说明他们在这里幽冥中逗留，
你若不闭眼，诸神正义的诅咒
会突然用痛苦的失明之刺戳破
你两只眼睛，把你交付给寂寞，
让你颤抖着沉陷于良心的无比
恐惧中，因为诸神的威力遭忤逆，
因为你进行了不敬的傲慢诡辩，
非法的巫术，说了诱骗的谎言。
科林斯人！你们瞧那个白胡子歹徒！
注意他着了魔，没睫毛的眼皮围住
他恶鬼般的眼珠！科林斯人，瞧！
我可爱的新娘在他的逼视下枯凋。”
“傻瓜！”诡辩家说道，语调低沉，
轻蔑而沙哑；里修斯以濒死的呻吟
回答，他心如刀绞，魄散魂丧，
仰面倒在那痛苦的幽灵身旁。
“傻瓜！傻瓜！”诡辩家重复说，两眼
依然严厉，不移动，“我把你保全
到今天，使免遭人生的一切厄运，
我可愿见到你成为蛇的战利品？”
于是拉米亚咽气；诡辩家的眼睛

"拉米亚"他叫喊——没有软语回应。
许多人听见了，高声喧哗的宴饮
沉寂下来；庄严的音乐停奏；
爱神木在无数花冠上变枯变朽。
说话声，琴声，欢笑声渐渐消亡；
死般的静寂一步一步地增强，
直至仿佛出现了可怕的鬼物，
从此里修斯双臂中失去了欢忻，
同一夜，他的肢体失去了生命。
他躺在高榻上！——他的朋友们走近——
有如枪尖，刺穿了她的全身，
锐利，无情，彻底，猛烈：她按
无力的纤手所能表示的那般，
示意他保持沉默；但徒劳无补，
他目光直直地一看再看——不！
"一条蛇！"他应声喊道；话音未止，
她发出惊恐的惨叫，便永远消失：
扶持他——发现他脉搏、呼吸已停，
用他的婚服裹住他沉重的尸身。

（《济慈诗选》，屠岸译，人民文学出版社 1997 年版）

济慈原注（引伯顿②文）：

"菲洛斯特拉托斯③在他的《阿波罗尼传》第 4 卷中有一个值得注意的同类的例子，我不能不提到，它讲到一个年轻人，名叫门尼普斯·里修斯，25 岁，在森屈里和科林斯的途中，遇到一个装扮成美丽淑女的鬼魂，她握住他的手，带他到科林斯郊外她的屋子里，告诉他说，在血统上她是腓尼基人，如果他愿意跟她呆在一起的话。他将听到她唱歌弹琴，喝到他从未喝过的酒，谁也不会来打搅他；而美丽可爱的她将与俊美可人的他同生共死。这年轻人是个哲学家，本来稳重而谨慎，能节制感情，但这次热烈的爱情除外。他和她呆了一会儿就感到别无他求。终于同她结婚，在婚礼上，他的客人中出现了阿波罗尼，后者凭着颇有把握的推测，发现她是一条蛇，一个'拉米亚'④，还发现她的所有的家具都不是实物，正如荷马描写的坦塔洛斯⑤的金子那样，仅是幻象而已。她发现自己被人识破，哭了，渴求阿波罗尼不要声张，但他不为所动，于是，她，杯盘，房屋以及屋中的一切，顿时化为乌有。许许多多人关注这件事，因为它发生在希腊国内。"——伯顿：《忧郁的剖析》第 3 部第 2 节。

（1819 年 7—9 月）

【注释】

① 本文节选自济慈《托米亚》第二部。拉米亚是希腊神话中女头女胸蛇身的妖魔。济慈根据 17 世纪英国牧师伯顿《忧郁的剖析》中的这则故事改编成叙事诗（见济慈原注）。其情节记叙了蛇精拉水亚变成柔媚的女人，爱上了哲学家阿波罗尼的学生里修斯，在和他的婚礼中，被阿波罗尼识破她是妖物——蛇，只好永远消失了，新郎里修斯也因此气绝身亡。是西方版的"白蛇传"。

② 伯顿（Kobert Burton，1577—1640）：英国圣公会牧师、学者、作家，以所著内容涉及广泛的《忧郁的剖析》一书而闻名于世。

③ 菲洛斯特拉托斯（Philostrat，170？—245?）：希腊哲学家、伦理学家、修辞学家，著作有《阿波罗尼传》和叙述公元前 5 世纪的古典诡辩家和后期的哲学家和修辞学家的《诡辩家传》等。

④ "拉米亚"（Lamia）：希腊神话中女头女胸蛇身的妖魔。本叙事诗即以此为题。

⑤ 坦塔洛斯（Tantalus）：希腊神话中的宙斯之子，因泄露天机，被罚人冥界，拘于湖中，口渴时要想喝水，水立即退去；饥饿时想摘头上的果子，果子立即随风而去；这些都可望而不可即。

【提示】

激活生命意绪的原型

白蛇传故事作为中国四大民间爱情传说之一，一直广为流传。从宋话本《西湖三塔记》到明末冯梦龙的小说《白娘子永镇雷峰塔》,从清代乾隆年间黄图珌的戏曲剧本再到方成培写定和集大成的《雷峰塔》传奇,其故事被最终定型。相较之前的版本,方本在剧本情节与人物形象两个方面分别加以完善。如增加了《断桥》一出戏,西湖断桥边,白娘子身怀六甲,行动艰难,而许仙却在法海怂恿下,赶往临安等待收伏白氏,白娘子对许仙的痴心与许仙的薄情寡义形成强烈对比,悲剧气氛十分凝重,剧情推向了最高潮。方成培的改编,使剧作增多了民间日常生活的气息,更符合百姓的心理期许。白娘子主要以一个温柔善良的妇女形象展现在观众面前,她强烈追求幸福的举动令人感佩,为了爱情与法海的争斗也因此受到了普遍的同情。

拉米亚的原型来自希腊神话,是一个专门引诱异性和残害儿童的人首蛇身女怪,其负面形象在西方文学中印记深刻。济慈的《拉米亚》是关于这一形象创作的巅峰作品,它取材于17世纪英国作家罗伯特·伯顿代表作《忧郁的剖析》第三部第二节,伯顿又取材于古希腊作家菲洛斯特拉斯的著作《阿波罗尼传》第四卷。济慈全诗分两部:第一部叙述拉米亚帮助赫尔墨斯看到他心仪的林泽女神,赫尔墨斯则帮助她还原为女身,成全了她对梦中少年里修斯的爱恋。第二部叙述里修斯和拉米亚的爱情难为"平凡的芸芸众生理解",就连爱神也"对如此美满的一对/心生嫉妒,每夜都射出凶光"。刺耳的号声将里修斯拖回现实,他决意举办婚礼,消除众人的疑虑,拉米亚无奈,只能恳求他别邀请阿波罗尼。婚礼当天,阿波罗尼不请自来并识破新娘的身份。拉米亚请求阿波罗尼不要声张,里修斯也奋力阻止,但阿波罗尼不为所动。最后拉米亚在他的逼视下烟消云散,里修斯也因失去爱人而死去。济慈塑造了全新的拉米亚形象,她集美丽聪慧善良于一身,热爱生命并勇于追求爱情,甘心为之放弃美貌和神祇的身份。

瑞士心理学家荣格认为,人类祖先的经验经过不断重复之后,就会在种族的心灵上形成积淀的原始故事,它们被保存在种族成员的集体无意识里,这样的原始故事就是"原型"。加拿大文学批评家弗莱开创的神话——原型批评理论,认为文学是神话仪式的表现,是神话原型的再生与复活。"蛇女""人蛇结合""异类变形"这些原型及其神话传说、民间故事遍布世界各地,沉淀着人类远古延续下来的图腾崇拜、民俗信仰的集体无意识记忆。《雷峰塔》与《拉米亚》是东西方文学中以蛇女为原型的最具代表性的两部作品,它们都塑造了一个美艳的蛇女形象和描写了一个人蛇相恋的爱情悲剧。两个文本都遵循着同样的叙事模式:蛇女爱上了人间的青年男子,经过神的帮助或指点,化身为人降临人间;拉米亚自述是个孤女,白娘子那子虚乌有的父亲和丈夫均已过世;拉米亚在神使赫尔墨斯的法力帮助下变成女人,白蛇则被观音菩萨指点下凡报恩;蛇女用某种手段结识了所爱的人,并取得对方的信任,跟他结婚;利用自己的天赋异秉,拉米亚幻化出富丽堂皇的庄园,白娘子则将双茶坊的一处废宅变作雕梁画栋,她们要在这里与爱人共结连理;最后在不可逆转的情势下,蛇女被一个有法力的人识穿,酿成悲剧。原型的相通,使得两个文本呈现出惊人的一致性,透示出中西方作家始终不断地从原型意象的深层结构里汲取灵感源泉,重新显示人类深邃心灵世界的相同努力。迄至今日这种原型意象与相关文本仍能触动现代人的心灵,仍能作为一种原型主题重新激活人们某种生命意绪,这恰好又证明了原型的恒久文化魅力和它的强大力量。

(杨青泉)

思考题

1. 分析《雷峰塔》和《拉米亚》在母题、主题、情节、人物几方面的相似和差异及其原因。

2. 请联系《雷峰塔》和《拉米亚》结局的不同,谈谈中西方对于悲剧的不同态度及其效果。

3. 具体指出《雷峰塔》和《拉米亚》人蛇相恋的文化原型的内涵及其意义。

十八、一千零一夜(节选)

阿拉伯民间故事

《一千零一夜》,又名《天方夜谭》。“天方”,是从前中国对阿拉伯的称呼,即指伊斯兰圣地麦加城的克尔白大寺内安放圣石的四方形“天房”;“夜谭”同“夜谈”,指这些故事是夜间讲述的。它是一部规模宏大、内容丰富、想象奇特的古代阿拉伯民间故事集。《一千零一夜》中的故事很早就开始流传,约在公元八九世纪之交出现了早期的手抄本,到了12世纪,埃及人首先使用了《一千零一夜》的书名,直到15世纪末、16世纪初才基本定型。其中的故事由三部分组成:一是译自印度古梵文的波斯故事集《赫左尔·艾夫萨乃》(意为“一千个故事”);二是以巴格达为中心的阿拉伯阿拔斯王朝时期的社会生活故事;三是有关埃及麦马立克朝的故事。核心是第一部分。其中浓郁的浪漫主义色彩、丰富的想象、大胆的夸张,构成了扑朔迷离的艺术境界。高尔基称它为世界民间文学“最壮丽的一座纪念碑”。《一千零一夜》不仅代表中世纪阿拉伯文学的最高成就,也对世界文学产生了积极的影响。

相传古时候,在古印度和中国之间的海岛上,有一个萨桑王国,国王名叫山努亚。山努亚国王每天要娶一个女子来,在王宫过夜,但每到第二天雄鸡高唱的时候,便残酷地杀掉这个女子。

这样年复一年,持续了三个年头,整整杀掉了一千多个女子。

百姓在这种威胁下感到恐怖,纷纷带着女儿逃命他乡,但国王仍然只顾威逼宰相,每天替他寻找女子,供他取乐、虐杀。整个国家的妇女,有的死于国王的虐杀,有的逃之夭夭,城里十室九空,以至于宰相找遍整个城市,也找不到一个女子。他怀着恐惧、忧愁的心情回到相府。

宰相有两个女儿,长女叫桑鲁卓,二女儿名叫多亚德。桑鲁卓知书达礼,仪容高贵,读过许多历史书籍,有丰富的民族历史知识。她收藏有上千册的文学、历史书籍。见到宰相忧郁地回到家中,桑鲁卓便对他说:

“爸爸!您为了何事愁眉不展,为什么忧愁烦恼呢?”

宰相听了女儿的话,告诉了女儿一段故事——

在从前的萨桑国,老国王仁德义勇,拥有一支威武的军队,宫中婢奴成群,国泰民安。国王有两个儿子,都是勇猛的骑士。大儿子山努亚比小儿子萨曼更英勇,令敌人闻风丧胆。大儿子山努亚继承王位后,由于秉公执政,深受老百姓拥戴。萨曼则被封为撒马干第国的国王。兄弟二人秉公谦明地治理着国家。国家不断繁荣富强,人民过着幸福的生活。

一天,国王山努亚思念弟弟,派宰相前往撒马干第去接弟弟萨曼前来相聚。宰相领命,启程动身,很快来到撒马干第国土。

见到萨曼,宰相转述了国王山努亚的致意,说国王想念他,希望他去萨桑国看他。

萨曼随即回答说:“遵命。”

于是萨曼国王准备好帐篷、骆驼、骡子,分派了仆从,把国政委托给他的宰相,然后就动身出发。走了不远,他想起礼物遗忘在宫中,便转身回宫去取。不料回到宫中,他却看见王后和乐师们挤在一堆,又是弹唱,又是嬉戏。萨曼国王见此情景,眼前顿时漆黑一团。

他想:"我还未走出京城,这些贱人就闹成这样,要是我这一去住久了,这些贱人不知会闹出什么事呢!"想到这儿,他拔出宝剑,一下杀了王后和乐师,然后怀着悲痛的心情,匆匆离开了王宫。一路上,他率领人马,跋山涉水,向萨桑国行进。

快到京城时,萨曼派人前去向哥哥报信,山努亚国王迎出城来,兄弟俩见面后,彼此寒暄,十分高兴。山努亚在王国里为弟弟专门装饰了城郭,天天陪他一起谈心。

萨曼却心情忧郁,他被妻子的所作所为而困扰,整日闷闷不乐,一天天憔悴、消瘦下去。山努亚以为弟弟为离愁困扰,因而并没有多问。但终于有一天,山努亚忍不住了,问:

"弟弟,你一天天面容憔悴,身体消瘦,到底是为什么呀?"

"哥哥呀!我内心的痛苦是难以言传的。"萨曼对自己的遭遇守口缄默。

"好吧!我们一块儿去山里打猎去,也许能消愁解闷呢。"

萨曼不愿去,山努亚便独自率领人马到山中去了。

萨曼一个人留在宫中。他居住的宫殿的拱廊对面是山努亚的御花园。那天他凭窗远眺,只见宫门开处,二十个宫女和二十个奴仆鱼贯着走入花园,萨桑国尊贵的王后也处身其间,打扮得娇艳夺目。她们在喷水池前依次坐下,饮食歌舞,直玩到日落时分。

萨曼见状,不觉诧异,心想道:"比起这个来,我的灾难可算不上什么!"因此,他的苦恼便烟消云散。于是他开始吃喝,恢复了精神。

山努亚打猎回宫,和弟弟小叙言欢,看见他一下子变得红光满面,食欲也旺盛了,感到奇怪,于是便问道:"弟弟,怎么你的脸色一下变得红润光彩了,这到底是怎么回事?请告诉我吧。"

"前几天,我脸色憔悴,我可以把其中的原因告诉你,现在恢复正常的原因,我却不能告诉你。请你原谅。"

"好的,你先把你憔悴、消瘦的原因说给我听吧。"

萨曼告诉哥哥他妻子背叛他的事,但山努亚并不满足,他追问道:

"向安拉发誓,你应该告诉我你恢复健康的原因。"

萨曼不得已,把他看到的情景一一讲出。山努亚听了,对弟弟说:"我要亲眼证实这一切。"

"如果你装作再一次率领人马进山打猎,然后你悄悄转回宫,藏在我这间屋里窥探,你就会看到真相的。"

国王山努亚果然立刻下令进山打猎。

他率领人马到郊外宿营后,在帐篷里悄悄吩咐侍从:"别让人进帐来。"随即悄然转回宫去,藏入萨曼屋里。他凭窗而坐,一会儿后,便看见王后和宫女、奴仆们姗姗走进花园。她们在一起嬉笑歌舞,直到日暮。这情景,跟萨曼所说的毫无差别。国王山努亚看了,气得几乎发狂,气愤之余,他对萨曼说:

"弟弟,我们王国里发生了这种事,我们可没脸再当国王了。走吧,出去散散心,到别处去看看,去看一下世间还有谁比咱们更不幸呢?若是没有,那我们还不如死掉算了。"

萨曼非常赞成山努亚的主意,于是,弟兄二人在一个晚上,悄悄地从后门溜出王宫。他跋涉了几天几夜，到达一片紧邻大海的草原，他们坐在一棵大树下乘凉，喝泉水解渴。大约一小时后，海上突然掀起了风浪，顿时波涛汹涌，海浪里升起一根黑柱，直升上天空。兄弟二人见此情景，吓得魂飞体外，一溜烟爬到一棵大树上躲藏起来。顷刻间，海面上升腾起一个体格壮硕、脑袋庞大、肩阔如山的妖魔。只见他头上顶着一个箱子，冉冉升出海面，来到陆地上。他一直走到山努亚兄弟藏身的那棵大树下面坐下来，然后打开箱子，从里面取出一个非常窈窕的绝色女郎，这女郎满面带笑，仿佛是初升的太阳，正如诗人所说：

当她以光明贯穿黑暗，
灿烂的白昼将出现。
她洒下辉煌，
让万物染上面纱。

在她的彩色中，太阳将更光彩。
揭开帷幕，她顷刻现身，
宇宙会向她跪下。
当她电光般的目光闪烁，
泪水便犹如暴雨倾下。

魔鬼怪诞地嬉笑，望着女郎说："自由的娘子啊，我需要休息，让我睡一觉吧。"于是他躺下去，头枕着女郎的腿睡了。

女郎抬起头，看见躲在树上的两个国王，便把魔鬼的头轻轻托起来，移到地上，然后马上爬起来，走到树下，望着他俩，比手势叫他俩下来。

"不用怕。"她说。

他俩回道："向安拉发誓，求你宽容，别叫我们下来吧。"

"向安拉发誓，你们马上下来吧！不然，我会立刻叫醒魔鬼，让他狠狠地杀死你们。"

山努亚和萨曼受到女郎的威胁，非常害怕，从树上爬下来。女郎走向前，吩咐道："过来，让我们高高兴兴欢愉一番吧，否则，我会让凶狠的魔鬼杀死你们。"

山努亚恐惧地对萨曼说："兄弟，你去跟她混一下吧。"

"不，除非你先做。"萨曼捱磨着不愿去，弟兄俩都拒绝女郎的要求。

"你们挤眉弄眼地做什么？"女郎生气了，"再不来的话，我马上唤醒魔鬼。"

因为害怕，山努亚弟兄俩只得按女郎的吩咐做了，女郎达到了目的。她让山努亚和萨曼坐在一边，从口袋里掏出一个袋子，从里面取出一串戒指，足足有五百七十个，她让他俩看戒指，并指着戒指问道："你们知道这些都是从哪儿来的吗？"

"不知道。"

"这些戒指的主人都是在这个魔鬼睡觉的时候碰上我，跟我做过爱的。现在该你俩送给我戒指了。"

山努亚和萨曼不得不按女郎的指令，脱下手上的戒指，递给她。

女郎收下戒指说："这个魔鬼，在我新婚之夜把我抢来。他把我藏在匣子里，把匣子装在箱子中，然后用七道锁锁上，放在波涛汹涌的海底。这是因为他知道，我们妇女要干什么事是什么都挡不住的。正如诗人所说：

妇女不可信赖，
不可信任，
她们的喜怒哀乐，
在她们的爱欲中。
……

山努亚和萨曼听了女郎如此直露的话，感到无比惊恐。两人悄悄耳语："这个神通广大的魔鬼，尚且被一个女人欺骗，而且上他的当，可见，比我们可悲的人多着呢。如此说来，这倒使我们宽慰解气了不少。"于是弟兄二人离开了女郎，启程回家。

他们艰难地行走了几昼夜，终于平安回到萨桑王国。他们进入王宫，杀死不守规矩的王后和奸险的宫女、奴仆。从此，山努亚深深地厌恶妇女，存心报复，他开始每天娶一个女子来过一夜，次日便杀掉再娶，完全变成了一个暴君。

桑鲁卓听了父亲讲的故事，说道："爸爸，向安拉发誓，我要嫁给国王！或许我进宫后，可以设法和他长久生活下去。我要拯救千千万万的女子呢。"

"不！向安拉起誓，你千万不能去冒险。"

"从现在的情况看，不这样做不行呀。"

"你这样固执，难道不怕遭到水牛和毛驴一样的命运吗？"

"爸爸，水牛和毛驴遭遇了什么？请讲给我听听吧。"

"好吧！"——

……

桑鲁卓听完宰相的故事，说道："爸爸，虽然驴子为了拯救水牛而自己遭了殃，但现在是人命关天的大事呀，所以我一定坚持您送我进宫去。"

宰相无法制止女儿的行动，不得已，只好准备送女儿进宫，完成国王给他的使命。

临走前，桑鲁卓对多亚德说："妹妹，我进宫后，就让人来接你，你来到我面前时，就对我说：'姐姐，请讲一个故事给我听。'这样，我们就可以快快乐乐地过上一夜了。我会趁机会讲一个动人的故事。凭着安拉的意愿，我的故事也许能救活很多人的命呢。"

宰相很不情愿地把女儿送进王宫。

国王一见这美丽绝伦的姑娘，顿时喜不自禁，当场就奖赏了宰相。桑鲁卓一见国王，悲痛地哭泣。

国王问道："你为什么伤心？"

"主上，我有个妹妹，希望主上施恩让我和她再见一面，最后告别。"

国王已被姑娘迷住了，当即就答应了她的要求，派人接来多亚德。多亚德来到宫中，看见姐姐，高兴地和她拥抱，她俩一块儿坐在床边谈笑。多亚德说道："姐姐，向安拉起誓，你非给我讲个故事不可，让我们快快活活地过一夜吧。"

"只要威望服人的国王允许，我可是非常愿意讲的呀。"

国王原本一直情绪不宁，无法入睡，听了桑鲁卓姊妹的谈话，引起了他听故事的兴趣，便欣然应允。

于是，姐姐就给妹妹讲了一段故事。

桑鲁卓是个非常会讲故事的姑娘，她讲的故事一下子就吸引了国王山努亚和妹妹多亚德，但正讲到最精彩时，雄鸡叫了起来，天开始亮了，她马上停住不再讲下去。妹妹多亚德说道:“姐姐！你讲的这个故事太美丽动听了！多么有趣呀！”

姐姐桑鲁卓说道:“若蒙国王开恩,让我活下去,那么,下一夜我还有比这更有趣的故事讲呢!”

国王听了这话,暗想:“以万能之神安拉的名义起誓,这故事确实挺吸引人的。我暂且不杀她,等她讲完故事再说吧。”

第二天清晨,国王临朝,宰相准备好了寿衣,本以为会替自己的女儿收尸,可国王却埋头处理政事,忙于发号施令,一直到傍晚,国王也没吩咐他去再找一个女子来过夜。宰相对此感到非常吃惊。

第二天夜里,宰相的女儿桑鲁卓继续讲她的故事,直到雄鸡高唱,末了,她说:“若蒙国王开恩,让我活下去,那么,下一夜我的故事比这还要精彩得多呢!”国王又同意了。

这样,桑鲁卓每天讲一个故事,国王每天都想:“我暂且不杀她,等她讲完故事再说。”

日复一日,桑鲁卓的故事无穷无尽,一个比一个精彩,一直讲到第一千零一夜,桑鲁卓一共讲了一千零一个故事,终于感动了国王。他说:“凭安拉的名义起誓,我决心不杀你了,你的故事让我感动。我将把这些故事记录下来,永远保存。”

于是,便有了这本《一千零一夜》——

(《一千零一夜》,李林编译,大众文艺出版社 1998 年版)

豆棚闲话(节选)

艾衲居士

《豆棚闲话》,短篇小说集,艾衲居士编。作者真实姓名及生平不详,从书中所叙内容来看,作者应当生活于明末清初。这部小说集的特点主要有两点:一是其精巧而独特的框型结构,这在中国短篇小说集中可称首创。小说集以“豆棚下说故事”为引子,将 12 篇故事组织在一起,形成一个首末呼应的完整叙述系统,与《一千零一夜》和《十日谈》有异曲同工之妙;二是“闲话”不闲,看似讲民间传说,道家长里短,实则有感而发,书写胸中郁郁难平之气,而且讲述者冷嘲热讽,对于许多一向处于尊崇地位的神话和传说进行了颠覆性的讲述。因此,《豆棚闲话》在清朝拟话本小说中具有重要地位。

江南地土洼下,虽属卑温,一交四月便值黄霉节气,五月六月就是三伏炎天,酷日当空;无论行道之人汗流浃背,头额焦枯,即在家住的也吼得气喘,无处存着。上等除了富室大家,凉亭水阁,摇扇乘凉,安闲自在;次等便是山僧野叟,散发披襟,逍遥于长松荫树之下,方可过得;那些中等小家无计布摆,只得二月中旬觅得几株羊眼豆秧,种在屋前屋后闲空地边,或拿几株木头、几根竹竿搭个棚子,搓些草索,周围结彩的相似。

不半月间,那豆藤在地上长将起来,弯弯曲曲依傍竹木随着棚子牵缠满了,却比造的凉亭反透气凉快。那些人家或老或少、或男或女,或拿根凳子,或掇张椅子,或铺条凉席,随高逐低坐在下面,摇着扇子,乘着风凉。乡老们有说朝报的,有说新闻的,有说故事的。除了这些,男人便说人家内眷,某老娘贤,某大娘妒,大分说贤的少,说妒的多;那女人便说人家丈夫,某官人好,某汉子不好,大分爱丈夫的少,妒丈夫的多。可见"妒"之一字,男男女女日日在口里提起、心里转动。如今我也不说别的,就把"妒"字说个畅快,倒也不负这个搭豆棚的意思。你们且安心听着。

当日有几个少年朋友同着几个老成的人也坐在豆棚之下,右手拿着一把扇子,左手拿着不知甚么闲书,看到闹热所在,有一首五言四句的诗,忽然把扇子在凳上一拍,叫将起来,便道:"说得太过!说得太过!"那老成人便立起身子道:"却是为何?"那少年便把书递与他,一手指道:"他如何说"青竹蛇儿口,黄蜂尾上针。两般犹未毒,最毒妇人心"?作诗的人想是受了妇人闲气,故意说得这样利害。难道妇人的心比这二种恶物还毒些不成?"那老成人便接口说道:"你们后生小伙子不曾经受,从不曾出门看见几处,又不曾逢人说着几个,如何肯信?即在下今年已及五旬年纪,宁可做个鳏夫,不敢娶个婆子。实实在江湖上看见许多,人头上说将来又听得许多,一处有一处的利害,一人有一人的狠毒,我也说不得许多。曾有一个好事的人,把古来的妒妇心肠并近日间见的妒妇实迹备悉纂成一册《妒鉴》,刻了书本,四处流传。初意不过要这些男子看在眼里,也好防备一番;又要女人看在肚里,也好惩戒一番。男男女女好过日子。这个功德却比唐僧往西天取来的圣经还增十分好处。那晓得妇人一经看过,反道"妒"之一字从古流传,应该有的。竟把那《妒鉴》上事迹看得平平常常,各人另要搜寻出一番意见,做得新新奇奇,又要那人在正本《妒鉴》之后刻一本"补遗"、二集、三集,乃在妇道中称个表表豪杰,才畅快他的意思哩!"又有一个老成人接口道:"这《妒鉴》上有的却是现在结局的事,何足为奇?还有妒到千年万载做了鬼、成了神才是稀罕的事。"那少年听见两个老成人说得觔觔节节,就拱着手说道:"请教!请教!"那老成人说道:"这段书长着哩,你们须烹几大壶极好的松萝蒜片、上细的龙井芽茶,再添上几大盘精致细料的点心,才与你们说哩!"那少年们道:"不难不难,都是有的。只要说得真实,不要骗了点心、茶吃,随口说些谎话哄弄我们。我们虽是年幼不曾读书,也要质证他人方肯信哩!"那老成人不慌不忙,就把扇子折拢了放在凳角头,立起身来,说道:"某年某月,我同几个伙计贩了药材前往山东发卖。骑着驴子,随了车驮,一程走到济南府章邱县临济镇之南数里间,遇着一条大河。只见两边船只、牲口,你来我往,你往我来,稠稠密密,都也不在心上。见有许多妇人,或有过去的,或有过来的。那丑头怪脑的,随他往来,得个平常;凡有一二分姿色的,到彼处却不敢便就过去,一到那边,都把两鬓蓬蓬松松扯将下来,将几根乱草插在髻上,又把破旧衣服换在身上,打扮得十分不像样了,方敢走到河边过渡。"

临上船时,还将地上的浮土灰泥擦抹几把,才放心走上船,得个平平安安渡过河去。若是略像模样妇人不肯毁容易服,渡到大河中间,风波陡作,卷起那腌腌臜臜的浪头直进船内,把货物泼湿,衣服秽污,或有时把那妇人随风卷入水内,连人影也不见了。你道甚么妖魔鬼怪在彼作如此的凶险恶孽?我悄悄在那左边饭店轻轻访问。那里人都要过渡,惧怕他的,不敢明白显易说出他的来头。只有一个老人家在那里处蒙馆的,说道:这个神道其来久矣。在唐时有个人作一篇《述异记》,说道:此河名叫妒妇津,乃是晋时朝代泰始年号中,一人姓刘名伯玉,有妻段氏名明光,其性妒忌;伯玉偶然饮了几杯饿酒,不知不觉在段氏面前诵了曹子建的《洛神赋》几句道:"其形也翩若惊鸿,婉若游龙。荣曜秋菊,华茂春松。仿佛兮若轻云之蔽月;飘飖兮若流风之回雪。远而望之,皎若太阳之升朝霞;迫而察之,灼若芙蕖之出绿波。秾纤得中，修短合度。肩若削成，腰如约素。延颈秀项，皓质呈露。芳泽无加，铅华弗御。云髻峨峨，修眉联娟，丹唇外朗，皓齿内鲜，明眸善睐，靥辅承权。瑰姿艳逸，仪静体闲。柔情绰态，媚于语言。

奇服旷世，骨象应图。披罗衣之璀璨兮，珥瑶碧之华琚。戴金翠之首饰，缀明珠以耀躯。践远游之文履，曳雾绡之轻裾。微幽兰之芳蔼兮，步踟蹰于山隅。"

读至此，不觉把案上一拍，失口说道："我生平若娶得这样个标致妇人，由你泼天的功名富贵要他什么！吾一生心满意足矣！"此乃是醉后无心说这两句放肆的闲话，那知段氏听了心中火起，就发话道："君何看得水神的面目标致就十二分尊重，当面把我奚落？若说水神的好处，我死何愁不为水神！"

不曾说完，一溜烟竟走出门去。那伯玉哪知就里。不料段氏走到河滨，做个鹞子翻身之势，望着深处从空一跳，就从水面沉下去了。伯玉慌得魂不附体，放声大哭。急急唤人打捞，哪有踪影？整整哭了七日，喉干嗓咽，一跤跌倒朦胧晕去。只见段氏从水面上走近前来说道："君家所喜水神，吾今得为神矣！君须过此，吾将邀子为偕老焉！"言未毕，段氏即将手把伯玉衣袂一扯，似欲同入水状，伯玉惊得魂飞天外，猛力一迸，忽然苏醒，乃是南柯一梦。伯玉勉强独自回家。讵料段氏阴魂不散，日日在津口忽然作声，忽时现形，只要伺候丈夫过津，希遂前约。不料伯玉心馁，终身不渡此津。故后来凡有美色妇人渡此津者，皆改妆易貌，然后得济。不然就要兴风作浪，行到河水中间便遭不测之虞了。"那些后生道："这段氏好没分晓，只该妒着自己丈夫，如何连别的女人也妒了？"又有个老者道："这个学究说的乃是做了鬼还妒的事，适才说成了神还妒的事，却在哪里？"内中一个老者道："待我来说个明白！那妒妇津天下却有两处，这山东的看来也还平常，如今说的才是利害哩！"

……

那几个后生听了嚷道："大奇！大奇！方才那首"青竹蛇儿"的诗可见说得不差，不差。"又有一个说道："今日搭个豆棚，倒是我们一个讲学书院，天色将晚，各自回家，老丈明日倘再肯赐教，千万早临。晚生们当备壶酒相候，不似今日草草一茶已也。"

总评《太平广记》云："妇人属金，男子属木，金克木，故男受制于女也。"然则女妒男惧，乃先天禀来，不在化诲条例矣。

虽然，子即以生克推之，木生火，火能克金；金生水，水又生木。则相克相济，又是男可制女妙事。故天下分受其气，所以"妒""惧"得半，而理势常平。艾衲道人《闲话》第一则就把"妒"字阐发，须知不是左袒妇人，为他增焰也。妒可名津，美妇易貌；郁结成块，后宫参差。此一种可鄙可恶景象，缕缕言之，人人切齿伤心，犹之经史中"内君子，外小人"。

揣摩小人处，十分荼毒气概；揣摩君子处，十分狼狈情形。究竟正气常存，奇衷终馁，是良史先贤之一番大补救也。

（《豆棚闲话》第一则：介之推火封妒妇，上海古籍出版社 1988 年版）

【提示】

大故事套小故事的框架结构

《一千零一夜》和《豆棚闲话》采用了相同的结构形式。都先由一个"引子"引出总纲性的故事框架，然后再在这个框架内自由构建各种各样的小故事，这些故事既能独立成篇，又紧密相连，总纲性的故事框架如一根红线将这些散珠般的小故事串联起来,形成了大故事中套小故事的独特的框型结构形式。

《一千零一夜》中的“引子”为宰相的女儿桑鲁卓为了保全自己的性命并拯救所有的女子为国王山努亚讲故事。通过这条线索引出了她一千零一个夜晚所讲述的形形色色的故事,这种大故事套小故事,故事连着故事的方式,开创了“框架结构”的艺术结构形式。通过这种结构,把大大小小两三百个故事镶嵌在“引子”这一总纲性的框架之内,成为一个庞大的故事体系,层次分明,丝丝入扣,长而不冗,杂而不乱,犹如一串长珠,令人赏心悦目。

无独有偶,在中国古代文学中,也有类似《一千零一夜》的“框架结构”。清代艾衲居士编著的《豆棚闲话》在结构方面也有异曲同工之妙。《豆棚闲话》录谈古说今小说 12 则,属系列小说类型。同样,这 12 则故事由一个大的总纲性的“引子”引出,即由“豆棚”牵系而出。主人种豆搭棚乘凉,招来讲故事者及听众。讲故事者计 7 人,先由豆棚主人作开场白,便引出众人讲故事。每则故事均以在豆棚中说闲话开始,然后回到豆棚作为结束,每一篇后还加一总评。故事讲完了,秋天将尽,豆梗枯槁,众人又怕官府说聚众闹事,便将豆棚一笑推倒,各自散去。“豆棚”从盛到衰是大的故事框架,犹如一串长珠,将其中的 12 则故事串联起来,形成了前后勾连、首尾呼应、完整统一的框型结构艺术。

由此看来,《一千零一夜》和《豆棚闲话》在叙述框架上都包括两个时空世界,总纲性的大故事是现实的时空构架,这种框架可以把许多小故事组织到一起,成为一个庞大的故事系统。这种结构方式除了具有层次清晰等优势之外,还灵活简便,收放自如,有利于保存和补充新故事。而且,这种结构故事的方式还利于讲故事的人和听众记忆。这种源于《一千零一夜》的框架结构,后来为许多作家所采用,文艺复兴时期意大利作家薄伽丘、英国作家乔叟和西班牙作家塞万提斯都从这种结构中得到启发,也成为小说史上从短篇到长篇的一个重要过渡形态。

(池大红)

思考题

1. 为什么说“框架结构”是介于短篇小说与长篇小说之间的文体?
2. 通过分析《一千零一夜》与《豆棚闲话》,说明“框架结构”的艺术魅力。

十九、淌 来 娃

云南民间故事

从前有个皇帝，不管理国家大事，不关心老百姓的疾苦，天天只晓得打猎。他的马队一出去，就随便践踏老百姓的庄稼，还随便用弩射老百姓的羊群。

有一天，皇帝又出去打猎，马队跟在他的后面。远远地跑来一只马鹿，跑到皇帝的马跟前，趄回头就又往前跑了。皇帝看见喜欢得发癫，也顾不得招呼马队，就独个儿跟着马鹿屁股追。追过了九山十八箐，追过了十岭八匹梁，最后追到一个大树林子里，马鹿忽然不见了。太阳落山了，路也望不见了，他生怕老虎豹子把他拖去吃了，急得像一口逃命的猫，乱摸乱钻。好容易才钻到一家烧炭人的家里，他对烧炭的老头说："我是皇帝，你快快把我送回皇宫里去。"烧炭老头听了战战兢兢地说："啊，我的天，今晚我的媳妇要生孩子了，我走不脱，这里离皇宫又远，你就在这里住一晚，明天我遵命送你去吧。"

皇帝住在烧炭人家的楼上。半夜，老头的媳妇生娃娃了。娃娃"唔哇……唔哇"地哭，哭的声音像蜜蜂叫一样，多好听的。皇帝仿佛听到有人在说话，他扒着楼板缝往下一瞧，又仿佛看见个仙人在托着蜡烛瞧那白白胖胖的娃娃。仙人好像在说："这娃娃将来要做皇帝的女婿，还要当皇帝。"皇帝气得眼睛都眨不下来了，他悄悄地摸下楼来，把老头的媳妇一把扼死在床上。

第二天，烧炭老头端糠饭去给媳妇吃，喊了几声媳妇都不答应，娃娃也炸乎乎地哭。老头急了，走拢一瞧，原来媳妇已经死了。老人伤心地号哭起来。这时皇帝走下楼来，假惺惺地说："别哭，你把娃娃交给我，我把他当亲生儿子，把他带到皇宫里去吧。"老头不知道他的恶意，心想只要把娃娃带得活，就交给他吧。皇帝得了孩子，喜得心痒痒的，以为大计告成了。他一到皇宫，就把一个老臣仆叫来："快去拿口铁箱，把这小东西装起，丢进大河里去。办得好我赏你，办得不好我杀了你。"老臣仆哪敢违令，硬着心肠照皇帝的话做了。

铁箱并不沉底，在河上漂呀漂呀，不知漂了多久，流了多远，后来铁箱漂流到一个渔村前边，打鱼的老两口子把铁箱拉了起来，打开一看，啊！里面躺着一个小孩，还睡得正香呢。老两口心里爱极了。他们年过六十还没有生过一个娃娃，就把这个小孩当自己生的养起来。因为是顺水淌来的，他们给他取了个名字，叫"淌来儿"。

淌来儿一年年地长大了，长得粗壮结实，很会干活。十七年后的一天，皇帝打猎经过这村子，他的马渴了，就叫村子里的人给他提饮马水去。淌来儿送水去，皇帝看见了就顺便问老倌："这是你的亲生儿子吗？"老倌连忙回答："不是亲生也抵得上亲生的啰。十七年前我和我老伴在河上捡起他，我们就辛辛苦苦地把他抚养大啦。"皇帝听了心里一惊，表面上又装着满不在乎的样子，继续问道："怎么从河里捡起来的？"老倌说："不知是哪家造孽，把娃娃装进铁箱子里，幸好可怜的小命儿给我老两口子捡回来了。"

皇帝杀人的心不死,听了老倌的话以后,想的计策就更加狠毒了。他下马来写了封信,要淌来儿送到皇宫里去。那信上说:"这青年人是我的仇人,接信后,不等我回来,立刻把他杀死。要紧要紧!"

淌来儿听见皇帝叫他送信,知道违抗不得,就把信揣在怀里,去向老倌辞别:"阿爹,皇帝要我送信,我不敢不去。我走了,阿爹不要过分挂牵。"老倌拍着他的肩膀说:"爹不挂牵你,你也不要担忧,你好人路正,不要怕,只管去,记着快去快回。"

淌来儿走了三天三夜了,还没有望见京城的影子。一天,在一个黑树林里迷了路,正在着急的时候,忽然看见前面有座白屋子。他走进去一看,见一个红光满面的白胡子老倌走出来,老大爹和和气气地招呼他,留他吃饭,留他住宿。淌来儿像回到家里一样,感到屋子里很暖和,就呼噜呼噜地一觉睡下去了。

睡到半夜,白胡子老倌悄悄地摸出了他身上的信,把它改为:"这青年是我的恩人,接信后,不等我回来,立即和我女儿完婚。要紧要紧!"

第二天,淌来儿醒来,发觉自己是睡在一棵大树下,白庙子和白胡子老人都不见了,摸摸身上,信倒还没有丢失。他赶紧起来,继续往前走。走到京城皇宫了,他把信递给皇后。皇后拆开一看,就急急忙忙给淌来儿和公主举行婚礼。

皇帝打猎回来,看见不但没有把淌来儿杀死,还让他做了自己的女婿,气得横眉鼓眼,就问皇后,皇后说:"完全照你的话做的嘛,不信,你的亲笔信还在这里呢。"皇帝抓过来一看,非常奇怪,印也是自己的,字迹也是自己的,只是意思完全变了。他就把淌来儿叫来问,淌来儿把路上遇到白胡子老倌的话说了,还说了白胡子老倌的衣服和容貌。皇帝一听,知道这是早前那个仙人在卫护他。他就对淌来儿说:"你是我的好女婿,我有一件事不知你做得到做不到?"淌来儿说:"请讲吧,我一定做得到。"皇帝假意微微一笑:"我很想要太阳姑娘头上的金发,你快快去给我找三根回来吧。如果做不到,你就不要回来了。"淌来儿听了,和新媳妇告了别,就起身走了。

淌来儿走到一个寂静的河边,那儿只有一只小船,船上只有一个划船人,他问淌来儿说:

"出门人,你要到哪里去?"

"我要去找太阳姑娘头上的金发。"淌来儿回答他。

"你到太阳姑娘那里替我问一问:我在这里划了二十多年船,没有人来替换我,为什么?"

"好嘛,我回来就告诉你。"

划船人把淌来儿划过了河。淌来儿又往前走,走到一座城边,城里的人问他:

"小伙子,你要到哪里去?"

"我要去找太阳姑娘头上的金发。"淌来儿回答说。

"你到太阳姑娘那里替我们问一问:我们这里有株长生果树,人吃了,老年会变成少年,可是它二十年没有结果了,问问看是什么原因?"

"好嘛,我回来时就告诉你们。"

淌来儿继续向前走,又到了另一座城里,那里的人也照样问他:

"小伙子啊,你要到哪里去?"

"我要去找太阳姑娘头上的金发呵。"淌来儿照样回答了他们。

"你到太阳姑娘那里替我们问一问:我们这里有个活命泉,人死了浇上泉里的水,死人就能活转来,可是它二十年没有出水了,问问看是什么道理?"

“好嘛，我回来的时候，一定告诉你们。”

第二天，淌来儿整整行装，继续往前走。他走了很久，最后走到一座大树林里，树林里面有幢房子；这里就是太阳姑娘的家了。

淌来儿走过去敲门，太阳姑娘的妈妈走出门来，她一见淌来儿就说：

“啊，是淌来儿，我知道你要来找我姑娘头上的金发，是不是？”

“是啊。”淌来儿笑着点头，并把一路上人家托他问的事情告诉了她。

太阳妈妈告诉他：“只是吃了晚饭你就要躲起来，不要让我的姑娘看见你。她如果看见你，会把你赶出去的。”

淌来儿吃过晚饭，太阳妈妈就把他用木缸藏起来。这时太阳姑娘回来了，一进门就问：“阿妈，好像有人来过，你看见了没有？”

“哪里有什么人来过，你在高高的天上都没有看见，还来问我。”太阳妈妈装作不知道。

晚上，太阳姑娘靠在妈妈的膝头上睡着了。太阳妈妈轻轻地从她头上扯下一根头发。太阳姑娘一下子惊醒了，她问：“阿妈，你为什么扯我的头发？”太阳妈妈说：“我做了一个梦，梦见一条寂静的河边，有个人划了二十多年的船，还没有人去替换。”太阳姑娘说：“只要有人到他那里过渡时，把桨丢给过渡的人，那过渡的人就会代替他划船了。”太阳姑娘说完又睡着了，阿妈又从她的头上扯下第二根头发。太阳姑娘睁开眼睛又问：“阿妈，你怎么又把我弄醒？”太阳妈妈说：“我又做了一个梦，梦见一座城，有一棵长生果树，二十年没有结果了，不知道为什么？”太阳姑娘说：“那是因为树根底下有一条蛇，把蛇打死就行了。”说完后，太阳姑娘重新闭上了眼睛。等太阳姑娘微微打呼噜了，阿妈又扯下女儿的第三根头发。太阳姑娘很惊醒，她一下就醒了，她有点生气了：“阿妈，今晚你为什么不让我好好睡，明天我还要早早出去呀。”阿妈说：“怪得很，我今晚尽做怪梦。我又梦见一座城，有一股活命泉，泉里二十年没有水了，不知为什么？”太阳姑娘告诉阿妈：“泉的出口处有只金黄色的青蛙，把它打死，把泉洞淘一下，水就出来了。”

太阳姑娘和她妈妈谈的话，淌来儿在木缸里听得清清楚楚。第二天早上，等太阳姑娘从窗子飞出去后，太阳妈妈就来开缸。她把三根金发递给淌来儿，问道：“昨天晚上的话你都听见了吗？”淌来儿笑着说：“全都听见了。”他接过三根金发，给太阳妈妈作了揖，高兴地往回走了。

淌来儿走到第一座城边，城里的人早已等着迎接他了。他告诉人们打死泉水出口处的青蛙，淘清泉洞。城里的人照着做后，果然清幽幽的活命水就出来了。大家感激淌来儿，谢了他二十四匹黑马，二十驮白银。到了第二座城边，那里的人也是天天在盼呀盼。淌来儿告诉他们打死树根下的蛇。说也灵验，大家把蛇打死后，长生果树就发绿叶了。城里的人谢了他二十四匹白马，二十驮黄金。最后到了河边，划船人问：“你问了没有？”淌来儿说：“问着了。”划船人急于想知道，忙问：“怎么说？”淌来儿想了一下说：“你划我过去我就告诉你。”

到了对岸，淌来儿对他说：“这次不行了，下次有人来过渡时，你把桨丢给他，他就替换你划了。”

回到京城，公主看见他喜欢得哭了；皇帝娘娘也直唠叨：“好女婿，天天念你呀。”只有皇帝哭笑不得，他看见淌来儿带回了黄灿灿的三根金发，还有那么多马匹、金银，心里也暗暗奇怪：他在哪里搞到的呀？皇帝忍不住了，问道：“好女婿，你告诉我，这些东西怎么弄到的？”淌来儿把出门后的事，从头至尾一一讲了出来。皇帝听了，心想：“我年纪也大了，不如去找点长生果和活命水来吃吃，我要永远当这个皇帝。”皇帝越想越高兴，越想越按捺不住，急急忙忙就往外头走。他刚走到那条河边，划船人就把浆丢给他，皇帝便永远在那里划船了。

(《云南各民族民间故事选》，中国作家协会昆明分会编，人民文学出版社 1962 年版)

魔鬼的三根金发

格林童话

《格林童话》是德国的格林兄弟——雅各布·格林(1785—1863)和威廉·格林(1786—1859)于 19 世纪初搜集、整理的德国古老传说和民间故事，共 200 多篇，是一部融思想性和艺术性于一体的杰作，充分反映了人们丰富的想象、善良的品质和崇高的道德境界。其中《灰姑娘》《白雪公主》《小红帽》《幸运的小裁缝》《不来梅乐师的奇遇》等名篇，脍炙人口，用优美的语言、奇特的想象、绝妙的意境塑造了许多善良、淳朴、勇敢、勤劳的正面形象，同时也描绘了许多狡诈阴险的反面形象，使读者在跌宕起伏的阅读中体味用智慧战胜邪恶的快乐与满足。

从前，有一个穷人，他只生了一个儿子。儿子在出生时，天上吉星高照，看见的人都说他这个儿子有红运，在 14 岁的时候会和国王的女儿结婚。正巧，这个王国的国王在孩子出生后不久微服私访，他从这个村庄经过时，询问这儿是不是有什么新闻话题。有个人说：“有的，这儿刚出生了一个孩子，人们都说这是一个很幸运的孩子，还说他在 14 岁的时候，命中注定要和国王的女儿结婚。”国王听了很不高兴，于是找到这个孩子的父母亲，问他们是否愿意把他们的儿子卖给他。他们很坚决地说：“不卖！”但这个陌生人百般请求，又拿出一大笔钱。由于他们穷得几乎连面包也没有吃的了，所以他们最后同意了。他们想这孩子既然是一个幸运的孩子，他一定会安全回来的。

国王抱着这个孩子，把他放进一个箱子里面，然后骑着马带走了。当他走到一条很深的小河边时，他把箱子扔进了水流中，自言自语地说：“这个小绅士永远也不会做我女儿的丈夫了。”然而，神灵保佑着这个孩子，箱子并没有沉到水里去，而是漂浮在水面上，并且没有一滴水漏进箱子里。最后，这只箱子漂到离国王两里远的地方，停在了一座磨坊的拦水坝上。不久，磨坊的主人看到这只箱子，便拿来一根长竿子，把箱子打捞到岸边。他发现箱子很沉，以为里面会有金子，打开箱子一看，发现里面竟是一个漂亮的小男孩。孩子对他露出了快乐的笑容，像看到了亲人一样。因为他和他妻子正好没有小孩，所以他们非常高兴，很自豪地说：“这是上帝送给我们的。”他们非常细心地哺养小孩，又耐心地培养他。

小孩慢慢地长大了，长得真是人见人爱。

13 年转眼就过去了。有一次，国王偶然来到磨坊，他看见这个可爱的孩子，就问磨坊主，这个少年是不是他们的儿子，磨坊主回答说：“不是的，我是在他还是一个婴儿时，在一只漂在拦河坝上的箱子里面发现的。”国王一听连忙问道：“有多久了？”磨坊主回答说道：“大约有 13 年了。"国王马上明白这少年正是他装到箱子里面，又扔到河里的那个孩子。回想起以前的传言，他不甘心，又想出了个主意，他说道："他是个多可爱的小伙子，能要他帮我送一封信给王后吗？要是乐意的话，我会给两块金元宝作为他的辛苦费。"磨坊主回答说："谨遵陛下的吩咐。"

国王写了一封给王后的信，信中说："这个送信的人一到达，就把他立即杀死埋掉，在我返回前，一切都要做完。"

少年人带着信出发了，可他却在路上迷失了方向，晚上竟撞进了一座大森林，他不得不在黑暗中摸索着寻找出路。透过黑夜，他看到不远处有灯火晃动，循着火光，他来到了一座小村舍。房屋里有一个老太婆，老太婆看到他后很害怕，说道："你怎么到这儿来了？你要去哪里呀？""我要去见王后，给她送一封信，但我迷路了，很想在这儿过夜休息一下。""你太不幸运了，竟撞进这个强盗窝，要是那帮强盗回来看到你在这儿，他们会杀死你的。"他回答说："我太疲倦了，管它哩，我已经走不动了，先休息再说。"说完，把信放在桌子上，躺在一条长凳子上，自个儿睡着了。

强盗们回来看到他，便问老太婆这个陌生的少年是谁。她回答说："他是给王后送信的人，中途迷路了才走到这儿的。"强盗们拿起信，拆开一看，里面写的是要王后杀掉送信者。不知是出于同情这个少年，还是想和国王作对，强盗头将信撕了，另外写了一封信，信中要王后在这个少年到达后，马上让他和公主结婚。他们没有惊动他，一直到第二天早晨他起来后，才由老太婆指给他去王宫的正确道路。

少年到了王宫，将信交给王后。王后看过信，马上为婚礼作了尽可能周到的准备。看到少年如此英俊，公主非常愿意嫁给他做妻子。过了一段时间，国王回宫了。当他看到预言成为现实，这个幸运的孩子不仅没有在他的奸计中丧生，而且和他的女儿结了婚，很想知道事情怎么会变化成现在这个样子的，他发出的命令完全不是这样的啊！王后说："我亲爱的，你的信在这儿，你自己看看吧！"国王看过信，知道信已经被调换了，就问这位女婿他拿着自己要他传送的信干了些什么事情。他回答说："我什么事也没干，一定是晚间我睡觉的时候，信被人做了手脚。"国王听了，气得暴跳如雷，叫道："任何要娶我女儿的人都必须下到地狱去，把魔王头上的三根金头发给我取来。只有这样，我才同意他做我的女婿。"少年说道："我一定很快就会办到。"于是，他告别妻子，踏上了冒险之路。

他经过第一座城市时，城市卫兵拦住他，问他是干什么活的，他回答说："我什么事都能干！"他们说道："如果真是这样，你就是我们想要找的人。请告诉我们，在我们的城市里，集市中有一口喷泉为什么干了，再没有泉水冒出来？要是你找出是什么原因的话，我们将给你两头驮满金子的驴。"他说道："等我回来的时候，我就全部都知道了。"不久，他来到了另外一座城市，那儿的卫兵也问他有什手艺，懂得什么。他回答说："我什么事都能干！"他们说："那就请为我们做一件事情，告诉我们那棵过去为我们结金苹果的树，现在为什么连一片叶子也不生了。"他说道："我非常愿意为你们效劳，当我回来时，我就知道了。"

最后，他来到一个大湖边，他必须横渡过去。年轻人找到一只渡船后，摆渡的船夫不久就开始问他是干什么的，懂得什么事情。他说："我什么事都懂！"船夫说道："那么，请指教我，为什么我总是在这水上摆渡，始终不能脱开身子去干其他的行当。你要是能告诉我，我将重重地谢你。"年轻人说："当我返回时，我会告诉你有关方法的。"

渡过湖后，他来到了地狱。地狱看起来既阴森又恐怖，但魔王此刻不在家里，他的奶奶正坐在安乐椅上。看到他后,她问道:“你来找什么呀?”他回答道:“魔王头上的三根金头发。”接着,他把自己的遭遇告诉了她。“你真是敢冒奇险啦!”她很同情,又很赞赏这个年轻人,决定帮助他,就说道:“我会尽我所能来帮助你的。”说罢,他把年轻人变成了一只蚂蚁,要他躲藏在她外衣的褶皱里。他很感激地说:“太好了,不过我还想知道,为什么那个城里的喷泉干枯了?为什么结金苹果的树,现在连叶子也不生了?是什么原因使船夫老在那儿摆渡?”老奶奶听了说道:“那的确是三个令人费解的问题,但你在我给魔王拔金头发时,静静地趴着别动。千万留神听魔王所说的话。”

天黑不久,魔王回家来了。他一进来就开始用鼻子不停地嗅空气,大叫道:“这儿不对头,我闻到了人肉的气味。”到处翻弄察看之后,他什么也没找着,老奶奶责骂说:“我刚刚才收拾整齐,你为什么又把屋子搞得乱七八糟呢?”经过这一阵折腾之后,他也累了,就把头枕在奶奶的膝上,很快睡着了,不久就发出了鼾声。这时,老奶奶抓住他头上的一根金头发拔了出来。魔王“哎哟!”叫喊一声惊跳起来,“你在干什么呀?”她回答说:“我做了一个恶梦,情急之中,抓了一下你的头发。我梦见有个城市的集市上有一口喷泉干枯了,没有水流出来,不知道是什么原因?”魔王说道:“嗨!要是他们能够知道,他们一定会欢呼的。其实,那只是喷泉里面的一块石头下蹲着一只癞蛤蟆,只要把癞蛤蟆打死,泉水又会流出来的。”

说完这话,他又睡着了。老奶奶趁机又拔了他一根头发,他惊醒后气冲冲地叫道:“你到底要干什么?”她说道:“别发火,我刚刚睡觉时梦见在一个大王国里,有一棵美丽的树,这棵树过去是结金苹果的,但现在树上却一片叶子也不生了,这是什么原因呢?”魔王说道:“嗨!要是他们知道这个秘密,一定高兴得不得了。在那棵树的根部,有只老鼠在不停地啃咬树根,他们必须把它打死,那棵树才能重新结出金苹果。如果不这样做,那树它很快就要死去。现在让我安稳地睡觉吧,要是你再把我弄醒,你会后悔的。”

接着,他再次睡了过去,当听到他发出呼噜声后,老奶奶再次拔下了第三根金头发。魔王跳起来厉声喊着就要发作,但她还是使他平静下来了,说道:“我又做了一个奇怪的梦,梦见一个船夫似乎命中注定要在一个湖上不停地为人来回摆渡,总是脱不开身,是不是有什么魔力困住了他?”魔王听了说道:“真是一个蠢东西!如果他把船篙塞到另外一个渡客的手中,他不就脱开身了吗?那渡客不就取代他的位置来摆渡了?让我好好地睡吧,再别打扰我了。”

到第二天早上,魔王起来之后出去了。老奶奶将蚂蚁变回成年轻人原样后,把三根金发给了他,叮嘱他要记住那三个问题的答案。年轻人在真诚道谢之后,步上了回家的旅程。

不久,他回到渡口。船夫看到他回来了,询问他应允自己的问题的答案,年轻人说:“你先把我渡过去,我再告诉你脱身的办法。”当船到达对岸后,他告诉船夫,只要把手中的船篙塞到其他渡客手中,他就可以脱开身任意去溜了。接着,他到了那棵不结金苹果树所在的城市,他告诉他们说:“只要把那只啃咬树根的老鼠打死,你们又会收获金苹果了。”他们把很多财宝作为礼物送给了他。最后,他回到喷泉枯竭了的城市,卫兵请求他给他们答案,他告诉他们必须杀死石头下的癞蛤蟆,水才会流出来。他们很感激他,给了他两头驮满金子的驴子。

终于,这个幸运儿回到了家里,妻子看到他,又听到他把所有的事都办妥了,高兴极了。年轻人把三根金头发交给了国王,国王再也不能反对他跟自己女儿的婚事了。当他看到所有的金银财宝时,激动万分地说道:“我亲爱的女婿,你是在哪儿找到这些金子的?”年轻人说道:“在一个湖边,那儿有好多好多的金银财宝。”国王连忙问道:“请告诉我,我也可以去那儿得到一些吗?”年轻人回答说:“随便你要多少。你在那个湖上会看见一个船夫,让他把你载过湖去,你就会看到岸上的金子像沙子一样多。”

贪财的国王急急忙忙地起程去了。当他来到湖边时,他唤过船夫说要过湖去,船夫便要他坐上船来。他刚一上船,船夫马上把船篙塞到他手中,然后跳上岸走了,留下老国王在那儿摆渡。这就是对他罪孽的报应。

如果有人问:“那位国王现在还在那儿摆渡吗?”你也许会说:“是的!因为没有人会从他手中接过船篙,自己给自己添麻烦。”

(《格林童话全集》,宫方译,中国和平出版社 2003 年版)

【提示】

峰回路转的情节波折

《淌来儿》是中国彝族流传甚广的一则民间故事。讲述了一位皇帝因害怕一个刚出生的穷孩子威胁皇位,遂将其置于铁箱,扔进河里。男孩顺流而下,大难不死,被人收养,取名淌来儿;男孩长大之后,皇帝歹心再起,又以给皇后送信为名,加以陷害。幸亏仙人偷改信件内容,淌来儿因祸得福,被招为驸马。皇帝气急败坏,再出难题,命淌来儿去找太阳姑娘头上的三根金发。淌来儿不但找回金发,还为百姓完成三件“托问”之事,娶公主为妻,登上皇位。而皇帝最终沦为摆渡船夫,一生不得解脱。

无独有偶,德国日耳曼民族的一则民间故事《魔鬼的三根金发》,也几乎讲述了相同的故事。比较两者,会发现惊人的雷同。两则故事情节结构几乎完全一样,都是以一个穷孩子的命运为中心展开叙述,由两个“三段式”构成曲折动人的故事:国王想利用“水淹”和“送信”的办法害死穷孩子,但均未得逞,遂要求穷孩子去寻找匪夷所思的三根金头发,企图让穷孩子知难而退,甚至要置之死地而后快。然而,主人公不但获得了三根金发,还帮助众人完成了不可思议的三个托问,得到了答谢和爱戴,赢得了美满的婚姻和前途;而国王害人反害己,终遭报应。而故事中最为精彩的细节,则是“江流儿”(顺江流淌而获新生的孩子)、“传假信”(信件被完全改写、偷换)、“三问托”(三次受人请托,托问之事多是为什么活命水干涸、长生果树不再结果、船夫无人接替)该故事情节峰回路转,陡生波折。这些民间文学中十分常见的故事题材,在古今中外的民俗故事中都能见到它们的影子。由此,我们可以看出世界各地的民间故事,原本可能是互有关联的,甚或是关系密切的、具有“世界性”因素的同一类型的母题,体现了人类的本质之同。

但是,民间文学在流传过程中,会因时空转变,语言、信仰等文化差异而有变异。课文中的两则故事在幻化的物象和细节上所做的民族化和本土化修改,就反映出各民族的文化心理差异。比如,华夏民族的太阳崇拜,遂有天上“太阳姑娘的三根金发”;而日耳曼民族的宗教崇拜,遂有地狱“魔鬼的三根金发”等等。这也说明了许多具有广泛概括意义的民间故事,总是和具体生动的民族生活、民间心理相结合,从而作为一种抽象的情节范式世代传承。民间文学承载着民族化和世界性的双重要素,由本土通往世界。

就在学者们为论证《淌来儿》的产生要早于《魔鬼的三根金发》忙得不亦乐乎,大胆猜想是否像十字军的东征为欧洲带去了《一千零一夜》那样,蒙古人的西征也为欧洲带去了《淌来儿》之时;最新研究却发现“江流儿”和“传假信”的故事分别可以在古印度的佛本生故事和公元前 3000 年两河流域的萨尔贡王传说中找到原型。屡遭迫害的穷孩子总是逢凶化吉,而处心积虑的害人者最终自取灭亡,这样的积极主题和生动叙述,使这一故事获得了跨越时空的不朽生命力。从而也印证了民间故事无国界的论断,它既是本土的、民族的,更是世界性的。

(孙国亮)

思考题

1. 以《淌来儿》和《魔鬼的三根金发》为例，谈谈民间故事的艺术价值和特色。
2. 从文学的角度，谈谈你对“越是民族的就越是世界的”理解。
3. 谈谈故事生动和情节波折之间的关系。

二十、爬满青藤的木屋

古　华

古华(1942—　),原名罗鸿玉,男,中国当代电影编剧、著名作家,湖南嘉禾县石桥镇人。1962年开始发表小说,1976年出版长篇小说《山川呼啸》,1978年出版小说集《莽川歌》。80年代初期是他创作的鼎盛时期,1981年,《芙蓉镇》问世,并于1982年获首届矛盾文学奖。1981年发表的《爬满青藤的木屋》也获全国优秀短篇小说奖。代表作品还有《快乐菩萨》《美丽崖豆杉》《土地爷》《金叶木莲》《浮屠岭》等。他的创作清新质朴,在表现农民生活和坎坷命运方面取得了不寻常的成绩。

多年来,雾界山林区流传着“瑙格劳玉朗”的故事。“瑙格劳玉朗”就是瑶语“瑶家阿姐”。说是在雾界山古老幽深的森林腹地——绿毛坑,有个守林子的瑶家阿姐,名叫盘青青。她在山里出生,长大,招郎成亲,连林场场部这样远的地方也只来过一次。所以林场的后生子们只听说她是位仙姑般的阿姐,没有见过她本人。她家祖辈都住在绿毛坑,一栋爬满青藤的木屋里。木屋是用一根根枞木筒子筑起来的,斧头砍不进,野猪拱不动。枞木筒子埋进土里的那一节,早就沤得发黑了,长了一层层波浪形花边似的白木耳。木屋后头是一条山溪,山溪一年四季都是清悠悠的。木屋和外界的联系,除开一条小土路,“文化大革命”前还架设过一根报火警的电话线路。有年冬天落大雪,把电话线压断了。“文化大革命”以来,林场领导上台下台象走马灯,夺权反夺权的政治烧饼都翻不赢,也就没顾上再派人把电话线路修复。因而那根象征着现代文明的铁线线,终于没能再进入到这古老的森林里……平常日子呀,白日黑夜,几万亩林子,要不是这木屋里偶尔有几声鸡啼狗吠,娃儿哭闹,木屋上头飘着一线淡蓝色的炊烟,绿毛坑峡谷就清静得和睡着了一样。就是满山的鸟雀吱喳,满山的花开花落,也不曾把它唤醒。

盘青青的父母过世得早。她男人名叫王木通,是个汉族人,生得武高武大,有一副打虎将似的好身骨。夫妇两个都是林场的守林人。王木通喜欢顿顿饭前喝两杯盘青青烤的苞谷酒,除了偶尔发酒疯,把盘青青打得青一块、紫一块外,还不算个坏丈夫。他也晓得疼女人,从不要青青上山打柴禾,木屋门口的劈柴总是堆是堆,垛是垛;从不要青青去砍修防火道,绿毛坑十几年来也没有起过山火;从不要青青去挖土种地,溪边的一大块自留地里总是四时青葱,新鲜瓜菜一家四口吃不赢。盘青青只管喂猪、奶娃娃、浆洗缝补一应家务,所以二十六、七岁了还象个没成亲的阿妹那样水灵鲜嫩。王木通目不识丁,却十分自信,什么都懂。在绿毛坑,他觉得自己是真正的“主人”:女人是他的,娃儿是他的,木屋山场都是他的,当然,他又是归林场领导的。领导派他在这里看林子,他就象个小小的一方诸侯似的。盘青青生娃娃前,曾多次提出要到九十里外的场部去看看,都被他阻止了,还因此挨过他的蛮巴掌,甚至罚过跪。他是怕自己的俊俏女人到那种热闹地方去见了世面,野了心,被场部那些神神抖抖、油光水滑的后生子们勾引了去。直到盘青青给他生下了一个男娃,后又生一一个女娃,他才落了心。好象盘青青这才在他的腰带上系牢了,真正成了他的女人。巴掌、罚跪一类的家道,自然就轮着小一辈份的受用了。他把全家人的日子治理得有规有矩。夫妻、父子,在绿毛坑木屋里各就各位,居然也讲究点尊卑高下,组成了一个小小的社会。

……

"一把手"李幸福来到了绿毛坑。以王木通为首的小社会增添了一个重要成员。王木通夫妇就在离古老的木屋二、三十步远的地方,也就是紧挨着清澈如玉的山溪,用圆木筒子竖墙,杉木皮盖顶,替"一把手"盖了间小小的、矮矮的木屋。于是一大一小、一旧一新两栋房子就做了邻居。开初,王木通对"一把手"还没有什么恶感,倒是觉得李幸福一口一声"王大哥"蛮落耳的。

新来乍到,李幸福被绿毛坑里秀丽幽静的景色陶醉了。王木通每天都派他到山腰上去坐瞭棚。他每天早晨沿着一条蛇一样弯曲的小路走进大森林的雾里,恍若走在迷朦的梦里。满山满谷乳白色的雾气,那样的深,那样的浓,像流动的浆液,能把人都浮起来似的。特别是早上九、十点钟,日头露脸、云雾初散时,他坐在山腰瞭棚口,头顶千柯竞翠,万木葱茏,脚下却仍是白茫茫一派雾海,只见一簇簇高大的粤松和铁杉从这团团滚滚的雾气中浮出,真是仙山琼岛、蓬莱玉树一般,迥非人间境界了。李幸福当然不会把这峡谷山林当作仙境。他倒是觉得王木通夫妇都还年轻,"青青阿姐"又那么温柔俊秀,有一双会讲话、会唱歌似的乌黑大眼睛,便识趣地注意着和人家保持个应有的距离。但年青人总是不耐寂寞啊,在这个满眼青绿的大峡谷里,难道真的和金丝猴、画眉、松鸡搞串联、交朋友去?

王木通有两个娃儿,男娃小通,七岁;妹儿小青,五岁。开始两个娃有点怕"断手"。但"一把手"给小通捉过几回红雀,给小青摘过几回山花戴在头上,并用一块小圆镜子给她左照右照,局面就改变了,兄妹俩就开始"李阿叔""李阿哥"的乱叫开了。过了些日子,小通就赖在"一把手"的小木屋里睡觉了。盘青青来叫也叫不回。山里娃儿有山里娃儿的可爱处。有天一条长虫溜进小木屋来,把"一把手"吓了个浑身乱颤。小通就告诉他:蛇,只要不被踩痛,是不随便咬人的。小通还边讲边学样子,说绿毛坑里主要有三种蛇:"青竹蛇,这种蛇最懒了,平时盘在毛竹上一动不动,"小通仰起脸,闭上眼睛,噘拢嘴巴,"就这样,'伏,伏,伏'地喷着毒水,招引鸟儿。鸟儿一拢来,它忽地窜上去,就咬住了,就又懒懒地盘在竹枝上,慢慢来受用。喊蛇就不同,它的鳞皮和泥巴一个色,走起路来好威风,茅草都朝两边分,抬起半人高的身子,就这样,"小通说着瞪圆眼睛,张开嘴巴,伸长脖颈,脑袋向前一伸一伸的学着,"'呼!呼!呼!'好吓人的!还有种蛇有柴门把粗,扁担那样长,阿爸叫它四十八节,走起路来脑壳乱晃,好狂的!""一把手"怕小通又要学,连忙按下了他的小脑壳,问:"这些,你都是怎么晓得的?""青竹蛇是我自己看到的,喊蛇和四十八节,是阿爸讲给我听的。阿爸会捉蛇,到山外边去卖儿……""一把手"看着这个本应上学的娃儿,却在这里模仿各种长虫的动作,再又想起那条从屋里溜走的阴冷的长家伙,心里不禁好一阵凄惶。

大人观察娃儿,娃儿也观察大人。"一把手"每天早晨都要刷牙漱口。小青阿妹就总是从她家木屋门边探出半边脸子,瞪着眼睛看稀奇。

有天早晨,小青怯生生地走拢来,问:"阿叔,你的嘴巴臭吗?"

"一把手"正含了满口牙膏泡泡,没听懂小青的话。

"嘴巴不臭,怎么天天用刷子刷?"

"一把手"忍不住哈哈笑。他洗过脸,才对小青讲:"日后叫你阿妈给你和小通都买支牙刷,早晨起来刷刷牙,牙齿雪白雪白的,好看。"

小青却不服气:"阿妈从不用毛刷子刷,牙齿也雪白雪白的。"

为了说服小青:"一把手"又问:"你阿妈的嘴巴有什么不好闻的气味吗?"

"阿妈最喜欢和我亲嘴了,她的嘴巴好甜,你不信,就自己去亲一下,闻一闻……"

"小青!鬼妹崽,你在外边乱讲些什么呀!快回来!"木屋里,她阿妈答腔了。

"一把手"忽然脸热心跳,仿佛自己有了什么不正当行为似的,连忙一闪身躲进他的小木屋里去了。

事情很小,却被王木通撞上听见了。小青立即被拖到木屋门口罚了跪。他的用意很明显,是做给"一把手"看的!尽管还没有发现什么可疑迹象,他却是脑后都长了眼睛,提防着呢!

绿毛坑两户人家的生活,就像木屋后边那条碧玉般清澈的山溪,静静地流着,流着。深处浸到腿肚子,浅处盖住脚背脊。然而这浅浅的山溪,却也倒映出了婆娑的树影,清朗的蓝天,轻悠的白云。如今又多映出了一样东西,"一把手"在他那小木屋边上竖了一根高高的杉木条子:收音机天线。

这可成了个惹事生非的东西。"一把手"木屋里那个不大的黑匣子,能讲话,会唱歌,打破了这深山老林亘古以来的夜的宁静。开初只是小通和小青麻起胆子一傍黑就到小木屋里来听,渐渐地,盘青青也借喊小通小青回家睡觉为名,进来听上一会儿。当然,这就该轮着王木通每晚上出马,来催女人和娃儿回去睡觉了。有时王木通声气粗了一点儿,盘青青竟敢撒娇似地回嘴:"还早哪!傍黑就上床,天难得亮哪!"听听,傍黑就上床,女人觉得天难得亮了。王木通心里不觉地蒙上了一层阴雾。这个武高武大、一顿饭吃得下两升米的护林员,从没有去听过黑匣子里的鬼腔鬼调。他保持着大丈夫那种不容触犯的威严,严密地注视、防范着事态的发展。

……

(《十月》,1981 年第 2 期)

第四十一个(节选)

拉夫列尼约夫

拉夫列尼约夫(1891—1959),苏联著名作家。1911 年,毕业于莫斯科大学法律系,毕业后曾参加第一次世界大战。"十月革命"后,拉夫列尼约夫加入了红军,1919 年负伤退役后,旋即开始文学生涯。他在文学创作中投入了全部精力,因而成就卓著,留下了很多颇具影响的小说和剧本。由于时代的因素,他的作品主要以"十月革命"和苏联国内战争为背景,往往富有浓厚的浪漫主义色彩,也涉及对人的阶级性以及人性的思考,其中以小说《第四十一个》《风》《一件普通事情的故事》等最为有名。

吵完架之后,中尉和马柳特卡有三天谁也不搭理谁。然而在这座孤岛上,谁也离不了对方。于是春光化解了他们的矛盾,和煦的春风,带来了温暖与和睦。

春天好像金蹄一般,踏碎了小岛薄薄的积雪。在暗绿色的大海上,小岛日渐松软起来,显得金光闪闪。

中午,沙子晒得滚烫,连碰一下都会感到疼。

在春风的吹拂下,太阳变得明亮了,仿佛金色的火球,在湛蓝的天空上发威。炙热的骄阳和呼啦啦的大风,再加上折腾人的败血病,他们的身体彻底垮了? 于是也顾不上吵架了。

他们成天躺在海边的沙滩上,凝望着绿色的大海,用又红又肿的眼睛搜索着船只。

"我再也受不了了! 再过三天,要是还没有渔船来,我准会开枪自杀!"马柳特卡盯着蔚蓝色的、冷冰冰的、深邃的大海,发出绝望的、痛苦的呼号。

中尉小声地吹着口哨。

"你骂我是软骨头,是寄生虫,现在你该认输了吧! 吃得苦中苦,方为人上人,忍耐些吧! 你除了去当强盗,别无选择了!"

"你干吗翻老账啊? 真爱找碴儿! 过去的事就让它过去吧。我之所以骂你,是因为你该骂。我气坏了,因为你是个蠢货,是个没用的家伙。我真伤心! 你可把我害苦了,折腾死了,搞得我烦透了,你这个蓝眼睛的坏家伙。"

中尉躺在烫人的沙滩上,仰天大笑,腿脚踢个不停。

"你怎么啦? 抽风了?"马柳特卡转过身子问道。

中尉依然放声大笑。

"嘿,你这个神经病! 你倒是吱声啊!"

直到中尉腰眼上挨了马柳特卡一拳,他才安静下来。

他站起身子,擦了擦睫毛上沾着的眼泪。

"嘿,你为什么笑啊?"

"你的确是个有趣的女孩子,玛丽亚·费拉托夫娜。甭管是谁,遇上你都会高兴起来的,连死人也愿意和你跳舞!"

"那又怎么样? 按你的说法,人最好是像浮在水面上的木头桩子,摇摇摆摆,哪头都靠不着岸吗? 你自个不懂事,难道让其他人也跟着难受吗?"

中尉又笑嘻嘻地拍了拍马柳特卡的肩膀。

"祝贺你,女王陛下,我的女杰,我亲爱的星期五。你改变了我,替我打了一剂强心针。按照你的说法,我不愿再像漂浮在水面上的木头那样摇摆不定了。我也看出来了,目前还不到我潜心苦读的时候,还为时尚早。不,现在还不能死,要咬紧牙关,像狼一样去跟他们搏斗,咱们要叫身边的人都明白咱们还在抗争!"

"怎么回事? 莫非你真的开窍了?"

"开窍了,亲爱的! 真的开窍了! 多谢你让我明白了这一切! 要是我们现在只顾埋头读书,让你们来管这个世界,那你们不知道得做多少坏事,使多少代人血流成河。不行,我亲爱的小笨蛋,既然这是两种文明之间的对抗,那就一定得战斗到最后一刻。眼下……"

他咳了一声,没再说下去。

他那蓝汪汪的眼睛一眨不眨地望着地平线,眼中流露出抑制不住的喜悦。

他伸手一指,颤抖着小声说:

"船。"

马柳特卡的心像遭了电击一样，她一跃而起，接着看见：

遥远的蓝色地平线上，一个小白点在闪耀，在轻轻地抖动和摇晃，那是船帆在随风摆动。

马柳特卡的两只手紧贴在一起一落的胸前，两眼一眨一眨地盯着那飘忽不定的小白点，不敢相信那就是盼望已久的船帆。

中尉窜到她跟前，把她的手从胸前移开，拉着她围着自己飞旋。

他把那两条套着破裤子的细腿抬得很高，边跳边尖声尖气地唱道：

在——大海——蔚蓝色的——雾霭里，

有一片——白色的——孤帆——在——闪烁……[①]

孤帆——孤帆，

白色的——孤帆——在——闪烁！

"打住吧，你这个笨蛋！"马柳特卡兴奋地喘着粗气，甩开中尉的手说道。

"马申卡，我亲爱的小笨蛋，我的女皇。救兵到了！我们有救了！"

"坏蛋！神经病！恐怕眼下你也巴不得离开这个荒凉的小岛。去享受尘世生活吧！"

"当然，当然了！我已经跟你讲过我求之不得！"

"别慌……咱们得给他们发一个讯号！通报一声！"

"干吗还要通报？他们会主动过来的。"

"如果他们是去其他的海岛呢？涅马坎人说过，这儿的岛屿多得很。他们也许从旁边绕过去而不到这里来。你去屋里把枪拿出来。"

中尉跑进屋去，高举着枪跑出来。

"别瞎闹"，马柳特卡大喝一声，"快连开三枪！"

中尉用肩膀抵着枪托。震耳欲聋的枪声划破了海面的宁静。中尉每开一枪，身体都要晃动一下，这时他终于知道自己已经虚弱到什么程度了。

船只已经清晰可见了。橘黄色的宽阔的船帆，像欢快的鸟张开的双翼，漂浮在海面上。

"也不知是艘什么船"，马柳特卡认真观察着，埋怨道，"这是艘做什么用的船呀，不像是渔船，船还挺好。"

船上的人听到了枪声。船帆转动了一下，船只换了个方向，倾斜着船身径直朝小岛开过来了。

橘黄色的船帆下，黑漆漆的船体逐渐出现在湛蓝的海面上。

"不像其他的船，可能是巡逻艇。我就是搞不懂谁会在这个时间巡逻呢？"马柳特卡轻声嘀咕着。

大概相隔还有五十几俄丈的距离，船又扬起了左侧风帆。船尾站起一个人，两只手卷成喇叭状，大声喊叫着。

中尉哆嗦了一下，一把将枪摔在沙滩上，拔腿就跑，两步跨进水里。他张开双臂发疯似的喊起来：

"乌拉！……是我们的船！……我们的！……快点，弟兄们，快点儿！"

马柳特卡两眼一眨不眨地盯着那只船，她注意到……坐在船舵前面的人，肩上扛着金灿灿的肩章。

她像只炸了窝的母鸡似的冲上去。

过去的一幕像闪电般浮现在她的眼前：

海水……湛蓝的海水……叶甫秀可夫的脸庞和叮嘱："一旦碰到白匪，绝不给他们留活口。"

她啊了一声，紧咬着嘴唇，捡起扔在沙地上的枪。

她不顾一切地大喊：

"嘿，你……这个白军浑蛋！回来！……我说，你给我回来，浑蛋！"

中尉站在齐踝深的海水里，挥舞着两只手。

风暴中闪过一道火光，他突然听到身后传来地球爆炸似的惊天动地的一声巨响，还没等他弄明白发生了什么事，就向一侧倒去，仿佛要逃过一劫，然而这一声地球爆炸似的巨响，成为他告别这个世界之前听到的最后的声响了。

马柳特卡怔怔地注视着倒下去的人，不由自主地用左脚跺着地。

中尉一头栽进水中，鲜血从被打烂的脑袋里流出来，在油腻腻的绿色的海水中间扩散开来。

马柳特卡上前两步，弓下腰。她扔掉枪，哭喊着，撕扯着胸前的衣衫。

一只眼球从眼眶里滚出来，漂浮在水面上粉红色的神经纤维当中，海水一般蓝汪汪的眼珠迷惘、爱怜地注视着她。

她跪在水中，试图把打烂的头颅抱起来。突然她扑在尸体上，战栗着，脸上带着血迹，悲恸地轻声哀泣着：

"我的爱人！我都干了些什么？你睁开眼看看吧，我蓝……眼……睛……的……心……上……人……啊！"

船靠近岸边。船上的人都怔怔地看着。

(《第四十一个》，孙亚娴等译，中国致公出版社 2003 年版)

【注释】

① 19 世纪俄国诗人莱蒙托夫的诗歌《帆》的前两行。

【提示】

毕现人性的"原始"环境

苏联作家拉夫列尼约夫的小说《第四十一个》讲述的是苏联国内战争时期红军女狙击手马柳特卡在押送她的俘虏——一个白党中尉军官的路途中发生的故事。他们在所乘船只遇到风暴沉没后、劫后余生流落到一个荒岛上，在共同对付恶劣的生存条件的过程中，两个人渐生情愫，互生爱慕之意。于是，红军女战士的第四十一个俘虏成为她的第一个恋人，荒无人烟的小岛成了见证他们幸福的天堂。可是，好景不长，当有一天他们终于有了获救的希望，当她看到一艘白军的船只正向海岛靠近，中尉军官正欢呼雀跃地跑向岸边的时候，她的社会角色意识突然觉醒了：弹无虚发的她抓起了步枪声嘶力竭地射杀了她的爱人。之后，她哭喊着、撕扯着自己的衣衫，紧紧地抱住了中尉尸体。

作者给红军女战士和白军军官设置了两种身份关系，两种生活环境：一种是恋人关系，对应的是人迹罕见的荒岛环境；一个是敌我关系，对应的是阶级对立壁垒分明的社会环境。在前一种关系模式中，女战士女性美的特质展露无遗，她周身上下焕发着温润而美丽的光泽，自然人性的光辉战胜了她的社会角色意识，生命爱情的伦理战胜了革命的理性主义；而在后一种关系模式中，她被紧紧包裹在红军女战士这一身份之中，凌厉而残忍，并且这种社会角色意识占了上风，取代了生命感受的自然流露和自然人性的真实表达，革命理性主义压倒了生命爱情伦理。因此，这是两个完全对立的环境中的两种完全不同的身份关系。在革命的目的至高无上，爱情、亲情和生命都应该让位于革命这样的社会权力话语的规范下，女战士别无选择，让自己的爱人倒在自己的枪口下是必然的归宿。然而，在美好泯灭之时、在生命落幕之际，那“荒岛”环境里他们所流露出的生命的灿烂、人性的美丽以及善与美的光泽，将更加熠熠生辉。

古华的《爬满青藤的木屋》写的是一个几乎与世隔绝的深山老林中一对目不识丁的青年守林夫妇王木通和盘青青在有一定文化知识修养的“外来者”李幸福的影响和冲击下婚姻瓦解的故事。同样，作者围绕美丽、善良、淳朴、温柔、本色、自然的女主人公盘青青设置了两个对立性的人物：一个是她的丈夫王木通，他是“绿毛坑”和“小木屋”的双重主人，他高大威猛、勤劳能干，但是愚昧、保守、固执、褊狭、霸道、蛮横，树立他在“绿毛坑”和“小木屋”绝对统治者的地位、建立起尊卑高下分明的家庭秩序。工作环境是他生活的全部，他把妻子儿女看做是他的私有财产，他不愿意接纳李幸福管理山林的科学建议。最后甚至一意孤行，酿成大错。从这个角度上说，王木通可谓是封建伦理秩序的忠实维护者。他的对立面是李幸福，他瘦高个子、长相秀气、尊重女性、相信科学、举止文明，正是他把收音机、香皂、牙刷等现代物质文明的象征以及平等、民主、尊重等精神文明的观念带给了盘青青，并最终赢取了对方的崇拜与爱慕。作者通过以王木通为代表的封建伦理秩序在现代文明的冲击下不堪一击的事实，说明了现代精神文明代替旧的生活方式的可能性和必然性，说明了在封建伦理秩序和现代爱情伦理的冲突中，爱情伦理必然胜利的事实。

虽然两篇作品表达的主题不尽相同。《第四十一个》展示的是社会角色和自然人性、革命理性主义和生命爱情伦理之间的冲突；《爬满青藤的木屋》则展示的是文明与野蛮、原始与现代之间的冲突。但是，艺术手段却相似，都通过设置“荒岛”、“原始森林”这样的环境，让主人公在“自然人”的状态下淋漓尽致地去展现人性。只是，同《第四十一个》中利用“荒岛”环境来展现人的自然人性和人与人之间的纯美关系不同，古华把与世隔绝的原始自然环境作为落后、保守、愚昧、封闭的生活象征。然而不管“原始”环境是人性压抑的象征还是人性真实的展现，它都是现代社会秩序的最佳参照物。“原始”环境中的人性表现能够更好地反思现代社会的秩序规则和精神文明伦理。

（池大红）

思考题

1. 《第四十一个》和《爬满青藤的木屋》中设置的“原始环境”有何艺术表现力？
2. 你怎样理解《第四十一个》和《爬满青藤的木屋》的主题思想？请简略叙述之。
3. 想象一下，当你也孤独地流落到荒岛时你将怎样生存？试虚构一个类似故事。

二十一、永远的门

邵宝健

邵宝健，浙江省作家协会会员，是我国新时期微型小说文坛出道较早的作家，2002年4月入选“当代小小说风云人物榜”，获“小小说星座”称号。1978年开始发表作品，已陆续在《青年文学》《小说界》《萌芽》《人民日报》等数百家报刊发表小说以及散文、杂文等作品700余篇，200余万字，代表作有《永远的门》《收藏家的隐秘》《复活的南天竹》等微型小说集。他擅长表现普通百姓的生活和小人物的生活际遇，感情真挚、文字清丽、笔调温婉，充满了哲思的智慧和悲悯的情怀。

江南古镇。普通的有一口古井的小杂院。院里住了八九户普通人家。一式古老的平屋，格局多年未变，尽管人们房内的现代化摆设是愈来愈多了。

这八九户人家中，有两户是一人独居——单身汉郑若奎和老姑娘潘雪娥。

郑若奎就住在潘雪娥隔壁。

“你早。”他向她致意。

“出去啊?”她回话，随即擦身而过。

多少次了，只要有人幸运地看到他和她在院子里相遇，听到的总是这么几句。这种简单的缺乏温情的重复，真使邻居们泄气。

潘雪娥大概过了四十吧。苗条得有点单薄，瓜子脸，肤色白皙，五官端庄。衣饰虽时髦又很素雅。她在西街那家花店工作。邻居们很不理解，这位端丽的女人为什么要独居，只知道她有权利得到爱情却确确实实没有结过婚。

郑若奎在五年前步潘雪娥之后，迁居于此。他是一家电影院的美工，据说是一个缺乏天才的工作负责而又拘谨的画师。四十五六的人，倒像个老头儿了。头发黄焦焦、乱蓬蓬的，背有点驼。瘦削的脸庞，瘦削的身躯，只有那双眼睛大大的，烁着年轻的光，烁着他的渴望。

回家的时候，他常常带回来一束鲜花，玫瑰、蔷薇、海棠、腊梅，应有尽有，四季不断。

他总是把鲜花插在一只蓝得透明的高脚花瓶里。

他没有串门的习惯，经常久久地待在屋内。有时他也到井边，洗衣服，洗碗，洗那只透明的蓝色高脚花瓶。洗罢花瓶，他总是斟上明净的井水，撅着嘴，极小心地捧回屋子里。

一道厚厚的墙把他和潘雪娥的卧室隔开了。

一只陈旧的一人高的花竹书架贴紧墙壁置在床旁。这只书架的右上端，便是那只花瓶永久性的所在。

除此之外，室内或是悬挂，或是旁靠着一些中国的、外国的，别人的和他自己的画作。

从家具的布局和蒙受灰尘的程度可以看得出，这屋里缺少女人，缺少只有女人才能制造得出的那种温馨的气息。可是，那只花瓶总是被主人擦拭得一尘不染，瓶里的水总是清清冽洌，瓶上的花总是鲜艳的、盛开着的。

同院的邻居们，曾经那么热切地盼望着，他捧回来的鲜花，能够有一天在他的隔壁——潘雪娥的房里出现。当然，这个奇迹就从来没有出现过。

于是，人们自然对郑若奎产生深深的遗憾和绵绵的同情。

秋季的一个微雨的清晨。

郑若奎撑着伞依旧向她致意："你早。"

潘雪娥撑着伞依旧回答他："出去啊？"

傍晚，雨止了，她下班回来了。却不见他回家来。

即刻有消息传来：郑若奎在单位的工作室作画时，心脏跳搏异常，猝然倒地，刚送进医院，就永远地睡去了。

这普通的院子里就有了哭泣。

那位潘雪娥没有哭，眼睛委实是红红的。

花圈。一只又一只。

那只大大的缀满各式鲜花的没有挽联的花圈，是她献给他的。

这个普通的院子里，一下子少了一个普通的生活里没有爱情的单身汉，真是莫大的缺憾。

没几天，潘雪娥搬走了，走得匆忙又唐突。

人们在整理画师遗物的时候，不得不表示惊讶了。打开锁着的房门，他的屋子里尽管到处灰蒙蒙的，但那只花瓶却像不久前被人擦拭过似的，明晃晃，蓝晶晶，并且，那瓶里的一束白菊花，没有枯萎。

当搬开那只老式花竹书架的时候，在场者的眼睛都瞪圆了。

门！墙上分明有一扇紫红色的精巧的门，门拉手是黄铜的。

人们的心悬了起来又沉了下去。原来如此！

邻居们闹闹嚷嚷起来。几天前对这位单身汉的哀情和敬意，顿时化为乌有，变成了一种不能言状的甚至不能言明的愤懑。

不过，当有人伸手想去拉开这扇门的时候，"哇"地喊出声来——黄铜拉手是平面的，门和门框平滑如壁。

一扇画在墙上的门！

（选自《微型小说选刊》，1995 年 7 期，有改动。）

最后的长春藤叶

欧·亨利

欧·亨利（O. Henry，1862—1910），原名威廉·西德尼·波特（William Sydney Porter），美国著名短篇小说

家,与法国的莫泊桑、俄国的契诃夫并称"世界三大短篇小说巨匠"。他一生共创作了三百多篇短篇小说和一部长篇小说,代表作有《麦琪的礼物》《警察与赞美诗》和《最后的长春藤叶》等。他经历坎坷,阅历丰富,做过多种工作,还曾被控告入狱,这使他对美国资本主义制度的方方面面认识深刻。他擅长通过描绘底层人的平常生活、表现小人物的生命悲欢来对美国社会的法律、道德等方面做讽刺式地揭露。欧·亨利笔调幽默、行文简洁、富于哲理。他的小说在谋篇布局上也匠心独运,颇具特色。情节设置精巧新颖别致,结局出人意料,而又在情理之中,形成了有名的"欧·亨利手法"。

在华盛顿广场西边的一个小区里,街道都横七竖八地伸展开去,又分裂成一小条一小条的"胡同"。这些"胡同"稀奇古怪地拐着弯子。一条街有时自己本身就交叉了不止一次。

有一回一个画家发现这条街有一种优越性:要是有个收账的跑到这条街上,来催要颜料、纸张和画布的钱,他就会突然发现自己两手空空,原路返回,一文钱的账也没有要到!

所以,不久之后不少画家就摸索到这个古色古香的老格林尼治村来,寻求朝北的窗户、18世纪的尖顶山墙、荷兰式的阁楼,以及低廉的房租。然后,他们又从第六街买来一些蜡酒杯和一两只火锅,这里便成了"艺术区"。

苏和琼西的画室设在一所又宽又矮的三层楼砖房的顶楼上。"琼西"是琼娜的爱称。她俩一个来自缅因州,一个是加利福尼亚州人。她们是在第八街的"台尔蒙尼歌之家"吃份饭时碰到的,她们发现彼此对艺术、生菜色拉和时装的爱好非常一致,便合租了那间画室。

那是5月里的事。到了11月,一个冷酷的、肉眼看不见的、医生们叫做"肺炎"的不速之客,在艺术区里悄悄地游荡,用他冰冷的手指头这里碰一下那里碰一下。在广场东头,这个破坏者明目张胆地踏着大步,一下子就击倒几十个受害者,可是在迷宫一样、狭窄而铺满青苔的"胡同"里,他的步伐就慢了下来。

肺炎先生不是一个你们心目中行侠仗义的老的绅士。一个身子单薄,被加利福尼亚州的西风刮得没有血色的弱女子,本来不应该是这个有着红拳头的、呼吸急促的老家伙打击的对象。然而,琼西却遭到了打击;她躺在一张油漆过的铁床上,一动也不动,凝望着小小的荷兰式玻璃窗外对面砖房的空墙。

一天早晨,那个忙碌的医生扬了扬他那毛茸茸的灰白色眉毛,把苏叫到外边的走廊上。

"我看,她的病只有十分之一的恢复希望,"他一面把体温表里的水银柱甩下去,一面说,"这一分希望就是她想要活下去的念头。有些人好像不愿意活下去,喜欢照顾殡仪馆的生意,简直让整个医药界都无能为力。你的朋友断定自己是不会痊愈的了。她是不是有什么心事呢?"

"她?她希望有一天能够去画那不勒斯的海湾。"苏说。

"画画?真是瞎扯!她脑子里有没有什么值得她想了又想的事?比如说,一个男人?"

"男人?"苏像吹口琴似的扯着嗓子说,"男人难道值得?不,医生,没有这样的事。"

"能达到的全部力量去治疗她。可要是我的病人开始算计会有多少辆马车送她出丧,我就得把治疗的效果减掉百分之五十。只要你能想法让她对冬季大衣袖子的时新式样感到兴趣而提出一两个问题,那我可以向你保证把医好她的机会从十分之一提高到五分之一。"黄医生走后,苏走进工作室里,把一条日本餐巾哭成一团湿。后来她手里拿着画板,装作精神抖擞的样子走进琼西的屋子,嘴里吹着爵士音乐调子。

琼西躺着,脸朝着窗口,被子底下的身体纹丝不动。苏以为她睡着了,赶忙停止吹口哨。

她架好画板，开始给杂志里的故事画一张钢笔插图。年轻的画家为了铺平通向艺术的道路，不得不给杂志里的故事画插图，而这些故事又是年轻的作家为了铺平通向文学的道路而不得不写的。

苏正在给故事主人公，一个爱达荷州牧人的身上，画上一条马匹展览会穿的时髦马裤和一片单眼镜时，忽然听到一个重复了几次的低微的声音。她快步走到床边。

琼西的眼睛睁得很大。她望着窗外，数着……倒过来数。

"12"，她数道，歇了一会又说，"11"，然后是"10"，和"9"，接着几乎同时数着"8"和"7"。

苏关切地看了看窗外。那儿有什么可数的呢？只见一个空荡阴暗的院子，20 英尺以外还有一所砖房的空墙。一棵老极了的长春藤，枯萎的根纠结在一块，枝干攀在砖墙的半腰上。秋天的寒风把藤上的叶子差不多全都吹掉了，几乎只有光秃的枝条还缠附在剥落的砖块上。

"什么呀，亲爱的？"苏问道。

"6"，琼西几乎用耳语低声说道，"它们现在越落越快了。三天前还有差不多一百片。我数得头都疼了。但是现在好数了。又掉了一片。只剩下 5 片了。"

"五片什么呀，亲爱的。告诉你的苏娣吧。"

"叶子。长春藤上的。等到最后一片叶子掉下来，我也就该去了。这件事我三天前就知道了。难道医生没有告诉你？"

"哼，我从来没听过这种傻话，"苏十分不以为然地说，"那些破长春藤叶子和你的病好不好有什么关系？你以前不是很喜欢这棵树吗？你这个淘气孩子。不要说傻话了。瞧，医生今天早晨还告诉我，说你迅速痊愈的机会是，让我一字不改地照他的话说吧，他说有九成把握。噢，那简直和我们在纽约坐电车或者走过一座新楼房的把握一样大。喝点汤吧，让苏娣去画她的画，好把它卖给编辑先生，换了钱来给她的病孩子买点红葡萄酒，再给她自己买点猪排解解馋。"

"你不用买酒了，"琼西的眼睛直盯着窗外说道，"又落了一片。不，我不想喝汤。只剩下 4 片了。我想在天黑以前等着看那最后一片叶子掉下去。然后我也要去了。"

"琼西，亲爱的，"苏俯着身子对她说，"你答应我闭上眼睛，不要瞧窗外，等我画完，行吗？明天我非得交出这些插图。我需要光线，否则我就拉下窗帘了。"

"你不能到那间屋子里去画吗？"琼西冷冷地问道。

"我愿意待在你跟前，"苏说，"再说，我也不想让你老看着那些讨厌的长春藤叶子。"

"你一画完就叫我，"琼西说着，便闭上了眼睛。她脸色苍白，一动不动地躺在床上，就像是座横倒在地上的雕像。"因为我想看那最后一片叶子掉下来，我等得不耐烦了，也想得不耐烦了。我想摆脱一切，飘下去，飘下去，像一片可怜的疲倦了的叶子那样。"

"你睡一会吧，"苏说道，"我得下楼把贝尔门叫上来，给我当那个隐居的老矿工的模特儿。我一会儿就回来的。不要动，等我回来。"

老贝尔门是住在她们这座楼房底层的一个画家。他年过 60，有一把像米开朗琪罗的摩西雕像那样的大胡子，这胡子长在一个像半人半兽的森林之神的头颅上，又鬈曲地飘拂在小鬼似的身躯上。贝尔门是个失败的画家。他操了 40 年的画笔，还远没有摸着艺术女神的衣裙。他老是说就要画他的那幅杰作了，可是直到现在他还没有动笔。几年来，他除了偶尔画点商业广告之类的玩意儿以外，什么也没有画过。他给艺术区里穷得雇不起职业模特儿的年轻画家们当模特儿,挣一点钱。他喝酒毫无节制,还时常提起他要画的那幅杰作。除此以外,他是一个火气十足的小老头子,十分瞧不起别人的温情,却认为自己是专门保护楼上画室里那两个年轻女画家的一只看家狗。

苏在楼下他那间光线黯淡的斗室里找到了嘴里酒气扑鼻的贝尔门。一幅空白的画布绷在个画架上,摆在屋角里,等待那幅杰作已经25年了,可是连一根线条还没等着。苏把琼西的胡思乱想告诉了他,还说她害怕琼西自个儿瘦小柔弱得像一片叶子一样,对这个世界的留恋越来越微弱,恐怕真会离世飘走了。

老贝尔门两只发红的眼睛显然在迎风流泪,他十分轻蔑地嗤笑这种傻呆的胡思乱想。

"什么",他喊道,"世界上真会有人蠢到因为那些该死的长春藤叶子落掉就想死?我从来没有听说过这种怪事。不,我才不给你那隐居的矿工糊涂虫当模特儿呢。你干吗让她胡思乱想?唉,可怜的琼西小姐。"

"她病得很厉害很虚弱",苏说,"发高烧发得她神经昏乱,满脑子都是古怪想法。好,贝尔门先生,你不愿意给我当模特儿,就拉倒,我看你是个讨厌的老啰唆鬼。"

"你简直太婆婆妈妈了!"贝尔门喊道,"谁说我不愿意当模特儿?走,我和你一块去。我不是讲了半天愿意给你当模特儿吗?老天爷,琼西小姐这么好的姑娘真不应该躺在这种地方生病。总有一天我要画一幅杰作,我们就可以都搬出去了。一定的!"

他们上楼以后,琼西正睡着觉。苏把窗帘拉下,一直遮住窗台,做手势叫贝尔门到隔壁屋子里去。他们在那里提心吊胆地瞅着窗外那棵长春藤。后来他们默默无言,彼此对望了一会。寒冷的雨夹杂着雪花不停地下着。贝尔门穿着他的旧的蓝衬衣,坐在一把翻过来充当岩石的铁壶上,扮作隐居的矿工。

第二天早晨,苏只睡了一个小时的觉,醒来了,她看见琼西无神的眼睛睁得大大地注视拉下的绿窗帘。

"把窗帘拉起来,我要看看。"她低声地命令道。

苏疲倦地照办了。

然而,看呀!经过了漫长一夜的风吹雨打,在砖墙上还挂着一片藤叶。它是长春藤上最后的一片叶子了。靠近茎部仍然是深绿色,可是锯齿形的叶子边缘已经枯萎发黄,它傲然挂在一根离地20多英尺的藤枝上。

"这是最后一片叶子。"琼西说道,"我以为它昨晚一定会落掉的。我听见风声的。今天它一定会落掉,我也会死的。"

"哎呀,哎呀",苏把疲乏的脸庞挨近枕头边上对她说,"你不肯为自己着想,也得为我想想啊。我可怎么办呢?"

可是琼西不回答。当一个灵魂正在准备走上那神秘的、遥远的死亡之途时,她是世界上最寂寞的人了。那些把她和友谊及大地联结起来的关系逐渐消失以后,她那个狂想越来越强烈了。

白天总算过去了,甚至在暮色中她们还能看见那片孤零零的藤叶仍紧紧地依附在靠墙的枝上。后来,夜的到临带来了呼啸的北风,雨点不停地拍打着窗子,雨水从低垂的荷兰式屋檐上流泻下来。

天刚蒙蒙亮,琼西就毫不留情地吩咐拉起窗帘来。

那片藤叶仍然在那里。

琼西躺着对它看了许久。然后她招呼正在煤气炉上给她煮鸡汤的苏。

“我是一个坏女孩子，苏娣，”琼西说，“天意让那片最后的藤叶留在那里，证明我是多么坏。想死是有罪过的。你现在就给我拿点鸡汤来，再拿点掺葡萄酒的牛奶来，要不，先给我一面小镜子，再把枕头垫垫高，我要坐起来看你做饭。”

过了一个钟头，她说道：“苏娣，我希望有一天能去画那不勒斯的海湾。”

下午医生来了，他走的时候，苏找了个借口跑到走廊上。

“有五成希望。”医生一面说，一面把苏细瘦的颤抖的手握在自己的手里，“好好护理你会成功的。现在我得去看楼下另一个病人。他的名字叫贝尔门。听说也是个画家。也是肺炎。他年纪太大，身体又弱，病势很重。他是治不好的了；今天要把他送到医院里，让他更舒服一点。”

第二天，医生对苏说：“她已经脱离危险，你成功了。现在只剩下营养和护理了。”

下午苏跑到琼西的床前，琼西正躺着，安详地编织着一条毫无用处的深蓝色毛线披肩。

苏用一只胳臂连枕头带人一把抱住了她。

“我有件事要告诉你，小家伙”，她说，“贝尔门先生今天在医院里患肺炎去世了。他只病了两天。头一天早晨，门房发现他在楼下自己那间房里痛得动弹不了。他的鞋子和衣服全都湿透了，冰凉冰凉的。他们搞不清楚在那个凄风苦雨的夜晚，他究竟到哪里去了。后来他们发现了一盏没有熄灭的灯笼，一把挪动过地方的梯子，几支扔得满地的画笔，还有一块调色板，上面涂抹着绿色和黄色的颜料，还有，亲爱的，瞧瞧窗子外面，瞧瞧墙上那最后一片藤叶。难道你没有想过，为什么风刮得那样厉害，它却从来不摇一摇、动一动呢？唉，亲爱的，这片叶子才是贝尔门的杰作。就是在最后一片叶子掉下来的晚上，他把它画在那里的。”

（《欧·亨利短篇小说选》，王永年译，人民文学出版社 2002 年版）

【提示】

出人意料的结尾

情节发展分为开端、发展、高潮、结尾。结尾是情节发展的重要一环，好的结尾能为全文增色添彩，让人回味无穷。中国文人自古以来就很重视结尾的写法，唐代诗人白居易在《新乐府序》中所说的“首句标其目，卒章显其志”，元代文人乔梦符提出的“凤头”“猪肚”“豹尾”之说等，都对文章的结尾提出了要求。“首句标其目，卒章显其志”说的是文章开头要开门见山，结尾要深化主题；“凤头”“猪肚”“豹尾”则指文章开头部分要精彩、主体部分要充实、结尾部分要简洁有力。

那么，什么样的结尾是简洁有力的？如何让结尾进一步深化主题？本组选文在情节结尾的布置安排上颇有说服力：既简洁有力又能深化主题。两篇选文的情节安排有异曲同工之妙，都在结尾处让一直娓娓道来的叙事发出了戛然而止的声音，出现了意想不到的结果，让人叹惋不已、惊奇不已。但是定神一想，这一戛然而止却如神来之笔，它既使故事中的主人公的心境发生了巨大的变化，同时，也使读者有了前所未有的发现。最具震撼力的是这一“变化”与“发现”既出人意料又在情理之中。

《永远的门》中，在江南古镇的一个小杂院里比邻而居的单身汉郑若奎和老姑娘潘雪娥的关系一直以来并不如邻居们关注的目光所希望的那样，他们的对话始终停留在简单而客套的寒暄的层面上。然而在单身汉猝死单位后，意外接二连三地发生了：首先老姑娘搬离了大杂院；接着人们整理单身汉的遗物的时候，发现在他和老姑娘家共有的墙壁上竟然有一扇门；而当人们试图去推门时，更大的意外出现了，那原来是一扇画在墙上的门！在《最后的长春藤叶》中，年过 60，操了 40 年画笔，却还远没有摸着艺术女神衣裙的老画家 25 年来一直在期待着自己的杰作，“一幅空白的画布绷在个画架上，摆在屋角里，等待那幅杰作已经 25 年了”。然而谁也没有料到,这位穷困潦倒、一事无成的老画家的杰作却是他一片画在空白的墙上栩栩如生的叶子！为了点燃一个年轻女孩的生之希望,他付出了自己的生命代价！这两篇选文都在读者的目瞪口呆之中画上了句号。

再也没有比这更令人遗憾的事情了！结尾处的巨大逆转出人意料！然而,这一巨大逆转又如一道闪光,照亮了所有:它使主题更深化,使人物更丰满。《永远的门》中,这道永远也不能开启的门具有非比寻常的艺术表现力:透过这扇门,单身汉渴望爱情那丰满而细腻的情感表露无遗;同时,他那怯懦、拘谨、柔弱的性格也清晰可见;这扇并不真实存在却十分醒目的门深化了这两个有情人之间的悲剧,让人叹惋。同样,《最后的长春藤叶》中,在老画家生命逝去的巨大惋惜与年轻女孩终于获得生之希望的莫大欣慰的对比下,人情的温暖与美好让人感动。所以说,这出人意料的结尾也在情理之中,“既出人意料又在情理之中”这正是带给读者巨大震撼的艺术魅力的所在。

前苏联作家苏曼诺夫说过:“艺术的打击力量要放到最后”。这种既出人意料又在情理之中的结尾方式又被称为“欧·亨利式结尾”。实际上,邵宝健先生的《永远的门》正是在“欧·亨利手法”的影响下创作的。这样的结局奇特、巧妙,使整篇小说余味缭绕,留给读者无限想象的空间和思考的余地。

(池大红)

思考题

1. 体会欧·亨利的短篇小说中“悲喜交加”的独特风格。
2. 通过分析《永远的门》与《最后的长春藤叶》,理解“欧·亨利笔法”的内涵。
3. 请以“意料之外,情理之中”为题写一篇读后感。

第三编　中外文学的相互影响

翻开历史的长卷，生活在世界各地的各民族由于交往、交流促使各民族文学之间、作家作品之间相互影响的例子比比皆是，这越发说明文学从来就不是孤立、隔绝地存在和发展着的。作为东亚文化圈核心的中国汉文化、文学对日本等周边国家文化、文学的影响是不争的事实，不光是盛唐为中日文化留下了丰富的交流史实，细察日本的古典文学甚至现当代文学，可以说处处有中国文化和文学痕迹。同时，中国文化和文学也在很早就通过不同的途径传播到欧洲。德国大文豪歌德从接触翻译本的《中国通志》起就仰慕中国文化和文学，从由衷地敬佩孔子到大量阅读能收集到的中国古典小说，再到身体力行尝试用中国古体诗的格律创作组诗《中德四季晨昏杂咏》14首，并以流产的《额尔彭罗》积极参与18世纪遍及欧洲各国的对中国元杂剧《赵氏孤儿》的改编。至于西方的各种文学思潮如何汹涌撞入因五四而国门初启的华夏大地的景象，我们后人的描述恐怕难免拙巧，还是听听前人的说法吧。唐弢先生曾在《西方影响和民族风格》一文中如是说："无论是作家个人还是文学社团，都和外国文学有着非常密切的联系。几乎没有一个作家或社团不翻译外国作品，几乎没有一个作家或社团不推崇一个以至几个外国作家，并且自称在艺术风格上受到他和他们的影响"。鲁迅深厚的中国文化修养是毋庸置疑的，但他笔下小说却无论体裁内容还是结构形式都深受外国文学的影响，他在《中国新文学大系·小说二集序言》中所说的："《药》的收束，也分明的留着安特列夫式的阴冷"，就是我们本编把《沉默》和《药》列为一组的缘由。

本编所选的课文既有中国文学对外国文学的影响也有外国文学对中国文学的影响；前一个"影响"时间更为久远，后一个影响则基本是现、当代的事情，这纯属客观历史使然。编选的视野也兼及小说、戏剧、诗歌、文论，统顾作品的意义和方法。但我们的初衷自然不会满足于简单地类比和说明"影响"这样一个事实，我们更感兴趣的是欧洲的作家是基于怎样的文化渊源、审美心理和创作心态在《中国孤儿》中把原本的"搜孤救孤"变异为"理性与爱情的矛盾"。如同高层次的影响是一个精神渗透的过程，对影响的高层次接受包含着积极主动的活动和意图一样，对中外文学交互影响的考察也应该从模仿、借鉴等外在因素的探讨深入到创作背景、创作个性和创作活动的各个方面等作全方位的、审美机制上的考察。我们在课文后的"提示"中力图以此为标杆对这方面作了一些尝试，而期待在教学的过程及师生互动中获得更多美的启示，则是我们不变的愿望。

一、出　车[①]

《诗经》

《诗经》是我国古代第一部诗歌总集，收录了自西周初期（公元前11世纪）至春秋中叶（公元前6世纪）约500年间的民歌，分为"风""雅""颂"三大部分。"风"是地方乐调，收录当时十五国的民歌，计160篇；"雅"分大雅、小雅，多为贵族所作的乐章，计105篇；"颂"是用于宗庙祭祀的乐歌，计40篇；总共305篇，故称《诗》或"诗三百"。诸诗多采用"赋"（铺陈）、"比"（打比方）、"兴"（感物起兴）的表现手法，全面地展现了当时的社会生活和历史面貌，是一部反映当时社会的"百科全书"，开创了我国古代现实主义诗歌创作的先河。后被汉代儒者奉为经典，与《尚书》《礼记》《周易》《春秋》合称为五经。

春日迟迟，卉木萋萋[②]。仓庚喈喈，采蘩祁祁[③]。执讯获丑，薄言还归[④]。赫赫南仲，猃狁于夷[⑤]。

（《诗经今注》，高亨，上海古籍出版社1980年版）

【注释】

① 出车，《诗经·小雅》中的一篇。《小雅》是周王朝用来宴会宾客的乐歌。

② 迟迟，缓缓；止，语气助词。萋萋，草木芜杂的样子。

③ 仓庚，黄莺；喈喈，鸟啭声。蘩，一种蒿子，又名白蒿，可扎蚕山供蚕结茧，采蘩，指采蘩的妇女；祁祁，众多的样子。

④ 讯，借为奚，女俘虏称奚；丑，周人称异国敌人为丑。薄，急忙；言，读为焉（yán）。

⑤ 赫赫，显耀盛大的样子；猃狁，我国北方的游牧民族，就是后来的匈奴。夷，平。

家　持　歌

《万叶集》

《万叶集》日本现存最早的诗歌总集，收录了自公元4世纪至8世纪前半叶的诗歌4500余首，主要分为"杂歌""相闻""挽歌"等。"杂歌"涉及面广，主要描写四季风物、行幸游宴、狩猎旅行等；"相闻"大多是恋人、朋友、亲人之间感情上相互闻问的诗歌；"挽歌"主要是葬礼上哀悼死者的诗歌，也有临终遗作和后人缅怀之作。此外，诗集还收入了口头流传的民谣《东歌》和《防人歌》。前者是流传在日本东部的民歌，后者为戍边兵士的诗歌。诗集在形式上主要分为"长歌""短歌"和"旋头歌"三种。其中长歌265首,短歌4207首,旋头歌62首,另有"连歌""佛足石歌"各1首,以及汉诗4首,汉文22篇,共计20卷。《万叶集》开创了日本后世和歌的先河,初步形成了日本民族诗歌的审美特质,享有"日本之《诗经》"的美誉,堪称日本诗歌的典范。

二十三日,依兴作歌二首①

(其一)

夕暮临春野,缭绕霞起;
伤心对残照,
更兼仓庚啼。

(其二)

屋前细竹,聚生丛群;
风起微音过,
簌簌② 又黄昏。

(《万叶集》,赵乐生译,译林出版社2002年版)

《万叶集》卷十九卷后"题跋":春日迟迟,仓庚正啼。凄惆之意,非歌难拨耳。仍作此歌,式展缔绪③。但此卷中,不称作者名字,徒录年月所处缘起者,皆大伴宿祢家持裁作歌词也。

【注释】

① 如《万叶集》卷十九卷后《题跋》所述,此歌为大伴宿祢家持所作。

② 簌簌:微风吹过的声音。

③ 式展缔绪:用以舒展郁结的心绪。

【提示】

万古诗源本同根

《出车》选自《诗经·小雅》,叙写南仲奉命领兵出征北犯的猃狁(即后世的匈奴),最后击退敌人,平定北国,凯旋而归。全诗共6首,运用比兴的手法,以景咏情,反映了战事的艰苦,表达了出征在外的思念之情,也描写了得胜的喜悦,同时也对南仲的战功进行了歌颂。诗歌开始先声夺人,以出师的车马旗号烘托出征的声威,为全诗奠定了基调,中间尽管有"不遑启居"的艰辛,"忧心忡忡"的思念,但"执讯获丑",凯旋而归的胜利是必然到来的。于是,最后一章春明景和的描写,是"雨雪载涂"的转换,正是"赫赫南仲,猃狁于夷"的象征。选文为第6首,写出征大军踏着初春的草木,听着黄莺的鸣啭,怀着胜利的喜悦,凯旋而归。但如果我们通读全诗6首,会深切地体味到这是一首带着淡淡忧虑的凯歌。

《出车》运用罕见的环迭复咏,句式缺少变化,然而四言节奏的平缓徐舒和庄重,也显现出一种平和娴静、古朴淡远的典雅。其用词更是至简至洁,无论朴拙精致,风华疏落,还是华贵庄严,都是语出自然,犹如天籁,富有节奏和音乐之美;叠字双声,叠韵叠句叠章,回环反复的踏唱,产生情真景真,韵美声优的艺术效果,很容易扣动心弦,引起人心的共鸣。

《二十三日,依兴作歌二首》选自《万叶集·卷十九》,据卷后《题跋》所述,此歌为大伴家持所作,故又称"家持歌"。大伴家持出身显赫世家,自幼颇具诗文才情,一生作品甚丰,《万叶集》收录了他的长歌46首、短歌432首、旋头歌1首、汉诗1首。诗作情景交融、哀婉动人,堪称万叶诗歌的佳作。大伴家持一生仕途浮沉,患得患失,故诗歌多抒发苦恼积郁之情。选文二首以比兴的手法,抒写诗人在春寒残照,暮霭沉沉的风声鸟语中的伤感、惆怅和惘然。

《万叶集》成书于8世纪中叶，据考证，大伴家持是主要的整理编纂者；当时日本还没有自己的文字，全部诗歌都是借用汉字，即万叶假名记录下来的。有的甚至直接援引“汉诗”的成句，用以标榜雅驯，显示博洽。正如日本学者山口博在《〈万叶集〉与中国文学》中，通过对“家持歌”的集中分析发现，大伴家持对《诗经》、汉诗、唐诗、南朝诗文均有模仿，因此推断大伴家持对中国的诸多诗文典籍也颇有涉猎和心得，如《诗经》《论语》《绍明文选》《唐律》《诗品》《文心雕龙》《玉台新咏》《谢宣城集》和《游仙窟》等等。这充分说明了包括“家持歌”在内的《万叶集》与中国文学的渊源关系，正是在中国古典文学的滋养下，才有了《万叶集》这部日本民族不朽的经典。但是，日本民族是一个善于学习和模仿的民族，从《万叶集》收录的长达4个世纪的诗歌中，我们可以清晰地看出日本诗歌一步步摆脱了汉诗的窠臼，用本民族语言，把不定型的古歌谣发展为定型的民族化、个性化的诗歌形式，为后世诗歌创作树立了典范。

此外，需要指出的是，日本古典诗歌和中国古诗，在句式上有较大区别。日本和歌和俳句，都是七五交错句式；不像中国古诗，除杂言诗外，五言诗是五言诗，七言诗是七言诗。因此，国内几个对《万叶集》的译本(包括本选文在内)似乎在语言和形式上还是欠妥当的；随意增减字数的汉译，在一定程度上破坏了和歌的语言、形式和韵律的美感。

(孙国亮)

思考题

1. 阅读《诗经》，了解古人的社会生活、思想意识和审美情趣，并体会“赋”“比”“兴”的用法。

2. 阅读《万叶集》，了解日本诗歌的发展历程及其对中国文学的吸收和借鉴。

3. 试比较日本的和歌、俳句与中国的绝句、律诗在写作手法上的异同。

二、灰 阑 记（节选）

李潜夫

李潜夫，生卒年不详，字行道，又字行甫，绛州（今山西新绛）人。元杂剧作家。他精心编写的杂剧《包待制智赚灰阑记》，颂扬了包公铁面无私、智谋果断的精神。剧作仅留此一种。

第 四 折

[冲末扮包待制，引丑张千、只候上][张千喝云]喏，在衙人马平安，抬书案！[包待制诗云]当年亲奉帝王差，手揽金牌势剑来。尽道南衙追命府，不须东岳吓魂台。老夫姓包名拯字希文，乃庐州金斗郡四望乡老儿村人氏。为老夫立心清正，持操坚刚，每皇皇于国家，耻营营于财利，唯与忠孝之人交接，不共谗佞之士往还。谢圣恩可怜，官拜龙图待制天章阁学士，正授南衙开封府尹之职。敕赐势剑金牌，体察滥官污吏，与百姓伸冤理枉，容老夫先斩后奏。以此权豪势要之家，闻老夫之名，尽皆敛手；凶暴奸邪之辈，见老夫之影，无不寒心。界牌外结绳为栏，屏墙边画地成狱。官僚整肃，戒石上镌御制一通；人从森严，厅阶下书低声二字。绿槐阴里，列二十四面鹊尾长枷；慈政堂前，摆数百余根狼牙大棍。[诗云]黄堂尽日无尘到，唯有槐阴侵甬道，外人谁敢擅喧哗，便是乌鹊过时不噪噪。①老夫昨日见郑州申文，说一妇人唤做张海棠，因奸药死丈夫，强夺正妻所生之子，混赖家私。此系十恶大罪，决不待时的。我老夫想来，药死丈夫，恶妇人也，常有这事。只是强夺正妻所生之子，是儿子怎么好强夺的？况奸夫又无指实，恐其中或有冤枉。老夫已暗地着人吊取原告并干证人等到来，以凭覆勘，这也是老夫公平的去处。②张千，抬听审牌出去，各州县解到人犯，着他以次过来，待老夫定罪咱。[正旦同解子、张林上][张林云]妹子，你到官中，少不得问你。只要说的冤枉，这包待制就将前案与你翻了。若说不过时，你可努嘴儿，我帮你说。[正旦云]我这冤枉今日不诉，更待何日也。[董净云]待制爷爷升厅久了，须要赶牌解到，快进去。[正旦唱]

【双调·新水令】则我这腹中冤枉有谁知，刚余的哭啼啼两行清泪。恨当初见不早，到今日悔何迟。他将我后拥前推，何曾道暂歇气。[张林云]妹子，这是开封府前了，待我先进，你随解子入来。这包待制是一轮明镜悬在上面，问的事就如亲见一般。你只大着胆自辩去。[正旦云]哥哥，[唱]

【步步娇】你道他是高悬明镜南衙内，拼的个诉根由直把冤情洗，我可也怕甚的。则为带锁披枷有话难支对，万一个达不着大人机，哥哥也你须是搭救你亲生妹。

[张林做先进科][正旦同二净跪见科][董净云]郑州起解女囚一名张海棠解到。[张千云]刑案司吏，与解子批文，打发回去。[包待制云]留下在这里，待审过了，发批回去。[张千云]理会的。[包待制云]张海棠，你怎么因奸药杀丈夫，强夺正妻所生之子，混赖他家私，你逐一从头诉与老夫听咱。[正旦做努嘴看张千科][张千云]妹子你说么。嗨，他出胞胎可曾

见这等官府来,我替你说吧。[跪云]禀爷,这张海棠是个软弱妇人,并不敢药杀丈夫,做这般歹勾当哩。[包待制云]你是我衙门里只候人,怎么替犯人禀事?好打。[张千起科][包待制云]兀那妇人,你说那词因来。[正旦再努嘴科][张林跪云]禀爷,这张海棠并无奸夫,他不曾药杀丈夫,也不曾强夺孩儿,也不曾混赖家私。都是他大浑家养下奸夫赵令史,告官时又是赵令史掌案,委实是屈打成招的。[包待制云]兀那厮,谁问你来?张千,拿下去与我打三十者!｜[张千拿张林打科][张林叩头云]这张海棠是小的亲妹子。他从来不曾见大官府,恐怕他惧怯,说不出真情来,小的替他代诉。[包待制云]可知道为兄妹之情,两次三番,在公厅上胡言乱语的。若不是呵,就把铜铡来切了这个驴头。兀那妇人,你只备细的说那实话,老夫与你做主。[正旦云]爷爷啊,[唱]

【乔牌儿】妾身在厅阶下忙跪膝,传台旨问详细。怎当这虎狼般恶狠狠排公吏。爷爷也你听我一星星说就里。③[包待制云]兀那张海棠,你原是什么人家的女子,嫁与马均卿为妾来?[正旦唱]

【甜水令】妾身是柳陌花街,送旧迎新,舞姬歌妓。[包待制云]哦,你是个妓女。那马均卿也待的你好么?[正旦唱]与马均卿心厮爱做夫妻。[包待制云]这张林说是你的哥哥,是么?[张林云]张海棠是小的妹子。[正旦唱]俺哥哥只为一载之前,少吃无穿,向我求觅。[包待制云]这等,你可与他些甚的盘缠么?[正旦唱]是是是他将去了我这头面衣袂。[张林叩头云]小的买窝银子就是这头面衣服倒换的。[包待制云]难道你丈夫不问你这头面衣服到那里去了?[正旦云]爷爷,俺员外曾问来。就是这大浑家撺掇我与了哥哥将的去,却又对员外说我背地送了奸夫,教员外怎的不气死也。[唱]

【浙桂令】气的个亲男儿唱叫扬疾。④[包待制云]既是他气杀丈夫,怎生又告官来?[正旦唱]没揣的告府经官,吃了些六问三推。[包待制云]你夫主死了,那强夺孩儿又怎么说?[正旦唱]一壁厢夫主身亡,更待教生各札子母分离。⑤[包待制云]这孩儿说是那妇人养的哩?[正旦唱]信着他歹心肠千般妒嫉。[包待制云]那街坊老娘都说是他的。[正旦唱]他买下了众街坊,所事儿依随。[包待制云]难道官吏每再不问个虚实?[正旦唱]官吏每更不问一个谁是谁非,谁信谁欺。[包待制云]你既是这等,也不该便招认了。[正旦唱]妾身本不待点纸招承,也则是吃不过这棍棒临逼。[包待制云]那郑州官吏可怎生临逼你来?[正旦唱]

【雁儿落】怎当他官不威牙爪威,也不问谁有罪谁无罪。早则是公堂上有对头,更夹着这只候人无巴壁。⑥

【得胜令】呀,厅阶下一声叫似一声雷,我脊梁上一杖子起一层皮。这壁厢吃打的难挨痛,那壁厢使钱的可也不受亏。打的我昏迷,一下下骨节都敲碎。行杖的心齐,一个个腕头有气力。

[张千禀云]郑州续解听审人犯一起解到。[包待制云]着他过来。[搽旦、倈儿并街坊、老娘入跪科][张千云]当面。[包待制云]兀那妇人,这孩儿是谁养的?[搽旦云]是小妇人养的。[包待制云]兀那街坊、老娘,这孩儿是谁养的?[众云]委实大娘子养的。[包待制云]此一桩则除是恁般。唤张林上来。[做票臂,张林做出科,下][包待制云]张千,取石灰来,在阶下画个栏儿。着这孩儿在栏内,着他两个妇人拽这孩儿出灰栏外来。若是他亲养的孩儿便拽得出来,不是他亲养的孩儿便拽不出来。[张千云]理会的。[做画灰栏,着倈儿来站科][搽旦做拽倈儿出栏科][正旦拽不出科][包待制云]可知道不是他所生的孩儿,就拽不出灰栏外来。张千,与我采那张海棠下去打着者。[张千做打正旦科][包待制云]着两个妇人再

拽那孩儿者。[搽旦做拽倈儿出科][正旦拽不出科][包待制云]兀那妇人,我看你两次三番,不用一些气力拽那孩儿。张千,选大棒子与我打着。[正旦云]望爷爷息雷霆之怒,罢虎狼之威。妾身自嫁马员外,生下这孩儿。十月怀胎,三年乳哺,咽苦吐甜,煨干避湿,不知受了多少辛苦,方才抬举的他五岁。不争为这孩儿,两家硬夺,中间必有损伤。⑦孩儿幼小,倘或扭折他胳膊,爷爷就打死妇人,也不敢用力拽他出这灰栏外来,只望爷爷可怜见咱![唱]

【挂玉钩】则这个有疼热亲娘怎下得,[带云]爷爷你试觑波,[唱]孩儿也这臂膊似麻秸细。他是个无情分尧婆管甚的,你可怎生来参不透其中意。⑧他使着侥幸心,咱受着腌臜气。不争俺两硬相夺,使孩儿损骨伤肌。

[包待制云]律意虽远,人情可推。古人有言,视其所以,观其所由,察其所安,人焉瘦哉,人焉瘦哉!你看这一个灰栏,倒也包藏着十分利害。那妇人本意要图占马均卿的家私。所以要强夺这孩儿。岂知其中真假,早已不辩自明了也。[诗云]本为家私赖子孙,灰栏辨出假和真。外相温柔心毒狠,亲者原来则是亲。我已着张林拘那奸夫去了,怎生这早晚还不到来?[张林拿赵令史上跪科,云]喏,禀爷,赵令史拿到了也。[包待制云]兀那赵令史,取得这等好公案!你把这因奸药杀马均卿,强夺孩儿,混赖家私,并买嘱街坊老娘,扶同硬证,一桩桩与我从实招来![赵令史云]哎哟,小的做个吏典,是衙门里人,岂不知法度?都是州官,原叫做苏模棱,他手里问成的。小的无过是大拇指头挠痒——随上随下。取的一纸供状,便有些什么违错,也不干吏典之事。[包待制云]我不问你供状违错,只要问你那因奸药杀马均卿,可是你来?[赵令史云]难道老爷不看见的?那个妇人满面都是抹粉的。若洗下了这粉,成个什么嘴脸?丢在路上也没人要,小的怎肯去与他通奸,做这等勾当。[搽旦云]你背后带说我似观音一般,今日却打落的我成不得个人。这样欺心的![张林云]昨日大雪里,赵令史和大浑家赶到路上来,与两个解子打话,岂不是奸夫。只审这两个解子,便见分晓。[董净云]早连我两个都攀下来也。[包待制云]张千,采赵令史下去,选大棒打着者![张千云]理会的。[做打赵令史科][正旦唱]

【庆宣和】你只想马大浑家做永远妻;送的我有去无归。既不吵你两个赶到中途有何意,咱与你对嘴对嘴。

[赵令史做死科][包待制云]他敢诈死。张千采起来,喷些水者。[张千喷水,醒科][包待制云]快招上来。[赵令史云]小的与那妇人往来,已非一日。依条例也只问的个和奸,不至死罪。这毒药的事,虽是小的去买的药,实不出小的本意,都是那妇人自把毒药放在汤里,药死了丈夫。这强夺孩儿的事,当初小的就道:"别人养的,不要他吧。"也是那妇人说:"夺过孩儿来,好图他家缘家计。"小的是个穷吏,没银子使的,买转街坊、老娘,也是那妇人来;买嘱解子,要路上谋死海棠,也是那妇人来。[搽旦云]呸,你这活教化头早招了也,教我说个甚的。都是我来,都是我来,除死无大灾!拼的杀了,我两个在黄泉下做永远的夫妻,可不好那。[包待制云]一行人听我下断:郑州太守苏顺,刑名违错,革去冠带为民,永不叙用。街坊、老娘人等,不舍接受原告财物,当厅硬证,各杖八十,流三百里。董超、薛霸,依在官人役不合有事受财,比常人加一等,杖一百,发远恶地面充军。奸夫奸妇,不合用毒药谋死马均卿,强夺孩儿,混赖家计,拟凌迟押付市曹,各剐一百二十刀处死。所有家财,都付张海棠执业。孩儿寿郎,携归抚养。张林着与妹同居,免其差役。[词云]只为赵令史卖俏行奸,张海棠负屈衔冤,是老夫灰阑为记,判断出情理昭然。受财人各加流窜。其首恶斩首阶前。赖张林拔刀相助,才得他子母团圆。(正旦同张林叩头科,唱)

【水仙子】街坊也却不道您吐胆倾心说真实,老娘也却不道您岁久年深记不得,孔目也却不道您官清法正依条例。姐姐也却不道您是第一个贤慧的。今日就开封府审问出因依,这几个流窜在边荒地,这两个受刑在闹市里。爷爷也这灰阑记传扬得四海皆知。

题目　张海棠屈下开封府

正名　包待制智勘灰阑记

(《元明清曲选》(上册),落馥香、王毅选注:太白文艺出版社2004年版)

【注释】

① 黄堂:太守办公的厅堂。啅(zhuó)噪:喧叫。

② 覆勘:复审。

③ 一星星:一些些。

④ 唱叫扬疾:大吵大闹。

⑤ 生各札:活生生。

⑥ 无巴壁:没来由,没办法。

⑦ 不争:如果。

⑧ 尧婆:指恶毒的女人。

高加索灰阑记(节选)

布莱希特

贝尔托特·布莱希特(Bertolt Brecht,1898—1956),德国剧作家、戏剧理论家、导演、诗人,20世纪最伟大的剧作家之一。他著名的"叙事体"戏剧理论打破了传统的"三一律"形式,使人物和场景有一种"间离效果",消除了舞台上的诗情画意,使观众能够保持清醒。主要剧作有:《圆头党和尖头党》《伽利略传》《四川好人》以及改编的舞台剧《高加索灰阑记》等。

歌　　手　(唱)现在请听断案的故事,怎样给总督阿巴什维利的孩子
用出了著名的灰阑巧计,
确定谁是真正的母亲。
[在弩卡的法院。一个铁甲兵带米歇尔走来,走过舞台,从后面出去。一个铁甲兵用长矛把格鲁雪阻挡在门下,直到孩子被带走,才让她进来。同她一起的是从前总督家的厨娘。远处有喧嚣声,天上有火光。]

格 鲁 雪　他是个好孩子,会自己洗脸了。

厨　　娘　你运气好。这不是真正的法官,这是阿兹达克。他是个酒鬼,什么也不懂,最大的盗窃犯都给他放过了。他把一切都弄得颠三倒四,有钱人永远满足不了他。我们这种人在他手下有时倒容易过关。

格鲁雪　今天我需要一点运气。

厨娘　别乱说。(她画十字)让我赶快再祈祷一遍,求法官喝醉。[她不出声,只掀动嘴唇作祈祷。格鲁雪徒然地东张西望,看不见孩子。

厨娘　我真不明白,你干吗要死气白赖抓住孩子不放手,在这种时候,他又不是你的。

格鲁雪　是我的,我把他养大的。

厨娘　你没有想过,一旦她回来了,会出什么事吗?

格鲁雪　起初我还想把孩子还给她,后来我又想她不会回来了。

厨娘　借来的袍子也暖和,对吗?(格鲁雪点头)你要怎样,我都给你作证,因为你是个正直人。(背供词)我曾经带过他,拿五块钱寄养费,复活节那天晚上,发生骚乱的时候,格鲁雪才把他抱走。(她看兵士哈哈瓦向她们走来)可是你太对不住西蒙了。我跟他说过,他不能理解。

格鲁雪　(没有看见西蒙)如果他还不能理解,此刻我也不去理会他了。

厨娘　他知道孩子不是你的,可你偏偏结了婚,弄到一辈子不能脱身——这一点他可不能理解。

[格鲁雪看见了西蒙,向他打招呼。]

西蒙　(阴郁地)我想告诉夫人,我准备发誓作证,说我是孩子的父亲。

格鲁雪　(轻声地)这很好,西蒙。

西蒙　同时我想声明,我并不因此受任何约束,夫人也不。

厨娘　这没有必要。她已经结婚了,你是知道的。

西蒙　这是她的事情,用不着扯进来。

[进来两个铁甲兵。]

铁甲兵　法官在哪儿?——有人看见法官吗?

格鲁雪　(转过身遮住面孔)站到我前面。我不该到弩卡来。如果我面对面碰上铁甲兵伍长,那个头上给打过的……带过孩子进场的铁甲兵(走上前来)法官没在这里。

[两个铁甲兵继续寻找。]

厨娘　但愿他没出什么事。换上随便哪一个法官,你要有什么指望,那就像小鸡指望长牙齿了。

两个律师　(走近阿兹达克,他期待地站起来)一桩非常荒唐的案子,老爷。被告拐走了一个孩子,还拒绝交出来。

阿兹达克　(把手向他们伸过去,斜看着格鲁雪)挺逗人爱的姑娘。(他们又给了他一点钱)我宣布开庭审讯,严格要求说实话。(对格鲁雪)特别是你。

第一个律师　尊贵的法庭!俗话说:血比水咸。这句老话……

阿兹达克　法庭要知道律师的报酬怎样。

第一个律师　(吃惊)尊意是?(阿兹达克神色和善,捏捏拇指和食指)哦!五百块钱,老爷,这就回答了法庭这一个不寻常的问题。

阿兹达克　你们听见吗?这个问题是不寻常的。我所以要问,是因为如果我知道你们是好人,我听你们的话,就会另眼看待。

第一个律师　(鞠躬)谢谢,老爷。尊贵的法庭!血缘关系是一切关系中最实在的关系。

母——子,还有什么比这更亲近的关系吗?一个孩子能从他的母亲手里夺走吗?尊贵的法庭!母亲在神圣的欢爱中孕育了他,在身体内怀着他,用血液哺育了他,忍受着痛苦生下了他。尊贵的法庭!有人见过,甚至一只野性的老虎,被夺去了崽子,也会怎样在山里日夜奔跑,一刻不停,瘦成一个幽灵。天性本身……

阿兹达克　(打断他,对格鲁雪)你对这一番话和律师先生还会讲的另外种种话,有什么回答?

格鲁雪　孩子是我的。

阿兹达克　完了?我希望你能证明。无论如何我劝你告诉我,为什么你相信我应该把孩子断给你。

格鲁雪　我凭良心尽我所能养大他,我经常找东西给他吃。他平常多半有房子住。我为他受尽了折磨,也花了许多钱,受了许多累。我教孩子对大家都和善。我从小就教他尽量干活,他还太小呢。

第一个律师　老爷,此人都不提她和孩子之间有任何血缘关系,这一点事关重大。

阿兹达克　法庭注意到了。

第一个律师　谢谢,老爷。请允许一个深受苦难的妇人陈述几句话,她呀已经失去了丈夫,现在又担心失去孩子。尊贵的娜泰拉·阿巴什维利是……

总督夫人　(轻声地)十分残酷的命运迫使我要求先生帮忙把我亲爱的孩子还给我。我没法向先生描述一个被剥夺了亲生儿子的母亲怎样受到灵魂深处的痛苦、焦虑、不眠的长夜和……

第二个律师　(脱口而出)这位夫人受到的待遇,简直是闻所未闻。他们不允许她跨进她丈夫的府第。他们不让她从自家的产业上得到分毫进款。他们冷酷无情地告诉她,那是归继承人的。没有孩子她什么都办不了。她连律师的报酬都付不出!(对第一个律师,因为他一听到这一番脱口而出的话急得什么似的,拼命做手势,叫他不要打断)亲爱的伊罗·舒伯拉采,为什么不该明白说出来,既然事关阿巴什维利产业的继承权问题?

第一个律师　千万、千万,敬爱的山得罗·欧伯拉采!我们本来讲好……(对阿兹达克)当然这是对的,案件结局也要决定我们的当事人能否获得这一笔非常巨大的阿巴什维利遗产的处理权。但是我说"也要决定"是有意义的,这是说,占第一位的还是一个母亲所遭逢的人性的悲剧,娜泰拉·阿巴什维利在她激动人心的讲话开头说得很对呀。即使米歇尔·阿巴什维利不是遗产的继承人,他还是我的当事人所热爱的孩子!

阿兹达克　打住!法庭认为,提到遗产正是人情的明证。

第二个律师　谢谢,老爷。亲爱的伊罗·舒伯拉采,无论如何,我们都可以证明,抱走孩子的这个人不是孩子的母亲!请你允许我向法庭陈述这些赤裸裸的事实。由于一连串的事故,孩子,米歇尔·阿巴什维利,在母亲逃亡的时候,不幸被丢下了。总督府的帮厨女佣人格鲁雪,复活节那天曾经在场,大家看到她忙着照应孩子……

厨娘　女主人当时光顾着带什么样的衣服。

第二个律师　(不理会)大约一年以后,格鲁雪带着孩子出现在山村里,结了婚,同……

阿兹达克　你是怎样到山村去的?

格鲁雪　走去的,老爷,孩子是我的。

西蒙　我是父亲,老爷。

厨娘　本来寄养在我家里,老爷,出五块钱。

第二个律师　那个男人是格鲁雪的未婚夫,尊贵的法庭,因此他的见证不可靠。

阿兹达克　你是那个在山村里娶她的男人吗?

西蒙　不是,大人。她嫁给一个农民。

阿兹达克　(示意格鲁雪靠近一点)为什么?(指西蒙)他不中用吗?说实话。

格鲁雪　我们还没到这一步,我只是为了孩子才嫁人。为了给他找个住处。(指西蒙)他当时打仗去了,老爷。

阿兹达克　现在他又要你了,是吗?

格鲁雪　(生气地)我已结婚了,老爷。

西蒙　我要作证说……

阿兹达克　那么,你声明孩子是胡闹得来的?(因为格鲁雪不回答)我问你一个问题:这是个什么样的孩子?是个野杂种,还是个体面货——富贵人家的公子哥儿?

格鲁雪　(顶撞地)是个平常的孩子。

阿兹达克　我是说,他是否一开头就长得眉清目秀。

格鲁雪　他脸上长的有鼻子。

阿兹达克　他脸上长的有鼻子。我认为你这个回答非常重要。有人说我有一次在断案以前,先到外边去闻闻玫瑰花。这都是耍花样,目前用得着这一套。我现在要精简程序,不再听你们的谎言了,(对格鲁雪)特别是你的。(对被告一边)我知道你们葫芦里卖的什么药,你们骗我,我看透你们了。你们是骗子。

格鲁雪　(突然)我明白你为什么要精简程序,我早看到你接受了什么!

阿兹达克　闭嘴!难道我接受过你什么吗?

格鲁雪　(尽管厨娘想制止她)因为我一无所有。

阿兹达克　完全正确。从你们这些饿死鬼手里我什么也得不到,指望你们,我得饿死。你们要公道,可是你们想出钱吗?你们上肉铺,知道出钱,上法庭却只当去吊丧白吃素斋。

西蒙　(大声)常言道:“马蹄子打掌,马蝇子伸腿。”

阿兹达克　(热切地接受挑战)“宁要粪坑里的珠宝,不要山泉里的石头。”

西蒙　“‘好天气,我们去钓鱼吧?’钓鱼人对蚯蚓说。”

阿兹达克　“‘我自己当家做主’,佣人说,就割掉自己的脚。”

西蒙　“‘我爱你们像父亲爱儿子’,皇帝对农民说,他砍了太子的头。”

阿兹达克　“愚夫最凶恶的敌人是他自己。”

西蒙　但是“臭屁不长鼻子”!

阿兹达克　在法庭上说肮脏话,罚十块钱!叫你认识认识什么叫法律。

格鲁雪　好干净的法律!你随便拿我们开刀,就因为我们说话不像带律师的那些人说的漂亮。

阿兹达克　正是这样。你们这种人太愚蠢。你们脑袋上挨棍子,理所当然。

格鲁雪　你想把孩子送给她,她可太文雅了,连给孩子换围嘴都不会!讲公道,你还不如我知道得多,记住这一点。

阿兹达克　这倒是实情。我是个无知的人。我这袍子里边连一条像样的裤子都没有,你自己来看。我的一切都花在吃喝上,我是在修道院受教育的。顺便想起,我也要判你十块钱罚金,因为冒犯法庭。除此之外,你是个十足的傻大姐,偏要招我和你作对,就不对我飞飞眼或者扭扭屁股,逗我脾气好一点。罚二十块钱。

格鲁雪　哪怕是三十块,我还是要告诉你,我看透你的公道了,你这个醉蒜头!你怎么好意思俨然装出一副痴头痴脑的大先知的神气,对我胡说八道?把你从娘肚子里掏出来的时候,并没打算让你回头把你娘打一顿,只因为她从哪儿随手掏来一把小米!你看到我在你面前直打抖也不害羞?你甘心给他们当家奴,保护他们那些偷来的房子。从什么时候起,房子是属于臭虫的?你要小心,要不然他们就没法拉我们的男人去打仗。你这个卖身投靠的家伙!

[阿兹达克站起身来。他开始显得满面春风,用他的小锤子漫不经心地敲着桌子,似乎在要求安静,但是当格鲁雪继续骂下去的时候,却只是为她打拍子

格鲁雪　我不怕你。你至多也不过像个小偷或者带刀子的凶手,为所欲为也是枉然。你满可以抢走我那百里挑一的孩子。可是我要告诉你一句话,实在应该挑一个强奸幼女的禽兽或者吸血鬼来担当你这门行业,作为惩罚,偏叫他们高高在上,坐在那里,审判他们的同类,准保他们比吊在绞刑架上还难受。

阿兹达克　(坐下)现在要罚三十块了!我不愿再同你争吵,我们不是在酒馆里,这样吵下去我还有法官的尊严吗?我对你的案子已经完全失去了兴趣。那两个要求离婚的夫妻呢?(对肖瓦)把他们带进来。这个案子停审十五分钟。

第一个律师　(当肖瓦出去的时候)夫人,即使我们不再提什么证据,胜诉也在我们的口袋里了。

厨娘　(对格鲁雪)你得罪他了。现在他不会把孩子判给你了。

总督夫人　沙尔瓦,我的香盐瓶。

[走进来一对年纪很老的夫妇。]

阿兹达克　递上来。(老夫妇不懂)就我所知,你们要离婚。你们在一起多久了?

老妇　四十年,老爷。

阿兹达克　那么,你们为什么离婚?

老人　我们彼此不喜欢,老爷。

阿兹达克　从什么时候开始的?

老妇　一直如此,老爷。

阿兹达克　我可以考虑你们的要求,等我把另一桩案件处理完了,就宣布我的判决。(肖瓦把他们引到后边去)把孩子领来。(他把格鲁雪招到面前,显得并非不友好地向她低下身去)我看你倒有点是非心。我不相信孩子是你的。可是,如果他是你的,女人,你不愿意他富有吗?只要你说一句他不是你的,他马上就会有一所府第,一大群马在他的马槽头,一大群叫化子在他的门阶上,一大群兵丁在他的左右,一大群请愿人在他的院子里。你说怎样?你不愿意他富有吗?

［格鲁雪沉默。］

歌　　手　现在请听这个忿怒的女子想的是什么，没有说出来的是什么。（他唱）

穿上金镂鞋，
长出鬼心眼，
踩人找软处，
还笑我哭丧脸。
心肠变石头，
负担可太重，
当老爷忒辛苦，
日夜刮歪风。

但愿他怕饥饿，
不怕挨饿人，
但愿他怕黑夜，
不怕太阳升！

阿兹达克　女人，我相信我了解你。

格 鲁 雪　我不能放他走。我把他养大了，他认识我。

［肖瓦把孩子领进来。］

总督夫人　好一身破烂！

格 鲁 雪　胡说！我来不及给他穿好衣服。

总督夫人　猪圈里来的！

格 鲁 雪　（狠狠地）我不是猪，有人可真是猪。你当初把你的孩子扔到哪儿了？

总督夫人　我给你尝尝，你这个臭婆娘。（她想朝格鲁雪扑过去，两个律师把她拉住了）她是个罪犯！非打死她不可。

第二个律师　（捂住她的嘴）尊贵的娜泰拉·阿巴什维利！你不是答应……老爷，原告的神经……

阿兹达克　原告和被告！法庭倾听了你们的案子，还不能断定谁是这个孩子的真正母亲。我作为法官有责任给孩子找个母亲。我要作一个测验。肖瓦，拿一块粉笔来。在地上划一个圆圈。（肖瓦用粉笔在地上画了一个圆圈）把孩子放进去，（肖瓦把孩子放进圆圈，孩子对格鲁雪微笑）原告和被告，你们俩站在圆圈的边上！（总督夫人和格鲁雪走到圈旁）拉住孩子的手。真正的母亲就会有力量把孩子从圆圈里拉到自己一边来。

第二个律师　（赶快）尊贵的法庭，我提出抗议！归孩子继承的巨大的阿巴什维利遗产的命运，不应该取决于这样一次不可靠的角力。此外，我的当事人气力也不如那个女人大，人家是习惯于体力劳动的。

阿兹达克　我看她倒是吃得很好的。拉！

［总督夫人把孩子从圆圈里朝自己一边拉过去。格鲁雪先放开手，站在原地目瞪口呆。］

第一个律师　(祝贺总督夫人)我说什么来着?血缘关系!

阿兹达克　(对格鲁雪)你怎么了?你没有拉!

格鲁雪　我还没有拉住呢。(她向阿兹达克跑去)老爷,我收回刚才说你的每一句话,求你原谅。只要我能留住他,把他养到会好好说话就好了。现在他才会几句。

阿兹达克　别来感化法庭!我打赌,你自己也只会二十句。好,我再测验一次,好作确实定案。(两个女人又站过来)拉!

[格鲁雪又放开了孩子。]

格鲁雪　(绝望地)他是我养大的!我能把他撕毁吗?我不干!

阿兹达克　(站起来)就此法庭断定谁是真正的母亲。(对格鲁雪)领你的孩子,把他带走。我劝告你不要跟他再留在城里。(对总督夫人)你呢,赶紧走开,别等我判处你欺骗罪。财产归城市,用来给孩子们修建一座公园。他们需要一个公园,我决定以我的名字命名为"阿兹达克公园"。

[总督夫人已经昏过去。格鲁雪站在原地,一动也不动。肖瓦把孩子领给她。]

阿兹达克　现在我要脱去这法官服,——它热得我穿不住了。我不在任何人面前装英雄。但是我先邀请你们参加一个小小的告别舞会,在外面草地上。噢,对了,瞧我醉醺醺的差点儿忘了判那件离婚案。(他用法官椅子当桌子,在一张纸上写了几笔,然后准备离开。舞蹈音乐已经吹奏起来)

肖瓦　(读了纸上写的什么)错了,你没有判决那对老夫妻离婚,你判了格鲁雪跟她的丈夫离婚。

阿兹达克　判错了?我很抱歉,只好让它如此,我不能收回成命,那样就没有法制了。(对老夫妇)我邀请你们参加我的晚会,跳一场舞你们就和好了。(对格鲁雪和西蒙)你们俩总共欠我四十块钱。

西蒙　(掏他的钱包)便宜,老爷。非常感激。

阿兹达克　(把钱收起)我会用着它的。

格鲁雪　最好我们今天夜里就出城。好吗,米歇尔?(正要把孩子背到背上,对西蒙)你喜欢他吗?

西蒙　(把孩子放到自己的背上)奉告夫人,我喜欢他。

格鲁雪　现在我可以告诉你:我当初要他,就是因为在复活节那天我跟你订了婚。所以,这是个爱情的孩子。米歇尔,我们跳舞去。

[她同米歇尔跳舞。西蒙拉过厨娘,同她跳起来。老夫妇也跳起来。阿兹达克沉思着站在那里,跳舞人很快把他遮起来。有时还看得见他,但是参加跳舞的愈来愈多,也就愈来愈不大看得见他了。]

歌手　(唱)

这一晚以后阿兹达克消失了,此后再也不见了。
但是格鲁吉亚的人民并不忘记他,
他们长久回忆着他当法官的时代,那个短暂的
黄金时代,几乎是公道的时代。

[一对对舞伴跳着舞退场。阿兹达克已经消失了。]

但是《灰阑记》故事的听众,

请记住古人的教训：
一切归善于对待的，比如说
孩子归慈爱的母亲，为了成材成器，
车辆归好车夫，开起来顺利，
山谷归灌溉人，好让它开花结果。
［音乐。］

——剧终

（《高加索灰阑记》第五部分，张黎译、卞之琳译，《布莱希特戏剧选》（下册），人民文学出版社 1980 年版）

【提示】

彰显母爱伦理的“灰阑”

元代李行道的杂剧《包待制智赚灰阑记》，是一出公案戏。女主人公张海棠出身于书香门第，由于家业凋零，无奈只得当了妓女。从良后，嫁给马员外做小，而马的大妻不贤，勾结赵令史毒死亲夫马员外，嫁祸给张海棠，还想把她的儿子据为己有以谋夺家产。包拯在审案过程中发现许多疑点，他想出“灰阑扯子”的办法来判断孩子的生母。此剧是较早被介绍到海外的中国戏剧作品之一。1832 年伦敦出版了 S·朱利安（汉名儒莲）的法文译本，此后又有 F·休姆的英文译本和达丰塞敖的德文译本问世。1920 年代德国诗人克拉布德根据在欧洲流行的英、法文译本将《灰阑记》再度转译为德文，并于 1924 年由著名导演莱茵哈德将该剧搬上柏林舞台。《灰阑记》中灰阑断案部分与《圣经·列王记》中所罗门王断子情节极为相近，另外《古兰经》也载有先知素来曼大圣对两妇人争夺一孩子的判定故事，佛经《贤愚经》同样载有大国王阿婆罗提目佉判断两母争夺一男孩的故事。

布莱希特依据我国元杂剧先是创作了故事《奥格斯堡灰阑记》，然后在流亡美国期间受百老汇委托再次将这部元杂剧改编为剧本《高加索灰阑记》，这是他唯一一部描写苏联的剧作。该剧由“楔子·山谷的争执”和“灰阑记”两部分组成，是一个典型的“戏中戏”。楔子讲述了在一片被德国纳粹摧毁的高加索村庄的废墟中，两个苏联集体农庄就一块土地的归属问题所发生的争执。在从首都来的国家恢复建设委员会专家的主持和引导下，庄员们诉诸理性，最终一致决定：土地应划归给能更好利用土地的农庄。讨论结束后，歌手及其乐队开始为庄员们表演发生在格鲁吉亚封建时期的“灰阑记”故事。故事内容是格鲁吉亚发生内乱，总督被杀，总督夫人仓惶出逃，遗弃骨肉米歇尔。女仆格鲁雪冒着生命危险，带着孩子逃难并养育他。内乱平息后，总督夫人为了继承遗产索要孩子，同格鲁雪争持不下。法官阿兹达克决定用灰阑断案，结果总督夫人使劲往外拉扯孩子，而格鲁雪心存不忍选择放手。法官由此确认了格鲁雪的善良慈爱，最终将孩子判给了养母女仆而非生母总督夫人。歌手通过讲述这个二母争子的伦理故事，得出“一切归于善待的人”这一革命性主题，以此来印证重新分配土地使用权的合理性。布莱希特在剧中突出了间离与陌生化的戏剧效果，也有斯坦尼斯拉夫斯基强调体验与再现的成分，此外还借鉴融合了我国传统戏曲表演的某些程式和技巧。

李行道剧中包公灰阑断案依据的是血缘关系，即谁孕育并生下了这个孩子，谁便是这个孩子的母亲。显然布莱希特对于母子伦理关系建立的基础和标准有着不同的理解，阿兹达克断案的依据是母爱的真谛（即无条件的爱），将小孩判给对于他“有益处的人”（而非亲生母亲），借助于格鲁雪形象，作者质疑了血亲伦理而伸张了超血缘关系的现代伦理准则。两处断案看似不同，实际上又是相通的，血亲之家难免将人与人分隔为各逐私利的家庭单元，马员外大妻争子的目的是为了家产，总督夫人逃命时宁愿抛子却带上了首饰，她们都背离了真正的母爱。母爱是人性中最温暖的情感，是没有丝毫利益算计的付出，是不容伪装的自觉自然的行为，因此“灰阑断案”才如此有效，其实判给生母或养母已经并不重要，谁拥有真诚无私的母爱，谁才有资格成为真实意义上的母亲，这就是母爱的伦理。

（杨青泉）

思考题

1. 包公用“灰阑”断案的依据是什么？有可能误判吗？从现代法理去分析这会有什么问题？

2. 两部《灰阑记》都以真假母亲相比照来倡扬人间的母爱,有什么不同？

3. 两部《灰阑记》中的法官都是受人拥戴的清官,但布莱希特塑造的阿兹达克则较多地显现出个性化特色,试加以比较,并分析布莱希特这样写的好处。

4. 从布莱希特对我国古典戏剧《灰阑记》的改编、创新,你得到了什么启发？

三、赵氏孤儿(节选)

纪君祥

纪君祥,一名天祥,生平事迹不详,元代大都(今北京)人,著有杂剧6种,如今仅存《赵氏孤儿冤报冤》一种,简称《赵氏孤儿》。

第二折

(屠岸贾领卒子上云)事不关心,关心者乱。某屠岸贾,只为公主生下一个小的,唤做赵氏孤儿,我差下将军韩厥把住府门,搜检奸细。一面张挂榜文,若有掩藏赵氏孤儿者,全家处斩,九族不留。怕那赵氏孤儿会飞上天去?怎么这早晚还不见送到孤儿?使我放心不下。令人,与我门外觑者。(卒子报科,云)报元帅,祸事到了也。(屠岸贾云)祸从何来?(卒子云)公主在府中将裙带自缢而死,把府门的韩厥将军也自刎身亡了也。(屠岸贾云)韩厥为何自刎了?必然走了赵氏孤儿,怎生是好?眉头一皱,计上心来。我如今不免诈传灵公的命,把晋国内但是半岁之下,一月之上,新添的小厮,都与我拘刷将来,见一个剁三剑。其中必然有赵氏孤儿,可不除了我这腹心之害?令人,与我张挂榜文,着晋国内但是半岁之下,一月之上新添的小厮,都拘刷到我帅府中来听令。违者全家处斩,九族不留。(诗云)我拘刷尽普国婴孩,料孤儿没处藏埋;一任他金枝玉叶,难逃我剑下之灾。(下)(正末扮公孙杵臼领家童上,云)老夫公孙杵臼是也。在晋灵公位下,为中大夫之职。只因年纪高大,见屠岸贾专权,老夫掌不得王事,罢职归农。苫庄三顷地,扶手一张锄,住在这吕吕太平庄上。往常我夜眠斗帐听寒角,如今斜倚柴门雁行,倒大来悠哉也呵。(唱)

【南吕一枝花】兀的不屈沉杀大丈夫,损坏了真梁栋?被那些腌臜[①]屠狗辈[②]函,欺负俺慷慨钓鳌翁[③]。正遇着不道的灵公,偏贼子加恩宠,著贤人受困穷;若不是急流中将脚步抽回,险些儿闹市里把头皮断送。

【梁州第七】他他他,在元帅府扬威也那耀勇,我我我,在太平庄罢职归农,再休想鹓班豹鼻相随从。他如今官高一品,位极三公,户封八县,禄享千钟;见不平处有眼如矇,听咒骂处有爵如聋。他他他,只将那会谄谀的着列鼎重茵,害忠良的便加官请俸,耗国家的都叙爵论功。他他他,只贪着目前受用,全不省爬的高来可也跌的来肿。怎如俺守田园,学耕种,早跳出伤人饿虎丛,倒大来从容。

(程婴上,云)程婴,你好慌也。小舍人,你好险也。屠岸贾,你好狠也。我程婴虽然担着个撞出城来,闻的那屠岸贾见说走了赵氏孤儿,要将普国内半岁之下,一月之上小孩儿每,都拘摄到元帅府里,不问是孤儿不是孤儿,他一个个亲手剁做三段。我将的这小舍人送到哪厢去好?有了,我想吕吕太平庄上公孙杵臼,他与赵盾是一殿之臣,最相交厚。他如今罢职归农,那老宰辅是个忠直的人,那里堪可掩藏。我如今来到庄上,就在这芭棚下放下这药厢。

小舍人,你且权时歇息咱,我见了公孙杵臼,便来看你。家童,报复去,道有程婴求见。(家童报科,云)有程婴在于门首。(正末云)道有请。(家童云)请进。(正末见科,云)程婴,你来有何事?(程婴云)在下见老宰辅在这太平庄上,特来相访。(正末云)自从我罢官之后,众宰辅每好么?(程婴云)嗨,这不比老宰辅为官时节,如今屠岸贾专权,较往常都不同了也。(正末云)也该着众宰辅每劝谏劝谏。(程婴云)老宰辅,这等贼臣,自古有之;便是那唐虞之世,也还有四凶④哩。(正末唱)

【隔尾】你道是古来多被奸臣弄,便是圣世何尝没四凶?谁似这万人恨、千人嫌、一人重?他不廉不公,不孝不忠,单只会把赵盾全家杀的个绝了种。

(程婴云)老宰辅,幸的皇天有眼,赵氏还未绝种哩。(正末云)他家满门良贱三百馀口,诛尽杀绝,便是驸马也被三般朝典短刀自刎了,公主也将裙带缢死了,还有什么种在哪里?(程婴云)那前项的事,老宰辅都已知道,不必说了。近日公主囚禁府中,生下一子,唤做孤儿,这不是赵家是哪家的种?但恐屠岸贾得知,又要杀坏;若杀了这一个小的,可不将赵家真绝了种也?(正末云)如今这孤儿却在哪里?不知可有人救的出来么?(程婴云)老宰辅,既有这点见怜之意,在下敢不实说:公主临亡时将这孤儿交付与了程婴,着好生照觑他,待到成人长大,与父母报仇雪恨。我程婴抱的这孤儿出门,被韩厥将军要拿的去报与屠岸贾;是程婴数说了一场,那韩厥将军放我出了府门,自刎而亡。如今将的这孤儿无处掩藏,我特来投奔老宰辅。我想宰辅与赵盾原是一殿之臣,必然交厚,怎生可怜见救这个孤儿咱。(正末云)那孤儿今在何处?(程婴云)现在芭棚下哩。(正末云)休惊骇着孤儿,你快抱的来。(程婴做取箱开看科,云)谢天地,小舍人还睡着哩。(正末接科)(唱)

【牧羊关】这孩儿未生时绝了亲戚,怀着时灭了祖宗,便长成人也则是少吉多凶。他父亲斩首在云阳,他娘呵囚在禁中;那里是有血腥的白衣相⑤?则是个无恩念的黑头虫。(程婴云)赵氏一家,全靠着这小舍人要他报仇哩。(正末唱)你道他是个报父母的真男子,我道来则是个妨爷娘小业种。

(程婴云)老宰辅不知,那屠岸贾为走了赵氏孤儿,普国内小的都拘刷将来,要伤害性命。老宰辅,我如今将赵氏孤儿偷藏在老宰辅跟前,一者报赵驸马平日优待之恩,二者要救普国小儿之命。念程婴年近四旬有五,所生一子,未经满月,待假装做赵氏孤儿,等老宰辅告首与屠岸贾去,只说程婴藏着孤儿,把俺父子二人一处身死。老宰辅慢慢的抬举的孤儿成人长大,与他父母报仇,可不好也?(正末云)程婴,你如今多大年纪了?(程婴云)在下四十五岁了。(正末云)这小的算着二十年呵,方报的父母仇恨。你再着二十年也,只是六十五岁;我再着二十年呵,可不九十岁了?其时存亡未知,怎么还与赵家报的仇?程婴,你肯舍的你孩儿,倒将来交付与我;你自首告屠岸贾处,说道太平庄上公孙杵臼藏着赵氏孤儿,那屠岸贾领兵校来拿住我和你亲儿,一处而死。你将的赵氏孤儿,抬举成人,与他父母报仇,方才是个长策。(程婴云)老宰辅,是则是,怎么难为的你老宰辅?你则将我的孩儿,假装做赵氏孤儿,报与屠岸贾去,等俺父子二人一处而死罢。(正末云)程婴,我一言已定,你再不必多疑了。(唱)

【红芍药】须二十年酬报的主人公,恁时节才称心胸,只怕我迟疾死后一场空。(程婴云)老宰辅,你精神还强健哩。(正朱唱)我精神比往日难同,闪下这小孩童,怎见功?你急切里老不的形容,正好替赵家出力做先锋。(带云)程婴,你只依着我便了。(唱)我委实的挨不彻暮鼓晨钟⑥。(程婴云)老宰辅,你好好的在家,我程婴不识进退,平白地将着这愁布袋连累

你老宰辅，以此放心不下。（正末云）程婴，你说哪里话？我是七十岁的人，死是常事，也不争这早晚。（唱）

【菩萨梁州】向这傀儡棚[7]中鼓笛搬弄，只当做场短梦，猛回头早老尽英雄。有恩不报怎相逢，见义不为非为勇。（程婴云）老宰辅，既应承了，休要失信。（正末唱）言而无信言何用？（程婴云）老宰辅，你若存的赵氏孤儿，当名标青史，万古留芳。（正末唱）也不索把咱来厮陪奉，大丈夫何愁一命终？况兼我白发蓬松。

（程婴云）老宰辅，还有一件，若是屠岸贾拿住老宰辅，你怎熬的这三推六问？少不得指攀我程婴下来。俺父子两个死是分内，只可惜赵氏孤儿终归一死，可不把你老宰辅干累了也？（正末云）程婴，你也说的是，我想那屠岸贾与赵驸马呵。（唱）

【三煞】这两家做下敌头重，但要访的孤儿有影踪，必然把太平庄上兵围拥，铁桶般密不通风。（云）那屠岸贾拿住了我，高声喝道："老匹夫，岂不见三日前出下榜文？偏是你藏下赵氏孤儿，与俺作对。请波！请波！"（唱）则说："老匹夫请先入瓮[8]。也须知榜揭处天都动，偏你这罢职归田一老农，公然敢剔蝎撩蜂[9]！"

【二煞】他把绷扒吊拷敲般用，情节根由细细穷，那其间枯皮朽骨难禁痛，少不得从实攀供，可知道你个程婴怕恐。（带云）程婴你放心者。（唱）我从来一诺似千金[10]重，便将我送上刀山与剑峰，断不做有始无终。

（云）程婴，你则放心前去，抬举的这孤儿成人长大，与他父母报仇雪恨。老夫一死，何足道哉？（唱）

【煞尾】凭着赵家枝叶千年永，晋国山河百二雄[11]，显耀英才统军众，威压诸邦尽伏拱，遍拜公卿诉苦衷，祸难当初起下宫[12]，可怜三百口亲丁饮剑锋，刚留得孤苦伶仃一小童。巴[13]到今朝袭父封，提起冤仇泪如涌，要请甚旗牌下九重，早拿出奸臣帅府中，断首分骸祭祖宗，九族全诛不宽纵。恁时节才不负你冒死存孤报主公；便是我也甘心儿葬近要离[14]路傍冢。（下）

（程婴云）事势急了，我依旧将这孤儿抱的我家去，将我的孩儿送到太平庄上来。（诗云）甘将自己亲生子，偷换他家赵氏孤；这本程婴义分应该得，只可惜遗累公孙老大夫。（下）

（《元人杂剧选》，顾学颉选注，人民出版社 2003 年版）

【注释】

① 腌（ā）臜（zā）：肮脏二字的音转。即肮脏。

② 屠狗辈：宰狗为业的人，这里指屠岸贾。《战国策·韩策》："客游以为狗屠，可旦夕得以养亲。"韩愈《送董邵南序》："复有昔时屠狗者乎？"

③ 钓鳌翁：鳌，海中巨龟。钓鳌翁，喻志向远大高超的人，这里是公孙杵臼自比。宋·赵德麟《侯鲭录》六："李白开元中谒宰相，封一板，上题：'海上钓鳌客李白。'"

④ 四凶：相传尧舜时代的四个部族首领，因不服从而被流放。《左传》文公十八年："流四凶族：浑敦、穷奇、梼杌、饕餮。"

⑤ 白衣相：言无官职而有宰相的权势。唐·令狐滈恃其父宰相令狐绹之势，招权纳财，当时谓之"白衣宰相"。（见《新唐书》本传）。这里指赵氏孤儿，与下句"黑头虫"意同，是反话。

⑥ 暮鼓晨钟手：旧时寺庙里早晨敲钟、晚上击鼓以报时刻，叫做"暮鼓晨钟"。这里是表示时光、日日夜夜的意思。唐·李咸用《山中诗》："朝钟暮鼓不到耳。"

⑦ 傀儡棚：搬演木偶戏的舞台，借喻人世、官场。《旧唐书·音乐志》：窟礧子，亦云魁礧子，作偶人以戏。

善歌舞，本丧家乐也。汉末始用之于嘉会。相传始创于汉·陈平，造木偶人以计退匈奴军（见唐·段安节《乐府杂录·傀儡子》）。

⑧ 入瓮：唐代酷吏来俊臣奉命审理周兴，先问周兴：囚犯不肯认罪，怎么办？周兴说："甚易也。取大瓮，以炭四面炙之，令囚人处之其中，何事不吐？"来俊臣就命人抬来大缸，四周烧火，对周兴说："有内状勘老兄，请兄入瓮。"（见《太平广记》引《朝野佥载》）后来"请君入瓮"，作为一个成语，有堕入圈套、中计等意。

⑨ 剔蝎撩蜂：元剧习用语，比喻挑逗、招惹最恶毒之物。此处指触犯屠岸贾。

⑩ 一诺似千金：承诺人家的话，就守信遵守不变，像千金一样贵重。《史记·季布传》："得黄金百斤，不如得季布一诺。"

⑪ 晋国山河百二雄：山河百二，语本《史记·高祖本纪》："秦，形胜之国，带山河之险，县（悬）隔千里，持戟百万，秦得百二焉。"各家对"百二"解释不同，从略。意思是说秦国得地形之利，只需各国百分之二的兵力，就可控制各国诸侯。本指秦国，这里借用。

⑫ 下宫句：下宫，本指祖庙，此指晋灵公宫中。灵公奢侈无道、杀人，赵盾屡谏，不听；反使人刺盾，又纵獒犬咬之，均未成。后为赵穿所杀（见《左传》、《史记·晋世家》）。"祸难当初起下宫"，即指上述之事。

⑬ 巴：盼望。

⑭ 要离：春秋时吴国刺客，为吴公子光谋刺庆忌，刺中，后又自杀（见《吴越春秋·阖闾内传》）。

中国孤儿（节选）

伏尔泰

伏尔泰（Franç Marie Arouet，又名 Voltaire，1694—1778），原名佛郎索瓦-玛丽·阿鲁埃，18 世纪法国杰出的启蒙思想家、哲学家、作家、历史学家和自然科学家，被尊为"法兰西思想之父"。他出生于巴黎资产阶级家庭，自小受过良好的教育，经历了路易十四至路易十六封建王朝的统治，目睹了封建专制主义由盛转衰，他反对君主制度，提倡自然权论，批判天主教会，主张言论自由。他很著名的一句话："我不同意你说的每一个字，但我誓死保卫你说话的权利。"雨果说："伏尔泰不只是一个人，而是整整一个时代。"他曾得到过众多统治者的青睐，也曾因辛辣讽刺封建专制主义而两度被投入巴士底狱，两度流亡国外。他说："笑，可以战胜一切。这是最有力的武器。"法国大革命时期的人们在他的灵车上写道："他教导我们走向自由。"伏尔泰代表作品有哲理小说《老实人》，哲学著作《哲学通信》，历史著作《路易十四时代》《论各民族的风俗与精神》等。

剧中人：成吉思汗　鄂司猛　奚大美　盛绨　御医

第三幕　第三场

成吉思汗　对我说：你服从我的法律吗？你愿意把太子交给我吗？

盛　　绨　我已经尽了我的责任；大人，我已照你的命令做了。

成吉思汗　你可知道我是要重罚骗子和刁奸之徒的，我发怒起来什么人都不能幸免的；你若是敢把太子匿藏起来，不论你装腔作假，他是逃不出我的掌握，到那时你虽再哀求我是不能饶恕的。但是我愿意相信你的话，（向他的部下）把那个搜索出来的孩子带来，打死他！

盛 绨 可怜的孩子。

奚大美 住手！大人呀，你的仁慈是这样的吗？一个打了胜仗的人是这样履行他的诺言的吗？

成吉思汗 难道我是这样给人开玩笑的吗？难道人家要这样作弄我吗？这未免欺人太厉害了，夫人，你该把经过的一切都供招出来，你马上替我说明这个孩子的事情，若使不说出真话，我就把他处死。

奚大美 若是你强暴到底一定要杀人流血，我的儿子就要死在你的手里，这是多么可怕的事，若是我把真相告诉了你，你又要以为我在作弄你了，这是让我相当苦难，而赦免那个比我更慷慨的丈夫罢！大人，没有你来打仗，大宋朝是不会灭亡的，我们至尊的皇帝临终前把那么可敬可爱的太子托孤给我的丈夫，皇上并没有交付给他人。大人，在你打了胜仗以后，杀人流血的事也干得够了，一切残暴可怕的行为足以破坏你的光荣而有余；许多无罪的人都浸沉在血河里，大宋朝的皇帝和皇后娘娘，还有五个太子都被缢死了，大宋帝国已经灭亡了，有一个野蛮的人还要来搜索由我们保护着的太子，他是宋朝历代皇帝的最后一个后嗣，是我们唯一的主人。我的丈夫得到了这个可怕的命令，为了要忠守他的责任，他毫不犹豫地把他自己的儿子交了出来。他的内心虽有说不出的若痛，但是外面还装着镇静的样子，你是不会了解他这种高贵的牺牲精神：我是非常崇拜他的严肃的和强烈的意志；我应该学他的榜样：但是我终究是一个女人，我不能克制做母亲的感情；我不能让我的儿子去死。咳呀！你看我是多么的苦痛难过，你可一望而知我的说话是真是假。请看那个儿子的父亲，他为了要保持他的正气节操，所以不得不哄骗你：你只罚我一个人好了，因为我既已泄露了我所尊敬的丈夫的秘密，同时已背负了大宋皇帝的洪恩，把真情说出来，我是罪有应得。正直的夫君呀！你待我实在太恳切了，可怜我做母亲的软弱吧：若使你的生命不保，我也只能和你同归于尽，请你宽赦我，至少我已救了你的孩子。

盛 绨 我一切都可原谅你，我决不怪怨你，我现在很放心，一点也不害怕，因为太子的安全早已有了保障了。

成吉思汗 奸细，快把太子献出来可以将功赎罪，否则就要把你处死刑。

盛 绨 若使服从不公道的命令那才是犯罪。我们大宋朝的皇帝们从陵墓中发出的呼声比你更响亮；你是我们的征服者，但你不是我们的皇帝；若是我是你的臣下，我一定尽忠于你，你可夺去我的生命，但是应该尊敬我的正气：我已经把我的儿子交给了你，我可以由你把他自由处置；你想我岂还会见你畏惧的吗？

成吉思汗 我要叫人在我的面前把他杀掉。

奚大美 啊！请你……

成吉思汗 把他带进来。

奚大美 不，请你在我的身上出你的怨气吧。多么忍心呀！你已经使我失掉我的皇帝，还要失掉我的丈夫和我的儿子吗？什么？你的心肠是铁打的吗？

成吉思汗 去吧，跟你的丈夫一同下去，你还想来打动我的心吗？你有什么权利敢来责问我？

奚 大 美　我早已知道我是无法可想的了。

成吉思汗　走开,你虽则倔强我还要仁慈待你,不过你得补偿你的罪过。

(《中国孤儿》,张若谷译,商务印书馆 1942 年版)

【提示】

"搜孤救孤"见仁义

元杂剧《赵氏孤儿》的经典意义主要在于:一、是中国古典悲剧典范之一。中国有无古典悲剧,从 20 世纪初就有不同看法,否定者如胡适、朱光潜等,有早期怀疑而后期高度肯定者如王国维、鲁迅、钱钟书等,王国维说:"如关汉卿之《窦娥冤》,纪君祥之《赵氏孤儿》。……即列之于世界大悲剧中,亦无愧色也。"二、在异域的传播与影响。《赵氏孤儿》是第一个传入欧洲的中国戏剧,也是 18 世纪唯一在欧洲流传的中国戏剧。最先由传教士马若瑟翻译成法文传入法国后被收入 1735 年出版的《中国通志》,《中国通志》在 18 世纪欧洲极其流行,《赵氏孤儿》也随之在欧洲流传开来,激发了欧洲作家们改编和再创作的热情以及围绕不同改编本展开中西戏剧理论和文化的探讨。在英意德法等语言改编本中影响最著者是伏尔泰的《中国孤儿》。

元杂剧《赵氏孤儿》由楔子和五折构成,根据《史记·赵世家》春秋晋灵公时两个家族斗争的历史敷衍,以忠义与复仇为主题,叙述了忠良赵盾全家三百口被权奸屠岸贾抄斩,赵盾之子驸马赵朔被逼自杀,其妻被囚生下遗腹子,围绕着这个赵氏孤儿,产生了公主"托孤"、屠岸贾"搜孤"、程婴等人"救孤"以及忠、奸二人(程、屠)共同"抚孤",最终孤儿复仇等一系列情节,全剧冲突迭起,惊心动魄。节选为第二折"搜孤救孤",表现生死抉择中坚守忠勇信义的道德观念,也正是伏尔泰最感兴趣的所在。伏尔泰被称为"欧洲的孔夫子",在他所了解到的中国中最吸引他的是儒家道德,因此,他欣赏的不是中国戏剧的艺术美,而是儒家道德的感化作用。他从《赵氏孤儿》中发现了中国道德的完美,这是当时法国现实中的精神缺陷,他在《中国孤儿》献词中说:"理智与才智跟盲目而野蛮的力量相比,具有天然的优越性,鞑靼人曾经两次证明了这一点。因为,在上个世纪初期,当他们再度征服这个伟大的帝国时,他们就又一次在战败者的智慧面前降服了,这两个民族融合成了一个,规化在这世界上最古老的律令统治下,多么惊人的大事啊,这就是我写作这个剧本的目的。"《中国孤儿》前题有"孔子道德五幕剧",结尾以"那是你们的人格!"发出对中国人格魅力的崇敬。

《中国孤儿》为五幕剧,讲述了大宋皇帝临终托孤给大臣盛缔,征服者成吉思汗闻讯四处搜捕以求斩草除根;盛缔为保全宋室遗孤,以自己的儿子替换,但妻子奚大美出于母爱反对,真相暴露后均被捕,成吉思汗发现奚大美正是自己多年前曾追求而遭拒绝的女子,于是提出如果奚大美愿与他结合,则饶恕盛缔夫妇及两个孩子,而奚大美选择了与夫同死,二人的忠贞折服了成吉思汗终被赦免。伏尔泰继承了元剧中的"孤儿"题材、"忠义"主题和"搜孤救孤"经典情节,但是按照西方古典主义戏剧三一律进行了改编:《赵氏孤儿》20 年的时间跨度被压缩为一个昼夜。把元剧中两个家族之间的忠奸矛盾改变为两个民族之间征服者与被征服者的冲突;在人物刻画上,元剧中救孤者程婴与公孙杵臼之间无任何矛盾,而《中国孤儿》则于救孤者盛缔夫妇之间的冲突中塑造了丰满的人物形象;元剧中搜孤者始终是权奸,而《中国孤儿》中的搜孤者由开始的暴君到最后愿意做"仁慈的君王",孤儿复仇这一主题亦随之消失。由于改编更符合西方审美趣味,这出戏在 1755 年一搬上舞台就受到了法国观众的欢迎。伏尔泰对《赵氏孤儿》的借鉴和改编反映出他对中国道德的崇拜,体现了西方启蒙思想家在内在精神上对中国文化的关注。

《赵氏孤儿》的解读与改编在我们这个时代仍在继续,2003 年分别被北京人民艺术剧院和国家话剧院搬上话剧舞台。不同地域、不同时代对《赵氏孤儿》的不同解读与演绎,体现出这一文本足够的丰富性,人们通过它与传统对话,与异域对话,与时代对话,在一次次对话中彰显出经典的生命力。

(夏慧勤)

思考题

1. 什么是悲剧？
2. 比较《赵氏孤儿》与《哈姆雷特》中的复仇主题。
3. 了解伏尔泰改编创作《中国孤儿》的时代背景及意义。

四、长干行[①]

李白

妾发初覆额，折花门前剧；[②]
郎骑竹马来，绕床弄青梅。[③]
同居长干里，两小无嫌猜。[④]
十四为君妇，羞颜未尝开。
低头向暗壁，千唤不一回。
十五始展眉，愿同尘与灰。[⑤]
常存抱柱信，岂上望夫台。[⑥]
十六君远行，瞿塘滟滪堆。[⑦]
五月不可触，猿声天上哀。
门前迟行迹，一一生绿苔。[⑧]
苔深不能扫，落叶秋风早。
八月蝴蝶黄，双飞西园草。
感此伤妾心，坐愁红颜老！[⑨]
早晚下三巴，预将书报家。[⑩]
相迎不道远，直至长风沙。

（《唐诗三百首》，（清）蘅塘退士编选，北京古籍出版社2000年版）

【注释】

① 属乐府，原为长江下游一带的民歌。江东称山冈之间空地为干。建业（今南京）之南有山，山间平地，吏民杂居，有大长干、小长干之称。全诗使用第一人称的口吻，并运用年龄记叙和四季相思的民歌手法，巧妙地把女主人公的生活场景有机地串联在一起，形成了一个完整的艺术整体。

② 初覆额：指幼小时头发刚刚盖着前额。剧：游戏。

③ 竹马：以竹竿当马骑。床：这里指坐具。

④ 同居：同住在。无嫌猜：没有嫌疑猜忌之心。

⑤ 始展眉：意谓情感在眉宇间显露出来。

⑥ 抱柱，典出《庄子·盗跖篇》：古时有一男子名尾生，曾与女子相约于桥下，女子未至，大水已到，尾生不肯失信，遂抱桥柱不肯离开，结果活活被大水淹死。望夫石的传说在中国古代是非常普遍的，一般都是丈夫出门在外，长年不归，妻子经常站在山上，望穿秋水，盼望丈夫早日回转，久而久之，化作山石。

⑦ 滟滪堆：瞿塘峡口的一块巨大礁石。在今四川省奉节县东五公里处，正好位于瞿塘峡口，水小时，滟滪堆突出江面，水面变窄，水大时，没入江底，不见踪影。总之不论何时通过，都极为凶险。解放初期被炸

掉。有民谣说:“滟滪大如马,瞿塘不可下。滟滪大如鳖,瞿塘行舟绝。滟滪大如龟,瞿塘不可窥。”

⑧ 行迹:指丈夫出门时留下的足迹。

⑨ 坐:因。

⑩ 早晚:何时。三巴:巴东、巴郡、巴西。

附:庞德译文:

The River Merchant's Wife: A Letter

While my hair was still cut straight across my forehead
I played about the front gate, pulling flowers.
You came by on bamboo stilts, playing horse,
You walked about my seat, playing with blue plums.
And we went on living in the village of Chokan:
Two small people, without dislike or suspicion.
At fourteen I married My Lord you.
I never laughed, being bashful.
Lowering my head, I looked at the wall.
Called to, a thousand times, I never looked back.
At fifteen I stopped scowling,
I desired my dust to be mingled with yours
Forever and forever and forever.
Why should I climb the look out?
At sixteen you departed,
You went into far Ku-to-yen, by the river of swirling eddies,
And you have been gone five months.
The monkeys make sorrowful noise overhead.
You dragged your feet when you went out.
By the gate now, the moss is grown, the different mosses,
Too deep to clear them away!
The leaves fall early this autumn, in wind.
The paired butterflies are already yellow with August
Over the grass in the West garden;
They hurt me. I grow older.
If you are coming down through the narrows of the river Kiang
Please let me know beforehand,
And I will come out to meet you
As far as Cho-fu-Sa.

少　女

庞　德

埃兹拉·庞德(Ezra Pound,1885—1972),美国诗人、评论家、翻译家、意象派诗歌的主要发起人。1915年,庞德在《意象派诗选》的序言中提出了意象三原则:提倡用准确的日常语言,创造新的韵律以及自由选材。他的早期诗歌遵循意象派的理论,用准确、鲜明、含蓄的意象来表达事物,文字简洁,通俗上口,并富有流畅的音乐美。1917年之后庞德脱离出意象派,开始现代派诗歌的写作。他一生著述颇多,主要作品有《面具》(1909)、《反击》(1912)、《献祭》(1916)和《诗章》(1917—1959)等。此外,他还写了不少文学评论文章。庞德的诗学理论对英美诗歌的发展具有重要影响。

树长进我的手心,
树液升上我的手臂,
树在我的前胸
朝下长,
树枝像手臂从我身上长出。

你是树,
你是青苔,
你是轻风吹拂的紫罗兰,
你是个孩子——这么高,
这一切,世人都看做愚行。

(《少女》,赵毅衡译,《外国诗歌精品》,晓征等选编,春风文艺出版社1994年版)

【提示】

"意象"传递人间情

埃兹拉·庞德是美国意象主义诗歌的公认领袖,他也是第一个将中国古典诗歌翻译成英文进入西方视野的人。他的《华夏集》共译了十八首中国诗,其中就有李白的这首《长干行》,被译作《河商妻的一封信》。在庞德心目中,中国古典诗歌,甚至汉字本身都是所谓的"意象"。

长干是一个金陵里巷地名,当地居民多从事商业,所以庞德推测诗中女主人公为河商之妻是有根据的。古代,在商人、市民中间,封建礼教的控制力量相对较弱。所以这位长干女子的童年、少年时光读来是那么的清新可人,青梅竹马、两小无猜也从此开始用来形容童年交好的男女伙伴之情。

诗人以十四、十五、十六的年龄为序来描写女主人公的婚姻生活,乍一看句式跟《孔雀东南飞》中刘兰芝的成长自述有些类似,但《孔雀东南飞》陈述的只是弹箜篌、织素、裁衣等简单的技艺,而这里的描写重点则是情感的变化,非常细腻入微。初婚时含羞答答,青涩未识人事,婚后一年渐渐燃烧起专一炽烈的情爱,"愿同尘与灰"是女主人公坚贞热烈的表白,而"常存抱柱信,岂上望夫台"则表达了她对丈夫爱情的自信。丈夫待己如尾生抱柱之信守承诺，自己又怎么会成为那些哀哀盼夫望夫的怨女呢？

可是离别的日子终究还是来了，丈夫要到长江上游去做买卖。李白另有诗句“瞿塘饶贾客，音信莫令稀”（《江上寄巴东故人》），另一位唐代诗人李益的《江南曲》也说“嫁得瞿塘贾，朝朝误妾期”，可见巴蜀夔州一带当时商业确实比较繁荣。但瞿塘峡口的滟滪堆却是古来有名的凶险之地，当地船工民谣《滟滪歌》中唱道：“滟滪大如象，瞿塘不可上……滟滪大如袱，瞿塘不可触”。看来五月正是“瞿塘不可触”的危险时段，所以女主人公心随夫去，想象着丈夫的船从江边两岸山上的猿声哀啼中一路行过。杜甫的“两岸猿声啼不住，轻舟已过万重山”是一种顺流而下的轻快与归心似箭的雀跃，而“五月不可触，猿声天上哀”则透露出一种勉力争上游的沉重和担忧。

自丈夫五月离去，妻子便天天在门口守望。家中没有男人主事，自然门庭冷落，所以门前的路都长了青苔。“一一生绿苔”说明这个妻子真是一点点看着青苔慢慢长出来、渐渐长满长深的，其等待的寂寥与盼望的殷切不言而喻。直到八月秋至，黄叶飘落，看着蝴蝶儿成双成对飞来飞去，不由得触景伤情，自伤形单影只，青春年华恐要虚度。最后嘱咐丈夫回家之前一定要先来家信，自己定会不辞遥远地到长风沙这个地方去迎接他，再一次表白了女主人公热切的爱情。

从李益《江南曲》中的“早知潮有信，嫁与弄潮儿”到白居易《琵琶行》中“老大嫁作商人妇”、抱怨“商人重利轻别离”的琵琶女，我们见惯了女性在婚姻中的无助与哀怨。但这位长干女子的心声却鲜明生动地传达出真诚平等的夫妻之爱和对爱情幸福的热烈追求与向往。难怪《唐宋诗醇》赞叹这首诗是：“儿女子情事，直从胸臆中流出。萦回曲折，一往情深。”也或许正是这个原因，使之获得了庞德的青睐，尽管语言的隔阂使他的理解乃至翻译未必准确、达意。

庞德的这首《少女》亦是他写给初恋情人的一首情诗。读这首诗让我们很容易想起了罗马诗人奥维德的《变形记》中记载的太阳神阿波罗和河神女儿达芙妮的故事。在爱神的设计下，阿波罗疯狂地爱上了达芙妮，而达芙妮却注定以冰冷待他。为了躲避阿波罗穷追不舍的爱情，达芙妮求她的父亲将她变成了一棵葱茏的月桂树。但阿波罗对她的爱情并未消亡，而是从此以后将月桂树尊为自己的圣树。在他的发上、琴上和箭袋上总是装饰着桂树的枝叶，还每年挑选出全希腊最优秀的诗人赐予桂枝花冠以示荣耀，“桂冠诗人”便由此而来。

所以，当庞德以树长进自己的身体，树与自己难分难解、融为一体来形容他被爱情之箭射中、击穿的感受时，我们不难看到这个意象背后有他的文化传统。亦如《长干行》中的蝴蝶，在中国文学的传统中也历来与爱情有关，如梁祝化蝶的传说、蝶恋花的缠绵等。在诗的第二段，庞德用了一连串“你是”的句式，用树、青苔、轻风吹拂的紫罗兰、天真无邪的孩子来赞美他所爱的少女，我们亦能感受到那种清纯水灵的美。他知道，这样炽烈的爱情在世人眼中看来是荒唐不理性的，甚至是愚蠢的，但深陷爱河中的男女哪里理会呢？正是这种深入骨髓、刻骨铭心的痴恋热恋将这两首诗、将李白与庞德隔着遥远的时空距离连在了一起。

（唐一方）

思考题

1. 试用现代汉语翻译李白的《长干行》。
2. 你从庞德写作《在一个地铁车站》的经历得到了哪些启发？
3. 请以《少女》为例，简要分析该诗意象的特点。

五、几条禁例

庞　德

几条禁例

一个意象是在瞬息间呈现出的一个理性和感情的复合体。我用“复合体”这个术语——是从最新心理学家，如伯纳德·哈特等人所用的那种技术意义上说的，虽然我们在应用方面可能不完全相同。

正是这种“复合体”的突然呈现给人以突然解放的感觉；不受时空限制的自由的感觉，一种我们在面对最伟大的艺术品时经受到的突然长大了的感觉。

一生中能描述一个意象，要比写出成篇累牍的作品好。

所有这些，有些人也许认为是值得商榷的。当务之急是为那些初学写诗者列出一份“禁例”。我不能将所有禁例像摩西十诫那样一一列举。

首先，不要将前面所提的三项建议（即要求直接处理、词句简练及音乐性词句的前后关联）看成教条——切勿将任何事物看成教条——而应该视之为长期思考的结果。即使是别人的思考，也值得我们考虑。

不要理睬那些自己从未写过一篇值得注意的作品的人的评论。想想那存在于希腊诗人、戏剧家的实际作品同希腊—罗马语法学家们的理论之间的差异。后者是编造出来用以解释诗歌格律的。

语　言

不要用多余的字句和不能说明任何东西的形容词。

不要用类似“宁静的朦胧国土”那种措辞。那会使意象索然无味。使得抽象与具体混杂起来。其所以产生这类词句，是因为作者没有意识到自然的事物总是适当的象征。

避免抽象。不要用平庸的诗句去重复早已用优秀的散文写过的东西。优秀的散文创作艺术其难度之大不可言述，不要以为为了逃避散文创作艺术的棘手之处，而把你的作品硬切成一行行的诗行，就能骗过任何聪明人。

今天行家们已经厌倦了的，明天一般读者也会感到厌倦的。

别把诗的艺术想象得比音乐的艺术简单，或者以为你至少不一定要在诗的艺术上像一般的钢琴教师在音乐艺术上下那么多的工夫，应可以让行家们满意。

尽可能多地从艺术大师那里接受影响，但要得体，要么坦率地承认你从他们那里得到好处，要么不要显露出这种影响。

所谓“影响”并不仅仅是狼吞虎咽地吞进恰好是你所钦佩的一两个诗人的装饰性的词汇。新近一位土耳其战地记者就犯了这种毛病，他在报道里嘟囔着什么“鸽子灰的”山陵或者是"珍珠白"的什么东西,我记不清了。

要么不用修饰语,要么用好的。

(《象征主义·意象派》,黄晋凯、张秉兵、杨恒达主编,中国人民大学出版社 1989 年版)

文学改良刍议

胡　适

胡适(1891—1962),原名嗣穈、洪骍,字希疆,后改名适,字适之,安徽绩溪人。现代学者,在文、史、哲领域颇有建树。以倡导"五四"文学革命著闻于世。1910 年留学美国,入康奈尔大学,后转入哥伦比亚大学,师从杜威,攻读博士学位,深受实用主义哲学的影响。1917 年初在《新青年》上发表了《文学改良刍议》。同年回国,任北京大学教授,并陆续发表论文《历史的文学观念论》《建设的文学革命论》等,出版新诗集《尝试集》,成为新文化运动的领导者之一。1919 年发表《多研究些问题,少谈些主义》,主张改良主义。1920 年离开《新青年》,后创办《努力周报》。1923 年与徐志摩等组织新月社。1924 年与陈西滢、王世杰等创办《现代评论》周刊。1932 年创办《独立评论》。1962 年在台北病逝。他在学术上提倡"大胆的假设、小心的求证"的治学方法。著有《五十年来之中国文学》《胡适文存》《白话文学史》《中国章回小说考证》《中国哲学史大纲》(上)、《尝试集》等。晚年潜心于《水经注》的考证,但未及写出定稿。

今之谈文学改良者众矣,记者末学不文,何足以言此?然年来颇于此事再四研思,辅以友朋辩论,其结果所得,颇不无讨论之价值。因综括所怀见解,列为八事,分别言之,以与当世之留意文学改良者一研究之。

吾以为今日而言文学改良,须从八事入手。八事者何?

一曰,须言之有物。

二曰,不模仿古人。

三曰,须讲求文法。

四曰,不作无病之呻吟。

五曰,务去烂调套语。

六曰,不用典。

七曰,不讲对仗。

八曰,不避俗字俗语。

一曰,须言之有物

吾国近世文学之大病,在于言之无物。今人徒知"言之无文,行之不远";而不知言之无物,又何用文为乎?吾所谓"物",非古人所谓"文以载道"之说也。吾所谓"物",约有二事:

(一) 情感"诗"序曰:"情动于中而形诸言。言之不足,故嗟叹之。嗟叹之不足,故咏歌之。咏歌之不足,不知手之舞之,足之蹈之也。"此吾所谓情感也。情感者,文学之灵魂。文学而无情感,如人之无魂,木偶而已,行尸走肉而已。(今人所谓"美咸"者,亦情感之一也。)

(二) 思想吾所谓"思想",盖兼见地、识力、理想三者而言之。思想不必皆赖文学而传,而文学以有思想而益贵,思想亦以有文学的价值而益贵也;此庄周之文,渊明、老杜之诗,稼轩之词,施耐庵之小说,所以夐绝千古也。思想之在文学,犹脑筋之在人身。人不能思想,则虽面目姣好,虽能笑啼感觉,亦何足取哉?文学亦犹是耳。

文学无此二物,便如无灵魂无脑筋之美人,虽有(秾)丽富厚之外观,抑亦末矣。近世文人沾沾于声调字句之间,既无高远之思想,又无真挚之情感,文学之衰微,此其大因矣。此文胜之害,所谓言之无物者是也。欲救此弊,宜以质救之。质者何?情与思二者而已。

二曰,不模仿古人

文学者,随时代而变迁者也。一时代有一时代之文学:周、秦有周、秦之文学,汉、魏有汉、魏之文学,唐、宋、元、明有唐、宋、元、明之文学。此非吾一人之私言,乃文明进化之公理也。即以文论,有"尚书"之文,有先秦诸子之文,有司马迁、班固之文,有韩、柳、欧、苏之文,有语录之文,有施耐庵、曹雪芹之文,此文之进化也。试更以韵文言之:"击壤"之歌,"五子之歌",一时期也;三百篇之"诗",一时期也;屈原、荀卿之骚赋,又一时期也;苏、李以下,至于魏、晋,又一时期也;江左之诗流为排比,至唐而律诗大成,此又一时期也;老杜、香山之"写实"体诸诗(如杜之"石壕吏""羌村",白之新乐府),又一时期也;诗至唐而极盛,自此以后,词曲代兴,唐、五代及宋初之小令,此词之一时代也;苏、柳(永)、辛、姜之词,又一时代也;至于元之杂剧传奇,则又一时代矣。凡此诸时代,各因时势风会而变,各有其特长,吾辈以历史进化之眼光观之,决不可谓古人之文学皆胜于今人也。左氏、史公之文奇矣,然施耐庵之"水浒传"视"左传""史记",何多让焉?"三都""两京"之赋富矣,然以视唐诗、宋词,则糟粕耳。此可见文学因时进化,不能自止。唐人不当作商、周之诗,宋人不当作相如、子云之赋,——即令作之,亦必不工。逆天背时,违进化之迹,古不能工也。

既明文学进化之理,然后可言吾所谓"不模仿古人"之说。今日之中国,当造今日之文学,不必模仿唐、宋,亦不必模仿周、秦也。前见"国会开幕词",有云:"于铄国会,遵晦时休。"此在今日而欲为三代以上之文之一证也。更观今之"文学大家",文则下规姚、曾,上师韩、欧,更上则取法秦、汉、魏、晋,以为六朝以下无文学可言,此皆百步与五十步之别而已,而皆为文学下乘。即令神似古人,亦不过为博物院中添几许"逼真赝鼎"而已,文学云乎哉!昨见陈伯严先生一诗云:

涛园钞杜句,半岁秃千毫,所得都成泪,相过问奏刀。
万灵噤不下,此老仰弥高。胸腹回滋味,徐看薄命骚。

此大足代表今日"第一流诗人"模仿古人之心理也。其病根所在,在于以"半岁秃千毫"之工夫作古人的钞胥奴婢,故有"此老仰弥高"之叹。若能洒脱此种奴性,不作古人的诗,而惟作我自己的诗,则决不致如此失败矣。

吾每谓今日之文学,其足与世界"第一流"文学比较而无愧色者,独有白话小说(我佛山人,南亭亭长,洪都百链生三人而已。)一项。此无他故,以此种小说皆不事模仿古人,(三人皆得力于"儒林外史""水浒""石头记",然非模仿之作也。)而惟实写今日社会之情状,故能成真正文学。其他学这个、学那个之诗古文家,皆无文学之价值也。今之有志文学者,宜知所从事矣。

三曰,须讲文法

今之作文作诗者,每不讲求文法之结构。其例至繁,不便举之,尤以作骈文律诗者为尤甚。夫不讲文法，是谓“不通”。此理至明，无待详论。

四曰，不作无病之呻吟

此殊未易言也。今之少年往往作悲观，其取别号则曰“寒灰”“无生”“死灰”；其作为诗文，则对落日而思暮年，对秋风而思零落，春来则惟恐其速去，花发又惟惧其早谢。此亡国之哀音也。老年人为之犹不可，况少年乎？其流弊所至，遂养成一种暮气，不思奋发有为，服劳报国，但知发牢骚之音，感喟之文；作者将以促其寿年，读者将亦短其志气。此吾所谓无病之呻吟也。国之多患，吾岂不知之？然病国危时，岂痛哭流涕所能收效乎？吾惟愿今之文学家作费舒特(Fichte)，作玛志尼(Mazzini)，而不愿其为贾生、王粲、屈原、谢皋羽也。其不能为贾生、王粲、屈原、谢皋羽，而徒为妇人醇酒丧气失意之诗文者，尤卑卑不足道矣！

五曰，务去烂调套语

今之学者，胸中记得几个文学的套语，便称诗人。其所为诗文处处是陈言烂调，“蹉跎”“身世”“寥落”“飘零”“虫沙”“寒窗”“斜阳”“芳草”“春闺”“愁魂”“归梦”“鹃啼”“孤影”“雁字”“玉楼”“锦字”“残更”……之类，累累不绝，最可憎厌。其流弊所至，遂令国中生出许多似是而非、貌似而实非之诗文。今试举吾友胡先(马肃)先生一词以证之：

“荧荧夜灯如豆，映幢幢孤影，凌乱无据。翡翠衾寒，鸳鸯瓦冷，禁得秋宵几度？么弦漫语，早丁字帘前，繁霜飞舞。袅袅余音，片时犹绕柱。”

此词骤观之，觉字字句句皆词也，其实仅一大堆陈套语耳。“翡翠衾”“鸳鸯瓦”，用之白香山“长恨歌”则可，以其所言乃帝王之衾之瓦也。“丁字帘”“么弦”，皆套语也。此词在美国所作，其夜灯决不“荧荧如豆”，其居室尤无“柱”，可绕也。至于“繁霜飞舞”，则更不成话矣。谁曾见繁霜之“飞舞”耶？吾所谓务去烂调套语者，别无他法，惟在人人以其耳目所亲见亲闻所亲身阅历之事物，一一自己铸词以形容描写之；但求其不失真，但求能达其状物写意之目的，即是工夫。其用烂调套语者，皆懒惰不肯自己铸词状物者也。

六曰，不用典

吾所主张八事之中，惟此一条最受朋友攻击，盖以此条最易误会也。吾友江亢虎君来书曰：

“所谓典者，亦有广狭二义。饯驉獭祭，古人早悬为厉禁；若并成语故事而屏之，则非惟文字之品格全失，即文字之作用亦亡。……文字最妙之意味，在用字简而涵义多。此断非用典不为功。不用典不特不可作诗，并不可写信，且不可演说。来函满纸‘旧雨’‘虚怀’‘治头治脚’‘舍本逐末’‘洪水猛兽’‘发聋振聩’‘负弩先驱’‘心悦诚服’‘词坛’‘退避三舍’‘无病呻吟’‘滔天’‘利器’‘铁证’……皆典也。试尽抉而去之，代以俚语俚字，将成何说话？其用字之繁简，犹其细焉。恐一易他词，虽加倍蓰而涵义仍终不能如是恰到好处，奈何？……”

此论极中肯要。今依江君之言，分典为广狭二义，分论之如下：

(一) 广义之典非吾所谓典也。广义之典约有五种：

(甲) 古人所设譬喻，其取譬之事物，含有普通意义，不以时代而失其效用者，今人亦可用之。如古人言“以子之矛，攻子之盾”，今人虽不读书者，亦知用“自相矛盾”之喻，然不可谓为用典也。上文所举例中之“治头治脚”“洪水猛兽”“发聋振聩”……皆此类也。盖设譬取喻，贵能切当，若能切当，固无古今之别也。若“负弩先驱”“退避三舍”之类，在今日已非通行之事物，在文人相与之间，或可用之，然终以不用为上。如言“退避”，千里亦可，百里亦可，不必定用“三舍”之典也。

(乙)成语　成语者,合字成辞,别为意义。其习见之句,通行已久,不妨用之。然今日若能另铸"成语",亦无不可也。"利器""虚怀""舍本逐末",……皆属此类。此非"典"也,乃日用之字耳。

(丙)引史事　引史事与今所论议之事相比较,不可谓为用典也。如老杜诗云,"未闻殷周衰,中自诛褒妲",此非用典也。近人诗云,"所以曹孟德,犹以汉相终",此亦非用典也。

(丁)引古人作比　此亦非用典也。杜诗云,"清新庾开府,俊逸鲍参军",此乃以古人比今人,非用典也。又云:"伯仲之间见伊吕,指挥若定失萧曹",此亦非用典也。

(戊)引古人之语　此亦非用典也。吾尝有句云:"我闻古人言,艰难唯一死。"又云:"尝试成功自古无,放翁此语未必是。"此乃引语,非用典也。

以上五种为广义之典,其实非吾所谓典也。若此者可用可不用。

(二)狭义之典,吾所主张不用者也。吾所谓用"典"者,谓文人词客不能自己铸词造句以写眼前之景,胸中之意,故借用或不全切、或全不切之故事陈言以代之,以图含混过去,是谓"用典"。上所述广义之典,除戊条外,皆为取譬比方之辞。但以彼喻此,而非以彼代此也。狭义之用典,则全为以典代言,自己不能直言之,故用典以言之耳。此吾所谓用典与非用典之别也。狭义之典亦有工拙之别,其工者偶一用之,未为不可,其拙者则当痛绝之。

(子)用典之工者　此江君所谓用字简而涵义多者也。客中无书不能多举其例,但杂举一二,以实吾言:

(1)东坡所藏"仇池石",王晋卿以诗借观,意在于夺。东坡不敢不借,先以诗寄之,有句云:"欲留嗟赵弱,宁许负秦曲。传观慎勿许,间道归应速。"此用蔺相如返璧之典,何其工切也!

(2)东坡又有"章质夫送酒六壶,书至而酒不达"诗云:"岂意青州六从事,化为乌有一先生。"此虽工已近于纤巧矣。

(3)吾十年前尝有"读'十字军英雄记'"一诗云:"岂有酖人羊叔子?焉知微服赵主父?十字军真儿戏耳,独此两人可千古。"以两典包尽全书,当时颇沾沾自喜,其实此种诗,尽可不作也。

(4)江亢虎代华侨诔陈英士文有"未悬太白,先坏长城。世无辉霓,乃戕赵卿"四句,余极喜之。所用赵宣子一典,甚工切也。

(5)王国维咏史诗,有"狼虎在堂室,徙戎复何补?神州遂陆沉,百年委榛莽。寄语桓元子,莫罪王夷甫"。此亦可谓使事之工者矣。

上述诸例,皆以典代言,其妙处,终在不失设譬比方之原意;惟为文体所限,故譬喻变而为称代耳。用典之弊,在于使人失其所欲譬喻之原意。若反客为主,使读者迷于使事用典之繁,而转忘其所为设譬之事物,则为拙矣。古人虽作百韵长诗,其所用典不出一二事而已,("北征"与白香山"悟真寺诗"皆不用一典。)今人作长律则非典不能下笔矣。尝见一诗八十四韵,而用典至百余事,宜其不能工也。

(丑)用典之拙者　用典之拙者,大抵皆懒惰之人,不知造词,故以此为躲懒藏拙之计。惟其不能造词,故亦不能用典也。总计拙典亦有数类:

(1)比例泛而不切,可作几种解释,无确定之根据。今取王渔洋"秋柳"一章证之:

"娟娟凉露欲为霜,万缕千条拂玉塘。浦里青荷中妇镜,江干黄竹女儿箱。空怜板渚隋堤水,不见琅琊大道王。若过洛阳风景地,含情重问永丰坊。"

此诗中所用诸典无不可作几样说法者。

(2) 僻典使人不解。夫文学所以达意抒情也。若必求人人能读五车之书，然后能通其文，则此种文可不作矣。

(3) 刻削古典成语，不合文法。“指兄弟以孔怀，称在位以曾是”(章太炎语)，是其例也。今人言“为人作嫁”，亦不通。

(4) 用典而失其原意。如某君写山高与天接之状，而曰“西接(木巳)天倾”是也。

(5) 古事之实有所指，不可移用者，今往往乱用作普通事实。如古人灞桥折柳，以送行者，本是一种特别土风。阳关、渭城亦皆实有所指。今之懒人不能状别离之情，于是虽身在滇越，亦言灞桥；虽不解阳关、渭城为何物，亦皆言“阳关三叠”“渭城离歌”。又如张翰因秋风起而思故乡之莼羹鲈脍，今则虽非吴人，不知莼鲈为何味者，亦皆自称有“莼鲈之思”。此则不仅懒不可救，直是自欺欺人耳！

凡此种种，皆文人之下下功夫，一受其毒，便不可救。此吾所以有“不用典”之说也。

七曰，不讲对仗

排偶乃人类言语之一种特性，故虽古代文字，如老子、孔子之文，亦间有骈句。如“道可道，非常道；名可名，非常名。无名天地之始，有名万物之母。故常无，欲以观其妙；常有，欲以观其徼。”此三排句也。“食无求饱，居无求安。”“贫而无谄，富而无骄。”“尔爱其羊，我爱其礼。”——此皆排句也。然此皆近于语言之自然，而无牵强刻削之迹；尤未有定其字之多寡，声之平仄，词之虚实者也。至于后世文学末流，言之无物，乃以文胜；文胜之极，而骈文律诗兴焉，而长律兴焉。骈文律诗之中非无佳作，然佳作终鲜。所以然者何？岂不以其束缚人之自由过甚之故耶？(长律之中，上下古今，无一首佳作可言也。)今日而言文学改良，当“先立乎其大者”，不当枉废有用之精力于微细纤巧之末，此吾所以有废骈废律之说也。即不能废此两者，亦但当视为文学末技而已，非讲求之急务也。

今人犹有鄙夷白话小说为文学小道者，不知施耐庵、曹雪芹、吴趼人皆文学正宗，而骈文律诗乃真小道耳。吾知必有闻此言而却走者矣。

八曰，不避俗语俗字

吾惟以施耐庵、曹雪芹、吴趼人为文学正宗，故有“不避俗字俗语”之论也。(参看上文第二条下。)盖吾国言文之背驰久矣。自佛书之输入，译者以文言不足以达意，故以浅近之文译之，其体已近白话。其后佛氏讲义语录尤多用白话为之者，是为语录体之原始。及宋人讲学以白话为语录，此体遂成讲学正体。(明人因之。)当是时，白话已久入韵文，观唐、宋人白话之诗词可见也。及至元时，中国北部已在异族之下三百余年矣(辽、金、元)。此三百年中，中国乃发生一种通俗行远之文学。文则有“水浒”“西游”“三国”……之类，戏曲则尤不可胜计。(关汉卿诸人，人各著剧数十种之多。吾国文人著作之富，未有过于此时者也。)以今世眼光观之，则中国文学当以元代为最盛；可传世不朽之作，当以元代为最多。此可无疑也。当是时，中国之文学最近言交合一，白话几成文学的语言矣。使此趋势不受阻遏，则中国几有一“活文学”出现，而但丁、路得之伟业[欧洲中古时，各国皆有俚语，而以拉丁文为文言，凡著作书籍皆用之，如吾国之以文言著书也。其后意大利有但丁(Dante)诸文豪，始以其国俚语著作，诸国踵兴，国语亦代起。路得(Luther)创新教，始以德文译“旧约”“新约”，遂开德文学之先。英、法诸国亦复如是。今世通用之英文“新旧约”乃 1611 年译本，距今才 300 年耳。故今日欧洲诸国之文学，在当日皆为俚语。迨诸文豪兴，始以“活文学”代拉丁之死文学；有活文学而后有言文合一之国语也],几发生于神州。不意此趋势骤为明代所阻,政府既以八股取士,而当时文人如何、李七子之徒,又争以复古为高,于是此千年难遇言文合一之机会,遂中道夭折矣。然以今世历史进化的眼光观之,则白话文学之为中国文学之正宗,又为将来文学必用之利器,可断言也。(此"断言"乃自作者言之,赞成此说者今日未必甚多也。)以此之故,吾主张今日作文作诗,宜采用俗语俗字。与其用3000年前之死字(如"于铄国会,遵晦时休"之类),不如用20世纪之活字;与其作不能行远、不能普及之秦、汉、六朝文字,不如作家喻户晓之"水浒""西游"文字也。

结　论

上述八事,乃吾年来研思此一大问题之结果。远在异国,既无读书之暇晷,又不得就国中先生长者质疑问难,其所主张容有矫枉过正之处。然此八事皆文学上根本问题,一一有研究之价值。故草成此论,以为海内外留心此问题者作一草案。谓之刍议,犹云未定草也,伏惟国人同志有以匡纠是正之。

(《胡适代表作》,华夏出版社1999年版)

【提示】

为我所用的"拿来主义"

庞德于1913年发表的《几条禁例》作为意象派的代表作,主张诗歌力避感伤、颓靡、抽象、含混与堆砌,力主直陈其事、词句简练,重视音乐性词句的关联,充满着与"维多利亚诗风"——无病呻吟、多愁善感和伦理说教——的决裂精神和革命诉求。尤其是他针对诗歌语言总结的八条"禁例"——(1)不用多余的字句和无意义的修饰语;(2)不使抽象与具体混杂,直抵自然物本身;(3)避免抽象,不用平庸的词句;(4)不能小瞧读者的鉴赏力;(5)不要认为诗歌艺术比音乐艺术简单;(6)不要忽视从大师身上得体的学习;(7)不要照搬装饰性的词汇;(8)不要无把握地运用修饰语——直接推动了欧美诗界的变革,使诗歌"从象征符号走向实在世界",观照理性和感情的复合体——意象本身;让情感和思想融合在意象中,在瞬间不假思索、自然而然地流露出来;而一首诗往往只有一个意象,或是几个意象的跳跃流动,诗句短小、清新、细腻、深情,不拘格律,突破时空限制,令人获得解放和自由的感觉,成为美国"现代主义诗歌历程中的重要里程碑"。

而此时,抱着"求新声于异邦"之理想的胡适正在美国留学,亲历着这场如火如荼、颇具声势的诗歌革新运动,并萌生了借他山之石,改革中国文坛的设想。据他在留美日记《藏晖室札记》中记载,他曾在《纽约时报》书评上读到了一则关于意象派"六项原则"的评论,颇有同感,遂剪贴在日记中,并加了按语:"此派主张与我所主张多有相似之处。"1917年1月,目睹中国文坛之流弊,感应西方文学变革脉动的胡适,在《新青年》上发表了著名的《文学改良刍议》,旗帜鲜明地提出了文学改良"八事",亦称"八不主义"——(1)须言之有物;(2)不模仿古人;(3)须讲求文法;(4)不作无病之呻吟;(5)务去烂调套语;(6)不用典;(7)不讲对仗;(8)不避俗字俗语。这犹如在朽死的中国文坛投下了一枚重磅炸弹,成为"五四"文学革命的宣言书。通常看来,与激进的陈独秀在《文学革命论》中所提倡的三大主义相比,温和的胡适更多是在追求形式的革新;但是,形式本身即是有意味的内容,它承载的意义并不比内容逊色;而且,在当时中国那样一间绝无窗户、万难破毁的铁屋子里,变革是何其艰难,哪怕仅仅是外在的形式。所以,胡适以似乎并不触及文学和社会内里和根底的形式作为突破口来革新文学,不失为文学革命伊始时绝佳的策略。从他此后的一系列革命主张和实践来看,他遵循着形式变→内容变→文学变→人格变→民族变→国家变的渐变逻辑。

很显然,胡适提出的"八不"主张明显受到了庞德的影响和启发,除了形式上的一致以外,内容上也有不少共性。正如梁实秋所言:"意象派在美国最盛的时候,我们中国留美的学生一定不免受其影响。"比如,胡适主张的第一条和第四条,须言之有物,不作无病之呻吟,与庞德的第一条不用多余的字句和无意义的修饰语,在意义上较为接近。胡适主张的第五、第六、第七条与庞德主张的第二、第三、第七、第八亦有相同之处,都要求变革语言，摆脱陈旧而俗气的辞藻，不用典故，反对抽象，重视日常语言，甚至是口语的运用。但“八事”却并非是对象征派信条的抄袭，而是一种为我所用的“拿来主义”，透着一股本土气息，它将目标完全对准了僵死的中国文学；并体现出作为启蒙者的“五四”一代对于西方文学持有一种开放态度，他们坚持“没有拿来的，人不能自成为新人；没有拿来的，文艺不能自成为新文艺”的进步观念，以世界文学为背景，通过模仿和借鉴，创造出与中国文学现状相适应的文体形式，从而推动文学启蒙与革命的展开。

（孙国亮）

思考题

1. 比较庞德的几条禁例与胡适的文学“八事”有何异同之处。
2. 结合五四文学运动和现代文学发展历程，谈谈文学“八事”的意义和价值。
3. 思考庞德的几条禁例与胡适的文学“八事”为何都从形式入手改革文学？

六、沉　　默

安德列耶夫

列昂尼德·尼古拉耶维奇·安德列耶夫(Leonid Andreyev 1871—1919),俄国小说家和剧作家。青年时代,他目睹社会黑暗、习俗愚昧,痛感生活无出路,产生悲观思想。第一次世界大战时,他持沙文主义护国立场,不久又任资产阶级报纸《俄罗斯意志》文学栏主笔,公开敌视十月革命。后客死芬兰。20世纪头10年是他创作的全盛时期,先后发表《沉默》《墙》《马赛曲》和《七个被判绞刑者的故事》等一系列著名短篇小说。

1

这是5月的一个夜晚。月光皎洁,夜莺在啼唱。伊格纳季神甫的妻子来到丈夫的书房里。她手里哆哆嗦嗦拿着一盏小小的灯,脸上露出痛苦的神情。她走到丈夫身边,碰了一下丈夫的肩膀,抽泣着说:

"神父,我们去看看薇拉奇卡[①]吧!"

伊格纳季神父没有转过头来,只是皱紧眉头,从眼镜上面看着神父太太。他久久地、专注地看着她,她挥了挥那只没有拿灯的手,坐到低矮的长沙发上。

"你和她两个人是怎么搞的……都这么冷酷无情!"她以责备的口吻慢吞吞地说,把每个字的最后一个音节念得很重,她那善良、丰满的脸蛋因为痛苦和气愤而变了相,仿佛想借此表明:她的丈夫和女儿是多么残酷的人。

伊格纳季神父冷冷地笑了一下,站起身来。他把书合上,摘下眼镜,装进眼镜盒里,开始沉思起来。他那满脸的黑须已夹杂着银丝,漂亮地、卷曲地直挂到胸部,随着深沉的呼吸,缓慢地起落着。

"那么我们走吧!"他说。

奥尔加·斯捷潘诺芙娜很快站起身来,用讨好而胆怯的声音,请求说:

"神父,你可千万别骂她!你知道,她是多么……"

薇拉的房间在阁楼上。到那里去要过一道狭窄的木梯;伊格纳季神父沉重的脚步踩得那木梯哆哆嗦嗦地发出像呻吟一般的咯吱声。为了不碰着阁楼的地板,高大、笨重的伊格纳季神父只好低着头往上走;妻子的白色短上衣轻轻地碰到了他的脸上,他于是厌恶地皱起了眉头。他知道,同薇拉的谈话是什么结果也不会有的。

"你们来干什么?"薇拉一边问,一边把一只裸露的手举到眼睛上。她的另一只手搁在夏天盖的被子上,手是那么洁白、透明、冰冷,叫人几乎分辨不清,哪儿是手哪儿是被子。

"薇拉奇卡……"母亲刚开口就抽泣起来,说不出话。

"薇拉!"父亲竭力使自己严厉、生硬的嗓音变得温柔些。"薇拉,告诉我们,你这是怎么啦?"

薇拉沉默着。

“薇拉，难道我们，你的母亲和我，都不值得你信任吗？难道我们不爱你？对你来说，难道还有别的什么人比我们同你更亲近吗？敞开心扉，把你的痛苦告诉我们吧。相信我，相信我这个上了年纪的、有经验的人。这样，你心里就会轻松些。我们也好轻松些。你看看你年迈的母亲，她有多痛苦……”

“薇拉奇卡……”

“还有我……”神父生硬的嗓子好像被什么东西鲠住了似的颤抖了一下。“还有我，你以为我感到轻松吗？莫非我没有看到你正在经受多大的痛苦……可是为什么要这么痛苦呢？连我，你的父亲，也不得而知。难道能这样吗？”

薇拉沉默着。伊格纳季神父捋了一下胡子，那种小心翼翼的样子，仿佛生怕自己的手指无意中会插进胡子里去似的。他接着往下说：

“你违背我的意志，自作主张去了彼得堡，——我难道因为这事责备过你不听话吗？还是我没有给你钱？或者，你倒是说呀，是我对你不够慈爱！你干吗沉默？这都是它，你那个彼得堡闹的！”

伊格纳季神父不作声了。他恍惚看到了那个巨大、阴森，可怕、充满神秘莫测的危险和到处是心怀叵测、冷酷无情的人的城市。在那里，他的娇弱的薇拉孤零零一个人，被人们坑害了。一种对这个城市的强烈的仇恨从伊格纳季神父的心头升起：在他看来，这个城市是可怕的，不可思议的。他对自己的女儿也感到愤恨，她竟然沉默着，一声不吭，顽强地沉默着。

“这跟彼得堡毫不相干”，薇拉闷闷不乐地说，同时闭上了眼睛。“再说，我也没有什么。已经很晚了，你们还是睡觉去吧。”

“薇拉奇卡！”母亲痛苦地叹了一口气。“我的好女儿，你倒是把心里话讲给我们听呀！”

“哎哟，妈妈！”薇拉不耐烦地打断了她。

伊格纳季神父坐到椅子上，笑了起来。

“嘿，这么说，真是没有什么啰？”他讥讽地问道。

“神父”，薇拉在床上坐起来，语气生硬地说，“你明明知道，我爱你和妈妈，我不过……不过感到有些寂寞，有些无聊。这一切都会过去的。真的，你们最好还是睡觉去吧，我也想睡了。到明天或者什么时候——我们再谈吧。”

伊格纳季神父猛地站了起来，使得椅子都撞到了墙上。他挽起妻子的手，说：

“我们走吧！”

“薇拉奇卡！……”

“我对你讲，我们走吧！”伊格纳季神父扯直嗓门吼道。“既然她把上帝都忘了，眼睛里哪还有我们！……我们算什么！”

他几乎是强制地把奥尔加·斯捷潘诺芙娜拉出了房门。当他们顺着楼梯往下走时，奥尔加·斯捷潘诺芙娜放慢了脚步，愤怒地低声说：

“哼！这都是你，神父，都是你使得她变成这样。她这种态度就是从你身上学来的。你应该负责。哎呀，我真苦命……”

她哭了，不停地眨巴着眼睛，根本不看阶梯地往下移动着脚步，仿佛下面就是她想纵身跳下去的深渊。

从这一天起，伊格纳季神父不再同女儿说话，但女儿似乎并没有注意到这一点。她还是同以前一样,有时躺在自己的房间里,有时起来走动走动,只是经常不断地用手掌擦着眼睛,好像眼睛里掉进了什么东西似的。神父太太本是个喜欢说说笑笑的女人,现在却被这两个沉默的人压抑得战战兢兢,茫然若失,不知道该说些什么,做些什么。

有时候,薇拉也出去散散步。这次谈话后一个星期,她像往常一样出去散步。不料就此离开了人世。她在这天黄昏,卧轨自杀,火车把她碾成了两截。

伊格纳季神父亲自把她埋葬了。妻子没有到教堂去,因为一听到薇拉的死讯,她就中风了。她四肢瘫痪,嘴巴也不会说话,一动不动地躺在半暗不明的房间里,听着隔壁钟楼叮叮当当的丧钟声。她听到大家从教堂里走出来,听到教堂唱诗班的歌手在她家对门唱挽歌;她多么想举起一只手来画个十字啊,但手不听她使唤。她多么想说:"永别了,薇拉!"——但嘴里那根粗大而笨重的舌头却一动不动地躺着。她的姿势是这么宁静,如果这时有谁见到了,一定还以为她正在休息或者睡觉呢。只有她的一双眼睛张开着。

到教堂里参加葬礼的人很多,其中有伊格纳季神父认识的,也有不认得的。薇拉死得这么惨,所有集合到这里来的人都为她惋惜。大家都竭力想在伊格纳季神父的举动和声音中找到他悲痛欲绝的迹象。他们都不喜欢伊格纳季神父,因为他待人苛刻,傲慢,仇恨所有触犯教规的人,从不加以宽恕。可是他自己呢,心胸狭窄,妒忌心重,而且贪财,不放过任何机会搜刮教区的居民。因此,大家都很想看到他那种失魂落魄的悲痛样子,希望他这次能认识到自己对女儿的死负有双倍的责任;他是个冷酷的父亲,又是个愚蠢的神父,竟不能防止自己的亲骨肉不犯自戕的罪过。大家都好奇地看着他,他也感觉到了那集中到他身上的目光,因此他竭力把宽厚、坚实的腰背挺得笔直;他心里想的,不是惨死的女儿,而是怎样保持自己的尊严,无论如何也不要失态。

"这神父真是铁石心肠!"木匠卡尔席诺夫用头朝他扬了扬;这木匠曾经给神父家修过窗框,神父却连五个卢布的工钱都不肯付给他。

就这样,伊格纳季神父身子挺得笔直地、坚强地一直走到坟地,又同样身子挺得笔直地,坚强地从那儿走回来。只有到了妻子的房间门口时,他的背才稍稍弯下一点,但这也许是因为像他那样的身材,大多数的门框都显得太矮了的缘故。他拿着一支蜡烛走进房间,一时看不清妻子的脸,而当他看清了时,不觉吃了一惊:妻子的眼神竟十分平静,眼睛里也没有泪珠。那一双眼睛既没有表示出愤怒,也看不出痛苦,——它们是淡漠无情的,同她把羽绒褥子压得凹陷下去的整个肥胖无力的身躯一样,沉重地、顽强地缄默着。

"你觉得身子怎么样?"伊格纳季神父问道。

但双唇仍是默然无声,两只眼睛也依旧沉默着。伊格纳季神父伸出一只手去摸她的前额,额头冷冰冰的、潮滋滋的。奥尔加·斯捷潘诺芙娜没有作出任何反应以表示她感觉到那只手在轻轻地抚摸她。当伊格纳季神父将手挪开时,她的两只因为瞳孔扩大而看上去几乎变成黑色的深灰色眼睛,眨都不眨一下地望着他;眼睛里既没有悲伤也没有愤怒。

"那么,我回自己屋去了,"伊格纳季神父说,他感到寒冷和恐惧。

他来到客厅里。客厅里跟平日一样,整整齐齐,干干净净,罩着白色椅套的高沙发椅就像一具具裹着白布尸衣的死尸。窗口挂着一个铁丝鸟笼;但笼子是空的,笼门洞开着。

"娜斯塔霞!"伊格纳季神父喊道,这嗓门连他自己都觉得粗鲁。女儿刚刚埋葬,他就这么大声地在这些静悄悄的房间里嚷嚷,自己也感到不好意思。"娜斯塔霞!"他把声音稍稍压低了一点,问:"金丝雀哪儿去了?"

厨娘哭得连鼻子都又红又肿了，像根水萝卜。她粗声粗气地回答说：

“那还用问，飞走了。”

“为什么要把鸟放掉？”伊格纳季神父威严地皱起眉头。

娜斯塔霞放声大哭起来，一边撩起印花布头巾的一角擦着眼泪，一边哭诉着说：

“它是……是小姐的……心肝宝贝……难道还能把它留在笼子里吗？”

这时，伊格纳季神父觉得，那只欢乐的、唱起歌来总是侧着头的黄色的金丝雀，确实是薇拉的灵魂，如果不放它飞走，不就等于薇拉还没有死吗。于是，他更生厨娘的气了，便怒冲冲地吼道：

“滚开！”因为娜斯塔霞没有立刻朝门口走去，他又添了一句：“蠢货！”

2

自从埋葬了女儿的那一天起，沉默就笼罩了这幢小小的房子。这不是寂静，因为寂静——只意味着不存在音响；而这是沉默，沉默就是人们可以说话而不想说。当伊格纳季神父走进妻子的房间，同她执拗的目光相遇时，他正是这样想的；那目光是如此沉重，仿佛全部空气都变成了铅，压到了他的头上和肩上。当他凝视着铭刻有女儿的声音的乐谱，凝视着她的书和她的肖像画时，也正是这么想的。这张大幅油画肖像是她从彼得堡带回来的。伊格纳季神父看这张肖像画有一定的顺序：先看肖像上那闪闪发亮的面颊，同时想象着这面颊上横着一道伤痕，因为薇拉遗体的面颊上是有这么一道伤痕的；至于怎么会有这道伤痕的，他怎么也弄不明白。关于这道伤痕的由来，他真是百思不得其解：如果是火车压的，那一定会把整个头部都碾碎，可是薇拉遗体的头部却是完整无损的。

也许，是人们在收尸时用脚踢的；或者是指甲无意中划破的？

但是，长久地去设想薇拉死亡的详情细节是可怕的。于是，伊格纳季神父转面看画上的眼睛。这双眼睛乌黑乌黑的，真漂亮，因为睫毛很长，所以睫毛下边有一道明显的影子，把眼珠衬托得分外明亮；这两只眼睛恰像被镶嵌在挂遗像用的黑色小镜框里一样。那位虽然籍籍无名却很有才华的画家赋予这双眼睛一种神奇的表情：仿佛在这双眼睛同它们所看的东西之间，隔着一层透明的薄膜。这有些像乌油油的钢琴盖，上边落着一层几乎看不出来的薄薄的尘埃，使抛光过的木质琴盖的闪光显得比较柔和。而且，不管伊格纳季神父从哪个角度看这幅肖像画，那双眼睛总是那么紧紧地盯着他。然而，这肖像画，这眼睛，都没有出声，只是沉默着。这沉默是如此强烈，以致仿佛可以听得到它。渐渐地，伊格纳季神父开始觉得他听到了这沉默。

每天早晨做完弥撒，伊格纳季神父便来到客厅里，先扫视一眼那只空鸟笼和屋里所有的旧物，随后坐到高背沙发椅上，闭上眼睛，谛听这幢房子里的沉默。这里边有一种奇怪的现象。鸟笼寂静而温柔地沉默着；可是在这沉默中，可以感觉到悲伤和眼泪，以及那遥远的、已经死去的笑。妻子的沉默虽然因为有墙壁隔着，比较轻一些，但是却顽强、沉重，就像铅块一般，而且很可怕，非常可怕，以致在溽暑蒸人的大热天里，伊格纳季神父也都感到寒气逼人。女儿的沉默则如同坟墓一般冰冷、久长，如同死亡一般神秘莫测。沉默本身仿佛也感到痛苦，难受，竭力想转化为语言，但是某种像机器一样强有力的笨重的东西却把这沉默牢牢地控制住，不让它动一动，并把它拉长成钢丝。终于，在很远很远的屋角落里，那钢丝开始摇晃，开始缓慢地、怯生生地、悲戚戚地呜咽起来。伊格纳季神父怀着欢乐和恐惧的心情捕捉这一正在诞生的音响，双手握住高背沙发的扶把，头朝前伸出，等待着那音响朝他靠近过来。

但是这音响中断了,又变得默默无声。

“胡闹!”伊格纳季神父生气地说着,从高背沙发椅上站立起来,身子依旧是那么笔挺,那么高大。

透过窗户,他看到一块洒满阳光、墁有整整齐齐鹅卵石的广场,正对面竖立着仓库的一道长长的、没有窗口的砖墙。广场的一个角落里,停着一辆像一尊泥塑似的马车;这令人莫名其妙:整整几个小时连一位过客也没有,这马车为什么还一直停在那儿?

3

伊格纳季神父一离开家就不得不常常说话。例如在行圣事[②]时就得同神职人员和教民说话,有时玩纸牌就得同朋友们说话。但是一回到家里,他就以为自己整天都是在沉默中度过的。这是因为伊格纳季神父对任何人都无法讲述那件主要的,对他来说是最最重要的事情,就是他每天晚上都反复思考的那件事情:薇拉为什么要死?

伊格纳季神父不愿意理解现在要弄清楚这一点是办不到的,他仍然以为可以弄清楚。现在几乎每天夜晚他都失眠,回忆那天深夜的情景:他怎样同神父太太站在薇拉床边,恳求薇拉说,“你说呀!”可每次回忆到这句话后,往下的情形,在他看来,就跟真情不一样了。他那紧闭着的眼睛里虽然一片漆黑,却始终保留着那一夜晚的明晰的、一点也不见暗淡的图景。他看到薇拉怎样在自己的床上坐起来,微笑着,说着话……但是,她到底说了什么?那句薇拉不曾说出来的、必定能使一切迎刃而解的话,仿佛已经离得那么近,只要俯下身子,竖起耳朵,控制一下心脏的跳动,就立刻可以听到了,但同时,那句话又是那么遥远,遥远得无可指望。于是,伊格纳季神父从床上起来,伸出握在一起的双手,不停地挥动着,请求说:

“薇拉!……”

而回答他的是沉默。

有一天黄昏,伊格纳季神父走进奥尔加·斯捷潘诺芙娜的卧室里,他已经将近一个礼拜没有进去过了。他走了进去,坐在妻子的床头上,眼睛避开她那依旧执拗、沉重的目光,说:

“孩子她娘!我想同你谈谈关于薇拉的事。你听见吗?”

她的双眼沉默着。伊格纳季神父提高了嗓门,严厉地、威风凛凛地,用那种对待向他忏悔的人的语气说:

“我知道,你认为薇拉的死是我造成的。但你倒是想想,难道我对她的爱不及你吗?你这样想是错的……我是个严父,可是难道这妨碍了她去做她想做的事吗?当她不怕我的诅咒,上……那儿去的时候,我不顾一个做父亲的人的尊严,顺从地弯下了自己的脖子。而你呢,——老东西,在我没有关照你不要做声之前,你难道不是也哭哭啼啼劝她留下不要走的吗?难道我生出她来就是这么冷酷的?难道我不曾努力使她相信上帝,懂得顺从和爱情吗?”

伊格纳季神父迅速地看了一眼妻子的眼睛——又把目光移开了。

“如果她一定不肯敞开自己的心扉,不肯述说自己的痛苦,我拿她有什么办法?下命令吗?——我下了,恳求她吗?——我恳求了。依你,我应该像个老太婆似的跪倒在一个女孩子面前哭泣,哀求?她头脑里……我从哪儿知道,她头脑里到底装了些什么东西?真是个冷酷无情的女儿!”

伊格纳季神父用拳头敲着自己的膝盖。

“她不爱父母——这就是原因所在!关于我,还有什么可说的呢,谁都知道……我……

是个暴君……那么你呢，她爱你吗？你不是向她哭哭啼啼吗……你低声下气，可她因此就爱你了吗？”

伊格纳季神父无声地大笑起来。

“哼，爱——你！所以才选择这种死法，好让你得到慰借。死得多么残酷，可耻。死在砂子上，死在稀泥里……像一条狗，人们都用脚踢她的脸。”

伊格纳季神父放低了嗓门，声音变得嘶哑了。

“我感到羞耻！上街感到羞耻！从圣坛上走下来时感到羞耻！在上帝面前感到羞耻！残酷的、丢脸的女儿！她躺在棺材里都应该受诅咒！……”

当伊格纳季神父把目光又转移到妻子身上时，发现她已经失去知觉，直到几个小时之后，她才清醒过来，可那双眼睛却依然是沉默的，使人弄不明白：她是否记得伊格纳季神父刚才对她讲的话。

就在这天夜晚——这是七月里一个月光皎洁的夜晚，是一个静悄悄的、温暖的、无声无息的夜晚，为了不惊动妻子和助理护士，伊格纳季神父踮起脚尖，沿着楼梯，往上走到薇拉的房间里。自从薇拉死后，阁楼上的窗子就从来没有打开过，所以屋里的空气又干燥又闷热，有一股铁皮屋顶被太阳烤晒后散发出来的那种焦煳味。因为长久没有人居住，房间里有一种弃屋的荒凉气氛，家具、木头墙壁以及其他物品都隐约散发出一股腐味。一道月光投到窗户上和地板上，而细心洗刷过的洁白的地板又把月光反射出来，朦朦胧胧地照亮了房间的四个角落，那张摆着一大一小两个枕头的洁白的床，看上去像是透明的，而且轻盈得同空气一样。伊格纳季神父把窗户打开，一股新鲜空气，羼杂着尘土、不远的小河以及盛开的椴树花的气息，像滔滔流水，涌进屋里；从远处隐隐约约传来的合唱声，大概是那些划船游玩的人在歌唱。伊格纳季神父光着脚，像个白色的幻影，一步一步悄无声息地走到空着的床前，弯下双膝，朝着枕头伏下身去，抱住了枕头，那儿理应伏着薇拉的头颅。他就这样久久地伏在床上。歌声更响了，可后来又消失了，而他却依然俯伏着，长长的黑发披散在肩膀上和床上。

月亮游到了另一边，房间里暗了下来。这时，伊格纳季神父抬起头，低声说起话来，声音里充满了爱的力量，这是一种长久被抑制和长久不曾意识到的爱；他谛听着自己的声音，那样子仿佛不是他自己而是薇拉在听。

“薇拉，我的女儿！你明白吗，女儿是什么意思？心爱的女儿！我的心肝，我的亲骨肉，我的生命。你那年老的……年老的父亲，已经有了白头发、孱弱无力了……”

伊格纳季神父的肩膀开始哆嗦，他整个笨重的身躯摇晃起来。伊格纳季神父克制住颤抖，就像跟一个幼儿说话那样，温存地低声说道：

“你的年老的父亲……在请求你。不，薇拉奇卡，是在恳求你。他在哭泣。他从来也没有哭过。好孩子，你的悲伤，你的痛苦——也就是我的悲伤和痛苦。而且更甚于我的悲伤，我的痛苦！”

伊格纳季神父摇了摇头。

“更甚于我的悲伤，我的痛苦，薇拉奇卡。是啊，对于像我这样一个老人，死又有什么？而你……要是你知道你是多么温柔，多么脆弱，多么羞怯就好啦！你可记得，你曾因为一个小手指头刺破了，滴出血来，就哭了起来？我的好孩子！我知道，你是爱我的，深深地爱我的！每天早晨，你都要吻我的手。你说，你说说，到底是什么使你的小脑子那么忧愁——那我就用这双手把你的悲伤和忧愁掐死。这两只手啊，薇拉，还有力呢。”

伊格纳季神父甩了甩头发。

“你说呀!”

伊格纳季神父两眼直盯着墙,伸出双手。

“你说呀!”

房间里静悄悄的,从很远很远的地方传来蒸汽机车持久的、断断续续的汽笛声。

当伊格纳季神父睁大眼睛环视四周时,一具损坏得残缺不全的尸体的可怕幻影,清晰地呈现在他面前。他缓慢地站立起来,将手哆哆嗦嗦地举到头上,手指头硬绷绷地叉开着。伊格纳季神父一边朝门口退去,一边断断续续地低声说着:

“你说啊!”

而回答他的是沉默。

4

第二天,伊格纳季神父独自一个人早早吃过午饭,就上坟地去了——这是女儿死后他第一次到坟地去。天很热,街上静谧无人,这个炎热的白天就像月光下的夜晚一样。可伊格纳季神父仍习惯地竭力把身子挺得笔直,严肃地望着街道两旁,他以为自己还是和过去一样,既没有发觉自己的双脚已经十分乏力,也没有察觉自己那长长的大胡子已经完全白了,犹如被一层浓霜覆盖着一般。通往坟地去的是一条笔直的、长长的缓坡路。路的尽头就是坟地的入口处,有一座白色的拱门。它像一张永远张开着的黑色大嘴,嘴里布满闪闪发亮的牙齿。

薇拉的坟位于墓地深处一条铺满砂子的小路的尽头。因此,伊格纳季神父不得不在狭窄、弯曲的小径间转来转去,两旁尽是些被人遗忘了的、冷落的绿色小土丘。到处都是因为年深日久而长满苔藓的墓碑、残缺不全的栅栏和陷入地里的沉甸甸的大石板,这些石板全都阴郁地、积愤满腹地压迫着土地。薇拉的坟就紧挨着其中的一块石板。坟上覆盖着黄色的新土,但坟的四周却是一片葱绿。一棵花楸树同一棵槭树盘根错节地交错在一起,一丛葳蕤的榛树将它柔韧的枝条和毛茸茸的叶子伸展到坟顶上。伊格纳季神父在旁边的一座坟上坐下来,稍稍休息一会。他朝四野扫了一眼,然后举目仰望着晴朗、空旷的天空;太阳像一只炽烈的圆盘,一动不动地挂在空中。这时,他才感觉到了坟地在风止树静时那种无可比拟的、深邃的寂静。但是伊格纳季神父马上又觉得这不是寂静,而是沉默。这沉默笼罩着整个坟地,并且沉重地跨过坟地四周的砖墙,淹没了整个城市。只有那双灰暗、执拗、沉默的眼睛,才是这片沉默的尽头。

伊格纳季神父感到不寒而栗,耸了耸肩膀,垂下眼睛,俯视着薇拉的坟墓。从辽阔原野的不知什么地方随风落到坟墓上的带泥的短短草茎,已经枯黄;它们脱离了母土,但是还没有来得及在这异乡的新壤里扎根发芽。他觉得难以想象,薇拉就长眠在离他只有两俄尺远的这些枯草下边。她离他这么近,真是不可思议,这使他感到惶惑,感到莫名的惊恐。伊格纳季神父原已习惯于认为女儿已经消失在昏暗的无底深渊之中,可此刻却发现她就在这里,就在身旁……所以很难相信,她已经不在,而且永远不会回来了。于是,伊格纳季神父觉得只消他讲一句话,而这句话已经到了嘴边,或者只要稍稍动一动,薇拉就会从坟墓中走出来,像原先一样高高的个子,一样的美。甚至不只是她一个人走出来,所有的死者都将站出来,尽管这些死者都庄重而冰冷地沉默着,却令人悚然地感觉到他们的存在。

伊格纳季神父脱下宽边黑呢帽,理了理头上的鬈发,低声呼唤道:

“薇拉！”

伊格纳季神父感到不好意思，生怕被什么人听见，于是从坟堆上站了起来，越过十字架往四下看了看，四周围没有人，他就大声地重复说：

“薇拉！”

这是伊格纳季神父苍老的、干巴巴的、恳求的声音。奇怪的是，像这样出自肺腑的恳求，竟然也没有得到回答。

“薇拉！”

这声音洪亮而执拗地鸣响着。而当这声音静下来时，有一瞬间，他恍惚听到从地下某处发出一声含糊不清的回答。于是，伊格纳季神父又一次看了看四周围，然后撂开遮没耳朵的头发，将耳朵贴到坚硬、扎人的草土块上。

“薇拉，你说吧！”

这时候，伊格纳季神父惊骇地感觉到，一股坟墓的寒气冲进他的耳朵，冻住了他的脑髓；感到薇拉在说话——不过依旧是用持续的沉默在说话。这沉默越来越令人不安，越来越可怕；当伊格纳季神父用力把苍白得像死尸般的脸从泥地上抬起来时，他觉得整个空气都由于这响亮的沉默而在动荡，而在颤抖，犹如可怖的海洋中升起了激浪。这沉默窒息着他，用冷彻骨髓的浪涛淹没他的头颅，淹没他的头发；这沉默在撞击着他的胸膛，疼得他不停地呻吟。伊格纳季神父浑身颤抖着，用一种突如其来的严厉目光扫视了四周一眼，慢慢地站立起来，痛苦地使劲挺起腰，竭力使自己哆嗦着的身躯显出威严的模样。他做到了这一点。伊格纳季神父故意缓慢地抖了抖两个膝盖，戴上呢帽，面对坟墓画了三次十字，然后迈着稳健、坚定的步子走了，但他已认不得熟悉的坟地了，竟找不到出去的路。

“迷路啦！”伊格纳季神父冷笑着，停步在错综交叉的小道上。

但是，他只站停了一秒钟，随即就不假思索地往左拐，因为不能老是站在那儿等待。沉默在驱赶着他。这沉默从绿色的坟墓中腾起，使阴郁失色的十字架得以呼吸它；它以一道道令人窒息的细流，从满是尸体的地底下的每一个毛孔里流出来。伊格纳季神父走得越来越快。他茫然若失，在几条小径上转来转去，跳过一个个坟头，撞倒在栅栏上，用双手去抓住那些带刺的铁花冠，柔软的衣衫被扯成了碎片。在他的脑海里，只剩下一个念头：走出去。他慌慌张张，从这边走到那边。后来，他终于不出声地奔跑起来，圣衣在他高大的身上飘荡，一头长发随风飞扬，使他显得很特别。任何人，遇到这个挥舞着双手，狂奔乱跳的野人，看到这张斜着眼睛的疯狂的面孔，听到这张嘻开着的嘴里发出的嘶嘶声，都一定会感到他比从棺材里站出来的死尸更吓人。

伊格纳季神父拼命奔跑着，终于跑到了一个广场；广场的一边是一座不高的、白晃晃的坟地教堂。在门旁那条长矮凳上，有个小老头正坐着打盹儿，看样子，这是一个远道而来的香客；他身旁有两个行乞的老妇正在你推我搡地争吵、谩骂。

当伊格纳季神父走到家门口时，天已经黑了；奥尔加·斯捷潘诺芙娜的房间里亮着灯。伊格纳季神父不脱外衣也不脱帽子，带着一身尘埃和扯破的衣裳，快步走到妻子跟前，跪倒在地上。

“孩子她娘……奥丽雅[3]……可怜可怜我吧！”他号啕大哭起来，“我要疯啦。”

他用脑袋撞击着桌子的边沿，像一个从来没有哭过的人那样，痛苦地号啕大哭着。他抬起头，自信立即将出现奇迹，妻子将开始说话，并且会可怜他。

“亲人哪!”

他把整个巨大的身子俯向妻子,——但看到的,仍然是那双暗淡灰色的眼睛。这双眼睛里,既没有同情也没有愤怒。也许,妻子已经原谅他,可怜他了;但她的那双眼睛却既没有怜悯,也找不到原谅的表示。这双眼睛是无声无息的,它们沉默着。

而且,整个这幢黑洞洞的、凄凉的房子都沉默着。

1900 年 5 月 1—5 日

(《安德列耶夫短篇小说集》,靳戈等译,上海译文出版社 1984 年版)

【注释】

① 薇拉的昵称。

② 圣事:指东正教的重要礼仪。圣事共有七件,即:领洗、坚振、告解、圣体、终傅、神品和婚配。

③ 奥尔加的昵称。

药

鲁　迅

鲁迅(1881—1936),本名周树人,浙江绍兴人,中国文学史上极具影响力的作家、史学家、学者。作品有《呐喊》《彷徨》《朝花夕拾》《故事新编》及大量批判性杂文,作品多批判旧中国的软弱和人性的弱点。《药》最初发表于 1919 年 5 月《新青年》,后收入《呐喊》。

一

秋天的后半夜,月亮下去了,太阳还没有出,只剩下一片乌蓝的天;除了夜游的东西,什么都睡着。华老栓忽然坐起身,擦着火柴,点上遍身油腻的灯盏,茶馆的两间屋子里,便弥满了青白的光。

“小栓的爹,你就去么?”是一个老女人的声音。里边的小屋子里,也发出一阵咳嗽。

“唔。”老栓一面听,一面应,一面扣上衣服;伸手过去说,“你给我罢。”

华大妈在枕头底下掏了半天,掏出一包洋钱,交给老栓,老栓接了,抖抖的装入衣袋,又在外面按了两下;便点上灯笼,吹熄灯盏,走向里屋子去了。那屋子里面,正在窸窸窣窣的响,接着便是一通咳嗽。老栓候他平静下去,才低低的叫道,“小栓……你不要起来……店么?你娘会安排的。”

老栓听得儿子不再说话,料他安心睡了;便出了门,走到街上。街上黑沉沉的一无所有,只有一条灰白的路,看得分明。灯光照着他的两脚,一前一后的走。有时也遇到几只狗,可是一只也没有叫。天气比屋子里冷得多了;老栓倒觉爽快,仿佛一旦变了少年,得了神通,有给人生命的本领似的,跨步格外高远。而且路也愈走愈分明,天也愈走愈亮了。

老栓正在专心走路,忽然吃了一惊,远远里看见一条丁字街,明明白白横着。他便退了几步，寻到一家关着门的铺子，蹩进檐下，靠门立住了。好一会，身上觉得有些发冷。

“哼，老头子。”

“倒高兴……”

老栓又吃一惊，睁眼看时，几个人从他面前过去了。一个还回头看他，样子不甚分明，但很像久饿的人见了食物一般，眼里闪出一种攫取的光。老栓看看灯笼，已经熄了。按一按衣袋，硬硬的还在。仰起头两面一望，只见许多古怪的人，三三两两，鬼似的在那里徘徊；定睛再看，却也看不出什么别的奇怪。

没有多久，又见几个兵，在那边走动；衣服前后的一个大白圆圈，远地里也看得清楚，走过面前的，并且看出号衣上暗红色的镶边。一阵脚步声响，一眨眼，已经拥过了一大簇人。那三三两两的人，也忽然合作一堆，潮一般向前赶；将到丁字街口，便突然立住，簇成一个半圆。

老栓也向那边看，却只见一堆人的后背；颈项都伸得很长，仿佛许多鸭，被无形的手捏住了的，向上提着。静了一会，似乎有点声音，便又动摇起来，轰的一声，都向后退；一直散到老栓立着的地方，几乎将他挤倒了。

“喂！一手交钱，一手交货！”一个浑身黑色的人，站在老栓面前，眼光正像两把刀，刺得老栓缩小了一半。那人一只大手，向他摊着；一只手却撮着一个鲜红的馒头，那红的还是一点一点的往下滴。

老栓慌忙摸出洋钱，抖抖的想交给他，却又不敢去接他的东西。那人便焦急起来，嚷道，“怕什么？怎的不拿！”老栓还踌躇着；黑的人便抢过灯笼，一把扯下纸罩，裹了馒头，塞与老栓；一手抓过洋钱，捏一捏，转身去了。嘴里哼着说，“这老东西……”

“这给谁治病的呀？”老栓也似乎听得有人问他，但他并不答应；他的精神，现在只在一个包上，仿佛抱着一个十世单传的婴儿，别的事情，都已置之度外了。他现在要将这包里的新的生命，移植到他家里，收获许多幸福。太阳也出来了；在他面前，显出一条大道，直到他家中，后面也照见了字街头破匾上“古口亭口”这四个黯淡的金字。

二

老栓走到家，店面早已经收拾干净，一排一排的茶桌，滑溜溜的发光。但是没有客人；只有小栓坐在里排的桌前吃饭，大粒的汗，从额上滚下，夹袄也贴住了脊心，两块肩胛骨高高凸出，印成一个阳文的“八”字。老栓见这样子，不免皱一皱展开的眉心。他的女人，从灶下急急走出，睁着眼睛，嘴唇有些发抖。

“得了么？”

“得了。”

两个人一齐走进灶下，商量了一会；华大妈便出去了，不多时，拿着一片老荷叶回来，摊在桌上。老栓也打开灯笼罩，用荷叶重新包了那红的馒头。小栓也吃完饭，他的母亲慌忙说：

“小栓——你坐着，不要到这里来。”

一面整顿了灶火，老栓便把一个碧绿的包，一个红红白白的破灯笼，一同塞在灶里；一阵红黑的火焰过去时，店屋里散满了一种奇怪的香味。

“好香！你们吃什么点心呀？”这是驼背五少爷到了。这人每天总在茶馆里过日，来得最早，去得最迟，此时恰恰蹩到临街的壁角的桌边，便坐下问话，然而没有人答应他。“炒米粥么?”仍然没有人应。老栓匆匆走出,给他泡上茶。

“小栓进来罢!”华大妈叫小栓进了里面的屋子,中间放好一条凳,小栓坐了。他的母亲端过一碟乌黑的圆东西,轻轻说:

“吃下去罢,——病便好了。”

小栓撮起这黑东西,看了一会,似乎拿着自己的性命一般,心里说不出的奇怪。十分小心的拗开了,焦皮里面窜出一道白气,白气散了,是两半个白面的馒头。——不多工夫,已经全在肚里了,却全忘了什么味;面前只剩下一张空盘。他的旁边,一面立着他的父亲,一面立着他的母亲,两人的眼光,都仿佛要在他身里注进什么又要取出什么似的;便禁不住心跳起来,按着胸膛,又是一阵咳嗽。

“睡一会罢,——便好了。”

小栓依他母亲的话,咳着睡了。华大妈候他喘气平静,才轻轻的给他盖上了满幅补钉的夹被。

三

店里坐着许多人,老栓也忙了,提着大铜壶,一趟一趟的给客人冲茶;两个眼眶,都围着一圈黑线。

“老栓,你有些不舒服么?——你生病么?”一个花白胡子的人说。

“没有。”

“没有?——我想笑嘻嘻的,原也不像……”花白胡子便取消了自己的话。

“老栓只是忙。要是他的儿子……”驼背五少爷话还未完,突然闯进了一个满脸横肉的人,披一件玄色布衫,散着纽扣,用很宽的玄色腰带,胡乱捆在腰间。刚进门,便对老栓嚷道:

“吃了么?好了么?老栓,就是运气了你!你运气,要不是我信息灵……”

老栓一手提了茶壶,一手恭恭敬敬的垂着;笑嘻嘻的听。满座的人,也都恭恭敬敬的听。华大妈也黑着眼眶,笑嘻嘻的送出茶碗茶叶来,加上一个橄榄,老栓便去冲了水。

“这是包好!这是与众不同的。你想,趁热的拿来,趁热吃下。”横肉的人只是嚷。

“真的呢,要没有康大叔照顾,怎么会这样……”华大妈也很感激的谢他。

“包好,包好!这样的趁热吃下。这样的人血馒头,什么痨病都包好!”

华大妈听到“痨病”这两个字,变了一点脸色,似乎有些不高兴;但又立刻堆上笑,搭着走开了。这康大叔却没有觉察,仍然提高了喉咙只是嚷,嚷得里面睡着的小栓也合伙咳嗽起来。

“原来你家小栓碰到了这样的好运气了。这病自然一定全好;怪不得老栓整天的笑着呢。”花白胡子一面说,一面走到康大叔面前,低声下气的问道,“康大叔——听说今天结果的一个犯人,便是夏家的孩子,那是谁的孩子?究竟是什么事?”

“谁的?不就是夏四奶奶的儿子么?那个小家伙!”康大叔见众人都耸起耳朵听他,便格外高兴,横肉块块饱绽,越发大声说,“这小东西不要命,不要就是了。我可是这一回一点没有得到好处;连剥下来的衣服,都给管牢的红眼睛阿义拿去了。——第一要算我们栓叔运气;第二是夏三爷赏了二十五两雪白的银子,独自落腰包,一文不花。”

小栓慢慢的从小屋子走出,两手按了胸口,不住的咳嗽;走到灶下,盛出一碗冷饭,泡上热水,坐下便吃。华大妈跟着他走,轻轻的问道,“小栓,你好些么?——你仍旧只是肚饿?……”

"包好,包好!"康大叔瞥了小栓一眼,仍然回过脸,对众人说,"夏三爷真是乖角儿,要是他不先告官,连他满门抄斩。现在怎样?银子!——这小东西也真不成东西!关在牢里,还要劝牢头造反。"

"阿呀,那还了得。"坐在后排的一个二十多岁的人,很现出气愤模样。

"你要晓得红眼睛阿义是去盘盘底细的,他却和他攀谈了。他说:这大清的天下是我们大家的。你想:这是人话么?红眼睛原知道他家里只有一个老娘,可是没有料到他竟会那么穷,榨不出一点油水,已经气破肚皮了。他还要老虎头上搔痒,便给他两个嘴巴!"

"义哥是一手好拳棒,这两下,一定够他受用了。"壁角的驼背忽然高兴起来。

"他这贱骨头打不怕,还要说可怜可怜哩。"

花白胡子的人说,"打了这种东西,有什么可怜呢?"

康大叔显出看他不上的样子,冷笑着说,"你没有听清我的话;看他神气,是说阿义可怜哩!"

听着的人的眼光,忽然有些板滞;话也停顿了。小栓已经吃完饭,吃得满身流汗,头上都冒出蒸气来。

"阿义可怜——疯话,简直是发了疯了。"花白胡子恍然大悟似的说。

"发了疯了。"二十多岁的人也恍然大悟的说。

店里的坐客,便又现出活气,谈笑起来。小栓也趁着热闹,拼命咳嗽;康大叔走上前,拍他肩膀说:

"包好!小栓——你不要这么咳。包好!"

"疯了。"驼背五少爷点着头说。

四

西关外靠着城根的地面,本是一块官地;中间歪歪斜斜一条细路,是贪走便道的人,用鞋底造成的,但却成了自然的界限。路的左边,都埋着死刑和瘐毙的人,右边是穷人的丛冢。两面都已埋到层层叠叠,宛然阔人家里祝寿时候的馒头。

这一年的清明,分外寒冷;杨柳才吐出半粒米大的新芽。天明未久,华大妈已在右边的一坐新坟前面,排出四碟菜,一碗饭,哭了一场。化过纸,呆呆的坐在地上;仿佛等候什么似的,但自己也说不出等候什么。微风起来,吹动他短发,确乎比去年白得多了。

小路上又来了一个女人,也是半白头发,褴褛的衣裙;提一个破旧的朱漆圆篮,外挂一串纸锭,三步一歇的走。忽然见华大妈坐在地上看他,便有些踌躇,惨白的脸上,现出些羞愧的颜色;但终于硬着头皮,走到左边的一坐坟前,放下了篮子。

那坟与小栓的坟,一字儿排着,中间只隔一条小路。华大妈看他排好四碟菜,一碗饭,立着哭了一通,化过纸锭;心里暗暗地想,"这坟里的也是儿子了。"那老女人徘徊观望了一回,忽然手脚有些发抖,踉踉跄跄退下几步,瞪着眼只是发怔。

华大妈见这样子,生怕他伤心到快要发狂了;便忍不住立起身,跨过小路,低声对他说,"你这位老奶奶不要伤心了,——我们还是回去罢。"

那人点一点头,眼睛仍然向上瞪着;也低声吃吃的说道,"你看,——看这是什么呢?"

华大妈跟了他指头看去,眼光便到了前面的坟,这坟上草根还没有全合,露出一块一块的黄土,煞是难看。再往上仔细看时,却不觉也吃一惊;——分明有一圈红白的花,围着那尖圆的坟顶。

他们的眼睛都已老花多年了,但望这红白的花,却还能明白看见。花也不很多,圆圆的排成一个圈,不很精神,倒也整齐。华大妈忙看他儿子和别人的坟,却只有不怕冷的几点青白小花,零星开着;便觉得心里忽然感到一种不足和空虚,不愿意根究。那老女人又走近几步,细看了一遍,自言自语的说,"这没有根,不像自己开的。——这地方有谁来呢?孩子不会来玩;——亲戚本家早不来了。——这是怎么一回事呢?"他想了又想,忽又流下泪来,大声说道:

"瑜儿,他们都冤枉了你,你还是忘不了,伤心不过,今天特意显点灵,要我知道么?"他四面一看,只见一只乌鸦,站在一株没有叶的树上,便接着说,"我知道了。——瑜儿,可怜他们坑了你,他们将来总有报应,天都知道;你闭了眼睛就是了。——你如果真在这里,听到我的话,——便教这乌鸦飞上你的坟顶,给我看罢。"

微风早经停息了;枯草支支直立,有如铜丝。一丝发抖的声音,在空气中愈颤愈细,细到没有,周围便都是死一般静。两人站在枯草丛里,仰面看那乌鸦;那乌鸦也在笔直的树枝间,缩着头,铁铸一般站着。

许多的工夫过去了;上坟的人渐渐增多,几个老的小的,在土坟间出没。

华大妈不知怎的,似乎卸下了一挑重担,便想到要走。一面劝着说,"我们还是回去罢。"

那老女人叹一口气,无精打采的收起饭菜;又迟疑了一刻,终于慢慢地走了。嘴里自言自语的说,"这是怎么一回事呢?……"

他们走不上二三十步远,忽听得背后"哑——"的一声大叫;两个人都竦然的回过头,只见那乌鸦张开两翅,一挫身,直向着远处的天空,箭也似的飞去了。

(《鲁迅全集》,人民文学出版社 1981 年版)

【提示】

人间的阴冷与隔膜

鲁迅在《〈中国新文学大系〉小说二集序》曾说:"《药》的收束,也分明的留着安特莱夫式的阴冷";《鲁迅书信集·下卷·致肖军、萧红》中亦谈到:"安特来夫的小说,还要写的怕人,我那《药》的末一段,就有些他的影响……"列昂尼德·尼古拉耶维奇·安德列耶夫(Leonid Andreyev 1871—1919)是俄国小说家、剧作家,鲁迅译安特来夫、安特莱夫、安德列夫,今通译安德列耶夫。

弄清"安德列耶夫式的阴冷"的含义是一个复杂的学术问题,因为这不单纯是一种简单的阅读感觉,而是苍桑的人生阅历结合深度阅读之后升华成的最直白的阅读感受,正如不识愁滋味的少年,在识尽愁滋味之后,所道出的一句:天凉好个秋。在学界对此欲说还休的研究现状面前,我们看到的是《沉默》与《药》两篇作品中"无处不在的隔膜"。这是理解"安德列耶夫式的阴冷"的核心。

《沉默》讲述的是伊格纳季神父夫妇同女儿薇拉之间由于彼此隔膜产生的一系列的事情。"沉默"是小说中出现频率最高的词汇。在薇拉死后,作者对沉默有一个解释"这不是寂静,因为寂静——只意味着不存在音响;而这是沉默,沉默就是人们可以说话而不想说"。小说以"沉默"名篇,高频率出现的沉默笼罩在人物、环境、心理上。有一种说难以言说的阴冷。

作为女儿,薇拉与父母之间到底发生了什么事?她为什么不听父母的话去彼得堡,她在彼得堡又有怎样的遭遇,她的痛苦为什么连自己的父母也不告诉,读者不得而知。作为母亲,奥尔加·斯捷潘诺芙娜曾试图与女儿沟通,她与伊格纳季神父在一个夜晚——女儿从彼得堡回家后的一个夜晚——一起去看她,这是小说中唯一一次出现的三人同时在场的场景,也是三人间唯一一次正面展示给读者的对话。但这次的对话却以没有触及到任何问题实质而收场。作为父亲,伊格纳季神父与女儿的沟通,似乎有一种接近真相的可能,然而却在接近他想要获得的信息或真相面前戛然而止,所以仍然是无效的沟通。

隔膜，成为障碍人际沟通的原因，也同时成为人际沟通障碍的结果。

学界主流观点一直将《药》解读为对国民劣根性和社会现实的批判，对辛亥革命的反思。如果我们抛开这种文学社会学的视角，在一个更为宽泛的视野中解读《药》，我们发现国，《药》中所展示的，仍是那无处不在的隔膜。

《药》以双线方式展开情节，一条线索写茶馆主人华老栓买人血馒头为独根苗华小栓治痨病，华小栓仍病死的事；另一条线索写反清革命者夏瑜被族人出卖入狱，慷慨赴死的事。

这两条线索之间，通过一个小地方的所谓的习俗——人血馒头治病——把意义有天壤之别的两个故事，交织在一起。从华家来看，华老栓不懂儿子的病如何治，便转向习俗求救。从夏家来看，夏家族人夏三爷的告密是夏瑜被捕就义的起因，夏瑜的母亲夏四奶奶，也不理解儿子的革命行为，只将儿子的死归于被坑，是屈死。从华、夏两家的关系来看，因为彼此不识因而存在着分明的隔膜。

以华老栓为代表的下层社会的民众，也不理解夏瑜的牺牲，夏瑜狱中的言行，成为茶馆闲客的谈资，夏瑜刑场上的就义，成为示众看客的材料，夏瑜的一腔热血，成为治华老栓儿子痨病的药。所有这些层出不穷的隔膜，是一种怎样的悲哀，也是一种怎样的阴冷。

《药》中所展现的人与人之间的隔膜，未必是受安德列耶夫的影响。但细读两部小说中所描写的隔膜状态，我们可以发现，早在存在主义广泛传播以前，人心的扭曲以及彼此沟通的困难，这种人世间普遍存在的共通现象的已经受到了关心人类命运的作家的关注。

总之，人与人之间的隔膜，如果处理不善，会造成这样或那样的问题乃至悲剧。而隔膜在亲人、亲密爱人间生发，更显隔膜的恐怖与挥之不去。这种无处不在的隔膜，成为安德列耶夫小说的一个明显的特色，也成为理解鲁迅所说的“安德列耶夫式的阴冷”的关键。

（梁苑）

思考题

1. 试比较两篇小说开头的相似性。
2. 小说《沉默》中的“沉默”给人留下了深刻的印象，其内涵是多义的，请分析之。
3. 请从时代现实环境角度分析：鲁迅为什么和安德列耶夫会产生艺术上的“共鸣”？

七、我自己的歌(节选)

惠特曼

惠特曼(Walt Whitman,1819—1892),美国诗人。由于生活穷困,小学只读了5年。他当过信差,学过排字,后来当过乡村教师和编辑。这段生活经历使他广泛地接触人民,接触大自然,对后来的诗歌创作产生了极大的影响。1855年《草叶集》的第1版问世,共收诗12首,最后出第9版时共收诗383首,其中最长的一首《我自己的歌》共1336行。这首诗的内容几乎包括了作者毕生的主要思想,是作者最重要的诗歌之一。惠特曼诗歌的艺术风格和传统的诗体大不相同。他一生热爱意大利歌剧、演讲术和大海的滔滔浪声,西方学者指出这些是惠特曼诗歌的音律的主要来源。他的诗歌从语言和题材上深刻地影响了20世纪的美国诗歌。

一

我赞美我自己,歌唱我自己,
我承担的你也将承担,
因为属于我的每一个原子也同样属于你。

我闲步,还邀请了我的灵魂,
我俯身悠然观察着一片夏日的草叶。

我的舌,我血液的每个原子,是在这片土壤、这个空气里形成的,
是这里的父母生下的,父母的父母也是在这里生下的,他们的父母也一样,
我,现在三十七岁,一生下身体就十分健康,
希望永远如此,直到死去。

信条和学派暂时不论,
且后退一步,明了它们当前的情况已足,但也决不是忘记,
不论我从善从恶,我允许随意发表意见,
顺乎自然,保持原始的活力。

二

屋里、室内充满了芳香,书架上也挤满了芳香,

我自己呼吸了香味，认识了它也喜欢它，
其精华也会使我陶醉，但我不容许这样。

大气层不是一种芳香，没有香料的味道，它是无气味的，
它永远供我口用，我热爱它，
我要去林畔的河岸那里，脱去伪装，赤条条地，
我狂热地要它和我接触。

我自己呼吸的云雾，
回声，细浪，窃窃私语，爱根，丝线，枝橙和藤蔓，
我的呼和吸，我心脏的跳动，通过我肺部畅流的血液和空气，
嗅到绿叶和枯叶、海岸和黑色的海边岩石和谷仓里的干草，
我喉咙里迸出词句的声音飘散在风的旋涡里，
几次轻吻，几次拥抱，伸出两臂想搂住什么，
树枝的柔条摆动时光和影在树上的游戏，
独居在闹市或沿着田地和山坡一带的乐趣，
健康之感，正午时的颤音，我从床上起来迎接太阳时唱的歌。

你认为一千亩就很多了吗？你认为地球就很大了吗？
为了学会读书你练习了很久吗？
因为你想努力懂得诗歌的含意就感到十分自豪吗？

今天和今晚请和我在一起，你将明了所有诗歌的来源，
你将占有大地和太阳的好处(另外还有千百万个太阳)，
你将不会再第二手、第三手起接受事物，也不会借死人的
眼睛观察，或从书本中的幽灵那里汲取营养，
你也不会借我的眼睛观察，不会通过我而接受事物，
你将听取各个方面，由你自己过滤一切。

三

我曾听见过健谈者在谈话，谈论着始与终，
但是我并不谈论始与终。

过去从来未曾有过什么开始，是现在所没有的，
也无所谓青年或老年，是现在所没有的，
也决不会有十全十美，不同于现在，
也不会有天堂或地狱，不同干现在。

努力推动、推动又推动，
永远顺着世界的繁殖力而向前推动。

从昏暗中出现的对立的对等物在前进，永远是物质与增殖，
永远是性的活动，
永远是同一性的牢结，永远有区别，永远是生命的繁殖。

多说是无益的，有学问无学问的人都这样感觉。
肯定就十分肯定，垂直就绝对笔直，扣得紧，梁木之间要对携，
像骏马一样健壮，多情、傲慢，带有电力，
我与这一神秘事实就在此地站立。

我的灵魂是清澈而香甜的，不属于我灵魂的一切也是清澈而香甜的。

缺一即缺二，看不见的由看得见的证实，
看得见成为看不见时，也会照样得到证实。

指出最好的并和最坏的分开，是这一代给下一代带来的烦恼，
认识到事物的完全吻合和平衡，他们在谈论时我却保持沉
默，我走去洗个澡并欣赏我自己。

我欢迎我的每个器官和特性，也欢迎任何热情而洁净的人
——他的器官和特性，
没有一寸或一寸中的一分一厘是邪恶的，也不应该有什么
东西不及其余的那样熟悉。

我很满足——我能看见，跳舞，笑，歌唱；
彻夜在我身旁睡着的，拥抱我、热爱我的同床者，天微明
就悄悄地走了，
给我留下了几个盖着白毛巾的篮子，以它们的丰盛使屋子
也显得宽敞了，
难道我应该迟迟不接受、不觉悟而是冲着我的眼睛发火，
要它们回过头来不许它们在大路上东张西望，
并立即要求为我计算，一分钱不差地指出，
一件东西的确切价值和两件东西的确切价值，哪个处于前列？

二一

我是肉体的诗人也是灵魂的诗人，

我占有天堂的愉快也占有地狱的苦痛，
前者我把它嫁接在自己身上使它增殖，后者我把它翻译成一种新的语言。

我既是男子的诗人也是妇女的诗人，
我是说作为妇女和作为男子同样伟大，
我是说再没有比人们的母亲更加伟大的。
我歌颂“扩张”或“骄傲”，
我们已经低头求免得够了，
我是在说明体积只不过是发展的结果。

你已经远远超越了其余的人吗？你是总统吗？
这是微不足道的，人人会越过此点而继续前进。
我是那和温柔而渐渐昏暗的黑夜一同行走的人，
我向着那被黑夜掌握了一半的大地和海洋呼唤。

请紧紧靠拢，袒露着胸脯的夜啊——紧紧靠拢吧，富于想象力和营养的黑夜！
南风的夜——有着巨大疏星的夜！
寂静而打着瞌睡的夜——疯狂而赤身裸体的夏夜啊。

微笑吧！啊，妖娆的、气息清凉的大地！
生长着沉睡而饱含液汁的树木的大地！
夕阳已西落的大地——山巅被雾气覆盖着的大地！
满月的晶体微带蓝色的大地！
河里的潮水掩映着光照和黑暗的大地！
为了我而更加明澈的灰色云彩笼罩着的大地！
远远的高山连着平原的大地——长满苹果花的大地！
微笑吧，你的情人来了。

浪子，你给了我爱情——因此我也给你爱情！
啊，难以言传的、炽热的爱情。

二二

你这大海啊！我也把自己交托给了你——我猜透了你的心意，
我在海滩边看到了你那曲着的、发出着邀请的手指，
我相信你没有抚摸到我是不肯回去的，
我们必须在一起周旋一回，我脱下衣服，急急远离陆地。

请用软垫托着我,请在昏昏欲睡的波浪里摇撼我,
用多情的海水泼在我身上吧,我能报答你。
有着漫无边际的巨浪的大海,
呼吸宽广而紧张吐纳的大海,
大海是生命的盐水,又是不待挖掘就随时可用的坟墓,
风暴的吹鼓手和舀取着,任性而又轻盈的大海,
我是你的组成部分,我也一样,既是一个方面又是所有方面。

我分享你潮汐的诱落,赞扬仇恨与和解,
赞扬情谊和那些睡在彼此怀抱里的人们。

我是那个同情心的见证人,
(我应否把房屋内的东西列一清单却漏去了维持这一切的房屋呢?)
我不仅是"善"的诗人,也不拒绝做"恶"的诗人。

关于美德与罪恶的这种脱口而出的空谈是怎么回事呢?
邪恶推动着我,改正邪恶也推动着我,我是不偏不倚的,
我的步法表明我既不挑剔也不否定什么,
我湿润着所有已经成长起来的根芽。

你是怕长期怀孕时得了淋巴结核症吗?
你是否在猜测神圣的法则还需要重新研究而修订?

我发现一边是某种平衡,和它对立的一边也是某种平衡,
软性的教义和稳定的教义都必然有益,
当前的思想和行动能够使我们奋起并及早起步。
经过了过去的亿兆时刻而来到我跟前的此时此刻,
没有比它、比当前更完美的了。

过去行得正或今天行得正并不是什么奇迹,
永远永远使人惊奇的是天下竟会有小人或不信仰宗教者。

二五

耀眼而强烈的朝阳,它会多么快就把我处死,
如果我不能在此时永远从我心上也托出一个朝阳。
我们也要像太阳似的耀眼而非凡强烈地上升,
啊,我的灵魂,我们在破晓的宁静和清凉中找到了我们自己的归宿。

我的声音追踪着我目力所不及的地方,

我的舌头一卷就接纳了大千世界和容积巨大的世界。
语言是我视觉的孪生兄弟，它自己无法估量它自己，
它永远向我挑衅，用讥讽的口吻说道：
"华尔特，你含有足够的东西，为什么不把它释放出来呢？"

好了，我不会接受你的逗弄，你把语言的表达能力看得太重，
啊，语言，难道你不知道你下面的花苞是怎样紧闭着的吗？
在昏暗中等候着，受着严霜的保护，
污垢在随着我预言家的尖叫声而退避，
我最后还是能够摆稳事物的内在原因，
我的认识是我的活跃部分，它和一切事物的含义不断保持联系，
幸福，（请听见我说话的男女今天就开始去寻找）

我决不告诉你什么是我最大的优点，我决不泄露我究竟是什么样的人，
请包罗万象，但切勿试图包罗我，
只要我看你一眼就能挤进你最圆滑最精彩的一切。

文字和言谈不足以证明我，
我脸上摆着充足的证据和其他一切，
我的嘴唇一闭拢就使怀疑论者全然无可奈何。

五一

过去和现在凋谢了——我曾经使它们饱满，又曾经使它们空虚，
还要接下去装满那在身后还将继续下去的生命。

站在那边的听者！你有什么秘密告诉我？
在我熄灭黄昏的斜照时请端详我的脸，
（说老实话吧，没有任何别人会听见你，我也只能再多待一分钟）

我自相矛盾吗？
那好吧，我是自相矛盾的，
（我辽阔博大，我包罗万象）

我对近物思想集中，我在门前石板上等候。

谁已经做完他一天的工作？谁能最快把晚饭吃完？

谁愿意和我一起散步？

你愿在我走之前说话吗？你会不会已经太晚？

五二

那苍鹰从我身旁掠过而且责备我，他怪我饶舌，又怪我迟
迟留着不走。
我也一样一点都不驯顺，我也一样不可翻译，
我在世界的屋脊上发出了粗野的喊叫声。

白天最后的日光为我停留，
它把我的影子抛在其他影子的后面而且和其他的一样，抛
我在多黑影的旷野，
它劝诱我走向烟雾和黄昏。

我像空气一样走了，我对着那正在逃跑的太阳摇晃着我的
绺绺白发，
我把我的肉体融化在旋涡中，让它漂浮在花边状的裂缝中。

我把自己交付给秽土，让它在我心爱的草丛中成长，
如果你又需要我，请在你的靴子底下寻找我。

你会不十分清楚我是谁，我的含义是什么，
但是我对你说来，仍将有益于你的健康，
还将滤净并充实你的血液。

如果你一时找不到我，请不要灰心丧气，
一处找不到再到别处去找，
我总在某个地方等候着你。

(《我自己的歌》，赵萝蕤译，上海译文出版社 1987 年版)

天　狗

郭沫若

郭沫若(1892—1978)，原名郭开贞，四川乐山人，作家、诗人、剧作家、历史学家、考古学家、古文字学家、

社会活动家。“五四”时期发表新诗《女神》等，成为中国新诗的奠基人。生平著述收入《郭沫若全集》。

一

我是一条天狗呀！
我把月来吞了，
我把日来吞了，
我把一切的星球来吞了，
我把全宇宙来吞了。
我便是我了！

二

我是月底光，
我是日底光，
我是一切星球底光，
我是 X 光线底光，
我是全宇宙底 Energy 底总量！

三

我飞奔，
我狂叫，
我燃烧。
我如烈火一样地燃烧！
我如大海一样地狂叫！
我如电气一样地飞跑！
我飞跑，
我飞跑，
我飞跑，
我剥我的皮，
我食我的肉，
我嚼我的血，
我啮我的心肝，
我在我神经上飞跑，
我在我脊髓上飞跑，
我在我脑筋上飞跑。

四

我便是我呀！
我的我要爆了！

（《女神》，人民文学出版社 2000 年版）

【提示】

直抒自我的歌唱

惠特曼的《草叶集》被誉为美国 19 世纪最有影响的一部诗集，它不仅热情地歌颂了自由、平等、民主的精神，赞美了伟大的大自然和辛勤劳动、开拓进取的美国人民，而且倡导了一种质朴清新、自由奔放的诗风，同时真实地记录了处于上升时期的新兴美利坚合众国的历史前进步伐，还将美国文学中的浪漫主义诗歌创作推向一个高峰。《我自己的歌》则被认为是惠特曼《草叶集》的缩影，对压迫和奴役的强烈反抗与对自由和民主的热情展望是贯穿长诗的思想主线。诗中也多次提到了“草叶”，“草叶”既象征着一切平凡而普通的人与事物，又潜隐着生机盎然的寓意，诗歌就像是长满美国大地的芳草，生气蓬勃并散发着诱人的芳香。长诗的结构看似没有逻辑顺序，然而通过一个形象引起另一个形象，从而构成一种联贯的内在情感联系。另外诗中描写或提及大型歌剧、大提琴、女高音、女中音、男高音、合唱队，仿佛有意在自由诗体中含蓄地体现某种音乐性。惠特曼选择在 1855 年的美国国庆日前后出版《草叶集》，意在说明要将自己的命运与国家的命运联系起来，使自己的艺术探索富有民族创新精神的意义。《我自己的歌》中的“自我”，代表诗人自己的“小我”，亦代表美国人民乃至全人类的“大我”；“歌唱”，是诗人目睹年轻国家逐步走向成熟的时代抒情，亦为诗人拥抱浪漫主义文学艺术的激情呐喊。

青年郭沫若的诗集《女神》，历来被视作中国五四运动时期狂飙突进精神的象征，它踏着时代的急骤旋律，塑造了一个强烈要求个性解放、追求圆满人格的抒情主人公形象。这一自我抒情主人公形象，是五四时代觉醒的中华民族自我形象，是一个具有彻底破坏和大胆创造精神的新人，是大时代中诗人自我灵魂与个性的真实袒露。《女神》代表着白话新诗真正的“诗体大解放”，并给新诗带来了浓郁的浪漫主义风格，还表现了与时代需要相共振、相契合的崇高美的执着追求，形成了雄奇瑰丽的艺术风格。出自《女神》的《天狗》一诗，让抒情主人公形象得到了充分的艺术表现。诗人借用古代传说，展开想象的翅膀，一个气吞日月、志盖寰宇的“天狗”形象跃然而出。诗人以奔放舒展的长短句尽情抒发了要求冲破束缚、自由创造的强烈欲望，又以“我”的反复出现强化了“人”的存在，人的自我价值得到肯定，人的尊严得到尊重，人的创造力得到承认。《天狗》暗含情绪自然消涨的内在韵律，全诗四节，少至二行一节，多至十三行一节，每节字数少至三字，多至十字，形式上做到了极端的自由，但诗中多次出现的排比与复沓，以及每节不规则的押韵，伴随诗人情绪的波动，形成了某种相对的和谐。

《女神》诞生于郭沫若留学日本期间，正值日本掀起惠特曼热潮之时。郭沫若是中译惠特曼诗歌第一人，惠特曼的“泛神论”思想、积极乐观的人生态度、对大自然的热爱、对自我的讴歌、粗犷豪放的文体等，都给《女神》以深刻和广泛的影响。不过两者亦有差异，《草叶集》努力表现凡人，《女神》则夸张表现巨人；《草叶集》强调灵肉统一，《女神》则突出精神崇高。但在昂扬气概与积极进取的人生哲学上，两者取得一致。“我与万物同一”的思想，“自我”的张扬与歌颂，恣肆纵横的情感喷发在两位诗人的笔端如出一辙。他们分别奠定了美国与中国的新一代诗风，也开创了各自的自由体诗歌形式。如果说惠特曼是在每片“草叶”上注入了鲜活的时代精神，那么青年郭沫若则是化身为“天狗”呼唤着历史变革。

（杨青泉）

思考题

1. 请从句式和用词特点分析《天狗》的写作特色。
2. 试以《我自己的歌》为例，分析惠特曼诗歌创作的特点。
3. 惠特曼对郭沫若诗歌创作的影响主要表现在哪些方面？

八、琼 斯 皇(节选)

奥尼尔

尤金·奥尼尔(Eugene O'Neill,1888—1953),美国剧作家。到洪都拉斯淘过金,在非洲和南美当过水手,做过演员、导演、新闻记者、小职员等。1912 年患肺结核住院期间,开始戏剧创作。主要剧作有《天边外》《琼斯皇》《毛猿》等。1936 年,"由于他那体现了传统悲剧概念的剧作具有的魅力、真挚和深沉的激情",奥尼尔获诺贝尔文学奖。

人 物

布鲁特斯·琼斯——皇帝

亨利·史密瑟斯——伦敦商人

当地老妇

莱姆——土人酋长

士兵们——莱姆的随从

小而无形的恐惧们;杰夫;黑人罪犯们;狱卒;种植园主;拍卖商;黑奴们;刚果巫医;鳄鱼神。

此剧的场景是西印度群岛的一海岛,白人军队尚未给该岛自决权。该岛的政体目前仍是帝制。

第 一 场

[琼斯皇宫的朝见大殿——一个宽敞、高大的房间,墙壁洁白,一无饰物,地面用白瓷砖砌成。大殿后面左侧有一宽大的拱门,连着由白圆柱支撑的门廊。皇宫显然是建筑在一块高地上,因为门廊之外一无所见,只有山峦起伏的远景和山顶上茂密的棕树林。大殿右墙正中有一小拱门,通向皇宫内室。殿内除了一张大座椅外,空无一物。座椅用天然木桩做成,背靠后墙中央。显然,这是琼斯皇帝的御座。座椅漆着耀眼的大红色。座位上放着一块鲜艳的橘黄色坐垫,还有一块小的放在地上当脚垫。从御座到大小拱门的地面上铺着红色的地席。

已是日薄西山的时刻,而门廊外黄色的阳光依然耀眼刺目,空气闷热蒸人。

幕启时,一个本地黑人妇女小心翼翼地从右边门溜了进来。她已年迈,穿着印花粗布衣,赤着脚,一块大红印花手巾包着她仅有的几缕稀疏的白发。她肩扛棍棒,棒的一头挂着个花布包裹。在门旁踌躇一会,向后张望,好像很怕人看到。于是,她蹑手蹑脚,一步一停地向后边门走去。正在此刻,史密瑟斯从门廊后出来。

史密瑟斯是个高身材、曲肩、约四十岁光景的人。他的秃脑袋长在长脖子上,喉头大得像个鸡蛋。热带气候已把他本来的苍白面孔和轮廓分明的容貌变成了病容的黄色。本地土酒已把他的尖鼻子熏得通红。他那一双淡蓝色的小眼睛镶上了红边,转来转去活像雪貂的眼睛。他的神情极其卑劣、怯懦和危险。他穿着身破旧龌龊的白卡其骑马装,绑着裹腿,靴子上挂着踢马刺,还戴了一顶白色软木遮阳帽。子弹带和自动手枪挂在腰上。手握马鞭。看见那个女人,他停下步,怀疑地盯着她。接着他拿定了主意,踮起脚快步走进大殿。那女人不断地回头张望,但没有发现他,等到看见他时,她已来不及逃了。她正要逃,史密瑟斯一个箭步跳上前去,紧紧地抓住了她的肩头。她不吭声地奋力挣扎,想挣脱掉。]

史密瑟斯　(紧紧抓住——粗暴地)慢着!别逃啦,宝贝!现在你溜不掉了,被我逮住啦!

女　　人　(知道挣扎也无用,便不动了,异常恐惧,跌倒在地。抱着他的腿哀求说)别告诉他!别告诉他!先生!

史密瑟斯　(异常奇怪)告诉他?(又轻蔑地)噢,你是指什么皇帝陛下吧?究竟是怎么回事?你干嘛要溜出去?大概偷了点东西吧。(他故意用马鞭敲着她的包裹)

女　　人　(激动地摇着头)不,我没偷。

史密瑟斯　鬼话!那你要告诉我发生了什么事。总有件很离奇的事。今天早晨刚一起床,我就感到不对劲儿。你们黑人一定在搞什么鬼名堂。他的皇宫静得像座坟墓。那些仆役都到哪儿去了?(女人闷声不响,史密瑟斯举鞭威吓)哼,你说不说?我要教你点规矩。

女　　人　(哆嗦着)我说,先生,你可别打。他们走啦——都走啦。(她朝着远处山上做了个一扫而光的手势)

史密瑟斯　逃走了——跑到山上去了?

女　　人　是啊,先生。皇帝——天父,(她立刻机械地叩头触地)他饭后也睡觉了。于是他们跑了——都跑了,就只有我这个老婆子留了下来。现在我也要去了。

史密瑟斯　(他不再吃惊,而是感到十分满意)啊!这倒正好!他们向山里逃跑,我就感到味道不对了。冬冬的鼓声很快地就要在那里响起来了。(怀着强烈的复仇心)拿我来说吧,对这件事就十分高兴。他活该如此!一个臭黑种还摆什么架子,什么皇帝陛下,真是天晓得!我真想亲眼看他们把他拉去枪毙。(突然地)他不是还在这里吗,嗯?

女　　人　是的,他在睡觉。

史密瑟斯　他一觉醒来,就一定会看出来。他是很机警的,知道自己的末日到了。(他走到右首门口,把手指放在嘴里,尖声尖气地吹着口哨。老妇跳起来,从后拱门跑了出去。史密瑟斯随后追赶,伸手摸枪)站住,再跑我就开枪啦!(但他停止追击——无所谓地)跑就跑吧,你这黑牛!(他站在门口,望着她)

(琼斯从右首上。他是个身材高大,威武雄壮的纯黑人血统的中年男子,有着典型的黑人面容。然而他面部表现出一种不同凡响的气质:坚强的意志,刚毅,自信,使人见了肃然起敬。他的眼睛敏锐、机警,炯炯有神。他举止机敏,多疑,难以捉摸。他上身穿着淡蓝色的制服,铜纽扣闪闪发光。肩上佩着沉重的金质肩章,领口、袖口等处都镶了金边。他下身穿着鲜红的裤子,裤腿上嵌着淡蓝色的线条。脚穿漆皮束带长靴,挂着铜踢马刺。腰上挂着把长柄手枪。枪柄上镶了宝石,手枪装在皮套里。然而他豪华的服饰总有点——尽管不是完全——使人

感到可笑,可他有办法过得去)

琼　　斯　(看不到一个人——十分恼怒,睡眼惺忪地喊叫)是谁竟敢在我皇宫里这样吹口哨?谁敢惊醒圣上?看我要揍死你们几个黑奴!

史密瑟斯　(走上前来,带着半是畏惧半是挑战的神态)是我吹的,把你吵醒了。(见琼斯蹙眉发怒)我是向你报告消息的呀!

琼　　斯　(装出态度和蔼的样子。但仍掩饰不住对白人的轻蔑)哦,是你呀,史密瑟斯先生。(尊严地坐上御座)你有什么消息啊?

史密瑟斯　(走近前来,对琼斯的不安神情感到幸灾乐祸)今天的情况很奇怪,你没看出来吗?

琼　　斯　(态度冷漠)奇怪?我没感到什么奇怪的事。

史密瑟斯　咳,那你实在没有我想象的那样狡猾。你的满朝人员都到哪儿去了?(讥讽)文武大臣和其他人到哪儿去啦?

琼　　斯　(冷静地)我每次刚闭上眼,他们就走开,都去城里喝酒吹牛去。(挖苦)你难道也不晓得?你不是天天和他们泡在一起吗?

史密瑟斯　(被琼斯的话刺痛,但又装出若无其事的神情,眨眨眼)这是我日常事务的一部分。我和他们——我不能不——我在进行我的事业啊!

琼　　斯　(轻蔑)你的事业!

史密瑟斯　(怒不可遏)天哪!你刚到这里时,我邀你进来参加,你很开心,那时你可没有这样趾高气扬吧!

琼　　斯　(闪电般地伸手摸枪——威吓)白种人,讲话客气点!讲话客气点,告诉你,别忘了我是这里的首领!

(那伦敦人正想用事实来驳斥他最后的一句话,但对方的眼光压住了他,使他畏怯)

史密瑟斯　(胆怯地小声说)老首领,我可没有恶意呀。

琼　　斯　(屈尊地)我接受你的道歉。(握枪的手落下来)你翻老账也没用。那时是那时,现在是现在。你那时让我参加你骗人的勾当也不是出于好意。我为你干了些肮脏的事——为你出了不少主意——那时我对你有用处,你才让我参加。

史密瑟斯　嘿,老天!不是我给你领了个路吗?——那时别人才不肯哩。因为你在美国越狱逃跑的事,别人都不敢雇用你,我却不怕。

琼　　斯　不,你却不能以这个原因瞧不起我,你自己也坐过牢,还不止一次呢。

史密瑟斯　(勃然大怒)胡说八道!(企图以讥笑来避开这个题目)哼,谁告诉你这个谣言的?

琼　　斯　这些事情啊,我才不用人家告诉我哩。我从人们的眼睛里就可以看出问题来。(略停一会儿——沉思地)的确,是你给我领了个路,但后来我没有用多少时间就把树林里的这些傻黑人制得服服帖帖了。(骄傲地)从一个偷乘轮船的人到当上皇帝只用了两年时间,这多了不起!

史密瑟斯　(好奇)我猜你一定把成堆的钱藏到个安全地方了。

琼　　斯　(心满意足地)那当然啦!钱存到了一个外国银行里,不管发生什么变故,除了我谁也拿不到。你以为我是为了什么荣耀才来当皇帝的吗?当皇帝这种哄哄闹闹和荣耀的把戏不过是骗骗那些丛林中的黑人罢了。他们的钱就是为了看把戏用的。我为他们要把戏？他们就给我钱。(咧嘴笑)每次我都拿到大把钞票！(责备)史密瑟斯，你不应该和我过不去。你帮了我的忙，我不是几倍地偿还你了吗？你在光天化日之下做骗人的生意，我不是睁一只眼闭一只眼地保护你吗？哈，我还——我还制定了禁止骗人的法律呢！(咯咯地笑起来)

史密瑟斯 (咧嘴笑)我可没有恶意呀。你不是也东刮西捞地抠人家的钱么？瞧瞧你加在他们身上的捐税吧！天哪，你已把他们榨干了！

琼　斯 (咯咯地笑)不，还没有榨干哩。我不是还稳坐在御座上吗？

史密瑟斯 (想到琼斯不知道的事，笑了)他们已被榨干了，你不久就会明白。(突然改变话题)至于说我破坏法律，你才是破坏了所有的法律呢。你是边制定法律边破坏它。

琼　斯 我不是皇帝么？法律管不着皇帝。(明断地)史密瑟斯，你听着。你当的是小偷，我当的是大偷。小偷迟早要坐牢，大偷可以做皇帝，死后还被送到名人殿。(回忆)我在火车上做了十年工，听白种人讲话，懂了这一个道理。我一有机会运用这个道理，两年之内就登上了皇帝的宝座。

史密瑟斯 (抑制不住小巫对大巫的羡慕)是啊，你这把戏玩得好。天啊，我从没见过一个家伙有你这样的好运气。

琼　斯 (严肃地)运气？你说什么——运气？

史密瑟斯 那次你用银子弹来故弄玄虚，我想你大概会说，这不是运气。可这件事一开始就使得那些傻黑人在刚革命的时候就归顺了你，难道这不是运气吗？

琼　斯 (大笑)哈，那颗银子弹，当然是运气喽！那是我自己造出来的运气，你听说过吗？我要了个手腕！是啊，莱姆雇了那个黑人来谋害我，他在十步之外开枪，打不中我，可我一枪结果了他，你听说过这事吗？

史密瑟斯 你当时说，你有种法术，铅子弹打不死你。你对黑人说，你那么厉害，只有银子弹才能打死你。老天爷，这不是你故弄玄虚吗？这不完全是傻人有傻福吗？

琼　斯 (骄傲地)我有脑子，并且动得快，这可不是运气。

史密瑟斯 你知道，他们不容易搞到银子弹。那次没有打中你，是你的运气好。

琼　斯 (大笑)那些丛林中的傻黑人跪地叩头，把我当成圣经中的神人了。啊，天哪，从此之后他们就乖乖地顺从了我，只要我啪地一甩鞭，他们就马上听从。

史密瑟斯 (嗤之以鼻)这是美国佬吓人的玩意儿。

琼　斯 能讲大话的人就能成大人物，只要他能使人家相信他的大话就行，不是吗？所以，我没凭据也讲大话，但我不是漫无边际地乱吹。我晓得，我能骗到他们的信任——我晓得——因此我玩的这把戏就稳当可靠了。我不是学他们的土话，又教他们一些英语吗？这不是该做的事吗？史密瑟斯，你在这里住了十年，他们的话你一句也没学会。尽管你也知道，学会他们的话可以赚大钱，可你这个人太懒散，不愿意招这个麻烦。

史密瑟斯 (满脸通红)别说我了。听说你为自己造了一颗银子弹，是真的么？

琼　斯 这也是吓吓人的。我已造了颗银子弹，我还告诉他们，到时候我就用这颗子弹自杀。我还说，因为像我这样的大人物，除了自己以外，没人能对付。他们想对付我，那是白费劲儿。于是，他们都跪下叩起头来。(笑)我这样做了，以后就可以在外面安全地散步，就不会有忌恨的黑人在树后面向我打冷枪了。

史密瑟斯　(惊讶)那么，你是造了一颗银子弹了?

琼　　斯　是真的，就在这里。(他拔出手枪，打开，取出银子弹)五颗铅子弹，最后一颗是银子弹。它闪闪发光，多好看啊！(放在手里，很欣赏地看着，似乎它有一种奇特的魔力)

史密瑟斯　让我瞧瞧。(伸手去拿)

琼　　斯　(粗暴地)不要动手，白种人！(他把子弹放回枪膛，把手枪插在身后)

史密瑟斯　(咆哮)该死的！你把我当贼看啊！

琼　　斯　不，那倒不是。我晓得，你不敢偷我的东西。可谁也不准碰我这个宝贝，它是我的命根子。

史密瑟斯　(嗤笑)哟，还是件法宝啊！(恶意地)那好，听我说，你全部法宝马上就都用得着了！

琼　　斯　(判断地)嗯，还要过 6 个月，他们才对我的戏感到讨嫌。那时，我一看苗头不对就溜走。

史密瑟斯　嗬，你都已谋划好了么！

琼　　斯　我又不是傻瓜，我晓得当皇帝的日子是短命的。晒草要趁太阳好。你以为我想在这里当终身皇帝么？不，我才不想。在这种穷地方有钱又有啥意思？花钱也得花得有点儿名堂，当我看出这班黑人鼓起劲来要把我赶走时，我就把全部钱带上，立刻辞职，马上就走。

史密瑟斯　到哪儿去?

琼　　斯　这你不要管。

史密瑟斯　我敢发誓，你不会再回美国了。

琼　　斯　(猜疑地)干嘛不去?(接着安然一笑)你是指关于我越狱的传说?根本没那回事!

史密瑟斯　(不相信)哦，是呀!

琼　　斯　(机敏地)你以为我骗人么，嗯?

史密瑟斯　(急速)不，老天报应！我只是想，你在黑人面前撒过谎，说你在美国杀了不少白人。

琼　　斯　(怒气冲冲)你怎么知道是撒谎?

史密瑟斯　如果你杀了白人，那不早就坐牢了么?(恶毒地)我听说，在美国，如果黑人杀了白人，那就苦了。他们会把黑人放进油锅烧死，是不是?

琼　　斯　(冷酷地)你以为白人的私刑能吓倒我么？喂，告诉你，史密瑟斯，说不定我真的在那里杀过白种人，说不定是真的。如果你不留点神的话，说不定我马上就在这里再杀死个白人。

史密瑟斯　(强作笑容)我不过和你开个玩笑，何必当真！你不是刚刚还在说，你从没坐过牢嘛。

琼　　斯　(仍是冷酷的语调——有点吹嘘地)也许我在美国因赌钱吵架，用剃刀杀人坐过牢；也许这个黑人死了，我因此要坐 20 年牢；也许我们在路上干活时，我和当监工的狱卒吵了架，他用鞭子抽我，我用铁锹铲开了他的头，我又锉断铁镣就安全地逃跑了。上面这些事,我也许干过,也许没干过。我是给你讲故事。你要是露出去一点,我立刻就要你这贼子的命!

史密瑟斯 (恐惧)你以为我会告发你?不,我才不干这种事!我们不一直是朋友吗?

琼　斯 (突然缓和下来)对啊,你一直是——以后还做我的好朋友。

史密瑟斯 (镇静下来——恶毒地)为了说明咱们的友情,我要告诉你个消息。

琼　斯 说,快说!看你那个高兴劲儿,肯定不是好事。

史密瑟斯 (警告)也许你该辞职了,那颗银子弹也该用得着了吧!(说完,他挖苦地笑了笑)

琼　斯 (迷惑不解)你说什么?讲明白点!

史密瑟斯 今天你看见过宫殿周围的卫兵和仆人吗?我可没见到过。

琼　斯 (漫不经心)他们都在花园里的树下睡觉。每次我睡觉时,他们也溜出去睡觉,我总是假装不知道。只要我一摇铃,他们就会飞奔回来,而且还骗我说,他们一直在干活呢。

史密瑟斯 (仍是嘲笑的语气)现在你摇一下铃,那你就知道我说的话是什么意思了。

琼　斯 (警觉起来,但用不介意的口气说)好,我来摇铃。(他伸手到御座底下,摸出一只开饭时用的铃,铃也是漆着大红色。他用力摇铃,然后停下来听听。接着他跑到两个门口,向外望望)

史密瑟斯 (幸灾乐祸地盯着他,停了一会,嘲笑地)树倒猢狲散啦!

琼　斯 (顿然发怒,哐啷一声把铃丢到墙角)贼黑奴!(看到史密瑟斯盯着他,他克制着,接着又忽然低沉地笑起来)我想,这次我把自己手里的牌估计得太高了。一个人总不能光靠投机取胜啊。我不是刚刚还说再当6个月的皇帝吗?哦,我改变主意了。算了吧,我马上辞职。

史密瑟斯 (真正钦佩地)老天爷,你这家伙真冷静,做事不会出纰漏。

琼　斯 慌乱是一点用处也没有的。我晓得这套把戏要完了,就毫不迟疑地和它吻别。黑人不是都跑上山去了吗?

史密瑟斯 是啊,跑得一个也没留下。

琼　斯 这就是革命要来了,那我这皇帝还是一溜烟地跑掉吧。(向后门走出)

史密瑟斯 你去找马么?一匹也没有了。他们干的头一件事就是偷马。今天早晨我去找自己的马,就投找到,这件事首先使我警觉起来。

琼　斯 (惊呆一会儿,搔搔头,接着随遇而安地说)好,那么,我就步行。脚啊,你可要出力啊!(取出金表,看表)3点30分。太阳落山大约是6点30分。(放回表——冷静、自信)时间充足,我可以不慌不忙地走。

史密瑟斯 别那么笃定了吧,他们死命追你。这件事是莱姆幕后策划的,他恨死了你,他宁可不吃饭而吃你的肉!

琼　斯 (蔑视)那个不值得一提的傻黑奴!你以为我怕他?我把这个傻黑奴制服不止一次了。如果他再来惹麻烦,我就要再制他……(凶狠地)这次我就要他的命!

史密瑟斯 你必定要穿过一片大树林,可这伙黑人却能像猎犬一样嗅着气味跟踪追赶。就算你能像土人一样熟悉树林里的道路,你必须用12个小时才穿得过去。

琼　斯 (气愤而蔑视)白种人,你听着!你以为我是天生的傻瓜?看在上帝的分上,你要相信我是有点头脑的人!你以为我事先没有预防,做到万无一失吗?我假装打猎，到那树林里去过多次了，树林里的路径我是一清二楚的，闭着眼睛也不会走错路。（极端蔑视）你以为这帮连自己的名字都搞不清楚的傻黑奴能捉到布鲁特斯·琼斯？哈，我想不可能！绝不可能！嗬，白种人在美国用猎犬追我，我把它当做闹着玩儿。要这帮黑废物并不光彩，因为他们太容易骗了。喂，朋友，你等着瞧吧，我要他们大失所望。天没黑我就通过平原到达树林。天一黑他们就甭想在树林里找到我了。明天天亮我就到了树林的另一边，走到海滩，那里有法国军舰停泊着。它会把我带到马尼提克岛去。到了那里，我就安全了，裤袋子里还装着大卷的钞票呢。这件事方便极啦！

史密瑟斯　（恶意地）可是万一出了差错，你被他们捉住了，那可怎么办呢？

琼　　斯　（坚决地）他们不可能——这就是我的答复。

史密瑟斯　可是，就算是发生了这样的事——你怎么办呢？

琼　　斯　（皱眉）我这枪里装着五颗铅子弹来对付那些土黑奴——打完之后，我就用这颗银子弹骗他们，使他们捉不到我。

史密瑟斯　（嘲弄）哎呀，我竟把那颗子弹忘了。那你就高贵地开枪自杀喽？老天爷！

琼　　斯　（阴郁地）白种人，你就把全部老本都押上来赌一次吧。老子会玩到这套把戏结束，走也要走得光彩，那时，银子弹还不够呢，这是事实，（摆脱了紧张情绪——自信地笑了）哈，看我说些啥呀！还没有到这种地步，我永不会——这里的土黑人可不行。（自夸）银子弹总会使我走运的。不论是在思想、赛跑、硬拼或是斗智方面，也不管是在白天还是黑夜里，我都能胜过这帮子人，你瞧着吧！（远山上传来微弱、有节奏的鼓声。鼓声低沉、颤抖。开始时鼓点如正常的脉搏——每分钟72次——而后逐渐加快，直到幕落，从不间断）

琼　　斯　（听到鼓声，大吃一惊。听着，有一阵他面部出现了一种奇特的恐惧神色，然后又装出一种漫不经心的样子问道）他们为啥敲鼓？

史密瑟斯　（刻薄地笑着）为了你呀。敲鼓，就是说他们的仪式已开始了。我以前听说过，我懂得。

琼　　斯　仪式？什么仪式？

史密瑟斯　黑人在开会，跳战舞，先鼓起勇气，然后再来追你。

琼　　斯　他们来吧！他们是该有点勇气才行！

史密瑟斯　他们在那里举行异教徒仪式，一直念咒呀，求魔呀，用来抵挡你的银子弹。（高声狂笑）我的天，他们多愚蠢哪！

琼　　斯　（不免有点震惊、畏惧）嘿，干这种事连小鸡也吓不倒。

史密瑟斯　（觉察到对方的情绪——恶意地）今晚树林里一片漆黑的时候，他们就叫魔鬼、精灵来追你。天亮以前，你总是感到毛骨悚然的。（表情严肃）那片可恶的树林，就在大天白里它都显得很古怪。那里是令人讨厌的安静，你不知道要出什么事，一到树林里我就感到脊背发麻。

琼　　斯　（嗤之以鼻）我可不像你，胆小如鼠。树木是我的老朋友，圆月会给我带来光明，让这群卑鄙的黑人去念咒求魔吧！你以为我会相信老太婆讲的妖魔鬼怪？去你的吧，白种人，别和我啰嗦了！（吃吃地笑）你要晓得，他们对付的是个浸礼会的模范教徒。我在惹那点小麻烦以前，在火车上当装卸工时就是浸礼会教徒。他们搞那些歪门邪道好了,浸礼会能庇护我,并把他们统统赶入地狱里去。(自信、满意地)而且,你别忘了,我还有颗银子弹呢。

史密瑟斯　嘿!自从到这里以后,你早就把浸礼会忘了吧?我听说你叛离了浸礼会,并且还和那些该死的巫医交往,你称这些猪猡是巫医也罢,称呼别的也好。

琼　　斯　(充满激情)那是我假装的!我假装这样嘛!这一直是我这套把戏的一部分。要是我看到黑人们相信黑的就是白的,我就随声附和,喊得比他们还响。我替浸礼会传教没啥好处。我要的是钱,我把耶稣暂时搁在一边。(忽然住口,看表——机警地)我可没工夫和你讲废话了,我得马上动身。(他伸手从御座下拿出一顶贵重的巴拿马帽,帽带是彩色的,他扬扬得意地戴上)白种人。再见啦!说不定以后在监狱里和你见面呢!

史密瑟斯　见不到我,你不会见到我进监狱的。哼,我才不会为了钱落到你那种地步呢。尽管这样,我还是祝你走运。

琼　　斯　(蔑视)真没见过你这样的胆小鬼!告诉你,我觉得自己像在纽约一样平安无事。黑人们要从现在到天黑才能鼓起劲来,开始行动,可那时候我已走远了,他们甭想捉到我。

史密瑟斯　(挖苦地)你在路上碰到魔鬼时,代我向它们问好。

琼　　斯　要是魔鬼有钱,我就对它说:如果它不想把钱丢掉,就别来找上你。

史密瑟斯　(受奉承而得意)哈哈!(转而好奇)你不带行李吗?

琼　　斯　轻装才能走得快嘛。而且,我在树林的边上已埋好了罐头食品。(夸耀)瞧,我看得远、会动脑筋吧!(做一个慷慨大方的手势)宫殿里所有的东西都留给你——你最好在他们来到之前,把能弄走的统统弄走。

史密瑟斯　(感激地)好,好,多谢。(琼斯向后门走去时,警告说)喂,你不见得会从那儿出去吧!

琼　　斯　你想,我能像那些下贱的黑人一样从后门里溜出去么?现在我还是皇帝,是不是?琼斯皇帝从哪里来的再从哪里出去。那些黑废物不敢挡驾,他们绝不敢。(在门口停下,听着远处连续的冬冬鼓声)你听听那鼓声,声音能传那么远,一定是个特大的鼓。(接着笑了)哈,他们没有铜管乐队来欢送我,总算用鼓声来为我送行啦。白种人,再见啦。(他把手插入口袋,故作无忧无虑的样子,漫步走出门口,向左而去)

史密瑟斯　(困惑、钦佩地望着他出去)天哪,他多么镇静啊!(发怒)哼,这该死的黑人,装腔作势!我希望他们捉住他,让他知道点厉害!(接着忍住内心喜悦,开始办正经事,他贪婪地向四周看看)在这宫殿里总可以找到一大批能卖钱的东西。亨利呀,小子,找一找吧!(他向右门走去,幕慢慢落下)

(《琼斯皇》,刘宪之译,《外国戏剧名篇选读》,作家出版社 1986 年版)

原　　野(节选)

曹　禺

曹禺(1910—1996),中国20世纪最优秀的剧作家之一。1930年就读清华大学西洋文学系,广泛接触欧美文学作品,深为古希腊悲剧作家及莎士比亚、契诃夫等人的剧作所吸引,同时也陶醉于中国的传统戏剧艺术。1933年创作的处女作四幕剧《雷雨》,以高度的艺术成就和现实主义的艺术力量震动了当时的戏剧界。主要剧作还有《日出》《原野》《北京人》等。

仇　虎　(慑住,喃喃地)小黑子!小黑子!

焦花氏　哦,妈呀,(低声)她——她真地跟上我们了。

仇　虎　(喃喃)小黑子!小黑子!

焦花氏　你说什么?

仇　虎　她——她又要来了。

焦花氏　(望着仇虎,惧怯地)谁?

仇　虎　她!她!(忽然向左望)你看!她!她来了。

[由左面悄悄地走上焦氏的人形,两手举着小黑子。闭着眼,向右面走,走到仇虎面前,站住。]

仇　虎　(惊恐,低声)你看,她又来找我!

焦花氏　虎子,你怎么,你看见了什么?

[焦氏的人形睁开了眼,瞪视花氏和仇虎。]

仇　虎　(摇头)我——我们——没有——,我们没有——

焦花氏　你说,谁?虎子!

仇　虎　(低哑失声)瞎子同——同小黑子就在你眼前。

焦花氏　(大叫一声,跑到电线杆下面)虎子,你——你又中了邪啦。(焦氏的人形直瞪仇虎)

仇　虎　(对着焦氏的人形,哀求地)不是我!不——不是我!我没有打算害你的黑子,大星是我——我害的。可我——(喘息)我已经觉得够了,你别这么看着我,你别这么看着我!我并没害死你的孙孙!我说,我没有!我没有!我没有!我没有!我没有!……(愈说气力愈弱,那人形目不转睛地望着他,又悄悄向右方走下。虎子望着她消逝,揩着眼前的汗水)哦,天哪!

焦花氏　(慢慢走向前)怎么啦?

仇　虎　她走了。

焦花氏　(忽起疑惑,抓住仇虎)虎子,你告诉我小黑子究竟怎么死的?

仇　虎　(机械地)他奶奶打死的。

焦花氏　我知道。可你叫我把黑子抱到屋里是怎么回事?

仇　虎　唔,(低沉)一网打尽,一个不留。

焦花氏　为什么?

仇　虎　焦家害我比这个毒。

焦花氏　那么你成心要把孩子放在屋里。

仇　虎　(苦痛)嗯,成心!

焦花氏　你早知道瞎子会拿棍子到你屋里去。

仇　虎　知道。

焦花氏　你是想害死黑子!

仇　虎　嗯!

焦花氏　你想到她一铁棍会把孩子打——

仇　虎　(爆发)不,不,没有,没有。我没想到,我原来只是恨瞎子!我只想把她顶疼的人亲手毁了,我再走路,可是大星死后我就不成了,那一会儿工夫,我什么心事都没有了,我忘了屋里有个黑子,我看见她走进去,妈的!(敲自己的脑袋)我就忘记黑子这段事情,等到你一提醒,可是已经“砰”一下子——(痛苦地)你看,这怪我!这怪得了我么?

焦花氏　那么,你还老想着这个做什么?

仇　虎　(苦闷地)不是我要想,是瞎子,是小黑子,是大星,是他们总在我眼前晃。你听,这鼓,这催命的鼓!它这不是叫黑子的魂,它是催我的命。

焦花氏　(想转开他的想念,大声)虎子,你忘了你的爹爹了么?

仇　虎　对!没有!

焦花氏　虎子,你还记得你的妹妹么?

仇　虎　对!没有,没有,没有!他们死得委屈,(喃喃)对!对!对!我那年迈的爹叫阎王活埋,十五岁的妹妹叫他卖,对!卖死在那个——

[啄木鸟又“剥剥”地发出空洞的啄木声。]

焦花氏　你听!这是什么?

仇　虎　(不顾她)叫他卖死在那个烟花巷。嗯,对!我在狱里做苦力,叫人骗了老婆,占了地,打瘸了腿,嗯,对!对!我仇虎是好百姓,苦汉子,受了多少欺负,冤枉,委屈,对!对!对!我现在杀他焦家一个算什么?杀他两个算什么?就杀了他全家算什么?对!对!大星死了,我为什么要担待?对!他儿子死了,我为什么要担待?对!我为什么心里犯糊涂,老想着焦家祖孙三代这三个死鬼,对!对!我自己那年迈的爹爹,头发都白了,(忽然看见右面昏黑里出现了什么,不知不觉地慢下来)人都快走不动了。

[黑暗里,由右面冉冉飞舞过一只青蓝光焰的萤火虫,向土坡上飞去。]

焦花氏　(仍想转开他的思念)虎子,你看,萤火虫,萤火虫!

仇　虎　(瞪目张口,望着萤火虫后面的人群,口里慢慢地)人都快走不动了,他们还串通土匪,对!对!拿来——

[萤火虫摇摇向土坡飞,随在后面是一堆无声的人群,静悄悄地也向土坡走。前面是三个短打扮的狰狞大汉,拿着铁铲木棍,迈着大步,殿压后面是洪老,一个圆缸粗

细的黑矮胖子，手摇芭蕉扇，脸上流汗，一边揩，一面喘，像是走了多少路程。中间押着一个白发的农人，——仇荣——身量瘦小，伛偻着终年辛苦的背腰，惧怯地随着大汉步行，时而回头望着洪老，眼里露出哀恳乞怜的神色。单调的鼓声愈击愈响，这一堆人形随着鼓声像一群木偶在薄雾里呆板地移行。昏黄的月色照着土坡，黑云布满了天空，地上半是阴影。在土坡高处忽而渐渐显出一个背立的彪悍的人形，披着黑斗篷，底下仿佛穿着黄呢军裤。但是看不清楚。人押到坡上，洪老很恭谨地对着那个背立的人形说话，洪老的脸正对观众。这时那白发的农人低头默立一旁。]

焦花氏　虎子，你在看什么？

仇　虎　（低声）那——那不是洪老？他，他们来这儿是干什么？

焦花氏　（望着虎子）在哪儿？

仇　虎　土坡——土坡上。（呆望着那人群）

[那背立的人形仿佛告诉洪老多少话，洪老连连点头。于是转过身，对着那垂首的老者举手威吓，两个大汉一起围起那老人，似乎也在逼迫。内中一个大汉在掘土挖坑，一时，由老人怀里搜出东西，由洪老交给那背立的，那背立的人摇头，把东西扔下。]

焦花氏　虎子！

仇　虎　（倒吸一口气）这个老头别是我爹？可是他死了。天哪，这是怎么回事？

[洪老继续搜索，两个壮汉叫老人背过脸，合同刑逼，老人先只垂首不语，最后似乎痛极而呼。忽然由左面跑来一个十五岁的姑娘，忍不下去，似乎狂呼而出，手里拿着字据，交与那背立的人形，哀求他释放老人。]

仇　虎　哦，妈！这不是我的妹妹！妹……妹！

焦花氏　（拉着仇虎）虎子，你怎么啦！你忍忍！你忍忍！

[洪老见得着字据，大喜。那小姑娘走到老人面前跪下，老人詈责她不该出来。那背立人形吩咐洪老拉开他们，叫两个大汉动手埋人。一个壮汉捉住小姑娘。那两个抓住老人的背膊，洪老狞恶地指着土坑告诉老人，小姑娘听见便哭，老人转过身来仰天大嚎，脸正向仇虎。]

仇　虎　（突由催眠状态醒起，看明白，狂呼）爹！爹爹！我的爹爹！

焦花氏　虎子，（拉住他）你别中了邪，你叫谁？

仇　虎　爹！爹爹。虎子在这儿！虎子在这里！（回首对花氏）你放开我！（一手甩开花氏，抽出手枪，向土坡奔去，对着那背立的人形，暴怒地）你这个土匪，你——（忽然那背立的人形转过身来，焦阎王如同那图像所摹的刻下一般。穿着连长的军装，森厉地立在那里。惨月昏昏地射照他的脸，浓眉下两只可怖的黑眼射出惧人的凶光。仇虎愣了一下，狠毒地）阎王！

焦花氏　（在下面，吓昏了）阎王？

仇　虎　（野兽一般）我可碰着了你！（对着阎王连放三枪。那群人形倏地不见）

焦花氏　虎子！虎子！

[黑云遮满了月光，地下又突然黑起来。]

仇　虎　金子！金子！你在哪儿？

焦花氏　这儿!

仇　虎　(奔下来)你看见他们没有?

焦花氏　(恐惧)没有!

仇　虎　快走!地上又没有亮了。

[仇虎拉着花氏由左面奔下,鼓仍单调地由林中传来。]

(《原野　三幕剧》第三幕第二景,人民文学出版社 1994 年版)

【提示】

表现灵魂的戏剧

《琼斯皇》作为奥尼尔的表现主义戏剧代表作之一,主要讲述了主人公布鲁斯特·琼斯逃亡的故事。剧中琼斯在森林里心理活动的表现成为此部剧作的核心,多场戏都是他一个人在森林中的情形。逃亡中的紧张情绪、黑暗中的毛骨悚然、精神恍惚的无意识幻象交织着鼓点声的紧逼催促,形成一种神秘、奇幻、急促、恐怖的氛围。此剧演出时往往会借助布景、灯光与服装、道具的变换,并结合音响、合唱、面具等舞台艺术将琼斯的内心冲突外化为舞台形象,一方面强化了戏剧效果,另一方面又使得琼斯迷乱而惊恐的深层心理状态展现无遗。

《原野》是曹禺剧作中唯一一部以农村生活为题材的作品,主要讲述仇虎复仇的故事:焦阎王霸占了仇虎家的地,活埋了仇虎父亲,还把仇虎十五岁的妹妹卖到妓院折磨致死,诬陷仇虎是土匪并将其下大狱,仇虎未婚妻花金子被逼嫁给焦阎王之子焦大星;仇虎在监狱中被打折了腿,八年后越狱回乡报仇雪恨,手刃焦大星,并借焦母之手打死焦大星之子小黑子,携旧日恋人花金子逃跑;随后焦母追赶仇虎与花金子至黑森林,他俩在林中迷路,最终仇虎自杀身亡。

《原野》通过主人公仇虎复仇的悲剧反映了受尽地主焦阎王压迫的农民的挣扎和反抗,不过这只是剧情的表层结构。曹禺并没有像 1930 年代惯见的革命文学那样注重挖掘其中的阶级内涵,也没有像中国传统的复仇文本那样歌颂英雄的正义与胜利。而是表现"父债子还"这一中国家族意识的合理性和荒谬性,并深入人类从古到今所面临的一个永恒难题:怨恨和伤害能否通过复仇而真正平复?罪魁祸首焦阎王在仇虎挥舞复仇之斧的两年前即寿终正寝,"杀还是不杀"这一哈姆雷特式的艰难选择在戏剧开场就困扰着他。"阎王,我回来了",仇虎的一声尖叫虽然宣誓着杀戮行动的开始,但复仇的合理性同时受到了挑战,于是外部的复仇行为转向为由复仇引发的内心矛盾。《麦克白》式的戏剧构思在此浮现,主人公因为良心发现而拒绝享受残忍复仇带来的快感,亲人受难、亡者幽灵、地狱景象出现在他的幻觉中,这正是他申辩与赎罪的心理幻象,林中仇虎的精神迷狂,充分表现出戏剧冲突引发的人物心灵与人格分裂状态,从外在命运到内在灵魂的挣扎,《原野》实现了戏剧重心的转移。

表现主义(Expressionism)戏剧源自德国,然后波及西方各国以至东方,主张拒绝对生活进行现实主义的描绘,舞台上打破现实主义的"第四堵墙",通过作品强烈地表现创作主体的体验、情绪和内心的意念,所以有人称这种戏剧是"人从其灵魂深处发出的尖叫","是一种写到了纸上的梦"。《琼斯皇》十分成功地表现了一个逃亡的独裁者在森林中的恐惧心理与由此而来的种种幻觉,有效实践了表现主义戏剧的创作方法。这一方法给了中国剧作家洪深的《赵阎王》、曹禺的《原野》以深刻的影响。洪深是奥尼尔的同门,《赵阎王》则是《琼斯皇》不折不扣的中国翻版。相比洪深,曹禺的创新力度更大。《原野》虽然在黑森林的场景、主人公的幻觉、鼓声的应用等方面延续了《琼斯皇》的戏剧手段,但也融进了中国戏曲的写意与象征,如牛头马面、阎王判官、申冤叫魂等。因此现实题材与心理表现、传统意象与表现主义在《原野》中熔为一炉,表现主义戏剧艺术与阶级复仇故事得到了很好的融合。

(杨青泉)

思考题

1. 仇虎的复仇在行动上易如反掌，为什么在心理上却那么艰难？
2. 试分析《原野》中“小树林”和“火车道”的象征内涵。
3. 细读《琼斯皇》，举例分析该剧的表现主义特征。

九、烦闷无边无际

魏尔伦

魏尔伦(Paul-Marie Verlaine,1844—1896),与兰波、马拉美齐名,是法国早期象征主义运动的主将,代表作有诗集《无题浪漫曲》《智慧》《死后书》等,他性格任性极端,喜怒无常,内心敏感而又脆弱,使他的诗歌弥漫着浓郁的忧伤绝望的情绪。《诗艺》是他关于诗歌要具备音乐性的诗学主张的集中体现。他的诗学理论和创作实践对整个象征主义文学运动产生了重大影响。

烦闷无边无际,
铺满了原野,
变幻不定的积雪
闪烁如砂砾。

天穹一片昏沉,
古铜凝着夜紫
恍惚见月华生,
恍惚见月魄死。

雾一般的水汽
笼罩近旁的森林,
橡树如一群乌云,
灰暗地浮起。

天穹一片昏沉,
古铜凝着夜紫
恍惚见月华生,
恍惚见月魄死。

狼群又瘦又弱,
乌鸦在喘息,
酸风紧紧相退,
你们将奈何?

烦闷无边无际,
铺满了原野,
变幻不定的积雪
闪烁如砂砾。

雨　　巷

戴望舒

戴望舒(1905—1950)，原名戴梦鸥，笔名还有艾昂甫、江思等，浙江杭州人，现代著名诗人和文学翻译家。“望舒”出自屈原的《离骚》：“前望舒使先驱兮，后飞廉使奔属。”“望舒”是指神话传说中替月亮驾车的美丽优雅的天神。他因其诗作《雨巷》而被称为“雨巷诗人”。早期诗作多写个人孤寂心境，清丽朦胧，感伤气息较重；后期诗作则多写家国之恨，风格写实而沉挚。他的主要作品有《我底记忆》《望舒草》《灾难的岁月》等诗集。

撑着油纸伞，独自
仿徨在悠长，悠长
又寂寥的雨巷，
我希望逢着
一个丁香一样地
结着愁怨的姑娘。

她是有
丁香一样的颜色，
丁香一样的芬芳，
丁香一样的忧愁，
在雨中哀怨，
哀怨又仿徨；

她仿徨在这寂寥的雨巷，
撑着油纸伞
像我一样。
像我一样地
默默彳亍着，
冷漠，凄清，又惆怅。

她静默地走近
走近，又投出
太息一般的眼光。
她飘过
像梦一般地，
像梦一般地凄婉迷茫。

像梦中飘过
一枝丁香地，
我身旁飘过这女郎；
她静默地远了，远了，
到了颓圮(pǐ)的篱墙。
走尽这雨巷。

在雨的哀曲里。
消了她的颜色，
散了她的芬芳，
消散了，甚至她的
太息般的眼光。
丁香般的惆怅。

撑着油纸伞，独自
仿徨在悠长，悠长
又寂寥的雨巷，
我希望飘过
一个丁香一样地
结着愁怨的姑娘。

【提示】

梦幻而音乐般的诗意

戴望舒受过国外多种文艺思潮的熏陶与影响，法国象征主义诗歌对戴望舒的早期创作有特殊的吸引力，而法国象征主义诗人中，他对魏尔伦尤其赞赏。从1925年起，他曾阅读并翻译过大量魏尔伦的诗歌。《雨巷》一诗约写于1927年夏，发表于1928年8月出版的《小说月报》第19卷第8号。《雨巷》中那朦胧迷离的意象、如泣如诉的旋律以及忧伤清冷的意境无不带有魏尔伦诗歌的影响。以下便从意象的设置、音乐般的旋律以及意境的营造等三个方面来比较研究魏尔伦的《烦闷无边无际》和戴望舒的《雨巷》的美学效果。

这两首诗中，意象是梦幻般的，象征的意义大于实指的作用。《烦闷无边无际》中，烦闷如无边原野、茫茫积雪、漫漫沙漠、昏沉天空，它无边无际、无处不在，这说明了"烦闷"的广度；而"水汽""森林""乌云""酸风"等意象的设置使"烦闷"更为阴沉浓重，它压抑而沉闷，挣不脱也逃不掉，这些意象的设置形象地说明了"烦闷"的浓度。在这既广阔无边又沉重无比的烦闷之中，"狼群"和"乌鸦"发出了微弱的喘息，他们代表了突出重围的微弱希望，但一切又无济于事，烦闷依旧，希望的光辉仍然遥不可及。《雨巷》表现的是江南梅雨季节时分，徘徊在悠长寂寥的"雨巷"中的孤独苦闷的诗人与梦中的"丁香姑娘"相逢而又无言地擦肩而过的画面。但这也只是字面意义，在沉闷而压抑"雨巷"中、柔弱、娇美、高洁的"丁香"的消逝何尝不是作者理想破灭的悲哀与无奈的象征。

除了意象设置上的梦幻般色彩，两首诗歌的音乐美有异曲同工之妙。"音乐先于一切"是魏尔伦在《诗艺》中放在首位的诗歌创作原则。《烦闷无边无际》共6小节，有4小节两两重复，排列成了ABCBDA回环往复般的结构；在韵脚方面，作者也极为讲究，采取了abab式和abba式两种押韵方式。《雨巷》也很注意韵脚的安排，全诗共7段，每段6行，韵脚押"ang"韵，同一韵脚的反复使用使全诗形成了一种娓娓道来、不绝如缕的音乐旋律；《雨巷》还使用了复沓手法，如连续三次重复"丁香一样的"，词句的复沓运用有利于表现回环往复的音乐效果；另外诗的最后一节除了将第一节中的"逢着"改为"飘过"外，其他词句完全一样，这种"起结互现"的回环结构增强了全诗的音乐感，使诗歌如同一曲参差错落、高低起伏的音乐，久久萦绕在读者的心头。

以上如梦似幻的意象安排和如泣如诉的音乐旋律有利于营造一种忧伤而清冷的意境与情调。魏尔伦的情调是感伤的，他的诗歌中，愁苦、忧郁、痛苦、寂寞如梦如雾般萦回缠绕，无边无际、无处不在。戴望舒吸取了魏尔伦诗歌感伤的特点，他的《雨巷》在悠长舒缓的节奏和如梦似幻的意象中，营造出了水墨画一般的意境，透出一种清幽、凄婉的美学魅力，作者淡淡的忧伤与惆怅也跃然纸上。

（池大红）

思考题

1. 试分析这两首诗歌在意象设置、音乐旋律以及意境营造方面的美学特点。

2. 全面了解戴望舒的生平与创作，并分析他所受到的中国古典文化和外来文化的影响。

3. 背诵这两首诗。

十、波德莱尔诗二首

波德莱尔

波德莱尔(Charles Baudelaire,1821—1867),法国著名诗人,现代派诗歌的先驱,象征主义文学的鼻祖。他的生活漂泊无定,贫困潦倒,一生充满矛盾、痛苦、反抗和颓废,但他不是一个颓废的诗人,而只是一个颓废时代的诗人。1857年发表传世之作《恶之花》。

腐尸

亲爱的,想想我们见过的东西,
夏日的清晨多温和:
小路拐弯处一具丑恶的腐尸,
在碎石的床上横卧。

仿佛淫荡的女人,把两腿高抬,
热乎乎地冒着毒气,
她懒洋洋地,恬不知耻地敞开
那臭气熏天的肚子。

太阳照射着这腐烂的一大团,
像要把它烤得透熟,
仿佛要向大自然百倍地归还
它结为一体的万物。

天空凝视着,这尸体真是绝妙
像花朵一样地开放。
臭气那样地强烈,你觉得就要
昏厥晕倒在草地上。

腐败的肚子上苍蝇嗡嗡聚集,
黑压压一大群蛆虫
爬出来,好像一股黏稠的液体
顺着活的皮囊流动。

它们爬上爬下仿佛浪潮阵阵
横冲直撞亮光闪闪;
仿佛有一股混沌的气息吹进
这具躯体仍在繁衍。

这世界奏出一阵奇特的音乐
好像流水,又好像风,
像簸谷者做出有节奏的动作
把籽粒颠簸和搅动。

形式已消失,只留下依稀的梦
一张迟来的草稿图。
在遗忘的画布上。画家的完成
仅仅凭着记忆复出。

一只母狗愤怒地把我们观望,
焦躁不安,躲在石后,
等待着时机,要从尸骸的身上,
重新咬住那一块肉。

——而将来您也会像这垃圾一样,
像这恶臭可怖可惊,
我眼睛的星辰,我天性的太阳,
您,我的天使和激情!

是的,您将如此,哦我优美之女王,

领过临终圣礼之后,
当您步入草底和花下的辰光,
在累累白骨间腐朽。

那时,我的美人啊,告诉那些蛆,
接吻似的把您啃噬:
你的爱虽已解体,但我却记住
其形式和神圣本质!

忧郁之四

当低重的天空如大盖般压住
被长久的厌倦折磨着的精神;
当环抱着的天际向我们射出
比夜还要愁惨的黑色的黎明;

当大地变成一间潮湿的牢房,
在那里啊,希望如蝙蝠般飞去,
冲着墙壁鼓动着胆怯的翅膀,
又把脑袋向朽坏的屋顶撞击;

当密麻麻的雨丝向四面伸展,
模仿着大牢里的铁栅的形状,
一大群无言的蜘蛛污秽不堪,
爬过来在我们的头脑里结网,

几口大钟一下子疯狂地跳动,
朝着空中迸发出可怕的尖叫,
就仿佛是一群游魂无家可依,
突然发出一阵阵执拗的哀号。

——送葬的长列,无鼓声也无音乐,
在我的灵魂里缓缓行进,希望
被打败,在哭泣,而暴虐的焦灼
在我低垂的头顶把黑旗插上。

(《恶之花》,郭宏安译,广西师范大学出版社 2002 年版)

艾青诗二首

艾　青

艾青(1910—1996),我国著名诗人。1933 年发表第一首诗,也是他的成名作《大堰河——我的保姆》,奠定了他在中国现代文学史上的重要地位。主要诗集有《大堰河》《北方》《黎明的通知》等。艾青在诗学上受波德莱尔、凡尔哈仑等外国现代诗人的影响。朴素、凝练、想象丰富、意象独特、讲究哲理,是艾青诗歌的一贯特点。

马　赛

如今
无定的行旅已把我抛到这
陌生的海角的边滩上了。

看城市的街道
摆荡着,
货车也像醉汉一样颠仆,
不平的路
使车辆如村妇般
连咒带骂的滚过……
在路边

无数商铺的前面，
潜伏着
期待着
看不见的计谋，
和看不见的欺瞒……
市集的喧声
像出自运动场上的千万观众的喝彩声般
从街头的那边
冲击的
播送而来……
接连不断的行人，
匆忙的，
跄踉的，
在我这迟缓的脚步旁边拥去……
他们的眼都一致的
观望他们的前面
——如海洋上夜里的船只
朝向灯塔所指示的路，
像有着生活之幸福的火焰
在茫茫的远处向他们招手
……
在你这陌生的城市里，
我的快乐和悲哀，
都同样的感到单调而又孤独！
像唯一的骆驼，
在无限风飘的沙漠中，
寂寞的寂寞的跨过……
街头群众的欢腾和呼嚷，
也像飓风所煽起的砂石，
向我这不安的心头
不可抗的飞来——
午时的太阳，
是中了酒毒的眼，
放射着混沌的愤怒
和混沌的悲哀……
它
嫖客般
凝视着
厂房之排列与排列之间所伸出的
高高的烟囱。
烟囱！
你这为资本所奸淫了的女子！
头顶上
忧郁的流散着
弃妇之披发般的黑色的煤烟……
多量的
装货的麻袋，
像肺结核病患者的灰色的痰似的
从厂旁的门口，
不停的吐出……看！
工人们摇摇摆摆的来了！
如这重病的工厂
是养育他们的母亲——
保持着血统
他们也像她一样的肌瘦枯干！
他们前进时
溅出了沓杂的言语，
而且
一直把繁琐的会话，
带到电车上去，
和着不止的狂笑
和着习惯的手势
和着红葡萄酒的
空了的瓶子。
海岸的码头上，
堆货栈
和转运公司
和大商场的广告
强硬的屹立着，
像林间的盗
等待着及时而来的财物。
那大邮轮
就以熟识的眼对看着它们
并且彼此相理解的喧谈。
若说它们之间的
震响的
冗长的言语
是以钢铁和矿石的词句的，

那起重机和搬运车
就是它们的怪奇的嘴。
这大邮轮啊
世界上最堂皇的绑匪!
几年前
我在它的肚子里
就当一条米虫般带到此地来时,
已看到了
它的大肚子的可怕的容量。
它的饕餮的鲸吞
能使东方的丰饶的土地
遭难得
比经了蝗虫的打击和旱灾
还要广大,深邃而不可救援!
半个世纪以来
已使得几个民族在它们的史页上
涂满了污血和耻辱的泪……
而我——
这败秃的少年啊,
就是那些民族当中
几万万里的一员。
今天
大邮轮将又把我
重新以无关心的手势,
抛到它的肚子里,
像另外的
成百成千的旅行者们一样。
马赛!
当我临走时
我高呼着你的名字!
而且我
以深深了解你的罪恶和秘密的眼,
依恋的
不忍舍去的看着你,
看着这海角的沙滩上
叫嚣的
叫嚣的
繁殖着那暴力的
无理性的
你的脸颜和你的
向海洋伸张着的巨臂,
因为你啊
你是财富和贫穷的锁孔,
你是掠夺和剥削的赃库。
马赛啊
你这盗匪的故乡
可怕的城市!

雪落在中国的土地上

雪落在中国的土地上,
寒冷在封锁着中国呀……

风,
像一个太悲哀了的老妇
紧紧地跟随着
伸出寒冷的指爪
拉扯着行人的衣襟,
用着你土地一样古老的
一刻也不停地絮聒着……

那从林间出现的,
赶着马车的
你中国的农夫,
戴着皮帽,
冒着大雪
要到哪儿去呢?

告诉你
我也是农人的后裔——

由于你们的
刻满了痫苦的皱纹的脸
我能如此深深地
知道了
生活在草原上的人们的
岁月的艰辛。

而我
也并不比你们快乐啊

——躺在时间的河流上
苦难的浪涛
曾经几次把我吞没而又卷起——
流浪与监禁
已失去了我的青春的最可贵的日子，
我的生命
也像你们的生命
一样的憔悴呀。

雪落在中国的土地上，
寒冷在封锁着中国呀……

沿着雪夜的河流，
一盏小油灯在徐缓地移行，
那破烂的乌篷船里
映着灯光，垂着头
坐着的是谁呀？

——啊，你
蓬发垢面的小妇，
是不是
你的家
——那幸福与温暖的巢穴
已被暴戾的敌人
烧毁了么？

是不是
也像这样的夜间，
失去了男人的保护，
在死亡的恐怖里
你已经受尽敌人刺刀的戏弄？

咳，就在如此寒冷的今夜
无数的
我们的年老的母亲，
就像异邦人
不知明天的车轮
要滚上怎样的路程？
——而且
中国的路
是如此的崎岖，
是如此的泥泞呀。

雪落在中国的土地上，
寒冷在封锁着中国呀……

那些被烽火所啮啃着的地域，
无数的，土地的垦殖者
失去了他们所饲养的家畜
失去了他们肥沃的田地
拥挤在
生活的绝望的污巷里；
饥馑的大地
伸向阴暗的天
伸出乞援的
颤抖着的两臂。

中国的痛苦与灾难
像这雪夜一样广阔而又漫长呀！

雪落在中国的土地上，
寒冷在封锁着中国呀……

中国，
我的在没有灯光的晚上
所写的无力的诗句
能给你些许的温暖么？

【提示】

化腐朽为神奇的诗美

法国诗人波德莱尔被认为是象征派文学的先驱。他被认为是使欧洲人的经验方式和写作方式发生重大变革的作家。奠定波德莱尔象征派鼻祖地位的是其诗集《恶之花》，也是波德莱尔的代表作。

《恶之花》法文名“Les Fleurs Du Mal”，据上海译文出版社《新法汉词典》修订本，法语“Mal”既是名词，又是形容词、副词，并有多重含义。作为阳性名词，（复数形式为 maux）其至少有以下几个方面的意思：

损害，损失；疼痛，不适；疾病；（精神上的）痛苦，苦恼，不幸；困难，辛苦；坏话，坏处，缺点，缺陷；恶，邪恶，罪恶。

由此可见，单纯将 Mal 理解为罪恶与丑陋是片面的。Les Fleurs Du Mal，中文译为恶之花，并不能很好的反映原意。

《腐尸》是《恶之花》中的名篇，诗中四分之三的篇幅集中在对夏日清晨小路拐弯处一具腐尸的描写上：与腐尸有关的催人作呕、近乎昏厥晕倒的熏天恶臭、随着烈日的照射而愈发不堪入目的腐烂，苍蝇、蛆虫、母狗这些与腐尸相关的令人生厌恶的生物等等，普通读者往往会被诗中这些毫无美感可言的场景恶心到不忍卒读。令人震惊的是，在接下来四分之一的篇幅中，诗人将自己心目中的女神——如女王般高贵美丽的爱人放置在这一场景中：眼前的红颜佳丽，转眼就会成红粉骷髅。而更为令人震惊的是，诗人在此笔峰一转，将腐尸与爱突兀并置，将形体的易逝与有限对比爱情的永恒与无垠，在这种强烈的反差中建立了他的美学风格。相比波德莱尔的《腐尸》，叶芝那首感动过无数有情人的，也被无数人吟唱的《当你老了》似乎显得平淡了：

多少人曾爱慕你青春欢愉的身影，
爱慕你的美貌，
或真情或假意
唯独一人深爱你朝圣者的灵魂，
爱你衰老的脸上痛苦的皱纹。

而水木年华那首传唱大街小巷的《一生有你》，仅凭化用叶芝一诗的精髓，已足以风靡一时。

波德莱尔曾经说过：“我几乎不能想象……任何一种美会没有不幸在其中”，（《随笔》）那我们是不是也可以就此引申一下：任何一种不幸或苦难，是不是都蕴藏着美的因子呢？

Spleen 是波德莱尔常触及的词汇，中文译为“忧郁”，在《恶之花》的章节中，“忧郁与理想”组诗所占比重最大。由此也可见诗人对这一情感的感受之深。《忧郁之四》中，诗人写的正是这种难以名状的情感：忧郁。通过重重意象：大盖、黑暗、潮湿的牢狱、胆怯的蝙蝠、朽坏的屋顶、密麻的雨丝、大牢的铁栅、污秽的蜘蛛、蛛网、无家可依的游魂、执拗的哀号、送葬的长列、黑旗，描摹出现代工业社会带给个体的复杂感受。这与《随笔》所表达的“欢悦是美的装饰品中最庸俗的一种，而忧郁似乎是美的灿烂出色的伴侣”，这一对忧郁的体认，一脉相承。

艾青被胡风称为“吹芦笛的诗人”，其诗中“明显地看得出西方近代诗人凡尔哈仑、波特莱尔的影响”。诗人自己也不讳言波德莱尔的影响，称其“芦笛”是从“彩色的欧罗巴”带回来的：“我耽爱着你的欧罗巴啊，波特莱尔和兰布的欧罗巴”。课文所选的《马赛》与《雪落在中国的土地上》，可见这影响之一斑。

马赛是法国历史最为悠久城市之一，随着法国国歌《马赛曲》的传唱，同时也成为一座有光荣革命传统的城市。艾青的《马赛》，是早期受象征派影响较大的作品。

在诗中，诗人对马赛的体验，颇有波德莱尔对城市的体验之风。试看诗中这些句子：

午时的太阳，/是中了酒毒的眼，/放射着混沌的愤怒/和混沌的悲哀……/它/嫖客般/凝视着/厂房之排列与排列之间所伸出的高高的烟囱/烟囱！/你这为资本所奸淫了的女子！/头顶上/忧郁的流散着/弃妇之披发般的黑色的煤烟……/多量的/装货的麻袋，/像肺结核病患者的灰色的痰似的/从厂旁的门口，/不停地吐出……”

再如《雪落在中国的土地上》一诗，诗人对风的描写，也颇得象征派之精髓：风/像一个太悲哀了的老妇/紧紧的跟随着/伸出寒冷的指爪/拉扯着行人的衣襟/用着你土地一样古老的/一刻也不停地絮聒着……

《现代文学三十年》这样评价艾青：艾青的诗在中国新诗发展历史上所完成的是历史的“综合”的任务，坚持发展了中国诗歌“忠实于现实的战斗的传统”，扬弃了“幼稚的叫喊”，批判吸收了外来文化，丰富了新诗艺术，影响了一代人，成为新诗第三个十年最有影响的代表诗人。

如果我们不论整体诗风的不同，而只着眼于这种意象营构上的相似，品味之后，再来看学界与艾青本人所说的所受象征主义诗人波德莱尔们的影响，我们会发现，这不是一种简单接受后的模仿，而是那超越地域与语言的心有灵犀的相通。

（梁苑）

思考题

1. 艾青曾说，“苦难比幸福更美”。请结合诗人所处的时代特点和写作风格，简要分析这句话。

2. 以《腐尸》为例，如何理解“丑/恶中之美”？

3. 请简要分析《忧郁之四》的象征含义。

十一、墙上的斑点

伍尔芙

弗吉尼亚·伍尔芙(Virginia Woolf,1882—1941),原名弗吉尼亚·斯蒂芬,是英国现代著名的小说家、评论家和散文作者。她的小说创作实践推动了现代小说的发展,她的理论进一步巩固了意识流小说的地位,她的影响在文学上经久不衰,她已成为英国文学界的一位传奇人物。伍尔芙自幼精神比较脆弱,精神分裂症曾多次发作。进入20世纪30年代之后,病情日益恶化,但她仍奋力写作,经常在一本书写完之前就开始酝酿新作,但每写成一部作品总是感到不满意,情绪时常处于困惑和消沉的状态。1941年3月,伍尔芙由于对刚完成的小说《幕间》不满意,又因为第二次世界大战的战火已燃烧到英国,更由于她确信自己的精神分裂症即将复发,便留下一纸绝命书,感谢丈夫多年对她的关怀和照顾,随后就投河自尽。伍尔芙的主要作品有《墙上的斑点》《海浪》《到灯塔去》等。

大约是在今年1月中旬,我抬起头来,第一次看见了墙上的那个斑点。为了要确定是在哪一天,就得回忆当时我看见了些什么。现在我记起了炉子里的火,一片黄色的火光一动不动地照射在我的书页上;壁炉上圆形玻璃缸里插着三朵菊花。对啦,一定是冬天,我们刚喝完茶,因为我记得当时我正在吸烟,我抬起头来,第一次看见了墙上那个斑点。我透过香烟的烟雾望过去,眼光在火红的炭块上停留了一下,过去关于在城堡塔楼上飘扬着一面鲜红的旗帜的幻觉又浮现在我脑际,我想到无数红色骑士潮水般地骑马跃上黑色岩壁的侧坡。这个斑点打断了这个幻觉,使我觉得松了一口气,因为这是过去的幻觉,是一种无意识的幻觉,可能是在孩童时期产生的。墙上的斑点是一块圆形的小迹印,在雪白的墙壁上呈暗黑色,在壁炉上方大约六七英寸的地方。

我们的思绪是多么容易一哄而上,簇拥着一件新鲜事物,像一群蚂蚁狂热地抬一根稻草一样,抬了一会,又把它扔在那里……如果这个斑点是一只钉子留下的痕迹,那一定不是为了挂一幅油画,而是为了挂一幅小肖像画——一幅鬈发上扑着白粉、脸上抹着脂粉、嘴唇像红石竹花的贵妇人肖像。它当然是一件赝品,这所房子以前的房客只会选那一类的画——老房子得有老式画像来配它。他们就是这种人家——很有意思的人家,我常常想到他们,都是在一些奇怪的地方,因为谁都不会再见到他们,也不会知道他们后来的遭遇了。据他说,那家人搬出这所房子是因为他们想换一套别种式样的家具,他正在说,按他的想法,艺术品背后应该包含着思想的时候,我们两人就一下子分了手,这种情形就像坐火车一样,我们在火车里看见路旁郊外别墅里有个老太太正准备倒茶,有个年轻人正举起球拍打网球,火车一晃而过,我们就和老太太以及年轻人分了手,把他们抛在火车后面。

但是,我还是弄不清那个斑点到底是什么;我又想,它不像是钉子留下的痕迹。它太大、太圆了。我本来可以站起来,但是,即使我站起身来瞧瞧它,十之八九我也说不出它到底是什么;因为一旦一件事发生以后,就没有人能知道它是怎么发生的了。唉!天哪,生命是多么神秘;思想是多么不准确!人类是多么无知!为了证明我们对自己的私有物品是多么无法加以控制——和我们的文明相比,人的生活带有多少偶然性啊——我只要列举少数几件我们一生中遗失的物件就够了。就从三只装着订书工具的浅蓝色罐子说起吧,这永远是遗失的东西当中丢失得最神秘的几件——哪只猫会去咬它们,哪只老鼠会去啃它们呢?再数下去,还有那几个鸟笼子、铁裙箍、钢滑冰鞋,安女王时代的煤斗子、弹子戏球台、手摇风琴——全都丢失了,还有一些珠宝,也遗失了。有乳白宝石、绿宝石,它们都散失在芜菁的根部旁边。它们是花了多少心血节衣缩食积蓄起来的啊!此刻我四周全是挺有分量的家具,身上还穿着几件衣服,简直是奇迹。要是拿什么来和生活相比的话,就只能比做一个人以一小时五十英里的速度被射出地下铁道,从地道口出来的时候头发上一根发针也不剩,光着身子被射到上帝脚下!头朝下脚朝天地摔倒在开满水仙花的草原上,就像一捆捆棕色纸袋被扔进邮局的输物管道一样!头发飞扬,就像一匹赛马会的跑马尾巴。对了,这些比拟可以表达生活的飞快速度,表达那永不休止的消耗和修理;一切都那么偶然,那么碰巧。

那么来世呢?粗大的绿色茎条慢慢地被拉得弯曲下来,杯盏形的花倾翻了,它那紫色和红色的光芒笼罩着人们。到底为什么人要投生在这里,而不投生到那里,不会行动、不会说话、无法集中目光,在青草脚下,在巨人的脚趾间摸索呢?至于什么是树,什么是男人和女人,或者是不是存在这样的东西,人们再过五十年也是无法说清楚的。别的什么都不会有,只有充塞着光亮和黑暗的空间,中间隔着一条条粗大的茎干,也许在更高处还有一些色衫不很清晰的——淡淡的粉红色或蓝色的——玫瑰花形状的斑块,随着时光的流逝,它会越来越清楚、越——我也不知道怎样……

可是墙上的斑点不是一个小孔。它很可能是什么暗黑色的圆形物体,比如说,一片夏天残留下来的玫瑰花瓣造成的,因为我不是一个警惕心很高的管家——只要瞧瞧壁炉上的尘土就知道了,据说就是这样的尘土把特洛伊城严严实实地埋了三层,只有一些罐子的碎片是它们没法毁灭的,这一点完全能叫人相信。

窗外树枝轻柔地敲打着玻璃……我希望能静静地、安稳地、从容不迫地思考,没有谁来打扰,一点也用不着从椅子里站起来,可以轻松地从这件事想到那件事,不感觉敌意,也不觉得有阻碍。我希望深深地、更深地沉下去,离开表面,离开表面的生硬的个别事实。让我稳住自己,抓住第一个一瞬即逝的念头……莎士比亚……对啦,不管是他还是别人,都行。这个人稳稳地坐在扶手椅里,凝视着炉火,就这样——一阵骤雨似的念头源源不断地从某个非常高的天国倾泻而下,进入他的头脑。他把前额倚在自己的手上,于是人们站在敞开的大门外面向里张望——我们假设这个景象发生在夏天的傍晚——可是,所有这一切历史的虚构是多么沉闷啊!它丝毫引不起我的兴趣。我希望能碰上一条使人愉快的思路,同时这条思路也能间接地给我增添几分光彩,这样的想法是最令人愉快的了。连那些真诚地相信自己不爱听别人赞扬的谦虚而灰色的人们头脑里,也经常会产生这种想法。它们不是直接恭维自己,妙就妙在这里;这些想法是这样的:

"于是我走进屋子。他们在谈植物学。我说我曾经看见金斯威一座老房子的地基上的尘土堆里开了一朵花。我说那粒花籽多半是查理一世在位的时候种下的。查理一世在位的时候人们种些什么花呢?"我问道——(但是我不记得回答是什么)也许是高大的、带着紫色花穗的花吧。于是就这样想下去。同时,我一直在头脑里把自己的形象打扮起来,是爱抚地、偷偷地,而不是公开地崇拜自己的形象。因为,我如果当真公开地这么干了,就会马上被自己抓住,我就会马上伸出手去拿过一本书来掩盖自己。说来也真奇怪,人们总是本能地保护自己的形象,不让偶像崇拜或是什么别的处理方式使它显得可笑,或者使它变得和原型太不相像,以至于人们不相信它。但是,这个事实也可能并不那么奇怪?这个问题极其重要。假定镜子打碎了,形象消失了,那个浪漫的形象和周围一片绿色的茂密森林也不复存在,只有其他的人看见的那个人的外壳——世界会变得多么闷人,多么浮浅、多么光秃、多么凸出啊!在这样的世界里是不能生活的。当我们面对面坐在公共汽车和地下铁道里的时候,我们就是在照镜子;这就说明为什么我们的眼神都那么呆滞而朦胧。未来的小说家们会越来越认识到这些想法的重要性,因为这不只是一个想法,而是无限多的想法;它们探索深处、追逐幻影,越来越把现实的描绘排除在他们的故事之外,认为这类知识是天生具有的,希腊人就是这样想的,或许莎士比亚也是这样想的——但是这种概括毫无价值。只要听听概括这个词的音调就够了。它使人想起社论,想起内阁大臣——想起一整套事物,人们在儿童时期就认为这些事物是正统,是标准的、真正的事物,人人都必须遵循,否则就得冒打入十八层地狱的危险。提起概括,不知怎么使人想起伦敦的星期日,星期日午后的散步,星期日的午餐,也使人想起已经去世的人的说话方式、衣着打扮、习惯——例如大家一起坐在一间屋子里直到某一个钟点的习惯,尽管谁都不喜欢这么做。每件事都有一定的规矩。在那个特定时期,桌布的规矩就是一定要用花毯做成,上面印着黄色的小方格子,就像你在照片里看见的皇宫走廊里铺的地毯那样。另外一种花样的桌布就不能算真正的桌布。当我们发现这些真实的事物、星期天的午餐、星期天的散步、庄园宅第和桌布等并不全是真实的,确实带着些幻影的味道,而不相信它们的人所得到的处罚只不过是一种非法的自由感时,事情是多么使人惊奇,又是多么奇妙啊!我奇怪现在到底是什么代替了它们,代替了那些真正的、标准的东西?也许是男人,如果你是个女人的话;男性的观点支配着我们的生活,是它制定了标准,定出惠特克[①]的尊卑序列表;据我猜想,大战后它对于许多男人和女人已经带上幻影的味道,并且我们希望很快它就会像幻影、红木碗橱、兰西尔版画、上帝、魔鬼和地狱之类东西一样遭到讥笑,被送进垃圾箱,给我们大家留下一种令人陶醉的非法的自由感——如果真存在自由的话……

在某种光线下面看墙上那个斑点,它竟像是凸出在墙上的。它也不完全是圆形的。我不敢肯定,不过它似乎投下一点淡淡的影子,使我觉得如果我用手指顺着墙壁摸过来,在某一点上会摸着一个起伏的小小的古冢,一个平滑的古冢,就像南部丘陵草原地带上的那些古冢,据说,它们不是坟墓,就是宿营地。在两者之中,我倒宁愿它们是坟墓,我像多数英国人一样偏爱忧伤,并且认为在散步结束时想到草地下埋着白骨是很自然的事情……一定有一部书写到过它。一定有哪位古物收藏家把这些白骨发掘出来,给它们起了名字……我想知道古物收藏家会是什么样的人?多半准是些退役的上校,领着一伙上了年纪的工人爬到这儿的顶上,检查泥块和石头,和附近的牧师互相通信。牧师在早餐的时候拆开信件来看,觉得自己颇为重要。为了比较不同的箭镞,还需要作多次乡间旅行,到本州的首府去,这种旅行对于牧师和他们的老伴都是一种愉快的职责,他们的老伴正想做樱桃酱,或者正想收拾一下书房。他们完全有理由希望那个关于营地或者坟墓的重大问题长期悬而不决。而上校本人对于就这个问题的两方面能否搜集到证据却感到愉快而达观。的确,他最后终于倾向于营地说;由于受到反对,他便写了一篇文章,准备拿到当地会社的季度例会上宣读,恰好在这时他中风病倒,他的最后一个清醒的念头不是想到妻子和儿女,而是想到营地和箭镞,这个箭镞已经被收藏进当地博物馆的橱柜，和一只中国女杀人犯的脚、一把伊丽莎白时代的铁钉、一大堆都铎王朝时代的土制烟斗、一件罗马时代的陶器，以及纳尔逊用来喝酒的酒杯放在一起——我真的不知道它到底证明了什么。

不，不，什么也没有证明，什么也没有发现。假如我在此时此刻站起身来，弄明白墙上的斑点果真是——我们怎么说才好呢？——一只巨大的旧钉子的钉头，钉进墙里已经有两百年，直到现在，由于一代又一代女仆耐心的擦拭，钉子的顶端得以露出到油漆外面，正在一间墙壁雪白、炉火熊熊的房间里第一次看见现代的生活，我这样做又能得到些什么呢？——知识吗？还是可供进一步思考的题材？不论是静坐着还是站起来我都一样能思考。什么是知识？我们的学者除了是蹲在洞穴和森林里熬药草、盘问地老鼠、记载星辰的语言的巫婆和隐士们的后代，还能是什么呢？我们的迷信逐渐消失，我们对美和健康的思想越来越尊重，我们也就不那么崇敬他们了……是的，人们能够想象出一个十分可爱的世界。这个世界安宁而广阔，在旷野里盛开着鲜红和湛蓝色的花朵。这个世界里没有教授、没有专家、没有警察面孔的管家，在这里人们可以像鱼儿用鳍翅划开水面一般，用自己的思想划开世界，轻轻地掠过荷花的梗条，在装满白色的海鸟卵的鸟窠上空盘旋……在世界的中心扎下根，透过灰黯的海水和水里瞬间的闪光以及倒影向上看去，这里是多么宁静啊——假如没有惠特克年鉴——假如没有尊卑序列表！

我一定要跳起来亲眼看看墙上的斑点到底是什么？——是只钉子？一片玫瑰花瓣？还是木块上的裂纹？

大自然又在这里玩弄她保存自己的老把戏了。她认为这条思路至多不过白白浪费一些精力，或许会和现实发生一点冲突，因为谁又能对惠特克的尊卑序列表妄加非议呢？排在坎特伯里大主教后面的是大法官；而大法官后面又是约克大主教。每一个人都必须排在某人的后面，这是惠特克的哲学。最要紧的是知道谁该排在谁的后面。惠特克是知道的。大自然忠告你说，不要为此感到恼怒，而要从中得到安慰；假如你无法得到安慰，假如你一定要破坏这一小时的平静，那就去想想墙上的斑点吧。

我懂得大自然要的什么把戏——她在暗中怂恿我们采取行动以便结束那些容易令人兴奋或痛苦的思想。我想，正因如此，我们对实干家总不免稍有一点轻视——我们认为这类人不爱思索。不过，我们也不妨注视墙上的斑点，来打断那些不愉快的思想。

真的，现在我越加仔细地看着它，就越发觉得好似在大海中抓住了一块木板。我体会到一种令人心满意足的现实感，把那两位大主教和那位大法官统统逐入了虚无的幻境。这里，是一件具体的东西，是一件真实的东西。我们半夜从一场噩梦中惊醒，也往往这样，急忙扭亮电灯，静静地躺一会儿，赞赏着衣柜，赞赏着实在的物体，赞赏着现实，赞赏着身外的世界，它证明除了我们自身以外还存在着其他的事物。我们想弄清楚的也就是这个问题。木头是一件值得加以思索的愉快的事物。它产生于一棵树；树木会生长，我们并不知道它们是怎么样生长起来的。它们长在草地上、森林里、小河边——这些全是我们喜欢去想的事物——它们长着，长着，长了许多年，一点也没有注意到我们。炎热的午后，母牛在树下挥动着尾巴；树木把小河点染得这样翠绿一片，以至于使我们觉得当一只雌的红松鸡一头扎进水里去的时候，它应该带着绿色的羽毛冒出水面来。我喜欢去想那些像被风吹得鼓起来的旗帜一样逆流而上的鱼群；我还喜欢去想那些在河床上一点点地垒起一座座圆顶土堆的水甲虫。我喜欢想象那棵树本身的情景：首先是它自身木质的紧密干燥的感觉。然后感受到雷雨的摧残；接下去就感到树液缓慢地、舒畅地一滴滴流下来。我还喜欢去想这棵树怎样在冬天的夜晚独自屹立在空旷的田野上，树叶紧紧地合拢起来，对着月亮射出的铁弹，什么弱点也不暴露，像一根空荡荡的桅杆竖立在整夜不停地滚动着的大地上。六月里鸟儿的鸣啭听起来一定很震耳，很不习惯；小昆虫在树皮的折皱上吃力地爬过去，或者在树叶搭成的薄薄的绿色天篷上面晒太阳，它们红宝石般的眼睛直盯着前方，这时候它们的脚会感觉多么寒冷啊……大地的寒气凛冽逼人，压得树木的纤维一根根地断裂开来。最后的一场暴风雨袭来，树倒了下去，树梢的枝条重新深深地陷进泥土。即使到了这种地步，生命也并没有结束。这棵树还有一百万条坚毅而清醒的生命分散在世界上。有的在卧室里，有的在船上，有的在人行道上，还有的变成了房间的护壁板，男人和女人们在喝过茶以后就坐在这间屋里抽烟。这棵树勾起了许许多多平静的、幸福的联想。我很愿意挨个儿去思索它们——可是遇到了阻碍……我想到什么地方啦？是怎么样想到这里的呢？一棵树？一条河？丘陵草原地带？惠特克年鉴？盛开水仙花的原野？我什么也记不起啦。一切在转动、在下沉、在滑开去、在消失……事物陷进了大动荡之中。有人正在俯身对我说：

"我要出去买份报纸。"

"是吗？"

"不过买报纸也没有什么意思……什么新闻都没有。该死的战争；让这次战争见鬼去吧！……然而不论怎么说，我认为我们也不应该让一只蜗牛爬在墙壁上。"

哦，墙上的斑点！那是一只蜗牛。

（《伍尔芙作品精粹》，文美惠译，河北教育出版社 1990 年版）

【注释】

① 约瑟夫·惠特克（1820—1895），英国出版商，创办过《书商》杂志，于 1868 年开始编纂惠特克年鉴。

风筝飘带

王　蒙

王蒙（1934—　），当代著名作家。1953 年创作长篇小说《青春万岁》。1956 年发表短篇小说《组织部新来的年轻人》。1978 年后成为新时期文坛上创作最为丰硕、也最有活力的作家之一，有 10 卷本《王蒙文集》等。作品反映了中国人民在前进道路上的坎坷历程，他也由初期的热情、纯真趋于后来的清醒、冷峻，而且乐观向上、激情充沛，并在创作中进行不倦的探索和创新。

在红地白字的"伟大的中华人民共和国万岁"和挨得很挤的惊叹号旁边，矗立着两层楼那么高的西餐汤匙与刀、叉、三角牌餐具和她的邻居星海牌钢琴、长城牌旅行箱、雪莲牌羊毛衫、金鱼牌铅笔……一道，接受着那各自彬彬有礼地俯身吻向她们的忠顺的灯光，露出了光泽的、物质的微笑。瘦骨伶仃的有气节的杨树和一大一小的讲友谊的柏树，用零乱而又淡雅的影子抚慰着被西风夺去了青春的绿色的草坪。在寂寥的草坪和阔绰的广告牌之间，在初冬的尖刻薄情的夜风之中，站立着她——范素素。她穿着杏黄色的短呢外衣，直缝如注的灰色毛涤裤子和一双小巧的半高跟黑皮鞋。脖子上围着一条雪白的纱巾，叫人想起燕子胸前的羽毛，衬托着比夜还黑的眼睛和头发。

"让我们到那一群暴发户那里会面吧！"电话里，她对佳原那么说。她总是把这一片广告牌叫作"暴发户"，对于这些突然破土而出的新偶像既亲且妒。"多看两眼就觉得自己也有钢琴了。"佳原这样说过。"当然，老是念'不是你吃掉我，就是我吃掉你'，自己也会变成狼。"她说。

过了20多分钟了，佳原还没有来。他总是迟到。傻子，该不是又让人讹上了吧？冬天清晨，他骑着车去图书馆，路过三王坟，看到一个被撞倒在路旁、哼哼唧唧的老太婆。撞人的人已经逃之夭夭。他便把秃顶的老太太扶起，问清住址，把自己的自行车放在路边锁上，搀着老太太回家。结果，老太太的家属和四邻把他包围了，把他当作肇事者。而老眼昏花的老太太，在周围人们的鼓励和追问下，竟然也一口咬定就是他撞的。是老年人的错乱吗？是一种视生人为仇的丑恶心理吗？当他说明这一切，说明自己只是一个助人的人的时候，有一位嗓音尖厉的妇人大喊："这么说，你不成了雷锋了么？"全场哄然，笑出了眼泪。那是1975年，全民已经学过一段荀子，大家信仰性恶论。

他总是不按时赴约，总是那么忙。连眼镜框上的积垢和眼镜片上的灰尘都没有时间擦拭。在认识他以前，素素可从来不忙。她的外衣一枚扣子松了，滴拉耷拉，她不缝。主要是除了她的奶奶，这个城市对于她是冷淡的，不欢迎的。城市轰她走，她才16岁。然而说轰是不公正的。礼炮在头顶上轰鸣，铜号在原野上召唤。还有红旗、红书、红袖标、红心、红海洋。要建立一个红彤彤的世界。在这个世界里九亿人心齐得像一个人。从80岁到8岁，大家围一个圈，一同背诵语录，一同"向左刺！""向右刺！""杀！杀！杀！"她渴望有这样一个世界胜过从前渴望有一个双铃大风筝。红彤彤的世界是什么样子她没有看到，她倒是看到了一个绿的世界：牧草，庄稼。她欢呼这个绿的世界。然后是黄的世界：枯叶、泥土、光秃秃的冬季。她想家。还有黑的世界，那是在和她一道插队的知识青年，陆续通过"门子"走掉之后。她得了维生素甲缺乏症，视力一度受损。

她把关于红彤彤的世界的梦丢在绿色的、黄色的和黑色的迭替里。从此她食欲不振，胃功能紊乱，面容消瘦。除了红的梦，她还丢失了、抛弃了、被大喊大叫地抢去了或者悄没声息地窃走了许多别的颜色的梦。白色的梦，是水兵服和浪花；是医学博士和装配工；是白雪公主。为什么每一颗雪花都是六角形而又变化无穷呢？大自然不也具有艺术家的性格吗？蓝色的梦，关于天空，关于海底，关于星光，关于钢，关于击剑冠军和定点跳伞，关于化学实验室、烧瓶和酒精灯。还有橙色的梦，对了，爱情。他在哪儿呢！高大，英俊，智慧、善良，他总是憨笑着……我在这儿呢？她向着天坛的回音壁呼喊。

爸爸和妈妈用尽了一切办法，使出了一切解数，调动了一切力量，她回到了这个曾经慷慨地赐予了她那么多梦的城市。终于，爸爸也知道这是不可避免的了。为了回城而过五关、斩六将的故事也是一个陌生的、荒唐的梦。她不留恋这些梦了，她也不再留恋牧马铁姑娘的称号和生活，她很少说起这种称号和生活的各个侧面的迥然不同的颜色。一个多面多棱旋转柱。

她回来了,失去了许多色彩,增加了一些力气,新添了许多气味。油烟、蒜泥、炸成金黄的葱花。酒呃、蒸气、羊头肉切得比纸还薄。她去一个清真食堂做服务员,虽然她并非回民。所有这一切——献花、祝贺、一百分、检阅、热泪、抡起皮带嗡嗡响、“最高指示”倒背如流、特大喜讯、火车、汽车、雪青马和栗色马、队长的脸色……都是为了涌向三两一盘的炒疙瘩么?有一次她翻到一张她小学一年级的照片。那是 1959 年的国庆节,她七岁,两个小辫,两只大蝴蝶带着她起飞。辅导员引着她,她飞上了天安门城楼,把一束鲜花献给了毛主席。毛主席和她握了手。她那么小,还没和任何人握过手呢。毛主席的手又大、又厚、又暖、又有劲。毛主席好像还对她说了一句话,她没听清。事后回想,好像有“娃娃”两个字。她怎么这么幸运呢?她是毛主席的“娃娃”,她永远是幸运的人。

但是后来,她认不出这张照片了。这是真的吗?她认不出自己,甚至七五年她回城的时候,她也认不出毛主席。从前,毛主席的腰板挺得多么直,动作多么有力量啊!可现在在新闻简报上,好像挪动一下双脚都很艰难,嘴巴张开,半天才合上。可报纸和电台又整天闹闹哄哄地宣传毛主席的叫人似懂非懂的最新指示。她真心酸,她真想去看看毛主席,给毛主席熬一碗山药汤。奶奶生病的时候,就是她给熬汤,白、滑、细的山药块,甜、麻、香的山药汤。补老年人的气虚。不,她不想把她的苦恼、她的委屈告诉毛主席,不应该打扰他老人家。如果她在毛主席跟前掉了泪,她一定转过脸去。

然而这是不可能的。她不再是幸运的了吗?莫非她的运气 7 岁时候一下子就用完了?她回城干什么呢?为了妈妈?可笑。为了奶奶?也不行。报上说是一切为了毛主席,可我见不着他呀!于是素素再也不做梦了,不做梦,却又不停地说梦话、咬牙、翻身、长出气。“素素,醒一醒!”妈妈叫她。她醒了,茫然,不记得什么梦,只是一头冷汗,一身酸懒,好像刚从传染病房抬出来。

那天她正在路边,她瞧见了佳原这个傻子被他救护的老妇人反咬,瞧见了他被围攻的场面。佳原个子不高,其貌不扬,但是脸上带着各种素素似乎早已熟悉的憨笑。后来派出所的人来了。派出所的人聪明得就像所罗门王。他说:“你找出两个证人来证明你没有撞倒这位老太太吧。否则,就是你撞的。”你能找出两个证人证明你不是克格勃的间谍吗?否则,就该把你枪决。素素心里说,实际上她一声没吭。她只是在上班前看看热闹罢了。看热闹的人已经里三层外三层了,这种热闹免票,而且比舞台上和银幕上的表演更新鲜一些。舞台和银幕上除了“冲霄汉”就得“冲九天”,要不就得“能胜天”“冲云天”。除了和“天”过不去以外,写不出什么新词儿来了。

你们要干什么?难道做好事反倒要受惩罚不成?”熟悉的憨笑变成睁大的、痛苦的眼睛。素素的心里扎进了一根刺,她想呕吐。她趺趺撞撞地离去,但愿所罗门王不要追上来。

真巧,晚上小傻子到她铺子吃炒疙瘩来了。又是笑容了。他只要二两。“二两您吃得饱吗?”素素不加思索地改变了从来不与顾客搭话的习惯。“噢,我就先吃二两吧。”小傻子抱歉地说。他把右手食指弯曲着,往上推推自己的眼镜,其实眼镜并没有出溜到鼻子尖下的意思。“如果您的钱或者粮票不够,”不知为什么,素素会这样想,而且会这样说,“那没关系。您先要上,明天再把欠缺的送来好了。”“那制度呢?”“我先垫上,这不碍制度的事。”“谢谢您。那我就得多吃了。因为中午没有吃饱。”“你吃 1 斤半吗?”“不,6 两。”“行。”她又端来 4 两。厨师发现这位顾客是素素的相识,便在盛完以后又加了一勺羊肉丁。每一颗疙瘩都过过油。金光闪亮,像一盘金豆子。金豆子的光辉传播到脸上来了,小伙子的笑容也更加好看。素素第一次明白炒疙瘩是个绝妙的、威力无比的宝贝。“说我骑车撞了人，把我的钱和粮票全要了去了。”“可是您没撞？是吗？”“当然。”那您为什么给他们钱？一分也不该给，气死人！”“可那老太太需要粮票和钱。再说，我没有时间生气。”那边的顾客在叫。“来了！”素素高声回答，拿起抹布走过去。

晚上回家以后，她想给奶奶讲一讲这个傻子。奶奶犯了心绞痛。爸爸妈妈拿不定主意是否立即送医院。“那个医院的急诊室臭气熏天，谁能在那个过道里躺5小时而不断气，就说明他的内脏器官是铁打的。”素素说。爸爸瞪了她一眼，那目光责备她这样说是对奶奶全无心肝。她一扭身，走了，回到她住的临时搭就的一个小棚子里。

这天夜里，素素做了梦。这是她许多年前最常做的梦之一——放风筝。但是每次放的情景不同。从1966年，她已经有10年没有做过这样的梦了。而从1970年，她已经有6年没有做过任何的梦了。长久干涸的河床里又流水了，长久阻隔的公路又通车了，长久不做的梦又出现了。不是在绿草地上，不是在操场上，而是在马背上放风筝。天和地非常之大。

“农村是一个广阔的天地”。孩子们齐声朗诵，原来放风筝的并不是她，而是一位一顿吃了六两炒疙瘩的小伙子，风筝很简陋，寒伧得叫人掉泪！长方形的一片，俗名叫做“屁股帘儿”。但是风筝毕竟飞起来了，比东风饭店的新楼还高，比大青山上的松树还高，比草原上空的苍鹰还高。比吊着“无产阶级文化大革命胜利万岁”的气球还高。飞呀，飞呀，一道道的山，一道道的河，一行行的青松，一队队的红卫兵，一群群的马，一盘盘的炒疙瘩。这真有趣！她也跟着屁股帘儿飞起来了，原来她变成了风筝上面的一根长长的飘带儿。

梦醒了，天还没亮。她打开手电，找寻自己那张最幸福的照片。建国10周年，她给毛主席献过花。她确信自己是一个有福气的人。她哼着《社员都是向阳花》，缝紧了外衣上的那枚已经松脱了好久的滴拉耷拉的扣子。她自动祝愿毛主席身体健康。她给奶奶熬了山药汤。

这种汤真是效验如神，奶奶喝过就好多了。这时天已大亮，家人和街坊都已起床。于是她尽情地刷牙漱口，她发出的声音非常之响，好像一列火车开进了她们的院子。而她洗脸的声音好像哪吒闹海。她吃了剩馒头和一片榨菜，喝了一碗白开水。只是在她怀疑《白开水最好喝》这篇文章是否攻击三面红旗的时候，她才从屁股帘儿上略略回到了现实世界，但她仍然系紧了鞋带，走起路来咯、咯、咯地响，好像后跟上缀着一块铁掌，好像正在用小锤锤打楔子，目的是打一个捷克式五斗柜。

“素素，你为什么这样高兴？”爸爸问。

“我要——当科长了。”素素答。爸爸高兴坏了。6岁的时候，素素在幼儿园当小组长，爸爸高兴得见人就说。9岁的时候，素素当少先队的中队长，爸爸也美得一颠一颠的。……在那个汽笛长鸣的时候，爸爸忽然哭了，他的脸孔扭曲得那么难看。火车上的孩子们也哭成一团。但是素素一滴眼泪也没有掉，看来她一心大有作为，比她爸爸坚决得多。

“您来了？”“您好！”“今天用点什么？”“我先跟您清账。这是四两粮票，两毛八分钱。”“您真是小葱拌豆腐。”“不，我不吃拌豆腐。还是来四两炒疙瘩吧。”“您不换个样儿吗？有水饺，每两7个，1毛5分钱。包子，每两2个，1毛8分。芝麻酱烧饼就老豆腐，吃4两只要3毛。”“什么快就吃什么。”“您等等，那边又来人了。……那我去给您端包子，今天还要六两吗？……包子来了，您怎么这么忙？您是大学生吗？”“我配吗？”“您是技术员、拉手风琴的、还是新结合到班子里的头头？”“我像吗？”“那……”“我还没有工作。”“您等一等，那边又来了一位顾客。……没有工作您怎么这么忙?""没有工作的人也是人,有生活,有青春,有多得完不了的事。""您忙什么呢?""看书。""书? 什么书?""优选法。古生物学。外语。""您考大学?""现在的大学是考的吗? 我又不会交白卷。""可惜,张铁生的经验不好推广。""总要学点什么,总要学点有意思的东西。我们还年轻。是吗?"他吃完包子,匆匆走了,留下了一个谜。

他准时,又在同一个时间来了,这次是老豆腐。灰白色的老豆腐上撒满了绿色的韭菜花、土黄色的麻酱和鲜红的辣椒。为什么中外人士都知道秦始皇,却不知道发明老豆腐的天才科学家的名字呢? "您骗我。""没有啊!""您说您没有工作。""是的,3 个月以前,我才从北大荒'困退'回来。但是,下个月我就上班了。""在哪个科研机关?""街道服务站。我的任务是学徒,学修理雨伞。""这回您可惨了。""不。您有坏了的雨伞吗? 赶明儿拿给我。""可您的优选法,还有古生物学,外语什么的……""继续学。""用优选法修伞吗? 还是用恐龙的骨架做一把伞?""哦,优选法对于伞也是有用处的。但问题还不在这里。您听我说……再来一碗老豆腐吧,辣椒不要那么多了,您瞧,我已经是一脑门子汗。谢谢……是这样,职业是谋生的手段,也是最起码的义务,但是人应该比职业强。职业不是一切也不是永久。人应该是世界的主人,职业的主人,首先要做知识的主人。您修伞我也修伞,您挣 18 块我也挣 18 块;但是您懂得恐龙,我不懂,您就比我更强大,更好也更富有。是吗?""我不懂。""不,您懂,您已经懂了。要不,您干嘛和我说话? 那位山东顾客正在发脾气,他的煮花生米里有一块小石头,把他的牙床硌疼了。再见。""再见。明天见。"

"明天"两个字使素素的脸发烧。明天就像屁股帘儿上的飘带,简陋,质朴,然而自由而且舒展。像竹,像云,像梦,像芭蕾,像 G 弦上的泛音,像秋天的树叶和春天的花瓣。然而它只是一个光屁股的赤贫的娃娃也能够玩得起的屁股帘儿。

明天他没有来。明天的明天他也没有来。为了寻找一匹马驹,素素迷了路。在山林里,她咴儿咴儿地叫着,她像一匹悲伤的牝马。她像被一下子吊销了户口、粮证和购货本子。

"是您! 您……还来!""我奶奶死了!"素素像掉到冰窟窿里,她靠在墙上,半天,她才想明白,这个戴眼镜的小傻子的奶奶并不是自己的奶奶。然而她仍然十分悲伤,身上发冷。

"生命是短促的。所以,最宝贵的是时间。""而我的最宝贵的时间是用来端盘子的。"她忧郁地一笑,好像听到了遥远的小马驹的蹄声。"谢谢您给那么多人端过盘子。但不止是端盘子。""还有什么呢? 就是端盘子也不见得那么需要我。为了在这里端盘子,我爸爸妈妈没少费劲。""一样的,"一个会心的笑,"我建议您学点阿拉伯语,你们是清真馆。""清真馆又怎么的? 反正埃及大使不会到这里来吃炒疙瘩。""但是您可能担任驻埃及大使,您想过吗?""您可真会开心,"小马驹跑进清真馆,踏痛了她的脚,"简直是在做梦!""做做梦,开开心,又有什么不好? 否则,生活不是太沉闷了吗? 而且您应该坚信,您完全可以做到和驻埃及大使具有同样的智慧、品格、能力,甚至远远地把他甩在后面。您可以做不成大使,但是您应该比大使还强。关键在于学习。""这话有点野心家的味儿。""不,这只是起码的阿达姆的味儿。""什么?""阿达姆。""什么阿达姆?""这是我要教给您的第一个阿拉伯语词:阿达姆——人! 这是一个最美的词。伊甸园里的亚当,就是阿达姆的另一种音译。而夏娃呢,发音是哈娃,就是天空。人需要天空,天空需要人。""所以我们从小就放风筝。""瞧,您是高材生。"

第一课:人。亚当需要夏娃,夏娃需要亚当,人需要天空,天空需要人。我们需要风筝、气球、飞机、火箭和宇航船。阿拉伯语就这样学起来了,这引起了周围许多人的不安。

你应该安心端盘子。你应该注意影响。你有没有海外关系,如果再搞清队、查三怪——

怪人、怪事、怪现象,就要为你设立专案。我没有砸一个盘子。我不想当科长。我知道穆罕默德、萨达特和阿拉法特。我一定欢迎你担任我的专案组长。

同时,她和佳原“好了”。情报立即传到爸爸耳朵里。对于少女,到处都有摄像和监听的自动化装置。“他的姓名、原名、曾用名?家庭成分,个人出身?土改前后的经济状况?出生3个月至今的简历?政历?家庭成员和主要社会关系有无杀、关、管和地、富、反、坏、右?戴帽和摘帽时间?本人历次政治运动中的表现?本人和家庭主要成员的经济收入和支出,账目和储蓄……”所有这些问题,素素都答不上来。妈妈吓得直掉泪。你才24岁零7个月,再过5个月才好搞对象。有坏人,到处都有坏人。爸爸决心去找该人所属街道、单位、派出所、人事科、档案处。为此,他准备请一桌涮羊肉,把他熟悉的有关人员发动起来。砰——噗,爸爸最心爱的宜兴陶壶被掼到了地上,粉碎了。“您用这种办法也许能找到反革命,但永远不能找到朋友!”素素大喊,完全是一个铁姑娘,然后她哭了。

饭馆的主任、委员、干事、组长、指导员也都向她提出了爸爸式的问题和妈妈式的忠告。无产阶级的爱情产生于共同的信仰、观点、政治思想上的一致。长期地、细致地互相了解。要严肃,慎重,认真。要绷紧弦,带着敌情观念。选择爱人要按照无产阶级革命接班人的五项条件。饭馆的茶壶不能摔。在少先队里,素素从小受到爱护公共财物的教育。

毛主席去世了。素素战栗着,哭得闭过气去。她早就想哭了,哭毛主席,也哭自己和别人。“中国完了!”爸爸说,但完了的是“四人帮”,只是在瞻仰遗容的时候,素素才第二次走近了毛主席,“我给您献花来了”。她轻轻地、平静地说。

她知道一切都在变。她可以大胆地学阿拉伯语了,虽然打一夜扑克的人仍然比学一夜外语的人更容易入党和提干。她可以大胆地与佳原拉着手走路了。虽然有人一见到青年男女在一起就气得要发癫痫病。但是,他们仍然找不到谈话的地方。公园的椅子早就坐满了。好容易发现一个,原来脚底下一大摊呕吐物。换另一个开阔散漫的公园吧,那里每个长椅旁的电线杆上都挂着一个广播喇叭。“现在播送游客须知”。须知里净是些“罚款5角至15元”“送交专政机关处理”“自觉遵守,服从管理”之类的词儿。须知挺复杂,看来不经过一周学习班的培训,是无法学会逛公园的。能在这里坐下来谈情说爱吗?走。

到哪里去?护城河边倒是没有须知的喇叭,但是那里偏僻。听说有一次,一对情侣在那里喁喁地谈着情话,“不许动!”一个蒙面人出现在面前,手里拿着攮子,旁边还站着一个帮手。结果,手表抹(读妈)下来了,现金也被搜了腰包。爱情在暴力面前总是没有还手之力。后来公安部门破了案,抓到了坏人。有人为什么不喜欢公安局呢?没有公安局不行。

去饭馆。你先得站在别人的椅子后面,看着他如何一筷子一勺,一口汤一口饭地吃完,点上烟,伸懒腰。然后,你好不容易坐下了,你刚动筷子,新来的接班人为了不致被人抢班,早把一只脚踩到你坐的椅子衬儿上。他的腿一颤一颤,肉丁和肚片在你的喉咙里跳舞。

去咖啡馆或者酒吧间,那是腐蚀人的地方。所以没有。溜大街或者串胡同。美国也正在提倡散步,免得发胖。冬天太冷。当然,他们也曾经在零下20度的天气,穿着棉大衣和棉猴,戴着皮帽子和毛线围巾,戴着口罩谈恋爱。倒是卫生,不传染。再有,胡同里还有一些顽童,他们见到一对情侣就要哄、骂、扔石头。真不知道他们是怎样来到人世的。

佳原总是随遇而安。一段栏杆,一棵梧桐下,一道河边,佳原就满足了。他希望早一点坐下来,和素素依偎在一起,用阿拉伯语和英语交谈,素素总是挑剔、不满意、不称心。

不,不,不。她不要代用品,就像山东顾客不容忍煮花生米里的石子。3年了,他们的周末几乎是在寻找中度过的。他们寻找坐的地方。找啊,找啊,一晚上也就完了。我们的辽阔广大的天空和土地啊,我们的宏伟的三度空间,让年轻人在你的哪个角落里谈情、拥抱和接吻呢?我们只需要一片很小、很小的地方。而你,你容得下那么多顶天立地的英雄、翻天覆地的起义者、欺天毁地的害虫和昏天黑地的废物,你容得下那么多战场、爆破场、广场、会场、刑场……却容不下身高1米6、体重48公斤和身高1米7弱、体重54公斤的素素和佳原的热恋吗?

素素揉了一下眼睛,眼睛火辣辣的。是她的手指接触过辣椒吗?是眼睛辣了才伸出手指,还是伸出手指,眼睛变辣了呢?今天晚上我们有地方呆吗?天在冷着,但还不用口罩。

佳原说他要去房管局呢,有了房就结婚,他们再不用串胡同了。"我说同志姐,你能不能告夯(诉)我,这个大市街要往哪哈(下)里走呢?"一个有口音的、背着一个大包袱、被包袱压得直不起腰来的、新衣服上沾满了灰土的人说。那人其实比素素大许多。

"大市街?这就是大市街呀!"素素向那正变化着红绿灯的十字路口一指。那儿,汽车、电车和自行车就像海潮一样地一个浪头又一个浪头地涌上去,又停了下来,停下来,又涌上去。

"这儿就是大市街?"压弯了腰的中年男人抬起头来,翻起了两枚乌黑的眸子。素素的脖子也跟着发酸。乌黑的眸子表示着诚实的不信任。素素重复强调:"这就是大市街。"她恨不得把百货大楼和中心烤鸭店放在手心上托给这位老实而又多疑的问路者。问路人犹犹疑疑地挪动了脚步,他横穿马路却没有走人行横道虚线。穿白衣服的交通民警拿起半导体扩音喇叭向他高声喊叫。被呵斥搞慌乱了的中年人干脆停在马路中心,停在汽车的旋涡里。他歪着脖子问交通警:"同志哥,大市街在哪哈里?"

"素素!"佳原来了,满头大汗,头发蓬乱,喘着气。"你从地底下钻出来的吗?怎么等也等不着,忽然又冒出来了。""我会隐身术。我本来就一直跟着你呢。""如果我们都会隐身术就好了。""为什么?""在公园跳舞也没人看得见。""你喊什么?让人家直看你。""有人一听跳舞就觉得下流,因为他们自己是猪八戒。""你的话愈来愈尖刻了。从前你不是这样的。""是秋风把我的话削尖了的。我们找不到避风的地方。"

佳原的眼光暗淡了,她低下头。他的眼镜片上反射出无数灯光、窗户、房屋。"没有吗?""没有。房管局不给。他们说,有些人已经结婚好几年了,已经有了孩子,然而没有房子。""那他们在哪里结的婚呢?在公园吗?在炒疙瘩的厨房?要不在交通民警的避风亭里,那倒不错,四下全是玻璃。还是到动物园的铁笼子里去?那么,门票可以涨钱。""你别激动。你……"他把右手食指弯曲着,推一推自己的眼镜,尽管眼镜并不会出溜下来,"你说的当然是了,但是,房子毕竟不会从天上掉下来。那么多人需要房子,确实有人比我们还困难啊!"

素素不言语了,她低下头,用脚尖踢着一块其实并不存在的石子。

"可是怎么样?你吃饭了吗?我还没吃晚饭呢。"佳原换了话题。"什么?我只记得我给很多人开了饭,却不记得自己吃过什么没有。""那就是没吃。我们到那个馄饨馆去吧。你排队,我占座,要不我占座,你排队。"说来说去还是一个样儿,你说话快赶上开大会时候的某些报告了。"

馄饨馆很拥挤。好像吃这里的馄饨不要钱。好像吃这里的馄饨会每碗倒找两毛钱。要不,要不我们甭吃馄饨了,买几个烧饼算了。买烧饼也得排队。要不,我们甭排队了。到对过那个铺子买两个面包吧。刚巧,到那边伸出手来的时候,售货员正把最后两个果料面包卖给一位已经穿起前清时候的貉皮袍子的小老头儿。要不,要不我们甭吃面包了,我们……

我们怎么样呢?

"要不我们甭生下来了,那有多好!"素素冷冷地说。"如果不是错误地批判了马寅初先生的新人口论,我们也许根本不会降临到人间。""何必那么怨气冲冲?而且我们出生在新人口论出生以前。""果料面包没有了。""来,两包饼干。我们有饼干,我们又端盘子又修伞。我们学习,我们做好事,帮助别人。好人并不嫌太多,而仍然是不够。""为了什么呢?为了把7块钱和2斤粮票拱手交给讹你的人吗?""讹去700块也还要拉起受了伤的老太太……难道你不这样吗?素素!"打起雷来了。打起闪来了。电线和灯光抖动起来了。

佳原突然喊起来了。"你尝尝我这一包吧。""一样的。""不,我这一包特别香。""怎么可能呢?""怎么不可能呢?连两滴水都不可能是完全一样的。""那你尝我的。""那我尝你的。""那我尝完了你的,你再尝我的。"他们交换了饼干,又一块一块地分着吃,吃完了,素素也笑了。饿的人比饱的人脾气要坏些。

天大变了。电线呜呜的。广告牌隆隆的。路灯蒙蒙的。耳边沙沙的。寒风驱赶着行人。

大街一下子就变得空旷多了。交通民警也缩回到被素素看中可以作新房的亭子里去。

"我们要躲一躲!"冰冷的雪一样的雨和雨一样的雪给人以严峻的爱抚。雨雪斜扫着。

他们拉紧了手。彼此听不见对方的话。对于自然,也像对于人生一样。他们是不设防的。然而大手和小手都很暖和。他们的财产和力量是自己的不熄的火。

"我们找个地方去!"他们嚼着沙子和雨雪,含混不清地互相说。于是他们奔跑起来了。不知道是佳原拉着素素,还是素素拉着佳原。还是风在推着他们俩。反正有一股力量连拉带搡。他们来到了一幢新落成的14层高的居民楼前面。他们早就思恋这一排新出世的高层建筑物了。像一批陌生人。对陌生人的疑惑和反感,这是被撞倒的老太太和穿貉皮袍子的老头儿的特点。那个老头儿买面包的时候,用什么样的眼光看了他们俩一眼啊。好像他们随时会掏出攮子来似的。早就流传着对于这一排高层建筑的抨击。住在十四层的人家无法把大立柜运上去,便用绳子从窗口吊——蔚为奇观!结果绳子断了,大立柜跌得粉碎。新的天方夜谭。但是素素他们不这样想。他俩来到这座楼前,总有些羞怯,因为他们的眷恋是单相思。

风雪鼓起了他们的勇气。他们冲进去了,他们一层一层地爬着楼梯。楼道还很脏。楼道没有灯。安了灯口,没有灯泡。但路灯的光辉是一夜不断的,是够用的。他们拐了那么多弯还不到顶,那就再拐上去。他们终于走上了第14层的一个公共通道。这一层大概还没住人。有浓厚的洋灰粉末和新鲜油漆的气味。这里很暖。这里没有风、雨、雪。这里没有广播须知的喇叭、蒙面人、行人、急不可耐地抖着大腿让你让位的人。这里没有瞧不起修伞工和服务员的父母。这里没有见了一对青年男女就怪叫,说下流话辱骂甚至扔石头的顽童。这里能看见东风饭店的25层楼的灯火。这里能听见火车站的悠扬的钟声。这里能看见海关大楼的电钟。把视线转到下面,是蓝绿的灯珠,橙黄的灯眼,银白的灯花。无轨电车的天弓打着闪亮的电火花。汽车开着和关着大灯、小灯和警戒性的红色尾灯。他们长出了一口气,好像上了天堂。"你累了么?""累什么?""我们爬了14层楼。""我还可以爬24层。""我也是。""那人可真傻。""你说谁?""刚才有一个乡下人,他到了大市街口,却还满处里找大市街。你告诉他了,他还不信。"

他们开始用阿拉伯语交谈。结结巴巴,像他们的心跳一样热烈而又不规范。佳原准备明年去考研究生,他鼓励着并无信心的素素。“我们不一定成功,但是我们要努力。”佳原拿起素素的手,这只手温柔而又有力。素素靠近了佳原的肩,这个肩平凡而又坚强。素素把自己的脸靠在佳原的肩上。素素的头发像温暖的黑雨。灯火在闪烁、在摇曳、在转动,组成了一行行的诗。一只古老的德国民歌:有花名毋忘我,开满蓝色花朵。陕北绥德的民歌:有心说上几句话,又怕人笑话。蓝色的花在天空飞翔。海浪覆盖在他们的身上。怕什么笑话呢?青春比火还热。是鸽铃,是鲜花,是素素和佳原的含泪的眼睛。叭啦……

“什么人。”一声断喝。佳原和素素发现,通道的两端已经全是人。而且许多人拿着家伙。人是会使用工具的动物。擀面杖,锅铲和铁锹。还以为是爆发了原始的市民起义呢。

于是开始了严厉的、充满敌意的审查。什么人?干什么的?找谁?不找谁?避风避到这里来了?岂有此理?两个人鬼鬼祟祟,搂搂抱抱,不会有好事情,现在的青年人简直没有办法,中国就要毁到你们的手里。你们是哪个单位的?姓名、原名、曾用名……你们带着户口本、工作证、介绍信了吗?你们为什么不呆在家里,为什么不和父母在一起,不和领导在一起,也不和广大的人民群众在一起?你们不能走,不要以为没有人管你们。说,你们撬过谁家的门?公共的地方?公共地方并不是你们的地方而是我们的地方。随便走进来了,他们为什么这样随便?简直是不要脸,简直是流氓。简直是无耻……侮辱?什么叫侮辱?我们还推过阴阳头呢。我们还被打过耳光呢。我们还坐过喷气式呢。还不动弹吗?那我们就不客气了。拿绳子来……

素素和佳原都很镇静。因为一秒钟以前,他们还是那样的幸福。虽然他们俩加在一起懂几门外文。懂一点点也罢。但是他们听不懂这些亲爱的同胞的古怪的语言。如果恐龙会说话,那么恐龙的语言也未必更难懂。他们茫然。甚至相对一笑。

“我们要动手了!”一个“恐龙”壮着胆子说了一句,说完,赶紧躲在旁人后面。“我们可真要动手了!”更多的人应和着,更多的人向后退了,然而仍然包围着和封锁着。佳原和素素欲撤不能。

正僵持得不可开交的时候,突然,有一位手持半截废自来水管的勇士喊叫起来:

“这不是范素素吗?”

点点头,当然。

然后是一场误会的解除。对不起,请原谅,是小偷把我们给吓坏了。据说有的楼发生过窃案,我们不能不提高警惕。

有坏人,我们还以为你们是……真可笑。对不起。

素素依稀认出了那位长头发的男青年是她小学时候的同学,比她低两级。他现在倒白胖白胖的,像富强粉烤制的面包,一种应该推广的食品。小学同学热情地邀请他们到自己的房间去做客。“既然来到了我的门口。”“那也好。”素素和佳原交换了一下目光。他们跟着小学同学走到日光灯耀眼的电梯间。他们在这幢楼里已经暂时取得了合法的身份。他们是某个住户的客人。电梯门关上了,嗡嗡地响了。他们的安全和尊严又开始受保障了,感谢这位热心的同学!电梯间上方的数字愈变愈快,从 14 到 4 的阿拉伯字都亮过了,现在是耳朵——3 亮了。电梯停了,门开了。他们走出来,左转一个弯,右转一个弯。多齿多沟的铜钥匙自信地插到锁孔里,它才是主宰。呱哒,再拧一下把手,吱喽。门开了,叭,叭,前厅和厨房的灯都亮了。雪白的墙,擦了过多的扑粉。吱喽,又拧开一间居室的门。屋里充满了街灯映照过来的青光。素素真想劝阻小学同学不要拉开电灯，然而电灯已经亮了。请坐。双人床，大立柜里变得细长了的影像，红色人造革全包沙发。五斗橱。铁听麦乳精和尚未开封的“十全大补酒”。小学同学滔滔不绝地介绍着自己的新居：面积、设备、布局。水、暖、煤气。采光，通风和隔音。防火和防震。

“就你一个人吗？”

“是啊，”小学同学更得意了，搓着自己的手，“我爸爸给我要了一个单元。老人急着让我结婚。我准备明年‘五一’解决。到时候你们一定来。就这样说定了吧。我已经找好了人。我的一个好友的舅舅过去给法国使馆做过饭。中西合璧，南北一炉。拔丝山药可以绕着筷子转五转而丝不断。你们可不要买东西。不要买家具，不要买台灯，不要买床上用品。所有这一切，我全有！”

“你爱人叫什么名字？在哪儿工作？”

“噢，还没定下来。”

“等待分配吗？”

“不是。我是说，到底跟谁结婚还没定下来。明年‘五一’前会有的，一准！”

素素顺手从茶几上拿起了一个玩具气球，把气球在沙发的人造革面子上使劲摩擦了几下，然后，她把气球向上一抛，吸在天花板上，不落下来了。她仰着头，欣赏着自己从小爱玩的这个游戏。

“天啊，它怎么不掉下来？怎么还没有掉下来？”小学同学惊呆了，他张开了口。

“这是一种法术。”素素说，她瞟了佳原一眼，作了一个怪相。然后他们告辞。好客的主人送他们上电梯的时候还有点魂不守舍，他惦记着那个吸附在天花板上的绿气球。素素和佳原离开了这幢可爱的高楼。雪雨仍然在下着，风仍然在吹着。哐啷哐啷，好像在掀动一张大化学板。雨雪和他们真亲热，不仅落到脸上，手上，还往脖子里钻呢。

“这一切都怪我。”佳原心痛地说，“我没有本事弄到它，让你委屈……”素素捂住他的嘴。她咯咯地笑了。笑得真开心，一朵石榴花开放也没有那么舒展。

佳原明白了。佳原也笑起来。他们都懂得了自己的幸福。懂得了生活、世界是属于他们的。青年人的笑声使风、雨、雪都停止了，城市的上空是夜晚的太阳。

素素在前面跑，佳原在后面追。灯光里的雨丝，显得越发稠密而浓烈。“这儿就是大市街，大市街就在这里！”素素指着饭店大楼高声地说。“那当然了，我从来也不怀疑。”“握个手，再见吧，我们过了一个多么愉快的夜晚。”“再见，明天就不见了。我们还得用功，我们要一个又一个地考上研究生。”“那很可能。而且我们总归会有房子，什么都有。”“祝你好梦。”“梦见什么呢？”“梦见一个——风筝。”

什么？风筝？佳原怎么知道风筝？

“喂，你怎么也知道风筝？你知道风筝的飘带吗？”

“噢，我当然知道啦！我怎么能不知道呢？”

素素跑回来搂住佳原的脖子，亲了他一下，就在大街上。然后，他们各自回家去了，走了好远，还不断地回头张望，招一招手。

（《王蒙小说报告文学选》，北京出版社 1981 年版）

【提示】

创造内心真实的意识流

“意识流”概念最早由美国心理学家威廉·詹姆斯提出,他把人的意识描述为一条无法切断的河流,即“主观生活之流”。法国哲学家柏格森认为,“真实”只存在于“意识的不可分割的波动之中”。弗洛伊德肯定,“潜意识才是精神的真正现实”,艺术是白日梦,一场潜意识借助象征机制挣脱压抑、获得补偿性满足的白日梦。在意识流小说家看来,生活内容是主观印象、体验感受和意念思绪的总和。它往往变幻莫测,错乱复杂,不可理喻,川流不息。作家力求“退出小说”(乔伊斯),既不议论也不抒情,需要做的只是客观地描摹生活所造成的人物意识的流动。小说结构超越物理时空,转而采用不同时刻渗透互动的“心理时空”,即现实与幻觉错杂,历史与未来交织。20世纪前期,意识流小说成就显著,代表性作家有爱尔兰的詹姆斯·乔伊斯、法国的马塞尔·普鲁斯特、英国的弗吉尼亚·伍尔芙和美国的威廉·福克纳等人。纯粹的意识流小说至20世纪中期后在西方渐趋沉寂,然而作为一种感受与表现生活的艺术手段,其影响波及世界。

《墙上的斑点》(1919)是伍尔芙的第一部意识流短篇小说,讲述了一位已婚女性于冬日某天坐在房间看书的时候,看到了墙上有一个斑点,然后所有的意识都蜂拥而至,像幻觉一样络绎不绝,到最后她才看清楚,原来这一斑点只是一只蜗牛而已。由此可见,小说主人公的意识天马行空,恰如河水一样滚滚流淌,有时会沿着一定的方向流淌,有时却又漫过堤岸不知所踪。小说文本似乎有着某些关于历史与现实、社会与个人、人类与生命、自然与时空的线性联想痕迹,然而似乎又更像发散的非线性思维图谱的记录,只有一点是固定的,那就是主人公思考的原点与终点,这或许就是“墙上的斑点”。其实对于这个斑点,它是什么已经不是最重要的,最主要是通过这一斑点的放射,呈现人们精神世界中理性与非理性交织的心理现象,重现小说人物意识的流动,旨在突出与外在现实真实不同的内心的真实。而作者也借由这种创作手法,表达出自己对意识流技巧的文学理解,即通过内心独白、自由联想、时间蒙太奇来展示小说主人公庞杂的内心世界。

《风筝飘带》与《布礼》《蝴蝶》《春之声》《夜的眼》《海的梦》一起,集中于1979—1980年间发表,是王蒙新时期小说文体探索的系列作品。这一系列作品无一例外地借鉴了意识流创作技巧,通过内视角取代全知视角,实现小说情节的淡化和结构的情绪化;通过心理时空铺陈人物经历,打破惯常的因果关系;通过书写意识流动的状态,展现生命个体内在精神与心灵运动。短篇小说《风筝飘带》反映了1970年代末年轻一代的心灵世界,也涉及到代沟所造成的两代人隔阂以及残留毒素对社会的不良影响等社会问题。小说主人公素素和佳原都曾经历过“文革”动荡的年代。在那个年代里,素素丢失了许多各种颜色的梦,失去理想的素素犹如被抽去了精神支柱,加之周围庸俗的环境也使她看不出多少人生意义。佳原也同样经历过心灵的苦旅,但是他始终没有放弃过追求,放弃做人的真诚,他把被他人撞伤的老太太送回家,虽然遭人误解,但无怨无悔。他用他独特的善良和“憨”感化、影响着素素,唤回了素素的多彩梦想。像小说中人物意识的流动一样,生的艰难、爱的幸福、与逆境的搏斗、对真和美的追求、对“文革”的反思……这些思想主题也都流动在文本之中,驳杂的叙述似乎既反映了客观对象的内在复杂性也反映了王蒙主观的创作心境:一方面政治话语形成的潜在文化控制记忆在流动的意识表述上谨慎规避着创伤,另一方面与主流意识形态同声合唱的愿望在意识的流动中反复浮动和跳动,恰如风筝的飘带——风决定了飘带摆动的姿态。

(杨青泉)

思考题

1. 简要陈述意识流小说与现代小说形式的不同。
2. 请具体分析《墙上的斑点》所体现的意识流技巧。
3. 有人曾经指责伍尔芙这篇小说过分关注自我和内心,缺乏社会性。对此你有何看法?

十二、套 中 人

契诃夫

契诃夫(Anton Chekhov,1860—1904),19世纪末俄国伟大的现实主义作家,短篇小说巨匠,著名剧作家。契诃夫出生于小市民家庭,1879年入莫斯科大学学医,1884年毕业后从医并开始文学创作。他早期的短篇小说《胖子和瘦子》(1883)、《小公务员之死》(1883)、《苦恼》(1886)、《万卡》(1886)再现了"小人物"的不幸和软弱,劳动人民的悲惨生活和小市民的庸俗猥琐。而《变色龙》(1884)、《普里希别叶夫中士》(1885)及《第六病室》(1892)等则鞭挞了忠实维护专制暴政的奴才及其专横跋扈、暴戾恣睢的丑恶嘴脸,猛烈抨击沙皇专制暴政。契诃夫后期转向戏剧创作,主要作品有《伊凡诺夫》(1887)、《海鸥》(1896)、《万尼亚舅舅》(1896)、《三姊妹》(1901)、《樱桃园》(1903),都曲折反映了当时俄国一部分小资产阶级知识分子的苦闷和追求。契诃夫的艺术特点是洗练。他善于以极有限的篇幅,容纳最大限度的内容,用几个鲜明的细节勾画出完整的典型形象,达到高度的艺术概括,取材于日常生活却不失于琐碎,没有曲折的情节而能扣人心弦。

有两个误了时辰的猎人在米罗诺西茨果耶村的村郊,在村长普罗科菲的堆房里过夜。一个是兽医伊凡·伊凡内奇,一个是中学教师布尔金。伊凡·伊凡内奇姓一个相当古怪的双姓:契木沙—希玛拉依斯基,这姓跟他一点也不相称;在全省中,大家只简单地叫他的本名和父名伊凡·伊凡内奇。他住在城郊一个养马场上,这回出来打猎是为了透一透新鲜空气。中学教师布尔金每年总是在Ⅱ伯爵的家里消夏,对这一带地方早已熟极了。

他们没睡觉。伊凡·伊凡内奇是一个又高又瘦的老头子,留着挺长的唇髭,这时候坐在门口,脸朝外,吸烟斗。月亮照在他身上。布尔金躺在房里的干草上,在黑暗里谁也看不见他。

他们正在闲聊天。除了别的话以外,他们还谈到村长的老婆玛芙拉,一个健康而且并不愚蠢的女人,说是她一辈子也没走出过她家乡的村子,从没有见过城市或者铁路,近十年来一直守着炉子坐着,只有到了晚上才上街走一走。

"这有什么可奇怪的!"布尔金说,"性情孤僻、像寄生蟹或者蜗牛那样极力缩进自己的硬壳里去的人,这世界上有不少呢。也许这是隔代遗传的现象,重又退回从前人类祖先还不是群居的动物而孤零零地住在自己洞穴里的时代的现象吧;要不然,也许这只不过是人的性格的一种变态——谁知道呢?我不是博物学家,这类问题不关我的事;我只不过要说明像玛芙拉那样的人并不是稀有的现象罢了。是啊,不必往远里说,就拿一个姓别里科夫的人来说好了,他是我的同事,希腊语教师,大约两个月前才在我们城里去世。当然,你一定听说过他。他所以出名,是因为他即使在顶晴朗的天气也穿上雨鞋,带着雨伞,而且一定穿着暖和的棉大衣。他的雨伞总是用套子包好,表也就是用一个灰色的鹿皮套子包好;遇到他拿出小折刀来削铅笔,就连那小折刀也是装在一个小套子里的。他的脸也好像蒙着一个套子,因为他老是把它藏在竖起的衣领里面。他戴黑眼镜,穿羊毛衫,用棉花堵上耳朵眼;他一坐上马车,总要叫马车夫支起车篷来。总之,在这人身上可以看出一种经常的、难忍难熬的心意,总想用一层壳把自己包起来,仿佛要为自己制造一个套子,好隔绝人世,不受外界影响。现实生活刺激他,惊吓他,老是闹得他六神不安。也许为了替自己的胆怯、自己对现实的憎恶辩护吧,他老是歌颂过去,歌颂那些从没存在过的东西;实际上他所教的古代语言,对他来说,也就是雨鞋和雨伞,使他借此躲避了现实生活。

"'啊,希腊语多么响亮,多么美!'他说,现出甜蜜蜜的表情;他仿佛要证明这句话似的,眯起眼睛,举起手指头,念道:'Anthropos![①]'

别里科夫把他的思想也极力藏在一个套子里。只有政府的告示和报纸上的文章,其中写着禁止什么事情,他才觉得一清二楚。看到有个告示禁止中学生在晚上九点钟以后到街上去,或者看到一篇文章否定性爱,他就觉着又清楚又明白:这种事是禁止的,这就行了。他觉着在官方的批准或者默许里面,老是包藏着使人起疑的成分,包藏着隐隐约约、还没说透的成分。每逢经当局批准,城里成立了一个戏剧小组,或者阅览室,或者茶馆,他总要摇摇头,低声说:

"'当然,行是行的,这固然很好,可是千万别闹出什么乱子来啊。'

"凡是违背法令、脱离常轨、不合规矩的事,虽然看来跟他毫不相干,却惹得他闷闷不乐。要是他的一个同事参加祈祷式去迟了,或者要是他听到流言,说是中学生顽皮闹事,再不然要是有人看见一个女教师傍晚陪着军官玩得很迟,他总是心慌意乱,一个劲儿地说:千万别闹出什么乱子来啊。在教务会议上,他那种慎重、他那种多疑、他那种纯粹套子式的论调,简直压得我们透不出气,他说什么不管男子中学里也好,女子中学里也好,青年人都不安分,教室里吵吵闹闹——唉,只求这种事别传到当局的耳朵里去才好,千万别闹出什么乱子来啊;他认为如果把二年级的彼得罗夫和四年级的叶果罗夫开除,那倒很好。您猜怎么着,他凭他那种唉声叹气、他那种垂头丧气、他那苍白的小脸上的黑眼镜(您要知道,那张小脸活像黄鼠狼的脸),降服了我们,我们只好让步,减少彼得罗夫和叶果罗夫的品行分数,把他们禁闭起来,到后来把他俩开除了事。他有一种古怪的习惯:常来我们的宿舍访问。他去拜望一位教师,总是坐下来,就此一声不响,仿佛在调查什么事似的。他照这样一言不发地坐上一两个钟头,就走了。他管这个叫做'跟同事们保持良好关系'。显然,这类拜访,这样呆坐,在他是很难受的;他所以来看我们,只不过因为他自以为这是对同事们应尽的责任罢了。我们教师们都怕他。就连校长也怕他。信不信由您,我们这些教师都是有思想的、很正派的人,受过屠格涅夫和谢德林的教育,可是这个老穿着雨鞋、拿着雨伞的小人物,却把整个中学辖制了足足15年!可是光辖制中学算得了什么?全城都受他辖制呢!我们这儿的太太们到星期六不办家庭戏剧晚会,因为怕被他听见;有他在,教士们到了斋期就不敢吃荤,不敢打牌。在别里科夫这类人的影响下,过去10年到15年间,我们全城的人变得什么都怕。他们不敢大声说话,不敢写信,不敢交朋友,不敢看书,不敢周济穷人,不敢教人念书写字……"

伊凡·伊凡内奇想说点什么,嗽了嗽喉咙,可是他先点燃烟斗,瞧了瞧月亮,然后才一板一眼地讲起来:

"是啊,有思想的正派人,既读过屠格涅夫,又读过谢德林,还读过勃克尔[②]等等,可是他们仍旧会低声下气,容忍这种事……的确有这样的事情。"

"别里科夫跟我同住在一所房子里,"布尔金接着说,"同住在一层楼上,他的房间对着我的房门。我们常常见面,我知道他在家里怎样生活。也还是那一套:睡衣啦、睡帽啦、百叶窗啦、门扣啦，各式各样的禁条和忌讳，还有：'啊，千万别闹出什么乱子来啊！'大斋的饮食有害处，可是吃荤又不行，因为人家也许会说别里科夫不持斋；他就吃用牛油炸的鲈鱼——这东西固然不是大斋的吃食，可也不能说是斋期禁忌的菜。他不用女仆，因为怕人家说他坏话，于是雇了个60岁的老头子做厨子，名叫阿法纳西，这人傻头傻脑，爱喝酒，从前做过勤务兵，好歹也会烧一点菜。这个阿法纳西经常站在门口，两条胳膊交叉在胸前，老是长叹一声，嘟哝那么一句话：

"'眼下啊，像他们那样的人可真是多得不行！'

"别里科夫的卧室挺小，活像一口箱子；床上挂着帐子。他一上床睡觉，就拉过被子来蒙上脑袋；房里又热又闷，风推着关紧的门，炉子里嗡嗡地叫，厨房里传来叹息声——不祥的叹息声……

"他躺在被子底下战战兢兢。他深怕会出什么事，深怕阿法纳西来杀他，深怕小贼溜进来；然后他就通宵做恶梦，到早晨我们一块儿到学校去的时候，他没精打采，脸色苍白；他所去的那个挤满了人的学校，分明使得他满心的害怕和憎恶；跟我并排走路，对他那么一个性情孤僻的人来说，显然也是苦事。

"'我们的课堂里吵得很凶，'他说，仿佛要找一个理由说明他的愁闷似的，'吵得不像话。'

"您猜怎么着，这个希腊语教师，这个装在套子里的人，差点结了婚。"

伊凡·伊凡内奇很快地回头瞟一眼堆房，说：

"您开玩笑！"

"真的，尽管说起来古怪，可是他的确差点结了婚。有一个新的史地教师，一个原籍乌克兰、名叫米哈依尔·沙维奇·柯瓦连科的人，派到我们学校里来了。他不是一个人来的，而是带着他妹妹瓦连卡一路来的。他是个高高的、皮肤发黑的青年，手挺大，从他的脸相就看得出来他说话是用低音，果然他的声调像是从桶子里发出来的一样：'彭，彭，彭！'……她呢，已经不算年轻，年纪有30岁上下了，可是她长得也高，身材匀称，黑眉毛，红脸蛋——一句话，她不是姑娘，而是蜜饯水果，活泼极了，谈笑风生；老是唱小俄罗斯的歌，老是笑。她动不动就发出响亮的笑声：'哈哈哈！'我记得我们初次真正认识柯瓦连科兄妹是在校长的命名日宴会上。在那些死板板的、装模作样的、沉闷的、甚至把赴命名日宴会也看作应公差的教师中间，我们忽然看见一个新的艾芙柔黛特③从浪花里钻出来；她两手叉着腰，走来走去，笑啊唱的，跳跳蹦蹦……她带着感情唱《风在吹》，然后又唱一支乌克兰的歌，随后又一支；她把我们，连别里科夫也在内，都迷住了。他挨着她坐下，露出甜甜蜜蜜的笑容，说：

"'小俄罗斯语言的柔和跟清脆叫人联想到古希腊语言。'

"这句话她听着受用，她就开始热情而委婉地对他讲起他们在夏嘉契斯基县有一个庄园，她的妈妈就住在庄园上，那儿有那么好的梨，那么好的甜瓜，那么好的卡巴克④！乌克兰人管南瓜叫做卡巴克，管酒馆叫做希诺克，他们用番椒和茄子熬我们的那种浓汤：'可好吃了，可好吃了，简直好吃得要命！'

"我们听啊听的，忽然大家都生出了同样的想法。

"'要是把他们配成夫妇，那倒不错，'校长太太悄悄对我说。

"不知什么缘故，我们大家想起来：原来我们的朋友别里科夫还没结婚；现在我们才觉着奇怪：不知怎么，他生活里这样一件大事，我们以前竟一直没有理会，完全忽略了。他对女人一般采取什么态度呢？这种终身大事的要紧问题他怎样替他自己解决的？这以前我们一点也没有关心这件事；也许我们甚至不允许自己想到：一个不问什么天气总是穿着雨鞋、睡觉总要挂上帐子的人，也会热爱什么人吧。

"'他已经40多岁了；她呢，也30了……'校长太太说明她的想法，'我看她肯嫁给他的。'

"在我们内地，由于闲得无聊的缘故，什么事没做出来过！多少不必要的蠢事啊！这是因为必要的事大家却根本不做。是啊，比方说，这个别里科夫，既然大家甚至不能想象他是一个可以结婚的人，那我们何必忽然要给他做媒呢？校长太太啦、训育主任的太太啦、我们中学里的所有太太们，都活泼起来，甚至变得好看多了，仿佛忽然发现了生活目标似的。校长太太在戏院里订下一个包厢；嘿，瞧啊！瓦连卡坐在她的包厢里面，扇着扇子，满脸放光，高高兴兴；她旁边坐着别里科夫，身材矮小、背脊拱起，看上去好像刚用一把钳子把他从家里夹来的一样。我开晚会，太太们就要我一定邀请别里科夫和瓦连卡。总之，机器开动了。看来瓦连卡也并不反对出嫁。她在她哥哥那儿生活得不大快活；他们只会成天价吵啊骂的。比方说，有过这样一个场面：柯瓦连科顺了大街大踏步走着，他是又高又壮的大汉，穿一件绣花衬衫，一绺头发从帽子底下钻出来拉在他的额头上，一只手拿着一捆书，一只手拿着一根有节疤的粗手杖；他身后跟着他妹妹，也拿着书。

"'可是你啊，米哈依里克[⑤]这本书绝没看过！'她大声争辩说，'我告诉你，我敢赌咒：你压根儿没看过！'

"'我跟你说我看过嘛！'柯瓦连科大叫一声，把手杖在人行道上顿得直响。'

"'唉，我的天，米哈依里克！你为什么发脾气？要知道，我们谈的是原则问题啊。'

"'我跟你说我看过嘛！'柯瓦连科嚷道，声音更响了。

"在家里，要是有外人在座，他们也会争吵。她一定过够了这种生活，盼望着有自己的家了。况且，也该想到她的年纪，现在已经没有工夫来挑啊拣的了，跟什么人结婚都行，即使是希腊文教师也将就了。附带还要说一句：我们的小姐们大多数都不管跟谁结婚，只要能嫁出去就算。不管怎样吧，总之，瓦连卡对我们的别里科夫开始表现明显的好感了。"

"别里科夫呢？他也常去拜望柯瓦连科了，就跟他常来拜望我们一样。他去了就坐下，一声不响。他沉静地坐着，瓦连卡对他唱《风在吹》，或者用她那黑眼睛呆呆地瞧着他，再不就忽然扬声大笑：

"'哈哈哈！'

"在恋爱方面，特别是在婚姻方面，怂恿总会起很大作用。人人——他的同事和同事的太太们——开始向别里科夫游说：他应当结婚了，他的生活没有别的缺憾，只差结婚了；我们大家向他道喜，做出一本正经的脸色说了各种俗套，例如，'婚姻是终身大事'。况且，瓦连卡长得不坏，招人喜欢；她是五等文官的女儿，有田产；尤其要紧的是她是第一个待他诚恳而亲热的女人。于是他昏了头，决定真该结婚了。"

"哦，到了这一步，您就应该拿掉他的雨鞋和雨伞了，"伊凡·伊凡内奇说。

"您只要一想就明白：这是办不到的。他把瓦连卡的照片放在自己桌子上，不断地来找我，谈瓦连卡，谈家庭生活，谈婚姻是终身大事，常到柯瓦连科家去，可是他一点也没改变生活方式。刚好相反，结婚的决定对他起了像疾病一样的影响。他变得更瘦更白，好像越发缩进他的套子里去了。

"'瓦尔瓦拉·沙维希娜我是喜欢的,'他对我说,露出淡淡的苦笑,'我也知道人人应当结婚,可是……您知道,这件事发生得这么奇突……总得细细想一想才成。'

"'有什么可想的?'我对他说,'一结婚,就万事大吉了。'

"'不成,婚姻是终身大事;人先得估量一下将来的义务和责任……免得日后闹出什么乱子。这件事弄得我烦死了,现在我通宵睡不着觉。老实说,我害怕:她和她哥哥有一种古怪的思想方法;您知道,他们对事情的看法有点古怪;她的性子又很野。结婚倒不要紧,说不定就要惹出麻烦来了。'

"他没求婚,一个劲儿地拖延,弄得校长太太和我们所有的太太都烦恼极了;他时时刻刻在估量将来的义务和责任,同时他又差不多天天跟瓦连卡出去散步,也许他认为这是在他这种情形下照理该做的事吧。他常来看我,为的是谈家庭生活。要不是因为忽然闹出一场Kolossalische Scarldal⑥,他临了多半会求婚,因而促成一桩不必要的、愚蠢的婚事的:在我们这儿,由于闲得无聊,没事情做,照那样结了婚的,正有千千万万的先例呢。

"应该说明一下:瓦连卡的哥哥柯瓦连科从认识别里科夫的第一天起,就痛恨他,受不了他。

"'我不懂,'他常对我们说,耸一耸肩膀,'我不懂你们怎么能够跟那个爱进谗言的家伙,那副叫人恶心的嘴脸处得下去。唉!诸位先生,你们怎么能在这儿生活下去啊!你们这儿的空气闷死人,不干不净!难道你们能算是导师,教员吗?你们是小官僚;你们这地方算不得学府,只能算是教人安分守己的衙门,而且有巡警局里那股腐臭的气味。不行,诸位老兄,我在你们这儿再住一阵,就要回到我的农庄上去,捉捉龙虾,教教乌克兰的小孩子念书了。我是要走的,你们呢,尽可以跟你们的犹大在这儿住下去,叫他遭了瘟才好!'

"要不然他就哈哈大笑,流出眼泪来,那笑声时而洪亮,时而尖细。他摊开双手,问我:

"'他干么上这儿来坐着?他要干什么?他坐在那儿发呆。'

"他甚至给别里科夫起了一个外号叫'蜘蛛'。当然,关于他妹妹打算跟'蜘蛛'结婚的事,我们对他绝口不谈。有一回校长太太向他暗示说要是他妹妹跟别里科夫这么一个稳重的、为大家所尊敬的人结婚,那倒是一件好事;他却皱起眉头,嘟哝道:

"'这不干我的事;只要她乐意,就是跟大蟒结婚也由她。我才不干涉别人的事呢。'

"现在,您听一听后来发生的事吧。有个促狭鬼画了一张漫画,画着别里科夫打了雨伞,穿了雨鞋,卷起裤腿,正在走路,臂弯里挽着瓦连卡;下面缀着一个题名:'恋爱中的anthropos'。您知道,那神态画得像极了。那位画家一定画了不止一夜,因为男子中学和女子中学里的教师们、神学校的教师们、衙门里的官儿,每人都接到一份。别里科夫也接到一份。这幅漫画弄得他难堪极了。

"我们一块儿走出了宿舍;那天正好是5月1日,星期日,我们全体学生和教师事先约定在学校里会齐,然后一块儿步行到城郊的一个小林子里旅行。我们动身了,他脸色发青,比乌云还要阴沉。

"'天下有多么歹毒的坏人!'他说,他的嘴唇发抖了。

"我甚至可怜他了。我们走啊走的,忽然间,您猜怎么着,柯瓦连科骑着自行车来了,在他身后,瓦连卡也骑着自行车来了,涨红了脸,筋疲力尽,可是快活,兴高采烈。

"'我们先走一步啦!'她嚷道,'多可爱的天气!多可爱,可爱得要命!'

"他俩走远,不见了。别里科夫脸色从发青变成发白,好像呆住了,他站住,瞧着我……

"'请问,这是怎么回事?'他问。'或者,也许我的眼睛骗了我吗?难道中学教师和小姐骑自行车还成体统吗?'

"'这有什么不成体统的?'我问。'让他们尽管骑自行车,快快活活玩一阵好了。'

"'可是这怎么行?'他叫起来,看见我平心静气,觉得奇怪,'您在说什么呀?'

"他心里乱得很,不肯再往前走,回家去了。

"第二天他老是心不定的搓手,打哆嗦;从他的脸色看得出来他病了,还没到放学的时候,他就走了,这还是他生平第一回呢。他没吃午饭。虽然门外已经完全是夏天天气,可是将近傍晚,他却穿得暖暖和和的,到柯瓦连科家里去了。瓦连卡不在家;他只碰到她哥哥在家。

"'请坐,'柯瓦连科冷冷地说,皱起眉头。他的脸上带着睡意;饭后他打了个盹儿,刚刚醒来,心绪很坏。"

"别里科夫沉默地坐了十分钟光景,然后开口了:

"'我上您这儿来,是为要了却我的一桩心事。我烦恼得很,烦恼得很。有个不怀好意的家伙画了一张荒唐的漫画,画的是我和另一个跟您和我都有密切关系的人。我认为我有责任向您保证我跟这事没一点关系……我没有做出什么事来该得到这样的讥诮——刚好相反,我举动素来在各方面都称得起是正人君子。'

"柯瓦连科坐在那儿生闷气,一句话也不说。"别里科夫等了一会儿,然后压低喉咙,用悲凉的声调接着说:

"'另外我还有件事情要跟您谈一谈。我已经教书多年了,您最近才开始;既然我是一个比您年纪大的同事,我就认为我有责任给您进一个忠告。您骑自行车,这种消遣对青年的教育工作者来说是绝对不合宜的。'

"'怎么见得?'柯瓦连科用低音问。

"'难道这还用解释吗,米哈依尔·沙维奇,难道还不是理所当然吗?如果教师骑自行车,那还能希望学生做出什么好事来?他们所能做的就只有倒过来,用脑袋走路了!既然政府还没有发出通告,允许做这种事,那就做不得。昨天我吓坏了!我一看见您的妹妹,眼前就变得一片漆黑。一个女人或者一个姑娘,却骑自行车——这太可怕了!'

"'您到底要怎么样?'

"'我所要做的只有一件事,就是忠告您,米哈依尔·沙维奇。您是青年人,您前途远大,您的举动得十分十分小心才成;您却这么马马虎虎,唉,多么马马虎虎!您穿着绣花衬衫出门,经常拿着书在大街上走来走去;现在呢,又骑什么自行车。校长会听说您和您妹妹骑自行车的,然后,这事又会传到督学的耳朵里……这还会有好下场吗?'

"'讲到我妹妹和我骑自行车,这不干别人的事!'柯瓦连科说,涨红了脸,'谁要来管我的家事和私事,我就叫谁滚他的蛋!'

"别里科夫脸色苍白,站起来。

"'要是您用这种口吻跟我讲话,那我就不能再讲下去了,'他说,'我请求您在我面前谈到上司的时候不要这样说话。您对当局应当尊敬才对。'

"'难道我说了当局什么不好的话吗?'柯瓦连科问,生气地瞧着他,'请您躲开我。我是正大光明的人,不愿意跟您这样的先生讲话。我不喜欢那些背地里进谗言的小人。'

"别里科夫心慌意乱,匆匆忙忙地穿大衣,脸上带着恐怖的神情。这还是他生平第一回听到这么不客气的话。

"'随您怎么说,都由您,'他一面走出门道,到楼梯口去,一面说,'只是我得跟您预先声明一下:说不定有人偷听了我们的话;为了避免我们的谈话被人家误解,避免闹出什么乱子起见,我得把我们的谈话内容报告校长先生……把大意说明一下。我不能不这样做。'

"'报告? 去,报告去吧!'

"柯瓦连科在他后面一把抓住他的衣领,使劲一推,别里科夫就连同他的雨鞋一齐乒乒乓乓地滚下楼去了。楼梯又高又陡,不过他滚到楼下却安然无恙,站起来,摸了摸鼻子,看他的眼镜碎了没有。可是,他滚下楼的时候,偏巧瓦连卡回来了,还带着两位太太;她们站在楼下,怔住了,这在别里科夫却比什么事情都可怕。看样子,他情愿摔断脖子和两条腿,也不愿意成为取笑的对象。是啊,这样一来,全城的人都会听说这件事;还会传到校长耳朵里,传到督学耳朵里去。哎呀,千万别闹出什么乱子来啊! 人家又会画一张漫画,到头来会弄得他奉命退休吧……

等到他站起来,瓦连卡才认出是他;她瞧着他那滑稽的脸相、他那揉皱的大衣、他那雨鞋,不明白是怎么回事,以为他是一不小心摔下来的,就忍不住扬声大笑,响得整个房子都可以听见:

"'哈哈哈!'

"这一串响亮而清脆的'哈哈哈'就此结束了一切:结束了婚事,结束了别里科夫的人间生活。他没听见瓦连卡说什么话;他什么也没看见。一到家,他第一件事就是从桌子上撤去瓦连卡的照片;然后他躺下,从此再也没有起床。

"大约三天以后,阿法纳西来找我,问我要不要去请医生,因为他的主人不大对头。我走到他屋里去看别里科夫。他躺在帐子里,盖着被子,一声不响;不管问他什么话,他总是回答一声'是'或者'不',别的话却没有。他躺在那儿;阿法纳西呢,满脸愁容,皱着眉头,在他旁边走来走去,深深地叹气,可是像酒馆一样冒出伏特卡的气味。

"过了一个月,别里科夫死了。我们都去送葬——那就是说,两个中学校和神学校的人都去了。这时候他躺在棺材里,神情温和、愉快、甚至高兴,仿佛暗自庆幸终于装进一个套子里,从此再也不必出来了似的。是啊,他的理想实现了! 老天爷也仿佛在对他表示敬意,他出殡的时候天色阴沉,下着雨;我们大家都穿着雨鞋,打着雨伞。瓦连卡也去送葬;等到棺材下了墓穴,她哭了一阵。我发现乌克兰的女人总是不笑就哭,对她们来说不哭不笑的心情是没有的。

"老实说,埋葬别里科夫那样的人是一件很快活的事。我们从墓园回来的时候,露出忧郁谦虚的脸相;谁也不肯露出快活的感情——像那样的感情,我们很久很久以前做小孩子的时候,遇到大人不在家,我们到花园里去跑一两个钟头,享受完全的自由的时候,都经历过。啊,自由啊,自由! 只要有一点点自由的影子,只要有可以享受自由的一线希望,人的灵魂就会长出翅膀来。难道这不是实在的吗?

"我们高高兴兴地从墓园回来。可是一个星期还没过完,生活又跟先前一样流着,跟先前一样的严峻、无聊、杂乱了——这样的生活固然没有奉到明令禁止,不过也没有得到充分的许可啊。局面并没有好一点。实在,虽然我们埋葬了别里科夫,可是这种装在套子里的人,却还有许许多多,将来也还不知道会有多少呢!"

"事情就是这样的,"伊凡·伊凡内奇说,点上了他的烟斗。

“那样的人,将来不知道还会有多少!”布尔金又说一遍。

这个中学教师从堆房里走出来。他是一个矮胖的男子,头顶全秃了,留着一把黑胡子,差不多齐到腰上;有两条狗跟他一块儿走出来。

“多好的月色,多好的月色!”他抬头看,说道。

这会儿已经是午夜了。向右边瞧,可以看见整个村子,一条长街远远地伸出去,大约有5俄里长。一切都沉在深沉而静寂的睡乡里;没有一点动静,没有一点声音,人甚至不能相信大自然能够这么静。在月夜看着宽阔的村街和村里的茅屋、草堆、睡熟的杨柳,心里就会变得恬静;这时候村子给夜色包得严严紧紧,躲开了劳苦、烦恼、忧愁,安心休息,显得那么温和、凄凉、美丽,看上去仿佛星星在亲切而温柔地瞧着它,大地上不再有恶事,一切都挺好似的。左边,村子到了尽头,便是田野;可以看见田野远远地一直伸展到天边。在这一大片浸透月光的旷野上也是没有动静,没有声音。

“事情就是这样的,”伊凡·伊凡内奇又说一遍,“我们住在城里,空气恶浊,十分拥挤,写些无聊的文章,玩‘文特’——这一切岂不就是套子吗?至于在懒汉、搬弄是非的人、无所事事的蠢女人中间消磨我们的一生、自己说而且听人家说各式各样的废话——这岂不也是套子吗?嗯,要是您乐意,那我就给您讲一个很有教益的故事。”

“不,现在也该睡了,”布尔金说,“留到明天再讲吧。”

他们走进堆房,在干草上睡下来。他俩盖好被子,刚要昏昏睡去,忽然听见轻轻的脚步声——吧嗒,吧嗒……有人在离堆房不远的地方走着,走了一会儿站住了,过1分钟又是吧嗒,吧嗒……狗汪汪地叫起来。

“这是玛芙拉在走,”布尔金说。

脚步声渐渐听不见了。

“你看着人们作假,听着人们说假话,”伊凡·伊凡内奇翻了个身说,“人们却因为你容忍他们的虚伪而骂你傻瓜。你忍受侮辱和委屈,不敢公开说你跟正直和自由的人站在一边,你自己也作假,还微微地笑,你这样做无非是为了混一口饭吃,得到一个温暖的角落,做个一钱不值的小官儿罢了。不成,不能再照这样生活下去啦!”

“算了吧,您扯到别的题目上去了,伊凡·伊凡内奇,”教师说,“睡吧!”

过了大约10分钟,布尔金睡着了。可是伊凡·伊凡内奇不住地翻身,叹气;后来他起来,又走出去,坐在门边,面朝外,点上烟斗。

(1898年)

(《契诃夫小说选》,汝龙译,人民文学出版社1978年版)

【注释】

① 希腊语:人。

② 勃克尔(1821—1862):英国历史学家。

③ 艾芙柔黛特:希腊的爱和美的女神,相当于罗马的维纳丝;她在海里诞生,从浪花里钻出来。

④ 卡巴克:俄语,酒馆(Кабак)。

⑤ 她哥哥米哈依尔的爱称。

⑥ 德语:大笑话。

晚　唱

贾平凹

贾平凹(1952—　)，当代作家，原名贾平娃。陕西丹凤人。1975年西北大学中文系毕业后任陕西人民出版社文艺编辑、《长安》文学月刊编辑。1982年后从事专业创作。任中国作家协会理事、作协陕西分会副主席等职。著有小说集《兵娃》《姐妹本纪》《山地笔记》《野火集》《商州散记》《小月前本》《腊月·正月》《天狗》《晚唱》《贾平凹获奖中篇小说集》《贾平凹自选集》，长篇小说《商州》《州河》《浮躁》《废都》《白夜》，自传体长篇《我是农民》等。1988年，他获美国飞马文学奖。1997年获法国女评委外国文学奖。贾平凹小说描写新时期西北农村，特别是改革开放后的变革，视野开阔，具有丰富的当代中国社会文化心理内蕴，富于地域风土特色，格调清新隽永，明丽自然。

夜很静，月亮晕化了一切，城北低洼带的居民区里，溶溶地，看不见了街面、墙角；房顶浮着，是无数的三角和斜面。伴着一盏孤独的路灯，黑黝黝地歪着一幢木楼；已经是百二十年物了吧，油漆全然剥落，檐角差不多也腐烂了；透着门窗，隐隐地有了一丝儿亮光，一种单调的，似乎又有些了节奏的声音就飘了出来，一会儿高了，一会儿低了，先是那么刺耳，细细听下去，又淡淡地有了那么一点儿音韵呢。夜凉凉地，显得更深沉了。

“木楼大郎，敲高一点呀！”黑暗中，有人在叫着，接着是一下尖锐的口哨声。

木楼上的门“吱呀”却关了，似乎整个楼颤栗了一下，那击打乐仍又响着，一会儿高了，一会儿低了，夜似乎以此平仄起来，似乎又以此和谐下去了。

击乐者，是一个40多岁的男人。正坐在楼上的木板床上，委屈了短短的一双脚腿，弓着腰，在用筷子敲打着面前的一摊儿灶具：盆儿是陶的，碗儿是磁的，还有盘儿、碟儿；敲打着，是一声儿水音，是一声儿铜律。他虔恭地、认真地敲着，身心儿便陶醉过去，眼睛慢慢地闭合了，唯有鼻尖下的一颗清涕，亮闪闪的，欲掉未掉。

他叫穆仁文，但人们都不这么叫他。说是他的这幢木楼，在这一带是独一无二的，而他的模样，又是那么猥琐，酷像水浒里的武大，便叫他“木楼大郎”了。至于他是哪一年住在这木楼上的，什么时候得到这绰号的，人们记不清楚，他也有些不理会了。只是每天早上，他穿着褪了色的蓝制服，夹着一把雨伞，去城里的一家行政单位上班，晚上回来，就走上楼去，击打他的音乐。在这小小的住宅里，四壁上没有挂一张女性图画，窗台上也没摆一盆花花草草，家具也像他人一样，陈旧，矮小，看着让人窝囊。虽然楼是这一带最高的建筑了，但那窗户从未打开，室内黑漆漆的，大天白日也得开着灯。他没有娶过妻，也没有亲朋好友，从未动过烟酒，更没有多少外交活动的了。他想远远地避开人们，使谁也不知道这么个地方，住着他这么一个人。但人们反倒全知道了；当他出门上班的时候，耸着脖子，看着脚尖，默默地往前走，立即会被人叫起来：

“上班呀？木楼大郎！”他知道那话的意思，没有去理，连头都不抬的，心里说：

“沉默是最好的反抗。”

几个孩子就跑过来,和他平行了,猛地往上一耸,立即跑开去:

“只有我的肩头高!”

众人乐得大笑起来了。

他实在气愤了,骂一声:“遭孽!哪一次运动来了,非被运动了不可!”

众人越发哈哈大笑了。

今夜里,他又待在他的木楼里击乐了。他早年学过音乐,但没有学成,却从此有了听听什么曲调儿的嗜好。文化大革命中,他曾经买过一台收音机,后来本单位揪出个反革命分了,罪行是偷听敌台,他第二天就把收音机卖了,怕落个嫌疑,以至现在,也没了去买收音机的念头。兴头来了,就拿出这些灶具,慢慢地敲击起来,那敲击出来的声音,他听起来,是很醉心的。很快就会被带到了一个银色的天国去了,尤其当他敲打几下,仄头看一眼柜盖上的那个小漆木匣子时,他就悠然得意而不能自己了。

那匣子里,装着一个精致的皮夹,皮夹里有着两千元钱。他闭上眼睛,就清楚地知道那是100张十元票子,150张五元票子,还有70张贰元,110张一元呢。这都是他工作以来,一点一点积蓄起来的。积蓄着干什么?他不知道,但每月都那么存一些,觉得心里就充实了。钱藏在那儿,谁也是不知道的,谁也不常到他的房子来,他放钱和点钱的时候,门窗就全关了,连家里的猫也要赶到厨房里去。

但是,他对那猫,是有感情的,它是他唯一的家属,长得胖乎乎的,有一双大得出奇的神秘的眼睛。他只要一走进这房间里,就要抱起它了,用那短短的五指抚摸,竟常常在夜的黑暗里,看见了那皮毛上摸出了吧吧的火光星儿来。现在,猫已经在他的怀里睡了。再不安宁起来,他拍了它一下脑袋,又当儿当儿地敲击起音乐来,眼睛又要闭会过去了。

猫却始终听不进这音乐的,不停地扭转着脑袋,耸着耳朵,咪儿儿咪地叫着。他奇怪了,停止了音乐的敲击,也支起声朵来听。屋外,依然静寂,倏忽觉得风在袅袅,有一片树叶在窗外起浮吧。他讨厌地拧了一下猫的耳朵,猫一受惊,跳落地上,“噢”地叫了一声。他看着,就动起身来,去床头掏出一块点心,用牙嚼碎了,吐在那里,看着猫吃。

他毕竟有些困意了,看了一下表,已经是6点半了。6点半,是到了他的休息时间了:生活的规律化,是他多年来养成的习惯,他收拾了那些盆儿碗儿,脱了衣服,坐在了床上。

他那么坐着,呆呆的,开始想:我今日有害人之心吗?他检点着一天来的事情。

“没有。”他摇摇头,“害人之心不能有,防人之心不可无。谁今天对我有非议吗?”

他开始从早晨想到傍晚:大家对他都是平和的,那眼光可以证实,只是中午,书记让他去煤店给单位买煤这是苦差事,别人都不去的,他是当即就去了,书记很高兴,说道“老穆同志好”的话……他坐在那里,无声地笑笑,拉灭了灯,溜进被窝里了。

他睡在床上,马上合上了眼睛,他有能使自己立即入梦的办法,那就是回想幼年自己爬山的事,他想着爬呀爬的……每次爬不到山顶,他就睡着了。现在,他爬起来,才爬了2分钟,突然坐了起来,想起后窗的窗帘没有拉严呢,就披了上衣,迈着两条短短的瘦腿下了床,摸黑去那里拉严了窗帘。才坐在床上,突然又怀疑起门关插了没有呢?他记得是插了的,但又不敢十分肯定,还是又下床去了,伸手在门上摸摸,原来已经插了。他在照暗中骂了自己一句,重新溜进被窝,心安理得地要去“爬”山了,可是,他又听见了一种声音,似乎是什么锁子晃动了一下,他“啊”地叫了,一下子拉开了电灯,看那钱匣时,钱匣锁子果然在动着,但是,

没有人,连人的影儿也不曾有;那只猫正惊慌地站在那里,灯光下,用羞涩的眼光看他。他心放了下来,骂道:

"你,你在干什么?"

猫耸耸耳朵,似乎要向门槛下的缝里出去。他立即生气了。他知道这猫正在怀春时期,夜里是不安宁的,这么个时候了,又要出去浪荡吗?

"你这个不正经的东西!"

他叫着,一下子扑下床去,把猫踢到了床边,拿木板挡住了门槛下的缝隙,就又大骂起猫来,说去年它怀了孕,让他踢了一顿,流产了,如今又忘了羞耻,又要出去,这怎么就不要脸面呢,不注意影响呢,不考虑主人是谁呢?

猫可怜地在床下哀叫,他抱起它来,放在了被窝,接着就躺下去,拉灭了灯,用手搂住了那一团毛乎乎的东西,心里说:睡吧,睡吧,这不是很好吗?

这时候,有人突然敲门,声音很大,又很急。他不作声,装作家里没有人,或者是人已经睡熟了。想:这是谁呢?是来偷盗我的吗,是不是假装敲门,侦察有没有人呢?或者,是楼门口一帮年轻人又来闲谝了。这些讨厌鬼,为什么要到我这里来,旁人不会说在搞小集团吗?而且又从不带烟茶,白吃白喝我的。但门还在敲着,而且有了问声,是大门口的收发老汉。他答话了:

"谁呀,我已经睡了。"

"有你的信,你又没来取,怕误了事。"

他拉开了灯,看见门缝里塞进了一封小小的白四方块;老汉咳嗽着从木梯上很响地下去了。

他拾起了信,果然是写给他的,下边落款是"内详",他心头有些怦怦跳了。自他住进这个木楼,他从来没有给别人写过信,也从来没收到过别人的信,谁现在会给他来信呢?是流氓向他索钱的恫吓信?还是旁人给他的诬告信?他双手竟颤抖起来,用了好大的劲拆了信封,凑近灯下看起来:

穆仁文同志:

我叫苏梅,在西城区广播站当播音员。一生从未结婚,也未谈过恋爱,如今,一晃已经38岁了。我常听我舅舅提说过你(他叫王顺,和你在一个单位),知道你的情况,所以,冒昧给你去信,想和你认识。如果愿意,请于今晚10点在丁字街口的路灯杆下约会。内附一小照。

苏梅　本日寄

"谈恋爱!"

他看完信,第一个反应,脑子里便嗡地响了一下,就立在那里呆呆痴痴的了。恋爱他是谈过的,但那都是年轻时的事。那时候,他认识了好多姑娘,也常常收到一些求爱信,但他都失望了。他认为,城市的姑娘,大都是不正经的,当他和几个姑娘见面时,总先要问:

"在这之前,你和别人谈过吗?"

"谈过,但现在全没联系了。"

他很快就和人家告吹了。原因很简单:和别人谈过恋爱的,必是不那么干净,要不失了身,要不感情上也不那么洁净了呢。但是,他却再没有碰到过一个第一次和他谈恋爱的姑娘……一天天虚晃过去了,一直到了今天。

“这苏梅是没有谈过的。”

他心里说,便端详起她的小照来。她形态端正是个美丽的人材儿。她难道也是像我一样,一直耽误到如今了吗?但他心里不觉慌慌起来,就站在那里,想:她为什么就要和我谈?她爱上了我的什么呢?他虽然是个干部,但地位太低下了,看上地位是不可能的。他摸摸下巴,胡碴硬硬的,已经是40多岁的人了,模样儿是走不到人前去的。那么,是看上我的钱了。可是,钱谁知道呢?那一定是她的舅舅在她的面前美化了我。这个苏梅的舅舅!他又为什么对我这般好呢?他是对我有什么要求吗?

他心慌意乱起来,对着那信封发怔。突然,他看见了那信封上的笔体:软软地,弯弯扭扭,一看就是女人的笔迹。糟了,门房老汉一定认出这信是一个女人写的,那门房去的人都会看出来的,他们一定在说:

“瞧,有女人给木楼大郎来信了!”

“啊,女人信!他还有女人的信?”

“别瞧他从不接近女人,也不娶妻,原来有情人嘛!”

他脸刷地红了:这会发生什么后果呢?明天上班,消息可能使单位所有的人知道了,他们一定要用嘲笑的、鄙视的眼光看他了。他怎么说得清呢?那脏名声,跳进黄河里也洗不清啊

“我得向领导汇报去,发生什么事情,我都得去让组织上知道。”

他决定之后,穿好了裤子,锁了门,拿了那信向楼下的平房里走去了。

楼下的巷道很挤,支部书记是住在前边的一个小四合院里的,他迈着短短的腿,才走过巷道,就听见巷中那间小房里,正拥了一房子人,吸着烟,在热烈讨论着什么小说。他隔着门看看,见是本单位的小赵他们一伙。这帮年轻人好爱写文章,组织了一个小说写作小组。他老早就为他们担心了:这样会不被人怀疑成立了什么反动组织吗?他赶忙扭过脸去,匆匆从门前走过去了。

书记家的院了,门还未关,但他没有走进去,却用一个指头在敲那开着的门扇:

“书记在家吗?”

屋里正有人说话,他听了一下,觉得是本办公室的老张在里边。这么晚了,老张来干什么?是不是来汇报我的什么情况了?他紧张起来,想听一下,书记却从里屋走了出来,大声地说:

“噢,是你啊!快进屋来,今晚倒有兴趣串门了!”

“书记,你还没歇下?我有事要给你汇报,家里有人吗?”

书记让他进屋去,他不,说这事只能让书记一人知道。书记就把他引到另一间小屋去,他详详细细说了信的事,末了说:

“书记,这女的我可一点不认识,是她写给我的,我才收到的。”

书记看了信,却哈哈笑了,说这是好事:

“大家为你个人事都焦心,既有这么个机会,你一定要去!”

“要去?”他简直吃惊了,怀疑书记的真诚,便说,“书记,你对我有什么要批评的吗?同志们对我有什么看法吗?”

"哪有那么多看法?"书记看了一下表,"现在是7点,还来得及,你一定要去,而且一定要谈好!"

他摇摇晃晃地回到木楼上了,觉得一身轻松:他再用不着别人再说什么话了,至于去约会不约会,他觉得未必要去,爱情对于他来说,不是什么神魂颠倒的事了,现在已经是40多岁的人了,谈不谈也无所谓,何况这女人为什么爱上了他,他还没有搞清呢?

他重新要上床去,却冷丁在那里站住了,觉得这约会必须是要去的。他庆幸自己的"翻然悔悟",因为书记要求他去,他能不去吗?明日书记问起这事,若说没工夫,这不是把书记的话当耳边风了吗?

他锁好了门,回身要走的时候,突然觉得不妥,开门又进去,重新打量了房间的一切,看那钱匣是不是锁牢了,那窗关是不是插严了。而且这猫呢?他这么一走,它不是又要出去的吗?他看着那猫,猫也正看着他,似乎在得意地笑。

"你别高兴太早!"

他说,就细细检查了一下房间,看哪儿的漏洞会使猫溜出去。一切该挡该堵的都挡了堵了,他冲着猫冷笑了笑,锁上了门下楼去了。

他路过了书记家的门口,忍不住又敲起门来,书记出来了,他悄悄说:

"书记,我就去呀,这事你得保密,谁也不先要告诉呢。"

走到街上,月亮显得小了,星星却多起来,一眨一眨地。街面上,行人已经很少,月亮洒在那儿,有了柔柔的蓝光,又有了懈懈的白光,街两边的树木也幻化得朦朦胧胧。他似乎有了几分迷离,飘飘忽忽的,指头肚上,也感觉到了冷夜气息的微妙。突然间,唰地一声,一个什么东西从身边窜去了。他吓了一跳,定眼看时,是一只肥大的猫,已经蹲在了旁边的一堆水泥管道上,睁着两颗绿莹莹的眼睛看他。

这是谁家的猫?这么晚了,要到哪儿去?他想,是勾引他家的那只母猫去吗?他这么一想,气就一下子上来了,认定这只猫一定是他家猫的"情夫",那么,去年他家猫的大肚子,也就是这只猫作的孽了,他捡起了一块石头,向那猫狠力砸去,石头在水泥管道上击碎了,闪着火花。那猫尖叫着在黑暗里逃去了。

他长出了一口气,继续往前走。但是,脑子里很乱,尽是那公猫母猫,那难看的大肚子,那被他踢打之后流产的污血……他感觉脑子有些疼了,走向路边一个路灯杆下,依了身子,想静一静神。才那么站定,却听见了什么地方,有了一种窃窃声,而且又有了笑声。他仄耳听听,听不清,回头看时,原来就在路的那边,也就是树林子的阴影里,模模糊糊地有那么几对男女在那儿恋爱。

"呸!"他一下子犯恶起来了,心里骂道,"不正经!"

他听人说过,如今的年轻人常常在野外的恋爱中会发生关系;这些人一定无疑了。瞧那笑声,是一股什么味儿,又站得那么紧,一直在树的阴影里。他突然又幸灾乐祸起来:让他们乱搞去吧,反正我要见的这女人是正经的,她没有这么整夜整夜去阴影里嘻嘻哈哈。

一想到她,他又泛起了本来的慌恐:她给我来了情书,她怎么那样大胆,那样主动呢?他走了一段路,又站在一个路灯杆上,掏出她的信和照片看起来了。"我要研究研究,我是40多岁的人了,我不能像这些年轻人轻率。"

他看着她的照片,她确实很美,虽然38岁了,脸上有了细细的皱纹,但她依然是美的。噢,他终于想得明白了:这女儿,模样这么好,工作又是播音员,高雅而文明,她占有了优越的条件，所以她才这么大胆和主动呢。

“她是正经的，她不是那种浪荡女人哩。”

他这么自言自语，就闭上了眼睛，手在动起来，似乎又在敲击他的音乐了。倏忽间好像已经看见了她：梳一头那么蓬松的黑发，穿一身贴体的西装，骑着车子上班去，街上行人全看着她，但一看见她的端庄，邪念便荡然无存。她到了单位，走进播音室，开始播音，声调那么清亮，甜美，所有的喇叭都响起来了……

一时间，他感到他似乎不是他了，回到了他年轻的时代，他想要叫喊一声什么了，但是，却兀自呆在那里，脸上发烧；奇怪和惊慌，他怎么会是这样，40 多岁的人了，会这么轻浮？!

他恨了恨自己，重新动了动身上的衣服。又恢复了原状缩着头，看着脚尖，蹒跚地往前去了。

现在，他站在了丁字街口的路灯杆下了，那里没有任何一个女人。他看了看表，时针指在九点。他就退过路灯杆，在一旁观顾来往的行人。

这里是很热闹的地方，行人仍然很多。他这么等了一会儿，就不安起来，总觉得在什么地方，是那商店玻璃窗里呢，还是那巷口的灯荫里，总好像有熟人在看他。他想，这是有可能的，他们看见了，一定要笑话他：哟，那么老的人了，还在热恋？他觉得很不是滋味了，终于低了头，用眼的余光扫视着街面，又走过去，在那巷口，商店里细细看了一遍，证实确实没有熟人，心才安然下来。他本来还要再回到路灯杆下，又觉得不如就站在街的这边好些，如果那女的来了，还可以远远先观察一番呢。

但是，鬼知道怎么又想起他的猫了。这时候，那被打伤的雄猫到了他的木楼上去了吗？那雄的一定在木楼的门口叫着家里的猫是忍不住了，使劲抓门，抓窗。他对他的猫一向看管很严，可是，去年为什么就怀了孕了呢？是哪儿有它可以溜出去的地方吗？他一直疑惑不解。他想着房子的一切可能出去的地方，猛地就想起那窗户上边，冬天生炉子放烟囱的窟窿。对了，它一定是从那里出去的，可是，为什么来时就没有想到要去堵住呢？那不要脸的猫，听见了雄的叫唤，经不住勾引，一定是溜出去了！

他痛苦得心急火燎，骂自己太混账，但现在又无可奈何。他站在商店旁边的一家门口，又害怕被这家人怀疑要偷盗，才走到路边，一辆自行车忽地从他面前驶过，险些撞倒了他。他出了一身冷汗，看时，一个小伙带着一个姑娘，回头看了他一眼，又很快驶走了。

“你眼睛……”

他要骂声“眼睛瞎了吗?”又没骂出口，害怕那年轻人下来打他一顿，瞧着人家远去的身影，心里说：

“一定是流氓，那带的女的，十分之十不是他的爱人。爱人有那么个坐车姿势吗？会走得这么急吗？这么晚了，带到哪儿去干丑事了！”

他站在了一棵路灯杆下，一边揉着腿，一边看着对面的路灯杆下，那里开始站了好多男女。他一时又不知道她来了没有，就又掏出她的照片对看起来。没有，她还没有来。她为什么现在还没有来呢？是还在上夜班吗？广播员晚上要广播的，或许，她快要下班了吧，她心急如火似的要赶来呢。

一时间，他又不是他了，他又幻想开来，觉得她就坐在播音室里，梳着一头蓬松的黑发，穿得那么干净贴体，面前是高高低低的机器，她对着播音筒在念稿子。旁边呢，坐着一个男播音员，相貌堂堂，一身西服，和她交替播送……他去接他下班了。上到楼上，站在那播音室门口,正要推门进去,一抬头,门上大红字写着"任何人不得入内"……

"不得入内!"

他不禁叫了一声。就噢噢地拍打起自己的脑门,一下子害怕起来了:播音室里,必是一男一女,一上班,关在那室里。小小的,十几平方米里,谁也不得入内,他们在干什么呢?一天,两天……时间长了,能不发生别的事吗?

"有可能的,完全有可能的!"

他一下子清醒了那些想不通的问题:她 38 岁了,没有结婚,这么美丽的容貌,工作又那么舒服,怎么不谈恋爱呢?怎么没人追求呢?那一定是在播音室内有了不光彩的事,名声很坏,所以,她舅舅提到了我,她就那么大胆,那么主动了!

他一把揉了信和照片,转身往回跑去。他庆幸他来得早,没有见到她的面,他更痛恨起这人生的可怕:这坏了良心的王顺,这坏女人!

现在,他唯一担心的只是他的猫了,他希望尽快到家,看它是不是出去偷情了?如果真是那样,他要狠狠地踢它,把它吊起来打个半死。

他匆匆跑回城北低洼带居民区,一进巷子,却直脚往书记家去了。书记的院门已经上了关,他绕到了后窗那儿,才要叫喊。又怕影响了书记的休息,但又不愿离去,那么呆了好久,终用一个指头敲着窗子,书记问清了是他,他说:

"书记,我没有见到她。"

书记在屋里笑了:

"你这人!见就见了嘛,又不是去偷了人!"

"啊,我真的没有见,我经得起组织调查!"

书记又是笑了,说相信了他。他总算放心地上了木楼,一打开房间门,就高声嚷道:

"咪咪,咪咪!"

但是,没有了猫的踪影。他赶快搭了凳子去窗户上看那个烟囱窟窿,果然那窟窿上,粘着有猫的绒毛。

"这不要脸的猫!这贱的东西!"

他大声骂着,用木板钉死了那窟窿,发誓再不收留那猫了,以后再不饲养猫了。他关上了门,气咻咻地坐下来,但立即又跳起来,去看他的钱匣子:钱匣子还在。他摊摊手,笑了笑。

夜,已经很深了,露水下来,月色里有了晶晶地光亮,夜显得更神秘了,也更凉冷了。城北区低洼地的居民区里,雾色里浮着屋顶,无数的三角和斜面;孤独的路灯下,小木楼歪在那里,没有一丝儿光亮透出来,却飘出了单调的,又有什么节奏的声音:一会儿高了,一会儿低了;夜似乎以此平仄起来,似乎以此又和谐下去了呢。

1981 年 1 月 9 日作于劳武巷

(《晚唱》,天津百花文艺出版社 1992 年版)

【提示】

扭曲的灵魂

就像生活本身一样,人们在文学作品中常常能看到一些或普遍、或个别的事例,或寻常、或奇特的形象,各自演绎着人生社会的形形色色,蕴涵或寄托着作家对社会的责任:褒贬臧否。《套中人》即是通过叙述了别里科夫这样一个胆小怕事的中学教师的日常生活和打算结婚而又未果的简单故事,揭露了沙皇统治下的俄国令人窒息和压抑的社会风气。教希腊文的普通中学教师的别里科夫,他的孤僻的、极端保守的性格不仅仅是他个人的脾性,而且钳制、影响了他周围的所有人,“全城都受他辖制”。而更发人深省的是小说中讲故事人几次漫不经意的评述:“那样的人并不是稀有的人”,“我们埋葬了别里科夫,可是这种装在套子里的人,却还有许许多多,将来也还不知道会有多少呢?”,并以“不成,不能再照这样生活下去啦”的议论预示了改变现状的变革的不可逆转。

同样,《晚唱》里的“木楼大郎”穆仁文那些令人费解的行为方式也不只是反映其个人古怪的性格,虽然它对社会现实的评价没有《套中人》中的讲故事人那么直接,但我们仍能依稀看出“木楼大郎”的行为与社会环境的联系:他是一个在“城里行政单位上班”的职工,经历过“文化革命”这种人人自危的特殊年代,所以他心有余悸,他谨小慎微,他自我封闭,他对别人的猜忌,他对领导的表白,凡此种种都可以见出与别里科夫一样,他也是一个受制于外在约束力、强制力而扭曲的特殊个体。从而批判了产生这种约束力、强制力的现实的不合理、非人道。

像契诃夫其他作品一样,《套中人》虽然有明显的讽刺和夸张,但小说总的气氛还是平淡、自然。中心人物别里科夫的故事由两个猎人像唠嗑一样随便聊起,在故事套故事的外层故事中把别里科夫的性格先作了一般性的描述,而核心情节则非常简单:柯瓦连科推了别里科夫的一把,瓦连卡笑了他几声就结束了一切,一次仅仅是可能的喜事,结果却变成了真正的丧事,了结了别里科夫可悲的一生。《晚唱》也有契诃夫式的平淡,作者不露声色、而又非常简洁地讲述了穆仁文前去赴约会的过程,要见的女人还没出现,他就已经因彻底“清醒”地猜透了对方的“人品”而缩回到自己那间小屋中。以小见大,以一件小事、平常事揭示人物的性格是它们共同的特点。

在《晚唱》的人物刻画上,贾平凹受契诃夫《套中人》的影响是显而易见的。两篇短篇小说的中心人物有那么多相似之处:首先在社会身份上,两人都是过了中年的单身男子,而且跟他人的隔膜性格如出一辙。别里科夫把自己的一切用品都装在套子中,他住的小卧室既严密又狭窄,活像一口箱子,床上还挂着帐子,睡觉还要蒙上被子。穆仁文何尝不是如此,小说中写他睡前要拉严了窗帘,反复检查房门的关插是否插上。已经出门又回来检查钱匣是否锁牢,窗是否插严,猫是否会溜……尽可能把自己封闭起来以致他只能以敲打锅盆碗盏所谓的“晚唱”来聊以自慰;关键的是他们俩的精神世界是如此相似,一个处处钳制别人,一个时时防犯他人;一个即使官方批准或默许的东西也“包藏着使人起疑的成分”,一个是所有涉及谈情说爱的事都意味着“不正经”,他们都是完全和他人对立的个体。所不同的是,前者在对别里科夫作了概括性的描述后,以柯瓦连科兄妹这样外部的对立力量的作用促使了他的灭亡;而后者的对立力量实际上是“木楼大郎”难以自拔的多疑、封闭的精神世界,即使是他的那只有正常发情行为的猫,也是他自己想象的、虚幻的对立面的形象的体现。

(张介明)

思考题

1. 别里科夫只是一个普通的教师,为什么他能够影响、钳制全城呢?

2. 像别里科夫、穆仁文这样的人他自己也并不快活,我们能从他们身上看出什么样的社会意义和警示呢?

3. 小说中那些与众不同的个别人物为什么值得写呢?这些个别生命有什么意义呢?这与文学关注广大普通人的命运的使命有什么矛盾吗?

十三、情　　人(节选)

杜拉斯

玛格丽特·杜拉斯(Marguerite Duras,1914—1996),原名玛格丽特·多纳迪厄,法国当代最著名的小说家、剧作家和电影艺术家。1914年4月4日出生于越南嘉定,18岁返回祖国求学,获巴黎大学法学学士和政治学学士学位,但却立志要做小说家。1943年以笔名杜拉斯出版小说《厚颜无耻之辈》开始文学生涯,而在印度支那的童年和少年生活成为她此后创作的重要素材。1950年以自传体小说《抵挡太平洋的堤坝》声名鹊起,因小说《魔狄拉特干达毕业》(1958)而被誉为“新小说”的代表作家之一;1984年以小说《情人》获得当年龚古尔文学奖,作品被译成40多种文字,成为当今世界上最负盛名的法语作家。杜拉斯一生共创作了40多部小说和10多部电影剧本,代表作有《琴声如诉》《蓝眼睛黑头发》《黄色太阳》《恒河女人》《印度之歌》《死之舞蹈》《痛苦》《来自中国北方的情人》等,不仅内容丰富,体裁多样,而且尤其注重文体,具有新颖独特的风格,被誉为“不可模仿的玛格丽特·杜拉斯”。

我已经老了,有一天,在一处公共场所的大厅里,有一个男人向我走来。他主动介绍自己,他对我说:“我认识你,永远记得你。那时候,你还很年轻,人人都说你美,现在,我是特为来告诉你,对我来说,我觉得现在你比年轻的时候更美,那时你是年轻女人,与你那时的面貌相比,我更爱你现在备受摧残的面容。”

这个形象,我是时常想到的,这个形象,只有我一个人能看到,这个形象,我却从来不曾说起。它就在那里,在无声无息之中,永远使人为之惊叹。在所有的形象之中,只有它让我感到自悦自喜,只有在它那里,我才认识自己,感到心醉神迷。

太晚了,太晚了,在我这一生中,这未免来得太早,也过于匆匆。才18岁,就已经是太迟了。在18岁和25岁之间,我原来的面貌早已不知去向。我在18岁的时候就变老了。我不知道所有的人都这样,我从来不曾问过什么人。好像有谁对我说讲过时间转瞬即逝,在一生最年轻的岁月、最可赞叹的年华,在这样的时候,那时间来去匆匆,有时会突然让你感到震惊。衰老的过程是冷酷无情的。我眼看着衰老在我颜面上步步紧逼,一点点侵蚀,我的面容各有关部位也发生了变化,两眼变得越来越大,目光变得凄切无神,嘴变得更加固定僵化,额上刻满了深深的裂痕。我倒并没有被这一切吓倒,相反,我注意看那衰老如何在我的颜面上肆虐践踏,就好像我很有兴趣读一本书一样。我没有搞错,我知道;我知道衰老有一天也会减缓下来,按它通常的步伐徐徐前进。在我17岁回到法国时认识我的人,两年后在我19岁又见到我,一定会大为惊奇。这样的面貌,虽然已经成了新的模样,但我毕竟还是把它保持下来了。它毕竟曾经是我的面貌。它已经变老了,肯定是老了,不过,比起它本来应该变成的样子,相对来说,毕竟也没有变得老到那种地步。我的面容已经被深深的干枯的皱纹撕得四分五裂,皮肤也支离破碎了。它不像某些娟秀纤细的容颜那样,从此便告毁去,它原有轮廓依然存在,不过,实质已经被摧毁了。我的容颜是被摧毁了。

对你说什么好呢,我那时才十五岁半。

那是在湄公河的轮渡上。

……

那个风度翩翩的男人从小汽车上走下来,吸着英国纸烟。他注意着这个戴着男式呢帽和穿镶金条带的鞋的少女。他慢慢地往她这边走过来。可以看得出来,他是胆怯的。开头他脸上没有笑容。一开始他就拿出一支烟请她吸。他的手直打颤。这里的种族的差异,他不是白人,他必须克服这种差异,所以他直打颤。她告诉他说她不吸烟,不要客气,谢谢。她没有对他说别的,她没有对他说不要啰嗦,走开。因此他的畏惧之心有所减轻。所以他对她说,他以为自己是在做梦。她没有答话。也不需要答话,回答什么呢。她就那么等着。这时他问她:那么你是从哪儿来?她说她是沙沥女子小学校校长的女儿。他想了一想,他说他听人谈起过校长夫人,她的母亲,讲到她在柬埔寨买的租地上运气不佳,事情不顺利,是不是这样?是的,是这样。

他一再说在这渡船上见她真是不寻常。一大清早,一个像她这样的美丽的年轻姑娘,就请想想看,一个白人姑娘,竟坐在本地人的汽车上,真想不到。

他对她说她戴的这顶帽子很合适,十分相宜,是……别出心裁……一顶男帽,为什么不可以?她是这么美,随她怎样,都是可以的。

她看看他。她问他,他是谁。他说他从巴黎回来,他在巴黎读书,他也住在沙沥,正好在河岸上,有一幢大宅,还有蓝瓷栏杆的平台。她问他,他是什么人。他说他是中国人,他家原在中国北方抚顺。你是不是愿意让我送你到西贡,送你回家?她同意了。他叫司机把姑娘的几件行李从汽车上拿下来,放到那部黑色小汽车里去。

中国人。他属于控制殖民地广大居民不动产的少数中国血统金融集团中一员。他那天过湄公河去西贡。

她上了黑色的小汽车。车门关上。恍惚间,一种悲戚之感,一种倦怠无力突然出现,河面上光色也暗了下来,光线稍稍有点发暗。还略略有一种听不到声音的感觉,还有一片雾气正在弥漫开来。

从此以后我就再也不需搭乘本地人的汽车出门了。从此以后我就算是有了一部小汽车,坐车去学校上课,坐车回寄宿学校了。以后我就要到城里最讲究的地方吃饭用餐。从此以后,我所做的事,对我所做的一切,我就要终生抱憾,惋惜不已了;我还要为我留下的一切,为我所取得的一切,不论是好是坏,还有汽车,汽车司机,和他一起说笑,还有本地人乘的汽车车座后面那些嚼槟榔的老女人,还有坐在车子行李架上的小孩,在沙沥的家,对沙沥那个家族的憎恶、恐惧,还有他那很是独特的无言沉默,我也要抱憾终生,只有惋惜了。

他在讲话。他说他对于巴黎,对非常可爱的巴黎女人,对于结婚,丢炸弹事件,嗳呀呀,还有圆顶咖啡馆,圆厅咖啡馆,都厌倦了,他说,我么,我宁可喜欢圆厅,还有夜总会,这种"了不起"的生活,这样的日子,他过了整整两年。她听着,注意听他那长篇大论里面道出的种种阔绰的情况,听他这样讲,大概可以看出那个开销是难以计数的。他继续讲着。他的生母已经过世。他是独养儿子。他只有父亲,他的父亲是很有钱的。他的父亲住在沿河宅子里已有 10 年之久,鸦片烟灯一刻不离,全凭他躺在床上经营他那份财产,这你是可以了解的。她说她明白。

后来,他不允许他的儿子同这个住在沙沥的白人小娼妇结婚。

那样的形象早在他走近站在船舷前面白人女孩子之前就已经开始形成,当时,他从黑色小汽车走下来,开始往她这边走过来,走近她,当时,她就已经知道他心有所惧,有点怕,这,她是知道的。

从一开始,她就知道这里面总有着什么,就像这样,总有什么事发生了,也就是说,他已经落到她的掌握之中。所以,如果机遇相同,不是他,换一个人,他的命运同样也要落在她的手中。同时,她又想到另一件事,就是说,以后,那个时间一定会到来,到时对自己担负的某些责任她也是决不可规避的。她明白,这件事决不可让母亲知道,两个哥哥也决不能知道,这一点在那天她就已经考虑到了。她上了那部黑色的小汽车,她心里很清楚,这是她第一次避开她家做的事,由此开始,这也就成了永远的回避。从此以后,她发生什么事,他们是再也不会知道了。有人要她,从他们那里把她抢走,伤害她,糟蹋她,他们是再也不会知道了。不论是母亲,或是两个哥哥,都不会知道了。他们的命运从此以后也是注定了。坐在这部黑色小汽车里真该大哭一场。

现在,这个孩子,只好和这个男人相处了,第一个遇到的男人,在渡船上出现的这个男人。

这一天,是星期四,事情来得未免太快。以后,他天天都到学校来找她,送她回宿舍。后来,有一次,星期四下午,他到宿舍来了。他带她坐车走了。

到了堤岸。这里与连接中国人居住的城区和西贡中心地带的大马路的方向相反,这些美国式的大马路上电车、人力车、汽车川流不息。下午,时间还早。住在寄宿学校的女学生规定下午休息散步,她逃脱了。

那是城内南部市区的一个单间房间。这个地方是现代化的,室内陈设可说是速成式的,家具都是现代式样。他说:我没有去选一些好的家具。房间里光线暗暗的,她也没有要他打开百叶窗。她有点茫然,心情如何也不怎么明确,既没有什么憎恶,也没有什么反感,欲念这时无疑已在。对此她并不知道。昨天晚上,他要求她来,她同意了。到这里来,不得体,已经来了,也是势所必然。她微微感到有点害怕。事实上这一切似乎不仅与她期望的相一致,而且恰恰同她的处境势必发生的情势也相对应。她很注意这里事物的外部情况,光线,城市的喧嚣嘈杂,这个房间正好沉浸在城市之中。他,他在颤抖着。起初他注意看着她,好像在等她说话,但是她没有说话。于是他僵在那里再也不动了,他没有去脱她的衣服,只顾说爱她,疯了似的爱她,他说话的声音低低的。随后他就不出声了。她没有回答他。她本来可以回答说她不爱他。她什么也没有说。突然之间,她明白了,就在这一刹那之间,她知道:他并不认识她,永远不会认识她,他也无法了解这是何等的邪恶。为了诱骗她,转弯抹角弄出多少花样,他,他还是不行,他没有办法。独有她懂得。她行,她知道。由于他那方面的无知,她一下子明白了:在渡船上,她就已经喜欢他了。他讨她喜欢,所以事情只好由她决定了。

她对他说:我宁可让你不要爱我。即便是爱我,我也希望你像和那些女人习惯做的那样做起来。他看着她,仿佛被吓坏了,他问:你愿意这样?她说是的。说到这里,他痛苦不堪,在这个房间,作为第一次,在这一点上,他不能说谎。他对她说他已经知道她不会爱他。她听他说下去。开始,她说她不知道。后来,她不说话,让他说下去。

他说他是孤独一个人,再就是对她的爱,这真是冷酷无情的事。她对他说:她也是孤独一个人。还有什么,她没有讲。他说:你跟我到这里来,就像是跟任何一个人来一样。她回答说,她无法知道,她说她还从来没有跟什么人到过一个房间里。她对他说,她不希望他只是和她说话,她说她要的是他带女人到他公寓来习惯上怎么办就怎么办。她要他照那样去做。

他把她的连衣裙扯下来,丢到一边去,他把她白布三角裤拉下,就这样把她赤身抱到床上。然后,他转过身去,退到床的另一头,哭起来了。她不慌不忙,既耐心又坚决,把他拉到身前,伸手给他脱衣服。她这么做着,两眼闭起来不去看。不慌不忙。他有意伸出手想帮她一下。她求他不要动。让我来。她说她要自己来,让她来。她这样做着。她把他的衣服都脱下来了。这时,她要他,他在床上移动身体,但是轻轻地,微微地,像是怕惊醒她。

……

他一面哭,一面做着那件事。开始是痛苦的。痛苦过后,转入沉迷,她为之一变,渐渐被紧紧吸住,慢慢地被抓紧,被引向极乐之境,沉浸在快乐之中。

大海是无形的,无可比拟的,简单极了。

在这一时刻到来之前,在渡船上,那形象就已经先期进到现在的这一瞬间。

那个穿着打补丁的袜子的女人的形象也曾在这房间里闪现。她终于也像一个少女那样显现出来。两个儿子早已知道此事。女儿还自懵然不知。这兄妹三人在一起从来没有谈过他们的母亲,也没有讲过他们对母亲的这种认识,正因为这种认识才使他们和她分隔开来,这决定性的,终极的认识,那就是关于母亲的童年的事。

母亲不知道世界上有这种快乐存在。

我不知道我在出血。他问我痛不痛,我说不痛,他说他很高兴。他把血擦去,给我洗净。我看着他做这些事。他又回来,好像是无动于衷似的,他又显得很是诱人。我心想,我母亲给我规定的禁令,我怎么抵制得了。心是平静的,决心已经下定。我又怎么能做到把“这样的意念坚持到底”呢。

我们对看着。他抱着我的身体。他问我为什么要来。我说我应该来,我说这就好比是我应尽的责任。这是我第一次这样说话。我告诉他我有两个哥哥。我说我们没有钱。什么都没有。他认识我的大哥,他在当地鸦片烟馆遇到过他。我说我这个哥哥偷我母亲钱,偷了钱去吸鸦片,他还偷仆人的,我说烟馆老板的时找上门来向我母亲讨债。我还把修海堤的事讲给他听。我说我母亲快要死了,时间不会拖得很久。我说我母亲很快就要死了,也许和我今天发生的事有关联。

我觉得我又想要他。

他很可怜我,我对他说:不必,我没有什么好可怜的,除了我的母亲,谁也不值得可怜。他对我说:是因为我有钱,你才来的。我说我想要他,他的钱我也想要,我说当初我看到他,他正坐在他那辆汽车上,本来就是有钱的,那时候我就想要他,我说,如果不是这样,我也不可能知道我究竟该怎么办。他说:我真想把你带走,和你一起走。我说我母亲没有因痛苦而死去,我是不能离开她的。他说一定是他的运气太坏了,不能和我在一起,不过,钱他会给我的,叫我不要着急。他又躺下来。我们再一次沉默了。

城里的喧闹声很重,记得那就像一部电影音响放得过大,震耳欲聋。我清楚地记得,房间里光线很暗,我们都没有说话,房间四周被城市那种持续不断的噪声包围着,城市如同一列火车,这个房间就像是在火车上。窗上都没有嵌玻璃,只有窗帘和百叶窗。在窗帘上可以看到外面太阳下人行道上走过的错综人影。过往行人熙熙攘攘。人影规则地被百叶窗横条木划成一条条的。木拖鞋声一下下敲得你头痛,声音刺耳,中国话说起来像是在吼叫,总让我想到沙漠上说的语言，一种难以想象的奇异的语言。

外面，白日已尽。从外面的种种声响，行人越来越多，越来越杂沓，可以听得出来。这是一个寻欢作乐的城市，入夜以后，更要趋向高潮。现在，夕阳西下，黑夜已经开始了。

这床与寻城市，只隔着这透光的百叶窗，这布窗帘。没有什么坚固的物质材料把我们同他人隔开。他们不知道我们的存在。我们，我们可以察觉他们的什么东西，他们发出的声音，全部声响，全部活动，就像一声汽笛长鸣，声嘶力竭的悲哀的喧嚣，但是没有回应。

房间里有焦糖的气味侵入，还有炒花生的香味，中国菜汤的气味，烤肉香味，各种绿草的气息，茉莉的芳香，飞尘的气息，乳香的气息，烧炭发出的气味，这里炭火是装在篮子里的，炭火装在篮中沿街叫卖，所以城市的气味就是从莽、森林中偏僻村庄发出的气息。

恍惚之间，我看见他身上穿着一件黑色浴衣。他坐在那里，在喝威士忌，抽烟。

他告诉我：我刚才睡着了，他洗了一个澡。我刚才只是恍惚觉得有些睡意。他在矮矮的小桌上点起了一盏灯。

我突然转念在思忖这个人，他有他的习惯，相对来说，他大概经常到这个房间来，这个人大概和女人做爱不在少数，他这个人又总是胆小害怕，他大概用多和女人做爱的办法来制服恐惧。我告诉他我认为他有许多女人，我喜欢我有这样的想法，混在这些女人中间不分彼此，我喜欢我有这样的想法。我们互相对着看。我刚刚说的话，他理解，他心里明白。相互对视的目光这时发生了质变，猛可之间，变成虚伪的了，最后转向恶，归于死亡。

我叫他过来，我说，他必须再抱我。他移身过来。英国烟的气味很好闻，贵重原料发出的芳香，有蜜的味道，他的皮肤透出丝绸的气息，带柞丝绸的果香味，黄金的气味。他是诱人的。我把我对他的这种欲望告诉他。他对我说再等一等。他只是说着话。他说从渡河开始，他就明白了，他知道我得到第一个情人后一定会是这样，他说我爱的是爱情，他说他早就知道，至于他，他说我把他骗了，所以像我这种人，随便遇到怎样一个男人我都是要骗的。他说，他本人就是这种不幸的证明。我对他说，他对我讲的这一切真叫我高兴。他变得十分粗鲁，他怀着绝望的心情，扑到我身上，咬我的胸，咬我不成形的孩子那样的乳房，他叫着，骂着。强烈的快乐使我闭上了眼睛。我想：他的脾气本是如此，在生活中他就是这样做的，也是这样爱的，如此而已。他那一双手，出色极了，真是内行极了。我真是太幸运了，很明显，那就好比是一种技艺，他的确有那种技艺，该怎么做，怎么说，他不自知，但行之无误，十分准确。他把我当作妓女，下流货，他说我是他唯一的爱，他当然应该那么说，就让他那么说吧。他怎么说，就让他照他所说的去做，就让肉体按照他的意愿那样去做，去寻求，去找，去拿，去取，很好，都好，没有多余的渣滓，一切渣滓都经过重新包装，一切都随着急水湍流裹挟而去，一切都在欲望的威力下被冲决。

城市的声音近在咫尺，是这样近，在百叶窗木条上的摩擦声都听得清。声音听起来就仿佛是他们从房间里穿行过去似的。我在这声音、声音流动之中爱抚着他的肉体。大海汇集成为无限，远远退去，又急急卷回，如此往复而已。

……

关于那件事他们是讳莫如深不再提起了。既然已经到了这种地步，娶她的事也就不再试图在他父亲面前旧事重提。这位父亲怎么一点也不可怜他的儿子。他对什么人都不存什么怜悯之心。在所有本地区操纵商界的中国移民当中，这个住在镶有蓝色琉璃砖平台的中国商人，是最为可怕、最为富有的一个，他的财产不限于沙沥一地，并且扩展到堤岸，堤岸本是法属印度支那的中国都城。堤岸那个男人,他心里明白:他父亲做出的决定和他作为儿子做出的决定是二而一,他们的决心是不可挽回的。最低限度他已经开始懂得他和她分手任她走掉是他们这段故事的佳兆。他知道女方不属具备婚嫁必要条件那一类人,从任何婚姻她都可以得到补偿,他知道必须抛开她,忘掉她,把她还给白人,还给她的兄弟。

自从他为她那副身躯发疯入迷以来,这个少女对于占有他、对于他的瘦弱,已不再感到难以忍受,奇怪的是她的母亲也不像她在此之前感到有那种不安,似乎她也觉得他那身躯差强人意,勉强可取,换一个也差不了多少。至于他,作为堤岸的一个情人,他认为这个小小的白种女人在成长中受到极为强烈的炎热气候的损害。他自己,他也是在这种炎热气候中出生、长大的。在这一点上,他觉得他们同病相怜好像是血亲一族。他说在这里——在这个难以忍受的纬度上度过的岁月已经使她变成印度支那地方的少女了。他说她有同印度支那少女一样柔美纤巧的双腕、同她们一样浓密的长发,也许可以说这长发为她们汲取到全部力量,也使她的头发长长的同她们的长发一样,尤其是皮肤,全身肌肤因有雨水滋润而细美,在这里蓄下的天落水是用来给女人和小孩沐浴的。他说法国女人和她们相比,皮肤是生在僵硬的身体上的,是粗糙的。他还说热带地区食物贫乏,无非鱼与鲜果,不过对于肌肤细美也有一些作用。还有,棉布和丝绸用来做成衣服,衣服一向是宽舒的,不贴在身上,身躯自由轻适,就像赤身不曾穿衣一样。

堤岸的情人,对这个正当青春期的小小白种女人一厢情愿甚至为之入迷。他每天夜晚从她那里得到的欢乐要他拿出他的时间、他的生命相抵。他几乎没有什么话可以对她说了。也许他认为他讲给她听的有关她的事、有关他不理解、不能也不知怎么说的爱,她根本就不可能理解。也许他发觉他们从来就不曾有过真正的交谈,除非夜晚在那个房间里哭泣呼叫之中曾经相呼相应。是的,我相信他并不知道,他发现他是不知道。

他注目看着她。他闭上眼依然还在看着她。他呼吸着她的面容。他呼吸着眼前的一个孩子,他两眼闭着呼吸着她的呼吸,吸取她身上发出的热气。这身体的界限渐渐越来越分辨不清了,这身体和别的人体不同,它不是限定的,它没有止境,它还在这个房间里不断扩大,它没有固定的形态,时时都在形成之中,也不仅仅在他所见的地点存在,同时也存在于别的地方,它展现在目力所及之外,向着运动,向着死延伸而去,它是柔韧多变的,它在欢乐中启动,整体随之而去,就像是一个大人,到了成年,没有恶念,但具有一种令人恐惧的智能。

我注意看他把我怎样,他以我为用,我从来没有想到竟可以这样做,他的所为已经超出我的希求,却又与我的身体固有的使命相吻合。这样,我就变成了他的孩子。对于我,他也变成了另一种物。在他本人之外,我开始认识他的皮肤、他的性器官,有着无可言状的温柔甘美。另一个男人的阴影应该也在这个房间里出现,这是一个年轻的谋杀犯的阴影,但是我还不认识他,在我眼中,还有待于显现。一个年轻的猎手的阴影大概也从这房间里走过,但这个幻影,是的,我认识他,他有时也在欢乐中出现,关于他,我对他说过,对堤岸的这个男人,我的情人,我对他说过,我对他讲过他的身体,他的性器官,也讲过那不可言喻的温柔,也讲过在森林和有黑豹出没的河口地带河流上他是何等到勇猛。一切都在迎合他的欲望,让他把我捕捉而去,让他要我。我变成了他的孩子。每天夜晚,他和他的孩子都在做爱。有时,他害怕,突然,他担心她的健康,他发现她会死去,会失去她;这样的意念在他心中闪过。突然间他又希望,她真是那样柔弱,因此,有时,他还是怕,非常害怕。她的这种头痛病也使他害怕,头痛发作,她变得面无人色,僵死在那里,眼上敷着浸水的布巾。还有这种厌恶情绪，甚至厌恶生命，厌恶感一出现，她就想到她的母亲，她无端哭叫，想到不能改变世事，不能让母亲生前得到快乐，不能把害母亲的人都杀死，因为忿恨而哭泣。他的脸紧偎着她的面颊，吸取她的泪水，把她紧紧抱住，疯狂地贪求她的泪、她的愤怒。

他抱着她就像抱着他的孩子一样。也许他真是在抱着他的孩子。他戏弄他的孩子的身体，他把它放转来，让它覆盖在自己的脸上、口唇上、眼睛上。当他开始这样做的时候，她继续追随他所采取的方向，听之任之。是她，突然之间，是她要求他，她并没有说什么，他大声叫她不要说话，他吼叫着说他不想要她了，不要和她在一起。又一次碰僵了。他们彼此封锁起来，沉陷在恐惧之中，随后，恐惧消散，他们在泪水、失望、幸福中屈服于恐惧。

……

她不知道白人少女去后有多久，他遵照父命，与十年前家庭指定的少女成婚，这位少女在结婚的时候当然也是珠翠满头金玉满身。这个中国女人也来自北方，是抚顺城里人，是由家族陪伴前来成婚的。

他也许很长时间未能和她相处，大概也拖了很长时间不同意给予他财产继承人的地位。对于白人少女的记忆依然如故，床上横陈的身影依然在目。在他的欲念中她一定居于统治地位久久不变，情之所系，无边无际的温柔亲爱，肉欲可怕的阴暗深渊，仍然牵连未断。后来，这样的一天终于来到，事情终于也成为可能的了。对白人姑娘的爱欲既是如此，又是这样难以自持，以致如同在强烈的狂热之中终于重新获得她的整体形象，对她的欲念、对一个白人少女的爱欲也能潜入另一个女人，这样的一天终于来临了。他必是通过谎骗在这个女人身中又找到自身，并且通过谎骗完成家族、上天和北方的祖先所企求于他的一切，即承祧姓氏。

也许她已经知道白人少女的存在。她身边有一些沙沥当地人女仆，她们对那个故事了若指掌，肯定会讲出来的。她不会不知道她的痛苦。她们大概年纪相仿，都是十六岁。在那天夜里，她有没有看到她丈夫哭泣？看到了，有没有给他安慰？一个 16 岁的少女，一个 30 年代的中国未婚妻，她能不能安慰这类要她付出代价的通奸的痛苦而不觉有背于礼？有谁能知道？也许她受骗了，也许她也和他同哭共泣，无言可诉，度过了那未尽的一夜。哭过之后，爱情也就随之来临。

这个白人少女对这一件件一桩桩一无所知。

战后许多年过去了，经历几次结婚，生孩子，离婚，还要写书，这时他带着他的女人来到巴黎。他给她打来电话。是我。她一听那声音，就听出是他。他说：我仅仅想听听你的声音。她说：是我，你好。他是胆怯的，仍然和过去地样，胆小害怕。突然间，他的声音打颤了。听到这颤抖的声音，她猛然在那语音中听出那种中国口音。他知道她已经在写作，他曾经在西贡见到她的母亲，从她那里知道她在写作。对于小哥哥，既为他，也为她，他深感悲戚。后来他不知和她再说什么了。后来，他把这意思也对她讲了。他对她说，和过去一样，他依然爱她，他根本不能不爱她，他说他爱她将一直爱到他死。

（《情人》，王道乾译，上海译文出版社 2005 年版）

一个人的战争(节选)

林 白

林白(1958—),原名林白薇,广西北流县人,中国当代著名作家。1982年毕业于武汉大学图书馆学系,先后在图书馆、电影厂、新闻媒体等行业工作。19岁开始写诗。1983年开始发表小说,擅长描写女性身体欲望与感情憧憬,浓烈而阴郁,充满南国色彩。20世纪90年代以长篇自传体小说《一个人的战争》(1994)轰动文坛,被认为是中国"个人化写作"和"女性写作"的代表作家之一。有《林白文集》四卷,部分作品被译成英、德、日、韩等多种文字在国外发表出版。长篇小说《万物花开》入围第二届华语文学传媒大奖年度小说家奖,《妇女闲聊录》获得第三届华语文学传媒大学年度小说家奖。她的作品常用"回忆"的方式讲述绝对自我的故事,女性意识强烈;尤其善于捕捉女性内心复杂微妙的涌动,对女性个人体验进行极端化的描述。她的这种封闭的自我指涉的写作,特别是有些关于自恋、同性恋的描写也引起了不少争议。

来北京不到半年我就把N淡忘了,我本来坚信我会爱他一辈子的,我想我离开他他就会爱上我了,至少他会对我好一些,至少他有时会想到我,距离总会带来一些想念。我想我将给他打长途电话,在他生日的时候打到他家里,我当然还要给他写信,隔着这么远,他一定会给我回信的。我担心写到厂里会被别人发现,我走之前特意问清楚了他家的邮政编码,他把他姐姐的地址告诉了我,让我把信写到那里去,这个地址后来我基本上没有用。

这么快就把N忘了使我感到吃惊,我真正体会到了爱情的脆弱多变,我曾经坚信,我是可以为N去死的。6月的时候N正在北京,我在N城听说那边常有流弹,我便一次次地想象N被流弹击中的情形,他在街头被子弹击中,修长的身体像在慢镜头中一样缓缓地倒下来,鲜红的血从他的胸口喷涌而出,天无限的蓝,太阳是黑的,我感到心如刀割,万念俱灰。我想在他的追悼会上我以什么身份出现呢,我穿什么衣服呢,我将穿一身白色连衣裙,或一身黑色连衣裙,同时我又想,如果他这次不死,如果他在冬天里出车祸死,我将穿黑色的毛衣和黑色的长筒靴子,我将在众人面前痛哭,我不可能止住我的哭声和眼泪,然后我将照顾他的母亲,听她讲他小时候的故事,这就是他死后我最大的精神食粮,我会告诉他母亲我曾经怀过他的一个孩子,为了他的事业我做出了巨大的牺牲。

我一次又一次地想象他的死,于是我的眼前再次出现了乌黑的枪口,我紧紧盯着这黑洞,我想只要有一颗子弹飞向他,我一定惊叫一声扑向前,用自己的身体挡住这颗子弹。我感到自己的胸口热乎乎的,鲜血从心上呼啦啦地流出来,然后倒在马路上,他将眼含热泪把我抱起来,我则在他怀里幸福地咽下最后一口气。

我心急如焚,连夜赶到市中心的邮局往那边挂长途电话,我要告诉他,我愿意为他挡子弹。电话终于接通的时候,他一点机会都不给我,他说他们都在守着电话机,他们没有粮了,让我跟厂长说说情况,他们要下馆子,我心急如焚,满腔的热情表达不出来,刚刚带着哭腔说完:你千万不能出什么事啊! 他就说:如果没有什么别的事,就先这样吧!

我在深夜里独自骑车回到厂里，一路上胸口满是被子弹击中的感觉，以及他抱着我的尸体从大街上走过的幻影。

我想我真是太可怕了，不到半年就淡忘了N，我到北京后只给N寄过一张明信片，我把明信片寄到厂里，我想厂里的人肯定都已经知道我跟他的事。明信片明明白白地写着一些平常的话，以保证我的自尊，我知道在这场恋爱中我为了爱情的确顾不上自尊了，这是爱情对我的伤害之一，我想我还是要往他的家里给他寄信的。

但我一直没有写，开始时我还给他寄过两次报纸，那上面有我的文章，很快我就懒得寄了。

这使我想到一个严重的问题，当初我是不是真正爱过？我爱的是不是他？我想我根本没有爱他，我爱的其实是自己的爱情，在长期平淡单调的生活中，我的爱情是一些来自自身的虚拟的火焰，我爱的正是这些火焰。

认识N的时候我30岁，这是一个充满焦灼的年龄。自25岁之后，我的焦虑逐年增加，生日使我绝望，使我黯然神伤。我想我都30岁了，我还没有疯狂地爱过一个男人，我真是白白地过了这30年啊！我在睡梦中看到自己的暮年骤然而至，我的头发脱落，牙齿松动，脸上布满皱纹，我的身上从未接受过爱情的抚摸，我皮肤中的水分一点点全都白白地流失了，我的周围空空荡荡，我像一个幽灵在生活着，我离人群越来越远，我对真实的人越来越不喜欢，我日益生活在文学和幻觉中，我吃得越来越少，我的体重越来越轻，我担心哪天一觉睡醒，我真的变成了一个幽灵，再也无法返回人间。

我离正常人类的康庄大道越来越远了，如果再往前走我就永远无法返回了。这个意识使我悚然心惊，我还没有生活过，我不愿意成为幽灵，我必得拯救我自己，因此我发誓我一定要疯狂地爱一次，我明白，如果再不爱一次我就来不及了。

在我29岁的时候，我想我一定要在30岁到来之前爱上一个人。但我远离人群，对真实的男人我一无所知，我像一切不谙世事的女中学生一样虚构了一个偶像，我虚构的偶像跟她们的毫无二致，当时正时兴高仓健，我就毫无创造性地爱上了高仓健，我爱他的身材高大，面容冷峻，我根本不知道，一个冷峻的男人对女人意味着怎样的灾难。

在我30岁生日到来之前的一段日子里，有一天，部主任打电话让我到厂里来一下，当时我还没搬到厂里住，一般只在周一到厂里开例会，平时没事不用上班，就待在家里写东西。那天不是星期一，主任说：有个本子，你来吧！我那天心情不错，自我感觉良好，略化了化妆，就披了一件式样古怪的短呢大衣出门了。短大衣做得像一件飞毡，颜色鲜艳，只有一个口袋和一个扣子，这件古怪的衣服为我增色不少，我又穿了一双高跟长筒皮靴，弥补了我个子方面的弱点，看起来大概也是小小的有些挺拔。正是冬天晴朗的下午，我一路顺风骑车到了厂里。上了楼，一眼就看到办公室里主任的对面坐着一位身材高大的青年男子，后来N告诉我，他的身高是1米83。事情总是这么奇怪，我自己身材矮小，却偏喜欢高大的男人，光一个身高就能征服我，我想我是多么的浅薄，多么的追逐时尚，多么的注重形式，难道形式比内容重要吗？

我第一眼看到了N的身高，第二眼看到了他的面容，第三眼看到了他的气质，他的五官长得跟高仓健一模一样，高鼻梁，脸上的皮肤较粗糙，显示出岁月沧桑的痕迹，他的气质深沉冷峻，简直比高仓健还高仓健。

我一眼就看中了他。看一眼我就知道我将发疯地爱上他。我看到他也看了我一眼，我明白无误地感觉到他看我一眼时眼睛一亮。我暗暗庆幸自己穿了这件毯式的短大衣，我想N虽然见过不少时髦的女演员，但他以为今天将要见到的肯定是一个又丑又土的女文人，他意外地发现这个女人的衣着是如此大胆和富有个性，这超出了N城的水平。在后来的日子里，N总是对我说：N城人全是农民。

我的衣服给了我极大的自信，我微笑起来，我想，那一刻一定是我最有光彩的时候。我听见主任说：我来介绍一下，这是N城的才女多米，这是我们最有潜力的青年导演N。

我们对望了一眼，几乎同时说：怎么同在一个厂子里，以前竟没有见过。似乎都有相见恨晚的意思。

我在心里说：让上帝保佑他没结婚，让上帝保佑他没有女朋友。很快我就知道了他正是既没有结婚也没有女朋友，而且不多不少正好大我4岁。我想这正是上帝送来给我的，我等了整整30年就是为了等他啊！我如同一个性能良好的自燃体，一点点阳光就使我奋不顾身地燃烧起来。我毫不矜持，不顾自尊，一无策略地爱了起来，刚刚交谈了两次就迫不及待地想把自己交给他。跟他交谈的内容使我喜出望外，他读的书竟正是我读的书，这使我对他大大地产生了好感。那时我刚刚从北京组稿回来，买了一批新书，我以为N城不会有人有的，他却说他有，我马上就觉得他跟我是同一类人，是N城的精英分子，我想我终于找到一个知音了，我想他是在N城唯一能跟我交谈的人，而这个人像高仓健，这是多么难能可贵。我像一切幼稚的女中学生一样通过交换书名人名来谈恋爱，他说现在的国产片是如何糟糕，国内演员的素质是如何低，观众的趣味又是如何俗，他把我认为不错的国产片批判了一通，认为这是媚俗的问题，他说他独立拍的第一个片子拷贝为零，说他是为21世纪拍片的，现在的观众看不懂他。

我便对他五体投地。我那时坚信，拷贝为零的导演是世界上最伟大的导演。

他开始讲他的计划，他说他以后将辞职，带上16毫米的摄影机去流浪，随意拍摄自己真正想拍的东西。我说有流浪诗人和流浪画家，还没听说有流浪导演的。我说我要写一个长篇，写你的流浪与电影界的精神窒息。他却又说要放弃电影，改写小说，一开头就写他辞职，然后给所有跟他有过交往的女人拍电报，说永别了，我已消失。

我忽然难过起来，想哭，我的脑子里汹涌而出的是臆想的大批女人，我想她们到底是些什么样的女人呢？

他问：你怎么了？

我勉强笑了一下，却马上就哭了。

他说：你又笑又哭，疯了。

我不说话。他说：我是注定一个人流浪的。

第二天他又来了，他带来了音带，斯特拉文斯基的《火鸟》，还有《查拉图斯拉如是说》。我告诉他我也要当导演，我要去考电影学院，我说一个女人到了30岁才打算当导演，这是长篇的第二副线。他说：你想当导演？是想把男人抓在手里吗？

他第一次来的时候带了葡萄，第二次来就给我带书，他送给我刘晓波的《选择的批判》，这是那年最畅销的书，青年知识界人手一册，N城一时脱销，他说他多买了一本，随后他还送过我《菊与刀》、索尔·贝娄的《洪堡的礼物》、伍尔芙的《到灯塔去》、萨特的《理智之年》、索尔仁尼琴的《悲怆的灵魂》。我之所以把这些书名罗列在这里，是因为它们全都消失在N城了，我说过的那场大火把它们烧毁了，冥冥中保佑我的神灵让我不再看见它们，让我从此平安度日。

他还应我的请求带来了他小时候的照片。我常常凝望他的那张百日婴儿照，幻想着能生一个跟那一模一样的孩子。

我无穷无尽地爱他，盼望他每天都来，来了就盼望他不要走，希望他要我。其实我跟他做爱从未达到过高潮，从未有过快感，有时甚至还会有一种生理上的难受。但我想他是男的，男的是一定要要的，我应该做出贡献。只要他有几天不来我就觉得活不下去，就想到自杀。我想哪怕他是个骗子，毫无真才实学，哪怕他曾经杀人放火强奸，我都会爱他。我想，如果他真的去流浪，我就养着他。

我总是等他，我不知道他什么时候来。就是在这个时候我抽烟抽上瘾，我的大部分钱都用来买烟了。我总是买摩尔烟，他不喜欢女人抽劣等烟。

偶尔有一两次，我跟他谈到结婚的事情，我太想跟他结婚了，他说结婚只是一个形式，我说我非常想要这个形式。他说：他不是一个适合结婚的人，他是独身主义者，他将永远不结婚。这使我失望极了，我的眼泪夺眶而出。他说握握手吧，我知道他这是安慰我，我把手伸给他，他握了一下，说你的手心全是汗。

我希望能发生奇迹，能够改变他的想法。我想通过婚姻把他捆在我的身边，只有婚姻才能做到这一点。当然两个相爱很深也可以不结婚，但他并不太爱我，何况爱情是很靠不住的，就连波伏娃与萨特，到了晚年两人也分开了。

没有永恒，甚至也没有一个时段，只有瞬间。一切都在流动，从一个瞬间到另一个瞬间。

所以在他看来，结婚是愚蠢的。

但我无法离开他。我觉得他的一切都无比神奇，他可以连续 24 小时不吃饭，只喝咖啡，我便认定他是一个超人，他那么高，我也觉得是一个奇迹，他身上的皮肤非常光滑，像女人的一样，白而细腻，他的腰出奇地细，在侧卧的时候可爱地凹陷下去，他的肌肤有一种隐隐的体香，像少女一样发出香气，又具有男人独特的气味，他的体香是一种奇怪的混合，非常好闻，让人心醉。

我还要再次提到他手臂上的疤痕，那圆形的疤痕就像一只眼睛，从过去望到现在。他说曾经有一个女孩一定要跟他好，他不打算跟她好，她说他不跟她好她就要去死，他说你说我怎么办？又不能打她，他对她说：我不能为了你放弃我的自由，为了我去死不值得，世上的好男人多得很，你一转身就能碰到。女孩说她只爱他一个人，如果他不爱她，她一定去死。N说他被逼到这个地步，他只好把烟头按在自己的手臂上，烫得皮肤冒着烟。他对那女孩说：我烫伤了自己，虽然这伤不大，但这会留下一个疤，一辈子都去不掉，我今生今世记住你的情分，这总可以了吧。后来那女孩大哭一场，绝望而去。

我总是抚摸这个疤痕，只要我看见他，我就会想起他的疤痕。我在黑暗中能准确地找到它的位置，我用指尖抚摸它的边缘和中心以及它表面细小的网络，心里怀着隐隐的痛楚。这个疤痕就像一个深藏内容的永不眨眼的眼睛，在夜晚睁大着。我看到许多女人的面容像花一样从那里奔涌而出。我对他过去的女人一无所知，他曾经与之做爱的女人，他曾经拥吻过的女人，他曾经为之单相思的女人，我对她们一无所知，但她们像空气，无所不在。她们在空气中飘扬她们长长的睫毛，她们黑色的长发在风中飘荡，她们凝视我，她们在说，既然她们中间没有人得到他，那么你也不会得到他。

我从认识他开始，就等待着失去他，我知道，这一天迟早会到来，就像死亡。

在那些绝望的日子里，我仍然写我的小说。或者是他，或者是小说，二者必居其一。所以在他不来的日子里，我就拼命写作。那一段我一口气写了两个中篇，这是后来在提到我的小说时人家总要说到的两个作品。一位朋友曾经对我说，我与N的恋爱就像“文革”之于我们的国家，穿过苦难与炼狱，然后出现文学的繁荣。当时我常常一边抄稿一边哭。我对着镜子抄稿，我看见我的眼睛大而飘忽，像一瓣花瓣在夜晚的风中抽搐，眼泪滚落，像透明的羽毛一样轻盈，连一点重量都没有，这种轻盈给人一种快感，全身都轻，像一股气流把人托向高空，徐徐上升，全身的重量变成水滴，从两个幽黑的穴口飘洒而下，这就是哭泣，凡是在半夜里因为孤独而哭的女人都知道就是这样。

这种哭泣给人快感，比笑的快感更深刻。

就是在这个时期，我怀孕了。我去做了检查，确定之后我把结果告诉他。他第一句话就问：做手术很痛是吗？这话问得我全身冰凉。那几天他恰好外出了，他婴儿时期的照片被我扣住，我说我还要多看几天。我天天看他小时候的照片，我想我已经怀上跟他小时候一样的婴儿了，我对那个刚刚出现的肉虫子有了无限的感情，我想我要把这孩子生下来的，这是他的孩子啊！但是我听见他说：做手术很痛是吗？他又问：要不要打麻药？要多长的时间？要住院吗？最后他总结性地说：很烦人的，不好。我说应该烦的是我，是我在承受一切。他有所悟地问道：你想要啊？我说：我想要，我知道你是不想要的，让我承担一切好了，一概不要你管，我来生一个私生子，我自己把他养大。他毫无思想准备，一时说不出话来。他愁眉不展，只一味抽烟。我们僵持着谁都不说话。后来他说过几天他就要外出了，去半个月，要在这几天做出最后的决定。

这之后有两三天两人对坐着，反反复复说着一些同样的话。我要他表个态度，我说：你说怎么办？他说：我听天由命，你说怎么办就怎么办。我说：你逃避现实。他说：我承认。他说他是个厌世者，反正怎么样都没劲，没劲透了。他说过几天就要走，没时间耗下去了，让我赶快做出决定。于是我说：我决定要这孩子，一切都由我来承担，不用你付一分钱的抚养费。但有一点，我希望这孩子有一个正式的父亲，我不希望他受到歧视。

听完我的话他摔门就走了。

第二天一早他来，一进门就面无表情地说：星期一就去打结婚报告。他说打完报告就去浪迹天涯(很像电影里的话)，去做苦力，他将放弃电影，他已经解散他的摄制组了。

我第一个反应就是我将永远见不到他了。我对他的话信以为真，一时觉得天崩地裂，痛不欲生，我想假如此生我再也见不着他，一切还会有什么意义。我说你去流浪你会告诉我你去哪里吗？他说：不告诉。我说：那你留下几张你的照片，你从来没有给过我照片。他说：看这堆烂肉干什么，看那个孽种还不够啊！

世界末日了。我想。

星期一上午几点？说吧，照你的意思办。他说。

我说，让你放弃电影，我成了罪人了。

他说：你还患得患失，我现在考虑的是我母亲，我得瞒着她，直到她死。今年是她的本命年。

我的思路被他引导过来，一时竟觉得有些惭愧。他又说：女人都是从自己的利益考虑，包括撒切尔。你说你30岁了是你的最后一次机会了，你说精神和肉体都受到巨大损伤，那我放弃电影，这在精神上抵消了吧，我去做苦力，肉体也受苦。这下抵消了吧，你觉得平衡了吧。

我听得五内俱焚，大哭起来。我隐隐觉得，我可能要放弃我的想法了，但一想到要把跟自己血肉相连的孩子做掉，我就肝胆俱裂。看我哭得昏天黑地，他发急说：还要我怎么样？说吧，我去死行不行？我从楼上跳下去行不行？我不是人，我是猪，我是狗，行了吧！他边说边用头使劲撞墙，又到厨房大喝自来水。然后两人冷静下来，他又说：说吧，星期一上午几点？完了好各奔前程，你生你的孩子，我做我的苦力。但有一点需要事先说明，孩子我是不养的。

我的脑子一片混乱，我反复想：如果我要这个孩子，我将永远见不到他，见不到他我活着还有什么意义呢？这样的选择使我全身都在疼痛，根本无法权衡利弊做出冷静的决定，我只是想：我将见不到他了。

忽然我说出了一句令自己难以置信的话，我说那我不要孩子了，也不要结婚。他一提气，立马说：有这个可能吗？我说如果这样，你就要照顾我 15 天（我马上在心里想着这十五天是如何幸福的 15 天，他每天跟我在一起，这样的一闪念心境竟神奇地变好了）。他却不吱声。我说：我不要孩子，也不要你照顾，你是不是希望这样？

他说：你怎样自己照顾自己呢？

我说：这是另一个问题，你是不是希望这样？

随你怎么想。他说。

他大概认为这是一个圈套，我并不诚心诚意改变自己的主意。于是他重新把脸板起来，说：星期一几点？

我说既然你这么不情愿，就不去算了。

他说我不是跟你不情愿，跟谁都不情愿。所有的婚姻都不好，所有的孩子都不好。

我终于知道我应该做出怎样的选择了。我知道我只是为了爱情才做出这样的选择。

为了让他放心去拍电影，我一刻都没耽误，星期一就去做了手术，手术前我自己硬撑着去买了大米和挂面，准备做手术后的粮食，这些本该由他去做的，但我没去麻烦他。我让他陪我到医院去，坐在手术室门外的椅子上等我，我想这是他起码要做的。但他在医院门口就溜走了。

手术后他也没有陪我，只是给我买了一盒人参蜂皇精，我说这东西吃了会上火的。他说中国人动不动就上火。饿惯了，没劲。

孩子没有了，他可以放心出去采景了，我说：这下你轻松了吧？他说：变态了。我说：这孩子只活了 49 天，是你杀了他。49，这是一个不吉利的数字，孩子阴魂未散，你要当心。他说：我会暴死的。我作恶多端。然后他就外出采景去了。

月子里我常常哭泣。我知道我做了一次很本质的选择，一个孩子确确实实是没有了。世界上的概念只有两个，存在与非存在。我想我永远都不会有孩子了，我失去了孩子同时也失去了他，我没有他的照片，没有信，一切就像一场幻觉，连做爱都是，因为这是无法证明的，除非留下孩子。哪怕是被人议论一下，流言蜚语，这也是一个痕迹，让别人知道我跟他的关系，就确定了这种关系的存在，几个人的记忆总是比一个人的记忆更为可靠。只是记忆中停留着无可挽回的失去的爱情。

在月子里我神情恍惚，我想因为我得不到他，所以觉得他是不真实的，我又想：他如果能为我所得他就不是他了，他敢于不为任何女人所得到是他最优秀的素质，正是因为这一点他才有了特殊的魅力。我爱他就想要得到他,正因为我得不到,所以才一定要得到,但他如果为人所得就将不是他了,我不需要一个不是他的男人。我宁愿他不是真实的,宁愿他只是一个幻影,他来自我的内心而不是我的身外,只有这样他才能为我所独有。女人就是女人,女人总是死死抓住男人,男人却想挣脱一个获得更多,越多越好。

男人和女人没有共同的目标。

……

多米是一个逃跑主义者。

一失败就要逃跑,她不如那些强悍的女人能跟她的对手一决雌雄,或者干出什么惊天动地杀人放火之类的事来。有一个日子,就是多米做人工流产的日子,她把这个日子牢记在心,在这个日子一周年的时候,多米在包里藏了一架相机去找 N,她跟 N 一起抽烟,喝了咖啡。然后她突然说:N 你听着,今天是我们的孩子死去一周年的日子,我要给他一点纪念。说着多米就迅速往包里掏东西。N 一时脸色煞白,他不由自主地往墙角退一步,他不知道眼前这个疯狂的女人将要拿出一枚炸弹还是一把匕首,他想今天必死无疑了。但是多米只是掏出了一台相机,她抓住时机拍了一个 N 的狼狈镜头,她说我无论如何要留下一个纪念,我不能什么都没有。她说着就哭了起来。N 这才松了一口气。

写到这里我大笑不已,那实在是一个滑稽的场面,不像现实生活,倒像一出拙劣而不真实的戏剧。

多米既不强悍同时也不精明,她不知道使出何种手段形成何种气氛才能对自己有利,她只好无法收拾地看着自己一败涂地。

她唯一的出路便只是逃跑。

逃跑的路途曲折遥远。

逃跑的路上孤独无助。

多米在她的童年时代就立下了壮志,她长大以后要到远方去,到北京去,这个念头一直沉落在最深的地方。现在一场大伤心,倒像撕裂了一个大口子,又像一道横空的闪电,把层层时空拨开,这个念头就像轻盈神奇的珍珠,一路浮着上来了,它闪着光,远远地照亮着多米要去的地方。在那些无限伤心的夜晚,多米想,原来我还要到北京去,我怎么就忘记了呢。

多米给自己找到了一个辉煌的逃离之地,这给了她极大的安慰。她就死里逃生,复苏了过来。

后来有一个老人收留了她。

这个老人就成了她的丈夫。

老人就像一堵墙,挡住了她所有的新朋旧友,使她孤立得只剩下自己的一个影子了。别人说多米为了达到自己的目的,嫁给了一个老头,出卖自己的爱情,这是多么可耻啊! 多米于是对这个社会上纯洁的人们抱了失望的态度。

多米她从此就脱胎换骨了。

旧的多米已经死去,她的激情和爱像远去的雷声永远沉落在地平线之下了,她被抽空的躯体骨瘦如柴地在北京的街头轻盈地游逛。她常常到地铁去,在多米的小说中,河流总是地狱的入口处,她想若要在一个庞大的城市寻找地狱的入口处,那一定就是地铁深处某个幽黑的洞口。我常常在地铁站看见她,她穿着一件宽大的黑色风衣,像幽灵一样徘徊在地铁入口处,她轻盈地悬浮在人群中,无论她是逆着人群还是擦肩而过,他人的行动总是妨碍不了她。

她的身上散发着寂静的气息，她的长发飘扬，翻卷着另一个世界的图案，就像她是一个已经逝去的灵魂。

这个念头使我悚然心惊。

有一天多米在地铁遇到梅琚，那个脾气古怪的独身女人，她邀请多米到她的家中去。

梅琚家中的镜子依然如故，仍是那样地布满了各个房间，面对任何方向都会看到自己。多米在这样的房间里心里觉得格外地安宁，一种多米熟悉的青黄色光从镜子的深处逶迤而来，她忽然想起了10年前漫游大西南时曾经进去的朱凉的房间。这使她心有所动，她想这种布满了青黄色光线的镜子房间也许正是一种特别的时光隧道，只要心念咒语，就能到达别的时光中。

但多米把朱凉当年教给她的咒语忘掉了。

她枯坐室内，唯一想做的事就是请梅琚替她剃头，她要求梅琚把她剃成谢妮德·奥康娜那样的秃头。奥康娜11岁的时候从家里出逃，13岁时因为偷钱被送到管教所并在那里呆了两年，她曾经是一个被社会所遗弃的人。

多米想：我跟她一样。

多米19岁时因为剽窃，30岁时因为嫁人，她也曾两次遭到社会的拒绝。

一个人的战争意味着一个巴掌自己拍自己，一面墙自己挡住自己，一朵花自己毁灭自己。一个人的战争意味着一个女人自己嫁给自己。

这个女人在镜子里看自己，既充满自恋的爱意，又怀有隐隐的自虐之心。任何一个自己嫁给自己的女人都十足地拥有不可调和的两面性，像一匹双头的怪兽。

冰凉的绸缎触摸着她灼热的皮肤，就像一个不可名状的硕大器官在她的全身往返。她觉得自己在水里游动，她的手在波浪形的身体上起伏，她体内深处的泉水源源不断地奔流，透明的液体渗透了她，她拼命挣扎，嘴唇半开着，发出致命的呻吟声。她的手寻找着，犹豫着固执地推进，终于到达那湿漉漉蓬乱的地方，她的中指触着了这杂乱中心的潮湿柔软的进口，她触电般地惊叫了一声，她自己把自己吞没了。她觉得自己变成了水，她的手变成了鱼。

（《一个人的战争》，春风文艺出版社2006年版）

【提示】

女性主义的新视角

1984年，玛格丽特·杜拉斯出版了为她赢得国际声誉的自传体小说《情人》。70岁的老人仍以充满激情和诗意的笔触，将那沉淀已久的情感闸门打开，讲述了发生在法属印度支那殖民地的一个抵死缠绵、生动、鲜活而又绝望、无力的刻骨铭心的爱情故事。一个年仅15岁的法国少女，在渡江时与一个年长她12岁的中国富家少爷邂逅，男人对她一见钟情，而15岁的少女早已习惯了男人贪婪的目光，一对孤独的异国男女疯狂地放任情欲像瀑布一样奔泻。她生活在一个支离破碎、怪异扭曲的家庭中，父亲早逝，体面的母亲被欺骗而绝望，恶魔般的大哥残暴丑陋，孱弱的二哥与少女相依为命，却屈服于淫威，逆来顺受；家人瞧不起少女的中国情人，甚至极力反对，但同时却无耻地利用少女的肉体作交易，维持一家人体面的生活，继而满足他们可悲的虚荣和自尊。少女与周围环境的格格不入，人与人之间的疏离和异化啄食着她的身心，使她对世界充满了不安全感和不信任感。在绝望和孤独中，少女除了自己挣扎的躯体外，一无所有，而萌生于躯体的欲望成为她追寻与反抗的原始动力。女主人公尽管尚未成年，但却特立独行，在与情人的交往中清醒而迷狂，在长达一年半的时间里，不断地幽会，尽情地满足情感和欲望的需要，在两性关系中从容不迫，占据主导地位。而作为情人的成人男子，则显得优柔寡断、懦弱自卑；15岁少女呈现出的男性一般的坚强和主动，弥补了女性的无力和被动。男女角色的倒置,女性在男女关系中的清醒、强势和自决,无疑颠覆了传统文学中的审美模式、价值观念和道德理念,解构了传统的男权中心主义。这样一部张扬女性主体意识性,探寻爱欲极致的小说,很快被译介到中国,加上电影《情人》的热播,让中国读者掀起了译介和阅读杜拉斯的热潮,直接催生了20世纪90年代女性自传体小说和"个人化写作"在中国蓬勃蔓延。

1994年,林白发表了在中国当代文坛具有革命意义的长篇女性自传体小说《一个人的战争》,以奇特的文本生成方式——回忆与想象、梦幻与潜意识构造出女性与自我、与男性、与文化、与社会之间的多重战争,特别是女性躯体与欲望的写作引起爆炸性的轰动和极具震撼力的效果。主人公多米的女性自我成长历程,展现了女人对性的另一种不为人知更不能为人所道的隐秘经验——从对性感及其性感区域的精确描摹,来阐述一个女性成长过程中的自我意识,为女性话语开辟了一个新的书写家园。回顾20世纪90年代的中国文坛,《一个人的战争》无疑是一个具有革命意义的女性文本。自此,个人化写作进入"私语"时代,"身体写作"一度成为女性写作的代名词。小说始自五六岁的女主人公多米抚摸自己,初识身体的欲望,并伴随着躯体的成长,不可自拔地沉迷于躯体的自恋之中;绝望而孤独的多米对异性之爱充满渴望,希冀爱情拯救迷失的自我,她为爱献身,几至歇斯底里,但却一再受挫,爱情的幻象最终破灭,多米选择了主动叛离,抹掉男权强加给她的痛苦记忆。多米发现身体才是女性唯一确切的真实,是爱欲的终极对应物,一个女人的成长,需要用身体作为赌注,因为身体是自我的、是唯一可靠的。

两篇小说都采用自叙传的手法,以相似的笔法和叙述方式勾勒出了女人在面临压力时独有的阴郁和挫折;两位女主人公都迷恋自己的身体,在生命本质上,都无拘无束地追随着自己的欲求,体验着对身体的自主把握。但鉴于中西社会文化的巨大差异,中国女性尽管已自觉地意识到要改变处境,但深受中国传统文化浸染,意识深处总不自觉地透出对自身女性身份的无奈。比如,在两性交往中,任性的多米缺乏"一种占统治地位的命运",她自恋性的独立,更像是表面化的,其实骨子里是渴望恋别人,始终有依附性,因此处处受伤,一次又一次地栽倒在"坏"男人那里也就在所难免了。而《情人》中的"我"却始终处于支配地位,可以冷冷地凝视对方,随心所欲地摆脱掉对方,在心理上牢牢地控制住对方,最终实现了自己的梦想。

(孙国亮)

思考题

1. 简述西方女性主义文学的发展历程及其对20世纪90年代以来中国女性自传体小说的"隐私热"的影响。

2. 试比较《情人》和《一个人的战争》中女主人公形象的异同。

3. 如何辩证地看待自叙小说的叙述手法以及作者与小说主人公的关系?

十四、等待戈多

贝克特

萨缪尔·贝克特(Samuel Beckett,1906—1989),原籍爱尔兰,长期居住在法国,是一位用法语和英语两种文字写作的剧作家、诗人、小说家。剧作《等待戈多》(1952)使他一举成名。贝克特的作品从一个侧面反映了战后西方社会的精神危机。他的剧作已被译成数十种语言,在不少国家的舞台上广为上演。1969年,贝克特"因为他那具有新奇形式的小说和戏剧作品,使现代人从贫困境地中得到振奋"而荣获诺贝尔文学奖。

第一幕

[乡间的一条路。一棵树。]

[黄昏。]

[爱斯特拉冈坐在一个低低的土墩上,想脱掉靴子。他用两手使劲拉着,直喘气。他停止拉靴子,显出精疲力竭的样子,歇了会儿,又开始拉靴子。]

[如前。]

[弗拉季米尔上。]

爱斯特拉冈　(又一次泄了气)毫无办法。

弗拉季米尔　(叉开两腿,迈着僵硬的、小小的步子前进)我开始拿定主意。我这一辈子老是拿不定主意,老是说,弗拉季米尔,要理智些,你还不曾什么都试过哩。于是我又继续奋斗。(他沉思起来,咀嚼着"奋斗"两字。向爱斯特拉冈)哦,你又来啦。

爱斯特拉冈　是吗?

弗拉季米尔　看见你回来我很高兴,我还以为你一去再也不回来啦。

爱斯特拉冈　我也一样。

弗拉季米尔　终于又在一块儿啦!我们应该好好庆祝一番。可是怎样庆祝呢?(他思索着)起来,让我拥抱你一下。

爱斯特拉冈　(没好气地)不,这会儿不成。

弗拉季米尔　(伤了自尊心,冷冷地)允不允许我问一下,大人阁下昨天晚上是在哪儿过夜的?

爱斯特拉冈　在一条沟里。

弗拉季米尔　(羡慕地)一条沟里!哪儿?

爱斯特拉冈　(未做手势)那边。

弗拉季米尔　他们没揍你?

爱斯特拉冈　揍我？他们当然揍了我。

弗拉季米尔　还是同一帮人？

爱斯特拉冈　同一帮人？我不知道。

弗拉季米尔　我只要一想起……这么些年来……要不是有我照顾……你会在什么地方……？（果断地）在这会儿，你早就成一堆枯骨啦，毫无疑问。

爱斯特拉冈　那又怎么样呢？

弗拉季米尔　光一个人，是怎么也受不了的。（略停。兴高采烈地）另一方面，这会儿泄气也不管用了，这是我要说的。我们早想到这一点就好了，在世界还年轻的时候，在九十年代。

爱斯特拉冈　啊，别啰嗦啦，帮我把这混账玩艺儿脱了吧。

弗拉季米尔　手拉着手从巴黎塔[①]顶上跳下来，这是首先该做的。那时候我们还很体面。现在已经太晚啦。他们甚至不会放我们上去哩。（爱斯特拉冈使劲拉着靴子）你在干吗？

爱斯特拉冈　脱靴子。你难道从来没脱过靴子？

弗拉季米尔　靴子每天都要脱，难道还要我来告诉你？你干吗不好好听我说话？

爱斯特拉冈　（无力地）帮帮我！

弗拉季米尔　你脚疼？

爱斯特拉冈　脚疼！他还要知道我是不是脚疼！

弗拉季米尔　（忿怒地）好像只有你一个人受痛苦。我不是人。我倒是想听听你要是受了我那样的痛苦，将会说些什么。

爱斯特拉冈　你也脚疼？

弗拉季米尔　脚疼！他还要知道我是不是脚疼！（弯腰）从来不忽略生活中的小事。

爱斯特拉冈　你期望什么？你总是等到最后一分钟的。

弗拉季米尔　（若有所思地）最后一分钟……（他沉吟片刻）希望迟迟不来，苦死了等的人。这句话是谁说的？

爱斯特拉冈　你干吗不帮帮我？

弗拉季米尔　有时候，我照样会心血来潮。跟着我浑身就会有异样的感觉。（他脱下帽子，向帽内窥视，在帽内摸索，抖了抖帽子，重新把帽子戴上）我怎么说好呢？又是宽心，又是……（他搜索枯肠找词儿）……寒心。（加重语气）寒——心。（他又脱下帽子，向帽内窥视）奇怪。（他敲了敲帽顶，像是要敲掉沾在帽上的什么东西似的，再一次向帽内窥视）毫无办法。

　　[爱斯特拉冈使尽平生之力，终于把一只靴子脱下。他往靴内瞧了瞧，伸进手去摸了摸，把靴子口朝下倒了倒，往地上望了望，看看有没有什么东西从靴里掉出来，但什么也没看见，又往靴内摸了摸，两眼出神地朝前面瞪着。]

呃？

爱斯特拉冈　什么也没有。

弗拉季米尔　给我看。

爱斯特拉冈　没什么可给你看的。

弗拉季米尔　再穿上去试试。

爱斯特拉冈　(把他的脚察看一番)我要让它通通风。

弗拉季米尔　你就是这样一个人,脚出了毛病,反倒责怪靴子。(他又脱下帽子,往帽内瞧了瞧,伸手进去摸了摸,在帽顶上敲了敲,往帽里吹了吹,重新把帽子戴上)这件事越来越叫人寒心。(沉默。弗拉季米尔在沉思,爱斯特拉冈在揉脚趾)两个贼有一个得了救。(略停)是个合理的比率。(略停)戈戈。

爱斯特拉冈　什么事?

弗拉季米尔　我们要是忏悔一下呢?

爱斯特拉冈　忏悔什么?

弗拉季米尔　哦……(他想了想)咱们用不着细说。

爱斯特拉冈　忏悔我们的出世?

[弗拉季米尔纵声大笑,突然止住笑,用一只手按住肚子,脸都变了样儿。]

弗拉季米尔　连笑都不敢笑了。

爱斯特拉冈　真是极大的痛苦。

弗拉季米尔　只能微笑。(他突然咧着嘴嘻笑起来,不断地嘻笑,又突然停止)不是一码子事。毫无办法。(略停)戈戈。

爱斯特拉冈　(没好气地)怎么啦?

弗拉季米尔　你读过《圣经》没有?

爱斯特拉冈　《圣经》……(他想了想)我想必看过一两眼。

弗拉季米尔　你还记得《福音书》吗?

爱斯特拉冈　我只记得圣地的地图。都是彩色图。非常好看。死海是青灰色的。我一看到那图,心里就直痒痒。这是咱俩该去的地方,我老这么说,这是咱们该去度蜜月的地方。咱们可以游泳。咱们可以得到幸福。

弗拉季米尔　你真该当诗人的。

爱斯特拉冈　我当过诗人。(指了指身上的破衣服)这还不明显?(沉默)

弗拉季米尔　刚才我说到哪儿……你的脚怎样了?

爱斯特拉冈　看得出有点儿肿。

弗拉季米尔　对了,那两个贼。你还记得那故事吗?

爱斯特拉冈　不记得了。

弗拉季米尔　要我讲给你听吗?

爱斯特拉冈　不要。

弗拉季米尔　可以消磨时间。(略停)故事讲的是两个贼,跟我们的救世主同时被钉死在十字架上。有一个贼——

爱斯特拉冈　我们的什么?

弗拉季米尔　我们的救世主。两个贼。有一个贼据说得救了,另外一个……(他搜索枯肠,寻找与"得救"相反的词汇)……万劫不复。

爱斯特拉冈　得救,从什么地方救出来?

弗拉季米尔　地狱。

爱斯特拉冈　我走啦。(他没有动)

弗拉季米尔　然而……(略停)……怎么——我希望我的话并不叫你腻烦——怎么在四个写

福音的使徒里面只有一个谈到有个贼得救呢？四个使徒都在场——或者说在附近，可是只有一个使徒谈到有个贼得了救。(略停)喂，戈戈，你能不能回答我一声，哪怕是偶尔一次？

爱斯特拉冈　(过分地热情)我觉得你讲的故事真是有趣极了。

弗拉季米尔　四个里面只有一个。其他三个里面，有两个压根儿没提起什么贼，第三个却说那两个贼都骂了他。

爱斯特拉冈　谁？

弗拉季米尔　什么？

爱斯特拉冈　你讲的都是些什么？(略停)骂了谁？

弗拉季米尔　救世主。

爱斯特拉冈　为什么？

弗拉季米尔　因为他不肯救他们。

爱斯特拉冈　救他们出地狱？

弗拉季米尔　傻瓜！救他们的命。

爱斯特拉冈　我还以为你刚才说的是救他们出地狱哩。

弗拉季米尔　救他们的命，救他们的命。

爱斯特拉冈　嗯，后来呢？

弗拉季米尔　后来，这两个贼准是永坠地狱、万劫不复啦。

爱斯特拉冈　那还用说？

弗拉季米尔　可是另外的一个使徒说有一个得了救。

爱斯特拉冈　嗯？他们的意见并不一致，这就是问题的症结所在。

弗拉季米尔　可是四个使徒全在场。他们当中只有一个谈到有个贼得了救。为什么要相信他的话，而不相信其他三个？

爱斯特拉冈　谁相信他的话？

弗拉季米尔　每一个人。他们就知道这一本《圣经》。

爱斯特拉冈　人们都是没知识的混蛋，像猴儿一样见什么学什么。

[他痛苦地站起身来，一瘸一拐地走向台的极左边，停住脚步，把一只手遮在眼睛上朝远处眺望，随后转身走向台的极右边，朝远处眺望。弗拉季米尔瞅着他的一举一动，随后过去捡起靴子，朝靴内窥视，急急地把靴子扔在地上。]

弗拉季米尔　呸！(他吐了口唾沫)

[爱斯特拉冈走到台中，停住脚步，背朝观众。]

爱斯特拉冈　美丽的地方。(他转身走到台前方，停住脚步，脸朝观众)妙极了的景色。(他转向弗拉季米尔)咱们走吧。

弗拉季米尔　咱们不能。

爱斯特拉冈　干吗不能？

弗拉季米尔　咱们在等待戈多。

爱斯特拉冈　啊！(略停)你肯定是这儿吗？

弗拉季米尔　什么？

爱斯特拉冈　我们等的地方。

弗拉季米尔　他说在树旁边。(他们望着树)你还看见别的树吗?
爱斯特拉冈　这是什么树?
弗拉季米尔　我不知道。一棵柳树。
爱斯特拉冈　树叶呢?
弗拉季米尔　准是棵枯树。
爱斯特拉冈　看不见垂枝。
弗拉季米尔　或许还不到季节。
爱斯特拉冈　看上去简直像灌木。
弗拉季米尔　像丛林。
爱斯特拉冈　像灌木。
弗拉季米尔　像——。你这话是什么意思?暗示咱们走错地方了?
爱斯特拉冈　他应该到这儿啦。
弗拉季米尔　他并没说定他准来。
爱斯特拉冈　万一他不来呢?
弗拉季米尔　咱们明天再来。
爱斯特拉冈　然后,后天再来。
弗拉季米尔　可能。
爱斯特拉冈　老这样下去。
弗拉季米尔　问题是——
爱斯特拉冈　直等到他来为止。
弗拉季米尔　你说话真是不留情。
爱斯特拉冈　咱们昨天也来过了。
弗拉季米尔　不,你弄错了。
爱斯特拉冈　咱们昨天干什么啦?
弗拉季米尔　咱们昨天干什么啦?
爱斯特拉冈　对了。
弗拉季米尔　怎么……(忿怒地)只要有你在场,就什么也肯定不了。
爱斯特拉冈　照我看来,咱们昨天来过这儿
弗拉季米尔　(举目四望)你认得出这地方?
爱斯特拉冈　我并没这么说。
弗拉季米尔　嗯?
爱斯特拉冈　认不认得出没什么关系。
弗拉季米尔　完全一样……那树……(转向观众)……那沼地。
爱斯特拉冈　你肯定是在今天晚上?
弗拉季米尔　什么?
爱斯特拉冈　是在今天晚上等他?
弗拉季米尔　他说是星期六。(略停)我想。
爱斯特拉冈　你想。
弗拉季米尔　我准记下了笔记。

[他在自己的衣袋里摸索着,拿出各式各样的废物。

爱斯特拉冈　(十分凶狠地)可是哪一个星期六?还有,今天是不是星期六?今天难道不可能是星期天!(略停)或者星期一?(略停)或者星期五?

弗拉季米尔　(拼命往四周围张望,仿佛景色上写有日期似的)那决不可能。

爱斯特拉冈　或者星期四?

弗拉季米尔　咱们怎么办呢?

爱斯特拉冈　要是他昨天来了,没在这儿找到咱们,那么你可以肯定他今天决不会再来了。

弗拉季米尔　可是你说我们昨天来过这儿。

爱斯特拉冈　我也许弄错了。(略停)咱们暂时别说话,成不成?

弗拉季米尔　(无力地)好吧。(爱斯特拉冈坐到土墩上。弗拉季米尔激动地来回踱着,不时煞住脚步往远处眺望。爱斯特拉冈睡着了。弗拉季米尔在爱斯特拉冈面前停住脚步)戈戈!……戈戈!……戈戈?

[爱斯特拉冈一下子惊醒过来。]

爱斯特拉冈　(惊恐地意识到自己的处境)我睡着啦!(责备地)你为什么老是不肯让我睡一会儿?

弗拉季米尔　我觉得孤独。

爱斯特拉冈　我做了个梦。

弗托季米尔　别告诉我!

爱斯特拉冈　我梦见——

弗拉季米尔　别告诉我!

爱斯特拉冈　(向宇宙做了个手势)有了这一个,你就感到满足了?(沉默)你太不够朋友了,狄狄。我个人的噩梦如果不能告诉你,叫我告诉谁去?

弗拉季米尔　让它们作为你个人的东西保留着吧。你知道我听了受不了。

爱斯特拉冈　(冷冷地)有时候我心里想,咱俩是不是还是分手比较好。

弗拉季米尔　你走不远的。

爱斯特拉冈　那太糟糕啦,实在太糟糕啦。(略停)你说呢,狄狄,是不是实在太糟糕啦?(略停)当你想到路上的景色是多么美丽。(略停)还有路上的行人是多么善良。(略停。甜言蜜语地哄)你说是不是,狄狄?

弗拉季米尔　你要冷静些。

爱斯特拉冈　(淫荡地)冷静……冷静……所有的上等人都说要镇静。(略停)你知道英国人在妓院里的故事吗?

弗拉季米尔　知道。

爱斯特拉冈　讲给我听。

弗拉季米尔　啊,别说啦!

爱斯特拉冈　有个英国人多喝了点儿酒,走进一家妓院。鸨母问他要漂亮的、黑皮肤的还是红头发的。你说下去吧。

弗拉季米尔　别说啦!

[弗拉季米尔急下。爱斯特拉冈站起来跟着他走到舞台尽头。爱斯特拉冈做着手势,仿佛作为观众在给一个拳击家打气似的。弗拉季米尔上,他从爱斯特

拉冈旁边擦身而过，低着头穿过舞台。爱斯特拉冈朝他迈了一步，煞住脚步。]

爱斯特拉冈　(温柔地)你是要跟我说话吗？(沉默。爱斯特拉冈往前迈了一步)你有话要跟我说吗？(沉默。他又往前迈了一步)狄狄……

弗拉季米尔　(并不转身)我没有什么话要跟你说。

爱斯特拉冈　(迈了一步)你生气了？(沉默。迈了一步)原谅我。(沉默。迈了一步。爱斯特拉冈把他的一只手搭在弗拉季米尔的肩上)来吧，狄狄。(沉默)把你的手给我。(弗拉季米尔转过身来)拥抱我！(弗拉季米尔软下心来。他们俩拥抱。爱斯特拉冈缩回身去)你一股大蒜臭！

弗拉季米尔　它对腰子有好处。(沉默。爱斯特拉冈注视着那棵树)咱们这会儿干什么呢？

爱斯特拉冈　咱们等着。

弗拉季米尔　不错，可是咱们等着的时候干什么呢？

爱斯特拉冈　咱们上吊试试怎么样？

[弗拉季米尔向爱斯特拉冈耳语。爱斯特拉冈大为兴奋。]

弗拉季米尔　跟着就有那么多好处。掉下来以后，底下还会长曼陀罗花。这就是你拔花的时候听到吱吱声音的原因。你难道不知道？

爱斯特拉冈　咱们马上就上吊吧。

弗拉季米尔　在树枝上？(他们向那棵树走去)我信不过它。

爱斯特拉冈　咱们试试总是可以的。

弗拉季米尔　你就试吧。

爱斯特拉冈　你先来。

弗拉季米尔　不，不，你先来。

爱斯特拉冈　干吗要我先来？

弗拉季米尔　你比我轻。

爱斯特拉冈　正因为如此！

弗拉季米尔　我不明白。

爱斯特拉冈　用你的脑子，成不成？

[弗拉季米尔用脑子。]

弗拉季米尔　(最后)我想不出来。

爱斯特拉冈　是这么回事。(他想了想)树枝……树枝……(忿怒地)用你的头脑，成不成？

弗拉季米尔　你是我的唯一希望了。

爱斯特拉冈　(吃力地)戈戈轻——树枝不断——戈戈死了。狄狄重——树枝断了——狄狄孤单单的一个人。可是——

弗拉季米尔　我没想到这一点。

爱斯特拉冈　要是它吊得死你，也就吊得死我。

弗拉季米尔　可是我真的比你重吗？

爱斯特拉冈　是你亲口告诉我的。我不知道。反正机会均等。或者差不多均等。

弗拉季米尔　嗯？咱们干什么呢？

爱斯特拉冈　咱们什么也别干。这样比较安全。

弗拉季米尔　咱们先等一下，看看他说些什么。

爱斯特拉冈　谁?
弗拉季米尔　戈多。
爱斯特拉冈　好主意。
弗拉季米尔　咱们先等一下,让咱们完全弄清楚咱们的处境后再说。
爱斯特拉冈　要不然,最好还是趁热打铁。
弗拉季米尔　我真想听听他会提供些什么。我们听了以后,可以答应或者拒绝。
爱斯特拉冈　咱们到底要求他给咱们做些什么?
弗拉季米尔　你当时难道没在场?
爱斯特拉冈　我大概没好好听。
弗拉季米尔　哦……没提出什么明确的要求。
爱斯特拉冈　可以说是一种祈祷。
弗拉季米尔　一点不错。
爱斯特拉冈　一种泛泛的乞求。
弗拉季米尔　完全正确。
爱斯特拉冈　他怎么回答的呢?
弗拉季米尔　说他瞧着办。
爱斯特拉冈　说他不能事先答应。
弗拉季米尔　说他得考虑一下。
爱斯特拉冈　在他家中安静的环境里。
弗拉季米尔　跟他家里的人商量一下。
爱斯特拉冈　他的朋友们。
弗拉季米尔　他的代理人们。
爱斯特拉冈　他的通讯员们。
弗拉季米尔　他的书。
爱斯特拉冈　他的银行存折。
弗拉季米尔　然后才能打定主意。
爱斯特拉冈　这是很自然的事。
弗拉季米尔　是吗?
爱斯特拉冈　我想是的。
弗拉季米尔　我也这么想。(沉默)
爱斯特拉冈　(焦急地)可是咱们呢?
弗拉季米尔　你说的什么?
爱斯特拉冈　我说,可是咱们呢?
弗拉季米尔　我不懂。
爱斯特拉冈　咱们的立场呢?
弗拉季米尔　立场?
爱斯特拉冈　别忙。
弗拉季米尔　立场?咱们趴在地上。
爱斯特拉冈　到了这么糟糕的地步?

弗拉季米尔　大人阁下想要知道有什么特权？

爱斯特拉冈　难道咱们什么权利也没有了？

[弗拉季米尔大笑，像先前一样突然抑制住，改为咧着嘴嘻笑。]

（《等待戈多》，施成荣译，《荒诞派戏剧集》，上海译文出版社 1980 年版）

【注释】

① 指巴黎的埃菲尔铁塔，高 300 米。

爸　爸　爸（节选）

韩少功

韩少功（1953—　），当代著名作家。1985 年发表《文学的根》一文，提倡文学应植根于民族传统文化的土壤，在文艺界引起了广泛的讨论，同年发表中篇小说《爸爸爸》，亦引起一定反响。有小说集《月兰》《飞过蓝天》《诱惑》等，作品多取材于知识青年生活和农村生活，以思想蕴涵的丰富性与深刻性独树一帜。

……

连连失利，连连赔头，大家慌了，就乱想了。有个后生突然想起了一些古怪的事。他说那天要杀丙崽祭谷神，突然天降霹雳。后来宰牛占卜胜败，不灵；丙崽咒了句"×妈妈"，像是给了个坏兆头，却灵验了……这不十分可疑吗？

这一想，大家都觉得丙崽神秘，你看他只会说"爸爸"和"×妈妈"两句话，莫非就是阴阳二卦？

大家决定打一打这个活卦。于是连忙拆了张门板，把丙崽抬到祠堂前。

"丙相公。"

"丙大爷。"

"丙仙。"

汉子们伏拜在他面前，紧紧盯住他，一双双眼球顶得额头上皱纹叠着皱纹。

丙崽刚坐过门板，很快活，脸上笑得皱纹舒展，把停下来的门板踩了好半天，发现它不再动了，便翻了个白眼。

实在不好理解。

是不是他要吃了才显灵呢？有人给他弄来了一块粽粑，又使他兴奋起来。他掰了一块，没抓稳，掉了，其实就掉在他右脚边，但他眼睛和脑袋转起来都不灵活，轮着眼皮居然左边望了一下。这样吃下去，吃一半掉了一半，每掉一块，照例去找，照例找错了方向，发现了前几次掉的，捡起来就往嘴里塞。

他拍拍巴掌，听见了麻雀叫，仰头轮了个方向不够准确的白眼。最后，手指定了一个方向,咕哝一句:“爸爸。”

“胜卦!”

汉子们欢呼着一跃而起。不过,丙崽的手指是什么意思呢?顺着他指的方向看去,那是祠堂一个尖尖的檐角,向上弯弯地翘起。瓦上生了几根青草,檐板已经腐朽苍黑,像一只伤痕累累的老凤,拖着长长的大翼,凝望着天空。檐下有麻雀叽叽喳喳地叫。

“渠是指麻雀。”

“不,是指屋檐。”

“檐和言同音,怕是要言和?”

“絮聒!檐和炎同音,双火为炎,是要用火攻。”

争了半天,最后还是服从有“话份”的。于是用火攻,又打了一仗。混战回来点人头,发现又少了几颗。

寨子里的狗,已经习惯牛角声了,一听到呜呜地吹起来,须毛就蓬勃地张扬竖立,纷纷挤出门缝,跳越石墙,身体拉成一条线,向号声射去,满怀希望地尾随着人影。坡上,路口,圳沟里,都可能出现尸体。它们撕咬着,咀嚼着,咬得骨头咯咯咯地脆响。一只只已经吃得肥大起来,眼睛都发红,在茅草中窜来窜去时,只见草动,动成一线,像条条草龙。龙头所到之处,都有血迹,还有丝丝块块,被它们叼得满处都是。有时你去灶房,无意中搬开一捆柴禾,也许会突然发现柴弯里滚出一只陌生的手或脚来。

它们对人突然变得十分有兴趣了。有一群人在议事,或者有两个人吵架,都会引来狗。它们大大方方地露出尖牙,长长的舌头活泼得像一条飘带,一片水波,等待着什么结果发生。据说竹义家的阿公有次在树下打瞌睡,被狗误认成尸体,大咬了一口。

丙崽把一包屎拉在椅子上了。

丙崽娘照例唤狗来舔:“呵哩——呵哩——呵哩——”

狗来了,嗅一嗅屎又走了。似乎对屎尿已丧失了热情。它们来,是因为听到召唤,来敷衍一下,在主人面前不显得过分的趾高气昂,富贵不忘旧情。

于是寨子里屎多了,苍蝇多了,臭起来。

丙崽娘遇到竹义家的媳妇,缩缩鼻子,“你身上怎么有股臭味?”

竹义家的瞪大眼:“怪事!是你身上臭。”

两人嗅了一阵,发现手是臭的,袖口是臭的,连棰棒和竹篮也有股怪味,这才恍然大悟。原来空气早就臭了。只说这些天,没人去出猪牛粪,地坪里一片片黑糊糊的,空气能不臭么?

丙崽娘的娘家那边是颇讲究清洁利索的,因此她一直有些与众不同的习惯。她带上草把和茶枯,把丙崽拉脏了的裤子和椅子,拿到溪边去擦洗,洗了两遍,还没有除掉臭味。她喘着气,翻着白眼,感到气虚。虽然以前吃过不少胞衣,可现在腹中的米粮实在太少了。猛地站起来,两眼一黑便歪歪地倒下去。

不知道是怎样爬回来的。没有被狗分了吃,就是万幸。她望着蚊帐上一片密密麻麻的苍蝇,伤心地嚎哭了一场:“吾那娘老子哎,你做的好事呀!你疼大姐,疼二姐,疼三姐,就是不疼吾呀,马桶脚盆都没有哇……”

丙崽怯怯地看着她,试探地敲了一下小铜锣,似乎想使她高兴。

她望着儿子,手心朝上地推了两把鼻涕,慈祥地点头,“来,坐到娘面前来。”

“爸爸。”儿子稳稳地坐下了。

“对，你要去找你那个砍脑壳的鬼！”

她咬着牙关，两眼像两片孔雀毛，黑眼球往中间挤，眼球之外有一圈宽宽的白眼睑。当然是很可怕的，丙崽愣了。

“×妈妈。”他轻声试了一句。

“你要去找你爸爸，他叫德龙，淡眉毛，细脑壳，会唱些瘟歌。”

“×妈妈。”

“你记住，他兴许在辰州，兴许在岳州，有人视见过他的。”

“×妈妈。”

“你要告诉那个畜生，他害得吾娘崽好苦啊！你天天被人打，吾天天被人欺，大户人家的哪个愿意朝我们看一眼？要不是祠堂一份猫食，吾娘崽早就死了。其实死了还是福，比死还不如啊！你要一五一十都告诉那个畜生啊！”

“×妈妈。”

“你要杀了他！”

丙崽不吭声了，半边嘴唇跳了跳。

“吾晓得，你听懂了，听懂了的。你是娘的好崽。”丙崽娘笑了，眼中溢出了一滴清泪。

她挽着个菜篮子，一顿一顿地上山去了，再也没有回来。后来有各种传说，有的说她被蛇咬死了，有的说她被鸡尾寨的人杀了，还有的说她碰上岔路鬼，迷了路，摔到陡壁下去了……这些都无关紧要。尸身被狗吃了，却是可以基本肯定的。

丙崽一直等妈妈回来。太阳下山，石蛙呱呱地叫，门前小道上的脚步声也稀少了，还没有见到那张熟悉的面孔。好像有很多蚊子，咬得全身麻麻地直炸。小老头使劲地搔着，搔出了血，愤怒起来。他要报复那个人。走到家里去，把椅子推倒，把茶水泼在床上，又把柴灰灌到吊壶里。一块石头砸过去，铁锅也叭地一声裂开。他颠覆了一个世界。

一切都沉到黑暗中去了，屋外还是没有熟悉的脚步声。只有隔邻的那栋木屋里，传来麻脸裁缝断断续续的呻吟。

小老头在蚊虫的包围下睡了一觉，醒来后觉得肚子饿，踉踉跄跄地走。

月亮很圆，很白，浓浓的光雾，照得世界如同白昼，连对面山上每棵树，每一叶茅草，似乎也看得清楚。溪那边，哗哗响处有一片银光灼灼的流水，大块的银光中有几团黑影，像捅了几个洞，当然是雄踞溪水中的礁石。石蛙声已经消停了，大概它们也睡了。但远处不知什么地方有密集的狗吠，像发生了什么事。

丙崽含着指头，在鸡埘前坐了一阵，想了想，走出了寨子。

妈妈曾带他出去接生，也许妈妈现在在那些地方。他要去找。

他在月光下的山道上走着，在笼罩大地的云雾之上走着，走得很自由，上身微微前倾，膝弯处悠悠地一晃一晃，像随时可能折断。不知过了多久，不知走了多远，他踢到了一个棕笠，又踢到了一个藤编的盾牌，空落落地响。他吐噜了几声，撒了一泡尿，继续往前走。前面躺着一个人影，是女的，但丙崽从来没有见过。他摇了摇她的手，打她的耳光，扯她的头发，见她总是不能醒来。手触到了乳房，那肥大的东西似乎是可以吃的，小老头捧着它吸了几口，却没吸到任何东西，便扫兴地撒手了。但这个人的肢体很柔软，有弹性，小老头骑上腹去，仰了仰，压了压，瘦尖尖的屁股头感觉到十分舒服。

“爸爸。”他累了，靠着乳头，靠着这个很像妈妈的女人睡了。两人的脸都被月光照得如同白纸。还有耳环一闪。

那也是一个孩子的妈妈。

(《爸爸爸》,作家出版社 1996 年版)

【提示】

记忆的荒诞

《等待戈多》(1952)是萨缪尔·贝克特的代表作,也是 20 世纪荒诞派戏剧的重要作品。此剧面世以来争议颇多,如剧中戈多是谁,他代表什么,都没有明确说明,只有一些模糊的暗示,因而评论界看法不一。大致有以下解读:戈多(Godot)是由英语 God 演变而来,暗指上帝;戈多是巴尔扎克戏剧《自命不凡的人》中的神秘人物 Godeau;戈多就是剧中的波卓;戈多象征理想、幸福等。也许,"戈多"只是一个符号,它并不存在于等待者之外的某个地方,而存在于等待者的内心,是空虚心灵获取慰藉的某个外化物;它指称世界的不可知,寓意前途与命运的未知;它又是一个幻想的救星,答应要来却始终不来,或许它的本质就是"不来";它是人们追求又最后触摸不到的所在;它是饱受劫难的西方人的精神寄托;它是维系人们生存下去的希望……然而当它在无止境的延宕中无限期地缺席下去时,"等待"便毫无意义,等待的行为被抽空了具体的内容,演化为一种荒诞的人生情境,这大概就是现代人普遍的一种生存状态。

此剧以"反戏剧"的艺术手法再现了西方现代社会人们的心理真实:反情节,剧情简单重复,使人产生压抑的感觉;反人物,四个主要人物形象没有社会历史背景;反语言,大部分人物对白缺乏逻辑性;反时间,人物来自模糊过去,走向不确定未来,时间在剧中成为枯燥乏味的负担,观众也受其煎熬。

《爸爸爸》是韩少功寻根小说的代表作,虚构了一个鸡头寨的变迁故事。这是一个原始愚昧且时间陷于停滞的"化外之地",山民们麻木地生活,愚顽地按照成规思维与行动,一代代重复着人生悲剧。主人公丙崽,既长不大又死不了,总是穿着开裆裤、挂着鼻涕、翻着白眼,高兴就喊"爸爸爸",生气则骂"×妈妈",但受到了山民们的崇拜。这个"白痴"形象具有丰富的文化蕴涵,其身上集中体现了传统文化了无生机的"劣根性",以及非此即彼、二元对立的僵化思维方式,也寄托了作者对于传统文化的理性审视与尖锐批判。小说在艺术上模糊了历史时空,将人性抽象化,成为民族某种"现代寓言"的象征,并且借鉴西方现代小说创作技巧,运用荒诞、隐喻的手法,结合神话传说和民间故事,形成一种知性与魔幻交汇的色彩。

贝克特 1931 年在他的《普鲁斯特论》一文章中探讨的"自主记忆"和"非自主记忆",即记忆的偏理性还是偏感性的问题,"记忆"是他关注的一个重要问题。而在《等待戈多》,贝克特显然试图通达颠覆记忆来达到荒诞的戏剧效果。它打破古典戏剧按线性模式发展的成规,以时空的跳跃、闪回、断裂使得记忆的再现变得不可或缺,无论对剧情还是对观众都是如此;剧中人物的记性都很糟糕,他们既不能记住一秒钟之前对方的提问,也不能记住一些常识性问题,失忆剥夺了他们记忆的资格;作者用"重复"来建构记忆,实则质疑记忆原型存在可能性的切入点,重复的摹本于是自动取得了改写与创造记忆的能力;相互无关的意象与空洞的舞台表演,碎片式的叙事与流动的能指,都显示了一种"抽象的记忆姿态"。

《爸爸爸》以"文化寓言"的书写形式,仿佛意在揭示国人的文明危机与精神痛苦,又仿佛是在透视巫楚文化背景下一个种族的衰落。尽管可以沿着社会历史线索观察作品,然而小说文本呈现的时空坐标并不清晰,鸡头寨是一个封闭的空间,恰如一个舞台布景,里面的山民浑浑噩噩,日复一日过着同样的生活。丙崽生而无父却整日喊着"爸爸爸",他不但"失忆"而且"失语",鸡头寨与丙崽都指认着"记忆"的失效。在一场劫难过后,鸡头寨的"记忆"已经消失,只留下了丙崽这个"失忆"的符号。记忆的荒诞同时表现于两部作品中:贝克特模糊记忆原型与摹本的界限,粉碎了记忆动作发出者和动作之间的关系;韩少功则让记忆本源彻底毁灭,寻根本来正是一种寻找记忆的行为,质询这一行为的意义使得作品有了哲学意味。

(杨青泉)

思考题

1. 你是怎么看待文学中的荒诞的？这真实吗？作家们为什么要这样写？

2. 有人说,《爸爸爸》中存在一系列“荒诞却又真实的象征符号”,如何理解？

3. 请简要分析爱斯特拉冈、弗拉季米尔这两个人物。

4. 在《等待戈多》这出戏中,戈多虽是不出场的人物,但他是居首要地位的人物,等待戈多成为贯穿全剧的中心线索。所以评论家们对这个人物十分感兴趣,对他有过各种各样的解释。有人说,《等待戈多》的中心,不在于戈多这个人物,而在于“等待”。对此,你有何看法？

十五、沃　许

福克纳

威廉·福克纳(Willian Faulkner,1897—1962),美国小说家。出生于没落地主家庭,第一次世界大战时在加拿大空军中服役,战后曾在大学就读一年,1925年后专门从事创作。他被西方文学界视作"现代的经典作家"。共写了19部长篇小说和70多篇短篇小说。最著名的作品有《喧哗与骚动》(1929)、《我弥留之际》(1930)、《八月之光》(1932)、《押沙龙,押沙龙》(1936)和《斯诺普斯三部曲》(1940,1957,1959)。1949年,福克纳获诺贝尔文学奖。他的小说中的绝大多数故事发生在虚构的约克纳帕塔法县,被称为"约克纳帕塔法世系",实际上是一部多卷体的美国南方社会变迁的历史。

塞德潘站在草垫床的旁边,草垫上躺着母亲和孩子。穿过干缩了的墙板的隙缝,清晨的阳光投落下来,像是些铅笔画出来的长长的道子,被他叉开的双腿和手中的马鞭所隔断,横在这母亲的一动不动的形体上。她躺着,那双阴沉而不可测度的眼睛纹丝不动地朝上望着他,身边的孩子裹在一块虽然干净却有点发黑的布片里。在他们的后面,一个黑人老太婆蹲在简陋的壁炉旁,壁炉里奄奄一息的火在冒着烟。

"嗯,弥丽,"塞德潘说,"真可惜,你不是匹母马。不然的话,我就能分给你一间挺像样的马棚了。"

草垫上的姑娘还是没有动。她一直在毫无表情地朝上望着他,她那阴沉而不可测度的年轻的脸由于刚才的临产阵痛仍然没有血色。塞德潘动了动,把他那张60岁的男人的脸移进铅笔画出来似的一道道太阳光中。他平静地对蹲着的黑女人说:"格利塞达今天早上下驹子了。"

"公的还是母的?"黑女人问。

"公的。呱呱叫的小驹子……这个呢?"他用拿鞭子的手指指草垫。

"是个母的,我觉得。"

"哈,"塞德潘说,"一匹呱呱叫的小驹子。将来准跟61年[①]时候的老罗布·罗伊活脱脱一样,我那会儿骑着它北上,还记得吗?"

"记得,老爷。"

"哈,"他回头看看草垫。谁也说不上那女孩是不是还在望着他。他又用拿着鞭子的手指指草垫。"她们需要什么,尽量想办法。"他向外走去,经过摇摇欲坠的门口,走下台阶,进到茂密的野草中(就在这儿,沃许3个月以前向他借来割这些野草的大镰刀还靠着门廊的拐角在生锈)。就在这儿,他的马正等着他,就在这儿,沃许站着,手里握着缰绳。

当年塞德潘上校跨马离家去打那些北方佬的时候,沃许没有去。"我在照看上校的家,照看他的黑鬼们。"他总是这样告诉所有问起他的和并没有问起他的人——沃许是个干瘦的、有疟疾病根的人，浅色的眼睛总带着探询的意味，看样子大约35岁，虽然大家都知道他不仅有个女儿，还有一个8岁的外孙女。他这个答复是骗人的，绝大多数听见他这么说的人——那些留在本地的为数不多的从18岁到50岁之间的男人——都清楚，虽说有的人相信沃许自己真的相信这个说法，可是就连这些人也相信沃许总还有点脑子，不会把这个说法拿到塞德潘太太或者塞德潘的奴隶面前去试试。他们说，他之所以不这样做，是因为他还有点脑子，或者只不过是太懒，太窝囊，因为他明明知道自己和塞德潘种植园的唯一联系，仅仅在于许多年以前，塞德潘上校曾允许他住在自己的地界里，占用河谷沼泽地上的一间摇摇欲坠的棚屋，那是塞德潘单身的时候搭起来供钓鱼时住的。从那以后，由于荒废，已濒于坍塌，如今看上去恰似一头衰老的病兽，在它垂死的挣扎中怪吓人地趴在那里喝水。

塞德潘的奴隶们也听到了他这个说法。他们大笑起来。这可不是他们第一次笑他，在背后管他叫穷白鬼。他们于是当面来问他，他们在那条从沼泽地和老钓鱼营地往上走的刚可辨认的路上，成群结队地迎住他："你干吗没去打仗，白人？"

这种时候，他就会停止，环顾周围这一圈隐含着嘲弄的黑脸、白眼和白牙。"我得养活女儿，我得养家，"他说，"别挡我的路，黑鬼。"

"黑鬼？"他们学他，"黑鬼？"他们哄笑起来。"这是谁呀，管咱们叫黑鬼？"

"就是嘛，"他说，"我要是走了，我可没有黑鬼来侍候家里的人。"

"除了下边那个棚子，你也没有什么别的了呀，那种地方，上校说什么也不会让我们住的。"

他骂了起来；有时候，他会从地上抓起根棍子，向他们扑过去，这时候，他们便会在他的前面四散逃开，可是，却又总像还在用那黑色的哄笑围住他，嘲弄着，闪避着，让你摆脱不掉，弄得他又急又恼，气喘吁吁，简直毫无办法。有一回，这种情况就发生在那座大房子的后院里，那是在田纳西山里和维克斯伯格传来的坏消息，谢尔曼已经到过这个种植园，绝大多数黑人都跟着他走了以后的事了。几乎所有的东西都已经被联盟军拿光，塞德潘太太给沃许捎了个话，说是他可以到后院棚架那儿去收正在成熟的斯库培诺葡萄。这回难为他的是一个女仆，是留下没走的少数黑人当中的一个；这一次，她不得不一直退到厨房的台阶上才转过身来。"就在那儿站住，白人。就在你那儿站住。上校在家的时候，从来没让你上过这些台阶，现在也别上来。"

这倒是真的。不过，其中也有着一种骄傲的成分：他从没试过走进这所大房子，虽说他确信，只要他进去了，塞德潘就准会接待他、许可他的。"我可不能让黑鬼有机会对我说不许上这儿，不许上那儿的。"他心里想，"我甚至也不给上校机会，让他为了我去骂黑鬼。"就是因为这一点，他才没有进去，虽说偶尔在星期日，当房子里没有人给塞德潘做伴的时候，他们曾经一起度过了不止一个下午。也许他心里明白，这是因为塞德潘无事可做，而塞德潘又不是那种能够孤居独处的人。不过，事实终归是事实：他们两人总是一下午一下午待在那座葡萄棚下，塞德潘歪在吊床上，沃许背靠柱子坐着，两人中间放着一桶贮水槽里的水，在同一个罐子里一口一口地喝着。在平日，他总看见这个人的优美身姿，跨在那匹黑色种马的优美躯体上满种植园奔跑，这人和他几乎是同年同月同日生的，虽然两个人都没有意识到这一点，或许是因为沃许已经有了外孙女，而塞德潘的少爷则还是个在上学的青年。看着这人在马上的雄姿，沃许心中总是感到宁静而自豪。他常常想，在这个世界上，黑人本是《圣经》说的被上帝造出来承受天谴的,应分成为畜类和所有白人的奴仆,可是他们的境况却比他和他家的人都要好,连住的房子以致穿的衣服都比他强;在这个世界上,他总是感觉到被裹在黑色哄笑的嘲弄的回声里,这样的世界其实不过是一个梦,一个幻觉,真实的世界却是另外一个,横过它,沃许心中的偶像似乎正骑在那匹黑色纯种马背上飞驰,独来独往,他记得经书里说过,所有的男人都是按上帝的形象创造出来的,因此,至少在上帝眼里,所有男人的形象都是一样的;因此,他能够这样说,而且就好像是在说他自己:"一个优美而高傲的人,若是上帝亲自降临,骑着马在世上奔驰,他也会摆出这副样子来的。"

塞德潘 1865 年回来,骑着那匹黑色种马。他好像一下子老了 10 岁。在他妻子死去的那年冬天,独生子也在战争中被打死了,他带着李将军亲手颁发的英勇奖状,回到了一个被毁掉的种植园;在那里,这一年多来,他的女儿就部分地指靠着那个 15 年前被准许住进摇摇欲坠的钓鱼小屋的男人送来的一点可怜巴巴的东西过活,而他回来的时候,早把这人给忘了。沃许在那里迎接他,样子一点儿也没有变:还是那么干瘦,还是那样看不出年龄,浅色的眼睛探询地凝望着,神情有点缺乏自信,有一点点奴性,还有一点点亲热。"啊,上校,"沃许说,"他们杀了咱们的人,可并没把咱们打垮,对吧?"

这就是往后 5 年他们谈话的主调。现在他们是从一个石头罐子里喝劣等威士忌,地点也不在葡萄棚了,而是在塞德潘想方设法在大路旁边开设的小铺后面。这是一间有一格格货架的房子,沃许兼管收钱和看门,在这里,他把煤油、吃食、包装漂亮的陈年糖果和廉价的珠子缎带之类的东西卖给黑人和跟沃许一样的穷白人;这些人或者走着来,或者骑匹瘦骡子,为着一角两角小钱,跟这个曾经纵马飞奔(那匹黑色种马还活着,这宝贝住的棚子比它主人住的房子修得都要好),越过自己的良田沃野,一口气跑上十英里远,也曾经英勇地率领队伍去作战的人讨价还价,没完没了;一直到塞德潘发起火来,把所有的人都轰出去,关上门从里面锁好。之后,他和沃许就会到后面酒罐子那里去。不过,他们的谈话不再是平静的了,不像过去,塞德潘躺在吊床上,发表着目空一切的独白,沃许则靠着他的柱子蹲着,嘻嘻哈哈地笑个不停。现在他们全坐着,塞德潘坐唯一的那把椅子,沃许则随便找个箱子或小桶坐上,就连这样也只不过是一小会儿,因为很快塞德潘就会达到不甘失败却又无能为力因而怒气冲天的程度,他会站起身来,摇摇晃晃,东冲西撞,再一次宣布他要拿起手枪,跨上黑马,单枪匹马,直奔华盛顿,杀死林肯(这时已经死了),还有谢尔曼(这时已经解甲为民)。"杀死他们!"他会吼道,"跟打狗一样,枪毙他们,他们这群狗——"

"行啦,上校;行啦,上校,"沃许会说,一边抓住倒下去的塞德潘。接着他会截住一辆路过的大车,把塞德潘送回家去,遇到没有车的时候,他就走一英里多的路,到最近的人家借一辆回来。他现在进那大房子了。他已经这样干了很久,用一辆不论什么样子的借来的车送塞德潘回家,一面轻言细语,连哄带劝地弄着他往前走,就像塞德潘是一匹马,是一匹种马。那个女儿会迎过来,默默地给他们打开门。沃许便会带着这个负担走进曾经是白色的正门。这里的扇形窗上每一块玻璃都是从欧洲运来的,如今缺了一块玻璃的地方钉上了木板,他们走过厚绒已经磨光了的地毯,走上那道大楼梯(往昔的堂皇,如今只剩得两道淡去的油漆之间的一行露了白的木板,像个在消逝中的幻影),然后他们进了卧室。这时候该是黄昏了,他会把他的负担伸手伸脚地放到床上,给他脱掉衣服,然后,他总是静静地在旁边椅子上坐下。过一会儿,那个女儿会来到门口。"我们这会儿挺好啦,"他会告诉她,"您什么也不用操心,朱迪丝小姐。"

接着，天就会黑下来，再过一阵，他就会躺在床边的地板上，并不是要睡觉，因为再过一会儿——有的时候还到不了半夜——床上那人就会动弹，哼哼，接着会叫："沃许呢?"

"在这儿哪，上校。睡吧。咱们还没有垮，对吧? 您跟我还能干一气呢。"

甚至就在那时，他便已经看见了外孙女腰上扎着的缎带。她 15 岁，已经发育了，她那种人都是早熟的。他知道缎带是从哪儿来的；3 年来，他每天都看见它和这一类的东西，就算他在这东西的来历上撒谎也没有用，可她并不撒谎，一下子变得大胆、阴沉，样子吓人。"行啦，"他说，"要是上帝愿意把它给你，我倒希望你想着谢谢他。"

甚至当他看见了那件衣服，望着她那神秘、挑衅而又吓坏了的脸，听着她说那是上校的女儿朱迪丝小姐帮她做的，那时候，他的心也还是很平静。不过，当天下午店铺关门，他跟着来到后面向塞德潘走近时，神情却相当严肃。

"去拿罐子。"塞德潘吩咐。

"等等，"沃许说，"先不拿，稍等一下。"

塞德潘也没有否认那件衣服。"怎么啦?"他说。

可是沃许迎着他傲慢的目光；他说话很平静。"我认识您 20 年了。您叫我干什么，我还从来没有驳回过。我是个快 60 岁的人啦。她可才不过是个 15 岁的丫头。"

"您是说我会害一个丫头? 我，一个跟你一样老的人?"

"您要是别的人，我可以说您我一样老。不管老不老，我都不会让她从您手上收下那件衣服或者什么别的东西。可是，您不一样。"

"怎么不一样?"对此，沃许只用他那双冷静的浅色眼睛探询地看着他。"这么说，你就是因为这个怕我?"

现在，沃许的眼里没有了探询的意味，变得宁静而安详。"我并不怕。只因为您勇敢。倒不是说，您这辈子里哪个时候、哪一天是个勇敢的人，从李将军那里得了张文书来做证明。我是说，您的勇敢就跟您活着、跟您在呼吸一样。这就是不一样的地方。这用不着有什么人给了张什么票据我才知道。我也知道，不论您掌管、处置什么东西，不论是一团军人，还是一个不懂事的丫头，或者只是一条猎狗，您都会处理好的。"

这回是塞德潘把眼光转开了，转得又突然，又粗暴。"拿罐子去。"他厉声地说。

"是啦，上校。"

因此，在两年以后的这个星期日早晨，当他看见自己走了三英里路找来的黑人接生婆进了那扇摇摇欲坠的门，门的里面，他的外孙女正躺在那儿又哭又叫，这时候，他的心虽然关切，却依然是平静的。他知道人们一直在怎么说——这一带住在小房里的黑人和整天在店铺周围闲逛的白人都在静静地瞅着他们三个：塞德潘、他和他的外孙女，她在身子一天比一天明显了之后，带上了一种厚颜无耻却又畏缩而挑衅神气，他们就像三个演员，在舞台上来来去去。"我知道他们在叽咕些什么，"他想，"我几乎都能听见那些话。沃许·琼斯总算把老塞德潘弄住了。这花了他 20 年，可他总算办到了。"

过一会儿就会天亮，现在还没有。从房子里面，从翘曲的门框的那一面发出昏暗灯光的地方，外孙女的声音不断传来，像是受着一座钟的支配。这时候，他的思绪在缓慢而可怕地前行，茫然地摸索着，又不知怎的与奔马的蹄声交织在一起，直到在这奔跑之中，那骑在优美而高傲的种马身上的优美而高傲的男人的身姿突然飞奔向前；此时，他那茫然摸索着的思绪便也一泻而下,异常地清晰,它不是辩白,甚至也不是解释,而是有如圣物,孤芳独秀,可以理解,却不会被凡人的接触所亵渎:“他比所有那些杀死他的妻子、儿子,夺走他的黑奴,毁掉他的田地的北方佬还要伟大,比这个如此适合他的地方,这个逼得他只能开一爿乡村小店的鬼地方还要伟大;比这种逼迫,这种像《圣经》里讲的举到他口边的苦杯对他的逼迫还要伟大。我住得离他这么近,住了20年,怎么竟然一点也没有受到他的教导,被他所改变呢?可能我没有他那么伟大,可能我一次也没有骑马飞跑过。可是,至少我是被他拉着拽着的。我跟他还能够干一气,只要他愿意告诉我他想叫我干什么都成。”

这时候天亮了。突然之间他能够看见房子,看见那个黑女人在门里瞧着他。接着,他意识到外孙女的叫声停息了。“是个女孩儿,”黑女人说,“你要是愿意,可以去告诉他了。”她又走了进去。

“女孩儿,”他重复说,“一个女孩儿。”他感到惊奇,又听见奔马的蹄声,又看见那奔驰着的高傲身影。他似乎看见它疾驰而过,这神灵的化身,这记载着岁月、时间的累积的化身,正在奔上绝巘高峰,在它的头顶上面,军刀挥舞,一面枪弹洞穿的军旗猎猎迎风,衬着雷鸣般的硫磺颜色的天空,奔突而下,这时,沃许此生第一次想到,或许塞德潘真的是个和他一样的老人。“得了个女孩儿,”他惊奇地想;然后,他又带着孩子般的惊喜想道:“是啦,先生。不管怎么说,要不是命里注定我当太公,我就是条狗。”

他进了房子,笨手笨脚地踮起脚尖走着,好像他不再住在这里了,好像这个刚刚喘上气来的在晨光中啼哭的婴儿夺走了他的家,哪怕就是自己的亲骨肉,这也是可能的。可是,他往草垫俯下身去,也还是看不清楚,只能模糊地看见外孙女精疲力竭的脸。蹲在壁炉前的黑女人说话了:“要是你愿意,最好去告诉他。这会儿天亮了。”

其实并没有这个必要。他还没有转过门廊拐角——3个月以前借来清除现在脚底下野草的大镰刀就靠在这里——塞德潘自己就骑着那匹老种马来了。他没有去想塞德潘怎么得到的消息。他理所当然地认为,就是这件事使得那个人星期天这么早出门。塞德潘下马的时候,他站着,接过缰绳,干瘦的脸几乎因为一种傲人的胜利感而带上了如痴如呆的表情,他说:“是个女孩,上校。您要不是跟我一样老,我就是条狗——”一直说到塞德潘走过他的面前,进了屋子。他站在那里,手里握着缰绳,听见塞德潘在地板上走向草垫床。他听见了塞德潘说的那些话,身上好像有个什么东西一下子凝住了。

其时,太阳,密西西比这个纬度动作迅速的太阳,已经升起。他觉得仿佛站在一个生疏的天空之下,置身于一个生疏的场景之中。一切都只因为在梦中熟悉而熟悉,就像那种从未向上攀登过的人坠落下来的梦。“我以为我听见了那个话,不可能的。”他平静地想,“我知道,不可能的。”可是,那个声音,那个说了那种话的熟悉的声音还在往下说,这时正在对黑老太婆讲今天早晨的小驹子。“他早起为的是这个,”他想,“就是这么回事。并不是为我,为我的人,甚至也不是为他自己的人。”

塞德潘出来了。他下台阶走进草地,动作是那么沉重而从容不迫,那在他年轻时原是匆促而急迫的。他并没有正眼看沃许。他说:“狄茜留下来照看她。你最好……”接着他似乎看见沃许正面对着他,便停了下来。“怎么?”他说。

“您刚才说……”沃许听见自己的声音干巴巴,像鸭子叫,像聋子说话。“您刚才说,她要是匹母马,您就会分给他一间好马棚了。”

“怎么啦?”塞德潘说。他的眼睛睁大,又眯起,像人的拳头松开又攥紧,沃许开始向他走近,腰微微弯着。塞德潘一时惊愕得愣住了,看着这个20年来他只知道是非命令不动的人,这个他了解得并不比胯下的马更多的人。他的眼睛眯起,又睁大;他没有动,却似乎突然挺直了身子。"滚开,"他突然厉声喝道,"不准碰我。"

"我就是要碰碰您,上校。"沃许用那种平板、镇静、几乎是温和的声音说,还在向前走。

塞德潘抬起手,手里握着那根马鞭;黑老太婆从摇摇欲坠的门口向外瞧,畸形的黑脸像个衰败残缺的鬼怪。"滚开,沃许。"塞德潘说。接着,他动手了。黑老太婆一步蹿到草地上,像灵巧的山羊似的一溜烟地跑了。塞德潘又用鞭子抽到沃许脸上,把他抽得跪倒在地。当沃许爬起身来再往前走的时候,他的手里握着那把大镰刀,那是他3个月以前跟塞德潘借的,塞德潘再也用不着它了。

他再进屋的时候,外孙女在草垫上动了一下,恼怒地叫了声他的名字。"什么事呀?"她问。

"什么什么事呀,亲爱的?"

"外边那儿吵吵闹闹的。"

"什么事也没有。"他轻轻地说。他跪下,笨拙地摸了摸她滚烫的前额。"你要什么东西吗?"

"我要喝口水,"她抱怨地说,"我躺在这儿想喝口水,都好半天了。谁也不关心我,谁也不管我。"

"行啦,行啦。"沃许哄着他。他硬挺挺地站起身,拿来一舀子水,扶起她的头来喝,喝完又把她放下,看着她那石头一样绝对没有表情的脸朝孩子转过去。过了一小会儿,他看见她在默默地流泪。"好啦,好啦,"他说,"要是我,我就不哭。老狄茜说是个挺好的小丫头呢。现在都好啦。都过去啦。现在用不着哭啦。"

可她还在默默地流泪,他又几乎是阴沉地站起来,在草垫旁边不安地站了一会儿,心里想的,就和起先是他的妻子,而后轮到她的女儿这样躺着的时候他想的一样:"女人。我看真是个猜不透的谜。她们要孩子,可得了孩子,又要为这哭。我看真是个猜不透的谜。哪个男人也明白不了。"然后,他走开,把一张椅子拉到窗口,坐下。

整个上午,悠长,明亮,充满阳光,他都坐在窗口,在等着。时不时地,他站起来,踮起脚尖走到草垫那边去。他的外孙女现在睡着了,脸色阴沉,平静,疲倦,婴儿躺在她的臂弯里。之后,他回到椅子那儿再坐下,他等着,心里纳闷为什么他们耽误了这么久,后来他才想起这是星期天。下午过了一半,他正坐着,一个半大不小的白人男孩拐过屋角,碰上了死尸,抽了口冷气地喊了一声,他抬头看见了窗口的沃许,霎时间好像被催眠了似的,之后便转身逃开了。于是,沃许起身,又踮着脚来到草垫床前。

外孙女现在醒了,可能是不知不觉被那孩子的喊声吵醒了。"弥丽,"他说,"你饿吗?"她没回答,把脸扭开。他在壁炉里生上火,做起头一天带回家的肥脊肉和冷玉米面包来;又把水倒进破咖啡罐去煮。可是等他把盘子端去,她却不要吃,所以他就自己吃起来,静静地一个人吃。吃完了,盘子也不收,又回到了窗口。

现在,他好像意识到、感觉到那些男人了,他们该正带着马和枪还有狗在集合——那些古怪的、报复成性的人:跟塞德潘一类的人,在沃许还不能越过葡萄棚,到离房子更近的地方的那个时候,聚在塞德潘饭桌上的也就是这帮人——那些给年轻点的做出了怎样打仗的榜样的人们,他们或许也从将军们那里得到了签过字的纸片,说他们是第一流的英雄好汉;他们从前骑着骏马,傲慢而神气地跑过美好的种植园——是引起赞慕和希望的象征;也是造成悲恸和绝望的工具。

他们会以为他要逃跑,躲开他们这样的人。他却觉得逃去的地方也并不比他要逃开的更好。如果他跑,那不过只是从一群显得挺大的邪恶阴影跑向跟这一模一样的另外一群,因为他知道,普天之下,这种人都是一样的,而他也已经老了,太老了,就算要逃,也逃不远了。不论他怎么跑,跑上多远,也绝对躲不开他们:一个快60岁的人跑不了那么远。不可能远得越出这些人所居住的世界,这个由他们给生活立规矩定秩序的世界。经过这五年,他觉得自己第一次明白了,北方佬,或者任什么别的军队,怎么能够打垮他们——这些英俊、骄傲、勇敢的人们;从他们所有的人当中挑选出来的、公认为最优秀的、体现勇气、光荣和自豪的人们。也许,如果沃许曾经跟随他们上过战场,他可能会早一点把这些人看穿。不过,要是他早把这些人看穿了,从那以后他的日子可怎么过呢?靠回忆从前的生活来度过这5年,他可怎么受得了呢?

现在太阳快落了。小家伙刚才在哭;他走到草垫旁,看见外孙女在给孩子喂奶,脸色还是那么恍惚、阴沉,捉摸不透。"你饿吧?"他问。

"我什么也不想吃。"

"你该吃点东西。"

这次她索性不回答,低头看着孩子。他回到自己的椅子那儿,发现太阳已经落了,"不会再有多久了。"他想。他能感觉到他们现在相当近,那群古怪的、报复成性的人。他甚至都好像能听见他们在议论他什么,听见那种在眼前的暴怒底下的信念的潜流:老沃许·琼斯到底栽了。他自以为弄住了塞德潘,其实塞德潘把他耍了。他觉着自己在这事上弄住了上校,以为塞德潘只好娶那个丫头,要不就得给钱。可是上校不干。"可我从来就没有这么指望过呀,上校!"他喊了出来,被自己的声音惊醒,连忙回头,看见外孙女正盯着他。

"你在跟谁讲话呀?"她说。

"没有谁。我只是在想事,不知不觉说出来了。"

她的脸又开始看不清楚,变成了苍茫暮色中的一团阴沉、模糊的影子。"我想也是。我想你还得大点声嚷,他在那上边房子里才能听见。我还想,要叫他来这儿,你得做点什么,光嚷不行。"

"行啦,好啦,"他说,"别操心啦。"可是他的心里已经又在不由自主地接着往下想了:"您知道我绝对没有。您知道我从来就没指望过、从来就没请求过任何一个活着的人,除开您,您也清楚我指望您的是什么。我从来就没请求过。我觉得用不着。我说过,我用不着。怎么会用得着像沃许·琼斯这么个人去质问、去怀疑一个连李将军都在一张手写的纸片上说是勇敢的人呢?勇敢,"他想,"要是他们一个都没有在1865年骑着马回家来就好了。"他想,最好是他那种人和自己这种人都从来没有出气进气地在这个世界上活过。最好是自己这一类还活着的人都叫一阵大风从地面上刮走,总比让另外一个沃许·琼斯亲眼看着他的整个生命从自己身上硬撕下来,像扔到火上的干玉米皮一样卷巴卷巴地烧掉的好。

他停住了,一动不动。他听见了马蹄的声音,又突然,又清晰;现在,他看见了提灯,人影在晃动,枪筒在移动的灯光中闪闪发亮。他还是没有动。天黑下来了,他听着他们包围这所房子,一边说着话,碰得小树丛沙沙响。那提灯还在自行往前来;它的亮光落到野草中静静躺着的死尸上,停住不动了,这些马又高又大,暗影憧憧。一个男人下马,在灯光里向死尸弯下腰。这人手里握着一枝手枪；他直起身，对着房子。"琼斯。"他说。

"我在这儿，"沃许从窗口平静地说，"是您吗，少校？"

"出来。"

"是啦，"他平静地说，"我先安置一下我的外孙女。"

"我们会安置她的。出来。"

"是啦，少校。稍等一下。"

"点个亮。把灯点上。"

"是啦。稍等一下。"他们能听见他的声音退进屋里，可是看不见他，他快步走向烟囱的裂罅，在那里藏得有一把屠夫用的刀，由于它锋利得像把剃刀，便成了沃许在他那邋遢的生活和邋遢的房子里引为骄傲的东西。他走近草垫，听见外孙女的声音：

"谁呀？点上灯，外公。"

"用不着灯，亲爱的。用不了一分钟。"他说，跪着朝她的声音摸索，现在，他在悄悄地问："你在哪儿？"

"就在这儿，"她烦躁地说，"我能在哪儿？这是什……"他的手碰到了她的脸。"这是什……外公；外……"

"琼斯！"警察局长说，"从里边出来！"

"稍等一下，少校。"他说。现在他起来了，迅速地行动。摸着黑，他知道那桶煤油在哪儿，他也知道桶里是满满的，因为不过两天以前，他才在店里灌满，放在那里，一直到搭上车带回来，因为5加仑太重了。炉膛里还有煤；再说，这摇摇欲坠的房子本身就是跟火绒差不多：煤、壁炉，墙，轰然一声，爆炸了，成了一片单一的蓝色强光。衬着这蓝光，外面等着的人看见了他，在这个疯狂的瞬间，正高举着那把大镰刀，跃向他们，惊马打挺向后转去。他们勒住马，转回身面对强光，此时，火光鲜明地映出一个疯狂的黑影，这个干瘦的人影带着高举的大镰刀，仍然在奔向他们。

"琼斯！"警察局长喊道，"站住！站住，不然我开枪了。琼斯！琼斯！"可是那干瘦、狂怒的人在耀眼的强光和熊熊的烈火的映衬下，仍然在继续向前扑来。他高举镰刀，向他们，向那些圆睁的马的眼睛，向那些晃动的枪筒的闪光劈来，没有喊叫，没有声音。

（《沃许》，范与中译，《福克纳短篇小说集》，陶洁编，译林出版社2002年版）

【注释】

① 1861年，南北战争开始的年份。

许三观卖血记（节选）

余　华

余华（1960—　），当代小说家。浙江海盐人。父母都是牙医。1977年，余华高中毕业后待业，此后当了5年牙科医生,1984年他在《北京文艺》发表了第一篇小说《星星》。至今,他的有影响的长篇小说有《在细雨中呼喊》《活着》《许三观卖血记》《兄弟》,还有中篇小说集,随笔集《灵魂饭》等多部。其不少作品已被翻译成多国文字在国外出版。其中《活着》和《许三观卖血记》同时入选20世纪90年代中国最有影响的10部作品;《许三观卖血记》入选韩国《中央日报》评选的100部必读书。余华的文字自成一家,在简朴、细腻、敏锐、对比的描述中展现一种群体性的精神错乱;在苦难、生死、悲离、忏悔中为我们打开人性的窗门。他在比较短的时间里,以跳跃式的姿态达到了一个又一个的文学高度,构筑了自己独有的艺术世界。

到了晚上,许三观一家要去胜利饭店吃一顿好的。

许三观说:

"今天这日子,我们要把它当成春节来过。"

所以,他要许玉兰穿上精纺的线衣,再穿上卡其布的裤子,还有那条浅蓝底子深蓝碎花的棉袄,许玉兰听了许三观的话后,就穿上了它们;许三观还要她把纱巾围在脖子上,许玉兰就去把纱巾从箱子里找了出来;许三观让许玉兰再去洗一次脸,洗完脸以后,又要许玉兰在脸上擦一层香喷喷的雪花膏,许玉兰就擦上了香喷喷的雪花膏。当许三观要许玉兰走到街道拐角的地方,去王二胡子的小吃店给一乐买一个烤红薯时,许玉兰这次站着没有动,她说:

"我知道你心里在想什么,你不愿意带一乐去饭店吃一顿好吃的,你卖血来的钱不愿意花在一乐身上,就是因为一乐不是你儿子。一乐不是你儿子,你不带他去,我也不说了,谁也不愿意把钱花到外人身上,可是那个林大胖子不是你的女人,她没有给你生过儿子,也没有给你洗过衣服,做过饭,你把卖血挣来的钱花在她身上,你就愿意了。"

许玉兰不愿意让一乐只吃一个烤红薯,许三观只好自己去对一乐说话,他把一乐叫过来,脱下棉袄,露出左胳膊上的针眼给一乐看,问一乐:

"你知道这是什么吗?"

一乐说:"这地方出过血。"

许三观点点头说:"你说得对,这地方是被针扎过的,我今天去卖血了。我为什么要卖血呢?就是为了能让你们吃上一顿好吃的,我和你妈,还有二乐和三乐要去饭店吃面条,你呢,就拿着这5角钱去王二胡子的小店去买个烤红薯吃。"

一乐伸手接过许三观手里的5角钱,对许三观说:

"爹,我刚才听到你和妈说话了,你让我去吃五角钱的烤红薯,你们去吃1元7角钱的面条。爹,我知道我不是你的亲生儿子,二乐和三乐是你的亲生儿子,所以他们吃得比我好。爹,你能不能把我当一回亲生儿子,让我也去吃一碗面条?"

许三观摇摇头说:"一乐,平日里我一点也没有亏待你,二乐、三乐吃什么,你也能吃什么。今天这钱是我卖血挣来的,这钱来得不容易,这钱是我拿命去换来的,我卖了血让你去吃面条,就太便宜那个王八蛋何小勇了。"

一乐听了许三观的话,像是明白似的点了点头,他拿着许三观给他的5角钱走到了门口,他从门槛上跨出去以后,又回过头来问许三观:

"爹,如果我是你的亲生儿子,你就会带我去吃面条,是不是?"

许三观伸手指着一乐说:"如果你是我的亲生儿子,我最喜欢的就是你。"

一乐听了许三观的话,咧嘴笑了笑,然后他朝王二胡子开的小吃店走去。

……

他没有马上睡着，他的眼睛看着屋里的黑暗，听着许三观的鼾声在屋里滚动，他告诉自己：就是这个人，这个正在打呼噜的人，不让他去饭店吃面条，也是这个人，让他现在饿着肚子躺在床上，还是这个人，经常说他不是他的亲生儿子。最后，他对许三观的鼾声说：我不是你的亲生儿子，你也不是我的亲爹。

第二天早晨，一乐喝完玉米粥以后，就抬脚跨出了门槛。那时候许三观和许玉兰还在屋子里，二乐和三乐坐在门槛上，他们看着一乐的两条腿跨了出去，从他们的肩膀旁像是胳膊似的一挥就出去了，二乐看着一乐向前走去，头也不回，就对他叫道：

"一乐，你去哪里？"

一乐说："去找我爹。"

二乐听了他的回答以后，回头往屋里看了看，他看到许三观正伸着舌头在舔碗，他觉得很奇怪，接着他咯咯笑了起来，他对三乐说：

"爹明明在屋子里，一乐还到外面去找。"

三乐听了二乐的话，也跟着二乐一起咯咯笑了起来，三乐说：

"一乐没有看见爹。"

这天早晨一乐向何小勇家走去了，他要去找他的亲爹，他要告诉亲爹何小勇，他不再回到许三观家里去了，哪怕许三观天天带他去胜利饭店吃面条，他也不会回去了。他要在何小勇家住下来，他不再有两个弟弟了，而是有两个妹妹，一个叫何小英，一个叫何小红。他的名字也不叫许一乐了，应该叫何一乐。总而言之，从今往后他看到何小勇就要爹、爹、爹的一声声叫了。

一乐来到了何小勇家门口，就像他离开许三观家时，二乐和三乐坐在门槛上一样，他来到何小勇家时，何小英和何小红也坐在门槛上。两个女孩看到一乐走过来，都扭回头去看屋里了。一乐对他们说：

"你们的哥哥来啦。"

于是两个女孩又把头扭回来看他了，他看到何小勇在屋里，就向何小勇叫道：

"爹，我回来啦。"

何小勇从屋里出来，伸手指着一乐说："谁是你的爹？"

随后他的手往外一挥，说："走开。"

一乐站着没有动，他说："爹，我今天来和上次来不一样，上次是我妈要我来的，上次我还不愿意来。今天是我自己要来的，我妈不知道，许三观也不知道。爹，我今天来了就不回去了，爹，我就在你这里住下了。"

何小勇又说："谁是你的爹？"

一乐说："你就是我的爹。"

"放屁。"何小勇说，"你爹是许三观。"

"许三观不是我亲爹，你才是我的亲爹。"

何小勇告诉一乐："你要是再说我是你爹，我就要用脚踢你，用拳头揍你了。"

一乐摇摇头说："你不会的。"

何小勇的邻居们都站到了门口，有几个人走过来，走过来对何小勇说：

"何小勇，他是你的儿子也好，不是你的儿子也好，你都不能这样对待他。"

一乐对他们说："我是他的儿子。"

何小勇的女人出来了,指着一乐对他们说:

"又是那个许玉兰,那个骚女人让他来的。那个骚女人今天到东家去找个野男人,明天又到西家去找个野男人,生下了野种就要往别人家里推,要别人拿钱供她的野种吃,供她的野种穿。这年月谁家的日子都过不下去,我们一家人已经几天没吃什么东西了,一家人饿了一个多月了,肚皮上的皮都要和屁股上的皮贴到一起了……"

一乐一直看着何小勇的女人,等她把话说完了,他扭过头来对何小勇说:

"爹,你是我的亲爹,你带我到胜利饭店去吃一碗面条。"

"你们听到了吗?"

何小勇的女人对邻居们说:"他还想吃面条,我们一家人吃糠咽菜两个月了,他一来就要吃面条,还要去什么胜利饭店……"

一乐对何小勇说:"爹,我知道你现在没有钱,你去医院卖血吧,卖了血你就会有钱了,卖了血你带我去吃面条。"

"啊呀!"

何小勇的女人叫了起来,她说,"他还要何小勇去医院卖血,他是要我们何小勇的命啊,他想害死我们何小勇。何小勇你还不把他赶走。"

何小勇走过去对一乐说:"滚开。"

一乐没有动,他说:"爹,我不走。"

何小勇一把抓住一乐的衣服领子,将一乐提了起来,走了几步,何小勇提不动了,就把一乐放下,然后拖着一乐走。一乐的两只手使劲地拉住自己的衣领,半张着嘴呼哧呼哧地喘着气。何小勇拖着一乐走到巷子口才站住脚,把一乐推到路上,伸手指着一乐的鼻子说:

"你要是再来,我就宰了你。"

说完,何小勇转身就走。一乐贴着墙壁站在那里,看着何小勇走回到家里,他的身体才离开了墙壁,走到了大街上,站在那里左右看了一会儿以后,他低着头向西走去。

有几个认识许三观的人,看到一个十一二岁的孩子,低着头一路向西走去,他们看到这个孩子的眼泪不停地掉到了地上,有时掉在鞋上。他们想这是谁家的孩子,哭得这么伤心,走近了一看,认出来是许三观家的一乐。

最先是方铁匠,方铁匠说:

"一乐,一乐你为什么哭?"

一乐说:"许三观不是我的亲爹,何小勇也不是我的亲爹,我没有亲爹了,所以我就哭了。"

方铁匠说:"一乐你为什么要往西走?你的家在东边。"

一乐说:"我不回家了。"

方铁匠说:"一乐,你快回家去。"

一乐说:"方铁匠,你给我买一碗面条吃吧!我吃了你的面条,你就是我的亲爹。"

方铁匠说:"一乐,你在胡说些什么?我就是给你买十碗面条,我也做不了你的亲爹。"

然后是其他人,他们也对一乐说:

"你是许三观家的一乐,你为什么哭?你为什么一个人往西走?你的家在东边,你快回家吧。"

一乐说:"我不回家了,你们去对许三观说,说一乐不回家了。"

他们说："你不回家了，你要去哪里？"

一乐说："我不知道要去哪里，我只知道不回家了。"

一乐又说："你们谁去给我买一碗面条吃，我就做谁的亲生儿子，你们谁去买面条？"

他们去告诉许三观：

"许三观，你家的一乐呜呜哭着往西走了；许三观，你家的一乐不认你这个爹了；许三观，你家的一乐见人就张嘴要面条吃；许三观，你家的一乐说谁给他吃一碗面条，谁就是他的亲爹；许三观，你家的一乐到处要亲爹，就跟要饭似的，你还不知道，你还躺在藤榻里，你还架着腿，你快去把他找回来吧。"

许三观从藤榻里站起来说：

"这个小崽子是越来越笨了，他找亲爹不去找何小勇，倒去找别人：他找亲爹不到何小勇家里去找，倒是往西走，越走离他亲爹家越远。"

说完许三观重新躺到藤榻里，他们说："你怎么又躺下了，你快去把他找回来吧。"

许三观说："他要去找自己亲爹，我怎么可以去拦住他呢？"

他们听了许三观的话，觉得有道理，就不再说什么，一个一个离去了。后来，又来了另外几个人，他们对许三观说：

"许三观，你知道吗？今天早晨你家的一乐去找何小勇了，一乐去认亲爹了。一乐这孩子可怜，被何小勇的女人指着鼻子骂，还骂了你女人许玉兰，骂出来的话要有多难听就有多难听。一乐可怜，被那个何小勇从家门口一直拖到巷子口。"

许三观问他们："何小勇的女人骂我了没有？"

他们说："倒是没有骂你。"

许三观说："那我就不管这么多了。"

这一天过了中午以后，一乐还没有回来，许玉兰心里着急了，她对许三观说：

"看到过一乐的人，都说一乐向西走了，没有一个人说他向别处走。向西走，他会走到哪里去？他已经走到乡下了，他要是再向西走，他就会忘了回家的路，他才只有 11 岁。许三观，你快去把他找回来。"

许三观说："我不去。一乐这小崽子，我供他吃，供他穿，还供他念书，我对他有多好，可他这么对我，竟然背着我去找什么亲爹。那个王八蛋何小勇，对他又是骂又是打，还把他从家门口拖到巷子口，可他还要去认亲爹。我想明白了，不是自己亲生的儿子，是怎么养也养不亲。"

许玉兰就自己出门去找一乐，她对许三观说：

"你不是一乐的亲爹，我可是他的亲妈，我要去把他找回来。"

许玉兰一走就是半天，到了黄昏的时候，她回来了。她一进门就问许三观：

"一乐回来了没有？"

许三观说："没有，我一直在这里躺着，我的眼睛也一直看着这扇门，我只看见二乐和三乐进来出去，没看到一乐回来。"

许玉兰听后，眼泪掉了出来，她对许三观说：

"我一路往西走，一路问别人，他们都说看到一乐过去了。我出了城，再问别人，就没有人看到过一乐了。我在城外走了一阵，就看不到别人了，没有一个人可以打听，我都不知道该往哪里走。"

说着许玉兰一转身，又出门去找一乐了。许玉兰这次走后，许三观在家里坐不住了，他站到了门外，看着天色黑下来，心想一乐这时候还不回家，就怕是出事了。这么一想，许三观心里也急上了。看着黑夜越来越浓，许三观就对二乐和三乐说：

"你们就在家里呆着，谁也不准出去，一乐回来，你们就告诉他，我和他妈都去找他了。"

许三观说完就把门关上，然后向西走去，走了没有几步路，他听到旁边有人在哭泣，低头一看，看到了一乐，一乐坐在邻居家凹进去的门旁，脖子一抽一抽地看着许三观，许三观急忙蹲下去：

"一乐，你是不是一乐？"

许三观看清了这孩子是一乐以后，就骂了起来：

"他妈的，你把你妈急了个半死，把我吓了个半死，你倒好，就坐在邻居家的门口。"

一乐说："爹，我饿了，我饿得一点力气都没有了。"

许三观说："活该，你饿死都是活该，谁让你走的？还说什么不回来了……"

一乐抬起手擦起了眼泪，他边擦边说：

"本来我是不想回来了，你不把我当亲儿子，我去找何小勇，何小勇也不把我当亲儿子，我就不想回来了……"

许三观打断他的话，许三观说：

"你怎么又回来了？你现在就走，现在走还来得及，你要是永远不回来了，我才高兴。"

一乐听了这话，哭得更伤心了，他说：

"我饿了，我困了，我想吃东西，我想睡觉，我想你就是再不把我当亲儿子，你也比何小勇疼我，我就回来了。"

一乐说着伸手扶着墙站起来，又扶着墙要往西走。许三观说：

"你给我站住，你这小崽子还真要走？"

一乐站住了脚，歪着肩膀低着头，哭得身体一抖一抖的。许三观在他身前蹲下来，对他说：

"爬到我背上来。"

一乐爬到了许三观的背上，许三观背着他往东走去，先是走过了自己的家门，然后走进了一条巷子，走完了巷子，就走到了大街上，也就是走在那条穿过小城的河流旁。许三观嘴里不停地骂着一乐：

"你这个小崽子，小王八蛋，小混蛋，我总有一天要被你活活气死。你他妈的想走就走，还见了人就说，全城的人都以为我欺负你了，都以为我这个后爹天天揍你，天天骂你。我养了你 11 年，到头来我才是个后爹，那个王八蛋何小勇一分钱都没出，反倒是你的亲爹。谁倒霉也不如我倒霉，下辈子我死也不做你的爹了，下辈子你做我的后爹吧。你等着吧，到了下辈子，我要把你折腾得死去活来……"

一乐看到了胜利饭店明亮的灯光，他小心翼翼地问许三观：

"你，你是不是要带我去吃面条？"

许三观不再骂一乐了，他突然温和地说道：

"是的。"

（《许三观卖血记》，上海文艺出版社 2004 年版）

【提示】

让行动说出心理

福克纳的短篇《沃许》是一部描写下层穷人反抗的小说，但它与我们以往看到同类主题的文学作品是如此不同：通常人们认为很重要的引起反抗的前因后果、心理基础都不置一词。在有限的篇幅里，极其简略写出了主要人物沃许的变化：沃许是穷白人，穷得连塞德潘的黑奴都瞧不起他，经常要嘲弄他。只是因为他是个被南方奴隶主塞德潘上校收留的穷白人，所以他就以塞德潘参战期间的管家自居，而且从心里崇拜塞德潘，赞美他骑马的样子，把他作为自己心中的偶像。就是这样一个用塞德潘的话说："20 年来他只知道他是个非命令不动的人"，当他看到与他一样快 60 岁的塞德潘不听他的劝阻，用缎带、衣服等物品利诱他那才 15 岁的外孙女时，尤其当他外孙女被勾引怀孕在破马棚的草垫上生下一个女婴，而塞德潘竟残忍地说出"她要是匹母马，就会分给她一间好马棚"这样毫无人性的话时，平静的外表下沃许坚定的反抗发生了，他用大镰刀砍死了塞德潘。然而他用煤油点燃了整个房子，高举着镰刀扑向来抓捕他的警察。

而余华的《许三观卖血记》则是描写了一个忍辱负重的现代典型——许三观。从 20 多岁到 60 多岁，许三观依靠隔三差五地出卖在自己血管里流淌的鲜血，跨过生活中的一个个坎，熬过了共和国历史中最困难的那些岁月，维持一家生计，养大了 3 个儿子。尽管生活极其艰难，天灾人祸不断，但许三观的人生态度一直是豁达乐观的，"一盘炒猪肝，二两黄酒"就能使他满足。选文中叙述的是许三观知道他的长子一乐，原来是他的妻子许玉兰和前任追求者何小勇所生，他经受了人们的风言风语。但作为一个思维正常的人，他无法像自己蒙在鼓里的时候那样对待一乐，尤其不能接受他用鲜血换来的钱让别人的孩子享受与自己的骨肉同样的待遇，这就导致了一乐的出走。但当一乐真的没有回家，他就担心了，"就怕是出事了"，最终他还是主动把一乐找了回来，并且补偿给一乐曾被克扣的那顿面条。许三观的一生是中国现代普通平民生存状态的象征，他的善良、达观又是中国人身上最可贵的东西，是我们民族生生不息的动力。

这是两个内容完全不同的故事。福克纳的笔触，简洁、形象，在不长的篇幅中，对叙述时间作了精心的安排，从故事时间的中间（外孙女分娩）开始叙述，而许多过程（如塞德潘勾引外孙女、甚至沃许杀塞德潘的过程）都完全省略了。而诸如"环顾周围这一圈隐含着嘲弄的黑脸、白眼和白牙"，"衬着这蓝光，外面等着的人看见了他，在这疯狂的瞬间，正高举着那把大镰刀，跃向他们……没有喊叫，没有声音"，这样的描写充满着画面的质感。所有这一切，我们看到的只有行动，但读者还是深切地领悟了人物的思想和内心。还需要更多的吗？余华深受这种方法的启发，他说："是威廉·福克纳解放了我，当人物最需要内心表达的时候，我学会了如何让人物的心脏停止跳动，同时让他们的眼睛睁开，让他们的耳朵矗起，让他们的身体活跃起来，我知道这时候人物的状态比什么都重要，因为只有它才能真正具有表达丰富内心的能力。"许三观不让一乐吃面条，一乐出走，一乐主动往回走，许三观背起一乐，把一乐背到胜利饭店等等，我们看到的只有行动和对行动的直接叙述，几乎不作任何心理动因的切入和剖析。就是这样，在吸收了多种养分的基础上，余华成就了自己的艺术世界。

（张介明）

思考题

1. 福克纳在追述时为什么要写沃许以做塞德潘的"管家"为荣，并说他把塞德潘当做偶像？这不是损害了人物的完整性吗？

2. 小说中的"北方佬"指哪些人？你知道小说的背景吗？在这样的时代背景下沃许的形象有什么意义？

3. "空白"不光是中国艺术的特点，《沃许》中也有，请你也用这种简洁而又达意的方法写一段文字。

4. 这两篇小说的人物情感、思想的描写方法与我们常见的文学作品中的心理描写有什么区别？